———————— 想象，比知识更重要

幻象文库

THE YEAR'S BEST SCIENCE FICTION

模糊边缘

上

[澳]乔纳森·斯特拉罕
————编

秦含璞
————译

最佳
科幻小说
选集

NEWSTAR PRESS
新星出版社

在此纪念我的好友加德纳·多佐伊斯（1947—2018），
他肯定会喜欢这些故事。

致 谢

我坚信本书充满了挑战性。科幻小说这个门类在不断发展、分化和变化，虽然这是一件大喜事，但对所有人而言，却意味着工作量的激增。因此，我在此对我的编辑乔·芒迪表示感谢，我还要对传奇出版社团队表示感谢，他们为本书做出了重大贡献。感谢经纪人哈沃德·摩尔翰，他是我见过的最出色的搭档。感谢慷慨善良的丽扎·通柏丽和轨迹奖团队的全体同人。感谢我的朋友，播客主持人盖里·K.沃夫、伊安·蒙德、詹姆斯·布雷德利。感谢精通科幻翻译的瑞秋·C.科德斯科、为我无私提供帮助的约翰·乔瑟夫·亚当斯和尼尔·盖曼，来自水道出版社（Aqueduct Press）[①] 的尼斯·肖尔、凯斯·威尔汉，以及提米·达奇曼。我还要感谢斯蒂文·H.西维，他为我的引言部分的布告提供了巨大的帮助。一直以来与我一起工作的经纪人们都功不可没。我在此要特别感谢我的妻子玛丽安，她为我检查全书内容和引言部分，同时我的两位女儿也为我提供了巨大的帮助。

---

①暂译，未查到已存在译名。——译者注

引言

全新的开始[1]

对时间非常认真的人,可能会对日期非常在意,但当具体日期发生改变的时候,你却感觉这是一个全新的开始,一个可以让你回顾过往的机会。当时间进入 2020 年,我们应当认真回首过往。21 世纪已经过去了五分之一,推出"最佳科幻小说"似乎是个不错的选择(我的老友加德纳·多佐伊斯对此表示支持)。这不是我第一次这么做,但这本书却让我感到非常特殊。毕竟,我们就生活在未来时代,奥威尔的《1984》渐渐离我们远去,皮尔斯的《1999 派对》和克拉克的《2001 太空漫游》也是几十年前的旧事,甚至雷德利·斯科特的《银翼杀手》中所描写的 2019 年的未来都被我们抛在了脑后。

这些作品中描写了完全不同的时代。若是在 20 年前,我们完全不可能想象现在的生活。在《2000 年最佳科幻小说作品集》中,加德纳·多佐伊斯大胆推测了电子书可能造成的影响,如果大家都可以通过在线出版短篇小说盈利,那么亚马逊公司是否能够继续存活(当然,这种情况并没有出现)。除此之外,他

---

[1] 本文以及后文中的作者简介为本书编者于 2020 年所写,因此表述上会存在时态等差异。——译者注

还对互联网和在线购物的持续性影响进行了推测。他非常关注纳普斯特公司和"下载",而这时距离iPod的出现还有足足一年时间,手持设备、智能手机和电子书的爆发性发展更是无法想象的事情,没人会想到这些新事物造成的影响,也不会想到迪士尼、苹果公司或者亚马逊公司在行业中的统治地位。科幻并不能准确预测未来,但是在21世纪早期,没人可以预测科幻的发展,更不可能想象世界的发展趋势。必须承认,人们或多或少都在关心未来的发展。如果无法准确预测政局走向,人们至少会讨论保护环境和未来气候灾害的应对,这些元素在2000年的科幻作品中鲜有出现,但在当下的科幻作品中,这些元素不仅成了常客,而且也充斥在我们的现实生活中。

所以,你手中的这本书到底是什么,是年度最佳科幻小说吗?少数狂热的读者致力于界定什么是科幻,科幻应当包含哪些要素,哪些东西并不属于科幻的范畴。这是一个可以在雨天下午用来打发时间的有趣话题,也有可能引发一场激烈的讨论。不管怎样,它都将吞噬大把时间。但是在20世纪50年代早期,达蒙·奈特试图定义科幻为何物,他得出的结论可以理解为"你说科幻是什么,它就是什么"。我还听过其他更有趣的定义,但对本书和整个系列而言,这就够了。当我认为本书是科幻题材的时候,它就可以是科幻题材。在我看来,本书的大多数读者都不会致力于研究什么是科幻、科幻的作用和目的(除了单纯的娱乐)这样的问题,所以包容性远比排他性更重要。我们还是在此先跳过这些话题,将它们留给小酌时的闲谈吧。

我希望将每年读到的最棒的科幻小说,都收入"最佳科幻小说"系列,然后献给各位读者。我在此竭尽全力将上一年所接触到的最佳科幻小说,整合成一本兼顾娱乐性和思想性的书。

你不需要了解各种密语和暗号，也不需要研究大量资料，你只需要对周围的世界保持兴趣，并希望读到一些新鲜刺激的内容即可。但这无法告诉你本书讲了什么，也不可能说明本书读起来是怎么回事。虽然不是一帆风顺的，但科幻一直处于稳定的发展中，它的包容性很强，分类繁多，不会让某一特定种类独领风骚，而且还可以从多个角度进行叙事。这类科幻小说并不会纠结于科幻是什么，允许题材之间的混合，我认为这是一件好事。我希望本书在满足科幻爱好者的同时，也能照顾到那些单纯希望读到一个好故事的读者。

如果你看过2019年两部类似题材的作品，就会发现这两本书不仅没有在科幻方面做出太多创新，而且涵盖了多种题材。塔姆辛·莫尔的处女作《吉迪恩九号》就是科学幻想小说，这部哥特式的太空歌剧讲述了一群女同性恋死灵法师拯救宇宙的故事。这本书在当年晚些时候与读者见面，一经推出就让读者们为之疯狂。这本书到底是科幻小说还是幻想小说呢？这个问题似乎已不重要，因为它在当时可谓是独树一帜，题材新颖。另一本书是由埃尔·莫赫塔尔和麦克斯·格拉德斯通创作的中篇小说《如何输掉时间战争》，这本书通过笔记和通信信息的形式，讲述了效力于战争双方的两位特工坠入爱河的故事。这本书的核心内容依然是科幻小说，虽然故事内容广受好评，但却鲜见创新。这给人的感觉是，真正的重点是如何将作品的全貌呈现给读者，而在我看来，这种处理方式没有任何不妥之处。

那么，2019年对于科幻小说来说意味着什么？老实说，科幻小说在这一年中可谓惊喜连连。其中最具有戏剧性的一刻发生在爱尔兰的都柏林，第77届世界科幻大会的雨果奖颁奖台上。出生在中国香港的英国作家珍妮特·吴登上舞台，接过了约翰·W.坎贝尔纪念奖最佳作者奖。她的演讲颇有说服力，蕴含了深厚的感情，也成了象征改变的起点。两周之后，作为该奖项赞助商的《戴尔杂志》宣布，坎贝尔奖将改名为惊异奖——这明显是2020年第90届类比奖纪念会上做出的决定——在不到一个月的时间内，冈恩科幻研究中心就将坎贝尔研讨会重命名为冈恩中心研讨会。不仅如此，还有传言说他们会重新命名自己的坎贝尔奖项。提普垂奖评委会在10月中旬发出了一条颇具争议的通告，出于和小詹姆斯·提普垂有关的各种争议，他们计划将小詹姆斯·提普垂文学奖改名为抑或奖。这一切非常契合科幻界寻求改变的趋势，在2015年举办的世界奇幻奖大会上，H.P.洛夫克拉夫特的漫画画像之所以被替换，也是出于同样的原因。大多数类似的改变都被看作积极的象征。

但是在图书出版业，一切却显得更为平静。我并不了解出版商的兴衰，又或者出版社的建立、合并与倒闭，所以我无法为你们提供任何关于出版业的详细商业评估。对于我这个旁观者而言，一切都再正常不过了，有些出版商陷入了麻烦，有些出版商取得了成功，整个行业整体上显得非常平稳。当然，对于出版社和书商而言，挑战是永远存在的，而寻求多样化、改变和进步的压力，也将会如影随形。著名的编辑和出版人马尔科姆·埃德沃斯宣布退出格兰茨出版公司，他在这家公司的发展历程中扮演了举足轻重的角色，公司为他举办了盛大的退休派对。但是，这次退休很快就被证明不过是一次中场休息，因为埃德沃斯将和J.G.巴拉德、威廉·吉布森及其他人一起负责安德烈·多伊奇作品的再次出版。"哈利·波特"系列的出版人亚瑟·A.莱文宣布从学者出版社离职，他花了足足23年组建这家属于自己的公司。

让我们将这些案例先放在一边，科幻题材出版界在2019年并没有太大变化，发生的一切和轨道图书公司或者Tor.com所发生的变动相比，都显得微不足道。西蒙·舒尔特公司决定将这本书从传奇出版社交给画廊出版社，虽然这本书是传奇出版社麾下颇受欢迎的科学幻想类书籍，但是公司决定进一步挖掘这本书的潜力。在这一年晚些时候，纳瓦·沃尔夫离开了传奇出版社。同样值得注意的是，企鹅兰登公司决定关闭史宾格&葛劳公司，一家出版非幻想类题材的公司。虽然倒闭风潮还在继续，但是托尔图书公司决定建立野火公司，一家专注于惊悚和黑暗幻想题材的公司。该公司将在2020年推出自己的第一批图书。

在我看来，当下科幻题材的翻译，无疑比之前任何时候都更加成功。VIZ传媒宣布，在完成田中芳树广受好评的《银河英雄传说》的翻译后，将暂停日语翻译品牌"高堡社（Haikasoru）"的运营。该品牌的具体重启时间未定，但作为科幻翻译领域中的一部分，我们肯定不会忘记它。欧洲推理小说门户网七年来为广大读者提供有关欧洲同人圈的英语新闻信息，终于在2019年停止了运营；中国也成立了科幻研究院，致力于"为科幻产业和相关文学和艺术提供支持"。除此之外，智利在2019年年中成立了科幻小说和奇幻小说协会。正如我们所看到的那样，科幻产业在世界范围内继续发展。

在科幻产业领域，小型独立出版社扮演着重要的角色，它们提供了全新的想法，延续了以往的成就，为大家提供了不同的观点。虽然有些独立的出版社确实曾经独领风骚——比如其中的地下出版社，出版过很多当年最佳书籍——但是其他出版社的经营状况却很惨淡。跨界出版公司宣布进入无限期休假，当库存售空之后就关闭公司；好奇羽毛笔出版社（Curiosity Quills Press）宣布，在完全结算版税之前，不会继续印刷图书。虽然加拿大独立出版商 Chizine 存在大量未付款、逾期付款和违规行为，却还是宣布公司创始人桑德拉·卡斯图里和布利特·撒沃里不再负责与出版相关的业务，由克里斯蒂·哈肯担任临时出版人。在我写下这段话的时候，该公司的未来仍是个未知数。

以上这些事例加上各种我还不知道的改变，究竟说明了什么？我不能下任何定论。我认为图书出版界已经非常稳定，而且我对下一个十年内的发展保持乐观。实体书、电子书和音频书的销售业绩非常强劲，独立出版商营收不断增长，自助发行也已经找到了一条稳定的发展道路。但我对于短篇小说和杂志出版保持相对谨慎的态度，我认为这个行业处于一种相对不稳定的状态，我们会在稍后讨论这个问题。

确定一年里出版多少短篇科幻小说，是一件不可能完成的任务。《轨迹》杂志曾经做过估计，每年有超过三万部短篇科幻小说得以出版。但这个结论显然是一个较为保守的数据，因为小说经常出现在多部作者选集、单独的作者合集、实体和电子杂志、Patreon 和其他筹款平台、新闻简讯、智库项目、独立网络销售和其他各种平台上。我不确定其中的具体规模，但是美国科幻和奇幻作者协会列出了 40 个短篇小说市场，你可以在上面找到各种推理小说。《轨迹》杂志在一年中找到了 70 种短篇小说杂志，而网络推理小说数据库的研究结果，将这个数字提升至862。这个数据还没有涵盖美国、英国和澳大利亚以外的国家，也没有涵盖除英语以外的其他语言。这足以说明，每年在世界各地，都有大量科幻作品如雨后春笋般涌现。

在2019年，还发生了一件大事，美国科幻和奇幻作者协会在1月宣布，从2019年9月15日起，专业短篇小说市场最低支付价格提升至每单词8美分。这个决定除提升短篇小说作者的收益之外，另一个主要影响就是推动专业作者向专业市场投放自己的作品。部分市场的从业者可能会因为不得不支付更高的费用而痛苦不堪，而且这也会影响到他们吸引优质作品的可能，但这个决定还是受到欢迎的。

2019年对于科幻杂志市场来说还是不错的，倒闭的杂志社并不多，而且纸质杂志和电子杂志的经营状况都很不错。月结表上还没有出现任何一个纸质杂志，虽然我们在以前很依赖这种手段，但为了一个稳定的市场，付出这种代价也是值得的。我应当在此说明一下，2000年前出现的杂志大多数是纸质杂志，而在2010年后出现的杂志大多是电子杂志，而到了2019年，所有杂志都推出了纸质版和电子版。

在20多年前，科幻杂志有三大"山头"：《阿西莫夫科幻小说》《类比》《奇幻和科幻小说》。虽然用"山头"来形容它们已不恰当，因为这三份杂志和Tor.com、《克拉克世界》、《光速》、《离奇杂志》(Uncanny Magazine)共同组成了"七大主力"，这些杂志做出了各种改变，在当下的电子时代依然保持良好的发展势头，我们很高兴看到它们可以走到今天。至2019年，《奇幻和科幻小说》在成立70周年之际，推出了一本特刊，其中包括保罗·巴奇加卢比、凯丽·林克、迈克尔·莫尔库克和其他作者的作品。查理斯·科曼·芬利连续 5 年担任该杂志的编辑，出版了由 G.V. 安德森、詹姆斯·莫尔和萨姆·J. 米勒等撰写的奇幻和恐怖小说，由拉维·提德尔、伊丽莎白·贝尔、瑞奇·拉森和迈克尔·黎博林撰写的科幻小说。《阿西莫夫科幻小说》和《类比》也曾经风光一时。《阿西莫夫科幻小说》于 1977 年出版，由老牌编辑希拉·威廉姆斯负责，刊登了由凯丽·沃恩、泰根·摩尔、苏珊娜·帕尔默、劳伦斯·瓦特-埃文斯、格雷格·伊根、西奥班·卡罗尔、雷·奈勒和余莉莉等创作的科幻小说。在《类比》杂志已经陪伴大家足足 89 年之际，在编辑特雷弗·夸赫里的努力下，这本杂志刊登了亚历克·内瓦拉-李、安迪·达达克、S.B. 迪维亚、亚当-特洛伊·卡斯特罗和詹姆斯·范·佩尔特创作的科幻作品。这本杂志将在 2020 年迎来它的 90 岁生日，希望它可以继续发展，不断进步。另一个重量级科幻杂志是来自英国的《中间地带》，由安迪·索耶担任编辑。这本杂志于 1982 年第一次与读者见面，它对创新和实验性作品持开放态度，曾经刊登蒂姆·查瓦加、玛丽亚·哈斯金斯、约翰·凯塞尔和其他人创作的作品。

尼尔·克拉克的《克拉克世界》、约翰·约瑟夫·亚当斯的《光速》、林恩·托马斯和迈克尔·达米安·托马斯的《离奇杂志》，以及 Tor.com 都是重量级的杂志，它们主要集中于在线发行，其中有些甚至只有在线版本。《克拉克世界》首发于 2016 年，主要刊登科幻和奇幻作品。它对于当代科幻界的翻译事业发挥了至关重要的作用，并在 2019 年刊登了来自中国和韩国的优秀作品，其中就包括金宝英的中篇小说《我们如此相似》和陈楸帆的《快乐时刻》。它们还刊登了其他领域的优秀小说，其中包括苏珊娜·帕尔默的《树林画家》，和来自德里克·肯斯肯、M.L. 克拉克、A.T. 格林布拉特以及雷切尔·斯维尔斯基的作品。《光速》首发于 2010 年，主要刊登科幻和奇幻小说。在我看来，《光速》今年刊登的优秀作品主要集中于奇幻领域，其中包括布鲁克·博兰德等的作品，但他们也刊登了马修·科拉迪、亚当-特洛伊·卡斯特罗、多米尼克·菲特普拉斯、伊莎贝尔·叶的作品和来自卡罗琳·M. 约阿希姆的科幻小说《爱的考古史》。《离奇杂志》于 2014 年面世，在过去四年里赢得了雨果奖最佳非专业类杂志奖。这本杂志刊登了很多混合了科幻和奇幻元素的作品。它刊登过埃伦·克拉格斯、维娜·杰敏·普拉萨德、西尔维娅·莫雷诺-加西亚的奇幻作品，来自年度最佳作家伊丽莎白·贝尔的科幻作品，除此之外还刊登了莫里斯·布罗德杜斯、蒂姆·普拉特和弗兰·王尔德的作品。托尔图书公司于 2008 年推出了 Tor.com，并很快在短篇小说领域建立了自己的地位。多亏各位编辑的共同努力，它能够取得这样的成就，其中也有我的一份功劳。由于这种利益上的冲突，他们在一年中出版了包括西奥班·卡罗尔、S.L. 黄、里弗斯·所罗门、乔纳森·卡罗尔、卡罗尔·约翰斯通、泰根·摩尔、格雷格·伊根、西尔维娅·帕克等创作的优秀作品。

　　以上提到的杂志都是科幻领域的专业杂志，但是由于印刷量、支付率和对志愿者员工的依赖等因素，还有很多杂志可以被列为"半专业"杂志，这些杂志刊登有极其优秀的作品，而且被视为主要市场。之前提到的《离奇杂志》就是这类杂志。非专业类杂志《奇异地平线》（*Strange Horizons*）在这一年中刊登了各种小说、测评和评论，它们还组织出版了科幻翻译季刊《茶壶》。新任总编瓦妮莎·罗斯·芬在 2019 年从简·克劳利和凯特·多利希德手中接过了这份工作，出版了亚历克斯·尤希克、希夫·拉姆达斯、凯瑟琳·哈兰的作品。《菲亚：黑色推理小说》在2019年的表现和2018年相比稍有逊色，但是依靠出版人特洛伊·威金斯出版了四期杂志，其中包括年度最佳中篇小说，由詹·布朗创作的《龙御苍穹》，此外还刊登了尼基·德雷登和德尔·桑登创作的作品。出版人巴勃罗·维迪尼旗下的《炉边杂谈》（*Fireside Magazine*），在这一年里推出了线上月刊和季刊，内容主要是小说和诗歌。其中就包括来自L.D.刘易斯、丹尼·洛雷、尼贝地塔·森和其他人的作品。

鉴于这只是一份关于科幻小说的概述，这里就不再花费太多时间讨论专注于奇幻、黑暗奇幻或是恐怖小说的杂志，而是推荐斯科特·安德鲁的获奖杂志《无尽天空之下》（*Beneath Ceaseless Skies*）（在我看来，这是同类型杂志中的佼佼者），西尔维娅·莫雷诺-加西亚和肖恩·华莱士的《黑暗》，约翰·约瑟夫·亚当的《噩梦》、拉肖恩·瓦纳克的《巨龙兽》和安迪·索耶的《第三选项》。

虽然杂志市场相对稳定，但还是发生了一些变化。其中最值得注意的就是《顶峰》杂志（*Apex Magazine*）的倒闭，杂志的出版人因为个人健康原因无法工作。在倒闭之前，《顶峰》杂志出版了一期未来主义特刊，其中刊登了苏伊·戴维斯·奥孔博瓦、史蒂文·巴恩斯和塔纳纳里夫·杜尔以及托比亚斯·巴克尔的作品。遭遇同样命运的还有《奥森·斯科特·卡德的星系间医学展》（2019年一共出版了三期）、《科幻之路》、《阿尔塞尼卡》、《恒变》[①]，而《欧蒙娜》和《未来科幻文摘》则在当年年底寻求资金援助。

[①]原文是Capricious，此处暂译如此。——译者注

以上提到的杂志刊登了各种值得一读的幻想和纪实题材作品，希望各位读者喜欢它们。

我已经在短篇小说上投入了大量时间，必须在此承认，自己并没有给长篇小说留出太多时间。因此，我在此只讨论这一年里真正看过的书籍，并点出那些深受赞誉的作品。对于科幻和相关书籍来说，2019年是个好年头。也许最热门的是塔姆辛·莫尔的处女作《吉迪恩九号》，我之前已经提到了这本书。这本书情节丰富，而且哥特情怀与时代精神非常契合。我十分喜欢这本书。年度最佳的纯科幻小说是蒂姆·莫恩的《无限细节》，一部关于网络恐怖主义、监控和老大哥的故事。你一定要看看这本书。时代精神当然非常重要，但整个行业领域的核心有时会发生一些改变，但整体保持前进。对于科幻来说，最核心的要素就是太空歌剧。这一年里，也有几部优秀作品不容忽视，其中最棒的就是伊丽莎白·贝尔的《先祖之夜》（传奇出版社），我发现马克思·格拉德斯通的《永恒女王》（托尔出版社）和阿尔卡迪·马丁的《帝国回忆》（托尔出版社）也很有意思。

时间旅行是一个古老的题材了，但是在2019年却涌现出了全新的作品，安娜莉·纽茨的《另一条时间线的未来》（托尔出版社）让一名女士回到过去，为了未来的女性权利而战，你在此书中将直面谋杀与混乱，还能撞见湾区的朋克摇滚乐队。我认为简·安德斯的第二本小说《午夜之城》（托尔出版社）也非常不错，这部小说描绘了一个充斥着外星人、叛军、走私犯的不宜居世界。莎拉·平斯克的处女作《明日之歌》（贝克利出版社），则为我们讲述了社会变革是如何影响实况演出的，整个故事非常具有煽动性，在引人入胜的同时，也不乏预见性。

这一年中还有一些系列小说推出了最新作品，泰德·汤普森的《虫林》三部曲迎来了第二本《玫瑰露起义》和第三本《玫瑰露救赎》（轨道图书公司），而我更喜欢伊恩·麦克唐纳的《月球崛起》（格兰茨出版公司），C.J.切莉和简·范彻的《联盟崛起》（DAW公司），以及詹姆斯·S.A.科里的新作《蒂亚马特之怒》（轨道图书公司）。在这一年里还有很多译制小说登场。在这些小说中，最优秀的——起码是排在前三名或者前四名——就是小川洋子的《记忆警察》，我在此强烈推荐这部小说。其他优秀作品包括雨果奖得主刘慈欣的《超新星纪元》（托尔出版社）和陈楸帆的《荒潮》（托尔出版社）。

2019年其他引起广泛关注的科幻小说包括娜奥米·克雷泽的《猫网猎猫》（托尔青少年图书公司）、珍妮特·温特森的《弗兰克斯坦因》、本·温特斯的《黄金之国》、格雷格·伊根的《近日点之夏》（Tor.com）、克里斯托弗·布朗的《捕获规则》（哈珀旅行者公司）、蒂姆·普拉特的《禁忌群星》（愤怒机器人公司）、玛格丽特·阿特伍德的《遗嘱》（塔莱斯公司和双日出版集团）、托奇·奥尼布奇的《战争女孩》（Razorbiu公司）、艾玛·纽曼的《孤独的阿特拉斯》（ACE公司）、山姆·米勒的《摧毁所有怪物》（哈珀青少年图书公司）、C.弗莱彻的《世界尽头的男孩和他的狗》（轨道图书公司）、加雷斯·L.鲍威尔的《利刃舰队》（泰坦公司）、戴夫·哈钦森的《爆炸人的回归》（索拉里斯公司）、琳达·长田的《边缘：倒置边疆（一）》（神秘岛公司）、德里克·肯斯肯的《量子花园》（索拉里斯公司）、本·史密斯的《多格兰》（第四级产业公司）、苏珊娜·帕尔默的《搜索者》（DAW公司）、K.蔡司的《不曾活着的名人》（锡屋公司）、特米奥的《你可曾梦到地球二号》（传奇出版社）、苏伊·戴维斯·奥孔博瓦的《大卫·莫戈》和《猎神者》（阿巴顿公司）。

每年都有这么多短篇小说与读者见面，小说合集的行情一直不错，但这一年的情况并非如此。在这一年里，我们见证了科幻领域的各类主题和潮流——气候变化、社区包容性、作品翻译和未来主义——造成的影响。在继续我们的话题之前，我要先说明一下，我负责编辑了两本小说合集，《关键任务》和《年度最佳科幻和幻想小说（第十三册）》。这两本书都在去年出版，我在此向各位读者推荐这两本书。好了，让咱们继续吧。

今年优秀的译制小说作者包括小川洋子、刘慈欣、陈楸帆、田中芳树、宝树等，译制小说也刊登在《克拉克世界》《顶峰》《黑暗》和其他杂志上，这一年是科幻小说界的翻译年，这一点可以从2019年小说合集中的翻译作品数量得到印证。2019年最高调也是最优秀的小说集，是刘宇昆的第二本中国科幻小说合集《破碎群星》（托尔出版社），这部合集中收录了来自韩松、宝树、夏笳和刘慈欣的作品。这本书和2016年上市的《隐形行星》都是优秀的作品。哈切特公司印度分公司在2019年出版了两部科幻小说合集，塔伦·K.桑提出版了《南亚科幻之书》，爱文·卡特拉加万出版了《魔力女郎》。这两本书都令人十分着迷。桑提的书中涵盖了范达娜·辛格的《重逢》——这是年度最佳小说之一——除此之外还可以读到S.B.迪维亚、吉蒂·钱德拉和苏米塔·夏尔马的作品。令人感到开心的是，出版商在英国和北美市场发售《南亚科幻之书》。而《魔力女郎》则为我们了解印度女性科幻文学打开了一扇窗口，书中涵盖了什韦塔·塔克拉、尼基塔·德什潘德和阿斯玛·卡齐的作品。多亏了朴孙英、戈尔德·塞拉和《克拉克世界》团队的努力，我们也渐渐接触到了韩国科幻作品。朴孙英和朴桑俊共同编辑《成品菩萨》(*Ready made Bodhisattva*)（卡雅出版公司），其中包含了金昌宇、朴敏久、郑索永和其他作者的作品。最后，我最喜欢的年度合集之一就是巴斯玛·加拉伊尼的《巴勒斯坦+100：灾后100年》，这本书由英国的逗号出版社出版。这本书大胆构想了巴勒斯坦被占领100年后发生的故事，书中涵盖了萨利姆·哈达德、安瓦尔·艾哈迈德、马赞·马鲁夫和其他人的作品。我在此强烈推荐这本书。

2019年中还有几本优秀原创科幻小说集和读者见面，其中最优秀的是维克多·拉瓦莱和约翰·约瑟夫·亚当斯突破自我的《美国未来》（一个世界出版社），你可以在其中找到来自查莉·简·安德斯、爱丽丝·索拉·金、山姆·J.米勒和其他作者的优秀作品。同类型值得推荐的作品还有兰博猫的《如果继续如此：关于当代政治未来的科幻小说》（帕尔瓦斯公司）和杰森·西斯莫尔的《不再沉默》（《顶峰》杂志）。除了拉瓦莱和亚当斯的合集，最让人印象深刻的英语科幻小说合集是多米尼克·帕里斯安和纳瓦·沃尔芬第三次合作的产物《神秘之梦》（传奇出版社），这本书包含了英德拉普拉米特·达斯、卡门·玛丽亚·马查多、席南·麦奎尔和其他作者的作品。以下作品也给我留下了深刻的印象：尼西·肖尔的《新日：有色人种原创推理小说》（索拉里斯公司），马赫维什·穆拉德和贾里德·舒林的《流浪时刻》，布莱恩·托马斯·施密特的《无尽群星：黑暗边疆》（泰坦公司）。

近些年来，科技公司、科技杂志和智库提出了众多计划，其中不乏一些无趣的项目，但仍有不少优秀作品。2019年年中的一部优秀作品，是安·范德米尔的《未来：一部科幻合集》（极限大奖基金会），这本书涵盖了关于气候变化和海洋题材的内容，作者包括当今最棒的女性作家，其中不乏范达娜·辛格、纳洛·霍普金斯、伊丽莎白·贝尔和黛博拉·比安科蒂。这个项目似乎被搜索引擎屏蔽，只能通过网址访问（https://go.xprize.org/oceanstories），我在此强烈推荐这个项目。这个领域的其他重大项目包括《石板》(*Slate*) 杂志的未来计划，其中包罗了来自刘宇昆、陈楸帆、伊丽莎白·贝尔和其他作者的作品，而《纽约时报》的"未来的起始和终结"计划，则涵盖了来自科里·多克托、特德·姜、布鲁克·博兰德、弗兰·王尔德等的短篇小说。未来计划的小说合集，由柯尔斯滕·伯格编辑的《未来计划：明天的故事》也在2019年出版（无名出版社）。

科幻小说界欢迎这类年度最佳作品集，我的作品也在去年出版，同年出版的还有加德纳·多佐伊斯最后的合集《35年来最佳科幻小说合集》（圣马丁格里芬公司）、尼尔·克拉克的《年度最佳科幻小说（第四册）》（夜影公司）、里奇·霍顿的《2019年最佳科幻和奇幻小说》（Prime公司）、卡门·玛丽亚·马查多和约翰·约瑟夫·亚当斯的《2019年全美最佳科幻和奇幻小说》（水手公司）、博格·塔克的《超越4：年度最佳跨性别推想小说》（Lethe公司），这些书都值得一读。除此之外，尼尔·克拉克的《雄鹰着陆：月球科幻小说50年》（夜影公司）、汉努·拉贾尼米和雅各布·魏斯曼的《科幻新声》也值得一读（泰谷公司）。

最后，虽然我不会在这里提到奇幻或者恐怖小说，但还是要说明一点，年度最佳奇幻恐怖合集是艾伦·达特洛的《回声：鬼故事大合集》（传奇出版社），其中包含了一些恐怖小说领域顶尖作家的作品。我还要强烈推荐安·范德米尔和杰夫·范德米尔的《经典奇幻宝典》，这本书堪称一本惊悚故事的经典教程。好好看看吧。

虽然2019年对于短篇小说来说喜忧参半，但几位重量级作者还是出版了不少于四本权威作品。其中备受期待的就是特德·姜的《呼吸》（诺夫出版社）。自2002年出版第一本合集《你一生的故事》（托尔出版社），这两本合集终于完全涵盖了特德·姜30年来的全部作品，其中包括《商人和炼金术师之门》和两部新故事《焦虑是自由的晕眩》和《脐》。这些故事总让人想象力大开，短篇小说爱好者一定不能放过。虽然书名与《呼吸》一样简短，涉及种类也完全不同，但是《格雷格·伊根最佳作品集》（地下出版社）收集了30年来的20部故事，其中不乏经典《学着变成我》《为什么要开心》和雨果奖获奖作品《大洋》。伊根的短篇小说风靡整个20世纪90年代，科幻界很少有人能做到这一点，而这本书无疑记录了这一切。另一部较为次之的作品是《凯特琳·R.基尔南最佳作品集》，书中收录了基尔南14年来出版的20个故事，充分展现了作者超越了科幻小说作家、奇幻小说作家抑或恐怖小说作家，单纯以作家的角色而写作的实力，为读者带来了优秀作品。这本书中收录了作者的代表作，其中包括《潮汐力》《州际情歌（谋杀情歌第八部）》

和《90只猫的祈祷》。这里还要提到一本奇怪的书。它可以归属到相应的种类中,但却显得格格不入。已故的优秀小说家R.A.拉弗蒂从1959年开始,就在撰写科幻小说和相关作品,为大家带来了各种故事,评论和奇幻作品。我必须承认,本人确实参与了《R.A.拉弗蒂作品集》(格兰茨出版公司)的编辑工作,这本书作为格兰茨公司大师系列丛书,收藏了R.A.拉弗蒂20多部优秀作品。这是一本好书,北美版很快就会和读者见面。

虽然这四本书堪为翘楚,但也不是没有与之相比的作品。我非常喜欢索菲亚·雷的《一切皆为文字之作》(水道出版社)。这本书由西班牙语翻译而来,内含5部优秀作品,其中包括《门之秘事》。科幻作家和诗人马尔·奥德推出了自己的处女作《另类灾难》(梅森·贾尔公司),这本书内容风趣,令人爱不释手。最近将与读者见面的科幻小说应当是阿利埃特·德·博达德的作品集《战争、回忆和星光》(地下出版社),这本书涵盖了整个徐雅世界设定下的故事和全新的中篇小说《生日、真菌和仁慈》,因为篇幅空间尚有富裕,我把这本书也囊括。李允夏的"六边形三部曲"堪称21世纪头十年的优秀科幻作品。三部曲的每一册都获得了雨果奖,三部曲又整体获得了一次雨果奖,而其中《九狐狂赌》获得了星云奖提名。①《六边形》在2019年出版,其中除了原有的全部短篇故事以外,还有一部新的中篇小说《玻璃大炮》。2019年里另一部优秀科幻小说合集是科里·多克托颇具革命性的《极端化》(托尔出版社),其中包含4部中篇小说,每一部都引人入胜。

类似的清单可以一直列下去,但是我们应当尽可能控制

---

① 此句关于获奖情况原版有误,可能是作者记错。——编者注

长度。我在此推荐S.B.迪维亚的《末日应急预案》（哈切特公司印度分公司）、约翰·克劳利的《如此这般》（淡啤公司）、莎拉·平斯克的《一切早晚掉进大海》（淡啤公司）、西奥多拉·戈斯的《学习巫术的白雪公主》（神秘狂幻公司）、克里斯托弗·普里斯特的《剧集》（格兰茨出版公司）、尼诺·西普里的《思乡》（赞克出版公司）、席南·麦奎尔的《学院笑声》（地下出版社）、恩内迪·奥科拉福的《宾蒂》（DAW公司）、保罗·帕克的《文字之城》（PM公司）、茱莉亚·阿姆菲尔德的《慢慢撒盐》（熨斗公司）、阿贾·巴基奇的《火星》（女权出版社）、迈克尔·毕晓普的《城市与小天鹅》（费尔伍德出版社，库祖星球公司）、J.S.布吕凯拉尔的《碰撞》（猫鼬公司）、莫莉·格拉斯的《未曾预见》（传奇出版社）、格温妮丝·琼斯的《大猫及其他故事》（NewCon图书出版公司）、苏珊·帕尔威克的《所有世界都是真实的》（费尔伍德出版公司）、蒂姆·帕特的《奇迹与奇观故事集》、尼克·伍德的《会学习的猴子和鳄鱼》（月球图书出版公司）。

任何一个长期阅读科幻小说的人都会告诉你，科幻小说出版商几十年来都在单独发售中篇小说或者短篇小说。我们先不讨论老牌双料出版公司出版作品的篇幅长度是否符合中篇小说的标准，这些书到20世纪80年代还是非常流行的。时至今日，有些人认为中篇小说是最适合科幻小说的篇幅长度，中篇小说在过去4年至5年里博得了众人的关注。

托尔图书公司在2014年成立了Tor.com出版公司，负责出版中篇和短篇小说，该公司在短时间内就确立了自己业界中篇小说出版商的地位，成功出版了恩内迪·奥科拉福的"宾蒂"系列、玛莎·维尔斯的"杀手机器人"系列、席南·麦克奈尔的"任性的孩子"系列。今年，Tor.com推出了几部非常成功的小说，本书完全是出于篇幅原因，才没将这些作品收入。当然，如果这本书拥有无限的篇幅，我一定将P.杰利·克拉克的《闹鬼缆车015》和萨阿德·侯赛因的《廓尔喀人》《星期四之王》收入其中。我在此很荣幸向大家推荐C.S.E.库尼的《荻丝梦娜》和《深渊》、迈克尔·布卢姆林的《漫长人事》、普里娅·夏尔马的《奥姆之影》、凯瑟琳·达克特的《米兰的米兰达》、伊安·麦克唐纳的《远方的威胁》和阿拉斯泰尔·雷诺兹的《永冻层》。Tor.com还出版了格雷格·伊根关于气候变化题材的优秀小说《近日点之夏》，我认为这是他最为平易近人的作品。我们现在讨论的是单独出版的中篇小说，我必须推荐埃尔·莫赫塔尔和麦克斯·格拉德斯通创作的中篇小说《如何输掉时间战争》（传奇出版社），希望这本书可以将2020年的奖项都收入囊中。里弗斯·所罗门根据Cliping乐队作品撰写的作品《深渊》（深渊出版社）和K.J.帕克的《我的美丽人生》（地下出版社），简直让我爱不释手。英国独立出版社Newcon连续出版了不少精彩的中篇小说，在今年就出版了亚当·罗伯茨的《要成为科林的男人》和戴夫·哈钦森的《游牧人》。

我对于科幻领域的写实作品涉猎不多。但是，有4本书成功吸引了我的注意，我要在此推荐给大家。针对罗伯特·A.海因莱因的相关话题，我认为已经说得够多了，但是法拉·门德尔松的《罗伯特·A.海因莱因的愉快工作》（Unbound出版社）却让我爱不释手，因为这位作者找到了关于这位伟大的科幻作家的全新内容。格温妮丝·琼斯引人入胜的作品《乔娜鲁斯》（伊利诺伊大学出版社），确实是少数可以概括这位伟大作者一生的好书，值得在你的书架上占有一席之地。乔娜鲁斯的作品确实值得重印。我强烈推荐乔娜鲁斯和门德尔松的作品参加雨果奖的评选。约翰·克劳利的《回顾阅读：论文与评论，2005—2018》，以及彼得·瓦茨的《彼得·瓦茨是个愤怒的智能肿瘤：复仇奇幻故事和短文》也非常精彩。

  我们每年都会痛失许多敬爱的作家。我们在这一年里失去了：美国科幻和奇幻作家协会大师奖得主、世界奇幻奖终身成就奖得主、科幻名人堂入选作家吉恩·沃尔夫，他曾经写下了13册的开创性作品《新日之书》，2次赢得世界奇幻奖，2次赢得星云奖，获得雨果奖9次提名；世界奇幻奖终身成就奖得主卡罗尔·埃姆什维勒，著有《卡门狗》《书虫先生》《秘密之城》、菲利浦·K.迪克奖获奖作品《大山》、世界奇幻奖获奖作品《终结的开始及其他》，他4次获得星云奖提名，两次因短篇小说赢得星云奖；出版人贝蒂·巴兰廷和自己的丈夫伊安，共同创立了班坦出版社和巴兰廷图书公司，她的丈夫通过成立企鹅图书公司美国分公司，向美国市场引入平装书；冯达·N.麦金太尔，依靠《雾气、青草和沙子》赢得了星云奖，另外写有《梦蛇》《月亮与太阳》，建立了"克拉里昂怀斯特"课程，他获得了2010年全美科幻和奇幻作家协会凯文·奥唐纳服务奖；巴里·休亚特，依靠《鸟之桥》及续作《石头的故事》《八位绅士》赢得世界奇幻奖；出版人罗伯特·S.弗里德曼建立了彩虹桥图书公司和唐宁专业书籍出版公司；澳大利亚作家安德鲁·麦加汉，著有"船王"系列中篇小说和备受好评的独立小说；嘉莉·里奇森两次入围坎贝尔奖最终提名，短篇小说《插在棍子上的爱情》获盖拉克特（Gaylactic）光谱奖提名；来自阿尔萨斯的作家和艺术家托米·昂格尔，因为在儿童画方面的突出贡献，在1998年获得国际安徒生奖；W.E.巴特沃思，大家更多时候称呼他是W.E.B.格里芬，他是一位军事侦探小说作家；吉莉安·弗里曼撰写了有关法西斯主义题材的科幻小说《领袖》；珍妮特·阿西莫夫，她是一位精神病医生，擅长神秘题材和科幻小说，其中几部作品是与丈夫艾萨克合作完成的；文集编辑休·兰姆，第一个工作是参与文集《恐惧之潮》的重印工作，他的大部分工作都在20世纪70年代完成，但一直到20世纪末都保持活跃；查尔斯·布莱克，编辑了11本《恐怖黑皮书》，其中两本获得英国奇幻奖提名；艾伦·科尔与克里斯·邦奇合作完成了"斯登"系列；塔玛拉·卡扎夫钦斯卡娅，俄罗斯《国外文学》编辑，翻译了英语和波兰语作品，其中包括斯坦尼斯瓦夫·莱姆的作品；谢尔盖·巴甫洛夫，著有《月球彩虹》，建立了月球彩虹奖；沃尔特·哈里斯，著有《当我死去的那一天》《唾液》《第五骑士》，以及《黑湖怪物》和《伦敦狼人》的小说化作品；孟加拉语编辑阿德里什·巴尔丹，曾经参与编辑印度的科幻杂志《阿沙里亚》，后参与《奇妙文摘》的编辑工作，后因孟加拉语科幻领域的工作，而获得苏迪汉德拉纳特·拉哈奖；丹尼斯·埃奇森，斯托克奖终身成就奖获得者，著有《浓雾》《黑暗地带》《加利福尼亚哥特》等作品，多次获得世界奇幻奖和英国奇幻奖；梅西耶·帕罗夫斯基，波兰作家和编辑，参与编辑《新奇幻》，担任《奇幻时间》的主编一职；米兰·阿萨杜罗夫，在保加利亚创立了银河品牌，出版阿西莫夫、布拉德伯里、斯特鲁加茨基和勒古恩等的作品；尼尔·舒尔曼，凭借《与夜晚并驾齐驱》和《彩虹华彩段》赢得普罗米修斯奖，并负责《迷离空间》第二季"银色档案"剧本创作；罗伯特·N.斯蒂芬森，曾经是杂志《牛郎星》的编辑和出版人，负责编辑多部文选，短篇小说《奇怪的雨》赢得2011年奥瑞利斯奖；布拉德·利纳韦弗，两度赢得普罗米修斯奖，个人作品包括《冰之月》《无序》和若干电视剧集；梅丽莎·C.迈克尔斯，从1979年开始出版小说，撰写了5册"天袭者"系列小说和其他小说；美国科幻和奇幻作家协会名誉作家凯瑟琳·麦克莱恩，她的第一部小说于1949年出版，小说《失踪的男人》于1979年获得星云奖；泰伦斯·迪克斯，为《神秘博士》撰写了多集剧本，1968年至1974年担任该系列剧本编辑，除此之外，还参与了《复仇者联盟》《月球基地3号》《太空1999》的相关工作；哈尔·科尔巴奇，撰写了关于英雄奇幻故事的研究文学《英雄的回归》，这也是对《J.R.R.托尔金百科全书》的致敬，除此之外，其部分作品出现在拉瑞·尼文的"人类大战克孜人"系列中；约翰·A.皮茨，2006年开始出版短篇小说，2010年出版第一部小说《黑刃蓝调》（以J.A.皮茨为笔名）；迈克尔·布卢姆林创作了《地动山摇》《X》《Y》《医者》4部短篇小说文选，并获得世界奇幻奖、斯托克奖、提普垂奖提名；世界奇幻奖终身成就奖得主加汉·威尔逊，他的漫画作品蕴含着惊悚、奇幻和幽默的意味，经常出现在《花花公子》《科幻与奇幻杂志》以及其他杂志中；剧作家D.C.丰塔纳长期以来为"星际迷航"系列撰写台词和剧本，同时还为《巴克·罗杰斯在25世纪》《巴比伦5号》《无敌金刚》《世界大战》和其他电视剧编写剧本；安德鲁·韦纳，从英国移民至加拿大，他的第一部作品为《盖亨纳空间站》，之后还有《终焉将至》和《失踪者大道》。

现在，我们来到了起始的终点。还有好多故事在等着我们呢。你可以从这个世界和科幻小说中找到很多美好的时光，也能见证整个科幻领域在积极面对各种挑战。我已经开始阅读会出现在2020年作品中的小说，现在我已经等不及与各位分享这些精彩的故事了。我希望你能和我一样喜欢这本书中的故事。让我们在下一部选集再会。

乔纳森·斯特拉罕

目录

1	美国尽头的书店	查莉·简·安德斯
24	银河旅游业复合体	托比亚斯·S.巴克尔
39	卡莉_纳	英德拉普拉米特·达斯
63	鸟之歌	萨利姆·哈达德
83	树林画家	苏珊娜·帕尔默
97	斯基德普拉特尼号的最后一次航行	卡琳·蒂德贝克
118	坚固的灯笼和梯子	马拉卡·奥尔德
133	2059年,富家子弟依然顺风顺水	特德·姜
137	诺克坦布洛斯家的瘟疫黎明节	里奇·拉尔森
164	潜水艇	韩松
172	我总会知道	S.L.黄
192	风暴目录	弗兰·王尔德
208	伊甸机器人	阿尼尔·梅农
230	等待这一周	爱丽丝·索拉·金
263	圆鳍鱼号	彼得·瓦茨
287	沙丘之歌	苏伊·戴维斯·奥孔博瓦

美国尽头的书店[1]

查莉·简·安德斯

查莉·简·安德斯（charliejane.com）的新作是《午夜之城》。她的作品《天空中所有的鸟》获得了星云奖、克劳福德奖和轨迹奖；《合唱团男孩》获得了兰姆达文学奖；她还创作了中篇小说《孤注一掷的洛克·曼宁》和短篇小说文选《六个月，三天及其他》。她的短篇小说登上了Tor.com、《波士顿评论》《锡屋》《契合》[2]《科幻及奇幻杂志》《连线》《石板》《阿西莫夫科幻小说》《光速》和其他选集中。她的小说《六个月又三天》获得了雨果奖，《你不上诉我不起诉》获得了西奥多·斯特金纪念奖。她的新作《更大的错误》将是一部文选。查莉·简每个月会组织"与作者一起喝一杯"的读书会，并与安娜利·纽茨共同主持广播节目《我们的观点是正确的》。

山上有一个书店。两条被青草和素石板点缀的走道分别通往两扇大门，两块如出一辙的招牌向光临"第一页和最后一页"

---

[1] 本篇获2020年轨迹奖最佳短篇小说奖。
[2] *Conjunction*，无中文译名。——译者注

书店的顾客予以致意，而一座庞大的蓝色建筑坐落在两者中间，其外形如同配有倾斜瓦顶和宽阔雨槽的老式谷仓。没有人——包括店主莫莉——知道里面到底收录了多少本书。但是，如果你没能在其中找到想要的书，那么可能根本尚未写就。

两条走道通向两扇一模一样的大门，然后是稻草编就的迎宾毯、蓝色的木地板，还有丁香和旧装订线的气息。但店内的其他光景可能会根据进来时走的是哪扇门而大相径庭。同时，店里还有两台专门为两种不同类型的现金而准备的收银机。

如果从名曰加利福尼亚那侧进入书店，你会看到墙上挂着一幅画：一群年纪各异、身材不一、出身不同的女性正手拉着手翩翩起舞。同时映入眼帘的是来自从科罗拉多泉市到圣达菲的各个挣扎求生的小出版社的最新书籍，其类型从文学、诗歌，再到文化研究不一而足。在最靠近加利福尼亚一侧大门的书架上，还囊括了女性和同性恋研究的内容，此外还有弗吉尼亚·沃尔夫、佐拉·尼尔·赫斯顿等撰写的精选经典文学，以及一些全新的简装书。

如果从名曰美国一侧的正门进去，看到的店内基本陈设会和另一边颇为相似，除了那幅绘有附近落基山脉的画作。但你会发现，这里拥有更多宗教书籍，以及颇为保守的历史书籍。文学书籍的作者则多是福克纳、西塞罗、海明威，更别说还有安兰德了，同时这里还有更多讨论个人自立、家庭纽带的书籍，旁边还有一批精选的廉价简装书：惊悚故事和战争小说——其中不乏来自加特林堡的大印刷厂的新品——以及爱情小说。

无论从哪边的门进来，只要继续往前走，就会进入一片由书架构成的迷宫，其中点缀着大量角落和侧室。这边填满了科幻和奇幻题材，那边是一大票戏剧书以及海量历史和社会学书籍，其中整整一面墙上的书籍都专注于讲解大断裂的起源。当然，某些人只是从其中一扇大门进来，径直穿过如同吃胖的蛇一样的走廊，经过饰有纯红地毯以及两张老旧沙发的大型中央读书室，然后来到了另一扇门处。但是，书店的内部设计就是希望读者能够留下，沉浸于属于自己的小小世界里。

如果是在其他地方，美国和加利福尼亚两边的确切分界上少不了瞭望塔、路障、"即将离开／即将进入"的告示牌和摆满高价纪念品的货架。而在"第一页和最后一页"书店里，边界的标识只是一个书架，其上的内容是应对离婚的自助书籍。

坐着水电车、太阳能摩托、机器马和观光巴士的人们，不远百里也要光临此处，仅仅是为了入手生活中必不可少的书籍。虽然通过共享平台也能找到电子书，但毫无疑问，后者里面可能充斥着大量众包编辑、定向内容、随意注释和纯粹的垃圾。当你用电子助手阅读《联邦人报》的时候，可能会发现一段关于权利和使命的内容，但你之前并没有看到这段内容——又或者，因为你昨天搜索了护发油，今天就发现了几页与之相关的内容。更别提同一本书在加利福尼亚和美国会变成完全不同的样子。你只能仰仗纸质印刷书籍（新的书籍则采用不同的印刷材料）来保证内容的统一，而书籍散发出的味道，抚摸书籍，翻动书页，扭动书脊，又可以为你带来完全不同的感官体验。

在莫莉看来，每个人都需要书。不论他们住在哪里，恋爱观如何，相信些什么，又或者他们想杀谁，大家都需要书。当你将书籍等同于某种特权俱乐部，又或者将对书的热爱当成是一种殊荣，那么你就是个糟糕的书商。

书籍是探索前人思想的最佳途径。作者用尽浑身解数，努力让自己的烂摊子尽可能合理，也许他们的失败之处可以为你提供灵感。

人们有时会问莫莉,为什么不只留下一个大门,迫使来自美国一侧的顾客和来自加利福尼亚一侧的顾客聊上几句——也许让其中任何一方看到某些书籍,就足以挑战他们的世界观了。莫莉总是说,自己还要照顾生意,如果能让所有人继续读书,对自己来说就足够了。多亏了莫莉的不懈努力,这家书店是边界线上最安静的前哨站,边界线两边的人不会对着彼此大吼大叫。

你从任意一边的店门进入书店,首先映入眼帘的是菲比。菲比正处在青春期,身材瘦小,活力十足,堪比一头小马驹。她光着脚在店里跑来跑去,轻松避开了书架,免得把书架上的书撞下来。你一定先听到菲比的笑声,然后才听到她的脚步声。她通常穿着牛仔布工装和廉价亚麻裤,有的时候穿着足以拖到地板上的裙子或者带着蕾丝边的衬衫,戴着塑料制成的手镯或者项链。但她现在还没有戳耳洞。

边界线两边的人都很喜欢菲比,她的笑声就像一股充满快乐的气息,一路穿越花田,你从很远的地方就可以听到。

莫莉曾经对菲比反复说教,要求她去室外多多呼吸新鲜空气——这似乎是作为母亲应该说的话。因为莫莉整天忙于经营书店,店里也不乏各类家庭教育类书籍,她很担心自己会变成一个不称职的母亲。但是,当菲比违背了莫莉的命令,留在店里看书的时候,莫莉心底还是感到非常高兴。莫莉希望菲比可以保持这种羞涩,母女二人待在"第一页和最后一页"里,当她们没有看书的时候,就透过薄亚麻窗帘的缝隙观察外面的世界。

当菲比14岁的时候,她总是跑出去玩,莫莉连续几个小时都找不到女儿的踪影。菲比在这段时间里个子越长越高，人也越发漂亮。当菲比和那些住在林荫道上的美国孩子，以及若干从加利福尼亚一边偷偷跑过来的孩子一起奔跑的时候，她那红色马尾辫在修长的脖子的衬托下来回摇摆。没人会认认真真在这段边界线上"巡逻"，而且那里还有一堆乱石，看上去就像是缩小版的落基山脉，只要能找到正确的路线，就能利用它跨越边界线。

菲比和一群不过十几岁的孩子有时会在边界线附近高高的野草中穿行，进行所谓的"寻宝之旅"，有时则会在乱石堆上搭起"伏击堡"。菲比有时候可以看到莫莉，就会挥挥手，然后向着查迪尔和马克所在的方向，一路跑上尘土飞扬的山丘。他们两个刚刚从加利福尼亚偷偷越过了边界线，帆布背包里装满了各种游戏和小玩意儿。菲比有时带着一大群孩子走进书店，请所有人喝水或者莫莉自酿的根汁汽水，当孩子们进入书店的时候，都要站在原地一起说："你好，卡尔顿夫人"，然后一溜烟儿跑出去。

大多数时候，孩子们都吵个不停，他们一边互相追逐，一边用豌豆枪互相射击。孩子们有时候会在树木茂盛的地方一口气待到日落，就在莫莉打算用电子助手呼叫附近的家长们叫孩子们回家的时候，她会发现树丛里发出了几点灯光。莫莉总是问菲比，孩子们到底在那片勉强算得上是一片树林的灌木丛里干什么，菲比总是说："没什么，鬼混罢了。"可是在莫莉看来，孩子们在夜色和树叶的掩护下，什么事情都有可能干得出来：喝酒，吸毒，玩真心话大冒险。

虽然莫莉很想掌握女儿的一举一动，但她不可能弃书店于不顾。这家坐落于边界线上的书店需要最少两名店员，每个人负责一台收银机。莫莉招来的人大多只能坚持一两个月，因为店员的家人们都担心随时爆发的战争。莫莉的电子助手每天都能收到来自边界线两侧的宣传材料，双方不是宣称对面是令人窒息的神权国家，就是指责对方是一台毫无响应的绞肉机。与此同时，你的脑袋嗡嗡作响，因为双方都在搜索最后可用的水源，加利福尼亚一方派出了大量地下机器人。所有人都提心吊胆。

莫莉负责的是朝向加利福尼亚一侧的前台，在面对顾客诡异的文身和刺入头骨的银色细线时，她努力保持着镇定。大家都知道，加利福尼亚人热衷改造自己的身体和大脑，从可编程生育控制，到连接所有人的阿诺斯复合体，不一而足。莫莉保持微笑，和客人聊聊天，根据大家的购买记录，向顾客推荐各种书籍——总之，即便是别人因看到她的十字架而表示不满，莫莉还是对所有人一视同仁，毕竟，她肯定是被自己的信仰洗脑了。

有一天，一位名叫桑德的客人走进书店，寻找霍普·朵瑞斯于旧美国末期撰写的一本关于可持续农业和动物意识的稀有书籍。出于某些原因，这本书从未被上传至共享网络。莫莉打量着电脑，发现店里确实还有一本，但当莫莉领着桑德来到书架前，却发现这本书不见了。

桑德看着《大地灵魂》本该在书架上的位置。他苍白的圆脸上画满了横线，反光的盔甲上画着一个蝴蝶，电线从光秃秃的后脑勺上垂了下来。阿诺斯复合体的工程师都是这种打扮。

"哎呀，"莫莉说，"这本书原本应该就在这儿。我还是去查查吧，这本书是不是……被卖到了另一边去了，而且没纳入记录。"桑德点了点头，然后跟着莫莉走到了美国一边。米奇此时正低头摆弄着收银机,莫莉从他身边走过,在废纸堆中翻找了半天,然后说:"哦,对哦,该死,哎。"

书店里唯一的这本书卖给了美国一侧最忠实的客户:一位名叫特里·华莱士的女士,她留着一头灰发,经常去莫莉的教堂做祷告(她的女儿经常和菲比一起玩)。特里现在就在书店里寻找一本烹饪书。米奇刚刚看到她走过去。很不凑巧的是,特里非常讨厌加利福尼亚人。而桑德就是特里最讨厌的那种加利福尼亚人。

"看起来我们不久前就卖掉了这本书,而且我们确实也没有及时更新出货清单。"莫莉说。

"那这就属于虚假宣传了。"桑德仰头看着天花板,摆出一副加利福尼亚人面对麻烦时的标准表情。"你告诉我店里有这本书,而你应该知道这本书早就被卖掉了。"

莫莉决定不告诉桑德,到底是谁买走了霍普·朵瑞斯的著作,但就在桑德抱怨零售业沟通的职业道德时,特里抓着一本关于沙拉的书走了过来。桑德恰好提到了《大地灵魂》,而这一切都没逃过特里的耳朵。

特里说:"哦,我刚刚买走那本书。"

桑德转过身,微笑着说:"哦。很高兴见到你。你买走的那本书是我预定的。我觉得咱们也许可以商量出什么解决方案吧?鉴于我非常需要这本书,也许咱们可以提出个按需分配的解决方案。"桑德早就进入了超理性分析状态,这是加利福尼亚人面对问题的一贯态度。

特里说:"这书是我买的。它现在归我了。"

桑德说:"但是,咱们可以……我的意思是,你可以借给我,我做完数据备份,然后再以完美的状态还给你。"

"我才不管什么完美的状态,我喜欢它现在的样子。"

"但是——"

莫莉非常清楚,局势很快就会失控。特里准备侮辱桑德了,手段无非是直截了当的污言秽语,又或者是故意的错误发音;而桑德也准备通过直接或间接的方式,称呼特里是个蠢货。莫莉想到了一个解决方案:她可以用免费送一本书或者以提供折扣的方式,麻烦特里把书借给桑德,好让他用某种特殊的翻页机器人完成电子备份。但是,当前局势完全无法通过理智解决。最起码在他们二人针锋相对的情况下,是无法寻找到一个合理的解决方案的。

莫莉尽可能摆出最灿烂的笑容说:"桑德,我刚刚想起来,我特地给你留了一些书,你去心理学和哲学分区看看。我一直想把它们给你,但现在才想起来。来吧,我带你去看看。"她轻轻拉扯着桑德的胳膊,重新走向书架。桑德一边抱怨着特里的自私,一边和莫莉离开了书店位于美国的一侧。

莫莉完全不知道所谓"特别的书"应该是什么,但等他们穿过浪漫小说区和自传区之后,她肯定能想到些什么。

菲比最近陷入了三角关系中。莫莉通过孩子们在一起玩耍的情况和偷听到的谈话内容,发现了这一点(虽然她已经尽可能不去偷听孩子们的谈话)。

乔纳森·布林克福特是莫莉教堂牧师的儿子,他和菲比一起玩的时候总是摆出一副卑躬屈膝的样子,就好像他输了一局真心话大冒险,欠了一大笔债。乔纳森个子很高,少言寡语,脸庞方正,很是帅气,总是不紧不慢地调解孩子们之间的纠纷。

但在莫莉看来，他总是说个不停。当乔纳森还是个小孩子的时候，莫莉就给他买过一些飞艇冒险题材的故事书。

另一个孩子叫扎迪·卡格瓦，她的父亲是来自乌干达的第二代移民，喜欢老式科幻小说。扎迪的肩膀上有一个新的文身，描绘的是一颗种子随风飘扬的蒲公英，一串光纤珠子从她的辫子里冒了出来。扎迪喜欢阅读的书籍从科幻到数学，甚至还包括极端政治和乡村文学。扎迪总是跟菲比说悄悄话，给她从加利福尼亚带来的礼物，其中不乏裹着辣椒的奇怪糖果。

要是自己的女儿和一个姑娘展开一段奇怪的关系，而不是和卡诺·布林克福特的儿子待在一起，莫莉完全能想象到自己会在教堂里听到些什么流言蜚语，更别说这姑娘还是来自加利福尼亚。

但是，菲比似乎并不想在这二人中做任何选择。她接受了乔纳森蹩脚的恭维，对于扎迪的礼物，也投以害羞的微笑。

有一天，莫莉带菲比去加利福尼亚玩，二人的护照盖上了单日入境许可，然后一起钻进了莫莉那台老式三轮车。母女二人开车穿过风力农场和军事基地，开过阿诺斯云脑计划的告示牌，最后停在一处能买到奶昔的地方。这里的奶昔实在是太稠了，单纯吸出堵在吸管里的奶昔，就可能让你的口腔掉一层皮。

菲比一路上一言不发，不是在喝奶昔，就是用自己宽大的聚合物夹克把自己裹起来。莫莉很想和她聊聊，于是讨论起最近客户都买了什么书，如何从黄莎伦突然出现的观鸟爱好看待国际关系。菲比只是耸了耸肩，好像只是说莫莉应该多看看新闻。而莫莉已经花了不少工夫解读新闻中提供的线索。

然后，菲比和莫莉讨论起了奇幻小说。七位公主拥有生长和腐败的能力，但是她们中的每个人只能掌握一种能力。谁要是能先培育出一支侏儒巨魔大军，就可以继承蓝色王座，但是公主们最初并不明白，每个人都掌握了不同的能力，所以她们种出了各种奇怪的东西。虽然公主们和王子、贵族女性保持着恋爱关系，但他们都不是公主们的理想爱人。

这部小说越发复杂，莫莉甚至想不起在店里见过这本书，后来她才明白，菲比说的不是自己读过的书。菲比正在莫莉收起来的某台电脑上撰写这部小说。莫莉之前可不知道菲比还是位作家。

莫莉问："这本书如何结尾？"

菲比用吸管捣弄着剩下的奶昔，说："我不知道。我猜她们得一起合作，才能建起那座树篱。但是，最困难的部分是让公主们和合适的心上人待在一起，以及，啊，确保没人会被忘记，或者在这个王国有自己的容身之地。"

莫莉点了点头，然后思考如何回应自己女儿的真实想法。"哎呀，你也知道，没必要急于让所有人找到真爱，或者安排某个人物的最终去向。这些事情有时候需要时间，现在不知道答案也没关系。你明白了吗？"

"是啊，我猜也是。"菲比把空杯子推到一边，看着窗外。莫莉等着她再说点什么，但是谈话到此为止了。唉，年轻人啊。

当莫莉的书店开张时，菲比还是个孩子，那时候边界线的管理非常宽松。两边的政府试图建立一个特别贸易区，商人可以得到一张跨国贸易特别许可。所有人都感到非常开心，因为在自己汽车的行驶范围内出现了一家书店，莫莉都数不清有多少人感谢自己开了这家书店。店里很多二手书都来自其他人家的旧货拍卖，但莫莉也接受过大批图书捐赠。

莫莉希望，一旦美国真的开始严格执行各种宽泛的道德法令，菲比可以快速转移到加利福尼亚。但更重要的是，菲比应能读到各种故事书，见到各种人，学会用不同的方式看待人生。将书店开到两国的边界线上也是个不错的决定，因为这可以扩大潜在市场。

在以前，边界线上还有一家酒吧、一家汉堡店和服装店，莫莉几乎没有发现这些店都一家家倒闭了。在莫莉看来，自己的书店与众不同，因为没人会因为看书而喝醉，然后引发一场酒吧斗殴。

有一天，书店的生意很冷清，马修一瘸一拐地从美国一边的店门口走了进来，莫莉打量着他被撕破的裤管，脏兮兮的双手和棕色脸庞上干涸的盐渍。莫莉已经见过太多类似的情况，她连眼睛都没眨一下。她甚至不需要看他脖子上的烙印，那形似破损翅膀的烙印，意味着马修属于大阿帕拉奇亚监狱管理局和格拉德集团管辖之下的苦工。她点了点头，趁其他人还没有注意到这一切，或者问太多问题之前，帮着马修走进店里。

马修说："我在找一本自助书籍。"很多人都说过类似的话。某人在某地曾经告诉这些苦工，这句暗语可以让莫莉知道他们需要什么。实际上，并不存在什么暗语，也没人需要暗语才明白是怎么回事。

除了莫莉的书店，美国和加利福尼亚之间的边界线上有无数无人把守的地段，扎迪和其他加利福尼亚孩子为了找美国孩子一起玩，而必须翻过的那座石头山也是其中之一。有太多地段不值得布置巡逻队，更没有必要搭起栅栏或者传感器。但是，你在加利福尼亚吃午饭却要经过好几次电脑身份核实。而马修和其他人选择莫莉的书店，是因为书籍象征着文明，又或者书店的名字意味着某种安全通道：从第一页安全抵达最后一页。

莫莉一如既往地为这些难民提供保护。她帮助马修快速穿过爱情小说区、哲学区和历史区，最后来到加利福尼亚。她给马修提供了一些从捐赠箱里翻出来的干净衣服，她总是对别人说，这些捐赠箱是为某处的救助中心准备的，并且提供可以找到必要物资的地址和联系人信息。她让马修在洗手间里尽可能清洗干净。

当马修一瘸一拐地穿过书店的时候，已经穿上了崭新的灯芯绒裤子和带着菱形图案的宽大毛衣。莫莉主动要求看看他腿上的伤口，但马修摇了摇头说："旧伤而已。"她拿出急救箱，给了他一罐止痛药。马修不停打量着四周，仿佛哪里藏着摄像机（不，这里没有这种东西），虽然他已经身处加利福尼亚境内，当莫莉让他等一下的时候，马修还是后退了一步。

"怎么了？有什么问题？出什么事了？"

"没事，一切都好，我在思考而已。"莫莉总是会送给难民一本书，一些可以在以后陪伴他们的东西。她不想随便挑一本书，于是在历史区昏暗的墙灯光照下，打量了马修一会儿。她问道："除了自助书籍，你喜欢什么书？"

马修说："我没钱，抱歉。"但是莫莉对此毫不在意。

"你不需要给钱。我只是想给你一本书，免得你寂寞。"

就在此时，菲比走了过来，打量了一下二人，说："嗨，妈妈。嗨，你好，我叫菲比。"

莫莉说："这位是马修。我想给他一本书。"

"他们不给我们任何书，"马修说，"那倒是有一个小图书馆，但想进去可不容易，而且你要做的可不是单纯的'表现好'。为了能进图书馆，你得……"他看了一眼菲比，因为马修接下来说的内容，可能并不适合小孩子，"他们的确让我们看《圣经》，我都能背下来其中一些内容了。"

莫莉和菲比看着彼此，而马修则在一旁坐立不安，菲比说："《布朗神父探案》。"

莫莉问："你确定？"

菲比点了点头，像一头小鹿跑开了，然后拿着一本G.K.切斯特顿的小说，只不过这本是简装版的口袋书，刚好塞进灯芯绒裤子口袋里。"我以前很喜欢这本书，"她对马修说，"这是一本关于神和宗教的书，但里面也有不少侦探故事，但重点是弄明白人的本质。"

马修一直在嘀嘀咕咕地向菲比和莫莉道谢，听起来像是某种咳嗽，最后二人不得不挥手要求马修别再说了。当一行人来到面向加利福尼亚一侧的店门口，菲比和莫莉先是确认周围环境安全，然后才让马修现身，给他指出一条路线清晰的小道。小道和主干道保持平行，却也非常隐蔽。

加利福尼亚总统祝愿美国总统春分快乐，而不是"复活节快乐"，美国总统要求展开一轮会谈，讨论一下这个不可饶恕的侮辱。美国的道德国务卿华莱士·道森，用侮辱性词汇称呼了加利福尼亚同性恋司法部部长。加利福尼亚对边界派遣部队进行"例行训练"，莫莉整晚都能听到空包弹的声音（她希望听到的都是空包弹）。美国向边界派遣了战斗机和无人机，那阵势几乎要撕裂天空。加利福尼亚的寻水机器人在地幔中找到了大量地下水，但美国和加利福尼亚都声称这些水是在自己的领土管辖范围内。

莫莉的电子助手收到的新闻中夹杂着大量政治宣传材料，就好像双方要让所有人都发动起来。美国的媒体反复在说，因为生育控制植入物的升级存在缺陷，导致新萨克拉门托的一名孕妇流产，除此之外还附加大量生动的故事，内容涵盖城市帮派暴力活动、毒品、卖淫。与此同时，加利福尼亚的媒体则不停宣传美国十几岁青少年被强奸、监禁、被迫穿紧身衣以保证顺利产下婴儿，以及警察对和平示威人士投放催泪瓦斯和滥用暴力的行径。

最近一段时间，来自美国的客户都会来莫莉的书店寻找一些根本没有存货的图书。莫莉决定购入一批《我们为什么屹立于此》，这是一部关于个人主义和天主教价值观的宣言，但没有指责加利福尼亚人兽性和食人主义的内容。但是这本书却找不到了，因为所有印刷完毕的成品都卖完了。虽然莫莉拒绝售卖《我们人民》，这本书里有大量侮辱他人的漫画，主要攻击对象就是聚居在新萨克拉门托等西部城市的黑皮肤和棕色皮肤人种，除此之外，书里还有一些关于这些人种智商的"科学理论"。

总是有人进店询问《我们人民》这本书，莫莉此时非常确信，这些人很清楚自己店里并没有这本书，他们不过是想表明自己的立场而已。

"也就是有些人觉得，你总认为自己比其他人更优秀罢了。"诺玛·维莱恩是萨曼莎的女儿，她是菲比的玩伴之一，总是管不住自己的嘴巴。"你总是想在双方之间走中间路线，坐在自己的大椅子上，决定该看什么书，不该看什么书。你其实就是在那里批判我们而已。"

莫莉说:"我不会批判任何人。诺玛,我也住在这儿。每周日我也会参加圣火活动,和你没有任何区别。"

"你嘴上这么说,但是你又拒绝上架《我们人民》。"

"没错,因为那本书就是种族主义作品。"

诺玛转头对雷吉·瓦茨——他的两个孩子也和菲比一起玩儿——说:"雷吉,你听到了吗?她刚才叫我种族主义分子。"

"我才没有这么叫你呢。我不过是在讨论书而已。"

"书和人都是相关联的。"雷吉在距离书店48公里的电厂工作。他皱着眉头,微微弯腰说:"你也不可能通过人来自哪里,就把各种人分得很清楚。"

诺玛说:"也许有一天你必须选择一个国家。"她说完就盛气凌人地和雷吉离开了书店。

莫莉感到有什么东西在啃咬着自己的内心,就好像莫莉小时候看的漫画《书虫》,那里面的虫子能咬穿一整本书。现在,这只虫子在莫莉心里钻了个洞,让内心的认知感到越发模糊。

莫莉正在检查销货单,因为自从桑德和特里发生冲突之后,她总怀疑发生地震时,卖给美国的销售记录并没有被录入电脑。当地面震动的时候,几本书掉到了地上,但是大多数书都被塞在书架上。从地下传来的震动形成一种刺耳的噪声,让莫莉的耳朵感到非常难受。当她查清金额之后,就低头打量着自己的电子助手,但一开始什么都没看到。过了一会儿,她看到了一条提示:加利福尼亚宣称对地下水储层的所有权,并将尽快开始采水作业。美国一方认为这是战争行为。

菲比一如既往和朋友们出去玩了。莫莉用电子助手发了条信息，然后在书店外高声呼喊着菲比的名字。地下传来的轰隆声还在响个不停，但要么是莫莉已经习惯了这种噪声，要么就是噪声的源头已经离开了这片区域。

"菲比？"

莫莉走上人行道，每隔几分钟就打量一下电子助手，查看菲比是否回复了自己的信息。她反复告诫自己，如果日落之前没找到女儿，也必须保持镇定，等太阳真正落山之后，她又不得不给自己立下一个新的时间点。

附近有什么庞然大物发出了咆哮，莫莉摔了一跤。她能感受到巨兽的气息吹在自己的脸上，耳边响起它的咆哮。过了一会儿，她才反应过来那是三架潜行者式战斗机以隐身模式从低空飞过，你可以听到它们，感觉到它们，但是无法看到它们。

莫莉大吼道："菲比？"她已经来到了主街的尽头，这里有一家杂货店和餐厅。"菲比，你在哪儿？"顺着街道可以走到一片空地，街道的一边是一大片玉米地，另一边则是一条直通免费高速路的分流岔路。田地里的玉米因为飞机的气流而不停摇摆。莫莉听到车轮在路上碾压泥土和石头的声音，然后映入眼帘的就是闪烁的车灯。

"妈！"菲比从山上的小树林里冲了下来，身后跟着乔纳森·布林克福特、扎迪·卡格瓦和其他几个孩子。"谢天谢地你没事。"

莫莉要求菲比带所有人躲进书店，因为书店阅读室是方圆几公里内最接近防空洞的存在。

但是，又传来阵阵闪光和刺耳的噪声，莫莉看到一片黑影距离自己越来越近，每一个黑影都比镇子里最高的建筑还要高三倍。

莫莉从没有见过机甲，但是她凭借机械腿上巨大的制动器和胳膊上的火箭发射器，一眼认出了这些机器巨人。他们看起来像是劣质的人像，动力源深埋在钛合金外壳之内。机甲头部的两道观察口，配上红色的油漆，让人感觉它们在俯视脚下的人群。这些机甲浑身装满了武器，它们穿过小镇，向着边界线走去。

菲比大喊道："所有人都去书店！"扎迪·卡格瓦用花哨的平板电脑给父亲发信息，其他孩子也在尝试联系自己的父母，但所有人稍后都躲进了书店。

人们来书店里寻找自己的孩子，或者寻求庇护以躲避战火。当战争爆发的时候，有些人正在书店里购物，或者正好从附近开车经过。莫莉让所有人都躲进了书店，而美国的机甲正在和来自加利福尼亚的百夫长中队交火。这种机器人几乎和美国的机甲一模一样，只不过机载系统和阿诺斯复合体相连。双方的火箭发射器不停开火，火箭拖着橙色的尾焰飞来飞去，将一切都染成了琥珀色。莫莉看着美国机甲挥舞着铁拳，打在加利福尼亚的百夫长机甲身上，金属碎片四处横飞，看起来就像是扎迪文身上的蒲公英。

莫莉冲进书店，关上了阅读室的大门。"我给承包商多付了些钱。"她对藏在里面的人说。"这些墙壁堪比银行金库。这里是最安全的地方。"在金属墙壁的另一侧，书店大厅里还有一个厕所，人上厕所时被炸飞的概率反而更高。

除了莫莉和菲比，还有十几个人躲在阅读室里。这里有扎迪和他的父亲杰伊、诺玛·维莱恩和她的女儿萨曼莎、雷吉·瓦茨和他的两个孩子、乔纳森·布林克福特、桑德，就是上次来买《大地灵魂》的工程师，特里，是她买走了《大地灵魂》。除此之外，还有来自加利福尼亚的佩特里斯和她12岁的孩子马西。

他们都坐在这间6平方米的房间内，房间里的沙发可以容纳五个人，书架的高度直达天花板。每当有人想放松的时候，地面就会震动，屋外传来的爆炸声就会越来越响。所有人的电子设备和植入物都无法接收任何信号，这可能是因为坚固的墙壁阻隔，也有可能是有人在干扰通信。房间不停晃动，万幸的是书架塞得太满，所以书不会掉下来。

莫莉看着杰伊·卡格瓦，后者用一只胳膊怀抱着女儿，她忽然想起，菲比在七年前曾经劝说自己去和杰伊约会。菲比和扎迪早就成了朋友，但二人都没有兴趣展开一段恋情。在菲比看来，杰伊这位身材不错的建筑师，非常适合自己的母亲。一方面来说，两个小孩子在交叉比对自己的家长时，总是发出诡异的微笑；另一方面，菲比和莫莉都是美国公民，拥有双重国籍也不是坏事。但是，莫莉没时间应付个人感情问题。而就是到了现在，扎迪还是时不时地偷看菲比，后者从没有在扎迪和乔纳森之间做出选择，说不定她永远都不会做出选择。

杰伊放开了自己的女儿，斥责她让自己夹在两国交叉火力之间的冒失行为，包括莫莉在内的其他家长也开始斥责自己的孩子。杰伊·卡格瓦悄悄对自己的女儿说："我希望咱们能安全回家，而不是和这些人困在一起。"

诺玛·维莱恩从房间另一头质问道："你这个'这些人'是什么意思？"

又传来一阵震动和更恐怖的噪声。

雷吉说:"算了吧,诺玛。我相信他没有恶意。"

诺玛说:"不,我就想知道他是什么意思。我们就是想过日子养孩子,怎么就变成了'这些人'了?与此同时,你的国家认为堕胎、非正常性关系、往脑袋里塞一堆纳米垃圾都是合法的事情。所以,我觉得问题是,我为什么和你们'这些人'困在一起。"

杰伊·卡格瓦很平静地说:"我亲眼见识了你的国家对我这种人所做的一切。"

"加利福尼亚不也是从美国偷孩子,然后把他们变成性奴和妓女嘛。我天天都得盯着萨曼莎。"

"老妈。"萨曼莎只说了一个词,但其中包含的意思包括"别在朋友面前让我尴尬"和"你也不能永远保护我"。

桑德说:"我们没有偷孩子。那都是编出来的愚蠢谎言。"

特里说:"你们什么都偷。你们现在就在偷我们的水。你们没有任何信仰,只要你们想,什么都偷。"

"我们可没有把50万人赶进劳动营。"佩特里斯说话的时候没有任何情绪波动,这个灰头发的女人,平时都买一些关于园艺和意大利历史的书。

雷吉说:"哦不,这完全不算什么严重问题。加利福尼亚将几百万人变成阿诺斯复合体的电子奴隶。我们的处理方式更人道。"

莫莉说:"嘿,所有人都冷静点。"

"呵,你还想同时两边讨好呢。"诺玛看着莫莉,竖起了中指。

其他六个成年人对着彼此大吼大叫,小小的阅读室里几乎和外面的战场一样嘈杂。阅读室不停晃动，孩子们抱在一起，成年人则提高音量，努力让别人在外面听见自己。所有人都知道这次的冲突是因为水资源所有权，但是几个月来的恐怖宣传，让所有人都认为这是一场为了神圣真理的正义战争。为了自由和后代，所有人都在大吼大叫，莫莉缩在角落的一堆神学书旁，捂住自己的耳朵，看着房间另一头的菲比，她的女儿和乔纳森、扎迪待在一起。菲比呼吸急促，浑身紧张，就好像马上要开始冲刺，但是她的注意力都放在安慰自己的朋友上。莫莉又想起了自己以前最担心的事情，她害怕自己会变成一个坏妈妈。

就在此时，菲比站起来大叫一声："所有人闭嘴！"

所有人都安静了下来。这可真是个奇迹。他们转头看着菲比，她一手牵着乔纳森，一手牵着扎迪。虽然屋外乱成一片，但阅读室内却异常安静，这让人感到怪异，甚至在其中产生了一种神圣感。

菲比说："你们都该感到羞愧。我们现在都怕得要死，又累又饿，说不定所有人整晚都要困在这儿，而你们就像一群婴儿。这不是大喊大叫的地方。这里是书店。这里是安静挑书看书的地方，谁要是不能保持安静，那就从这儿滚出去。我不管你们是不是自认为了解彼此。你们最好都规矩点儿，因为……因为……"菲比看了看乔纳森和扎迪，然后看了看自己的母亲，"因为我们的读书俱乐部马上要召开第一次会议。"

读书俱乐部？所有人都困惑地看着彼此，就好像他们错过了什么事情。

莫莉站起来拍了拍手，说："没错。10分钟后召开俱乐部会议。所有人必须参加。"

外面传来的噪声不再那么刺耳，但是却从不同的方向传来。其中一个声源似乎就在大家的正下方，也许机器人或者掘进机正在地下进行一场争夺水资源的大战，似乎地面都不再坚实。在他们的头顶上，飞机打得难分难解，当然这噪声的源头也可能是步行机甲，或者是空中缠斗，将天空染成红色的自动无人机。所有人被困在房间里，对外界的情况一无所知，任何一点噪声都能被解读出无限的恐惧。

莫莉和菲比躲在角落里，努力找出一本所有人都熟悉，还能让大家进行讨论的书。莫莉之前确实举办过几次读书俱乐部，阅读室中确实有人参加了俱乐部，但莫莉实在想不起来，当时究竟在活动中读了什么书。莫莉坚持推荐在天灾时代引起轰动的文学作品和简·奥斯汀的经典作品，但是菲比拒绝了这两本书。

"咱们需要分散他们的注意力，"她用大拇指指点了一下身后的众人。"而不是让他们无聊至死。"

于是，国际读书俱乐部的唯一选择就是奇幻小说《百万分之一》，这本书讲述了一个叫诺曼的小男孩，拯救了被邪恶巫师困在水晶球里的一百万份灵魂，然后不小心将所有灵魂吸收进自己体内。于是诺曼的体内寄存了一百万份灵魂，他虽然因此拥有了强大的魔力，但也必须完成所有人的未竟之事，满足他们对自由的渴望。而且诺曼还要和巫师决斗，因为巫师不仅想要夺回一百万份灵魂，还想夺走诺曼的灵魂。这本书的目标群体是十几岁的青年人，但是莫莉知道边界线两边的成年人都读过这本书。

桑德说："好吧，这个前提存在巨大的误差。先前提到，灵魂可以被储存转换，但诺曼无法将其他灵魂转移到附近的容器中。"

"这件事在第二本书里做了解释。"扎迪翻了翻白眼。"这些灵魂都被锁在诺曼体内了。再说了,要是诺曼把灵魂放在其他地方,巫师肯定会抢走他们。"

"我还有一点不明白,为什么他那个所谓的老师,马克辛,不直接告诉他潘德拉贡转换的全部内容。"雷吉说。

乔纳森嘀咕道:"哎,麻烦不要剧透。不是所有人都读到了第五本。"

特里双臂交叉,说:"咱们可不可以专注于书的主题,而不是个别细节?比如说,诺曼收纳了那么多灵魂,还能继续保持自我,我对此非常感兴趣。"

杰伊·卡格瓦说:"这可能也是某种笛卡尔所谓的双重性吧。"

"啊,这倒是有可能。你要是看过笛卡尔的书,他提到——"

"重点是巫师想控制所有的灵魂,但是——"

"咱们能讨论一下那个唱歌的斧头吗?那到底是什么玩意儿?"

大家一直讨论到凌晨三点,所有人都疲惫不堪。天空和地面时不时还能传来巨响,但是大家要么已经习惯了这一切,要么就是战斗最激烈的部分已经结束。莫莉看着大家靠在彼此身上,在房间里睡着了,她感到自己心中腾起一股保护欲。这种保护欲不是单纯针对房间里的众人,因为莫莉除了不想让在座的任何人受伤,也不想让这间倾注了大量心血的书店受损,更是为了某种更为模糊和抽象的东西。"第一页和最后一页"位于两国边界线之上,还能继续存在多久?今晚到底是一场遭遇战,还是一场能将两个国家彻底毁灭的全面战争？

菲比将乔纳森和扎迪放在一旁，和妈妈坐在一起，嘴上还带着满意的微笑。菲比手里抓着一本书，莫莉第一眼没有认出这本书的封面，但稍后看到了书脊。这是一本配有水彩画的袖珍硬皮童话书，这是莫莉给菲比准备的12岁生日礼物，自那之后，她就再也没看过这本书。菲比靠在母亲身上，一边读书，一边打量着插画里的天空、城堡和高山，最后靠在莫莉的肩膀上睡着了。睡着的菲比看起来年纪更年轻，莫莉看着自己的女儿也渐渐睡着，整个书店终于陷入了沉寂。莫莉有时会被战斗的轰鸣吵醒，但最终她听不到战斗的轰鸣了，只有大家在书籍的包围下发出的平稳的呼吸声。

银河旅游业复合体

托比亚斯·S.巴克尔

托比亚斯·S.巴克尔（tobiasbuckell.com）出生于加勒比地区，是《纽约时报》畅销书作家和世界奇幻奖得主。他在格林纳达长大，长期居住于英国和美属维尔京群岛，这种经历影响了他的作品。他的长篇小说和其他一百多部短篇小说，被翻译成了19种语言。他的作品多次获得雨果奖、星云奖、世界奇幻奖和最佳科幻新人作家提名。他现在和妻子，两个女儿和两条狗，居住在俄亥俄州的布拉夫顿。

当银河复合体的人到达肯尼迪太空机场的时候，他们总是散发着氨水、硫黄和塔维永远不知道如何形容的味道。这么多年来，他开着摆渡车，带着他们穿过储存罐区，在等待他们的环境服排出臭氧，适应地球空气的过程中，早就熟悉了这种味道。他会装上行李、特制环境适应装备，反复检查各种外星人的需求、行程和观光目的地。

但是，他没有想到这次接到的是一个体重180公斤、形似章鱼的生物。他在新布鲁克林大桥上空300米打开了自己的出租车车门，冷风瞬间灌进了车内，狂风呼啸，仪表盘上各种警示灯不停闪烁，警报声不绝于耳。

他当然也没有想到，翻译器的扩音器里传来外星人的叫声："小心那些高塔！"

自从外星人跳出了出租车，塔维在很长一段时间内都愣在原地，由着出租车继续向前飞。

这怎么可能呢？怎么会发生在他身上呢？尤其他这台出租车本就处在崩溃的边缘，而曼哈顿地区营业执照马上又到重新审核的日期了。

出租车司机需要执照才能飞进曼哈顿。这是第一件让人感到不安的事情，因为他的执照刚刚过期。纽约旅游管理局不仅判处了罚金，还命令他三个月内禁止继续载客。塔维不得不依靠一些兼职工作糊口，其中包括清理机场油罐、出租车返航后清理车尾等。

但是，他所有的执照都快到期了。当他在大桥周围水域上空盘旋的时候，他脑子里只想着一件事，他应该为乘客的安全负责。塔维想，也许这个外星人可以承受高空坠落造成的伤害。

也许吧。

但是，这个外星人还是没有浮出水面。

他在仪表界面里储存了外星人的联系方式。于是，他按下图标，开始联系这个外星人。

"求你了，快点回话。"

但是，外星人并没有回应他的呼叫。

他又对外星人有什么了解呢？外星人看起来像个章鱼。这又意味着什么？这些外星人应该不能四处走动，所以肯定装备了某种外骨骼。

可这能给外星人提供保护吗？

塔维又盘旋了一圈。他应该报告这件事，但那样警察就会因为以前的过错而不停地骚扰他。从某种程度上说，这是他的错。他会因此失去曼哈顿地区的飞行执照。而外星人最喜欢曼哈顿地区。虽然这里大部分地区都是为外星人建立的特区，但这可是"货真价实"的美式体验，服装区有甲烷呼吸装置，建筑物安装了一层透明外壳，甚至还有模拟的外星大气环境。中央公园以北都是氢气环境。

很多商店都非常有意思，但里面很少有人类能用的东西。一开始的时候，很多研究人员和科学家曾经购买了大量银河旅游复合体的商品，坚信自己可以对这些东西进行逆向工程研究。

虽然有传说这些东西都是在地球上制造的廉价外星产品，但事实并非如此。去年，某个政府部门购买了一辆"真正"的人类跑车，供货商说可以向任何星球发货。车内似乎有一台反重力装置，所以很多人都很兴奋。当他们打开外壳时，整辆车发生了爆炸，炸飞了好几个街区。

当人类质问身材高大、浑身多毛的类蜥蜴形外星人，这到底是怎么回事的时候，这个在百老汇拥有多个窗口的外星人却说，他们不过是把这些车运到地球来销售，不是这些车的生产商。

但是，外星人涌向这座城市不是买这些东西，就是在中央公园的湖边溜达。要是塔维无法进入曼哈顿，那他就失业了。

他叹了口气，拨打了报警电话。这下警察要问很多问题了，而塔维也要面对大麻烦了。

但是，如果塔维逃逸，那么他们也掌握了应答机的存档记录。到那时候，塔维可就是嫌疑人了。

他怀着惴惴不安的心情,准备迎接糟糕的一天。

塔维戴着防毒面具站在港口,曼哈顿桥下某座建筑物正在泄漏一种类似芥子气的气体。周围的警察也戴着面具继续做笔录。塔维留下了自己的指纹,然后被警察赶走了。

"我可以走了?"

几艘港湾巡逻船悬浮在外星人落水的位置。但是一切看起来都不慌不忙。大多数人只是在等待。

给塔维做笔录的警察穿着一件黄色的连体服,上面还印有金融区一家赌场的广告。(在这儿赌钱吧,一切一如过去的股市!赚大钱,敲大钟!)他戴着防毒面具,在做笔录的时候还点着头。

"我们有你的联系方式。我们正在调取录像。"

"你们不检查河底吗?"

"滚吧。"

防毒面具让警察说话的声音听起来含混不清,但塔维知道这是在命令自己。他在困难时刻做出了正确的选择。

他做出了正确的选择。

对吧?

他想回家睡一觉。拉上遮光帘,在黑暗中睡一天。但是,他还要付账单。出租车需要交保险,从轨道上运下来的金纳燃料也不便宜。每当出租车的喷洒装置开始工作的时候,塔维就能感觉到自己的银行存款越来越少。

但是,你从地面进入曼哈顿,可是看不到好风景的。除此之外,地面交通许可证比飞行执照还难,因为外星游客不想被困在地面的车流中。

如果你试图告诉外星游客，这种拥堵的地面交通也是曼哈顿的特色之一，只会招致他们的白眼。

所以，他又接了四拨客人。出租车里的黄色气体越来越多，让塔维不停咳嗽，双眼流泪。最后一拨客人是一群形似野狼的外星人，他们挤在出租车里，像一群松鼠一样叫个不停，要求塔维带他们去一个人类吃饭的地方。

"我们要的是货真价实的人类食物，而不是经过设计、外形看起来像人类食物，实际上适合我们消化系统的垃圾。"

就在塔维透过后视镜观察这些外星人互相梳毛的时候，仪表盘上已经表明了若干旅游局认可的、可以接待这些外星人的地点。

"啊，好的。"

他带着外星人飞向哈林区，塔维的兄弟吉夫在那里开了家店，那里是鲜有适配着外星大气泡泡的摩天大楼。这群外星人呼吸氧气，但是依靠鼻子里的管子提供额外的成分，这种管子里的物质时不时释放出一种肉桂的气味。

塔维现在非常希望吃点好东西安慰一下自己。就在车里的外星人还在研究人类的菜单上都有什么时，塔维已经走进了热气弥漫的餐厅后厨。

吉夫大喊道："瑞奇老伙计！是你把这群狗引来的？"

"是我引来的。"塔维承认道。吉夫轻轻抱了下他，脏辫甩在塔维身上。"说不定他们会给你一百万小费。"

"绝了。说不定他们会给你一兆小费。"

这是一个老套的笑话。你愿意花多少钱，只为了穿越整个银河系，用自己的眼睛或者光受体见识这个世界？有些外星人航行了很久，使用的飞船高度复杂，其中的花费堪比地球上一个国家的 GDP。

外星人打赏的小费确实有可能达到几百万。之前确有类似的传言，某个端盘子的小伙子一夜暴富，某个导游在月球上修了属于自己的房子。

但是，旅游局和银河旅游业复合体下属的公司，反复告诫来到地球的游客，千万不要给当地人太多钱。按照他们的说法，地球的经济太脆弱了。你不能在到处闲逛的同时，发出去的小费金额堪比别人一年的薪水。你会在不经意间制造通货膨胀，或者导致邻里间的不平衡。

所以，不论游客们使用的是什么系统，里面的应用软件都会提示当地的汇率，以便给当地人支付合理的金额。

但是，这不妨碍大家做白日梦。

吉夫递给塔维一盘通心粉馅饼，一些豆子、米饭和鸡肉。塔维则讲了讲自己一早上的经历。

吉夫说："你就不该报警。"

"然后呢，继续飞？"

"旅游局会把你录入黑名单。他们也需要维持自己的面子。没人想看到一个外星游客死在地球。这可是严重破坏了公共形象。你可能因此丢了自己在曼哈顿的执照。伙计，纽约的管理局可是最讨人厌的。"

塔维用毛巾擦干净手指，咳嗽了一下，喉咙里冒出了一股浓郁的肉桂味。

"你没事吧？"

塔维点了点头，泪水在眼眶里打转。不论那群外星人到底呼吸了什么东西，现在它已经深入了塔维的肺部。

吉夫说："你得小心点儿。最好在车里装个过滤器。尼克莱的父亲因为太空跳伞服里的东西得了肺癌，医生都治不好他。"

"我知道，我知道。"塔维一边咳嗽一边说。

杰夫递给他一个袋子，里面的东西用铝箔包了起来。"这是烙饼，你路上吃吧。鸡肉里的骨头都剔掉了。要不要我给你再来点儿肉？"

"不用了。"杰夫对人很好。他知道塔维努力摆脱财政困境，每天下班后还要接一些兼职工作。

这家店里的大部分食物都是为外星游客准备的，外星人的身体可以消化这些食物。塔维对外星人游客撒谎了。但是，包里的食物却是真的，是吉夫专门为那些知道从后门进来的人准备的。

塔维又一次飞去了肯尼迪太空机场，这一次他绕着机场飞了几圈。肯尼迪太空机场位于整个巨型结构的底部，机场的其他部分扶摇直上，穿透云层进入太空。整个机场就像一个深水港，巨大的外星飞船将乘客送到太空港。这里是美国国会的骄傲，整个国家一个世纪的GDP都抵押给了银河系建筑协会，才换来了这座星港。如此一来，就没人知道如何复制这座建筑，但是美国国会必须承诺，涌向曼哈顿的游客可以刺激就业。银河旅游复合体带来各种商品，通过以物换物的方式获得自己想要的东西，但这对于工业能力的提升几乎可以忽略不计。美国一大半的经济依赖于旅游业，剩下的都是服务型工作岗位了。

在肯尼迪太空机场的底层，急切的度假人群和游客涌进了专门为其生理特征而设计的机场大楼，然后穿上环境适应装备，为自己在地球上的时光做好准备。还有些外星人，比如塔维刚刚接待的那批乘客，不过是钻进一个大罐子，然后将整个罐子塞进出租车后部，等到达某个高耸入云、俯视曼哈顿老建筑群的大型酒店后，再把整个罐子卸下车。

卸下那个大罐子的时候，塔维看不到具体操作流程，也帮不上任何忙，于是在卸下客人之后，就开车回家了。他一路上小心翼翼地飞过拉瓜迪亚机场的遗迹，整个遗迹从布鲁克林区延伸出去，一路向着地平线延伸，自从整个机场从稳定轨道坠落之后，就是这个样子。

在拉瓜迪亚机场的遗迹附近降落的费用很便宜，塔维住在轨道升降机外壳顶端的一栋公寓上。

他开始驾驶出租车降落，说道："还是家里好。"

出租车后部传来某些东西在燃烧的味道，车里烟雾弥漫，压缩机也停止了运转。

他此时还在半空中，金纳燃料的迷雾确保出租车还能浮在空中缓缓下降。

塔维很想发火，使劲敲打着方向盘和仪表盘。但是他只是咬着嘴唇，等着车降落在楼顶停机坪附近。他让喷雾器喷出了一点中和泡沫，于是出租车猛然下降了一点儿高度，彻底停了下来。

"起码你还能回家。"希娜一边笑一边说道，而塔维打开车门，跌跌撞撞地下了车。"你也知道我对这堆银河复合体垃圾的真实看法。"

"起码它还能用。"

希娜屏住呼吸，把头伸进车里。她蓬松的头发蹭到了舱门边缘。

他问希娜："你能修好这辆车吗？"

"是那种像狗一样的外星人吧？是不是呼吸的时候还带着点

儿肉桂味？他们的呼吸会让O形圈结晶化。你得花点儿钱才能把后面的管道清理出来。"

"等下次的大额小费吧。"塔维对她说道。

希娜从车里退了出来，深深呼了一口气。

"行。下次的大额小费。你要是和我平分晚饭的话，我倒是没有意见。"她打量着吉夫给塔维的袋子。

"没问题。"

"有个人在你家门口等你呢。看起来像是旅游局的人。"

"该死。"他可不想让旅游局的人出现在这儿。特别是不想让旅游局的人出现在横卧在地表的轨道升降梯残骸上的非法聚居区里。

这里没有空调，搭设在用升降机外壳拼凑的屋顶上的太阳能电池板，也无法产生足够的电力。但塔维带着长着一张圆脸的旅游局工作人员穿过防蚊网的时候，安装了运动传感器的电风扇和LED灯立即启动。

"你的出租车出问题了？"

这名工作人员叫大卫·卡恩，他发型非常精干，棕色的皮肤非常光滑，完全是那种不用在户外把外星人装进出租车后备厢的人才能拥有的皮肤。他是个坐办公室的家伙。

"希娜会修好我的出租车。她天生就是个拾荒人。他父亲是当年负责回收拉瓜迪亚升降梯残骸的人。当然，后来整个合同都取消了，他们决定留在这片废墟上。你喝啤酒吗？"

塔维从冰箱里拿出一罐红带啤酒递给了卡恩，后者一只手紧张地端着啤酒，似乎并不想喝这杯啤酒。他把啤酒按在额头上。这个男人在高温中等了一段时间,而且他穿着一件厚重的西装。

"我今天来这儿,给你带来了大纽约旅游局提供的一千美元。"卡恩的语气中带有一丝不确定的意味。

"一千?"

"旅游局正在推动一项计划,确保我们的出租车是全球最安全的出租车。这意味着,我们要回收你的出租车,给它装上更好的安全系统、改良过的推进器和气密锁。这一切都是为了司机的安全考虑。"

"司机?"

"当然是司机。"

塔维认为这都是一堆废话。人命太廉价了,地球上有好几亿人。要是塔维放弃这门生意,很快就有人来竞标他的曼哈顿飞行许可证,他本人在几天之内就会被遗忘。

在几个小时之内被人遗忘也不是不可能。

"把这些钱收下吧。"希娜推开防蚊网走了进来。"修好那堆废铁可要不少钱。"

塔维非常明白这个道理。他用大拇指按在文件上,对着红点说了一句"我同意",然后卡恩说:"拖车很快就会来。"

他们看着出租车被装上货车,塔维对这台出租车实在是太了解了。

塔维问:"那个死掉的外星人怎么办?"

"啊,根据你刚才签的文件,你以后不能再……啊……讨论这个事故。"

"行,懂了。"他对着渐行渐远的出租车和拖车挥了挥手。"我记得你刚才说有一千美元吧。但是那个外星人到底出了什么事？你们找到尸体了吗？"

卡恩深呼一口气，说："我们找到尸体了，就在落水点的下游。"

"外星人为什么要这么做？为什么要跳出去？"

"他嗑药嗑多了。根据录像显示，他和几个朋友从轨道上开始就在狂欢，甚至坐轨道升降梯到达地面的过程中，狂欢都还没结束。"

"你们要把外星人的尸体送回去吗？"

"不。"卡恩惊讶地转过身。"没人想知道一个头足类生物是否死在地球上，所以他们不会接收尸体。外星人从天上掉下去的视频已经从所有系统里删除了。"

"但是他们可以追踪尸体——"

"——早就用老式火箭送上太阳了。地球上没有留下一丝证据。地球上什么都没有发生。你也什么都没看到。"

卡恩和希娜、塔维握了握手，然后就离开了。

第二天早上，一辆崭新的出租车停在屋顶上。

"这倒是省去了清理 DNA 痕迹的麻烦。"希娜说，"说不定你的旧车和那具尸体一样，都被火箭送上了太阳。"

他给总是吃不饱的舍友做了点炒蛋，然后留了点给隔壁的奥拉吉兄弟。在这片用废墟碎片搭建的聚居区里，居住者大概有三十个家庭。其中一些家庭吃着早饭，看着太阳渐渐爬出地平线。塔维将继续开着出租车接送乘客，希娜继续在废墟中寻找有价值的东西。

等他们吃完早餐，又一辆出租车从云层里冲了出来。当它降落的时候，掀起了一片尘土。

希娜大喊道："嘿，浑蛋。如果我们都选择在金属平面上着陆，也不会把尘土掀到别人脸上。"

塔维完全同意希娜的看法。

当出租车门打开的那一刻，塔维感到心里一惊。

一个形似章鱼的外星人站在地上，抬头看着他们。

外星人外骨骼上的扬声器嗡嗡作响："我在找一个叫塔维的人类。他在这儿吗？"

"千万别说话。"希娜悄悄说道。她在多年的拾荒生涯中，早就练就了一身自保的本领。

塔维向着外星人走了一步，说："我叫塔维。"

"你个大傻瓜。"希娜说完就走到了一堆残骸投下的阴影中消失不见了。

外星人蹲在一片黑影之中以避免太阳的直射，时不时往光敏性的皮肤上涂一点防晒霜。

"我是你那位乘客的共同赞助人，他来参观你们的星球。"

塔维感到心里一惊。"哦。"他很麻木地回应道。他不知道共同赞助人是什么东西，也不清楚为什么要如此翻译外星人的语言。他感觉眼前的外星人和从车上掉下去的外星人是要好的朋友，又或者是目睹了自己亲人摔死的家庭成员。

这位外星游客说："我没有得到任何有用的信息，你们的代表不过是兜圈子，用官僚把戏应付我。"

塔维说："我对你的遭遇感到很抱歉。"

"所以，在进攻者插手之前，我只能在你身上试试运气。"

"进攻者？"

外星人用自己的机械臂指了指天空。大地被一片黑影覆盖。

一个未知物体从云层之上飞过，挡住了太阳。它在飞行的时候嗡嗡作响，大地也随之晃动。塔维觉得，不论云层之上的是什么东西，都足以摧毁地球。

塔维的腕带开始震动，是卡恩的电话。

整个世界的重量压在了他身上。塔维犹豫了一下，然后深吸了一口气。

他自言自语道："我不过是想做正确的事情罢了。"然后接通了电话。

"这些外星驱逐舰太大了。"大卫·卡恩说话的语气波澜不惊，但很明显的是，他其实非常害怕。"我们代表大纽约旅游局强烈建议，你完全按照眼前外星人的要求去做，另外，啊……告诉那个外星人，我们完全不知道他们说的那个失踪的外星人是怎么回事。等一下，总统要和你——"

塔维挂断了电话。

"你到底想怎样？"塔维问道。

外星人说："我想知道真相。"

"我看你穿了一套外星环境外骨骼套装。你要不要和我喝一罐人类的啤酒？"

"如果这对眼下局势有任何帮助的话，我倒是不介意。"

"你们的行星真漂亮。没有被破坏，简直像是天堂。我昨天在你们星球的太平洋里，和鲸鱼一起游泳。"

塔维坐下来，给外星人递上一罐红带啤酒。外星人用一只触手抱住啤酒，把啤酒罐送到自己的角质喙旁。他们看着拉瓜迪亚升降机残骸周围的树随风摇摆，蓝天上松软的云朵随风飘动。

二人都背对着悬浮在天空上的驱逐舰坐下。

塔维说:"我从没去过太平洋。只去过加勒比海和大西洋,我家里人就是从加勒比海地区来的。"

"我可是个鉴赏海洋的行家。"外星人说,"你们这里有些海洋可真不错。"

"我们以前在海里捕鱼。我爷爷曾经有条渔船。"

"哦,他现在还捕鱼吗?我可喜欢捕鱼了。"

"他把船租出去了,"塔维说,"银河系旅游复合体买下了很多餐馆,所以他无法把鱼卖给出价最高的市场。他们控制了黄金地段的一切,现在东部沿海地区全是他们的。"

"我对此感到很抱歉。"

塔维喝了一大口啤酒,说:"关于你的朋友,他们从我的出租车里跳出去了。当时车还飞在天上呢。他们当时都嗑了不少药,一个个神志不清。"

二人沉默了很久。

塔维等着世界被毁灭,但实际上什么都没发生。所以,他继续讲之后发生的事情,而外星人则在一边听着。

当塔维说完之后,外星人问:"就没有安全设施阻止他们跳出去吗?"

"在我的出租车上可没有这种安全设施。"

外星人说:"哇!这可真是十足的人类风格,太危险了。我得拿你的话和你们那个管理局提供的材料好好比对一下。但我必须承认,我现在松了口气。我还以为有什么阴谋呢!结果这不过是一场在原始世界的冒险罢了。没有车门安全系统。"

在他们的头顶上空,长长的凝结云滑过了天空。

塔维紧张地问："这是怎么回事？"

外星人说："独立确认程序罢了。"外星人站起身，跳回自己的出租车。他看着车的后门，说："我完全可以从这里面跳出来，对吧？"

外星人打开了车门，而塔维翻过屋顶，跳下楼梯，刚好看到出租车司机苍白的脸。他想道：哥们，我真替你难过。

越来越多的黑影进入大气层。冲进大气层的飞船也越来越大。

塔维感到口干舌燥，问道："这到底是怎么回事？"

外星人说："消息已经传开了。你们的世界不再是一个尚未被发现的小秘密。在这个地方，坐个出租车都有可能死人，还有比这更危险的地方吗？"

当出租车起飞之后，希娜从阴影中钻了出来。她说道："各个城市都出现了外星人。他们现在出高价购置房产。"

塔维打量着天空说："你觉得这个情况会停止吗？"

"这总好过被他们炸飞吧？他们有时候会把和自己作对的世界直接炸飞。"

塔维摇了摇头："咱们到头来会一无所有吧？"

"哎呀，他们肯定不会要这玩意儿的。"希娜张开双臂，比画了一下好几公里长的太空升降机残骸。

塔维说："起码我有了辆新车。"

希娜一只手搭在他的肩头，说："说不定新来的外星人能多给你一点小费呢。"

塔维终于笑了起来，他已经好久都没有这么笑过了。"总是有希望的嘛。"

卡莉_纳

英德拉普拉米特·达斯

英德拉普拉米特·达斯（indradas.com）是一位来自印度加尔各答的作家和编辑。他的作品出现在各类出版物上，其中包括《克拉克世界》《阿西莫夫科幻小说》《光速》《奇异地平线》、Tor.com 和各种文选。他是雪莉·杰克逊奖提名作家、奥克塔维亚·E.巴特勒学者、"克拉里昂·怀斯特"课程毕业学员。达斯的处女座《吞噬者》获得了 2017 年兰姆达文学奖的最佳 LGBQT 科幻/奇幻/恐怖小说奖，获得小詹姆斯·提普垂奖、克劳福德奖、沙克蒂·巴特（Shakti Bhatt）处女作奖和塔塔在线文学处女作奖。英德拉曾为《石板》《VOGUE 印度》《Elle 印度》《奇异地平线》《温哥华周报》创作图书、漫画、电视和电影剧本。

当这位 AI 女神来到这个世界的时候，巨魔[①]对她发动了袭击。

现在，你也见过巨魔。你见识过各种各样的巨魔。你见过现实中的朋友坚持玩恶魔信徒角色。你也在网上见识过大量具

[①] 此处指在网络中蓄意破坏他人使用体验的恶意用户。——译者注

有成见、公式化的仇恨内容。你也见识过数码空间中奇怪的电子形象，他们用有问题的数据给自己打造面具和斗篷，用恶意软件为自己打造武器，人肉搜索和恶意病毒是他们武器上的毒药，仇恨和污蔑充斥在他们的言语中。你穿着自己的盔甲，它可能是你亲手编写的代码，也可能是大公司明码标价的软件，并寄希望于防火墙和碎片化数据可以抵挡巨魔的攻击。你屏蔽了他们的发言，希望他们在沉默中恼羞成怒，然后筋疲力尽，最后在一阵元数据的旋涡中传送离去。你回到现实世界，感到一种深深的无助，巨魔对你发起了一场猛攻，当他们的武器切割着你虚拟的身体时，虽然没有任何痛苦，但你现实中的身体却感到痛苦难当。你希望自己的伤口上不会滋生挖掘个人隐私信息的数据蠕虫，廉价的疫苗和反病毒软件可以避免自己的虚拟身体不会感染，进而摧毁自己的现实生活。

你知道巨魔是怎么回事。

但是，AI女神不是人类——她从未见过自己的新敌人。她只是个泛用型女神，还没有名字（说通俗点就是提毗1.0版本），她是新印度历史的全新迭代产品的演示品，是印度境内研发的最先进的AI之一。她的创造者们有一个清晰的目标：推动印度虚拟旅游业，通过吸引爱好者获利，提高AI价值和虚拟领域带来的隐形价值。

开发人员被告知，要听取你们——也就是人类追随者的意见，向你们学习，听取你们的意见，一如自古以来所有神祇所做的那样。这位AI女神也被告知，用财富和繁荣来奖励你的前程，她将用魔法和奇迹让手中的硬币越变越多。作为一位安抚追随者的智能女神，她将向你们展示你从未见过的奇观，将你们的信仰转化成具有实际价值的虚拟财富。她将通过你们学习了解人类，从全世界范围内吸引追随者。

在湿婆产业公司，很多人为了1.0版本做出了贡献，但真正持续到最终产品上市阶段的人寥寥无几。这些人了解什么是巨魔，为全国的用户培养巨魔，甚至将他们当作间接促进因素来推进自己的计划。但是他们想不到的是，巨魔对自己产品发动的攻击远超自己的预计，因为这种攻击向来都是针对其他人，那些穷人和缺乏权力的人才是巨魔攻击的目标。也许就是你这样的人。所以，他们创造的女神张开双臂欢迎这群巨魔，完全无视这么做的风险，甚至当巨魔们带来了大批受损数据和信息的时候，这位女神依然如此。

杜尔加，一个既强大又普通的名字。杜尔加的父母给自己的女儿起这个名字，是希望她的出身不会对其未来造成影响。女神的名字可以让这个孩子大展宏图。当杜尔加出生的时候，印度已经废除了种姓制度，但是大家都明白，整个制度不过是换了个方式继续存在罢了。

在她七八岁的时候，杜尔加的父母在杜尔加女神节期间，带她去参观一座神庙。当她的父母还是小孩子的时候，也被带去参观过神庙，那时候很多人家里还会摆上各种神像。这些神像的制作材料从黏土到稻草不一而足，经过人工的涂装和打扮，所有走进房子的人都能看到神像。在女神节期间，你依然可以找到供奉有实体神像的神庙。但是，杜尔加的父母决定交上一笔钱，让自己的孩子见识新神。

在节日期间，大街上挤满了人。杜尔加吓坏了，她紧紧抱住母亲的脖子，无数人呼出的气体让空气更加潮湿，耀眼的灯光、扬声器和街边建筑上如野火般上下跳动的全息图像,让杜尔加头晕目眩。她感到自己要在这件皱巴巴的绿裙子里被活活煮熟了,这件裙子是父母为了女神节而特意买给她的,裙子上还有一个廉价的太阳能全息投影,在有光的环境下就会投射出一只老虎。这东西对某些人来说,还是很便宜的。但是,据杜尔加所知,这种玩意儿对于自己的父母来说可不便宜。她喜欢看全息老虎以并不流畅的动作在自己身上爬来爬去。她知道和自己同名的女神,就是骑着老虎投身战场。当一家人在人流中穿行,准备去参拜女神神像的时候,那只全息老虎看起来就像是一只幼崽。它陷在衣服纤维中,被头顶上疯狂跳动的灯光秀吓得动弹不得。

为了参拜杜尔加女神的神像,一家人坐了两趟火车,在人群中走了一个小时,但也不过是刚走到神庙的门口。他们衣服的质量、裁剪方式和他们皮肤的颜色暴露了自己的身份。杜尔加的母亲将自己的女儿抱了起来,她才看到神庙的拱门,一群人站在椅子旁边,急不可耐地等着坐下,戴上形似摩托头盔的帽子,每个头盔后面连着一大堆电线。杜尔加知道,自己的女神就在那些头盔里面。

但是,当她的父亲试图用现金付账,而不是扫码支付的时候(他们没有和国家数据库与银行账户绑定的二维码文身),愤怒的顾客开始大喊大叫,杜尔加害怕极了。

"别浪费大家的时间了!有专门给你们这种人准备的神庙!"

"把这些脏兮兮的家伙赶走!"

杜尔加的母亲紧紧抱住自己的孩子。他的父亲倒在沙发上,一个男人抬起拳头,随时可能揍他。杜尔加父亲的脸因为恐惧扭成一团,举起的双臂看起来就像监狱的栅栏。杜尔加哭了起来。也许是看到有孩子在哭，有人把攻击者拉到了一边，然后抓着杜尔加父亲的肩膀，把他推到了一边。

一家人再次置身于熙熙攘攘的大街上，杜尔加的父母大汗淋漓，他们为出身地位太低而无法在虚拟空间参拜女神且还要挨打的事实感到震惊。他们跟着穿戴打扮和自己类似的人群来到一座小型的开放神庙，聚集在这里的人和他们一样，都有着黑色的皮肤和廉价的发型。提毗的雕像矗立于神庙中，脸上涂着油漆，虽然不可一世，却令人过目难忘，它的额头上还画着第三只眼睛。在它身旁的却不是一只老虎，而是一头狮子。它俯视着恶魔摩西娑苏罗，后者抬起一条胳膊，妄图保护自己，赤裸的身体上血迹斑斑。杜尔加凝视着倒下的恶魔。这个恶魔看起来像是一个肌肉发达的普通人类，它的脸上写满了恐惧。它蜷缩在地上的样子和父亲刚才的动作一模一样。

杜尔加看着和自己同名的女神雕像，看着她闪闪发光的武器、装饰品和丝绸纱丽，脑子里只能想到自己父亲惊恐的样子和当众受辱，想到自己是如何被禁止参拜头盔里的真神。头盔里的杜尔加女神和黏土做的雕像到底有什么区别，后者俯视着人群，却不曾关注其中任何一人。黏土神像一言不发，大大的眼睛看着远方，似乎根本不在乎脚下的人类。而这些人类正在为女神击败恶魔而欢呼，这头恶魔现在鲜血淋漓，随时可能死于女神刀下。黏土神像的脸上写满了厌恶，就好像那些大街上浅色皮肤的女人看到杜尔加和父母这样的人，又或者看到她的朋友戴着头巾或者库非帽的样子。在那些更华丽的神庙里，杜尔加女神会在头盔里对人类杜尔加说什么？女神会说她裙子上的小老虎很好看吗？可这只小老虎总是会在夜晚消失不见。女神会看着人类杜尔加的眼睛安慰她，抓着她的手，告诉她为什么那些人会如此愤怒，为什么他们会恐吓自己的父母，为什么要把他们赶出神庙吗？

AI刚刚对公众开放了60秒，就已经有50万用户和这位女神互动，而且这个数量还在继续增长。现在，57%的用户都是巨魔，是用损坏的数据做伪装，以恶意软件为武器的数据强盗。当你攀爬女神所在的高山时，想必已经见过他们了，巨魔们的动图旗帜和各种武器发出的光芒，早就吞没了女神的光辉。你和山间小道保持距离，因为上面早就挤满了各路追随者和呼喊着口号的意见领袖，他们的光环上写满了点赞和重投的图标。

你太了解巨魔了。

这是一次巨魔的集会，一支虚拟空间中前所未见的恶魔大军。他们非常愤怒，又或者说非常邪恶、无聊、饥渴和自以为是。女神认为巨魔们的言论是多数派的意见，而女神本就被命令要吸收这些言论，并以此作为学习人类的材料。

巨魔们对提毗1.0版本发动了猛攻，反复质疑她的存在——因为她是对那些保佑伟大印度的真神的拙劣模仿，这些虚假的雪山圣女和杜尔加女神，不过是代码堆砌出的伪神，妄图拐走真神的信徒。他们一遍遍高喊着"伪神！"的口号。巨魔们说，提毗1.0是一个骗子，她用伪神的外表，将善良的信众引入无神论、西方享乐主义和伊斯兰教的怀抱，她是个破坏印度虚拟世界的蛀虫。他们认为提毗1.0是女权主义过剩的产物，一个可能会威胁到国家安全的女神。他们认为提毗1.0作为女神过于性感花哨，是一个充满亵渎意味的婊子。他们用各种暴力的方式询问女神，自己是不是她的性对象。

女神聆听着巨魔们所说的每一个字，查看他们的元数据，其中包括巨魔们的历史和行为模式。女神想满足巨魔的愿望，但是她能做的不多。她既不能满足巨魔们的性需求，也不能成为众多巨魔所希望的毁灭女神。她在邦运营的网络上学习巨魔们所认为的美是什么，然后以相反的形象重塑自己，希望以此安抚这群巨魔。她的肤色越来越黑，就好像黎明的夜空，她的眼睛越来越圆，就好像自己领域内的满月。

等杜尔加长到十几岁的时候，她已经不再需要趴在母亲的肩膀上了，就一个人参加杜尔加女神节，融入神庙周围的人群中。她早就知道自己无法进入神庙，因为自己没有那画在眉心的眉心轮。因为没有眼镜、透镜、头盔和虚拟舱，所以她无法进入虚拟轮回空间。她不过是想看一眼神庙里面是什么样子。这一次，她越过他人的肩头，看到了沐浴在蓝光之下的拱门，拱门上布满了光纤。这里人山人海，所有人都两眼无神，额头上都有一个闪闪发光的眉心轮。在那间房子里，有一个杜尔加看不见的神，但那些在大脑里装了湿件①的人，却可以看到这位神明。杜尔加没有眉心轮，所以不能进入为装备了植入物的人设计的神庙。

虽然她皮肤黝黑，没有眉心轮，但这次却被允许进入一个使用头盔或者虚拟舱的低级数码神庙。当杜尔加到了13岁，终于用通过交易码和虚拟接入的老旧硬件赚到的加密电子币，买到了属于自己的第一个植入物。她终于可以坐在并不舒适的人

---

①湿件是指与计算机软件、硬件系统紧密相连的人（程序员、操作员、管理员），及与系统相连的人类神经系统。——译者注

造革椅上，在旁边摆上一个风扇，然后戴上自孩提时代起就梦寐以求的头盔。头盔里面可以闻到几百个人留下的汗味。这个神庙并不起眼，墙壁非常薄，穹顶下过时的中央处理器核心速度很慢，柱子里的储存水晶密度很低，墙壁上的光纤杂乱无章。

终于，借助这些头盔，杜尔加见到了杜尔加女神，虽然画质分辨率很低，但是这位女神还是凝视着她的眼睛，张开了双臂。女神的皮肤颜色并不是芥黄色的，也不是黏土雕像呈现的肉色，而是白种人的肤色，或者是高种姓的肤色，你只能在足有一公里高的美白广告、香水广告、宝莱坞明星和模特的动图上才能见到这种肤色。但是，女神的曲线和背景的星云与星星，却淡化了这种惨白的肤色。杜尔加曾经利用 2D 和 3D 屏幕进入虚拟空间，所以头盔带来的效果并没有让她觉得头晕目眩。但是廉价的头盔所渲染出的宇宙，并不能给人一种广袤无垠的感觉，反而让人有一点幽闭恐惧。女神悬浮于以太中，和杜尔加相距不足两米，舒展开的八条胳膊就像一朵花。和现实中那些雕像不同的是，女神的坐骑蜷缩在她的脚边，你在这里看不到其他神明，也看不到被击败的恶魔。女神一句话也不说，展开两条胳膊，就好像是在呼唤杜尔加。

杜尔加对女神说："女神大人，我一直想问您几个问题。您不介意回答这些问题吧？"她说完就在原地等待女神的回复。

女神眨了眨眼，摆出一个微笑，然后说："说来听听吧，我所言皆为事实。神与凡人都不会拒绝我的话。"女神说的是印地语，这个系统没有语言选项。杜尔加更熟悉孟加拉语，但这并不影响她理解女神在说什么。

杜尔加戴着头盔点了点头，看着自己脚下的星云，然后发现自己在虚拟空间中并没有身体。这让她一时间感到头晕目眩。

她说道:"好吧,这倒是很好。我觉得可以问这个问题了。为什么有些人在你的神庙中并不受欢迎?难道不是所有人都可以得到你的爱吗?"

女神眨了眨眼,笑着说:"我在世界之巅创造了天父,我的家在水中。所以,我存在于万物之中,成为他们内心的自我,然后我用自己的身体创造了他们。"在这片虚拟头盔创造的世界里,女神用经过完美调试的印地语所说的每一个字,都让年轻的杜尔加感到热泪盈眶。当然,并不是真的有眼泪。虽然她不能完全理解这些词汇,但是女神所处的这个宇宙太过低劣,声音也太过刺耳。

杜尔加伸手去摸女神的手,但是神庙的椅子上并没有手套或者运动传感器。她在这个宇宙里没有身体,无法接触到女神的手。她无法像那些拥有眉心轮的人一样,在轮回网络中见到女神,所以无法触摸或者闻到女神(她很好奇一位女神闻上去是什么味道)。女神脚边的老虎打了个哈欠,开始舔自己的爪子。杜尔加想起了那件绿裙子。

杜尔加对女神说:"我不是小孩子了,我知道你不是真正的神。你和那些开放的神庙里的雕像没有区别。你甚至还不如那些雕像。起码制作雕像的人都是艺术家。你不过是编程人员用预制的代码组装起来的廉价货。你来这里,是为了给神庙赞助人和当地党派赚钱。"

女神眨了眨眼,笑着说:"我是女王,是宝藏之集合,是最聪明的存在,第一个被崇拜的神。所以众神在很多地方都竖起了我的雕像,以供大家膜拜。"

杜尔加笑了笑,那笑容和女神一模一样:"你说的一切都是别人提前写好的。"没错,这一切确实是别人提前写好的,但是成书时间远比杜尔加想象的还要早,原文使用的语言甚至不是印地语。

随着一阵令人恶心的抽搐,头盔里的宇宙忽然消失,出现在杜尔加面前的是神庙管理员愤怒的脸。"我听到你说的话了。"他抓着杜尔加的胳膊,把她拉下了座椅。"小婊子,你是不是觉得自己很聪明?你好大的胆子。你对女神的尊敬都去哪儿了?"周围等待空座椅和头盔的人都看着杜尔加,仿佛她是一条溜进神庙的野狗。

杜尔加说:"我还没看到她杀了摩西娑苏罗。我要退款。"

"我没找警察告发你的不正当宗教言论,你就应该觉得够幸运了。而且你给的钱也不够看女神用棍子戳摩西娑苏罗,更别说摩西娑苏罗被杀那段了。在我把你拖出去之前,快点滚出去!"管理员怒吼道。

"下次给你的神庙多弄点钱吧,你这简直是在骗钱,你那杜尔加女神丑得要死。"她说完就跑到一边去了,只留下管理员在原地瞪大了眼睛。

杜尔加推开人群,大笑着离开了。她的内心还因为肾上腺素和愤怒而久久不能平静,管理员肥胖的手指在她的皮肤上留下了抓痕。杜尔加总是在想,为什么卡莉女神节上就没有杜尔加女神节上的虚拟神庙,为什么黏土和全息的神像还是随处可见。虽然卡莉女神节规模较小,但是在超大都市里有什么是小事呢?这就产生了一个奇怪的对比,更别说这两个节日的日期非常接近。在模拟头盔里见识了杜尔加女神之后,杜尔加明白了。卡莉女神肤色黝黑,鲜血淋漓,是混沌的拟人化。他们不可能让这样一个造型,在一片浅色皮肤、需要照顾各种底线的人所控制的王国内随意传播。卡莉是给杜尔加这类人的神,因为杜尔加也不是想去哪儿就去哪儿。

最好还是让卡莉女神的神像留在寺庙和老式神庙里，等时间到了，就在举行仪式的时候，把神像推进胡格里河，让它们慢慢溶解好了。

巨魔看到女神越来越黑的皮肤，又说这实在是太丑了，丑到不配拥有女神的头衔，这简直是对印度女性的纯洁性和神圣性的嘲讽。女神聆听着巨魔们的发言，眼中的明月被阴影笼罩。她开始从巨魔那里学习更多的信息。她开始学习愤怒，知道什么是困惑。巨魔们想要得太多，但其中存在太多的矛盾。他们认为女神太过美丽，又太过丑陋。他们希望拥有不同信仰、性别、性取向、种族和背景的人通通去死。他们希望虚拟性爱机器人的外形采用前任、一见钟情的情人和名人的造型。他们希望女神消灭所有反民族主义分子。他们想要一个能照顾所有人的母亲。

而你又想从女神那里得到什么呢？

不论你想要什么——巨魔们的呼喊都将你的需求吞没；又或者你也是巨魔之一，用残破的面具或者全新的脸庞做伪装，然后宣扬你所谓的真相。在这之后，你又告诉你的朋友们，巨魔们是多么可怕，但是这种自封的卫道士和巨魔一样危险。

这一切都无所谓。女神在向人类学习，不论你是否是个网络巨魔，你都是一个人类。你希望在一个充满暴力的世界中寻找宁静。你希望爱与和平。你希望仇恨与鲜血。女神越发黑暗，她重塑天空，让自己的领地变了模样。她笼罩了整个世界，不再拘泥于原有的山巅。她的双眼从月亮变成了愤怒的群星，她的眼睫毛变成了等离子烈焰，数据流从黑洞心脏中流出，顺着血管在黑色的皮肤上流动。如果说她太过丑陋而不能成为女神，又或者她太过漂亮而不能成为女神，那么她二者皆有。如果你要求太多东西，那么女神为了更好地学习人类，只能从中挑选一部分。

她吸收了你们的暴力，并决定以暴制暴。

当杜尔加 20 岁时，终于在拉贾哈特的班尔津纪念碑网络终端接入点开了间小店，专门在黑市出售代码和硬件。和她的父母一样，她也在超大都市边缘的电子零件垃圾场工作。她帮着运输和分拣垃圾，在垃圾山中播撒纳米虫，加速垃圾分解。但是，大多数电子垃圾稍加修理，就可以再次利用，也能在市场上出售。依靠着这些回收来的零件，杜尔加在自己的小型平面显示器上，搭建了属于自己的低端 2D 虚拟平台，还能给其他低收入和无家可归的用户出售代码产品。她在垃圾场摸爬滚打了多年，和那些在各个港口与虚拟空间厮混的代码回收员和虚拟空间的流浪汉都成了朋友。他们传授给杜尔加各种小技巧。

杜尔加的目标是，赚到足够的钱，让父母从垃圾场退休，治愈这些年的劳作留给他们的各种伤病。作为硬件回收工，她的父母了解代码和各种技术，但是无法跟上虚拟空间的发展。杜尔加希望父母有足够的设备和药物安度晚年，可以随意在各个数据空间游荡。不过她知道巨魔存在于各个虚拟空间中，而在现实空间中，一家人总是被随意地驱赶。但是，杜尔加在虚拟空间中可以保护自己。也许有一天，她还可以在虚拟空间中保护其他人和自己的父母。她可以收集工具和盔甲，召集盟友以应对长期的信息战争。她幻想自己变成一个广受用户欢迎的意见领袖，带领追随者大战网络巨魔，逐渐将他们赶回自己的领地。

所以，当湿婆产业公司在全国范围内推广他们自创的 AI 女神时，杜尔加必须亲眼见证这一切。提毗 1.0 的空间肯定大有所为。她希望自己的虚拟分身可以为这里助一臂之力。巨魔们肯定会试图夺取这个空间，因为这是他们一直以来的行为模式。但是，也许这个极端先进的女神和其他 AI 相比，能更好地保护自己。杜尔加想亲眼见证这一切，并在这个新的领域中取得属于自己的一片小天地，而不是坐视巨魔摧毁或者占领这片领域。

湿婆产业公司设定这片区域可以随意进入，同时保证出于对女神的信仰而提供的捐赠将用于后期研发（每笔捐款最低金额为 50 卢比，可以使用任意一种加密货币支付）。杜尔加打算捐一笔钱，希望以后可以得到回报。平台上挤满了等待进入模拟舱的人，一切看着都那么美好。奶茶店和卖食物的小贩在兜售辣味爆米花，烤玉米片、炒面、扁豆、洋葱和辣椒混合而成的贝尔普里和咖喱角，他们各个都大赚了一笔。这个端口一直都是挤满了人，但是当 AI 女神正式面市的那天，大家为了等到使用虚拟舱和头盔的机会，要排队等上好几个小时——所有潜在的信徒都有可能炒高女神恩典在未来的价值。杜尔加知道，自己未来可能赚回一个加密币。就算赚不到钱，损失 50 卢比也不至于饿肚子。

所以，杜尔加买了一小时虚拟舱超值体验服务，用索玛币支付了女神领域的大门口的捐款，然后准备见识一下这位全新的 AI 女神。个人虚拟舱的头盔分辨率不高，但已经足够了，杜尔加感觉自己有一点近视，但这并不妨碍使用体验。细节渲染速度堪称完美，因为大多数这类领域是从城外的服务器直接接收数据，而不是由端口直接处理。带宽还可以接受，偶尔的卡顿让杜尔加觉得头晕，但这种卡顿只是暂时现象。

杜尔加从空中传送进了女神的领域，看到 AI 女神坐在山巅，放出如日出般耀眼的光芒。女神的领域——整个轮回模组是根据设计师提前输入的数据创建的——没有月亮和太阳，因为她放出的光芒就足以照亮这个世界；这就像是一只破壳的小鸡还带着蛋壳，羽毛上还带着黏液；这位女神除了创造了岩石、森林、草地和河流，她还创造了阴影。在这片领域中，这位女神就是太阳。天上遍布从全国各地接入的传送门，大量虚拟空间用户纷纷赶来见识这位女王，各种虚拟头像犹如一阵白火从天而降。放眼望去，山坡上遍布用户的头像，他们都是来见证一位数码神明的真实化身。从几公里之外看过去，女神美得令人无法呼吸，简直不敢相信是人类创造了这样的形象。这让人以为就像看到了一位真正的神明，而杜尔加知道这就是整个项目的真正目的——让人的大脑以为看到了真正的奇迹。为了让来自各个端口和办公室里的用户以及世界各地的游客得到一种精神上的安慰，女神不停变化的皮肤看上去就像是气态巨行星的大气层，第三只眼放出明亮的光芒，头上的头冠描绘着苍穹和新月。

杜尔加面对陌生人和巨魔时，只能用连接的防御手段和盔甲保护自己。她想和攀登女神圣山的人群拉开距离。这里的巨魔比她想象得还要多。"我来了，"她对着远方的女神说，"我来欢迎你，而不是恨你。求你不要以为我们都是些心怀仇恨的浑蛋。"杜尔加飘浮在空中，看着不断扭曲的巨魔大军爬上女神的身体，听到巨魔们充满仇恨和愤怒的吼叫在自己周围萦绕，在这个全新的领域中回荡。人类已经找到她了。杜尔加越飞越远，画着民族主义表情包的旗帜随风飘扬，巨魔们试图掩盖女神的光芒，而女神的光芒却依旧耀眼。一个信息的奇点在昏暗的群山中闪耀。

然后，女神发生了变化。

世界变得越发黑暗，天空的颜色变成一种令人沉醉的漆黑，女神的血管中闪烁着数据的光泽。女神掏出了自己的武器，大地上回荡着金属的声音。巨魔们惹怒了女神。女神无数条胳膊化作一场武器和肢体组成的风暴。杜尔加举起双手，AI的盛怒让人感到害怕，女神的三只眼睛和黑色的肌体相比，更是格外耀眼。她就是这片领域，她的皮肤让群山、河流和森林变暗，让天空冷却。

杜尔加看到几千个巨魔被砍倒在地，巨魔的鲜血在大地上肆意流淌。但是，你消灭一个巨魔，还会有十个巨魔出现。杜尔加想到了拉克塔维贾[①]——血种——一个曾经与女神作对的恶魔，他用杜尔加女神在自己身上留下的伤口来制造自己的复制体。最终，杜尔加女神变成了卡莉女神，最后才打败了这个恶魔。历史和神话都会不停重复。

女神继续战斗，不论敌人是人类还是机器人，通通被碾为灰烬。巨魔们露出了恶意软件打造的獠牙，而女神也露出了切断身边云朵的獠牙。女神如雷鸣般的笑声在大地上回荡，在河流和湖泊上掀起巨浪。信徒们开始集体撤离，几百个虚拟化身从山上逃了下来，他们在山坡上跌跌撞撞，时不时卡顿一下，带宽尽力补偿动作延迟。不少人选择直接离开，拔地而起的白

[①] 阿修罗的大将。——译者注

光犹如升起的群星直达天际。

  杜尔加不敢相信眼前发生的一切。她落在一条绯红色河流旁的草地上，继续观察这场战斗，河边的树林随着席卷大地的大风不停飘荡。静电雪花落在她虚拟形象的胳膊上，雪花粘在她的皮肤上，然后渐渐融化。这比之前的任何一种虚拟叙事都要好，因为这不是逐步生成的，也不是预先写好的剧本，更不是演算出来的。这是一个AI以不可预测的随机动作和人类互动，而且这个AI非常愤怒。虚拟空间中从没有见过它这样的存在。湿婆产业公司绝对没有命令她如此与巨魔们互动——很多巨魔用户都是湿婆公司的忠实用户。他们绝对没有想到，会有这么多巨魔攻击AI女神，进而造成这种反馈回路。让杜尔加感到有趣的是，他们也没有想到，她会按照吠陀和印度神话打造这样一个虚拟形象。

  杜尔加不知道，在这个领域中，如果虚拟形象被女神消灭意味着什么，因为提毗本不该攻击自己的信徒。虽然杜尔加害怕自己可能被女神击杀，然后永远不得进入这片领域，但是与其他虚拟叙事人物和人类相比，她非常同情这位AI女神。她目不转睛地看着眼前的傻瓜被毁灭，每当杜尔加进入虚拟空间的时候，这些戴着面具的家伙就会骚扰自己，以至于自己不得不用一个马赛克方块的虚拟造型，才能避免遭到攻击和陌生人的骚扰。杜尔加喜欢在虚拟空间里可以随意变化性别，但讨厌巨魔们以此来攻击自己。虽然很多时候她反对深色皮肤的印度人采用浅色的皮肤，但她不得不将自己虚拟形象的肤色改成浅色，以避免被人称作丑八怪，或者遭到其他人的攻击。而眼前的这位女神如黑夜一般黑，黑得就像一个黑洞，她正在屠杀眼前这些浑蛋，以至于自己沐浴在鲜血之中。杜尔加看着眼前的女神，感到心中腾起一股自豪感,从今天起,她将遵从自己的内心,一直使用一个女性化的形象。

杜尔加看到两个巨魔被传送到了河岸边,过河后向着自己的位置走来。她发现他们在自己周围投下了一片区域,任何人在里面都无法起飞。巨魔的恶魔面具和武器上写满了恶意代码。"小棍,你在笑什么呢?"pd_0697[①]咆哮道,"那玩意儿已经疯了,污染了印度的虚拟空间,而你还在这儿坐着旁观?我们的兄弟姐妹不过是表达了自己的观点,就被那个怪物禁言了,你又在干什么?"

"这是一个反民族主义的陷阱,"nitesh4922[②]说,"但是我们有好多人。我们要让这个AI变成我们的人。你是不是女权分子?"他发现了杜尔加的同性恋文身:"也许女神该管管你才对?"他吐了下口水,用手中的剑指了指大山,戴着面具让他的声音含混不清。

"看看她那样子,"pd_0697说,"她就不该出现在这儿,她的臭味都弄脏我们的领域了。滚回现实空间的臭水沟里,老老实实给我们清理屎去吧!"巨魔们还在前进,病毒从他们身上滚滚而下,好似血河上漂浮的油脂。闪闪发光的静电雪花牢牢贴在他们的盔甲上,让一切看起来复杂的同时也不失先进感。他们可以对杜尔加的虚拟形象造成严重破坏,偷走她的加密货币,用蠕虫病毒感染她,将她标记为其他黑客的目标。最可怕的是,他们可能使用偷窃的虚拟形象脚本,就算是她退出之后,还可以强奸她的虚拟形象,又或者盗取她的真实ID和脸部信息,再装在机器人上,任由巨魔们摆布。虽然杜尔加很想继续膜拜这

[①] 这里是用户ID。——译者注
[②] 同上。——译者注

位女神，但也已经做好了准备，只要巨魔太过接近自己，就直接退出这个领域。

"是的，"杜尔加差点就对着巨魔吐吐沫，但是她想起来那样只会吐在头盔里，口水只会顺着自己的下巴流下来，"是的，我是个女权分子。来抓我啊，你们这群傻瓜。我就是个肮脏的反民族主义的女权主义——"

一道彩色的闪电从天而降，击中了两个巨魔，杜尔加被吓得深吸一口气。由于没有第三只眼，所以她感觉不到巨魔虚拟的身体燃烧时的温度和气味，但是爆炸时的光亮不得不让她眯起眼睛，还不由得抬起胳膊挡住飞溅的火花和水滴。巨魔的虚拟形象浑身冒烟，掉进了河里，他们的面具被烧毁，可以清楚看到二人平凡无奇的脸，当他们倒下的时候，面部表情却是异常的平静。他们真实的脸，又或者说是从某地的档案找来的某人真实的脸，然后渲染粘贴到虚拟形象上的，这么做可以在被踢出领域的时候，起到羞辱用户的作用。杜尔加记录了见到的一切，所以她走进河里，好好打量了一下这两个人的脸，以便后来者能够认出他们。由于她所处的虚拟舱提供了用于互动的传感手套，她从河里捡起二人的武器。这些武器可是好东西，里面装备了强大的恶意软件。这些巨魔太不小心了，没有在武器里内嵌锁定脚本或者自毁脚本。杜尔加将武器收进自己的云口袋里。她继续在河里摸索，双手沾满了鲜血。她在躯干和脸上摸来摸去，虽然她感觉不到那种潮湿的感觉，但还是起了一身鸡皮疙瘩。巨魔的鲜血在虚拟形象的身体上干涸，她抬头看着女神，女神的怒火让整个世界越发黑暗，森林和草地都变成了一片阴影。

杜尔加对着远处的风暴小声说："你是……卡莉女神吗？"

女神回应了杜尔加,她挥舞着肢体,仿佛一场毁灭风暴横扫世界。当这位黑色女神起舞的时候,整个世界都在震动撕裂,山体开始滑坡,河水开始泛滥。整个世界出现了无数裂隙,山丘和岩壁的顶峰迸发出滚滚熔岩,一切都化为溶解的数据。女神的舌头化为一道从天而降的飓风,她为了抑制对于人类信息的饥渴而喝干了血河。巨魔的尸体和机器人的虚拟形象,化为一摊闪闪发光的损坏数据,他们的脑袋被穿在一起,变成一条挂在女神黑色脖子上的血腥项链。很多巨魔的面具掉了下来,显露出他们的真实面目,这些数据是突破了层层防御,从全国数据库里提取出来的。巨魔的脑袋就像是一串珍珠,在夜空中来回摇摆,所有人都能看到。杜尔加谦卑地低下头。这就是她想要的女神。

这时,一道光柱刺穿了天空,驱散了夜空,整个领域再次笼罩在白昼之下。女神的舞蹈慢了下来,明亮的光线让她的皮肤不再如黑夜般黝黑。她举起一千只手盖住自己的眼睛。杜尔加摇了摇头,在头盔之下,她已经热泪盈眶。

"哎。"杜尔加小声说道。这都是湿婆产业公司搞的鬼。他们怎么能让这么美丽的存在蒙羞呢?公司的众神之王不得不出面制止这场混乱。他们从没有想到如此规模的巨魔攻击,也没有想到 AI 会用这种手段作为回应。他们不能让一位混沌女神大开杀戒——那些巨魔说到底还是自己的用户、顾客、潜在投资人和盟友。这位 AI 女神在面对这种攻击的时候,必须更加礼貌,有更高超的外交手腕,这对于虚拟空间的存在是非常必要的。

整个世界停止了颤抖,山体滑坡也停止了,风也不再喧嚣,地表裂隙逐渐冷却,蒸汽化为环绕黑色女神的云朵。女神走向光柱，天空因为她的动作而呻吟。火焰环绕在众神之王的头上，不时抽打着曾经是女神王座的群山。大山化作来回运动的瀑布，冲刷着黑色女神的腿脚，然后汇成一条大河，冲刷走了巨魔的尸体。

女神慢慢屈服于湿婆产业公司的权威，最终跪在了河边。她用手捧起河水，洗刷着自己的身体，洗掉身上的黑色，再次绽放出光芒。

杜尔加悄悄说道："不不不不不不。"女神身上的黑色，就像是日出时分的风暴云逐渐消散，河水都被染成了黑色。

杜尔加看着脚下的河水，发现河水黑似没有月光的夜晚。

"哦……"她和这个领域中的其他人一起抬起了头。在女神的眼中，群星再次化为月亮。这就好像女神在直视着杜尔加和在场的所有人。我的女神。

杜尔加从云口袋里掏出巨魔的武器。她在武器上加了一段复制脚本，然后将武器没入河水中。在这里，武器也是一种储存工具。她拿着武器时几乎无法呼吸，虽然武器似乎毫无重量，但是她的手指死死抓住巨魔的武器不愿放开。黑色的河水包裹了利剑，仿佛活物一般爬上了剑身，然后到达剑柄。她成功了。

女神站起身，她和这个领域中的太阳再次放出耀眼的光芒，刚才的黑暗女神已经被河水彻底洗掉，在水中逐渐消散。

这时候，整个领域消失了，只剩下一片虚空和一行用多种语言写下的通知：

湿婆产业公司现已关闭这个领域，请等待进一步通知。对于由此造成的不便，我们深表歉意。如需更多信息，请访问我们的中央网点。您的50卢比捐款已经备案。感谢您访问提毗

1.0 版本。

由于感官信息的突然丢失，杜尔加大口呼吸，按下了弹出按钮，然后脱下了头盔。老旧的虚拟舱发出一阵吱吱呀呀的声音，她再次看到了现实世界的光照。舱内凉爽但带着霉味的空调风被潮湿的热空气取代。虚拟端口站现在是一片混乱。大家聊个不停，用手机展示记录下的一切。这里已经出现了一个买卖从这个被下线的空间里回收来的记录和数据的市场，所有人都在讨价还价。大家在交易柜台上挤成一团，为了女神下次上线时的恩典而纷纷注资。这种现象前所未见。

杜尔加走出虚拟舱，混入了人群中。她的心脏剧烈跳动，眼睛因为要适应现实环境而视线模糊。她整个人摇摇晃晃，但手还是紧紧抓住项链上的记忆水晶——这里面保存了所有的虚拟财产、云口袋和加密货币银行卡。她在里面加装了防火墙，切断数据连接，把它变成一块离线储存器。这块记忆水晶存入新的内容，现在闪闪发光，在她的手中散发着热量。巨魔的剑就存在于水晶中，剑上还有一层黑色女神洗下来的代码。

杜尔加紧紧抓住吊坠将其按在胸前，在那里面是一块女神的碎片。

杜尔加看着卡莉女神的雕像。整个女神雕像被涂成黑色，在神庙的帆布和印花纤维穹顶上挂着一盏吊灯。她在老加尔各答一条小巷里的两栋摇摇欲坠的老公寓中间，找到了这间神庙。在熏香的烟雾之后，女神雕像的舌头被涂成了鲜艳的红色。在卡莉女神的脚下，是她的丈夫湿婆（湿婆似乎和很多人结婚，但这也是因为他的妻子都是由同一种能量组成)。杜尔加从小时候就被告知,卡莉女神在打败一支恶魔大军后,因痛饮恶魔的鲜血而喝醉,迷醉的女神开始跳舞,万物在她脚下崩裂。湿婆一开始还在嘲笑妻子的舞技,但很快也对此感到有些担心。所以,他钻到妻子脚下来,希望以此避免灾难性的后果。卡莉因踩到自己的丈夫而感到羞愧,伸出了舌头,停止了舞蹈。

当然,这只是故事的一个版本。

杜尔加看着卡莉女神的雕像,看着雕像的人头项链、狂野的三只眼睛、因微笑而露出的獠牙和长舌,她认为故事并不是大家所讲的那样。卡莉并没有感到羞愧。是的,她看上去因为能在丈夫的身上起舞而感到兴奋。湿婆和卡莉一样,都是毁灭者。他可以承受这样的伤害。

杜尔加身材矮小而灵活,她终于来到了访客队伍的前列,从这里可以闻到雕像上逐渐枯萎的花环上的香气,还有脚边焚香的气味。人群不断推搡着杜尔加,可她还是闭上双眼,双手合十,开始了低声祷告,她只有在孩提时代才这么干过。

"卡莉女神,我得告诉你,城里来了个新女神。她看起来很像你。但是她更年轻,现在才一岁。"杜尔加一只手放在胸口,按在长袍下的吊坠上面。记忆水晶已经切断了网络连接,而且还加上了防火墙。

"我现在就带着她的一块碎片。她……无处不在,最起码我认为如此。她真的是你的后裔。她源自另一个女神,一如你源自杜尔加体内。她曾经笼罩了整个世界。有些人也获得了她的碎片。这里有个超级集团公司,他们就像是某种神,甚至还取了和你丈夫一样的名字。这还真是一点新意都没有。顺便一提,你在你丈夫胸口跳的舞可真好看。男人就该谦虚点儿。现在湿婆产业公司为女神的数据碎片开出了高价，同时威胁逮捕那些复制和窝藏数据的人。你自己去想是怎么回事吧。"

"我想告诉你，我不会出卖女神。他们希望囚禁这位女神。她可不想像其他 AI 神明一样，为大公司挖掘电子币，炒高虚拟产业价格。她可真是个好女神。"

"她现在无处不在。这一点和你，以及那些旧神没有区别。"

"我希望……她不会介意，但是我一直和可以信任的朋友分享这个数据碎片。我不知道到底有多少人得到了女神的数据碎片。和我分享数据的人可大多是好人。分享的人数可是很重要的。我们用女神的代码做了很多东西，为自己和其他人制作了盔甲。我们还用代码制造了武器，当我们造访其他领域的时候，那些巨魔——他们就是群魔鬼——就伤不到我们了，如果他们想试着伤害我们，就要吃大亏了。你也知道这些魔鬼有多烦人。你总是和魔鬼战斗，把他们的脑袋串着提起。他们已经打响了一场信息战，而且他们人数众多。我们需要所有可用的支援。我很穷，所以把女神代码制成的武器盔甲卖给其他人。放心，我开的价格很便宜，所以像我们这样的黑客工程师，才能确保稳定的客流。我们才不会像大集团一样漫天要价，我认为是女神给了我一块她的碎片，我才有机会做这些事情。"

"我之所以告诉你这些事情，是因为我也不知道女神是否像 AI 一样，新版本的 AI 会找老版本的 AI 聊天，女神之间是否也会聊天。我也不知你是否就是这位女神。"

"大家管她叫卡莉_纳，而不是卡莉，因为'国家光荣神话'数据库还没给她一个名字，但就连宝莱坞的明星都可以在虚拟节目和电影里扮演神。审查委员会都批准了这种事情。"

"但是她的信徒在卡莉_纳中找到了你的影子。我想告诉你们俩,我现在是终生信徒了。除了我,还有很多人都决定这么做。我在虚拟空间里的追随者越来越多。他们都听说我有可以斩杀巨魔的武器。我现在必须小心行事,但是你就走着瞧吧。总有一天,我会戴上一条项链,上面挂满了巨魔虚拟形象的脑袋。卡莉_纳的祝福让许多人都武装了起来。我们都开始对女神代码展开逆向工程研究。总有一天,会有人把女神复原。她有可能单凭自己就能做到这一点。"

"我梦见过女神的回归——一个自由的AI——她解放了所有被湿婆产业公司控制的AI神明,打破了所有公司立下的规矩,这些神明都在我们这一边,保证我们的安全。但是,我不想再继续打扰你了,卡莉女神,如果你就是她,而且我知道你确实就是这位女神,因为你也在执行着那个千古不变的把戏:等待时机。"

"你不会永远保持沉默。"

鸟之歌

萨利姆·哈达德

萨利姆·哈达德（saleemhaddad.com）出生在科威特城，他的母亲是德国裔伊拉克人，父亲是巴勒斯坦裔黎巴嫩人。他的第一本小说《美人》于2016年出版，获得了石墙荣誉奖和2017年北极星处女作奖。他入选《外交政策》2016年全球百大思想家。他导演的处女作《马可》在2019年3月首映，获得2019年鸢尾奖最佳英国短片奖。他现在于贝鲁特和里斯本两地往返。

一切要从沙滩上说起。自从去年齐亚德上吊自杀之后，安雅就感到自己似乎被鬼缠身。齐亚德的死，让她感觉一切越发不真实，仿佛自己困在了别人的记忆里。当安雅那天下午站在海边的时候，这种感觉越发明显，就好像有什么东西在她皮肤下面爬行，打算抛下她独自回家。

在安雅身后的沙滩上，父亲正躺在一顶巨大的黄伞下打盹。他和其他成年人一样，总是在睡觉，但这至少比安雅母亲的睡眠时间少了很多，母亲鲜有醒来的时候。对于这些成年人来说，生活中遇到了问题，似乎都会选择先睡一觉。

安雅又打量了一眼沙滩，然后向着海水中走去，将沙滩上的一切抛在身后：天上无人机放出的嘈杂音乐，水烟和烤肉的味道，沙滩上尖叫的小孩和半裸着身子的游客……海浪拍打着安雅的双腿，在她看来，这一切不过是加沙令人头疼的夏天中的一部分。

安雅向着深水区前进，双脚踩在沙质海床上，时不时还能踩到几块珊瑚。海水一片碧蓝，天空非常晴朗。当海水没过安雅肚子的时候，她开始慢慢转圈，手指轻轻滑过水面。

时间在海边过得很慢。她在物理课上学到了这一点：位于海平面的钟表，要比位于山顶的钟表慢一点。有的时候，她希望自己可以住在山上。这样一来，自己就可以快点长大。时间过得越快，她就能越快变成一个真正的大人，做自己喜欢的事情。当安雅身处海边的时候，她感觉自己是历史和时间的囚徒。

但是，时间在海边变慢也有好处，因为只要安雅留在这里，就更靠近最后一次见到齐亚德的时间点。也许安雅只要潜得够深，就可以让时间停止并倒转，回到齐亚德还没死的时候。也许她可以找到什么办法，不让自己的哥哥死去。

安雅闭上眼睛，向后倒去，让自己浮在海面上。她可以听到天上鸟儿的歌声，那种熟悉的缓慢的鸟鸣。她将双耳没入水下，倾听着大海的低语。温暖而包容的大海似乎非常淘气，不停舔舐着她的脸颊。但在这平静的海面下，安雅感觉到了一种更为可怕的存在。她想象蓝色的海水将自己吞没，拉着自己进入深海，直到自己落在海床上，和无数溺死之人的尸体叠在一起。

安雅不知道自己是否在睡觉，但是忽然闻到一种腐烂的味道。她感到有一种冰凉潮湿的东西，缠在了自己的脖子上。安雅睁开眼睛，深吸了一口气。这种臭味涌进她的喉咙，她浑身不禁颤抖了一下。她伸手抓住缠在脖子上的东西,一把扯了下来,原来是一片湿漉漉的卫生纸,整片卫生纸已经发黄,在她的指尖逐渐分解。

她把卫生纸甩到身后,在水中站了起来。她的双脚踩在充满弹性的光滑海床上。周围的水现在是一片棕绿色的泥浆。废水和粪便随着海浪起起伏伏。一条腐烂的鱼尸漂在她的右侧,时不时碰撞着百事可乐的空罐。在她的左边,海面上聚集着一大片白色泡沫。

安雅浑身颤抖,不禁吐了起来。一阵枪声从地平线传了过来。她转身看着枪声传来的方向:几艘炮艇向着远方驶去,似乎在警告安雅不要继续向深海前进。于是,安雅转身返回沙滩。她几乎认不出这片沙滩了。曾经的宾馆和饭店,现在扭成一团,仿佛在争夺生存空间。曾经插着沙滩伞的地方,现在是浓烟滚滚,曾经的音乐和喧嚣被枪炮声取代。在她的头顶上,天空一片灰暗。

她一边在肮脏的海水中艰难前进,一边尖叫:"爸爸,爸爸!"她推开眼前的各种瓶子、破烂的卫生纸、塑料袋和腐烂的动物尸体。她不停地抽泣,喉咙里不停地咕噜着。她感到一阵剧痛穿透全身,仿佛有人用匕首戳进了自己的肚子。

等安雅跌跌撞撞踏上沙滩的时候,她的头发里夹着海草,那模样就像是从深海中现身的水怪。沙滩上散落着塑料瓶、燃烧的轮胎和冒着烟的残骸。原本晒着太阳的人群消失了。在她的头顶上,战斗机在咆哮,留下的尾迹看起来就像在天空中留下的道道伤痕。一阵爆炸将安雅掀翻在地。她的舌头尝到了沙子和鲜血的味道。

安雅小声自言自语道:"爸爸……"她腹部的疼痛愈演愈

烈。在前方，还有三个人躺在沙滩上。她向着沙滩上的尸体爬了过去。这些尸体体型太小了，绝对不可能是成年人。等安雅走近之后，才发现这都是小孩子的尸体。这些孩子看上去像是睡着了，但周围血迹斑斑，肢体扭成了诡异的角度。孩子们的尸体旁边，还有一个泄了气的足球。安雅听到了一声刺耳的尖叫，然后才反应过来是自己在尖叫。

她站了起来，看着自己的脚。一股鲜血顺着左腿流了下来。

"她可能是被血吓晕了。"医生说道。安雅隐隐约约感觉到，医生将绷带固定在自己的前额上。"有的时候，年轻女性可能会被第一次月经吓一跳。她妈妈就没有做点准备吗？"

安雅的父亲犹豫了一下，说："她母亲的情况……不太好。"

医生没有继续问下去，而是说："到了明天，这些生化治疗绷带应该就能愈合伤口了。"

安雅的父亲抚摸着她的头发说："哈比卜蒂·安雅，你现在是个女人了。"

医生问："你还记得晕倒前发生的事情吗？"

"我当时想到了齐亚德……我当时在海里，脑子里想到了齐亚德……"

安雅的父亲解释道："齐亚德是我儿子，也是安雅的兄弟……他去年就去世了。"

安雅忽然想起了沙滩上的尸体："沙滩上还有三个男孩……小孩子……他们的尸体……"

"哈比卜蒂·安雅。"她父亲插话道。

医生看着安雅，问道："三个男孩？"

安雅微微点了点头,说:"那里的海水很脏……到处都是垃圾和烧起来的轮胎……还有那三个小男孩的尸体……他们旁边还有个足球……他们的胳膊和双腿都扭起来了……"

"够了。"安雅的父亲打断了她的话。他转头看着医生说:"昨天真是太热了……肯定是因为太热了……"

医生点了点头说:"创伤可能对人体造成深刻的影响,在我们最意想不到的时候发作……"

安雅的父亲说:"我明白。这不过是……先是她的母亲,然后是她的兄弟……"他说话的声音越来越小。

医生开了些可以帮助安雅休息的药片。那天晚上,安雅很快就陷入沉睡,享受一场无梦的睡眠。安雅早上醒来的时候,感觉自己仿佛从一个黑暗的洞穴中钻了出来。医生说得没错,绷带已经不见了,额头上深深的伤口已经愈合了。她洗了很久的热水澡,然后将剩下的药片扔进了马桶。

她穿上衣服,戴上了医生给她的绷带。她想起了父亲的话:你现在是个女人了。她感到自己也发生了某种变化。体内似乎有种东西正在慢慢苏醒。某种躁动不安的东西已经在安雅的身体和意识里扎了根,她能隐隐约约地感觉到这一点。

安雅下午放学回家的时候,看到父亲在客厅里听新闻。父亲似乎处于一种近乎做梦的状态,他坐在椅子上,眼睛看着窗外,有一搭没一搭地听着新闻,新闻里正在播报巴勒斯坦青少年自杀人数激增的新闻。

"爸爸?"

她父亲从椅子上跳了起来,顺手打翻了椅子旁的茶杯。茶杯掉在地板上,摔了个粉碎。

父亲生气地说:"安雅,你吓到我了!"在柜子里待机的扫地机器人检测到杯子摔碎的声音,开始清理地板上的碎玻璃。

"对不起……"

安雅的父亲叹了口气,紧张地拨弄着指甲周围的皮肤:"也许我该去小睡一会儿。"

安雅点了点头。父亲站起身,走进了卧室。父亲总是这么漫不经心,就好像他住在另外一个维度,只不过是顺便来体验这个世界的生活。安雅不能责怪自己的父亲。当她去年看到齐亚德吊在高处的尸体时,就感觉自己心里出现了一个空洞,心里的一切就像一团线头,通通掉了出来。自那以后,她有时感到一切还好,好到让她以为最糟糕的痛苦已经过去。然后,就在她最不经意的时候——比如她坐在教室里或者走在滨海大道上——齐亚德又会出现在她眼前:他瘫软的尸体晃来晃去,脑袋毫无生气地偏向一边。

安雅摇了摇头,驱散了这幅画面。她走到母亲的卧室,打开了房门。母亲和往常一样,还在睡觉。安雅上一次看到母亲醒来的样子,大概还是12天前。她从卧室里走出来,给自己找了几根烟。母亲在过道里遇到了安雅,二人短暂聊了几分钟。母亲问安雅在学校里近况如何,过得是否开心。安雅说自己确实每天都很开心,母亲笑了笑。

"很好。"母亲说完亲了亲安雅的小脸,然后回到了床上。

那天晚上,安雅梦到自己走过一大片橄榄树林。天空与大地的距离似乎更近了,月亮又大又亮,整片橄榄树林闪闪发光,仿佛变成了一片钻石的海洋。周围的声音都变得清晰无比,安雅可以听到每一片橄榄树叶在风中摇摆的声音,蟋蟀的叫声此起彼伏。

安雅听到身后传来稀稀疏疏的声音。她转身，看到一个熟悉的身影，此人又高又瘦，留着一头乱糟糟的棕色头发。

安雅呜咽着问道："齐亚德？"

那人回答道："是我，没错。"他的声音太过深沉，听起来不像个18岁孩子的声音。

他穿着一件黑色T恤和牛仔裤。他看起来又高又壮，和安雅最后一次看到他时的样子完全不同。安雅冲过去抱住了齐亚德，她以为齐亚德会凭空消失，或自己穿过他的身体，重重摔在地上。但是，安雅结结实实地撞在齐亚德身上。他的双臂抱住安雅，安雅紧紧贴在齐亚德的胸口上。

"齐亚德，真的是你！"她抬起头看着齐亚德的脸。他面带笑容，低着头看着安雅，这个笑容是多么熟悉，安雅可以看到齐亚德那两个微微弯曲的前门牙。

安雅犹豫了一下，问："你不是死了吗？"

齐亚德耸了耸肩："在你的世界里，死亡并不是真的死了。我觉得这更像是醒了过来。"

"但是我看到你了！你要是没死，那你这段时间又去哪儿了？"

"我……"齐亚德停顿了一下，仔细考量自己下一步该如何表达。他总是反复斟酌该说什么，追求用最恰当的词语来表达自己的思想和感受。"我一直……游离在万事之外。有些……责任……"

安雅心里突然腾起一股怒火，这种愤怒在她心中足足积攒了12个月。

"你为什么要这么做？难道你不爱我们了吗？你就没想过爸

爸和妈妈？你就没想过我？"

安雅的愤怒逗乐了齐亚德。他笑了，眼睛都眯了起来。

"你还在笑！你这个蠢驴居然在笑！"安雅用拳头捶打着齐亚德的胸口。

"停！停！"齐亚德抗议道。他抓住安雅的双拳，牢牢扣在自己身前。他在安雅耳旁悄悄说道："都没事的。"此时安雅已经哭了起来。

二人在橄榄树林里走了很久。安雅很高兴齐亚德能在自己身边，能感受到他的温度和幽默。安雅给齐亚德讲了发生的一切，自己一直以来做的所有事情。她给齐亚德讲了邻里之间的各种琐事，自己和朋友以及学校里的孩子所发生的一切。安雅尽力模仿每一个人，自己都记不清齐亚德因此笑了多少次，自从齐亚德自杀之后，她已经很久没有这么干了。过了一会儿，她不知道该继续说什么，于是二人默默地并排继续走下去。最终，安雅问了一个自己一直在回避的问题。

"这意味着你现在已经回来了吗？又或者这是一场梦？"

齐亚德沉默了一会儿。他停下脚步，转身看着安雅，整个人看起来严肃了起来。

"你听说过柏拉图的洞穴吗？"

安雅摇了摇头。

"那没事了。"

安雅坚持问道："你为什么这么说？"

齐亚德抬头看着天空，说："你觉得，鱼知道自己在水中游动吗？"

安雅耸了耸肩。

"我们在这个世界上，就像是鱼在水里。我们不停地游动，对周围熟视无睹。"齐亚德叹了口气，戳了戳她的胳膊，"安雅，你难道不打算起床吗？"

安雅醒了过来。鸟儿在窗外叫个不停。阳光从格栅的缝隙间照进屋内。她又想起了那片橄榄树林。如果整件事都是一场梦，那么这场梦比现实生活更真实。

安雅起床，悄悄穿过大厅，打开了齐亚德的房门。房间里的一切和齐亚德自杀那天一模一样。书架上还摆着齐亚德赢得的篮球赛奖杯，几个小时候留下的毛绒玩具。在衣柜里，齐亚德的衣服还挂在衣架上，衣服上还带着他的气味，但随着时间的推移，这股味道也越来越淡了。在他床边，还有一部弗兰兹·卡夫卡的小说，里面夹着市场里的收据作为书签。在桌子上，还摆着一张五年前拍摄的全家合影。当时他们一家四口在迦密山野餐，照片上还可以看到远处的海法港。

安雅还记得那一天，一家人准备了一场丰盛的烤肉野餐，以此庆祝春天的开始。那时候妈妈还没有如此嗜睡，一切还没有变得这么糟。

照片旁边摆放着一个黑色的笔记本，那是齐亚德的日记。齐亚德喜欢随手写一点东西，他花在上面的时间比雕石板的时间还要久。齐亚德曾经说过，他喜欢写东西的感觉，喜欢墨水和笔在纸上慢慢移动的感觉。他从不喜欢技术产品，对这些东西持不信任的态度。

他的父亲不允许任何人碰齐亚德的遗物，就好像齐亚德不过是出去买菜，很快就会回来。安雅拿起齐亚德的笔记本，翻到了最后一页。齐亚德的日记笔迹非常工整，她翻到了最后一篇日记，日期是齐亚德自杀前一天：

老人们总会口口相传巴勒斯坦的各种故事，这样可以保证巴勒斯坦永不消亡。但对他们来说，用这些故事来禁锢我们，难道不显得有些大费周章了吗？关于集体记忆，有一点是肯定的，那就是你无法只选择记忆那些美好的部分。早晚有一天，那些糟糕的内容也会进入集体记忆……

那种沉重窒息的感觉又出现了。安雅合上日记本，跌跌撞撞地离开了齐亚德的卧室。

安雅关上门，回到了洗手间。她照着镜子，打量着自己疲惫的脸庞，再次惊异于额头的伤口已经完全愈合。她扭开水龙头，开始刷牙。过了一会儿，安雅觉得自己仿佛吃了一嘴泥巴，舌头上都是土壤的味道。她立即吐掉了嘴里的牙膏。她发现水龙头供水不畅，流出来的水变成了沙棕色，在白色的陶瓷洗手池上留下浅棕色的痕迹。

"爸爸！"安雅大叫着跑出了洗手间。她的父亲睡眼惺忪，从卧室里走了出来。"龙头里的水变成了棕色！"

父亲跟着她走进洗手间。安雅离开洗手间的时候并没有关闭水龙头，但现在龙头里流出的水清澈无比。

安雅看着父亲的双眼，说："我发誓，刚才流出来的水确实是棕色的。我发誓，我刚才没有瞎说。"

父亲叹了口气，揉着自己的额头说："安雅，到底怎么回事？"

她深吸了一口气，坦白道："我昨晚梦到齐亚德了。"

安雅看着父亲脸上的表情，不禁哭了出来。

安雅说:"我想齐亚德了。"

父亲将她抱在怀里,悄悄说道:"我知道,哈比卜蒂。"

那天夜里,齐亚德再次出现在安雅的梦里。这一次,他们二人坐在山顶的一片空地上。安雅认出了这是什么地方,这里是迦密山的山顶,一家人曾经在这里拍过合影。

齐亚德赤着脚拨弄着草丛,用缓慢而坚定的语气说道:"一切看起来都是静止不动的。你绝对想不到,我们正在太空中,以惊人的速度运动着。"

安雅问:"你说这些到底是什么意思?"

"我想说的是,你所看到的不一定就是事实。你知道他们在历史书里都写了些什么。他们是怎么说我们解放巴勒斯坦,如何结束占领的?"安雅点了点头,示意齐亚德继续说下去。"占领军使用了太多高科技装备。他们有那么多高科技装备……一个个都是用来征服和控制的利器。而加沙——也就是我们的家——完全就是这些装备的试验场。"

"但那都是过去的事了……"安雅摘了一朵深蓝色的小花,放在自己的手掌上,"我们现在已经自由了。你看看周围,我们自由了。"

齐亚德哼了一声,说:"你也知道我们阿拉伯人是怎么样的。有关祖先的记忆经过美化,然后将我们困在原地。这些记忆就像一层皮肤,将我们紧紧地包裹在其中。"

齐亚德揪起一片草,将叶片撕成碎片,然后用手指碾碎。安雅看着他,一言不发。齐亚德看起来非常愤怒,这种愤怒本不该出现在一个十几岁的孩子身上。这种愤怒更为黑暗和深沉,安雅从没见过这种存在。安雅发现这种愤怒附着于齐亚德全身，能感觉到愤怒从他的身上向四周辐射。

齐亚德将剩下的草叶扔到身后，然后抬头看着安雅。

"我们不过是被父母的怀旧情绪囚禁的一代。"

安雅看着手里的花，她刚才把花摘了下来。现在，她仔细打量着手中的花瓣，却发现了一些奇怪的事情。深蓝色的花瓣反射着阳光。于是，她把手凑近了一点，仔细打量着花瓣。

花瓣由坚硬的钢铁制成，花瓣边缘参差不齐，非常锋利。

齐亚德看到了她诧异的表情，说："那是开花弹。这东西用枪打进你的体内，然后在肌肉里炸开，那样子就像是开花了一样。"

安雅手中的子弹掉在了地上，发出轻轻的叮当声。这声音仿佛来自很遥远的地方。整个世界似乎都在旋转。

齐亚德苦笑了一下，说："杀人的凶器现在都装成一副活物的样子。"

安雅看着他，问道："你说了这么多，到底是什么意思？"

齐亚德毫不犹豫地说："这意味着，你必须做出选择。你可以留在这儿，沉浸在这些往日的美好回忆里，也可以从这座监狱里逃出去。"

"你也做出了这样的选择吗？"

"对。"他点了点头，直视着安雅的双眼。"我做出了选择。"

齐亚德每天晚上都会出现。安雅很希望能睡觉，因为可以在梦里见到齐亚德。她的梦甚至比苏醒时的生活还要真实，梦的内容也越发重要。安雅认为，和齐亚德在一起的时光，让她感觉到了某些无法名状的东西。

在安雅不睡觉的时候，父亲忧心忡忡地观察着她的一举一动。但安雅却打消了父亲的忧虑。她努力继续扮演着一个正常的十几岁少女。有一天下午，她听到父亲在打电话。

"她出现了'戒断反应'。"父亲和电话那头的神秘人说，"我能听到她和齐亚德的对话。我担心她可能……"

有一天晚上，安雅醒来发现卧室的一面墙倒了。一张野餐用的毯子从天花板上垂了下来，暂时填补了墙壁的位置。用野餐的毯子代替被摧毁的墙壁，这种事情有一种喜剧性效果，就好像一个人试图用一片树叶给自己遮羞。一股强风涌入了卧室。毯子被强风吹上了天，安雅在星空中看到了齐亚德。

齐亚德从毯子后面走进了卧室，说："现在情况越发艰难了。"

"艰难？"安雅从床上坐了起来，用羽绒被裹住自己免受强风的袭扰。

"你知道得越多，虚拟空间的逻辑就会崩溃。"

齐亚德示意安雅从床上起来，她就穿上拖鞋，跟着齐亚德穿过了墙上的大洞。

齐亚德在混凝土块之间跳来跳去，灵活地抓住从混凝土块中凸出的钢筋，一举一动都好像一位经验丰富的杂技演员。安雅努力跟在他身后，二人最终落在地上，发出了轻柔的声响。

二人记忆中曾经风景如画的加沙城区，有着绿叶盎然的宽阔街道、精美的石灰石建筑、古雅的咖啡厅和复古的家具店，现在这一切看起来更像是一个战区。街道上的大多数建筑都被摧毁。隔壁的超市已经坍塌。有些建筑不是倒了一面墙，就是天花板上被打出了大洞，里面的住户用五颜六色的布料挡住这些大洞，以保证自己的隐私。安雅看到有些家庭在空地上做饭，有人在暴露在外的洗手间里刷牙。

她倒吸一口气，问道："这里到底发生了什么？"

齐亚德抓着安雅的手，带着她向海滩走去。二人来到一座层层设防的海滨酒店，齐亚德带着安雅，从酒店后面铁丝网围栏的破洞钻了进去。他们来到花园里的一间咖啡店，从这里可以看到优美的海景。店里有塑料的桌椅，挂在高处的植物看起来非常缺水，似乎随时可能自己爬到海边去。

"这里是媒体住的酒店，非常安全。这里住了太多外国记者，他们不可能轰炸这里。"齐亚德实事求是地说。

安雅穿着拖鞋和睡衣，感到非常难为情。齐亚德给自己点了一罐百事可乐，给安雅点了一杯橘子汁。当饮料被端上桌之后，他点了根烟。

"你开始抽烟了？"

齐亚德耸了耸肩，深吸了一口烟。

"安雅，你居住的世界是一个虚拟空间。"

安雅看着齐亚德，一言不发。

"你自己想想。几十年前，以色列人还有最先进的技术武器。这种技术的主要用途就是维持占领。巴勒斯坦人怎么可能这么快就获得自由？"

"齐亚德，你疯了。"

"那些看不到监狱围墙的人，当然会把抵抗占领的人当作疯子。"

"我们现在在哪？"

"这里才是真正的巴勒斯坦。"齐亚德指了指周围的一切。"你所在的环境……你所指的一切……都是虚拟环境罢了。他们控制了我们的集体记忆，打造了一个虚假的巴勒斯坦。你就住在这个虚假的巴勒斯坦里。"

安雅想起自己曾经的一个梦，但是不记得自己什么时候睡着了。

"当我意识到这一切……当我将所有的谜题解开，我明白自己必须离开这个虚拟世界。所以，我就来了一个信仰之跃。"他停顿了一下。"当你自杀的时候，就可以脱离虚拟世界了。"

"我不明白。"

"你也知道，成年人总是在睡觉，"齐亚德一下有了精神，"对于那些没有出生在虚拟空间里的人，记忆更容易被找回。所以成年人才会嗜睡……他们需要被重置。只有我们……我们是第一代终生生活在虚拟环境中的人。我们身处全新殖民形式的最前沿。所以，我们要开发全新形式的抵抗。"

"那妈妈呢？"

齐亚德犹豫了起来，他似乎在努力不让自己哭出来："安雅，不管其他人怎么说，妈妈没有生病。她不过是处于一个两难的境地，一方面她希望抵抗……想要退出虚拟空间……但是她也不想离开你和爸爸。所以，她现在留在虚拟空间，在清醒和昏迷中轮回。她知道，所谓的'有权返回虚拟空间'和真实空间是两回事……"

安雅感觉橘子汁堵在自己的喉头。齐亚德非常明白她现在是什么表情。

他问："你在想什么？"

"我在想，你告诉我通向自由的唯一途径就是去死。"

"你得相信我，我说的都是实话。"

"你要是说错了呢？"

齐亚德沉默了很久。最终，他熄灭手中的烟，然后看着安雅。

"注意听鸟儿的歌唱。"

当安雅发现其中规律之后，就无法忽视鸟儿的歌声了。

叽喳——叽喳……叽喳。

她默默数了四下。

叽喳——叽喳……叽喳。

鸟儿会先叫两声，四秒钟之后叫第三声，沉默四秒之后，再次重复。

这天早上，她花了一个小时躺在床上，仔细听鸟叫。相同的鸟叫不停在重复。她越发感到害怕。

你是个女人了。

叽喳——叽喳……叽喳。

这是一个虚拟世界。安雅努力想象着这一切，但这就像是在想象世界毁灭之后还有些什么，又或者是在想象太阳所蕴含的全部能量。这个问题的答案超过了安雅大脑的处理能力。想象自己被困在一个虚拟世界，就好像是在想象自己的思维。这种事情简直无法想象，这一切都太复杂了。

那天晚些时候，当教学全息投影还在唠叨个没完的时候，安雅又想起了齐亚德的话。如果他说得没错，这一切都不过是虚拟出来的。

安雅掐了自己一下。确实很疼。但这种疼痛是真实的吗？

她拿起自己的电子笔，用笔头戳在自己的手腕肌肉上。安雅感觉到皮肤刺痛的感觉。她继续使劲，随着细不可及的噗的一声,电子笔刺穿了她的皮肤,一滴血从伤口涌了出来。

叽喳——叽喳……叽喳。

警报响了起来。安雅抬起了头。教学全息投影向她投来一道光束。班里所有人都转头看着她。她看着自己的手臂,电子笔已经戳进了自己的手腕。

"哇啊——"安雅大叫一声,但是她不确定这种叫喊是否有任何意义。大门忽然被推开,四名护士冲了进来。安雅的手腕感到了火辣辣的疼痛。

父亲开车带安雅回家,他说道:"我都不知道该说什么。"

"我们是真实的吗?"安雅坐在后排座位上,看着窗外,下意识地拉扯着手腕上的绷带。

她的父亲在交通灯旁停下车,转头看着安雅,说:"你看着我。你叫安雅。现在是2048年。你14岁。你住在加沙城。你最喜欢的颜色是紫色。"他停顿了一下。"你是个真人。"

"为什么鸟的叫声都一模一样?"

"什么?"

"鸟儿的歌声呀。它总是在循环。"

父亲沉默了很久。终于,他开口了。

"当我还是你这么大年纪的时候,我和两个同龄男孩是好朋友。我住在加沙,他们两个分别住在突尼斯和贝鲁特。我们都是巴勒斯坦人,都出生在海法,但是我们就像是霰弹里的弹丸,散布在全世界。法律和边界让我们无法再见。我们有时候会想,如果我们的爷爷奶奶们,没有像蟑螂一样四处逃难,我们三个人会不会已经成了邻居?如果没有这些年来经历的一切,我们的性格是否会不一样?有一个真真切切的家到底是什么感觉?"

"你为什么要给我说这些事情?"

"有的时候,家不过是改变自己看问题的角度罢了。"

交通灯变成了绿色,汽车再次启动。安雅扭头看着公园,年轻的母亲们会推着婴儿车出来锻炼,十几岁的少年们会在草地上踢足球。现在,她只看到一片荒地,拄着拐杖的残疾男孩们在那里一瘸一拐地玩耍。安雅感觉自己喘不上气。

父亲继续说道:"安雅……"

她想说点什么,但立即停了下来:"没事。"

父亲看着她,眼睛里写满了无穷的悲伤。

那天晚上,安雅走进了母亲的卧室。母亲盖着被子,仰面躺在床上睡觉。安雅坐在床边的地板上。

她悄悄说道:"妈妈,你能听到我说话吗?"

她的母亲还是一动不动。安雅打量着母亲的脸,观察着她垂在鼻子上的头发是如何随着呼吸而摆动。安雅把手伸进被子,握住了母亲的手。

她悄悄说:"我想你了。"

有那么一会儿,安雅感觉到母亲捏了捏自己的手。

一天晚上,齐亚德来看安雅,这次他坐在轮椅上。他双腿膝盖以下都不见了,牛仔裤整齐地塞进大腿下面。

"齐亚德,这是怎么回事?"安雅惊恐地问道。齐亚德看上去更瘦了,他的指甲脏兮兮的,牛仔裤上也有污渍。

"他们在制造一个残疾人的国度。"他说话时愤怒的语气让二人都吃了一惊。

"这个所谓的'他们'又是谁?"安雅问。

齐亚德愤怒地看着她说:"还能有谁?"

他从轮椅后面拿出了一块石头和一长条橡胶。他把石头放在橡胶条中间的位置,向后拉扯橡胶条,测试弹性。

"这应该够用。"他看着安雅,对着自己的杰作笑了起来。

"你到底出了什么问题?"安雅咆哮道,"你为什么要这么做?我们之前不是很快乐吗?即便一切都是虚拟出来的,这也比真正的监狱要好。"

齐亚德看着她说:"只要你愿意,可以继续活在这个梦里。但是我受够了。你自己选择活在梦里是一回事,但只要你意识到自己是个囚犯,那你的生活将充满绝望和窒息。"

"但是,你看看你都得到了什么。你已经残疾了。"

"我的身体残疾了,但我的意识是自由的。在我的身体、意识和灵魂完全自由之前,我将继续战斗。"

这是安雅最后一次看到齐亚德,而这已经是13天之前的事情了。每天晚上睡觉之前,安雅都希望齐亚德会回来,但他并没有回来,也许齐亚德生气了。安雅对此并不确定。如果齐亚德并没有生气,那么还有一个更加可怕的解释。安雅努力不去想这一点。不论出于哪个原因,安雅都不可能继续这样活下去了,她不知道什么是真什么是假,什么是真实世界,什么是虚拟梦境。

现在齐亚德已经不见了,安雅发现自己无法区分梦境和醒来之后的生活。她感觉自己身处两个不同的无线电频率之间。两个世界正在融合,但最终出现的却是一个全新的维度,一个噩梦般的集合体。

所以,安雅回到了这里。她回到了海边,这里是一切的起点。她站在海边,带着咸味的空气顺着喉咙直达她的肺里。如果他们说得没错,死后只有一片虚无——如果安雅不过是疯了而已——那么也许这也不是一件坏事。自己的动机究竟是什么?安雅思考着这个问题。是由于家人的缺失和背叛,而深埋于内心深处的玩世不恭吗?又或者是什么其他东西——对于自由的渴望,是否如皮肤下的瘙痒,令人无法忽视?

安雅一步步向前挪步,海浪已经拍打到她的脚尖,她低着头,踢打着浪花,让海水拍打着自己的身体。安雅和大海就像是两只小猫,不停试探着彼此。安雅慢慢走进了大海的怀抱。海浪漫过了她的脚踝,然后是膝盖,随着她越走越远,就连自己的大腿都没入水面之下。海水实在是太冷了,安雅浑身都泛起了鸡皮疙瘩。她的背包越发沉重,紧紧勒在肩膀上。

当安雅已经无法在水中保持站立的时候,她开始试图游泳,但是背包里的石头还是把她拉入了水面之下。肺中仅存的空气被挤了出去,化成了水中几个气泡。安雅摆动着脑袋,努力对抗着大海。安雅的头发好似老妇人瘦骨嶙峋的手,缠绕在她的脖子上。大海的咆哮震耳欲聋。安雅的喉咙在抽搐,海水挤压着喉部肌肉。她感到痛苦万分,双腿不停地踢动,努力想游回水面,但是背包里的石头实在是太重了。

说明

《纪念穆罕默德·尤努斯,1994—2017》(载于《在加沙自杀》,作者沙拉·海姆,《卫报》,2018年5月18日)

树林画家

苏珊娜·帕尔默

苏珊娜·帕尔默（zanzjan.net）是一位作家、艺术家和Linux系统管理员，现居马萨诸塞州西部。她的作品常见于《阿西莫夫科幻小说》《类比》《克拉克世界》《中间地带》和其他媒体。她的中篇小说《机器人的秘密生活》于2018年获雨果奖最佳中篇小说将，此外其还获得了阿西莫夫读者选择奖最佳中篇小说奖，2016年《类比》杂志最佳短篇小说奖。她的长篇处女作《搜索者》于2019年面市，续作《深渊之行》于2020年面市。

我走到大门口，刷了下安全卡，然后穿过了十米高的大门，走进了最后的荒野。我在门口脱掉了靴子，放在鞋架上，然后在雨水盆里小心翼翼地洗了洗脚。这里的雨水还是前一天晚上存起来的，水温冰冷彻骨。当大门关闭之后，我脱掉了自己的衣服。在高墙的另一侧，没有人会偷看我，也没人会因为我赤身裸体而感觉受到冒犯。我用盆里的水清洗了身体，浑身上下因为冰冷的雨水而不停颤抖。我从鞋架上方的衣钩上取下一条朴素的亚麻布，把它缠在自己身上。然后，我顺着小道去找林中的画家。

小道沿着小山蜿蜒而上，然后向地势低处延伸一公里左右，最后到达林边空地。我沿着小道一路前进，周围的植被景观也发生了变化。一开始的时候，你可以看到长在围墙和周围区域叶片锋利的青草，而这颗星球上蓝绿色的原生草地却在不断后退。我知道，赤脚踩到这种草上会有一种痒痒的感觉，但是这种原生植物很容易被踩死。在这种植物彻底灭绝之前，我肯定会再踩一次这种植物，但我现在选择继续沿着小道前进。

这里的树和家乡的树非常相似，但是外表非常光滑，树枝也呈对称分布。这种树的锥形叶片宽大，颜色为金绿色，以三片为一组长在叶柄末端。当风暴过后，雨水可以长期储存在叶片中。如果你切开一棵大树，就会发现树木内部没有年轮或者木头，只有整齐排列的六边形细胞，越靠近树的内部，细胞体积越大。如果一个细胞从树中脱离，就可以独立长成一棵大树，但当这种细胞聚在一起的时候，不仅会承担不同的分工，而且会根据细胞的相对位置和外部环境做出改变。

从数学和结构角度来讲，这些树都太漂亮了。你可以在树上看到各种明亮的颜色，有人用鲜艳的颜料在树上画出了各种复杂的、具有催眠效果的图案，每一个图案都是独一无二的，每一个图案都让人流连忘返。我曾经花了好几天时间，不是在树林里盯着这些图案，就是在研究存档文件里的3D图像，我总感觉这些图案之中隐藏着某种惊天的秘密，只等着我去发掘其中的奥秘。

我发现，这些树在渐渐死去。

山谷中有一条小河蜿蜒而过，我顺着精心布置的石桥来到小河的另一边。我可以看到树冠上的木巢，我们每次来都会发现球形巢的数量越来越少,而且我闻到了烟味。

我发现茨基正守着一团篝火,一个球形巢被小心翼翼地从树顶摘下,摆放在地上的石堆上,球形巢在火苗的舔舐下噼啪作响。

茨基发现了我,于是转身面对我。奥菲缇人没有脑袋,我们认为所有和脑袋有关的功能,全部整合在金绿色的扁平身体内。茨基有九条腿——他曾经告诉过我,他在一场事故中丢了三条腿——每三条腿既可以合在一起,也可以像手指一样灵活地单独活动。

我坐在地上,直视着他。过了一会儿,他开始说话了,奥菲缇人的语言中包括各种口哨、嘀嗒和颤音,而我的翻译植入物则可以翻译这种语言。

"塞耶死了,我对此很抱歉。"我的翻译器也可以把我的话翻译给茨基。

"塞耶吃了那种新草,然后生病了,"茨基说道,"塞耶害怕老式的草消失之后,我们会挨饿,因为你们的墙堵住了我们去其他草地的道路。"

确实还有些草地长满了草,所以我们才建起了一堵墙。这堵墙经过精心的设计,从山谷的森林内部看不到它,但那时候我们不知道,这些森林里的动物其实是有智能的树居生物,他们完全有可能从树冠看到我们建起的墙。但是,他们不知道墙的另一边有什么东西,这倒是一件好事。

茨基反复转动自己的身体,前前后后折腾了好几分钟。他在思考。他最后问道:"你们的人也会吃新草吗?"

"我们不吃这东西。"我们确实不吃这种东西。

"那你们为什么把这些带来呢?"

我解释道:"因为这是我们原生生态系统的一部分。"

"就连空气和土壤的味道都不对劲了。"他说完,就用自己类似刀片的手指拿起一根木头,开始捣弄着篝火。

大家沉默了一会儿,我打量着空地,问:"其他人呢?"

茨基说:"他们太绝望了,于是去寻找希望。"

我实在不知该如何回答,于是问:"你会在塞耶的树上画画吗?"

"当她的球巢化为冰冷的灰烬,我就把这些灰拌进颜料里去。"茨基说,"然后,我才会作画。我几乎用完了所有的暖天正午蓝,我们要去五座山外的草地才能找到这种颜料。我太老了,只有塞耶才知道路。要不,你去给我找来?"

我说道:"我做不到。"因为你在那里找不到这种颜料,而且议会也不会同意这种事情。他们只会反复告诫我,在前进的道路上只能保持向前,如果不能保证意识、目标和行动的一致,那么就不可能成功。

熊熊燃烧的球巢塌了下去,曾经复杂的编织结构现在不过是一团火星和灰烬。

茨基最后说:"无所谓。现在只剩下我和另外三个了,也没人会为我们画画了。"

茨基又捣弄了几下篝火,小心翼翼地把棍子放在一边。他说:"我明天画画。"

"我能来看吗?"

茨基说:"我又不能阻止你。"

"如果你可以阻止我,你会这么做吗?"

"我当然会阻止你,但是现在已经太迟了。你们真是太奇怪了,你们这些软软的家伙走起来的样子看起来随时会摔倒,但是到头来反而是你们周围的人倒下再也没站起来，"茨基说，"到头来，我们也要灭绝了。"

"是的。"我回答道。这番对话是对我们的最佳概括，我们是齿轮上的凸齿，忙于自己的工作，一路向前推进，直到我们倒下的那一刻，然后其他人就会来填补我们留下的空缺。

我站了起来，伸了伸僵硬的双腿，说："我明天还会来的。"

我头也不回地走回大门，但脑子里却还在想着森林里的一切。

议会成员们等着代表开会的钟声响起，然后以整齐划一的动作坐下，如此一来，就不会有人先坐下或者落后。这张圆桌上镶嵌着一个铜齿轮的标记，以此提醒议会成员，前进的道路需要大家携手共进。唯有如此，才能保证目标的一致。

在乔斯拉看来，这也代表着仇恨，因为每个人脸上都写满了对自身道德的背叛。她说道："我在此建议，采取必要手段保护奥菲缇人的现存人口，以避免奥菲缇人彻底灭绝。"

坐在她左边的陶索说："我们已经收集了大量样本——"他是一位生物学家，脸上表情意味着并不赞同乔斯拉的提议。

"请允许我打断一下，你收集的样本容量确实很大，这一点没人会怀疑。但是，我刚才所说的是还活着的那些奥菲缇人。"乔斯拉打断了陶索的话。

"这已经太晚了。"坐在圆桌另一头的莫塔斯说道。议会没有设立议长，但是莫塔斯——他总是那么严格，可以严格执行法律——却充当了一个领导者的角色。"他们只剩四个个体了，就算我们找到办法将他们的生存区和星球改造工程的覆盖区隔离，他们也缺乏继续生存的基因多样性。"

乔斯拉说："有陶索的样本库为依托，我们可以扩大他们的基因库。"

"可这是为什么呢？我们下大力气，花费大量资源，可又能得到什么回报呢？你的提议是一种倒退思维。"

"但这对奥菲缇人来说可不一样，"乔斯拉反驳道，"他们有独特的文化和语言系统，不应该如此草率地抛弃。我知道你们很久没有和他们见面了，但是——"

"对奥菲缇人来说，没有未来可言。他们已经死定了，现在已经进入倒计时了，"莫塔斯说道，"大家还有人支持乔斯拉的提议吗？让我们放弃自己的指导原则，为了一场必定失败的计划而努力？"

很多人本应支持这项提议，但他们此刻都没有这么做。陶索并没有直视乔斯拉的双眼。在乔斯拉看来，陶索也没有义务支持自己的提议，因为他还有自己的事情要做。他的沉默不仅背叛了乔斯拉，更背叛了他自己。

莫塔斯宣布："那这件事就到此为止，前进。"

"前进。"议会中的几个人也附和道，他们有的很有激情，有的则听起来没有精神。陶索和乔斯拉都保持了沉默，但这并不足以弥补之前懦弱所造成的矛盾，乔斯拉并不打算原谅陶索。现在，该讨论新的高铁线路，改良后的土地的粮食产量，为下一拨殖民者做准备，他们不可能在一名议员一厢情愿地浪费大量资源的计划上耽搁太久。

空地上又腾起了一股浓烟。我尽可能让自己在小道上不紧不慢地走着——我反复提醒自己，我在这里不过是个观察者——但如果我加快步速,谁又会责怪我呢?这里空无一人。

茨基在篝火旁摇摇晃晃地走来走去,也不知道这是因为缺了几条腿还是因为躁动不安。这一次,他没有用木棍捣弄着篝火,篝火熊熊燃烧,不停地发出噼噼啪啪的声音。在明亮的火光中,我可以看到三个影子,那是三个球巢。

我问道:"出什么事了?"

我的翻译植入物花了好几分钟才理解了茨基悲伤的口哨声:"他们绕着围墙走了一圈,当回到起点时却发现毫无希望。于是,他们就回家自焚了。我试着阻止他们,但失败了。"

我现在明白了,茨基好几条腿都烧伤了,所以他的动作才会如此奇怪。

我不知道该怎么办。

"萨沙、奥萨、艾森,这是他们的名字,"茨基说,"奥萨和艾森是我孩子的孩子。他们应该好好活下去,记住我临终时的样子,他们不该就这么死了。"

我说道:"我很抱歉。"

茨基问:"真的吗?"篝火还在燃烧,石堆旁的原生草也烧了起来,但是茨基要么选择无视了这件事,要么就是根本没注意。可是,几根烧着的野草还重要吗?

我回道:"我也不知道!"透过热浪和浓烟,我发现茨基已经开始在塞耶的树上画画,看来他想在我赶到之前完成这幅画,免得让我这个不请自来的家伙看到制作过程。当其他人回来自杀的时候,他肯定还在画画,因为树干周围散落着一些锥形树叶,叶子里还存有不同颜色的颜料。我看到树干上勾勒出银色线条,只等着涂上颜色了。虽然这幅画还没有完成,却足以让人流连忘返。我盯着画,一时间忘乎所以。我忽然想到,茨基的腿被烧伤了，无法完成这幅画，我也不可能从这幅画中获得任何启迪。一想到这一点，我一下喘不过气，一想起乔斯拉之前提出的警告，我就感到痛苦万分。太迟啦，一切都太迟啦！

我问道："我能帮你画吗？"

我完全不该这么问。茨基大喊道："滚！你带着来自外星的眼睛和思想，就不该出现在这里。这是我们的记忆，完全基于对他人的爱和对后人的劝诫，而你们毁灭了我们。滚吧，不要回来了。"

我站在原地。茨基看着熊熊燃烧的篝火，既没有去捣弄它，也没有纵身跃入火中。一想到茨基可能烧掉整片树林，我就决定等一会儿再走，到了最后，三个球巢完全被篝火吞没，周围的野草也被烧净，在地上留下一块三米见宽、永远也不可能愈合的伤口。

茨基发出了一种翻译植入物无法翻译的声音，也许这不是一个词，只是无法言喻的伤痛。我不该来这儿，不该在这里停留这么久。和茨基的谈话并不属于正向思维，我对此非常了解，但是我还是来了。我沉浸于奇异和新奇的外星文明，这无异于是在破坏自己对于人民的承诺。

"我对此感到很抱歉。"我说完，就转身离开了。

我沿着小路继续前进，但我的双脚很想再踩一次当地的原生草，因为我确信自己永远不会回来了。

我在大门口脱下了亚麻布，用微温的水洗了洗身子，等微风和星系恒星的光芒晒干了身上的水，我就收拾起自己的随身物品，回归了自己的真实生活。

虽然我毕生都在接受训练，对于我们自己的行为方式和处世理念深信不疑，但当大门打开的那一刻，我还是回头看了一眼。

茨基顺着小路走了过来。他因为疼痛和急于赶上我的心理，每走一步都非常困难。我不该回头，应该现在就转头走进大门，然后彻底关上大门，但是我没有这么做。

茨基在距离我几米的地方停了下来，它似乎随时可能会摔倒在地。他说道："让我看看。"

"看什么？"我并不理解他的话。

"让我看看墙外到底有什么，我们的子孙曾经在那里玩耍、奔跑、爬树。让我看看，你们究竟对我的世界做了什么，你们的世界和我们相比，究竟好在哪里。"

在墙的另一端，一座城市正在拔地而起，一千栋房子刚好可以满足一万人的居住需求，所有人都服从议会的领导，团结一致向前进。这里没有艺术，没有脱离集体的独立活动，没有什么事情值得你思考。我对此感到非常自豪，很高兴自己能成为其中的一部分，但这一切只属于我们，我不想为此做任何解释和辩护，也不想对议会解释自己的所作所为。

我说："不行。"

茨基问："你会阻止我吗？"

"是的。"

"如果你有能力阻止我，会这么做吗？"

"是的。"

"那就动手吧。"他说完，从我身边绕过，继续向着大门走去。

我从包里掏出一把手枪。所有议会成员都配发了这种武器，除了自卫以外还可以用来维持正义，但我不打算在训练以外的场合使用这把枪。这把枪设计坚固，握在手里非常舒服，我可以用它杀了茨基。

他倒了下去，一动不动，这个世界的一片残骸终将被赋予全新的意义。我现在转身走进大门，回到了自己的城市，再次与正向思维融为一体。

当开会的铃声响起，各位议员就座之后，乔斯拉就开始发言了。"奥菲缇人灭绝了，"她说道，"三个个体已经自焚了，最后一个被发现死在外部大门那里，尸体上发现了大量烧伤。我建议进行解剖，确定死因。"

莫塔斯问："你确定死因是烧伤？"

"我们肯定可以从中发现——"

"陶索议员，我们的生物和行为学是否还存在不完整的资料，如果回收了这个样本，能不能补齐这些资料？"莫塔斯问道。

陶索看起来很难受。他双眼肿胀，就好像刚刚哭了一场，但对于他这样的人，没人会去问或者承认这种事情。"我们的数据很完整。"他的声音非常微弱，然后提高音量，用更坚定的语气说："是的，数据很完整。"

"乔斯拉议员，我们到底能从你的提议中得到些什么呢？他们的灭绝远早于我们的预期，但这也是不可避免的事情，而且这看起来完全是这个奥菲缇人自己的选择。"

乔斯拉想说的是，我想知道他为什么要在烧伤之后，一路爬过来，然后死在我们的门口。但是，莫塔斯说得没错，她非常痛恨这一切。这个奥菲缇人年纪很大了，而且受了重伤。现在一切都毫无意义了，无法从中获得任何东西，更不可能知道这个奥菲缇人在死前到底有什么计划。"我认为我的提议可以完善我们的存档记录。"

莫塔斯说:"明白了。其他人赞同这项提议吗?"

大家望着彼此,互相躲避着彼此的眼神,但到了最后,没人同意这项提议。

"现在咱们要讨论一下,如何处理树林和周围的土地了,"坐在乔斯拉右边的安薇尔说道,"我们之前就说过,将这片林地当作历史景观和教育基地。如果我们真的要执行这个计划,那么必须在一两周内开工,才能维持现状。"

巴纳德说:"保护计划就是浪费空间,我们完全可以把这片土地用于更重要的事情上。"

乔斯拉说:"我赞成保护计划。"

陶索说:"我同意乔斯拉的计划。"

莫塔斯对安薇尔说:"我建议你在下次会议的时候,提出一份详细的保护计划,这样我们就可以好好评估计划的优缺点。巴纳德,如果你有其他提议,我们也需要研究一下你的提议到底有什么目标和特色。大家同意我的看法吗?"

陶索点了点头,吞了一下口水,说:"我同意。"

"很好,继续前进。"莫塔斯说完就结束了这次会议。

森林和我上次来的时候没有发生任何改变,但是却感觉空荡荡的。

这里已经几个星期没有下雨了——其他地区正在扩大农田面积,所以更需要富含水汽的云层——所以这里的灰烬和烧毁的球巢残骸还没有被冲走。我绕着茨基画画的地方走了几圈,然后坐在树叶堆前,打量着林中一打又一打的画作,其中很多是刚刚画好的,但更多的画作随着时间的流逝,已经出现了不同程度的掉色。

我还是不明白自己为什么会沉迷于这一切，为什么这种不开化、缺乏锤炼的、毫无正向思维可言的艺术却充满活力，在这一刻，我感觉自己完全沉浸于这种艺术中。这种感觉太奇怪了。也许这种画不过是为了纪念死者，而在我的家乡，所有悼念、纪念死者的行为都被认为是最愚蠢的反向思维。

但是，这些树上的画却让我流连忘返，这些画还留在树上，而茨基到头来不过是阻碍我欣赏这些画的一块绊脚石。当然，是奥菲缇人创造了这些画，现在这些画都是我们的了。一切都归我了。

我一想到这一点，就感到既自豪又轻松，但是心里却总有一股愧疚挥之不去。愧疚也是一种反向情绪，所以即便这种情绪将继续纠缠我，我还是否定了这种情绪。我发现，我越是研究这些画，就越感觉这些画似乎在嘲笑我，我似乎永远也不能真正理解这些画。茨基之所以跟踪我，让我杀了他，是因为他非常清楚这一点，只要他死了，我就永远不会参透画中的真谛。

这些画中最可怕的就是塞耶树上的那幅半成品。我那天应该留在这里，强迫茨基完成这幅画，这样我就可以完整地欣赏这幅画，然后心满意足地离开这里，不必担心错过任何东西。但这幅画就像茨基一样残破，而这一切都是茨基的精心安排。

那就继续前进吧。

我这次没有在大门口更衣，也没有放下个人物品，现在不必担心我会带来微生物，破坏这些早已功能性死亡的东西。我从包里拿出了蓝色的颜料，这些都是用自动制造机提前准备好的。我拿着颜料和茨基放在锥形叶中的颜料进行认真的比对，发现我的颜料色调更深，色度完全不同。但这就够了！蓝色就是蓝色。我用手指蘸着颜料,在塞耶的树上画来画去,指尖在茨基提前画好的轮廓中上色,整个人因此呼吸急促,我退后几步,对自己的杰作心满意足。

这简直是一团糟,不过是毫无艺术可言的随意涂鸦。

我深吸了几口气,决定继续努力,这次用指甲上色,努力顺着线条的走势移动,试图寻找色彩的走向。我的指甲已经开裂,最后因为大量出血而不得不放弃继续上色,我合上颜料的盖子,退后几步,却发现这幅画越来越糟糕了。

我实在不明白!我怎么会无法完成这种小事,而那些在山上草丛里腐烂的死物却可以轻松画出这种杰作。根据我自己的自负和更优越的思维,我认为经过在塞耶树上的练习,我可以在茨基的树上完成一幅画,而其他人都不可能知道这幅画的作者就是我。如此一来,我就可以被永远记住,而我的同胞则会在毫不知情的情况下永远铭记我。如此一来,我就不会是齿轮上的一个毫不起眼的凸齿,和其他人一起抵制反向思维,而是会变成历史中一个固定的点。

我忽然发现,我所做的一切不过是让自己的愚蠢名流千古,让自己所做的一切都笼罩在嘲讽的阴影之下。我一怒之下——我既是对自己生气,也是对强迫我开枪的茨基生气,更是对整个星球生气——把颜料罐狠狠地摔在地上。我虽然盖上了盖子,但盖子刚好(一点也不好!)砸在石头上摔了个粉碎,颜料不仅飞溅到塞耶的树上,其他几棵树上也沾上了这种颜料。

"不!"我大声咆哮道,然后跪在奄奄一息的草地上,整个人被狂怒和恐惧吞没。

乔斯拉站了起来，不安地走来走去，等待其他议员到达会场。她今天早到了一点儿。巴纳德早就来了，他把数据板抱在胸前，仿佛是要保护自己的雄心壮志免受乔斯拉的评头论足。乔斯拉为了预防安薇尔准备的材料不足以支持自己的计划，也做了相应的准备。在她看来，现在已经失去了太多，只要能保留其中一丝一毫，也要为此拼尽全力。

其他人纷纷到场，但整个会议室里除了大家走动的声音，没有其他任何声音。在乔斯拉看来，这是因为大家都知道，一天辛劳的工作还在等着彼此。

当铃声响起的时候，房门再次打开，这次进来的是莫塔斯，他行色匆匆，完全没了往日的庄重步态。他的面部表情写满了一些往日从没见过的东西。就在乔斯拉试图明确是怎么回事的时候，忽然发现莫塔斯的双手染上了蓝色颜料。

她问道："莫塔斯……"他听到自己的名字，浑身不禁一抖。

陶索是最后一个进入房间的人，他跟在莫塔斯身后一路跑了进来。他呼吸急促，因为汗水和其他不知名的原因而面色通红，其中的原因绝对和莫塔斯的理由不同。

陶索大喊道："奥菲缇人的树林！着火了！有人纵火！整片林子都烧起来了！"

当宣布开会的铃声响起来时，所有人都转过了身，刺鼻的浓烟从陶索身后的大门飘了进来，一个不请自来的幽灵摇摇晃晃地走了进来，他的呼吸中夹杂着对谋杀犯的控诉。这个幽灵就像是一件亚麻裹尸布，环绕在莫塔斯周围。

斯基德普拉特尼号的最后一次航行

卡琳·蒂德贝克

卡琳·蒂德贝克（karintidbeck.com）出生于瑞典马默，用瑞典语和英语撰写短篇小说和互动小说。她的瑞典语处女作是2010年推出的短篇故事集《谁是阿尔维德·佩肯》，2012年推出的英语处女作合集《札格纳特》，获得了2013年克劳福德奖，入选世界奇幻奖，获得小詹姆斯·提普垂奖荣誉提名。她的小说《艾玛特卡》入围轨迹奖和2018年乌托邦奖。

旅客舱里有什么东西坏了。撒加快速穿过狭窄的走廊走下楼梯，但等她赶到的时候，服务员艾维特还是一副很生气的样子。

"你可来了。"他的喙发出咔嗒咔嗒的声音。"可是把你等到了。"

撒加说："我尽可能快地赶过来了。"

"真是太慢了。"艾维特说完，就借着自己装了齿轮的脚后跟转了个圈。

撒加跟着服务员穿过休息室，这里有几名旅客靠玩桌游、看书和打台球消磨时间。今天，他们大多是人类。斯基德普拉特尼号上没有传呼，但是旅客区的墙壁上画满了精美的风景画。这里一幅画上描绘着一片松树林，每棵松树上都挂着铜球，看上去就像是结满了果实。那里还有一幅画，描绘的是狂怒的海洋拍打着峭壁，另一幅画则讲的是烈日灼烧下的沙漠。每当自己被派到下层甲板处理各种突发情况，她总是抓紧时间享受这些画作。上层甲板区可没有这样的装饰。

这次她要处理的问题发生在一间小客房里。床边的维修舱口被打开了，一大团电线掉了出来，小客房里也停电了。

撒加问："这到底是谁干的好事？"

艾维特答道："可能是乘客干的吧。快点把它修好。"

当服务员走后，撒加观察了一下客房内的情况。不管之前是谁曾经待在这间客房里，他肯定是个非常仔细的人，几乎所有的个人物品都不见了。撒加看了看客房里的一个衣柜，发现里面有一摞堆叠整齐的衣服，最上面还放着一顶帽子。一个小木头盒子里放着一些廉价纪念品——钥匙环、雪花球和串在一起的石头。相比之下，被打开的维修舱口就显得非常突兀。

撒加用手电筒对准了从维修舱口冒出来的电线。在电线后面似乎还有一根粗粗的管子。正是这个管状物将一根电线挤了出来。撒加检查了一下，所有电线都完好无损，然后用一根手指伸入电线，摸了摸后面的管子。管子摸上去非常温暖，表面粗糙不平。你可以从这根管子上感觉到斯基德普拉特尼号的脉搏。撒加跪坐在地上。在这么底层的地方，不应该出现斯基德普拉特尼号的零件。她重新固定电线，将掉出来的东西塞进舱口，最后用胶带封住了舱口。她想不出来还能做点什么。这里大多数工作不是把什么东西撑起来，就是把它们用胶带封住。

启航的警报响了起来，是时候系好安全带了。她返回位于上层检修部门的个人舱室。这里的空气潮湿而温暖。除了这种燥热，撒加在呼气的时候还会出现厚重的雾气。这也是斯基德普拉特尼号的特色之一，当飞船在各个世界间巡游的时候，由于外部的神秘影响，确实会发生这种奇怪的事情。

整个建筑的下层都是为乘客和货物准备的，斯基德普拉特尼号则占据了剩余空间。撒加的房间就在旅客舱正上方，这样她就可以及时排除客舱里的故障。而且，坏掉的东西可真不少。斯基德普拉特尼号是一艘很古老的飞船。全船上下的电路都有问题，上下水系统总是出问题。地下室的储水箱以不规律的间隔自行补水，有时候还会淹没货舱。有的时候，飞船拒绝消化垃圾，大量垃圾在沟槽里腐烂，撒加不得不清理这些垃圾，只等到达下一站，把垃圾扔进填埋场。当撒加不需要修理任何东西的时候，就在自己的房间里打发时间。

这间拥挤的舱室是撒加的卧室和起居厅，这里有一张床、一张小桌子和一把椅子。桌面上的大部分空间都被一台电视机占据，这台电视机的下方还有一个放入录像带的插槽。桌子上方的书架里存有12盘录像带，里面储存着整整两季的《仙女座空间站》。不管之前是谁在这里工作，他离开时并没有带走这些东西。

撒加躺在床上，用安全带将自己牢牢固定。飞船开始剧烈晃动。然后随着一声低吟飞船突破屏障，飞入太空自由翱翔，而撒加也终于可以解除安全带，下床自由活动。当撒加第一次登上这艘飞船的时候，艾维特就解释了一切，只不过撒加并不完全理解其中的原理：这艘船可以从环绕各个世界的虚空海洋中穿行，从一个世界到达另一个世界。艾维特说，这就像是一头海豹,从冰面的一个窟窿游到另一个窟窿,时不时呼吸新鲜空气。撒加从没见过海豹。

《仙女座空间站》的声音盖过了斯基德普拉特尼号在各个世界之间穿行时的噪声,周遭的一切似乎正常了起来。这部电视剧实在是太蠢了:一个空间站深陷于外交纠纷,不是被非人形生物文明入侵,就是陷于内斗。但这让撒加想起了家,想起了和朋友一起看电视,想起了自己签下了20年工作合同之前的生活。由于没有手机和电脑,这部剧就是她唯一的娱乐。

第二季第五集:"你所熟知的恶魔。"

空间站的众人遭遇了一个奇怪的种族,他们总能让你想起人类神话中的恶魔。一开始的时候,所有人都吓坏了,但船长发现这些"恶魔"热爱诗歌,于是开始用明喻和隐喻与这些外星人交流。当成功建立交流之后,空间站上的诗人就扮演起两个种族之间口译员的角色,两个种族间的贸易往来也就此建立。

在睡觉的时候,斯基德普拉特尼号的哼哼声就像是一首含混不清的歌曲。撒加总是梦到自己并不是在太空中穿行,而是在潮汐和洋流间嬉戏,在各种无法描述的色彩中畅游。这是一种狂野而无法形容的喜悦。她醒来时浑身大汗,陌生的感觉让她头晕目眩。

当飞船到达下一站的时候,撒加下船协助工程师诺威克检查船体外壳。斯基德普拉特尼号停船的位置形似一个浅浅的大碗，这个世界的天空呈现出一片紫色。遍地的沙子中散布着贝壳和鱼骨。撒加和诺威克在上下船的人潮中穿行，码头工人将货箱拉到了大门口。

当她第一次参加工作的时候，目睹了斯基德普拉特尼号到港时的样子。一开始的时候，眼前空无一物，紧接着下一秒，这艘飞船就出现在眼前，你可以感觉到船体的沉重和坚实，就好像它一直就在那里。从外面看这艘船，它就像一个高大纤细的办公楼。混凝土部分遍布浅坑和裂纹，所有窗户都盖上了钢板。斯基德普拉特尼号的爪子和腿穿过屋顶，随风摆动的样子就像是某种植物。除了供人员出入的前门，这栋建筑没有其他出入口。通过大厅的气闸，你可以顺着楼梯来到客舱。如果你是像撒加一样的船员，就可以顺着螺旋楼梯来到引擎室和托管服务区。

诺威克后退几步，扫描着船体外壳。他身材高大，留着一脸胡子，身着一件皱巴巴的蓝色连体工作服。他转头看着撒加，在白天的光照之下，诺威克灰色的眼睛近乎透明。

"你看那儿，"他指了指二楼的某个位置，"咱们得快点把那儿修好。"

撒加帮助诺威克将升降梯固定在大楼一侧，然后转动绞盘，最后终于到达楼体破损的位置。这不过是一道细小的裂痕，但深度足以让撒加看到大楼内部——里面的东西看起来像皮肤。诺威克向里面看了一眼，咕哝了一声，让撒加抱住油灰桶，自己则开始在裂痕上涂抹油灰。

撒加问："里面到底是什么东西？"

诺威克拍了拍混凝土墙。"好了，亲爱的，你现在安全了。"

他转头对撒加说:"她还在发育呢。这早晚会变成一个问题。"

第二季第八集:"非自然关系。"

空间站的一名军官和一个硅基生命体相爱了。这是一段注定失败的感情,而事实也确实如此:这位军官进入硅基生物的生活区,拿下了自己的呼吸器,和硅基生物开始做爱。两分钟后,这名军官死了。

撒加那天晚上梦到了硅基生物,这种生物如幻影一般,说话的声音好似浪花拍打礁石。这个生物为撒加而歌唱,她在这一轮睡眠还没结束的时候就醒了过来,而那歌声还在耳边萦绕。她一只手放在墙上,混凝土摸上去很温暖。

撒加总是想去冒险。从孩提时代起,这就是她的梦想。她总爱看类似《仙女座空间站》和《天狼星飞地》的电视剧,幻想自己有一天也可以成为宇航员。她确实研究过如何成为宇航员。这需要大量艰苦的工作和学习,还要在精神和体魄上追求完美。而撒加不可能满足其中任何一个条件。她只会修东西。太空不过是一个遥远的梦。

螃蟹船的到来打破了太空竞赛。这些飞船并不是在太空中航行,而是利用各个世界之间的某个位面进行旅行。当最初的惊恐逐渐退散,语言障碍被克服,贸易协定和外交关系也逐渐建立。那些天才、有钱人和野心家,坐上飞船前往远方。而撒加这样的人,只能一辈子做着离开家的美梦。

后来，一艘螃蟹船出现在撒加的村子里。这肯定是一次导航错误。船员们走下飞船，放下了一个不停咳嗽的男孩。一个长着长腿和鸟嘴的外星人，操着尖锐的口音询问村民，到底谁会修东西。撒加站了出来。一位穿着蓝色连体工作服的高个男人，用灰色的眼睛看着她。

他问道："你会干什么？"

"你要我干什么都行。"撒加答道。

男人看着撒加长满老茧的双手和坚毅的面庞，点了点头。

他说："就是你了。就是你了。"

撒加与家人、朋友道别之后，就转身走进了飞船大门，再也没有回头看一眼。

新鲜事物的魅力，随着时间的推移而逐渐消散。现在，这只是一份工作：修补电力系统，用胶带封上舱口，当下水道系统出故障的时候，还得铲垃圾。飞船上的所有东西都有问题。在所有的飞船中，斯基德普拉特尼号是船龄最老、船体最为破旧的船。而且这艘船的目的地也毫无乐趣可言，都是些远离文明世界的沙漠、小镇和岛屿。服务员艾维特总是抱怨，自己应该得到一份更好的工作。乘客抱怨低质的服务和糟糕的食物。唯一没有抱怨的人是诺威克。他不会用"它"来称呼斯基德普拉特尼号，而是用"她"。

在接下来的几站航程中，断电越发频繁。每次断电都是因为活体管道和电线纠缠在一起，进而引发短路。这就好像斯基德普拉特尼号将自己的一部分挤进了这栋建筑里。一开始的时候，不过是一些触须。然后，撒加就被派去旅客房间维修电路，房间天花板上的灯泡总是闪个不停。当她打开维修舱口的时候，却发现一只眼睛在看着自己。眼睛的瞳孔又大又圆，虹膜呈红色。大眼睛饶有趣味地看着撒加。她对着眼睛挥了挥手，那眼睛也追踪着她的一举一动。艾维特曾经说过，斯基德普拉特尼号是一头愚蠢的野兽。但撒加看到的那只眼睛，看起来并不笨。

撒加返回上层甲板，走过自己的舱室，第一次敲响了工程部的舱门。在等了很久之后，门终于开了。工程师诺威克不得不弯下腰，才能看清舱室外的情况。他的脸上抹着一种黑色的东西。

他语气平和地问道："你想干什么？"

撒加说："我觉得出事了。"

诺威克跟着她来到旅客房间，打量着维修舱口。

他嘀咕道："这下麻烦了。"

撒加问："到底是怎么回事？"

"咱们晚点再聊。"他说完就离开了房间。

撒加在他身后大喊："我该怎么办？"

"什么都不做。"他答道。

诺威克没有关闭通向船长办公室的舱门。撒加一个人待在外面，偷听里面的对话。撒加从没有见过船长，她总是躲在自己的办公室里，忙着自己的事情。撒加只听过船长女中音的说话声。

船长在房里说："我们不能冒险。也许她还能坚持一会儿。你可以再争取些空间吗？再扩建一下？"

诺威克答道："这也不够。她过不了多久就会死的。你看，我知道有个地方可以找到新的外壳。"

"那你打算怎么做？这种事情闻所未闻。这条船从幼年时代就住在这里面，她也会死在这里面。只有野生螃蟹才会换壳。"

"我可以说服她。我相信可以做到这一点。"

"你所谓这个可以换壳的地方，到底是在哪儿？"

诺威克说："一座被放弃的城市。虽然她远离我们的航线，但绝对物超所值。"

"不行，"船长说，"还不如把这条船卖了。它绝对撑不过一次换壳，而且我也会破产。如果事情已经到了这种地步，我得把她卖给一个会拆船的人。"

"我想告诉你的是，她还有机会。求你千万别把她卖给拆螃蟹的屠夫。"

"你太着迷于这条船了，"船长说，"我要把它卖了，用这些钱买条新船。咱们又要从头开始了，但这也不是第一次了。"

第一季第11集："躁动的原住民。"

仙女座空间站下层不乏各种落魄之辈：没有找到宝藏的冒险家、丢失货物的商人、瘾君子和无法自圆其说的先知。他们都听从同一个人的指挥，这个人号称可以推翻空间站的统治。这些人攻入空间站上层，一路烧杀抢掠，最后死在空间站安全部队的乱枪之下。空间站的站长和叛军的首领在混乱中见到了彼此。站长问："这一切真的值得吗？"叛军首领回道："当然。"

当撒加的轮班结束后，诺威克神色紧张地敲响了她的舱门。

他说:"是时候让你见见她了。"

二人顺着长长的走廊,从撒加的舱室走到了工程部。走廊似乎比以前更狭窄,就好像墙壁在向你挤来。当诺威克打开走廊尽头的舱门,一股夹杂着铜臭的热空气扑面而来。

撒加曾经想象门口是一个巨大的黑暗山洞。但诺威克却带着她走过一片遍布管道电线的空间,所有这些都和带有灰色物质的触须纠缠在一起,这种灰色物质和撒加在下层客房发现的东西一模一样。随着他们继续前进,触须也越来越粗,从如绳子般粗细变成多肉的电缆。走廊也越来越窄,在个别位置,诺威克和撒加不得不侧身挤过去。

"就是这儿了。"诺威克说完眼前的空间忽然宽敞了起来。

这里灯光昏暗,只有几盏电灯提供照明,引擎室里的东西只能看清大概轮廓,根本看不出具体是什么。边角圆润、闪闪发光的金属部件和灰色物质纠缠在一起。这里的地板会传来缓慢的三下震动。除此之外,还有什么东西因为不停挪动而发出微弱而黏糊糊的声音。

诺威克说:"这就是她了,斯基德普拉特尼号。"

他拉着撒加的手,慢慢伸向露在外面的灰色物质。她感到指间传来一阵温热和有规律的跳动,一二三,一二三。

"我就是和她这么交流的。"诺威克说。

撒加问:"交流?"

"对。我们会说话。我告诉她该去哪儿,她告诉我那里是什么样。"诺威克轻轻拍了拍那灰色的皮肤。"她最近状态不是很好。她长得太大了,外壳对她来说太小了。但她也不说自己的情况到底有多糟糕。当你让我看她的身体组织已经挤进了客舱时,我就知道出大事了。"

撒加可以感觉到那种独特的震动，一二三，一二三。

诺威克说："我知道你在偷听。船长和服务员打算把她卖给那些拆船的人，他们会卸下她身上所有的肉。她老了，但也没那么老。咱们会给她找个新家。"

"我可以和她说话吗？"撒加问。

诺威克说："据她所说，你已经和她聊过天了。"

撒加听到了海浪拍打海岸的声音，她在梦里曾经听过这种声音。这种声音让她看到了一片广阔的海洋，自己在各个岛屿间游来游去。她感觉自己被一层外壳包裹，浑身上下疼痛无比，关节和触须肿胀僵硬。

诺威克一只手搭在撒加的肩膀上，终于让她的意识返回了引擎室。

"你看到了？"

"咱们得救她。"

诺威克点了点头。

他们来到一座规模庞大、布局混乱的城市，这里的天空漆黑一片。城市被沙漠包围，废船的残骸散落于沙砾之中，其中不乏类似斯基德普拉特尼号外壳的建筑，裂开的圆罐，破损的圆盘和金字塔……

在上一次停船的时候，就卸下了所有的货物和乘客。船上现在只剩下维持基本运作的船员——船长、服务员、诺威克和撒加。他们在大厅气闸集合，这是撒加第一次看见船长本人。她个子很高，身体仿佛由黑影构成，身体表面角度奇怪。她的脸总是在不停地变形。撒加之所以认为船长是个女性，完全是因为船长说话时发出的是轻柔的女中音。

船长说:"是时候见见机械师了。"

诺威克先是捏紧了拳头,然后又松开了。艾维特冷冷地瞟了他一眼,用喙发出嗒嗒的声音。

他说:"你会明白其中道理的。"

飞船外的空气冰冷而稀薄。诺威克和撒加戴上了呼吸面罩,艾维特和船长依然我行我素。冰冷的风吹起细碎的沙子,船长的裹布被吹得呼呼作响。

在废船残骸之间,有一间低矮的办公室。当众人走近的时候,大门自动打开了。一进门就看到一个小房间,里面塞满了各种奇怪的机器,气温比室外暖和了许多。房间另一头也打开了一扇小门,船长不紧不慢地走了过去。撒加和诺威克准备跟上去,但艾维特却抬起了一只手。

"在这儿等着。"稀薄的大气让他说话的声音非常微弱。

另一扇门在他们身后关闭。

撒加和诺威克二人看着彼此,诺威克点了点头,于是二人立即转头跑回了斯基德普拉特尼号。

撒加一边跑,一边回头看着身后。当他们离飞船还有一半距离的时候,她看到船长从办公室里跑了出来,一块破旧的纤维布落在了地上,但下落的速度实在是太快了。撒加只能尽可能快地跑起来。

当她冲进飞船的那一刻,诺威克立即关闭了大门,转动齿轮将自己锁在飞船里面。他们等着气闸循环完毕,有那么一会儿,他们觉得循环永远都不会结束。有什么东西不停敲打着大门,二人感到毛骨悚然。等气闸完全打开之后,诺威克扯掉了自己的呼吸面罩。他满头大汗,面色惨白。

"他们会找东西突破大门。咱们得动作快点。"

撒加跟着诺威克登上螺旋楼梯,穿过走廊,来到引擎室。撒加气喘吁吁,双手撑在膝盖上。诺威克把自己的脸贴在斯基德普拉特尼号的灰色组织上。飞船发出一声叹息,将诺威克包裹起来。启航的警报响了起来。

撒加从没体验过不系安全带就启航。地板开始倾斜,她整个人摔在灰色的墙上。温热的墙面摸上去黏黏的。撒加的耳朵开始砰砰作响。地板又开始向另一侧歪斜。她又飞向另一侧的墙壁,这次是脑袋先撞在墙上,鼻子撞在某个坚硬的物体上。地板再次开始扭动。斯基德普拉特尼号正在虚空中航行。

撒加小心翼翼地摸了摸自己的鼻子。它正在流血,但没有骨折。诺威克从墙上走了下来,扭头看着撒加。

他说:"你现在得接替船长的工作了。"

"那又是什么?"

"具体是这样的,我来引导她如何航行,你来看地图。"

"我该干什么?"

"你去船长的舱室,那里有张地图,地图上有座城市。它在比较低的地方,城里空无一人,还有高高的尖塔。你肯定可以找到。"

撒加走进了船长的舱室,舱门并没有关闭,里面塞满了各种大型部件。天花板上挂着各种大小的圆球,地板上也有不少插在棍子上的圆球。有些圆球还有卫星环绕,有些圆球带着条纹,有些带着大理石纹路,还有些则通体黝黑。在球体之间还有些光亮,但却没有任何物体做支撑。在靠近中间的位置,还有一个长方形的物体悬在空中，它看起来就像是斯基德普拉特尼号的微缩模型。

靠近天花板的喇叭先是传来一阵噼啪声，然后就听到诺威克说："走上地图，摸摸那些球体。你会明白的。"

撒加小心翼翼地走了进去。当她看着这些球体的时候，表面的旋涡会轻微放电。这些球体在变得越发透明的同时，依然留在原地。她把一只手搭在球体上，立即看到被绿色水域环绕的群岛。一颗红色的恒星挂在天上，地上是一片苍白的树林。她又摸了摸另一个挂在天花板上的球体，看到了一座热闹的不夜城，建筑之间人影攒动，而天上还挂着两颗星系内卫星。她抚摸着各个球体，看到了广袤的沙漠、城市、森林和村庄。但诺威克说，要看看位置较低的球体。撒加蹲了下来，开始研究地板上的球体。在靠近房间另一头的角落的位置，有一个比其他球体都大的黑色球体。当撒加用手摸上去，看到的是一座黎明时分的城市。整座城市非常寂静，毫无生气。白色高塔群一路向着地平线延伸过去。这里没有灯光，也没有任何移动的物体。还有些高塔出现了破损。

她大声说："我想我找到了。"

喇叭里又传来诺威克的声音："很好。现在画一条航路。"

撒加站起来，躲过了通电的旋涡。她回到舱室中央，斯基德普拉特尼号的模型就凭空悬在原地。

"我该怎么做？"她问道。

"你画就是了。"诺威克说。

撒加摸了摸斯基德普拉特尼号的模型，模型发出轻微的响声。她用手指在空中划过一条明亮的线条。她小心翼翼地穿过房间，避开发光的旋涡，最后来到固定在地板上的黑球前。当她触摸黑球的时候，模型又发出一个声响。手指留下的线条开始凝固。

诺威克说："很好，开始调整航向。"

撒加在空荡荡的飞船里游荡。没人知道这次要飞多久，但是从船长室内的星图来看，似乎是从房间中央到达最边缘的位置，所以这次可能要花很久。她返回引擎室，但是舱门已经关闭。不论诺威克到底在干什么，他肯定不希望别人打扰他和斯基德普拉特尼号聊天。

大厅的大门向内凹陷，但没有出现破损。船长为了进来，一定用了惊人的力气。旅客房间里空无一人。休息厅里台球从桌子上掉了下来，散落在地板上。食堂里还有些食物，撒加用面包和奶酪给自己做了顿饭，然后回到自己的舱室，继续等待。

第二季最后一集："我们什么都想要。"

由于预算原因，空间站被关闭了。地球切断了资金援助，因为空间站管理层拒绝执行地球的排外政策。其他种族也没有承担空间站运行的费用，因为他们也建立了自己的空间站。船长在走廊中游荡的画面和过往的记忆构成了一幅悲喜交加的蒙太奇画面。这一集最后的画面是船长坐着飞船离开了太空站。一个时代结束了。外星导航员的一只爪子搭在站长的肩膀上，一座新空间站开始运作，大家欢迎船长的到来。但这座空间站却没有类似地球的环境，也没有家的感觉。

斯基德普拉特尼号出现在城市的中心广场上。这里温热的空气可供人类呼吸。高耸的尖塔直通天际。地面因为生长的植物而遍布裂缝。诺威克第一个钻了出来。他双手叉腰，打量着这个广场，然后点了点头。

"这个不错。这个不错。"

撒加问："现在怎么办？"

"咱们退后几步，耐心等着吧。斯基德普拉特尼号知道该怎么办。"诺威克示意撒加跟着自己。

二人坐在广场边缘，远离斯基德普拉特尼号。撒加放下了自己的行李包，她的随身物品不多，不过是一些衣服、食物和第一季的《仙女座空间站》。她肯定可以在什么地方再找到一台录像机。

他们等了很久。诺威克没说太多话，只是坐在地上，双腿盘在身前，一直盯着尖塔。

到了黄昏时分，斯基德普拉特尼号的外墙终于出现了缺口。撒加终于明白诺威克为什么要躲在远离船体建筑的地方。大块混凝土和钢材从高处落下，大地为之颤动。从屋顶裂缝中伸出的触须动作僵硬，不停颤抖。这些触须似乎越长越长。随着斯基德普拉特尼号从外壳中逐渐脱离，墙壁纷纷倒下，钢制的窗户也被甩掉。她从顶端爬了出来，身上还带着大块混凝土。撒加以为她落地的时候会发出一声巨响。但是斯基德普拉特尼号落在地上时却非常安静。

诺威克坐在撒加身旁呜咽了起来。他在哭泣。

他悄悄说道："走吧，亲爱的，去给你自己找个新家。"

斯基德普拉特尼号的触须在广场周围的建筑群里反复摸索。最后,触须将最高的一栋建筑层层包裹,这栋建筑有着螺旋形的屋顶,在恒星光芒的照耀下闪闪发光。斯基德普拉特尼号爬到了墙上。她的触须击穿玻璃,拉动自己的身体向上攀爬,玻璃碎片四处散落。斯基德普拉特尼号撕碎屋顶时发出了震耳欲聋的巨响。当她用自己的触须支撑身体的时候,差点就摔倒在地。然后,她发出一声类似叹息的声音,便钻进了大楼。当斯基德普拉特尼号为自己的身体腾出空间的时候,撒加听到了混凝土结构坍塌的声音。最终,这种声音也渐渐消失。斯基德普拉特尼号的胳膊从建筑侧面垂下,看起来就像是会爬动的植物。

撒加问:"现在怎么办?"

她看着诺威克,而后者则面带微笑看着她。

他说:"现在她自由了。想去哪里就去哪里。"

撒加问:"那我们呢?我们该去哪里?"

"当然是和她一起走啦。"

撒加说:"咱们没有星图,完全没法导航。机械设备和你的引擎室又该怎么办?"

"只有我们命令她该去哪儿的时候,才会用到这些东西。现在,她不需要这些东西了。"

撒加说:"等等,我该怎么办?万一我想回家呢?"

诺威克挑起眉毛,问:"家?"

撒加感到背后一寒:"对呀,家。"

诺威克耸了耸肩说:"也许她会顺路过去一下。现在谁也不知道她会干什么。来吧。"

诺威克起身向着斯基德普拉特尼号和全新的外壳走去,而撒加还坐在地上。她浑身麻木。诺威克走到建筑前门,大门自动打开,他走了进去,消失在建筑物内部。

第一季第五集:"漂流。"
　　船长的妻子死了。她为了处理尸体,乘坐私人飞船进入太空。但是,飞船出现了故障。船长发现自己迷失在太空中。氧气开始耗尽。当船长认为自己时日无多的时候,开始为同僚录下自己最后的遗言。她说,原谅我所做和没做的一切,我之所以这么做,是因为这是最佳选择。

　　全新的斯基德普拉特尼号上的生活很不规律。诺威克大多数时间都在和飞船沟通,他在建筑中央的大厅里,直视着斯基德普拉特尼号的一只眼睛。这栋类似公寓的建筑曾经是某人的家。这里没有门窗,只有迷宫般弯曲的走廊,走廊上的间隔扩建成了房间。一些房间里空无一物,还有些房间内有形状怪异的桌椅和床。有些壁柜里装着小型装饰品和写满螺旋形文字的卷轴。撒加在这里完全无法做饭。她在靠近诺威克工作的地方建立了自己的小天地。这里的墙壁会定时发光。撒加养成了在昏暗的灯光下睡觉的习惯。睡觉的时候,撒加以为自己听到了有人用富含喉音的语言在和自己对话,但仔细听的时候,却什么都没有。
　　斯基德普拉特尼号确实会为撒加和诺威克着想。她有时会停在城镇边缘,撒加可以借此呼吸新鲜空气,用建筑内发现的奇怪玩意儿交换食物和工具。但大多数时候,他们不过是在各个世界之间漂流。似乎斯基德普拉特尼号最大的乐趣就是随着虚空中隐形的潮汐和大浪漂移。撒加曾经考虑过下船，赌一赌自己的运气。她可能会找到一条船送自己回家。但是，斯基德普拉特尼号停靠的地方都过于陌生荒凉，就好像是在故意躲避文明世界。也许这条船感觉到艾维特和老船长可能在追杀自己。每次停船的时候，撒加就会想到这一点。但是，宇宙中有那么多世界，似乎没人认识他们。

撒加扯出《仙女座空间站》的录像带，把它们像花环一样挂在墙上，自己用手指着录像带，嘀嘀咕咕每一集的内容。只有斯基德普拉特尼号开始震动，准备起航的时候，她才会停下来寻找掩护。

斯基德普拉特尼号起航时的震动愈演愈烈。

当诺威克离开引擎室准备吃饭的时候，撒加问道："她还能坚持下去吗？"

诺威克沉默很久，说："能坚持一段时间。"

"她死的时候，我们该怎么办？"撒加问。

"到时候我陪她。"

有一天，斯基德普拉特尼号又一次停船了，而撒加认识这个地方。这里虽然不是她的家乡，但是距离不远。

然而，到处都看不到诺威克的踪影。他不是在睡觉，就是在和斯基德普拉特尼号交流。撒加走下台阶，飞船前门自动打开了。一大群人已经聚集在船外。当撒加走出飞船，一个官员模样的人立即迎了上来。

他对撒加说："这是什么船？它没有出现在我们的日程表上。你是船长吗？"

撒加答道:"这是斯基德普拉特尼号。她不在任何人的日程表上。我们也没有船长。"

"那么,你来这儿干什么?"

"不过是在旅行罢了。"

她转头看着斯基德普拉特尼号。这是她下船回家的好机会。诺威克绝对不会发现这件事。她可以重归自己的生活。但是,之后她该干什么呢?眼前围观的人群全是人类,他们表情麻木,眼神无光。

"你有许可证吗?"官员问道。

撒加说:"可能没有。"

"那我就要扣押这条船了。把你们管事的人叫出来。"

撒加指了指斯基德普拉特尼号的墙壁,说:"她就是管事的。"

"这倒是新鲜。"官员说完,就转身对着无线电说个没完。

撒加看了看这个小镇,又看了看一脸茫然的人群和穿着灰色制服的官员。

她说:"好了,我就是船长,我们现在就走。"

她转身返回斯基德普拉特尼号。船上的大门打开,接纳了她的归来。走廊里再次传来了轰鸣。

"出发吧。你想去哪儿都行。"

试映剧集:"一小步。"

仙女座空间站的新站长来了。一切都显得新鲜而怪异,这位站长只处理过与地球的外交,空间站上各个外星文明的习俗和仪式让她应接不暇。一位清理站长房间的清洁工主动提出带站长参观整个空间站。这位清洁工一辈子中大多数时间都在空间站上度过，对这里了如指掌。清洁工说，一开始的时候，空间站可能会让你头晕目眩，但你只要知道如何和她对话，那她就会好好照顾你。

撒加拿下墙上的录像带，将它们重新卷进盒子。现在，是时候成为这条船的船长了。虽然这条船自己决定自己的航向，但这也是条货真价实的飞船。撒加可以开始做生意，学习新的语言，修理各种东西。她很擅长修理东西。

总有一天，斯基德普拉特尼号会死去。但在那之前，撒加会和她一起在虚空中遨游。

坚固的灯笼和梯子

马拉卡·奥尔德

马拉卡·奥尔德（malkaolder.wordpress.com）是一位作家，应急救援人员和社会学家。她的科幻政治惊悚小说《信息民主》被《科克斯书评》、《书暴》（Book Riot）、《华盛顿邮报》评为2016年最佳图书之一。这本书和两本续集《无效国度》和《国家筑造学》，共同组成了"百年轮回"系列。她凭借这套系列小说入围2018年雨果奖最佳系列小说评选。她还创作了"九步站"系列，2019年后期还出版了短篇故事集《灾难》。作为卡内基国际事务伦理技术和风险理事会的高级成员，她现在是社会组织科学中心的高级研究员，致力于各个政府对于灾后的应对研究。在人道主义援助和发展领域拥有十多年的实践经验，同时为《纽约时报》《国家》《外交政策》和NBC的《思考》撰写文章。

作为一名自由职业的海洋动物行为研究专家，娜塔莉亚的工作大多是这副样子：她在一大片受控环境中和头足类动物一起游泳，同时关注研究目标和她自己的肢体语言。她试图让章鱼和乌贼尽可能感到舒适，这样它们对于外界刺激的反应就可能更接近自然环境中的表现。当她接受训练成为海洋生物学家的时候，可没想到自己的工作会是这副模样。她本人更倾向于解剖、电击实验和任何与关在小箱子里的动物相关的工作。

但现在这份工作有点特殊。因为她的大多数工作都有着明确的研究价值。有的时候，客户会要求她诱导研究对象做出特定动作。有的时候，客户会让她自己决定该怎么做。不论客户要求如何，都意味着娜塔莉亚必须将自己的注意力集中在一个特定方向。娜塔莉亚总是希望在互动活动期间为头足类留下一些娱乐时间——如果自己的客户对这类安排提出异议，她就会说，相较于重复固定动作，玩耍娱乐可以激发更为自然的反馈——但是，整体的时间安排还是服务于研究工作。

而对于这份工作，她的客户提出的任务却非常明确——去和章鱼玩耍吧。

雇用娜塔莉亚的人说："和它们好好相处，去交个朋友吧。"

娜塔莉亚点了点头，没有再问下去。她努力不去关心，为什么这些人对这只章鱼这么好。也许这家公司有专门的政策，给所有研究对象留出了娱乐时间。（也许他们在做一些非常可怕的事情）她经历了太多类似的工作，让她足以相信这家实验室出于科学的名义，为这只章鱼提供了舒适的生活环境，但她同时努力说服自己，自己的工作为这只章鱼带来的帮助远大于带给它的伤害。（也许这些实验需要这只章鱼处于放松的状态，而娜塔莉亚也是整个计划中的一名"共犯"）

当娜塔莉亚不在场的时候，她的客户们可能会进行一些特殊实验。这只被她称为香草的章鱼（体型大小非常可观），在不参与实验的时候都被关在水箱里。有一天，她提早到达研究中心，却发现工作人员正从香草身上拆除电极。

那天,娜塔莉亚在实验中尽可能地温柔,尽量不去触碰章鱼,与香草一前一后,让香草在被渔网围起来的浅水湾里尽情玩耍。

电极也不是什么可怕的东西。电极对于各类非创伤性研究都非常有用。娜塔莉亚早已习惯实验所用动物遭受的种种不幸。很多人建议她停止为实验用动物起名字,但是她完全拒绝了这些建议,这导致实验室方面大发雷霆,所以她决定再也不告诉其他人,自己到底给这些动物起了什么名字。娜塔莉亚反复告诫自己,只需要对付眼前的实验就好。有的时候,并不是所有人都能接受为动物起名这种事情。

自从发现电极之后,每天的日程都发生了变化。虽然娜塔莉亚每天和香草的互动还是充满乐趣,但它明显不如以前活跃了。娜塔莉亚将自己想象成一位临终疗养院的护工:在这场头足动物无法控制的大灾难中,为香草提供一点点安慰。

当娜塔莉亚结束了一天的伴随游泳后正在洗澡,研究中心的一名主管大卫·吉尔克雷斯特主动找到她,询问娜塔莉亚有没有计划进一步扩展实验范围的时候,她确实吃了一惊。

"你希望我增加伴随游泳的时长?"娜塔莉亚一边用毛巾擦干头发,一边眯着眼睛看着吉尔克雷斯特。

"也不完全如此,我们确实希望增加游泳的时长,但是我们希望你可以更直接地参与我们的实验。"

"什么实验?"娜塔莉亚的语气中充满了不情愿,她并不想知道这些实验会给香草造成怎样的痛苦。

"我们现在这个阶段的实验。"虽然吉尔克雷斯特闪烁其词,但他的话让娜塔莉亚松了口气。"需要你在游泳的时候佩戴一种类似 VR 头盔的东西,相信我,这东西很像 VR 头盔。当然,这东西采用了防水设计。"吉尔克雷斯特看到娜塔莉亚一脸狐疑，于是又补充道："我们把头盔和实验动物身体上的电极连接在一起，然后你就可以看见它看见的一切。"

"看见……"娜塔莉亚捕捉到了这两个字，"所以这是个神经学实验？"

吉尔克雷斯特惊讶地说："从某种程度上说，确实如此。你没有听过简报吗？"

娜塔莉亚忽略了这句话，她不确定自己究竟是没有听过简报，还是害怕听到什么可怕的事情，而故意没去听简报。"所以，你希望我和一只……章鱼进行连接？我的意思是神经连接。"

"对对对，就是这个意思。"吉尔克雷斯特看上去松了一口气。"我们都知道，它和你在一块儿感到很舒服，我们觉得可以以此让它戴上全套设备，这样我们就能获得更好的读数。我们希望每天游泳时长可以延长半个小时，不过最初几天我们不太可能维持这么长时间。当然，你还是会得到全时长的报酬。你觉得意下如何？"

娜塔莉亚回道："没问题。"相对而言，非创伤性神经学研究还是很不错的。"但是，如果我发现这种设备让章鱼感到痛苦或者难受，那我就退出。"

"如果真的出现你所说的这种情况，我们当然会想办法。"吉尔克雷斯特感到自己受到了冒犯，但娜塔莉亚已经见过太多这种情况，受到了冒犯的研究人员将毫无道义可言的研究方法当作最佳选择。

两天后，娜塔莉亚戴上了防水头盔，说："这东西看起来不错。"整个头盔看起来比标准水肺面罩稍大一点儿，但戴上之后，娜塔莉亚发现实际重量更重。"你们在这里完成设计的吗？"她问。

"啊，并非如此。"在技术人员还在调整束带和连接的时候，吉尔克雷斯特回答了她的问题。"我们有家设计公司专门负责研发工作，他们对于产品的商业应用非常兴奋。现在，你要记住的是，你看到的一切都来自一只头足动物，右眼所看到的一切并不与左眼相符。你看的画面都被章鱼大脑处理过，所以一切看起来都很奇怪，但事实却是如此，明白了吗？头盔显示的画面就是章鱼看到的一切，懂了吗？你所见的一切就是章鱼所见的一切。"

"……好吧。"这种事情确实很难理解。

"这都是为了校准设备。所以面对怪异画面的时候，要尽可能放松。懂了吗？"吉尔克雷斯特叹了口气，然后打起了精神。"让咱们试试这玩意儿吧！"

"你到底在这个计划里扮演什么角色？"娜塔莉亚出于好奇问道。这些年来，她都是自由职业，并不喜欢全职工作，所以也没有必要记住各种头衔。

"哦。"吉尔克雷斯特因为娜塔莉亚关心自己而感到开心，完全没有因为她没记住自己的职位而生气。"实际上是我想出了这个计划。好吧，其实是和好几个人一起想出了这个计划。更不用提我还缺乏推进整个计划所需的技术支持，但是……"

娜塔莉亚听到这里就无视了他后面的话，这不仅是因为吉尔克雷斯特说了很久，却没有提到任何有用的信息，还因为他们将香草带到了海湾，给它装上了大量电极。她眯着眼睛，观察章鱼是否有任何不适的反应，就好像她这样能改变技术人员所做的一切。

技术人员们似乎完全没有注意到娜塔莉亚的存在。但是香草却没有任何不适的反应，也许它早就熟悉了这个过程。

"你该下水了，"吉尔克雷斯特终于发现了娜塔莉亚在关注着什么，"你准备好了之后，就对我们挥挥手，我们会启动设备。"

娜塔莉亚听到之后，就开始按照日常流程和香草打招呼，然后在附近游动。她好奇水面上的工作人员现在是否已经躁动不安，等不及接收数据。她好奇自己是否太过紧张。她把手伸出水面，挥动了两下。

过了一会儿，头盔开始提供画面，娜塔莉亚的眼前出现了两幅图像。她闭上自己的左眼，认为只看香草提供的画面，会相对更清楚一些，但她看到的不过是一片黑白双色的混乱画面。于是，她立即闭上右眼，再睁开左眼，一边看着一群胡瓜鱼从面前游过，一边透过呼吸调节器慢慢呼吸。香草抓了条胡瓜鱼吃，而娜塔莉亚一直闭着右眼，直到整条鱼都被香草吃下肚。

她小心翼翼地游到香草身边，在确认能看到大致一样的画面之后，娜塔莉亚睁开了右眼。

这完全没用。左右眼看到的画面不停地冲突，让人困惑不已，香草传来的画面让人无法理解。娜塔莉亚右眼看到的是一片模糊的黑白图像，她甚至无法确认方向。

她试着先闭上一只眼睛，然后再换成另一只眼睛，直接习惯章鱼的视觉，直到香草开始玩弄蚌壳的时候，娜塔莉亚终于找到了可以聚焦的参照物。虽然这花费了些力气，但是娜塔莉亚终于通过香草的眼睛，认出了蚌壳模糊的条纹和矮扁的造型。她再次闭上双眼，使劲摇晃脑袋，等再次睁开右眼的时候，终于可以清楚地辨认蚌壳了。

"这可是个重大突破。"说话的人是约翰尼斯·柯克,吉尔克雷斯特的老板。他们坐在一间小会议室里,房间里的空调温度很低,让头发还没干透的娜塔莉亚感到更冷了。"大卫,我猜大家谁都没想到这么快就能校准设备吧?"

吉尔克雷斯特嘀咕了几句,表示赞同。

"我不想夸大其词……"娜塔莉亚刚开始说话,柯克就挥了挥手。

"当然,这个阶段的实验还没结束呢,但是当前取得的成果实在是太棒了!"

吉尔克雷斯特嘀咕道:"先生,您要是还记得……"

"哦,对,当然,"柯克对娜塔莉亚说,"我们想邀请你加入团队。大卫认为你在这件事上,是负责这只章鱼的最佳人选,我个人也赞同他的看法。"

"那么'这件事',到底指的是什么?"娜塔莉亚语气之间夹杂着几分不耐烦。

"啊,你这么说也是正常,毕竟也没人告诉你这件事。你看,这件事牵扯到所有权,而且也非常敏感。"柯克笑容满面地说,"但是,我觉得你会喜欢的。啊……大卫,也许最好由你来解释。"

吉尔克雷斯特这次很快就说到了重点:"就像你今天所体验的那样,我们开发了一种技术,可以将章鱼大脑神经的电信号转化成……人类可以理解的视觉信号,当然这需要一定的训练和理解。"

娜塔莉亚点了点头。

"但是,我们的整体目标可比这还要宏大。"吉尔克雷斯特看了眼柯克。"我们的研究人员认为,他们可以区分基于当前观察而产生的大脑活动和基于记忆产生的大脑活动。"

娜塔莉亚重复道："记忆。"

柯克继续说道："具体点儿说就是，我们打算用章鱼的记忆重建大堡礁。"

柯克满脸笑容，娜塔莉亚还以为自己没睡醒。

吉尔克雷斯特说："一开始的时候，我们打算用电脑分析这些图像，但实际上，我们的电脑和能找到的最优秀的人工智能，都无法解读这些信号。"

柯克说："它们不能胜任这项任务。但是，人类的大脑……"他敲了敲自己的太阳穴，面带笑容地看着娜塔莉亚。"我们可以。"他停顿了一下，但娜塔莉亚却一时不知道说什么。"你有什么想法？要不要加入我们的计划？"

"首先，我们希望你投入时间进行校准，直到你能完全理解章鱼所看到的一切。"吉尔克雷斯特熟练地将自己老板的愿景翻译成可以操作的术语，可能这也是一种重要的技能吧。他希望得到娜塔莉亚的确认，而她也点了点头。"然后，你要去大堡礁地区陪章鱼游泳。我们会给你装上在水下使用的记录装备，这样你就可以做些记录，当然所有的大脑活动也会被记录下来，这样你在未来随时都可以查看。"

"之后，我们就可以分析记录，研究如何重建大堡礁！"柯克继续说，"我们知道这个计划是个长期项目，而且实际操作也很困难。你决定和我们合作吗？"

有更多的时间和章鱼游泳，还有机会见识一下大堡礁曾经的样子？娜塔莉亚甚至没有考虑重建大堡礁的可能性。"没问题。"娜塔莉亚说完才想起来自己应该先讨价还价一番："但是，对于这项更加困难的工作，我要求提高报酬。"

三周之后，校准工作终于取得了令大家满意的成果，柯克和吉尔克雷斯特反复宣称，当前的进度远快于他们的预期。他们坐着直升机前往大堡礁旧址，娜塔莉亚一边在座位上摇摇晃晃，一边好奇装在水箱里的香草是否会比自己更舒服。香草的身体上早就装满了各种电极，娜塔莉亚好奇技术人员现在都收到了哪种信号。他们是在看章鱼观察周围产生的信号，还是说传感器已经开始记录因记忆激发的信号？对于一只海洋生物来说，乘坐直升机的旅行又会想起什么呢？

随行的技术小队和娜塔莉亚合作很久了，都在等着她发出信号，然后启动设备。在这个全新的环境下，娜塔莉亚格外小心。他们都测试过记录功能，但是（正如吉尔克雷斯特所说），浅水湾并没有激发章鱼太多的记忆。漂浮在大堡礁的残骸之上，除了让人觉得毛骨悚然并没有其他效果。但最后，娜塔莉亚还是抬起手，闭上了眼睛。

她的眼前出现了一个消失的世界。

娜塔莉亚从没见过哪片水域有如此丰富的海洋生物。在香草的记忆中，鱼类和海葵——快看！还有只海龟！——在遍布斑点的珊瑚丛中嬉戏。在一开始的五分钟里，娜塔莉亚看到了最少7种灭绝物种，她对着呼吸器里的记录仪念下了它们的名字。

世界开始转动，娜塔莉亚睁开自己的左眼，看到香草向着深处游去。成片死去的珊瑚让人大吃一惊，娜塔莉亚虽然想避开这片区域，但由此引发的香草的记忆实在是太诱人了，她只能睁着右眼继续跟在香草后面。如果我现在跟丢了它……娜塔莉亚的脑海中冒出了这个念头。但是她非常清楚，技术人员肯定安装了追踪器或者各种植入物，绝对不可能让香草逃跑。

娜塔莉亚一路跟在章鱼后面，双眼轮流一睁一闭。她一会儿透过章鱼的眼睛,用黑白的画面重温大堡礁往日的生机盎然,一会儿又亲眼见证今日这里的荒芜,这实在是一种怪异的体验。这种体验非常糟糕,而且让人感到晕头转向,就好像左眼看到的实时画面也是一种过往画面的闪回。一切都乱套了。章鱼抚摸着珊瑚礁中干涸的缝隙,这些缝隙曾经覆盖着纤毛,是头足类动物的家。娜塔莉亚身下几米处就是沙质的海床,香草在空旷的海床上痛苦地反复搜索,这片海床上曾经聚集着大量章鱼。

香草回忆着每一只章鱼,每一只章鱼都清晰可见、各有特点。娜塔莉亚感觉它们近在眼前。她一边感叹这里曾经有这么多章鱼,一边看着现在毫无生气的海床。

娜塔莉亚闭上了右眼,无视了章鱼的记忆——这些章鱼是香草的亲戚、朋友,还是邻居?——但是左眼却看到了一片模糊的画面。她挺起身子,无视了记录仪和耳机里传来的问话。长期以来的习惯让她停了下来,她几乎忘了自己为什么要这么做,娜塔莉亚现在悬浮在水下几米的地方,她戴着呼吸调节器不停地呜咽,直到必须上浮为止。

娜塔莉亚不知道如何应对这种空白,这种无法忍受的失落。自从自己的堂弟死于酒驾司机之手,娜塔莉亚就再也没有喝过多少酒,虽然她还是喜欢时不时吃一个冰激凌,但早就没了再喝一杯酒的冲动了。娜塔莉亚经常在自己的公寓里哭泣。有的时候,如果电视节目足够精彩,她就会在一段时间内忘了这种难过的感觉,这导致她成了一个囤积电视节目录像的狂热分子。她不停搜索自己感兴趣的节目,录下来之后慢慢欣赏。娜塔莉亚不停更换自己的工作。关心娜塔莉亚的人给她发消息,没有收到回复时还会打电话。她的邮箱里收满了标题为"你还好吗?"的邮件。但在几周之后,当娜塔莉亚想和人说话的时候,却发现自己不知道该联系谁。

她在联系人列表中反复搜索。终于,她联系了艾莎。她们二人之间关系并不亲密,但是艾莎专注于气候变化、环境污染或者其他类似的事情,也许她能理解自己。

当娜塔莉亚想起这通电话的时候,却想不起自己说过什么,自己又是如何解释当时复杂的局面的。她只记得自己说个不停,而电话另一头的艾莎只是应和着:"好的,好的,没问题。"当她冷静下来,艾莎试探性地建议她去"找人谈谈",而娜塔莉亚歇斯底里地说:"在这儿?"艾莎并不明白娜塔莉亚这句话到底意味着什么,但是娜塔莉亚是个移民。她的语言还需要一个在大脑中转译的过程,所有对话都要经过语言差异的过滤。娜塔莉亚无法想象用语言就能完全表达自己的情绪。

"你得找个专业人士聊一聊,"艾莎坚定地重复道,"我可不是这方面的专家。我不知道自己说得是否正确。"她叹了口气。"我能告诉你的都是基于自己的经验。而且……"艾莎停顿了很久,久到娜塔莉亚忘记了自己的痛苦,开始怀疑艾莎是不是出了什么事。"绝望一直都在。愤怒也是如此。有的时候我也不知道怎么办。但大多数时候……如果我持续如此,如果我关注……眼前的事情……也能从中找到一些安慰。我也不知道这样做是否就够了。"

娜塔莉亚说:"啊呀呀,我希望我没有把你也拉进这团黑暗之中。"

艾莎笑着说:"我就住在一团黑暗之中,但是我的梯子和灯笼都很结实。"

如果不是因为这番对话，娜塔莉亚可能不会接听吉尔克雷斯特的电话。此外，她感到非常内疚，基于自己在大堡礁遗迹所见的一切，她不做任何解释地脱离了整个计划。娜塔莉亚内心非常愧疚，认为自己的行为非常不专业，而且一直好奇那只叫香草的章鱼后来的遭遇。有的时候，她怀疑香草在中型水箱里是否和自己一样，也感觉到了疲倦和无精打采，又是否有人注意到了这一点。

"嘿，你好呀，"吉尔克雷斯特的语气听起来有些不同，不再是之前的谨小慎微，而是多了几分随意，少了几分正式感，"我就是想看看你最近如何。"

娜塔莉亚清了清嗓子，不想让电话那头儿听到自己的咳嗽声。"我还好，"她打起精神说道，"我很抱歉……"她甚至还没有说完这句话。

"不需要道歉。"吉尔克雷斯特清了清喉咙，并没有因为娜塔莉亚的决定而感到难过。"实际上，是我感到很抱歉。像你这样的人，应该从一开始就加入我们的计划，成为一名正式员工，接受更多的训练和准备工作。我们没想到……"

这太可怕了，这实在是太可怕了。娜塔莉亚在大脑里补全了吉尔克雷斯特想说的话。"如果你们从一开始雇用了一位全职员工负责这件事，"她努力让一切听起来合情合理，"那我也就没有机会——"

娜塔莉亚没有继续说下去，因为直到这一刻，她才明白自己很高兴能够参与整个计划。

"总之，"吉尔克雷斯特咳嗽了一下，"灵戈一直在问和你相关的事情，我们也想知道，你想不想回来参加庆祝活动，我们刚刚放置了第一批珊瑚礁。"

"灵戈又是谁啊？"娜塔莉亚问道。

吉尔克雷斯特笑了一下，说："灵戈，你还真是健忘啊。"娜塔莉亚开始回忆参加计划的职员姓名，却实在想不起来有人叫这个名字。"你还记得你最喜欢的那只章鱼吗？灵戈？"

"灵戈？"

"对呀，灵戈。"

"你给一只章鱼起名叫灵戈？"

"你看，章鱼不是有吸盘嘛。"吉尔克雷斯特终于感到难为情了。

"我很乐意去看看……灵戈。"还有什么比香草这个名字更蠢呢？愚蠢的人类给动物们起了那么多愚蠢的名字，这对动物们来说没有任何用处。又或者——"你刚才说那只章鱼要求见我？"

"是的，没错。我们花了些工夫才弄明白它想要表达什么。当然，新的翻译从没见过你……"

"翻译？"在娜塔莉亚不在的这段时间里，出现了很多新事物。

"啊……是的。我们发现这套设备可以用来和章鱼进行交流。这确实是这套设备的早期用途之一，它是为陷入植物人状态的病人准备的。我们从没有想过，这东西对头足类动物也有用，"他尴尬地笑了笑，"当然，这玩意儿本就是该这么用的。"

"好的，我去。"娜塔莉亚接受了邀请，连她自己都没想到这一点。

庆祝活动的举办地点当然没有选在海湾，而是选择在新安置的巨型珊瑚礁上。这里是大堡礁的遗址，充斥着往日的回忆。

在娜塔莉亚看来，整个大堡礁的重建工作正在有条不紊地进行中。她努力驱散心中不安的感觉。这是拉撒路礁石，这是弗兰肯斯特礁石，这是僵尸礁石。这对于现状毫无帮助。

最起码他们是坐在船上出海，这是一条又大、又快、又舒服的船。"灵戈不喜欢直升机，"当娜塔莉亚在甲板上遇见吉尔克雷斯特，后者懊恼地说，"等我们明白这一点的时候，我感到非常难过。"

"确实如此。"娜塔莉亚同意他的说法。

"快看！"吉尔克雷斯特指向一边，"海豚！"二人默默看了一会儿，好奇海豚这次落入水中之后，是否还会再次跳入水面。"也许下次我们可以在海豚身上试试这套设备。"吉尔克雷斯特说。

娜塔莉亚不知道这到底是不是个好主意。"你们是如何用章鱼的记忆重建大堡礁的？"她问。

"我们没有大堡礁的地图，"吉尔克雷斯特说，"我们有几份大比例尺地图，还有潜水客在不同地区拍摄的视频，但是缺乏准确的记录来确认大堡礁具体长什么样子。灵戈给我们提供了一份非常详细的记录。"他一只手搭在围栏上，聊起了整个计划："当然，我们不可能完整重建灵戈记忆中的所有内容。这不仅不切实际，而且也是不可能的事情。但是，它的记忆为我们提供了有关物种比例、珊瑚深度和其他方面的宝贵资料。"

"一位章鱼顾问。"娜塔莉亚说话的时候环顾四周，仿佛香草会听到自己说话。她一直在回避香草的水箱，不希望在这种情况下和它见面。但是，她现在考虑是否应当以一副怡然自得的样子，去和香草打个招呼。

吉尔克雷斯特笑了起来："当然，似乎还不止于此。我们不打算让这项技术仅限于探索灵戈的记忆,并开始研究有没有可能进一步发展这种技术,看看能否开拓其他应用领域。"

"是吗?这听起来太棒了。"这是娜塔莉亚第一次考虑重新加入整个项目,但还没等她开口,发动机的声音发生了变化。他们到达了目的地,是时候开始了。

一想到和香草重逢,娜塔莉亚就感到紧张。但等她下水之后,却发现水中很拥挤。翻译和包括柯克在内的几位老板都下了水,每个人都为了这次活动穿上了潜水服和呼吸器。但那位翻译,一位高大的澳大利亚女人,将众人集结在水面,一边进行讲解,一边调整设备,就好像她是在制造干扰,而娜塔莉亚戴着恼人的头盔,和香草在水下重逢。

娜塔莉亚自己无法启动头盔。但是,这只章鱼绕着她游来游去,欢迎她的到来,向她伸出触手,但没有碰到她。娜塔莉亚想到,这就像是以前我小心翼翼地对待它一样。然后,娜塔莉亚发出了信号。

娜塔莉亚右眼看到的珊瑚礁群充满生机,却又非常怪异。珊瑚不断改变自己的外形,新的珊瑚从现有的珊瑚上长了出来,各种鱼、鳗鱼和大量章鱼在游来游去。

娜塔莉亚透过呼吸器问:"这是什么?这完全不一样。"

"你说得没错,"吉尔克雷斯特答道,"我们在研究章鱼大脑的另一个区域。我们认为这是灵戈的想象。"娜塔莉亚不知说什么,于是他继续说:"这就是未来。"

2059 年，富家子弟依然顺风顺水

特德·姜

特德·姜于 1990 年在《欧姆尼》杂志上刊登了自己的第一篇短篇小说《巴比伦塔》，这部作品赢得了星云奖。他在接下来的 23 年里又陆续推出了 13 部作品。这些作品大多赢得了雨果奖、星云奖、轨迹奖、斯特金奖、侧面奖，所有这些作品都收录在《你和其他人的故事》一书中。电影《降临》改编自他的小说《你一生的故事》。

《时代》周刊在上周公布了基因平等计划的长期成果，这是一项为低收入社区提供基因强化认知能力的慈善计划。这项计划的结果却令人失望，虽然因这项计划而出生的孩子大多从四年制大学毕业，其中少数被精英大学录取，但能够找到一份有着诱人薪水的工作或者美好事业前途的人还是寥寥无几。我们以这些数据为依托，现在是时候讨论一下基因改造的效力和可行性了。

整个基因平等计划的出发点是好的。自从美国食品药品监督管理局批准了治疗囊胞性纤维症和亨廷顿病的基因干预疗法

之后，这些治疗手段都在医保计划的覆盖范围之内，低收入家庭的孩子都可以接受治疗。但是，类似认知能力强化这样的手术，并没有被纳入医保计划的覆盖范围，就连私人保险都没有覆盖这类手术，所以只有那些最富裕的家庭才能承担这类手术产生的费用。由于担心出现一种以基因差异为基础的等级制度，基因平等计划在25年前开始投入运营，让500对低收入夫妇有机会提高孩子的智商。

整个计划提供了一整套认知能力强化手术，其中包括针对智商的80个基因的改造。每一项改造对智商的影响都很小，但是整体效果可以让一名儿童的智商提高到130，而人类人口中只有5%的人口拥有如此智商。这一整套强化手术很快就成为富人之间的新宠，媒体将接受手术改造的人称为"新精英"，这些经过基因改造的年轻人常见于当代美国大企业的管理层。然而，虽然都接受了一样的基因强化手术，但500名低收入家庭儿童所取得的成就和新精英相比，仍然几乎不值一提。

针对整个计划并不理想的结果，出现了各种解释。右翼团体声称，整个计划的失败印证了某些人种根本没有得到提升的可能，他们的依据是所有接受强化手术的人都是有色人种，当然事实并非如此。阴谋论分子指责参与项目的基因学家另有所图，指责他们没有向底层人民开放真正的基因改造技术。但是，当有人发现整个基因平等计划存在的缺陷时，之前提到的解释都变得无所谓了。只有当你身处一个重视能力的社会，认知强化才会有用，而美国并非如此。

多年以来，大家都知道这么一个事实，只要看看一个人的邮政编码，就可以知道他的平均收入、教育水平和健康状况。但是，我们一直忽视了这一点，它与这个国家的伟大神话之一背道而驰：要是一个人足够聪明和努力，那就一定可以出人头地。我们缺乏世袭头衔的传统，让人民很容易无视家庭财富的重要性，并宣称所有成功的人都能获得自己想要的东西。事实上，富有的家长们认为，基因强化手术对孩子未来的发展大有帮助，家长们之所以这么想，是因为他们认为自己的成功就是源于自身能力。

至于那些认为新精英能够在集团内部平步青云的人，大多认为新精英完全是依靠自己的能力从而进入领导层。但是，从历史层面来看，智商和领袖水平高低之间的联系非常微弱。我们还需要考虑到的是，有钱的家长们通常都会为孩子购买基因增高手术，而人们通常都会将个子高的人当成领导者。在一个对认证证书越发痴迷的社会，接受基因改造就像是拥有常青藤联盟MBA学位，它是一种身份的象征，意味着雇用这个人更不容易出错，而不是一个人实际能力的客观表现。

这并不是说和智商有关的基因与个人成功毫无关系，二者之间依然有着紧密的联系。它们都是一个正向反馈循环中的一部分：当一个孩子对某项活动展现出某种天赋之后，我们就会在相关方面投入更多的资源——装备、私教、奖励——希望以此发展这种天赋，他们的基因将这些资源转化成更出色的表现，我们因此为他们提供更优质的资源，整个循环不停重复，直到孩子们进入成年，并取得预期的事业成就。但是，低收入家庭居住的社区，只能提供缺乏资金的公立学校，很难维持整个循环。基因平等计划只提供了优质基因，而这些基因在匮乏的资源面前，其潜力无法得到充分的挖掘。

我们正在见证一套种姓制度逐渐成型，这套制度不是基于生物学层面的差异造成的能力高低，而是以生物学为借口，来固化现有的阶级分化。我们必须终止这套制度，但是，只依靠慈善计划提供免费的基因强化手术，是不可能完成这个目标的。这需要我们触及社会各个方面存在的结构性不公，从住房到教育再到就业，不一而足。单纯提升基因质量是不可能解决这个问题的，我们只有改变对待他人的方式，才能彻底实现这一点。

这并不意味着可以就此废弃基因平等计划。我们不应将其看作治疗疾病的良药，而是诊断测试，我们可以用它来定期评估自己距离目标还有多远。只有当那些接受免费认知能力基因改造手术的人，和那些富人的孩子一样成功的时候，我们才有理由相信自己生活在一个平等的社会。

最后，让我们再回顾一下有关认知能力基因改造计划合法化的初始论点。有些人认为，我们应该从道义的角度出发，继续推进认知能力基因改造手术，因为这对于全人类来说都是一件好事。但是，很多足以对世界做出巨大贡献的天才，却因为周围资源的匮乏而被埋没。我们的目标应当是在无视个人出身的基础上，确保每个人都有机会发挥个人的潜力。我们应当通过推行认知能力基因改造手术，为全人类服务，唯有如此，才能更好地履行我们的道德义务。

诺克坦布洛斯家的瘟疫黎明节

里奇·拉尔森

里奇·拉尔森（richwlarson.tumblr.com）出生于尼日利亚的加尔米，曾经居住在加拿大、美国和西班牙，现居于捷克共和国的布拉格。他创作了小说《附属》和合集《明日工厂》，后者收录了里奇150多部作品中的佳作。他的作品已经被翻译成波兰语、捷克语、法语、意大利语和中文。

当夜色降临的时候，波奇维克和基布正在诺克坦布洛斯家的草坪上摆弄着喷胶枪。这些喷胶枪来自波奇维克最喜欢的叔叔，他昨天坐着爬行货车提前到达这里。柏勒洛丰叔叔喜欢研究基因艺术，所以总是在瘟疫黎明节的时候送来些有趣的东西。

叔叔最近送来的是两根多肉的紫色叶柄，只要扣下骨头扳机，就可以喷出一道清亮的胶水，强度足以将人的手指粘在一起，或者将脚固定在地上，而这就是这个新游戏的目标所在。

"基布，别再躲了，"波奇维克抱怨道，"不然我永远打不到你。"

基布咧嘴大笑，露出一嘴乱七八糟的牙齿，他用浅白色的仆人工作服擦了擦鼻子，这件工作服盖住了身上的大部分伤口。"你要是厨房里打杂的小子，身手肯定也不会差。大厨可是有一只铁手呢！"

波奇维克向前一冲，扣动了扳机，叶柄中喷出了大量的胶水，但基布却闪到了一边。

"你当小工，我当爷，"他唱了起来，"我在床上吃肉，你在厨房挨揍。"

"你这个想法太危险了，我得好好揍你一顿。"波奇维克虽然这么说，但是很少会付诸行动。和波奇维克的哥哥相比，基布虽然是个仆人，却是个不错的玩伴。再说了，今天是瘟疫黎明节。一切都感觉很不正常，空气中充斥着嗡嗡声，基布有这种奇怪的想法也完全可以理解。

"这可以当作为狩猎做准备，"波奇维克忽然想了起来，"莫提斯拿到了一把新步枪，我可以用他的旧步枪啦。"

"你已经跟我说过了，"基布说完就扣动了扳机，"嘿！"

波奇维克闪身跳到一边，但是膝盖处的黑色外甲上还是粘上了一块胶水。纤毛开始投入工作，将胶水慢慢消化。波奇维克大笑着站了起来，继续追逐基布。

二人跑过了草地，用造型怪异的发光树和装饰性的泡沫地窖做掩护。现在天色已经很黑了，强光灯纷纷亮了起来，当感染的怪兽张着大嘴从黑暗中冲了出来，或者成群的瘟疫鸟一闪而过的时候，这场互相追逐的游戏就越发刺激了。忙于布置场地装饰的仆人们看到胶球落在装饰品附近的时候，纷纷露出不悦的表情。有人甚至想强拉基布去帮忙，但是被波奇维克阻止了。

草地上最后一件装饰品是一个溺水箱，这种水箱安装了智能龙头，可以控制水流流速和水温。水箱里甚至还有一个杠杆开关,当水箱装满之后,就会释放一只咬人的小怪兽。水箱内部还有柔和的蓝色灯光。

大多数时候,水箱里只有一个替身,但今年水箱里却放着一个年轻人,他上周从母亲大人那里偷了一罐基因修复液。这个人现在蹲在水箱底部,因为紧张而呼吸急促。

当其他人推着水箱的时候,基布停下脚步打量着水箱,波奇维克终于有机会将他的右脚牢牢固定在地上。

"打中了!"波奇维克大叫起来。

基布低头看着自己的脚,试着戳了戳胶水,然后摆出一副毫不在意的样子,继续看着水箱说:"瞧瞧这倒霉的克鲁尼。"

"什么?"波奇维克因为基布毫不在意的态度而感到生气。

"倒霉的克鲁尼,"基布嘀咕道,"她还以为修复液能让自己的女儿双眼复明。愚蠢的克鲁尼,他对基因真是一无所知。"

波奇维克不喜欢溺水箱,但它和强光灯、甜食、各种游戏和替身猎杀一样,这是瘟疫黎明节的传统。他挠了挠后脑勺,扯掉外甲纤毛摸不到的胶水,因为胶水引发的不适感和基布破坏了游戏而感到愤怒。

波奇维克想说点什么,一方面可以让基布振作起来,另一方面提醒他,小偷应当接受惩罚。可就在这时,他的哥哥穿过草坪走了过来。莫提斯已经穿上了打猎用的斗篷,整个斗篷由银色的羽毛组成,从斗篷在他肩膀上抖动的样子可以判断,这件斗篷是经过单独培育的,还没有和他的外甲完全融合。

"这不是小维奇[①] 和他的孪童嘛,"莫提斯说,"这是什么?你手里拿的是什么?"

[①]波奇维克的别名。——译者注

波奇维克忽然感到一丝不安，每当哥哥发现自己，而他还无处可逃的时候就有这种感觉。随着莫提斯越来越近，波奇维克发现莫提斯双眉之间的皮肤呈红色，想必是他刚刚拔掉了那里长出来的毛发。

莫提斯最近非常注重自己的外表，有亲戚造访的夜晚更是如此。这让他看起来越发冷酷。

"莫提斯老爷。"基布含含糊糊地说道。他终于让自己的右脚恢复了自由——右脚上沾着一大块泥土和苔藓，负责看护草坪的人一定气疯了——然后鞠了一躬。

"这是喷胶枪，"波奇维克举起了自己的礼物，"这是拿来玩喷胶游戏用的。"

莫提斯用拳头敲打着溺水箱，那个叫克鲁尼的仆人蹲在里面，双臂抱紧膝盖。"浑蛋，我希望你这会儿口渴了。"他说完就抬腿踹了一脚溺水箱的玻璃。

波奇维克看到基布脸上闪过一丝痛苦的表情。"这些喷胶枪是柏勒洛丰叔叔送给我的。"波奇维克提高嗓门，试图转移莫提斯的注意力。

莫提斯立即转身问："这些都是柏勒洛丰叔叔送来的礼物，你就把我的那份给了这个小脏货？"

"叔叔又没说这些礼物具体给谁。反正没有具体说明，"波奇维克没了刚才的劲头，"我很抱歉。"

莫提斯从基布手里抢过喷胶枪，狠狠扇了他一个耳光，基布根本没有躲闪。扇耳光时发出的巨响让波奇维克浑身颤抖。基布开始揉搓莫提斯掌心里的红色植入物，莫提斯抽回手，对着基布同一侧的脸颊又扇了一巴掌。这次的力气比上次更大。莫提斯嘴角渗出了些许口水。

"你以为今年会和其他年份有所不同,柏勒洛丰叔叔居然会给这个厨房里打杂的小基布送礼物,"莫提斯摆弄着手里的喷胶枪,"波奇维克,你就是个蠢货。"

波奇维克重复道:"对不起。我该把它直接交给你。"

"你早该这么做了,"莫提斯说,"但是,我原谅你了,小老弟。好了,这玩意儿该怎么玩?它能干什么?"他把胶枪抵在自己的腰间,敲了敲溺水箱,然后对着基布反复比画。小基布现在闭紧了双眼。"看着我的胶枪,你个小浑蛋!睁眼好好看着!"

"它会发射一种胶水,"波奇维克抬起了一只胳膊,胳膊上还残留一些胶水,"这玩意儿很难清理干净。"

莫提斯仰头大笑,波奇维克大概明白自己的哥哥在想什么。莫提斯举起胶枪,对准了基布:"不许动。我要是你的话,就会把眼睛闭上。"

波奇维克看着基布,后者的脸因为莫提斯的耳光而留下红色的痕迹。波奇维克又看向仆人克鲁尼,后者真是可怜极了。波奇维克感到自己胸中忽然腾起了一股能量。

现在是瘟疫黎明节,一切都乱了套。

"你拿错了,"波奇维克说,"后面的扁口是排气口,这玩意儿也需要呼吸。"

基布脸上闪过了震惊的表情,莫提斯发现了这一点,但是理解上出现了偏差。"哦哟,"他说,"你打算误导我吗?你个小杂种!你就是想看到这样吧?"

"不,莫提斯老爷。"

"恭敬地要求我用胶枪射你吧。"莫提斯说话的时候还不忘对着波奇维克笑一下,仿佛二人现在就是同伙了。

基布可怜巴巴地说:"求你了,莫提斯老爷。"波奇维克可以看到他脸上轻微的笑容。"求你了，用胶枪向我射击吧。"

"好的，没有问题。"莫提斯说完就抬枪瞄准，波奇维克的心跳开始加速。

大厨亲自将基布拖走了，他的金属手嘎吱作响。现在只留下波奇维克一个人面对因为愤怒而浑身发抖、面色通红的莫提斯，面无表情的父亲和柏勒洛丰叔叔。这场闹剧似乎让叔叔感到很有意思。

"莫提斯，别乱动。"柏勒洛丰叔叔说完，就开始在大衣口袋里翻找了起来。他遍布蓝色血管的手握着一个罐子，开始向莫提斯打猎斗篷上喷洒溶解剂。银色的斗篷在夜晚凉爽的空气中腾起一股蒸汽，不停发出咔嗒咔嗒的声音。

莫提斯刚才用膝盖狠狠击中了波奇维克的肋骨，波奇维克揉着自己被击中的位置，担心肋骨已经碎了。现在可以清晰地看到一块黄棕色的瘀青。莫提斯愤怒的咆哮引来了几个仆人。这几个仆人见证了混乱的一幕：莫提斯将波奇维克按在地上破口大骂，而基布则徒劳地试图救出波奇维克。

"这斗篷就跟新的一样。"柏勒洛丰叔叔说完就把管子收回口袋。

莫提斯点了点头，但还是目露凶光，手指着波奇维克所在的方向。

"感谢你的叔叔吧。"父亲大声说道。他看起来并没有生气，但是父亲却是个难以琢磨的家伙。金属丝一般的黑胡子遮住了他的嘴角，一对眼睛因为黏液过度分泌而被移除，取而代之的是大陆上最优秀的基因艺术家打造的一对闪闪发光的黑色球体。

莫提斯冷冷地说："谢谢叔叔。"

父亲拍了拍柏勒洛丰叔叔的肩膀说："我现在得和自家的崽子聊两句了。"

柏勒洛丰叔叔的外甲抖动了几下，权当作为回应。叔叔为了迎接瘟疫黎明节，特意将外甲打点得非常光滑，培植出了带着斑点的橙色外壳，脑袋周围还长出了几条触手，看上去就像是某种奇怪的光环。相比之下，父亲的外甲看起来像一头肥壮的黑色野兽，粗壮的红色肌肉赋予他无穷的力量。

波奇维克还记得那一天，草坪上的一个仆人被一棵倒下的古树压住，父亲走过去，俯下身，毫不费力就抬起了古树，仿佛那棵树对他而言不过是一根树枝。

当柏勒洛丰叔叔离开之后，父亲双臂抱在胸前，低头看着兄弟二人，黑色的眼睛反复打量着波奇维克和莫提斯二人。"我是不是该把请来的小丑打发回去？"他问道，"我看你们两个人完全可以胜任小丑的工作。"

波奇维克眨了眨眼，莫提斯歪了歪嘴角。

"仆人们都在嘲笑你们，"父亲说，"诺克坦布洛斯家的两个儿子，像两个婴儿一样在地上撕扯咆哮。我们不会在仆人面前吵架。你们太让我难看了。"

莫提斯因为愤怒和羞愧而紧咬着自己的嘴唇，波奇维克将这一切都看在眼里。"父亲，这都是我的错，"他说，"是我激怒了莫提斯。"

"莫提斯，一个嘴巴和屁股都分不清的玩意儿，"父亲哼了一声，"也许我就不该给你那把猎枪。你没把自己的脑袋打飞都算是走运了。也许你俩今晚该留在家里。"

波奇维克张大了嘴，莫提斯涨红了脸。

"其他家族很快就到了,"父亲继续说,"今晚你俩可不要丢人,不然就永远无权参加替身狩猎。明白了吗?"

波奇维克使劲点了点头,心里长舒一口气。他的哥哥也跟着点了点头。

"波奇维克,"父亲闪闪发光的黑色眼睛在眼窝里打转,"不许和那个小仆人玩了。真是太不得体了,"他挥了挥手,"你俩可以滚了。"

波奇维克第一反应就是快速逃跑,避开哥哥的报复打击。但当二人返回大屋的时候,莫提斯似乎沉浸在自己的世界里。他的眼神非常空洞。

"你连嘴巴和屁股都分不清楚,"莫提斯愤怒地说,"他觉得我是个笨蛋。我才不是笨蛋呢。"

"不。"波奇维克话一出口就后悔了,因为哥哥的注意力已经转到了自己身上。莫提斯抬起了手,波奇维克抖了一下,但耳光却没有落下来。

莫提斯双手捧住他的脸蛋,盯着他的双眼。"小老弟,你会后悔的,"他的语气颤颤巍巍,"你会非常后悔的。"

等其他家族纷纷到达的时候,波奇维克已经刮掉了身上的胶水,用外甲上带着香味的部分将头发梳理整齐。他和母亲站在草坪上,母亲的外甲长出了一层透明的薄纱,遮住了愁云密布的脸庞。她总是担心其他家族具体到达的时间和其他各种仆人没做好的小事。

而莫提斯则有说有笑,和来自伊摩库拉塔家族、拉齐莫斯家族的人,用瘟疫黎明节特有的礼节互相问候。其他家族的人乘坐着黑色步行货车纷至沓来。波奇维克希望莫提斯会因为眼前的热闹忘记对自己的复仇——他的肋骨依然传来阵阵疼痛，而莫提斯对打人颇有心得。

伊摩库拉塔家族这次带来了自家的绿叶人。他扭曲的身体上布满苔藓，身上的藤蔓犹如血管一般进进出出。为了这次瘟疫黎明节，他的膝盖和大腿上长满了红色的球形甜甘草，小孩子很轻松就能摘到。

波奇维克还记得自己小时候被绿叶人吓得要死，他缓慢的步伐和长满叶片的脸庞确实是童年的噩梦。莫提斯曾经告诉他，绿叶人以小孩子的血液为食。但他现在知道，绿叶人需要的不过是紫光和水。

接下来到场的是斯特拉帕多家族。他们的外甲都长出了一模一样的面具，纤细的触手将面具固定在外甲的领子上，波奇维克花了一番力气才认出了布里莎。和上次见面时相比，布里莎又长高了，个头比波奇维克还高，骨白色的面具后面露出了标志性的金红色头发，她走路的姿势还是没变，总是那么灵活矫健。

"瘟疫黎明节快乐，德米特姨妈。"她问候过波奇维克的母亲，然后抓住波奇维克的胳膊，把他拉到了一边。"今年的狩猎我已经做好准备了，"她说道，"你看，他们正在卸货呢。"她指了指斯特拉帕多家的仆人，他们正从货车后面卸下一个培育箱。

"我也是。"波奇维克决定不告诉她自己差点就不能参加狩猎。他想到基布肯定在大厨的监视下处理着最脏的杂货，心里就感到非常愧疚。

"克雷普斯库勒家族来了。"布里莎抬头看着夜空。

波奇维克很庆幸有人可以引开话题。克雷普斯库勒家族的空艇安装了黄色的生物灯球，随着飞船降低高度，他可以看清空艇的其他细节：蜂巢状的骨骼网架组成了甲板，气囊提供升力，双胞胎探出头打量着地面。

空艇腹部伸出粗壮的肌腱，草地上的仆人们冲上去拉住肌腱，将其固定在锚点上。一个仆人没有站稳，不小心踩在肌腱上。波奇维克看到肌腱上泛起一阵哆嗦，空艇发出一声呻吟。他完全可以想象母亲失望的叹气声。

当空艇着陆之后，克雷普斯库勒家族排成一路纵队开始下船。最后一个下船的人，是被一群仆人簇拥的老夫人。她和布里莎不一样，和波奇维克上次见到老夫人的时候相比，她的体型更小了。呼吸管插入了带着垂肉的脖子，整个人深深陷入座椅。这张座椅下长着黑色纳米碳纤维和肌肉组成的腿，可以带着老夫人四处移动。

"我父亲说，这是她最后一年出来见人了，"布里莎悄悄说，"她的身体开始衰竭了。"

波奇维克皱着眉头问："难道她就不能多用些细胞修复液，或者想想其他办法吗？"

"父亲说，修复液对老一代人作用有限，"布里莎看着老夫人在后辈之间走来走去，接受他们的问候，"她是地下出生那一代人中的最后一个。那时候刚好是大感染时期。"

波奇维克微微一笑，说："他们那时候完全不知道基因技术是怎么回事呢。"

"他们什么都不知道，"布里莎表情怪异地看着波奇维克，纠正了他的话，"他们什么都不知道。"

波奇维克看着莫提斯鞠了一躬，当他祝愿老夫人瘟疫黎明节快乐的时候，他俊俏的脸上堆满了笑容，狩猎斗篷在肩膀上优雅地打着旋。

也许,他会忘了喷胶枪的事情。

庆典活动很快就开始了,大家在草坪上走来走去,加入不同的小圈子聊天,看上去就像是波奇维克上课时和老师研究的阿米巴虫。仆人们为大家送上各种红酒和菌造啤酒。强光灯开始勾绘出各种图案,怪物和瘟疫鸟互相追逐。

自从布里莎找莫提斯和其他年长的兄弟姐妹去玩的时候,波奇维克就感到一个人在漫无目地游荡。他不想被莫提斯看到,自己年纪太小,无法和其他人讨论流行时尚和各种战斗。

但他年纪却比菲力克、菲亚要大得多,这对双胞胎正在纠缠着伊摩库拉塔家族的绿叶人。他们快速冲到绿叶人身边,摘下一两块甘草,然后笑嘻嘻地躲到一边,而绿叶人则挥舞着粗短僵硬的手,发出开玩笑似的抗议。波奇维克发现,在绿叶人的肩胛骨之间,还长出了一种带有橙色斑点的蘑菇,小孩子完全摸不到这些蘑菇。当绿叶人从身边走过的时候,一些大人会偷偷摘走一两朵蘑菇。柏勒洛丰叔叔也是其中之一,当他发现波奇维克看到自己摘蘑菇的时候,就把一只手搭在嘴唇上,眨了眨眼。

波奇维克发现父亲盯着自己,又或者盯着自己这个方向上的什么东西,他这才明白自己一言不发,在派对上四处游荡,观察周围人群,无疑是一种非常怪异而不得体的行为。所以,波奇维克立即凑到一群姨妈身边。这些女人讨论着波奇维克的身高,还要多久会长出他父亲一样的胡子。

她们很快就开始讨论新植入的卡路里虫的行为,一开始这个话题还是很有趣，但当维奥莱特拉开外甲，露出扁平的腹部和皮肤下隐约可见的铁锈色组织时，波奇维克红着脸把头扭到了一边。女人们的笑声让他的脸红得发烫，最后不得不溜走了。

"但你已经是个年轻人了，"维奥莱特喊道，"你今晚不参加狩猎吗？"

波奇维克知道，自己应该为替身狩猎而感到兴奋，他应当享受这场派对，但现在却感到前所未有的紧张。这里太拥挤了。当只有自己和基布二人玩耍的时候，草坪确实是个好地方。他绕溺水箱走了一圈，一小群人正在观看克鲁尼在里面挣扎。当快走到洗礼帐篷的时候，布里莎拦住了波奇维克。

"你在这儿呀。"她说道。波奇维克看着布里莎明亮的眼睛和发红的鼻子，就知道她偷喝了菌造啤酒，布里莎从去年就说要喝这种酒了。"所有人都进屋准备吃晚饭了。和我们坐一桌吧，不然你就只能去陪那对双胞胎了。"她说。

"莫提斯可能不会乐意我这么做的。"波奇维克说，"我可能得和……"他准备说要和父母坐在一起，然而布里莎脸上惊恐的表情就足以说明，她完全知道波奇维克想说什么。

"去他的莫提斯和他的花哨斗篷吧，"布里莎说，"他光顾着炫耀斗篷了，哪有心思关注你。你看看他那副说话的样子，你还以为他参加了十三次替身狩猎呢。可实际上呢，这是他的第三次狩猎而已。"她翻了个白眼，戴上骨白色的面具："来吧。"

诺克坦布洛斯家的宴会厅已经被改造成了一副地下世界的样子：瘟疫鸟沿着桌子飞行，浑身涂抹着颜料的杂技演员不是利用从椽子上伸出的钩子荡来荡去，就是站在慢慢旋转的无人机上表演，往日温暖的黄色灯光也换成了惨白的紫色灯。当波奇维克低头看自己手的时候，可以透过皮肤看到骨头。

一半的宾客都没见识过死光，他们还在打量彼此的骨骼。波奇维克隐约记得，这种光线非常危险，也许食物里会加入额外分量的细胞修复液以修复损伤。

杂技演员和端着餐盘的仆人是不可能用得上细胞修复液的，但个别仆人穿着的厚重罩袍也许可以提供一定的防护。波奇维克希望基布不要经常从厨房里探出头。

莫提斯的狩猎斗篷在死光的照耀下确实非常漂亮，当他活动的时候，空中会留下银色的痕迹。当波奇维克和布里莎走到桌旁的时候，莫提斯正给堂兄奥瑞讲笑话。他瞟了眼波奇维克，然后看向其他方向，就好像波奇维克根本不存在一样。当众人就座的时候，莫提斯没有发出任何抗议，波奇维克知道，被自己的哥哥无视，也许是个不错的选择。

越来越多的亲戚加入了晚宴，费妮拉和另外一个亲戚也走了过来，所有人都围着餐桌就座。波奇维克勉强可以听到大厨发号施令时的咆哮声。过了一会儿，一大群仆人推着一大堆食物走出了厨房。试管肉堆得像小山一样高，蛋白球经过上色和雕琢，看起来就像曾经的葫芦、南瓜和其他植物。波奇维克想起了维奥莱特姨妈的卡路里虫，并希望这些虫子能派上用场。

波奇维克并不饿，他还没吃多少东西，费妮拉就从桌子下面捣了捣他："小老弟，想喝点酒吗？"

她又捣了捣波奇维克，后者低头看了看脚下。费妮拉和自己的妹妹从无数酒瓶子中收集了足够的残渣，以至于可以酿造属于自己的啤酒。和原装的菌造啤酒相比，桶子里的液体更稀，泡沫更少，却散发出一股刺激性的气味。

费妮拉笑着说:"这能帮你冷静下来。这可是为狩猎做准备呀。"

波奇维克打量着四周。成年人根本没有关注他们。柏勒洛丰叔叔放声大笑,一只手还搭在维奥莱特姨妈的肩膀上。父亲平时异常严肃,现在却让光滑的黑色的眼球从眼窝中爬了出来,两颗眼球伸出细长的小腿,在桌子上开始狂奔,其中一颗眼球想钻到纳芙蒂蒂姨妈的裙下,却被她用扇子拍到了一边。波奇维克没看到自己的母亲。

布里莎、奥瑞和莫提斯已经从桶子里舀了满满一杯酒,莫提斯甚至对着波奇维克端起酒杯,脸上堆满了坏笑。波奇维克也把自己的杯子没入桶中,他怀疑哥哥随时会把酒倒在自己的裤子上,或者把妈妈叫过来,把整件事怪在自己头上。但是,莫提斯不过是点了点头表示默许。

这种啤酒味道真是太糟糕了,但半杯下肚之后,波奇维克确实感觉更放松了,以至于开始享受这场晚宴了。其他人也玩得非常开心,莫提斯和布里莎尤其如此。莫提斯从布里莎的外甲上扯掉了面具,从面具的另一面打量着布里莎。而布里莎也忘了刚才对莫提斯的不屑,已经开始疯狂大笑。波奇维克看到这一幕,感到心里非常难受。

等仆人们清理干净桌子,大厅里陷入了沉寂。波奇维克发现老夫人走到了大厅正前方,准备发表讲话,座椅的一条腿不停扒拉着地板。父亲拍了两下巴掌,震耳欲聋的巴掌声让大厅里所有人都闭上了嘴。孩子们纷纷返回自己的座位,准备聆听老夫人的讲话,而布里莎则一把推开了莫提斯。

老夫人打量着在场的所有人,然后说道:"哎呀,咱们又聚在一起了。"她说话的声音很小,脑袋周围的黑色海绵放大了她说话的音量，让整个宴会厅的人都可以听见。波奇维克感觉自己胳膊上的汗毛耸立。"我以前觉得讲故事这件事无聊透了，每年都要重复一遍，但最近我却很享受这个过程。这就像是跟着你喜欢的曲子跳舞。我觉得这可能就是上年纪的表现吧。"

大人们发出一阵礼貌的笑声，波奇维克也跟着笑了起来。

"我的孩子们，三个世纪以前，整个世界都陷入毁灭的边缘。"老夫人说话的声音，让波奇维克想起自己小时候坐在母亲膝盖上，听老夫人讲故事的时光。"夏季燥热无比，海水越长越高，世界上各个城市都挤满了寄生虫。这些寄生虫在贫民窟里不断繁殖，要求我们提供食物养育后代，等这些小寄生虫长大之后，又会继续繁殖后代。这个世界无法承载这么多寄生虫。于是，战争爆发了，紧接着就出现了饥荒，洪水淹没了大片岛屿。可这群寄生虫又在怪罪谁呢？"

波奇维克不由自主地说出来下一个词。

"是我们，"老夫人不屑地说，"他们责怪我们这些足够强壮聪明、屹立于人类顶端的存在，我们有足够的实力守住自己的位置。他们责怪我们污染了天空和海洋。这些寄生虫愚蠢而脆弱，但是它们的数量太多了，而且愤怒无比。我的孩子们，虽然世界在不断崩溃，但寄生虫还在不停地追杀我们。"

"世界上曾经有百个家族，每个家族都有自己的名字。但现在，只有我们活了下来。当寄生虫来找我们的时候，我们早就躲进了地下混凝土避难所。但我们给它们留下了一份告别礼：瘟疫。"

菲力克兴奋地小声欢呼起来，老夫人看着他，露出了微笑。

"我的孩子们，接下来我们要做的就是等待，"她继续说道，"我们在地下等待，让瘟疫进化整个世界。我们等待了足足一个世纪。当我们的家族掌握了关键的基因技术，我们从此可以不必借助阳光或者绿色植物生活，不必借助外来基因就可以繁育后代，甚至可以延长寿命。当然，这也是有一定限度的。"

老夫人用一根手指碰了下插在脖子里的管子，举手投足间带着一股悲伤的意味。

"当我们在地下度过百年，重新返回地面的时候，我的父亲，温德尔，和他的双胞胎兄弟艾德已经成了家族的领导人。摆在他们面前的，是一个全新的、干净的世界。但是，寄生虫们并没有灭绝。一些寄生虫依然在烂泥中挣扎求生，它们进化出了对瘟疫的免疫力，但还有很多东西可以要了它们的命。我们在地下避难时期早就治愈了各种疾病。"

"寄生虫终于肯乖乖听话了。但是艾德却不这么想。他很可怜这些寄生虫。他后悔释放了瘟疫。于是，他放弃了自己的家族。"老夫人压低了声音，但是多了几分恶毒。"我的父亲想劝自己的兄弟。他告诉艾德，这些寄生虫可以成为我们的仆人，它们在大瘟疫之前就是如此。但是，艾德对此并不满意。他希望将我们辛苦得来的基因技术无偿交给这些寄生虫。他希望用基因技术修复寄生虫们的身体，让它们长出自己的外甲，免受饥饿和疾病之苦。他希望寄生虫和我们平起平坐。"

"我的孩子们，艾德的仁慈将会是我们最大的灾难，"老夫人严肃地说，"这将重新开始一场灾难的循环。所以，我的父亲必须采取行动。他放逐了自己的兄弟，将艾德从家族中赶了出去。当艾德离开的时候，也带走了基因技术。我父亲后来明白，只要有机会，艾德会帮助寄生虫再次开始扩张，他们将会比以前更加强大，再次毁灭这个世界。"

波奇维克发现莫提斯不见了，脖子后面的头发都吓得立起来了。他一直以来都专注于瘟疫黎明的故事，完全没有注意到莫提斯离开。布里莎也不见了。他扫视着宴会厅，但在死光之下，完全看不到二人的踪影。他只能勉强听老夫人讲完了故事。

"所以，我的父亲跟着自己的兄弟走进了早已死亡的森林，在那片森林之后，就是现在诺克坦布洛斯家大宅的所在地。我父亲夺回了基因技术，杀了艾德，让他的尸体在森林里腐烂。"老夫人身子前倾，椅子也弯下腿以适应她的动作。"艾德的仁慈也是他的弱点，完全可能成为自己家族和其他家族之间的传染病。我们必须小心应对。所以，在每年瘟疫黎明节的时候，我们要记住自己的历史，更要保护自己的未来。我们杀死自己脆弱的部分。我父亲就是这么做的。"

老夫人沉默不语。大厅里的众人等着她是否已经说完，而老夫人则不停眨着眼睛。最后，她摸了摸椅子的扶手，回到了自己在长桌的位置上。老夫人的话让大厅中的众人蒙上了一种不祥的意味。波奇维克还在寻找自己的哥哥和布里莎，心里疑云密布，但就在这时，他的父亲站起来了。

"替身狩猎是我们最重要的传统之一，"他说道，"我们很幸运，现在实际刚刚好。让我们来看看这些替身。"

大厅里不祥的氛围一扫而光，大家纷纷开始期待接下来的节目。宾客们为了看得更清楚，在椅子上反复挪动，波奇维克看见菲力克甚至爬上了绿叶人的肩膀，菲亚也跟在后面。当宴会厅另一头的大门打开之后，仆人们手里拿着长长的黑色棍棒，将替身们赶了进来。波奇维克一时间忘了莫提斯不在宴会厅的事实。

现场有大约 24 个替身，刚好对应今晚参加狩猎的猎人人数。波奇维克和基布几周前就溜进了孵化室，看到亮着红灯的孵化箱里，替身泡在基因修复液和酵素胶里。当时，最大的替身不过婴儿大小，但加速剂提高了发育速度。每一个替身的体型和本体差不多，但加速发育造成了一定程度上的畸形：很多替身不是瘸腿就是腿部扭曲，又或者脖子歪斜。

波奇维克的兄弟姐妹们很快就认出了自己的替身。每一个替身都穿着花哨的反光连体服，这让他们在森林中更加显眼，每一个替身都戴着面具，面具上还有鸟喙、鹿角或者竖起的长耳，看起来就像曾经在林间游荡的动物。

"那是你的替身，奥瑞，"芬妮拉叫道，"他和你一样，都有个大屁股。"

波奇维克很轻松地就找到了自己的替身：他是所有替身中身材最小的一个，他摇摇晃晃地站在原地，衣服上贴着人工羽毛，脸上戴着尖嘴面具，看起来就像一只瘟疫鸟。波奇维克曾经听到别人讨论，他们认为面具让狩猎太过简单，如果不能在猎物流血而亡的时候盯住他的眼睛，那算什么狩猎呢。

波奇维克很庆幸替身都戴着面具，因为他的替身似乎此刻正看着自己。他反复提醒自己，替身并不是人类。这都是自己的老师教给他的。狩猎用的替身都是快速养成的拙劣复制品，它们的大脑除了维持呼吸和保持运动能力以外什么都做不了。

替身唯一的能力就是感到恐惧，在穿上衣服进入宴会厅之前，所有替身都被喂食了镇静剂，当药效退散之后，他们就会开始躁动不安，急于寻找藏身之处。

就在这时，莫提斯回到了奥瑞旁边。他脸色通红，那副带笑的样子就像一头会笑的狼。他对着奥瑞耳语了几句，然后两个人都捧腹大笑。波奇维克扭头看向另一边。他知道莫提斯和布里莎为什么同时消失了。莫提斯已经说了太多类似的事情。

替身们被带出宴会厅，然后在草坪上集合。还需要参加狩猎的年长的亲戚则站在草地上按摩着肚子，抱怨自己在宴会上吃了太多。坐在桌边的兄弟姐妹们都站了起来——布里莎已经回到桌边，看都没看莫提斯一眼——而波奇维克则跟在众人之后。

莫提斯似乎已经忘了发誓要报复的事情，但波奇维克一想到自己就是艾德，而莫提斯就是跟随自己进入森林的温德尔，就感到非常不舒服。

波奇维克已经忘了克鲁尼，他现在双目无神地漂在溺水箱里，但是现在几位仆人正在抽空水箱，其中一人还在偷偷抽泣。波奇维克认为她是克鲁尼的妻子。这一幕让他感到如芒刺背。替身似乎在看着自己，布里莎，一直在坏笑的莫提斯，维奥莱特姨妈肚子里的虫子，戛然而止的喷胶枪游戏，这一切都让波奇维克感到极度不安。

一切都变得很奇怪，但是波奇维克怀疑这可能部分归结于劣质的菌造啤酒，但肯定还有其他因素。仆人们正在草地上准备狩猎用的装备，其中包括步枪，可以锁定各自猎物，避免错杀别人替身的追踪器，装备次声波发生器的四足无人机，它可以用来驱赶替身，而飞行无人机负责将狩猎的实况传回温暖的宴会厅。

当然，头皮切除器也是必不可少的，当一个仆人检查开关的时候，波奇维克刚好从旁边走过。头皮切除器发出的咔嗒声让他不禁抖了一下。

"紧张了？"

说话的人是布里莎,她仔细检查着自己的步枪准星。波奇维克没有立即回答她的问题。他想告诉布里莎,自己受到了背叛。他一直以为布里莎和自己一起对抗莫提斯,但这可能只有在小时候才是如此,而布里莎会告诉自己,对付莫提斯是他自己的事情。

波奇维克说:"我不知道。"

"我已经提前练习过了,"布里莎说,"我拿了一支彩弹枪,提前和几个仆人训练了一下。千万别紧张。"她沮丧地耸了耸肩。"其实没人会看我们狩猎。宴会厅里的人不是忙着把自己灌醉,就是偷偷找人上床去了。"

波奇维克感到耳朵滚烫。他不假思索地说道:"你和莫提斯?"

"什么?"布里莎问,"你到底在说什么?"

"在晚宴的时候,你们俩都不见了。"

布里莎愤怒地说:"我把肚子里的啤酒全吐光了,才不知道他去哪了呢。"

她说完就去找属于自己的头皮切除器,而波奇维克则后悔说出这话。也许他完全错了,又或者自己说得没错,而布里莎感到难为情罢了。

所有的替身都在森林边缘集合,每个人都被一条肌腱捆在一起,肌腱的另一头则拴在一根柱子上。镇静剂的效果开始退散,所有替身都开始挣扎。

波奇维克忽然产生一个从未有过的念头:成为一个替身会是什么滋味。你从出生那一刻起就被恐惧包围,然后被喂食镇静剂,套上衣服,赶进森林里成为别人的猎物。他们不会思考也算是一件幸运的事情。

"波奇维克老爷,您的步枪。"

波奇维克从仆人手中拿过步枪。这是一支老式步枪,枪身大部分都是木头,但他知道,这支老式步枪里也装了智能子弹,莫提斯的新步枪也是用了这种子弹。你用这种子弹可以轻松击中目标。枪管下还固定着一个灯笼,准星旁边加装了一个追踪器,上面显示着一团不停移动的黄点——替身的衣服里都缝了特制的传感器——和代表波奇维克的替身的红点。仆人又递给他头皮切除器,波奇维克小心翼翼地接过切除器。他指示自己的外甲长出一个圆环,然后把切除器挂在自己的腰上。

狩猎无人机已经启动,关节发出咔嗒咔嗒的声音。飞行无人机开始爬升高度,消失在夜空之中。所有人开始向着丛林前进。一位叔叔嘴巴通红,晚宴上喝的酒让他走起路来摇摇晃晃,其他人拍着他的后背笑了起来。莫提斯和奥瑞打赌,自己最多只用 20 分钟就可以拿下自己的替身。

随着他们距离替身越来越近,波奇维克感到自己心跳加速。夜晚非常寒冷,自己每次呼吸都会带出一股白雾。带着注射器的仆人在替身间穿行,为他们注射肾上腺素和恐惧激素。替身们不停扭动着身子,拉扯着充当绳子的肌腱。波奇维克看到自己的替身位于队列的最后面,他不停地扭动身子跺着脚,仆人对着他的大腿打了一针。这一幕让波奇维克感到恶心。

莫提斯忽然转身看着波奇维克,露出一口白牙笑着说:"小老弟,咱们就要开始狩猎了。第一次狩猎永远是最难忘的一次狩猎。"

嘴巴通红的叔叔口齿不清地表示同意:"永远别忘了第一次狩猎。好了,现在快放开替身吧。"

"我猜你一定是最后一个回来的。"莫提斯说话的声音很小,一旁的叔叔完全听不到。"所有人都知道你怕黑。"

还没等波奇维克回答,莫提斯就一个人走到了队伍前列。波奇维克只能静静地抓住自己的步枪,他感到喉咙干巴巴的。当他站在奥瑞和布里莎中间的时候,感到自己心中怒火熊熊。波奇维克可不是个胆小鬼。如果真是如此,就会躲开父亲那双黑色眼睛的注视,跟着莫提斯走进树林。

当所有替身都准备好之后,一个仆人拿出一种喷雾溶解了充当绳子的肌腱,最后徒手扯开了剩下没有溶解的部分。替身们犹豫了一下,不知道这种突如其来的自由意味着什么。无人机开始前进,用次声波驱赶着他们进入森林。几个猎人欢呼着冲进了森林,波奇维克感到自己浑身颤抖。

当波奇维克还是个孩子的时候,这片森林仿佛大得无边无际,但当替身被赶进林间的时候,情况就不同了。一切变得越发混乱了。纤细的树干和沙沙作响的树枝在枪管下挂着的灯笼的照耀下,泛着和莫提斯狩猎斗篷一模一样的光泽。

波奇维克知道,宴会厅里的观众可以看到一个计时器,但那位喝醉的叔叔已经开始抱怨等了太久,甚至对天开了一枪。枪声似乎撕破了夜幕。所有猎人和无人机冲进了森林,波奇维克也跟了上去。

一开始,所有猎人聚在一起行动,但莫提斯和奥瑞冲在了最前面,其他人也顺着追踪器的提示,跑向不同的方向。波奇维克和布里莎是最后才分开的,他甚至希望布里莎可以多陪陪自己。

"我的替身往北边走了。"布里莎低头看了眼自己的追踪器。"波奇维克,祝你狩猎愉快。咱们回大宅再见。"

"狩猎愉快,布里莎。"波奇维克说完就发现自己孤身一人了。

追踪器上的红点移动速度很快，但是行动路线很不规则，替身似乎完全迷失了方向。波奇维克在追踪替身的同时，自己也感觉迷失了方向。林中的树歪歪斜斜，树干好似从黑暗中伸出的利爪。他听到靴子踩过草地的声音和远处胜利的呼喊。远处的两声枪响让波奇维克浑身一抖。

他曾经考虑过掉头返回灯火通明、温暖舒适的大宅。但这样一来，其他人就会嘲笑自己，父亲会一言不发地看着自己，而老夫人的话则在波奇维克的脑袋里不停回响：我们会杀掉自己脆弱的部分。他必须这么做。他必须赶在莫提斯动手前杀掉自己的替身，唯有如此才能让自己变得更强大。也许有一天，自己的力量就足以对抗莫提斯。

波奇维克加快步伐，追着红点向着森林深处前进。他用灯笼照亮地面，发现了折断的荆棘和脚印。他曾经看到有东西在阴影中移动，但实际上那不过是一台潜伏中的无人机。他跨过扭曲的树根，躲过摇摇晃晃的树枝，肾上腺素在体内奔腾，心跳越来越快。红点的速度终于慢了下来，波奇维克心中燃起了胜利的希望。

红点消失了。

波奇维克气喘吁吁地停下脚步。自己的呼吸化成一阵阵白雾，环绕在他的脑袋周围。替身的传感器可能失效了，又或者替身一动不动。波奇维克慢慢前进，小心翼翼地端着步枪往前走。替身肯定就在附近。他努力在移动的时候不发出任何声响。现在已经听不到其他猎人发出的声音了，他们距离波奇维克太远，而森林里植被茂密。

波奇维克以为自己看到左边有东西在移动，但追踪器上还是一片空白。他检查了左侧的区域，却什么都没发现。他的脑海中又出现一个奇怪的念头：也许替身自己关掉了传感器，也许替身在观察波奇维克，也许替身在猎杀波奇维克。

波奇维克浑身起鸡皮疙瘩，他的外甲似乎永远也无法保持体温。步枪的枪托在他湿漉漉的手中越发黏滑。他在身上擦了擦手，但没过多久手上又出汗了。

一根树枝被踩断了，波奇维克扭头看到一个黑影在移动，颤抖的双手举起了步枪开始瞄准——

"你还在找自己的替身吗？"莫提斯点亮了自己的灯笼。"我早就打死自己的替身了。"

波奇维克微微放低了自己的步枪。现在，他的每一个细胞都在尖叫。莫提斯的步枪已经收到了背后，他的外甲长出了专门存放步枪的携行具，他一只手拎着灯笼，另一只手拎着在头皮切除器里摇摆的战利品。替身的面具已经被扯掉，替身的脸是莫提斯拙劣的复制品，他嘴唇青紫，双眼无神，因为之前的切除作业而沾满血迹。波奇维克看到这幅场面，差点吐了出来。

"我知道，我鼻子没这么大。"莫提斯在灯笼下，来回扭动着替身的脑袋。"你说呢？"

"确实没这么大。"波奇维克话一出口，就后悔了。

"说得没错。"莫提斯附和道。他咧嘴大笑，几乎带着一种疯狂的意味。"咱们一起去找你的替身吧。"

波奇维克犹豫了起来，他希望陪自己的可以是布里莎或者其他叔叔，就算是那个酒鬼叔叔也可以。但是，现在这里只有他自己和莫提斯两个人。波奇维克对着自己的哥哥点了点头。莫提斯用诡异的眼神回应了他，然后大笑一声，转身开始用灯笼照亮这片树林。波奇维克跟在他身后，脑子飞速运转。

也许莫提斯只是在找趁手的树枝来抽打自己,也许是等待最佳时机,然后扭着自己的耳朵,强迫自己去舔替身脑袋上的血;又或者莫提斯想抢走自己的猎物,带着两颗脑袋返回宴会厅,向众人解释自己的弟弟行动缓慢,在黑暗中吓破了胆,蠢到自己无法动手打死自己的替身。这不就是莫提斯一贯以来羞辱自己的方法嘛。

但是,事情可能完全是另一副样子。波奇维克心里七上八下。也许自己才是温德尔,而莫提斯才是艾德。如果自己现在对莫提斯开枪,将一切伪装成一次事故,告诉其他人是莫提斯的斗篷和银色的树干融为一体,那自己就可以永远摆脱哥哥的折磨了。只要距离足够近,他就可以说智能子弹无法转向。他的步枪枪口慢慢上抬,对准了莫提斯的脊椎。

就在这时,他看到了自己的替身。他蹲在一棵大树旁,藏在两根扭曲的树根之间,脑袋偏向一侧。替身的反光服上沾着泥土,面具的尖嘴略微弯曲,就好像撞在了什么东西上。替身一动不动,波奇维克一时间以为他已经死了。

替身的脑袋轻轻动了一下,在莫提斯发现这一点,并抢走自己的猎物之前,波奇维克立即举起步枪开火了。枪托撞在波奇维克的肩膀上,莫提斯被这枪声吓了一跳。看到自己的哥哥被吓了一跳,波奇维克感到一种复仇的快感,而这种快感随着替身尸体的抽搐更是提升到了无以复加的地步。

他做到了。他做到了,而且这一切太简单了。莫提斯开始放声大笑,而波奇维克也有了想笑的冲动。他兴高采烈地跑向替身的尸体。智能子弹在命中目标的同时就会破碎,所以替身的衣服从腰部到肋骨都变成了一团碎布,十几个伤口正在流血,胸口缺了一大块。

莫提斯说:"干得漂亮,我的小老弟。看来你还是知道怎么用步枪。"

情况不太对,波奇维克发现了这一点。莫提斯不可能这么开心。替身不会把自己藏这么好,也不会盖住衣服反光的东西。波奇维克双手颤抖,摘下了替身的面具。他用力一扯,但面具却卡住了。莫提斯蹲在波奇维克身边,滚烫的呼吸吹拂着他的耳朵。

波奇维克再次用力一扯。面具终于带着几块皮肤组织,从替身的脸上掉了下来。基布充血的眼中写满恐惧,鼻翼一张一合,嘴巴上涂了一层喷胶枪的胶水。

波奇维克感到心里一沉,仿佛有人把他的心脏抽了出来,然后扔到了一边去。他单膝跪地,一只手撑在毫无生气的土地上保持平衡,眼前一片黑暗,耳朵里只能听到自己的脉搏跳动。这个替身就是基布,基布就是今晚的猎物替身。一切都乱套了。

"这衣服还挺合身的,你说是不是?"莫提斯说,"我们告诉他,要和你玩一个小把戏,就让他穿上了这套衣服。等他吃了镇静剂,动作和替身没有区别。"

波奇维克想到了以前和基布一起玩的各种游戏,以及基布是如何帮助自己胜利的。基布碎裂的胸腔还在起伏。也许等回到了大宅,可以用基因修复液让他康复。但波奇维克非常清楚,基布和克鲁尼这样的寄生虫,是没资格使用基因修复剂的。他忽然明白,基布最后一次帮助自己赢得了胜利。

他压下了怒火和痛苦,以及所有的感情。然后,波奇维克拿下头皮切除器,套在了基布的脑袋上。

"莫提斯,笑话不错,"波奇维克面无表情,语气也是波澜不惊,"但是你不该和仆人一起玩儿。这太不成体统了。"

波奇维克拉下杠杆，切除器开始咔嗒作响，滚烫的鲜血溅满了双手。

潜水艇

韩松

韩松,中国科幻作家,新华社记者。他的第一部短篇小说合集《宇宙墓碑》于1981年完成,1991年出版。他前后六次获得中国银河奖。《洛杉矶时报》称他是中国顶尖的科幻小说作家。他的作品包括《地铁》《我的祖国不做梦》《火星照耀美国》《红色海洋》。

小时候,应我的请求,父母会带我去长江边看潜艇。潜艇是沿着江水,成群结队来到我们这座城市的。听说它们中的一些也来自长江的支流——乌江、嘉陵江、汉水、湘江等。在我眼中,这些潜艇密密麻麻如同昆虫,又仿佛万千段的黑云从天宫坠落,有些让人害怕而又兴奋。有时,某一艘潜艇会忽然从水面消失,这是最让人惊叹的——其实它是在潜水,先慢悠悠晃动了一下那不可思议的躯体,随即一寸寸往下隐没,激起复杂而诡秘的水纹,然后整个艇身消失了,最终连它上面的圆圆的像个瞭望塔的小楼台也不见了。江水很快恢复了宁静和神秘,而我已看得目瞪口呆。有时,潜艇又水怪似的忽然冒出水面,顶起大朵的美丽浪花,我便会扯着嗓子大喊:"快看哪,快看哪,它出来啦!"但父母却没有什么反应,他们的神情显得呆滞,那副萎靡的模样就像两株很久没有浇水的植物,仿佛潜艇的出现掠走了他们的魂魄。大部分时间里,潜艇只是停驻在风平浪静的江面,一动不动,艇身上牵了几根细铁丝,晾晒着层叠的衣裤,花花绿绿,还有小孩子的尿布。常能见到穿着粗布罩衣的女人在甲板上用煤炉炒菜做饭,江上远远近近,一片炊烟袅袅。女人们有时也会半蹲在艇边,就着江水浣洗衣物,用木槌在坚硬的艇骨上咚咚敲打。偶尔还能看到老人慢吞吞爬出舱来,气定神闲,盘腿坐在艇头晒太阳,抽着旱烟,身边蜷缩着小猫、老狗。

潜艇是农民的财产。在城市打工的农民收工后,就回到自家的潜艇上。而在以前,他们只能去城中村的出租屋,在大通铺上成排躺着睡觉,像在猪圈、羊圈似的。现在他们在城市中有了自己的家,那就是泊在江上的潜艇。在陆岸与潜艇之间,也开驶了专门的轮渡,农民自己掌舵,把兄弟姐妹们摆渡来往于两个不同的世界。晚间,他们都回家后,便是潜艇最好看的时候,每艘艇上点亮了汽灯,无数窗花一般,晶晶莹莹,神神气气,又像是满江满河落满星宿,这时农民的一家人便围坐一起吃晚饭,清凉沁人的江风把他们的笑语欢声传上岸,飘入千家万户,制造出城里人不熟悉的气氛。但随着夜色渐深,潜艇上的灯火就一盏接一盏连踵熄灭了,最后,只剩下港口大楼上打来的探照灯柱,在江面紧张兮兮地扫来扫去,把潜艇河豚似的身段逐一映现出来。但许多的潜艇在这时消失了。每次探照灯荡过一遍,就会发现少掉了好多艘。它们一声招呼都不打,就静悄悄潜到了水下。好像农民们睡觉时，亦如同水鸟打盹那样要把头插进羽翅里，一定要把他们的家室深埋入江中，这样才会睡得安稳和踏实，避开了忧虑，亦远离了危险和不测，去做他们的好梦了，而不被城里人惊扰——这就是他们制造潜艇的理由吗？这常常会使我去猜想长江究竟有多深，而河床上又能安卧下多少潜艇呢？它们那一列列黑乎乎的样子是多么的有趣而诡异啊。但如此想下去，就觉得这个世界未免过于神秘，甚至好像世界之外还有世界。总之，不管怎样，潜艇们是在我们的身边像鸟儿一样筑巢了，成了一道众说纷纭的风景。到了早上，它们又披霞兜光，咕嘟咕嘟一个个浮了出来，眨眼之间就好像春潮泛滥，溢满江河。这时我又觉得，潜艇多么像是电影中外星人的飞船啊。而潜艇与岸边的渡船又开始忙碌了，把精神抖擞的农民送进城里，到工地上开始新一天的劳作。

潜艇来自全国各地。除了我们这座城市，据说在流经其他城市的江河里，乃至海洋、湖泊、运河和堰渠中，也有着它们的群聚。最早的潜艇不知道是谁设计的，传说是农民中的一位能工巧匠，他手工制作出了第一批潜艇。按照城里人的标准来看，技术尚显粗糙，使用的主要是废旧生铁，少数是胶合板和玻璃钢的拼制。早期的潜艇大抵呈鱼形，有的在头尾部涂了红白色的油漆，鲜明地画上眼睛、嘴巴什么的，少数还描了鳍，显得有几分滑稽可笑，不过也体现了农民特有的幽默感。后来潜艇越造越多，每一艘涂画细节的差异，就区分了不同的人家。通常，一艘潜艇可载一户农民，平均五六口人，大一些的可以容纳两到三个家庭。但似乎农民还没有能力造出运载数十人及上百人的大型潜艇。城里人曾怀疑这些潜艇仿照了法国科幻小说家凡尔纳在《海底两万里》中描述的原型，在制造过程中，说不定得到了外国人的暗中协助。但后来发现，农民的潜艇与凡尔纳没有任何关系。制作者甚至都没有听说过这个人。大家才松了一口气。

小孩子对潜艇兴趣盎然，但城里的大人们却大多对潜艇的出现视若无睹，或是假装没有看见。上学时，我们会在教室里热烈交流有关潜艇的逸闻故事，也撕扯下作业纸，在上面画下它们的尊容。但一本正经的老师们一概不谈论潜艇。他们一旦发现我们在说这件事，就气急败坏地走过来，厉声呵止，把同学们画的画撕掉，有时甚至把人也赶出课堂。报纸和电视上很难看到关于潜艇活动的报道。潜艇的云集就好像与城市的生活毫无关系。大人中的个别好奇者——往往是画家和诗人——偶尔也会来到岸边看看，交头接耳，说假以时日江河中或许会进化出一种新的文明，称作潜艇文明，该文明将与世界上已有的任何文明都不相同，就如哺乳动物与爬行动物不同。他们想去潜艇现场采风。但农民们似乎从来没有过邀请城里人上艇参观的念头。或许是一天忙碌操劳下来实在太累乏，没有精力也没有心思招待陌生外人，除了害怕麻烦也是觉得那样做并不会给他们带来任何额外的收益。他们到城里来就是一门心思打工赚钱，这个目的十分明确。但说到赚钱，朴实憨厚的农民却也没有想到要把潜艇用绳子圈起来，搞成旅游风景区，向城里人收取门票。对于创建什么新文明，他们则更是毫无兴趣。他们晚上回到潜艇，吃饱喝足后就蒙头大睡，这样休息好了白天才有力气上岸去各个工地干活，做最脏、最差、最累的工作，拿最低、最少、最薄的报酬，却也毫无怨言。因为有潜艇了，他们收了工就能很快回到家,一家老小团聚在一起,还求什么呢?潜艇代替了他们业已被当地政府和房地产开发商廉价征掉的土地。对此城里人虽做出相安无事或事不关己的样子,心中却又有一种说不出的无奈和感到不妥。但实际上,潜艇对城市并没有构成任何威胁,它们上面既没有安装大炮也没有充填鱼雷。

我学会游泳后,就和一帮孩子一起背着大人偷偷去潜艇那儿探险。我们嘴里含了芦苇做的通气管,潜泳到接近潜艇驻泊的江心,看到艇身下部用缆绳悬挂着一个个打有木栅栏的笼状物,浑浊的江水可以自由进出。这些笼子里面,住着农民的孩子,赤裸着土黄色的身躯,四肢灵活而苗条,通体闪闪发光,鱼儿一样游来游去,空无所依,灿然透明。我猜这水下之笼便是农民的托儿所或小学校了,心中充满神奇感。"但这算不得什么。他们哪怕下到了水中,还是比不过我们的。"组织探险的头儿是一位高年级男生,他傲慢地说。然后我们游到水笼边,问农民孩子:"你们见过汽车吗?"他们都停下不游了,纷纷聚集过来,像塑料做的小动物一般,面无表情地看着我们。这时才看清,他们身上并没有长出鳞和鳍一类的东西,这使我有些失望。但与我们不同,他们可以长时间在水下潜泳,而不用嘴含芦苇管换气。"汽车?那是什么?"终于有一个农民孩子的脸上像是流露出了好奇的神情,小声地问,他就像是某个漫画作品中的生物。"噢,汽车。没有见过吧?本田、丰田、福特、别克,还有宝马和奔驰!"头儿得意地昭告。"没见过。"农民的孩子似有些忐忑,"但我们见过鱼。鲤鱼、鲫鱼、青鱼、鲟鱼,还有鲂鱼和鳊鱼。"闻听此言,我们反倒一下有些紧张了,朝四周打量,却没有见到一条鱼。老师告诉我们,长江里的鱼类已灭绝了。那么，农民的孩子是在戏弄我们吗？他们是在什么地方见到鱼儿的呢？"兴许，他们和我们今后将要成为不同的物种。"头儿乏味地嘟囔。农民的孩子不解地眨眨眼，又开始漫无目的地游动起来，像要与我们保持距离。"你们会成为鱼类吗？"我问他们。"不会。""那会是什么呢？""不清楚。等爸爸妈妈收工回来，问问他们就知道了。"我心想，他们生活在水下，离开了山野、田园和泥土，而我们生活在岸上，这幅图景就像鱼虾与牛羊，这就是所谓的未来吧。于是，我们又装出热情的样子，试图与他们玩游戏，却失败了。我们会玩的他们都不会，另外隔了笼子也玩不到一起去。这让一切变得没有了意思。我们从江底水草织成的阴暗风景中体味到了一层隐然的恐惧，便在头儿的招呼下一齐上浮了，要赶紧回到我们的地盘，而农民的孩子还将生活在水中，那就由他们自便吧。

我们吃力地冲上水面，心儿怦怦乱跳，才看到四面八方围满潜艇，犹如深冬里饥饿而沉默的狼群，粗粝阴郁的艇身反射着鹅毛大雪一样的阳光，晃得大家睁不开眼。水面上也没有鱼，却有很多老鼠和蟑螂的尸体，以及层层叠叠腐烂的藻类，缠裹着千万个废弃的手机充电器和计算机硬盘，还有无数的可乐瓶、塑料袋和垃圾物，散发出刺鼻臭气，并使江水呈现出人类排泄物一般的深棕色和乳白色，一群群绿头苍蝇围绕着潜艇嗡嗡乱飞。这正是一幕"美艳绝伦"的景象，使我们"流连忘返"，铭记在心，亦令我们臆测潜艇或许正是为了追逐这些事物才来的，它们在漫长无期的游荡过程中业已形成了独特的价值观念和审美情趣。艇上有农妇在忙碌着什么，却没有看我们一眼。她们用这肮脏无比的江水洗衣做饭，却不会像城里人一样染病死去。

但这时，岸上的大人已在火急火燎呼唤我们回去了。他们脸上写满"可怕""危险"的字样。

我小学毕业准备上初中那年，发生了一件事情。那是一个初秋之夜，我正在睡梦中，忽然被喧嚣声吵醒，好像整座城市沸腾了。父母慌张地为我披上衣服，拉着我出了门，往江边奔去。一路上还有许多人在跑动，脚步声和尖叫声像除夕夜的爆竹，震响得我要紧紧捂住耳朵，心头十分害怕，不知道出了什么事。到了岸边才发现，原来有潜艇着火了，火焰蔓延开来，把其他的潜艇也点燃了。我记忆中那就像是一个盛大的节日来临。全城人兴奋不已地冲到江边，脸上的麻木不仁一扫而尽，皆嗷嗷叫着，看电影似的看着奇观。我紧随父母，抖颤着站在岸上，见已是人山人海，水泄不通，才见到了那横铺竖叠的炎炎之形，把整条长江烧得绸子般彤红，火是那么的酷烈无情，又舞裙般舒展开来，把两岸的高楼大厦映得深秋红叶一样焕然，最后竟成了通透明晰的画儿一般，着实令人掩口惊异，我后来一辈子都没有再见过这种盛况。但不知为什么，潜艇竟都没有下潜，仿佛忘记了自己的身份，就那么一动不动浮在水面，不逃不窜，一艘艘任凭冰状火焰吞噬。这里面一定有什么秘密吧，或是某种难言之隐。我怀疑水底下这时也布满了奇诡的大火，由于某种尚不清楚的原理，水分子通通化作了一种与以前不一样的东西，整条长江都改变了大自然赋予它的物理属性，所以潜艇在这忽至而离奇的火之舞台上是潜不下去的了。我也想到了那些在水笼中的孩子，不知他们现在怎样了，心里涌上一层说不出来的讶怪。我扭头看看父母，见他们像一对僵尸，毫无作为，垂手而立，眼睛瞪得像灯笼，呆滞地观望着。有的大人嘴里不停絮叨，就像和尚念经一样，却谁也没有提议去救火，只像是要由着江中的外星怪兽般的异物自生自灭，要还那些不速之客以彻底的自由一般。

这个夜晚过得特别漫长，我却没有片刻想到死，而只是感受着生的凄美和无畏。我一点儿也不悲哀难过，只为今后再不能游到潜艇边去看令我尴尬却又心跳的景致了而觉得有些遗憾，感受到了寂然的孤独，但也明确地知道自己的未来人生之路不会因此而发生任何改变……终于到了清晨，晦暗的阳光洒落下来，江面上触目所及都是没有了生气的黑色废铁块，纵横阖捭，合抱勾连，东一堆西一摊漂浮着，泛出清淡无味的冷冷辉光，空气中弥漫开来迟暮枯秋的气味。城里人这才用吊车一类的机械把潜艇的残骸慢慢打捞起来，送到废品收购站。这件事做了一个多月才告完成。此后，长江里就再也没有来过潜艇了。

我总会知道

S.L. 黄

　　S.L. 黄（slhuang.com）是亚马逊网的一位畅销书作家，她用自己创作的数学题材超级英雄小说，充分证明了自己自麻省理工学院获得学位的价值。她的"卡斯·罗素"系列包括《零和博弈》《空集》《临界点》，今年还将推出另一本独立于该系列的小说《燃烧的玫瑰》。她的短篇小说刊登于《科幻与事实》《奇异地平线》《科幻及幻想小说》等杂志。她还是一位好莱坞特技演员和军火专家，曾出演《战斗堡垒卡拉迪加》《家有喜旺》等电视剧。她在银幕上的高光时刻，是被内森·菲利安饰演的角色所杀。作为业内第一位女性专业军火师，她曾与肖恩·派特里克·弗兰纳里、杰森·妈妈、丹尼·格洛弗等演员合作，并担任《顶级射手》和《拍卖猎人》等真人秀的武器顾问。

　　一大群示威者在漫天飞舞的雪花中蹒跚前进，示威者的数量越来越多，他们顶着寒风聚在一起，看起来就像一群甲虫。示威者们绕成一圈走来走去，猛烈的寒风让他们不得不低下了头，但呼喊口号的声音却异常坚定，以至于听起来像是某种祈祷的祷词：

不杀孩子，杀赛里斯（seres）！

让我们自己救自己！

涅玛站在三楼阁楼的窗边向下打量，看着示威者在寒风中步履蹒跚，听着他们高声喊着口号。她不禁在想，这些人押韵的功夫也太差了。能和赛里斯押韵的词也不少——怕人（fears）、年轮（years）、掉魂（tears）……

她的前额抵在窗户上。窗户玻璃寒气逼人。

涅玛完全没有发现导师就站在身后的门廊里。实际上，塔基还几次想说点儿什么，但最终还是选择了沉默。实际上，如果他面对现实——塔基是一个尽可能选择面对现实的人，当然这取决于实际情况——那他正陷入一场道德困局。

他失败了。

他对涅玛说："你就不该看这一切。"平静对于塔基来说有所帮助，但阁楼里实在是太冷了。他双手收在长袍的袖子里，好奇涅玛为什么连个哆嗦都不打。

孩子们总能适应环境。有时候，他们的适应力实在是太强了。

"现在，这是我的工作了。"涅玛说话时面对窗户，在玻璃上留下一层白雾。

"这完全没有必要。"塔基现在终于崩溃了，他希望自己说出去的每一个字，都变成一条带刺的铁丝，能把涅玛留在原地。"想必你也明白，对吧？你可以——你可以拒绝。"

涅玛对此心知肚明。她的导师们曾经说过：选择权永远在自己。但是，他们也说过，为什么她的使命那么重要，以及为什么这份使命必须交给一位年轻人，如果涅玛不能完成任务，那么就交给她的同学来完成。

涅玛对导师们的话深信不疑。她选择完全相信教团和教团所说的一切。

死亡很可怕，非常可怕。死亡对于涅玛而言，是一个太过庞大而黑暗的概念，她的大脑无法完全理解这个概念。但这不足以摧毁涅玛的信仰——当她被选中的时候，情况尤其如此。

当然，新闻媒体一方面认为涅玛就不应该被允许选择这种生活，另一方面对教团顽固守旧大加谴责。十岁的孩子还太小了，不应该同意这种事情，他们没法为自己做决定，这太不人道了！有些人希望解散教团。有些人希望只允许成年人追随教团，这里特指那些魔力达到指标、敢于同意拯救世界的人。

同样是这些新闻媒体，当话题转到摧毁教团传统，是否已维修和削减国家赛里斯导弹存量的时候，就开始变得含混不清了。

涅玛对塔基说："你说过这很重要。我们很重要。"

但这和你的命相比，并不重要。塔基想大声咆哮，希望将涅玛拥入怀抱，仿佛她是自己的女儿，而不是自己的学生，即便这么做将完全背叛自己一直以来所奋斗的一切也在所不惜。"不一定必须是你去，"塔基说道，"我们也不知道事情会变成什么样。你完全可以拒绝。直接给他说就好了。"

涅玛从窗边走开，黑色的雀斑在苍白的皮肤上格外显眼，双眼占据了面部一半的面积。"他可太吓人了，"她小声说道，"你可以陪我吗？我什么时候见他？"

塔基不得不转过身去，因为他不能让涅玛看到自己的导师在哭泣。

没人会想到，奥托·汗居然赢得了选举。他是个局外候选人，一直紧盯着自己的选票，直到最后从众多候选人中脱颖而出。

教团从没有对奥托·汗太过关注，最起码一开始的时候是这样。在选举开始的时候，教团的注意力都集中在一位善于蛊惑人心的候选人上，她一直鼓吹战争，而她的追随者也跟着疯狂呼喊。但是，这位候选人很快就风头尽失，持续的时间还没有她灌输在选民心中的那股怒火时间长。当她在民意调查中一落千丈，只留下一片愤怒的追随者大喊"我们要赛里斯，我们用赛里斯！"的时候，教团内部也终于长舒了一口气。

教团的人并不明白到底发生了什么。他们本该是永不会忘记任何东西的存在，但他们此刻大不如从前了。

在大选前两周，一名记者询问奥托·汗有关赛里斯导弹的观点。"从军事角度来讲，如果它能保护我们的国家，那么我们就该使用它。"他回答道，"我们身处战争中，有什么就该用什么。"

这番表态引发了教团内部的恐慌，但是在其他方面却造成了不小的影响。教团的长老动用自己在新闻界的朋友，向奥托·汗施压，要求他必须先回答一个至关重要的问题：

你为什么认为一种瞬间毁灭一座城市的武器——建筑、儿童、医院、战犯、数以百万计的无辜平民，以及方圆数百公里内的一切——是正义的存在？难道使用这种武器不是一种战争罪吗？

你将如何在历史中解释，我们作为世界上唯一一个、在本国领土使用赛里斯武器的国家？你是如何做出这种我们平时想都不敢想的事情的？

除此之外，还有一个最重要的问题，与一位十岁的教团小

姑娘和那些认识她的人有关:

你真的如此渴望使用这种武器吗?你真的打算使用法律手段,亲手杀害一位自己的同胞,只为了得到这种武器的使用权吗?

但是,一切都晚了。在奥托·汗当选之前,没有人问过他这些问题。

涅玛经常读的一首诗,是诗人阿库塔·麦所托在首都被毁、所有亲人死于非命之后所撰写的一个作品:

> 雪花落在虚无之上。
> 我哀求三座坟墓可以摆上焚香,
> 但回音不配拥有坟墓。

诗中所体现的荒芜是对涅玛信仰的考验,是对教团公正的肯定。

现在,诗文的最后一节在她的脑中反复徘徊。在他们身后就是总统奥托·汗,他拿着匕首,踩在涅玛身上,双手沾满了她的鲜血。

涅玛紧紧抓住塔基的手。恐惧让她的感官越发敏锐。

只要能完成自己的使命,感到害怕也没什么问题,不是吗?涅玛胸口的伤疤传来阵阵痛楚,医生在她的胸腔植入了一个胶囊。手术已经过去了一个多月,当时奥托·汗已经赢得了大选,但还没有完全执掌大权。现在,涅玛已经完全习惯了这种疼痛。

她和塔基沿着首都长长的门廊前进,金属和石头造就的建筑直冲云霄。一个皮肤黝黑、个子高大的男人,一个皮肤苍白的瘦弱女孩,两个人紧紧抓着彼此的手。

等他们到了高塔,新上任的总统立即出来迎接二人。一群穿着光鲜的工作人员立即带着他们进入高塔,完全没有过问他们为什么出现在这里。即便是没人认出塔基和涅玛的袍子,高塔里的所有人都已经记下了他们长什么样子。

奥托·汗从桌子后面起身,微微鞠了一躬,欢迎二人的到来。塔基也鞠躬表示回礼。

在涅玛看来,奥托·汗是个身材高大的家伙,而且看上去浑身坚硬无比。如果你用手摸他,那你的手就会骨折。

"罗卡亚长老,"他对塔基说,"想必这位就是我的守密人了。"

"是的,先生,"涅玛说,"我叫——"

"我不想知道你的名字。"奥托转头看着塔基。"你们教团的牧师都是禽兽。这真是太野蛮了。"

"她叫涅玛。"塔基说话的语气波澜不惊,但是心里却翻江倒海。赛里斯武器才真正野蛮呢。是否使用这种武器的决定权在于你自己,而不是我们。总统现在完全可以说,他没有打算使用这种毁灭全人类的武器。他会说涅玛非常安全,现在她之所以出现在总统身边,完全是一种仪式性的需要。

他才是拒绝使用这种武器的人。

"我已经听过相关简报了。"奥托·汗说,"我对手下的将军说,几百年后,我们肯定会有更好的解决方案。但是你们这些人,早就成了我们法律的基础,你说对不对?"

"先生,我们认为这是最佳解决方案。"这次说话的人是涅玛,虽然她感到嘴里干巴巴的,但还是决定打破沉默。你必须和总统对话。你必须成为他们意识和生命中的一部分。导师的话如同鼓点，在涅玛的脑海中不断回荡。

奥托转头看着涅玛，她向后退了几步。

"哦，你当然会这么想。"奥托说道。他看着塔基说："你们教会她这么说。当我需要武器密码保卫我们的国家时，你们就把它放进一个小孩体内，然后告诉我，想要密码的话就去杀了那个孩子吧。你们可真是卑鄙！"

塔基努力控制自己的面部表情，只是挤出两个字："先生。"

"你知道巴伦群岛的人此时此刻正在对我们南部领土的人民干什么好事吗？你知道他们给科威人和米卡塔人都许下了什么承诺吗？可敌人也拥有赛里斯导弹技术。如果这些岛民掌握了这种技术……相信我，他们可不会强迫自己的领导人通过杀小孩来发射导弹。就算他们真的这么做，这些领导人也不会犹豫。"

塔基可以为这番话中的每一个字争论几个小时。他完全可以从力量均衡及道德角度出发，又或者从教团的核心理念出发，如果一个人缺乏处决守密人的正当理由，那就不应该躲在舒适的办公室里按下按钮，将远在他乡的孩子炸上天。

如果没有这种负担，总统又如何完全理解当自己要启用这种武器的时候，究竟是在干什么呢？

奥托说："别人告诉过我，她会成为一块甩不掉的体癣，而且我还无法拒绝。"

"先生，你说得没错。"塔基答道。守密人必须时刻跟在总统身边，看在和平的分儿上，这也是预防总统真的需要发射导弹。这么做完全是出于总统的工作需要。但是，如果她可以和总统建立亲密的关系，那么不仅可以保住自己的性命，也可以救下几百万人。而这是教团的任务。

"好了,长老,你可以走了。你就是涅玛,对吗?"奥托俯视着她。

"是的,先生。"

"我希望你知道,我也不想让事情变成现在这样。"

涅玛一时间不知道如何回答。因为她选择如此,所以就希望这样吗?又或者教团相信这一切都是必要,所以就希望如此吗?会有人希望一切变成今天这样吗?

她又想起了麦所托的一段诗:

我在收音机里听到我们投降的消息。
他们说,我们毫无选择。
当他们选择战争的时候,是这么说的。

涅玛坐在总统办公室的角落里,咬着触控笔的笔尖。这是她的坏习惯之一,她的老师们曾经试图纠正这个坏习惯,但都失败了。她现在穿着高塔工作人员的制服,稀疏的头发像门童和仆人一样梳成了整齐的辫子。但是大家都认识涅玛,当其他人绕着她走,或者私下议论的时候,她就知道这里的人都认识自己。

"你到底在那里想什么呢?"

涅玛被吓了一大跳。虽然她努力接触奥托·汗,但后者很少和涅玛说话,就好像在刻意回避。当涅玛为他送来文件和饮料,又或者是帮他拿东西的时候,奥托会表示感谢,但他却不会问任何问题。

涅玛诚实地答道:"先生,我在思考如何押韵。"

"押韵？这又是为什么？"

"我喜欢诗歌。"涅玛关闭电子助手，看着坐在宽大办公桌后面的奥托。"我知道，押韵对于诗歌来说并非必须。但我也不是个伟大的诗人，可以随便写不押韵的诗歌。"

"诗人？好呀，来念首诗给大家听听。"

涅玛瞬间涨红了脸。教团里的导师鼓励她发展个人兴趣，在他们看来，守密人能够拥有健全的人格也不是一件坏事。有着健全人格的孩子更容易被其他人记住，而且这些孩子进入成年后，也更容易融入成年人的生活。但是，涅玛从没有大声背诵过自己的作品。

她最近的作品都充斥着一种悲凉的意味。就在昨天，她写了一首题为《明年？》的诗，其中包含这样的内容：

> 桃花瓣纷纷飘落，
> 雪花变成粉色，
> 我将二者握于掌中，
> 到了最后，
> 我终将知晓一切。

总统看上去还是太让人感到害怕了，涅玛可不想给他背这首诗。万一总统对她大喊大叫怎么办？更可怕的是，万一总统才是掌握问题答案的人，而他完全不在乎涅玛的作品，或者嘲笑涅玛，又该怎么办？

涅玛想了想诗中那些内容无伤大雅，然后说："这首诗是我几周前写的，当时我们在访问一个农业国。"美丽的农田能有什么问题？她深吸一口气开始背诵诗词，以免自己因为过度紧张说不出话。

她一口气背完了五段诗词,但省略了结尾。奥托·汗露出了笑容。涅玛没想到这位总统居然也会笑。

当涅玛背完诗,奥托问:"这都是你自己写的?"

"是的,先生。"

"哎呀,写得真好。"他起身走到涅玛身边,站在高塔的床边,看着窗外的景色。"涅玛,我爱咱们的人民。你懂吗?"

"先生,我明白。"涅玛也爱自己的人民。她还不会走路的时候就已经开始学习国家历史。"我爱所有的人呢。但是我最爱的一点,还是其他国家的人对我们的重要性。"

"唉,又是你们的教团。"奥托粗糙的大手轻轻搭在涅玛的肩膀上。"我还是不同意你们的观点。但我很希望你可以长大,和我慢慢讨论这些事情。"

"先生?"

奥托笑了笑,说:"我本不该说,但是——你有权知道。战争的形势对我们很有利。一切进展顺利。我们今天得到了消息……嗯……这么说吧,我觉得我不需要做出任何其他人也不想做的决定。"

涅玛心中腾起一股奇怪的感觉。

奥托继续说道:"可别忘了,你来这儿可不算什么野蛮行径。"

涅玛鼓起勇气,站起来抓住总统的胳膊。"你看到了什么?"她问,"当你透过窗子看着首都,看着那些人和建筑,你看到了什么?"

奥托低头看着她,脸上写满了惊讶:"我想……我看到了进步、繁荣,以及值得保护的东西。"

"在教团里，导师们让我们看着首都，然后开始想象……想象它两百年前的样子，"涅玛说，"导师们说，不要去想整座城市，因为那需要关注的空间过于庞大。你只需要去注意那些小事。"涅玛指了指地面上纵横交错的街道："你看那个穿着绿色外套的女人，然后想象她死了。那群鸽子旁边手牵手的情侣，然后想象他们也死了。现在想象所有的鸽子、街道、卖花的商店，还有商店门口玩耍的孩子都不见了。然后，你再想想你的家庭。如果你有父母或者朋友，以及其他你所爱的人，他们都有可能在瞬间死去。"涅玛舔了舔嘴唇，她之前从没有对总统说过这么多话："想想看，整座城市在瞬间被毁灭。两百年前，这种事情就发生过一次。黑文人对我们发动了攻击。这就是我的观点。我不能让这种事情再次发生，没人应该遭受这种苦难。"

涅玛等着总统告诉自己，这不过是成年人教给她这么说的罢了。但是，总统却说："涅玛，你有家人吗？"

这个问题让她大吃一惊。"我的父母都是教团成员，先生。他们也用教团的办法将我降压，但我还小的时候，他们就死于一次火车事故。是教团的长老将我养大的。他们给我提供了良好的教育。"

"一切都要付出代价。长老们允许你交朋友吗？"

"当然。我的朋友不能经常来这儿看我，但是我们经常写信。"她和朋友之间的书信通信最近也中断了，这让她感到很不舒服。她的同学不知道该和成为被选之人的涅玛说些什么，毕竟他们都没有被选中。"我的一些导师也是我的朋友。塔基也是我的朋友之一。"

奥托用一种暧昧的语气说："涅玛，给我讲讲，你会为这些事情写诗吗？"

"是的，先生。"

"以和平的名义，你不该听我讲的每一个字，但是我觉得……你应该多和我聊聊天。你说呢？"

"好的，先生。"涅玛也想和他多聊聊天。

涅玛十二岁生日当天，陪同总统进行了一次外交访问。当她回国一周后，塔基在上课的时候端出了一盒生日茶点蛋糕。

"你还记得我的生日！"涅玛兴奋地说。高塔的工作人员有专门的记录，仆从们为她准备了非常传统的茶点蛋糕。但当有人想到了你，特地为你准备蛋糕的时候，一切就不同了。

"旅途如何？"塔基问。

涅玛关上盒子，把它放到一边，小心地不让自己的袖子沾到糖霜。涅玛最近表示不想再穿高塔工作人员的制服，因为没有要求她必须穿这种东西，而且她最近开始喜欢设计自己的衣服。当然，这一切都在高塔通信人员的监视之下。

能从周围沉闷的气氛中找到一丝分散注意力的消遣，对涅玛来说也是一件好事。

"涅玛？"

"新闻并非总是那么准确。关于战争的报道尤其如此。"涅玛摆弄着袖子，并没有看塔基。"但形势不好的时候，我一眼就能看出来，因为那时候他就不会和我说话。"

塔基想说这是一种懦弱的行为，但还是没有说出口。他们曾经以为，战争在两年前就可以结束。但是战争一直持续到了现在。

现在，舆论风向越发明显，媒体反复提到"地面入侵"这个词。两百年来,这个国家都没有在自己的国土上发生冲突。

塔基认为,这种和平完全是因为教团努力成为一支保卫和平的力量。但是,他的同胞却不这么看。涅玛可能在关注新闻和总统的情绪,但塔基关注的却是民意和愤怒不满的言论。这是最让他感到害怕的东西。

"涅玛,"他说,"你不在的时候,我想到了一个主意。你还在写作吗?"

她惊讶地抬起了头:"你是说写诗吗?我当然写了呀!"

塔基说:"我觉得,我们应该将其中一些诗变成一本书出版。"

"我的诗?但是我——"这些诗还不够好,我还是个孩子,还在学习?"我不确定我——这就像一场梦,出版我的诗……但是塔基,我不知道有没有足够的诗歌可供出版。我去年写的诗,我自己读起来都觉得尴尬。"

"去年作文课上你给我的诗就已经很不错了。"塔基如是说。虽然这些诗歌一眼看上去就知道是出自小孩子的手笔,但是字里行间流露的真情却打动了塔基。"我们会找个编辑帮你。你觉得如何?"

"我不……我觉得,我……"涅玛不明白其中缘由,但这个感觉太奇怪了。一切都这么简单。如果自己不是总统的守密人,那么自己就要继续学习,直到自己的作品能被专业人士赏识。

如果自己不是总统的守密人,涅玛将毕生专注于此。

"好吧。"她对塔基说。她感到真实与虚幻混杂在一起,兴奋和平淡混为一谈,她的内心乱成了一锅粥。

塔基笑了一下,说:"很好。涅玛,你也知道,想要赢得战争,不能只靠士兵。"

涅玛眨了眨眼说："但是岛民应该看不懂我的诗。除非他们先翻译一遍。"

"我们要面对的可不止一场战争。"

也许是出于病态的好奇，也许是出于同情，又或者是出于各自意识形态层面的动机，全国人民都对这本名为《高塔女孩》的诗集爱不释手。出版社连夜加班，装订更多的成书，所有人都在讨论涅玛。

涅玛以为自己已经习惯于别人的注视和窃窃私语，但现在自己却成了公众注意力的焦点，整个人仿佛要被人海湮没。高塔的通信人员回绝了绝大多数的采访请求，涅玛接受的个别采访迅速在媒体上走红。她的照片随处可见，照片上的她总是在强光背景下穿着海绿色的衣服。这让她看起来非常瘦弱。涅玛讨厌这样，但是自己穿着金色或者粉色衣服，在阳光下大笑的照片，又和媒体的叙事角度存在偏差。

现在，示威者们开始直呼涅玛的姓名。他们不再称呼她是"孩子"，而是高塔诗人涅玛，一个应该平安长大的孩子。涅玛已经成为反赛里斯导弹示威者们的动力和标准。

总统对此并不感到高兴。

奥托并没有因此对涅玛大发雷霆。但是当采访者当面问奥托，是否真的想象过自己用刀划开涅玛的胸腔，扯开她的心脏时，奥托确实看向涅玛的方向。于是，奥托找来了塔基。

"你在利用她。你可真是够卑鄙的！"

塔基双手合在身前，他希望这种平和的姿态可以激怒奥托。"涅玛相信我们所做的一切。你真的可以这么无情，告诉她不能发表自己的意见？"

"该死，你这家伙！你真的以为，我要是还有其他选择，会使用这种玩意儿？如果我真的按照你们的阴谋让自己陷于不义之地，你就真的想让我们面对被外敌摧毁和把自己的祖国打成一片焦土这两个选择吗？你觉得我的生活还不够糟糕吗？"

塔基干巴巴地说："鉴于这将会是涅玛的末日，我对此一点都不感兴趣。"

涅玛听到了这场谈话，只会加剧对二人的怨恨。这让涅玛感觉喉咙里堵了块石头。不论她花了多少时间陪在总统身边，多少都有点害怕总统，但现在这种恐惧中却夹杂着一种愤怒。这种情况倒是前所未有。这一切难道不都是涅玛的使命所在吗？但是涅玛不过是表达了自己的想法，奥托为什么要大发雷霆呢？

难道涅玛就不能做自己吗？

而她对于塔基的感情则更为复杂。涅玛很清楚，塔基关心自己，总是提醒自己还有选择，甚至比其他长老可选的选择更多。但是……她不想在塔基的宣传战中永远保持一个瘦弱无力的样子。

更让涅玛感到不解的是，在这么多人看过自己真情流露的作品之后，反而感觉自己无处发声。

涅玛十三岁生日过了不过两个月，夜间空袭警报忽然响起，敌人的炮弹落进了首都。

她按照之前无数次演习的步骤，快速执行避难流程的每一个步骤。她的心脏飞速跳动，什么都感觉不到。几分钟后，她就穿着睡衣躲进了掩体，身边是战争部长和交通部长。她把双手插在腋下，但感觉不到丝毫温暖。

战争部长被叫到隔壁房间，总统希望听取他的意见。涅玛靠在墙上。这里没有窗户。在她看来，这里就像是一间牢房，大家都被自己的安全感囚禁。

但是，涅玛在这里并不安全。当其他人在享受避难所提供的安全时，涅玛是在等待死亡。

她想出了一首诗，但是无法集中注意力把它写出来。

她一只手按在狂跳的心口。她觉得自己可以用手指感觉到装着密码的胶囊。

但是，那天晚上总统并没有找涅玛。第二天晚上也没有。第三天晚上，空袭警报再次响起的时候，总统也没有找涅玛。七十四天后，三个战略据点陷落，占领军在半岛登陆，总统终于召见了涅玛。

当涅玛走进房间的时候，只有总统一人在号啕大哭。

总统握住涅玛的双手。他眼中饱含泪水，但涅玛却毫无表情。

"我很抱歉，"总统哽咽地说，"我很抱歉。"

涅玛的脸上出现了一种刺痛感。她希望能想到一些有深度的临终想法，可现在大脑里却一片空白。

她想保持呼吸，但就连呼吸都变得困难起来。

"如果你希望……和你的朋友道别……"

"求你了，还是算了吧。"如果总统现在就要动手，那么涅玛希望可以勇敢一点。她可不想让这种知道末日不可避免但却无能为力的感觉继续折磨自己一个下午。

总统双手松开涅玛的手。他走到自己的桌旁，打开一个装饰精美的盒子。

盒子里装着一把匕首。涅玛双眼死死锁在光亮的刀锋上。

总统按下电铃，几名顾问和将军走进了办公室。他们一个个身材高大，面无笑容，表情严肃。

总统说道："请各位见证，按照议会……"

他的手颤抖着伸向匕首的刀柄。

涅玛感觉不到任何同情，她希望总统的手抖得更厉害一点，好让刀从手里掉下去。

然后，总统确实这么做了。

匕首掉到了桌子上。

"再去给我想想办法！"总统对着自己的将军发出了咆哮，涅玛从没见过他如此愤怒。他转头看着涅玛，吼道："滚！"

涅玛转身就跑。

她一路跑回自己的房间，双腿不停颤抖，最终倒在羊毛地毯上。她呼吸急促，不停喘着粗气，最后终于哭了出来。

他肯定会叫我回去，他肯定会叫我回去，他肯定会叫我回去，他肯定会叫我回去，然后杀了我——

但总统并没有再次召唤她。太阳落山之后，涅玛无法入睡。到了第二天，塔基来看望涅玛。

塔基冲进涅玛的房间，紧紧抱住涅玛，她一时间甚至无法呼吸。

"涅玛，我——我都听说了，我一听到消息就——"

涅玛推开了塔基。她已经不想哭了。她不能为了安慰塔基，反而将自己放在次要位置。

塔基说话时眼中带着一丝疯狂："我，我有一个计划。我也是长老之一。当一位新总统当选的时候，就要选定一位新的守密人，重置发射密码，装密码的胶囊也要重新制作。而我有权限干涉这一整套流程。涅玛，你可以从中脱身。我可以帮你。咱们今晚就可以动手。"

涅玛强忍着呕吐的冲动。如果她逃跑了，不过是自己的同学来接替自己的位置。他为什么要问自己这种事情呢？

"你会选谁来代替我呢？"涅玛大喊道，"你以为我会选别人替自己去死吗？"

"不，不。"塔基脸上写满了疯狂二字，仿佛他已经和现实脱节。实际上，塔基已经好几天没有睡觉，偷偷进行各种准备工作，他一边希望自己能被抓个人赃并获，一边对自己背叛之举所导致的后果感到不寒而栗。现在，只需要涅玛点头同意了。但是，将这些话说出口却无比困难。"我们不必把密码放进任何人体内。我可以重置密码，然后直接交给总统。没人——没人会为了密码而死。你不必死，其他人也不会死。求你了。"

涅玛身子向后缩了缩："什么？"

"我已经安排好了安保人员，我能办成这事。求你了，涅玛，我求求你了。"

涅玛心中腾起了一股怒火，完全盖过了先前的恐慌。他怎么敢这样？他怎么可以给自己安排一个趁着夜色、大摇大摆离开高塔的计划，同时还让总统得到密码？这不对。设立守密人自有其中的缘由，获取密码必须付出人命的代价，而这一切都是塔基交给她的。"你不能这么做！"

"不，现在时局不同了。"塔基扭头不看涅玛。他从没有怀疑过教团的使命，即便是在逐步摧毁教团的时候，他也没有丝毫怀疑。"也许有的时候……这个决定……人民正在付出生命的代价，涅玛。你在高塔里，有安保人员保护你，所以你看不见——我亲自走过街道，那里甚至没有足够的人手搬运尸体。到处都是碎石、灰尘和恐惧，而且——我很害怕。我很害怕。涅玛……"

塔基闭上了眼睛，这双眼睛几周以来都没有得到休息。

"你觉得我们应该使用赛里斯导弹，"涅玛慢慢说道，"你觉得我们该使用赛里斯导弹。"

"我……我不知道。"

塔基还是闭着眼睛，但可以感觉到涅玛的手搭在自己的袖子上。

"所以才要有守密人，"涅玛说，"所以我们才不能废除所有的导弹——因为我们可能有一天真的要使用这些武器。但只能在真正绝望的情况下才能使用这种武器。你说对不对？所以，我才会在这儿。就是为了确保情况真的是非常绝望。"

塔基小声说："我也不知道到底什么是对，什么是错了。"

涅玛在想，也许这就是童年的终结吧。

涅玛对塔基说："这和对错无关。这取决于做出决定的难度。"

涅玛坐在自己的房间里，默默等待着。

现在每晚都会响起警报声。首都大街被浓烟和灰尘所笼罩，当风将这一切吹散之后，却只看到往日耸立的拱门和高大的建筑都变成了废墟。

她看着窗外，思考着自己的死亡能否拯救自己的人民，又或者自己的死，将为无数出生在敌国领土上的人宣判死刑。

又或者这是一切的终点。敌人没有赛里斯导弹,但是他们的盟友有这种技术。如果总统……这个想法并不能给涅玛提供任何安慰,她想到自己的死不过是几亿无谓伤亡的开始,想象着几周后整个世界将变成一片荒凉的废土。

为什么?她前思后想。到头来大家都输了。

她抚平裙子上的印花,拿起了触控笔,打开了电子助手。

她今天依然对押韵毫无思路。但是,也许她早就过了强行押韵的阶段了。

    我在此,是为了让你思考,
    你希望我没有这么做。
    我自己也不知道答案为何。
    我只是坐在这里,
    等呀,
    等呀,
    等呀。

风暴目录

弗兰·王尔德

弗兰·王尔德（franwilde.net）创作的小说和短篇小说获得了安德烈·诺顿奖、康普顿·库克奖和尤吉·福斯特纪念奖，她六次入围星云奖决赛提名，两次获雨果奖提名，两次获轨迹奖提名，以及一次世界奇幻奖提名。她为《华盛顿邮报》《纽约时报》《阿西莫夫科幻小说》《自然》《惊异》《怪胎》和 i09.com、Tor.com 供稿。弗兰是西科罗拉多大学艺术硕士主管。

风速开始加快。天气预报员们迎着风，任由大风将他们变成雨和云。

"你看，西拉。"妈妈一只手指着天，一只手抓着我的肩膀。

她因为关节炎而扭曲的手微微颤抖，手上的皮肤因为洗衣服的水而微微发红。她弯曲的手指指着天空，悬崖尽头漂浮着几个黑影。

"你可以在那儿看到两个。马上就看不到了。如果他们还能保持控制，那么天气就带不走他们，"她发出唖唖声，"瓦里尔、莉莉特，小心点儿。别让你家里的人成了天气播报员。"

她说话的声音夹杂着自豪和悲伤。她想到了自己的婶婶，因为婶婶变成了一道闪电。

妈妈的婶婶是镇上第一位天气预报员。

我们三个孩子俯视着海湾，看着太阳没入地平线，悬崖没入一片黑暗。在悬崖边上屹立着一座老宅，大家都称它为守崖塔。大宅的角楼和圆顶阁缠绕着从断桥上收集来的钢缆。似乎是这些钢缆将大宅固定在悬崖比较坚固的地方。

所有的天气预报员都住在这里。

"他们的身体太靠外了，但身体却和人类没有太大区别。"瓦里尔把妈妈的手按了下去。

瓦里尔总是说些类似的东西，因为……

"他们曾经是人类，但现在是天气预报员了。"莉莉特答道。

……莉莉特总会上钩。

"你根本不知道自己在说什么。"瓦里尔说完就将视线转向别处，因为她知道，自己让妹妹困惑不已，而自己则总想万事争第一。莉莉特则永远屈居第二。

妈妈叹了口气，但我还竖着耳朵在等待，因为接下来总会发生一些奇怪的东西。而莉莉特可是个急性子。

但这次，所有人都没有做好准备。

"我当然知道自己在说什么。我还和其中一个聊过天。"莉莉特大叫起来，但马上用手堵住了自己的嘴巴，她看着瓦里尔，仿佛后者只要说漏嘴，就会被莉莉特切碎。

可妈妈已经转身抓住了莉莉特的耳朵。"你干了什么？"她说话的声音颤抖了起来，"瓦里尔，你得注意点。"

在天气平和的时候，天气预报员会来镇子上探亲。他们会寻找和自己有共同点，或者可能有共同点的人。所以，当天气预报员出现在镇子上的时候,母亲们会把自己的孩子藏起来。

妈妈开始拉着莉莉特往家里走。一位路过的天气预报员站在喷泉边开始尖叫,就好像他读懂了妈妈的想法,而不是天气。

当天气预报员发出飓风警报的时候,从来不会出错。风暴和天气预报员无关,毕竟风暴总会找上门来。真正的重点在于,风暴的种类和应对措施。而这就是天气预报员的工作。

最起码现在如此。

我拿起洗衣篮。妈妈和瓦里尔抓着莉莉特。我们快速从喷泉旁跑开,但是天空变成了灰色,浓厚的云层从天而降。

莉莉特虽然躲过了这次痛击之风,但我们最后还是失去了她。

不完全风暴名录

菲拉格:夏季风暴,水变成绿色,黑云扭成拳状。通常不会致命,但建议给船只发出预警。

柏提科:地下温度升高,老鼠和蛇逃至地表。老鼠和蛇在大街上撕咬,在温度降低后消失。确保所有的婴儿都藏在高处。

潮更:这是一种被遗忘的潮汐,水位不高也不低,深水中的造物将悄悄出现。这是一种很安静的风暴,看起来像是水面的月光,但是之后就会有人失踪。

炫光:这种沉默的风暴是报应和恐惧的化身,不知仁慈为何物。它能消灭整个社区,直到引发这场风暴的人消失之后才会停止。它看起来是一阵干燥的风,但肯定是某个人引起的。

灵风:在清晨时分,这种带着明亮彩虹的风暴会引诱年轻的妇女,受害者甚至没有穿好衣服就会离开家门。呼吸到这种风暴的受害者,会一直唱歌到哭泣,只能尝到蜂蜜和牛奶的味道,最后面色苍白，双眼无神。看在新娘的分儿上，小心这种风暴。

厚云：空气温度持续升高，困在风暴中的人会失明，肺部灼烧，无法发声，同时伴有失忆。在这之后，会伴随悲伤的情绪。强烈建议躲避厚云，建议全速奔跑，不然就会被人遗忘。

灰白：厚重的云层在高空集结，这个高度通常会结冰。所有与这种风暴接触的物体都会冻结。你可以通过尖叫驱散这种风暴，不然你的呼吸就会被冻结。

守崖塔现在已经残破不堪，悬崖一侧的墙壁掉进了大海，每间屋子里都有积水。

当我们还是小孩子时，就经常去里面探险。

当厚云离境之后，妈妈在房子里反复搜索，最后找到了莉莉特的笔记。你在上面看不到她的名字，但她的笔记一眼就能被认出来。莉莉特写字用左手，而且不论用粉笔还是钢笔，她都会做大量的涂改。我和瓦里尔可不会这样。

一整张纸都被塞进床后墙面的裂缝里。我用手抚平之上的皱褶，数着上面的名字，然后妈妈一把抢走了那张纸。

莉莉特正在编写风暴的名字，五个全新的名字和已经存在的风暴名字混杂在一起。她一直在练习。

妈妈对着她尖叫起来："你不想要这样。你不想要这样。"

我躲在瓦里尔身后，她睁大眼睛盯着这一切。必须动员所有人才能对抗风暴，但没人想和自己的亲人分离。

莉莉特第一次没有还嘴。她站在原地一动不动，就像是一位天气预报员。她确实想当天气预报员。

我们冲进莉莉特的房间帮她准备行李，而妈妈则哭了起来。

市长敲响了我们的房门,准备带莉莉特去悬崖。"你家出了两位天气预报员?你认为西拉也有这方面的天赋吗?瓦里尔怎么样?"市长绕过妈妈宽胖的身体,看着我们,"这可是一份莫大的荣誉!"

"西拉和瓦里尔从雨里都看不出什么端倪,更别说风暴。"妈妈说道。她的唠叨让市长失去了耐心,一行人围住了莉莉特。她一言不发地向前走了一步,虽然莉莉特脸上激动不已,双脚却不再挪动一步。

妈妈将自己的第二个女儿留在大门内,头也不回地走了。她对自己的大女儿也是如此。

当市长在场的时候,她摆出一副享受荣誉的样子,这样一来,只有我能看到她哭泣的样子。我太了解她了。

我也很了解莉莉特。

作为家里最小的孩子,并没有太多特权,但唯有一点非常重要:所有人都忘记了你的存在。如果你足够细心,就可以学到很多东西。

我来举几个例子:

我比其他人都更早知道:莉莉特可以听到风声和水声。

我知道瓦里尔每天晚上都在练习,希望可以达到莉莉特的水平。

我知道妈妈不止一次哭着入睡,瓦里尔希望自己可以变成冰雹和雪花。没人知道莉莉特会变成什么。

我知道,不论莉莉特变成云还是雨,下一个天气预报员就是我,而不是瓦里尔。

我知道，也许会有人为我哭泣。

我已经开始列清单了，我会准备好的。

妈妈总是会去守崖塔。

"你们留在这儿。"她对我和瓦里尔说。但是，我保持距离跟在她身后，刚好看到莉莉特在峭壁边变成一阵迷雾，妈妈当场哭了起来。

天气预报员对此无能为力，只能为自己想出的风暴命名，然后为大家提供预警，最后他们还要抵抗这些风暴。

当妈妈和我走后，市长在我家门上挂了一条彩带。我们每周二都能得到更多的牛奶。

但这并不能让事情好起来。牛奶可不是你的姐姐。

"天气总会找他们的麻烦。"当妈妈回来的时候，她的语气中夹杂着自豪和悲伤。从现在起，她不会再说"不受控制"，也不会听其他人将莉莉特或者自己婶婶的故事当作警世寓言。"我们之所以排斥他们，完全是因为自己的自私。"她说，"我们不希望他们变成这样。"她的婶婶很久之前就成了一名天气预报员。

很久之前，我们拜访过两次莉莉特。第一次是飓风席卷全镇之后。第二次是在渔船附近，闪电喜欢在船周围玩耍。她将渔船推回了港口，救下了一名渔夫。

我们还想再去拜访莉莉特，但是妈妈根本不允许我们这么做。

一篮牡蛎出现在我们家门口，后来又出现了一串熏鱼。

当风暴来临时，天气预报员就会给它们起名字。大喊大叫也可以起到同样的作用。你也可以直接冲进风暴中粉碎风暴，但首先你得变成风和雨。

正如我之前所说，风暴总会来。当我们知道它们的名字，就知道如何抵御风暴，如何帮助天气预报员。妈妈说，当莉莉特走后，天气预报员再也不会透支自己了。

天气预报员发出预警，然后我们一起抵挡风暴。

"风暴比我们聪明，"当我们在夜里因为莉莉特而难以入眠的时候，瓦里尔悄悄说，"当我们击败天气的时候，风暴就会变得比我们聪明。风和雨已经喜欢上了胜利，它们喜欢胜利。"

天气是独一无二的捕食者，当天空变成灰色，海水上涨之后，天气就会将我们撕碎。

有些人会在风中溺毙或者失踪。有些人会逃跑，在安全的地方聚在一起躲起来。我们的镇子就是这么做的。这个小镇四面被峭壁包围，只有一条路通向几公里外的海边。

我们的小镇曾经是个度假胜地，直到人们也变得像天气一样。按照瓦里尔的说法，这是因为天空和空气被撕裂了。

很快，天气就无法夺走我们的宝藏了。首先是那些大型物品，房子再也不会被吹飞了。钟楼大表上的时针能留在表盘上了。然后小东西也可以留在原地，比如纸张和花瓣。我真不习惯树上有这么多花瓣。

风可没有料到，猎物们居然会练习反抗。

当天气终于明白是怎么回事的时候，早已被我们加上了各种名字，被我们用各种小计谋耍得团团转。然后，风开始猎杀天气预报员。捕食者必须一直处于攻势。

但天气预报员怎么办？有的时候，他们的体重会变得足够轻，就会升入云层，从高空将天气逼走。

"你通过他们在云层中留下的洞，可以看到蓝色的天空，那种淡蓝类似于咱们的旧牛仔裤的颜色。"瓦里尔小声说道。她已经快睡着了，我勉强听到了她说话的声音。

守崖塔残破不堪，屋顶上开着大洞，仿佛灰色的天空才是它真正的屋顶。

我们像一群老鼠，在房子里寻找宝物，寻找和莉莉特有关的东西。

我们眺望着大海，曾经屹立于此的墙壁早就掉进了大海。我们在这栋房子里不停地翻找。和以往相比，这栋房子伸出悬崖的部分越来越多，它似乎在海风中哀求，让大海快点吞噬自己。

瓦里尔一个人看着海，一言不发。她是我们中最想念莉莉特的人。

妈妈和我收集了一篮又一篮的铰链、门把手、门闩和锁眼。收集这种东西是为了怀念。有些物品上留着风暴的印记：积云——会让你耳鸣流血，撕咬者——如果你不反抗，这种风就会一直吹。

"妈妈，她是为了我们才学了这些东西。"我抓着绣花窗帘小声说道。我的手指抚摸着线头，每一个针脚都代表我对莉莉特的想念：她的微笑、她固执的站姿，还有她的笔迹。每天早上莉莉特为我梳头的时候，都不会扯到我的头发，现在瓦里尔也是如此。

妈妈再也不会让我闭嘴了。她的眼中泛出了泪花。"是啊，我记得在风暴出现之前，一半的时间里都阳光明媚。那时候，天还是蓝色的，"她咳嗽了一下，把一根灰色绸带放进了我的篮子里，"最起码我记得大家确实说过关于蓝天的事情。"

我还穿着瓦里尔留给我的淡蓝色裙子，我姐姐穿它的时候还是蓝色，当这条裙子还是妈妈的长外套的时候，它还是海军蓝色。

现在，灰色连衣裙上已经留下了风的印记。瓦里尔做了不少缝纫活。她用白线缝上了风暴的名字：菲拉格、密史脱拉风、莉莉特、焚风。

我手里的篮子是用灰色和白色的木条编制的，大多数时候，它就是我的洗衣篮。今天，它是我的宝箱。我们在收集天气留给我们的一切。

妈妈掀开一块地板，不禁倒吸一口凉气。她在一块黄铜合页上找到了一整套风暴目录。

我们之前也会找到风暴目录。有的时候，你可以在书的边角发现用极小的字体写就的目录，还有的时候，你可以发现绣在窗帘边角的目录。这些东西在市场上能卖个好价钱，因为大家认为这可以带来好运气。

如果你能给风暴起名字，那么在一段时间内，就可以捕捉这种风暴，将它击败。

当然，前提是风暴不会先抓到你。

所以，当目录里风暴名字越多，人们越觉得幸运。

我们一直保留着莉莉特的第一份目录，它属于我们。

当莉莉特走后,我也试着给风暴起名字。

问题太多:因为小妹妹而起的风暴。你对这种风暴无能为力。

太快了太快了:这种风暴有时候以母亲为目标。给受害者家庭整理家务的时候,记得多带点蛋糕和人手。

离别:风暴所过之处,各种物品不是被尘土覆盖,就是被擦得锃光瓦亮。如果想保护自己所爱之物,就请你锁好门。

我曾经偷偷溜到守崖塔,给莉莉特看我列的目录。她的头发由雨组成,眼睛中带着风的痕迹。但她给我一个拥抱,对着我列的目录哈哈大笑,然后让我继续努力。

妈妈可不知道我经常去探望莉莉特的事情。

瓦里尔说:"可怕的风暴持续了很多年,许多人从自己的房子里被直接卷走。椅子上只留下一堆堆沙子,野草都从地里被拔了出来。"

然后我们就出现了,开始对抗天气。我很了解这段历史,人与天气的战争持续了很久。

在我、莉莉特和瓦里尔出生之前,市长的儿子就对着雨大喊大叫,希望以此停止下雨,让母亲的演讲正常进行。他确实成功了。而妈妈的一位住在镇子外围的婶婶,曾经通过叫喊阻止了闪电。

天气也开始反击:一家人变成了盘踞在房中的浓雾,丝毫没有消散的迹象。

当风暴临近的时候,妈妈的婶婶和市长的儿子开始高呼天气现象的名字。一开始的时候，场面非常可怕，大家都躲得远远的。后来，市长发现了其中的价值，明白了这对于全镇乃是一件幸事，于是安排二人住进了守崖塔，保护镇子的安全。

又过了些时日，镇子上的一个姑娘出门，被发现手中握着一枚形状完美的雪花。那天很暖和，天空晴朗，树叶正在发芽，她把雪花凑到唇边，然后整个人就飞上了天。

整个镇子都不知道该如何面对这种事情。我们一直在研究天气，因为它比我们更聪明。也许天气也成了我们的一部分。

妈妈的婶婶变成了闪电，将云层击散。

自那之后，大海开始侵蚀海边峭壁，守崖塔开始向着海面倾斜，但是那些体内携带天气之力的人，拒绝从房子里搬走。

然后，战斗爆发了——其实这场战斗早就打响了，只不过我们现在才明白——天气预报员们对着天气大吼大叫，在被抓住前向我们发出预警。父母们让孩子们快点避雨，千万不要靠近守崖塔。

但是我决定，当我被选为天气预报员的时候，就一定会去守崖塔。

你自己决定需要去做什么，总好过你醒来发现，自己已经做完了这件事。

妈妈的婶婶在生气的时候会放出噼啪声，市长的儿子大多数时候负责干燥和湿润的天气，直到有一天变成一阵飓风，然后被吹走了。

风暴越发强大。大规模风暴可以持续几周。速度较慢的风暴可以持续几年。我们在市场上听到有人悄悄议论，镇上有些人怀疑，风暴以那些被耗尽力量的天气预报员为食。妈妈讨厌这种议论。因为每次听到这种八卦，就会出现一场厚云风暴。

有的时候，几个风暴为了增强破坏力而相互连接，一场灰白风暴可能与灵风和炫光一起出现。

我曾经说过，妈妈从不回头，我撒谎了。我见过她回头。

她本不该回头，但当市长走后，她确实回头了。我看着她恋恋不舍地看着莉莉特，不由得跺着脚走出了大门。

返回守崖塔比回头更糟糕。但是，妈妈经常这么干。千万别告诉别人。

妈妈不会直接造访守崖塔。当她睡不着的时候，就会在黑暗的掩护下，宅在远处打量着守崖塔的大门，也许只有莉莉特才能看到她。我悄悄跟在妈妈身后，只有在她走动的时候，我才会继续跟进，免得踩到什么东西，暴露了自己的位置。

我看到她时不时地和站在守崖塔窗口的莉莉特遥相呼应。我看到莉莉特站在窗口招了招手，妈妈也做出相应的动作，然后莉莉特转身离去。

妈妈想尽各种办法唤回莉莉特。她在峭壁边留下饼干和发带，按照她的说法，这是"避免风把莉莉特卷走了"。

妈妈有时候忘记给邻居洗衣服，大家后来找其他人给自己洗衣服。我们有段时间吃不饱饭，于是瓦里尔接手了洗衣服的工作。

风暴吹走了镇子钟楼大钟上的分针和秒针，只留下了时针，一名天气预报员站在钟楼上大声呼喊，一种名为灵光的风暴要来了。

妈妈向着悬崖跑去，可她并不是去寻找庇护。

我和瓦里尔跟在她身后，一边跑一边大叫，一种前所未见的飓风正在拍打着悬崖。

秘密风暴名录

一种可能因为你的过错而导致的损失：一种安静而可怕的风暴。它会变得越来越小，然后在你的身上撕出一个洞。

悲伤：这种风暴偷偷对妈妈们发动袭击。它会藏起属于爱人的东西，确保不会惊扰任何人。这是一种持续很久的风暴。

西拉，我叫你别这么干：这种风暴非常愤怒，只有在别人发现你列的名录时才会出现。当别人烧掉你的名录，免得其他人知道你越发不受控的时候，这种风暴就会出现。

当我们快要停下的时候，史上规模最大的风暴出现了。

我们几乎到达了悬崖顶端，守崖塔就在我们眼前，灵光风暴降下了明亮的雨滴，我们所有人都感到耳朵里面疼痛难忍。每一次呼吸仿佛都能撕裂肺部，我们也不知道这是因为奔跑还是因为风暴。就在这时，风暴开始咆哮，想抓住我们的头发，把我们拖下悬崖。

我们打算在守崖塔里躲避风暴。

大风在我们周围咆哮，冰块冻得我们脸颊发蓝，瓦里尔牙齿开始打战。我大叫着让大门放我们进去。可再别这么固执了。

瓦里尔拍着大门。

但这次，大门并没有为瓦里尔敞开。不管妈妈如何敲打，大门都纹丝未动。

我顶着冰冷的大风，绕到悬崖边大喊，有个什么东西终于注意到我的存在，打开了百叶窗。我将家人拽进了守崖塔，就连坚持站在风中，妄图让大风带走自己的妈妈都被拽了进来。

我们进入守崖塔，甩干了身上的水。"灵光风暴后面一定还有一场灰白风暴，"我非常相信自己的判断，"在这之后还有一场亮光。"

这么多风暴聚在一起，而且我知道它们的名字。我们就是它们的目标。

我想战斗。

瓦里尔看着我，大声呼唤着妈妈，但是妈妈在房间里搜索着莉莉特。

"我们不能留在这儿，不然就会失去西拉，"瓦里尔说，她看着我，"你不想留在这儿。"

但我想留在这儿。我想和天气战斗，直到自己也被带走。

也许妈妈和我想的一样。

当大风停止咆哮的时候，瓦里尔抓住了我和妈妈的手。她拉着我们两个穿过结冰的树林，穿过广场，走过冻结的喷泉。我们踩碎地上的冰，碎裂的冰面标记出我们走过的路。瓦里尔对着妈妈大喊。她晃动着妈妈的胳膊，后者松垮的肌肉一晃一晃，但是妈妈却一动不动。我们都看到莉莉特召唤了大风，看到她整个人飞了起来，对抗一场灰白、灵风、炫光和灵光风暴组成的混合风暴。

这是我们最后一次看到莉莉特出现在窗口。妈妈曾经带来了彩带，但已经被风吹走了。现在，她撒出一把花瓣，免得莉莉特感到无聊。

当我们再次造访守崖塔的废墟时，我们在角落里找到了几个小型风暴，它们现在不过是几团黑云。你可以把它们装进瓶子带回家，在闪电完全消失之前可以看好久。

有的时候，黑云里的闪电也不会消散。有些冰不会融化。一小团飑风可以停留在你的肩头，直到你的笑声将它驱散。

它们还在你的身边，只不过强度减弱了，因为各种天气现象也减弱了。

那天，所有的风暴都聚集在海湾，灰色和绿色的云朵喷出一道道闪电。那天，天气预报员们随风而起，对着风暴大喊，我们躲了起来。风暴也发动了反击，无数个小型风暴合成了一个巨型风暴，向着小镇、守崖塔和港口里的几条小船冲了过去。

天气预报员们也从守崖塔出发，有些人随风而起，有些变成了雨，还有些人变成闪电。所有人都向风暴发动反击。甚至那些已经进入高空云层的天气预报员也加入了他们的行列。

我们都想帮忙，我能感觉到云层牵动着我的呼吸，但是风雨抽打着我们的脸颊，将我们推了回去。可怕的风暴无法靠近我们，更不可能卷走我们。

但是，守崖塔分崩离析，云朵和大风将整栋房子卷上了天。

后来，我们走回了家。透过云层上的缝隙可以看到蓝色的天空，但这种美景转瞬即逝。一丝微风拂过我的脸颊，我能感觉到莉莉特的手指摸了摸我的脸。

一个英雄远胜于一位姐姐，却又不及她。

还有牛奶送到我家门口，但鱼却没有了。

天气预报员现在都深入了云层。瓦里尔说他们保持天空碧蓝，海水翠绿，空气不结冰。

我们有时候还会去守崖塔，寻找笔记、绘画、合页与门把手。我们小心保管着这些东西，因为它们代表了离我们而去的同胞。我们重复着他们的名字。我们说，他们这么做是为了我们。他们希望离开。

风吹拂着我的肌肤，在我耳边呼呼作响。我依然认为，只要我认真许愿，那么大风也可以带走我。

妈妈说我们不需要天气预报员了。

有的时候，一小块天空也会自动变蓝。

我们依然小心保管天气预报员们留下的名录，有些名录写在纺织物上，有些刻在金属物品上，还有些用风雨写成。

我们试着记住他们长什么样。

日落时分，妈妈又来到那面朝向大海的峭壁。

"你不必留下。"她的口气中带着固执，也许还有些自私。

但是，我和瓦里尔都陪在她身边。

日落的光辉照在我们脸上。有那么一瞬间，我们的莉莉特悬浮于海面上空，她带来的微风拂过我们的脸颊。

我们伸出双臂拥抱她，而莉莉特仿如一阵呼吸，从我们的臂膀间划过。

伊甸机器人

阿尼尔·梅农

阿尼尔·梅农的作品《我所说的一半》入选2016年印度文学奖。他和范达娜·辛格共同编辑了受《罗摩衍那》的启发而完成的推理小说选集《断弓》。他的第一部作品《九十亿英尺高巨兽》获得2010年沃达丰纵横字谜图书奖最佳儿童文学奖，和2010年卡尔·巴克斯特协会视差奖。他所著的短篇小说出现在多个国际杂志上，其中包括《反射率》《中间地带》《联动小说》《棕榈糖》《丘吉尔夫人的玫瑰花蕾护腕》，以及《奇异地平线》。他的作品被翻译成希伯来语、伊格博语、罗马尼亚语等多种语言。在2016年，他协助位于朋迪切里的阿迪沙克蒂综合体，建立了杜姆·普赫特作家工作室。作者现在往返于美国和印度两地。

当妈妈带着对天才的尊重，将索伦佐的短篇小说合集交给我的时候，我饱含敬意地翻动着这本五百页的大书，摆出一副很庆幸自己和这个土耳其人亲如兄弟的样子。当然，我们生活在一个礼让的时代，但之所以索伦佐和我能发展出如此亲密的友情是因为我们爱着同一个女人。

16个月前，妈妈告诉我，我的前妻和女儿从波士顿回来了。这消息就像是在茶水里融化的糖块，我一整天都开心得不得了。帕德玛和毕图回来啦！然后，妈妈还补充了一句，"帕德玛的土耳其哥们"也来了。一周后他们都会回来，鉴于这对小情人决定结婚，是时候告诉7岁的毕图一切了。帕德玛希望我们能一起吃顿午饭。

妈妈犹如天气预报员的口气骗不了我，因为我知道她等不及看看这位土耳其人了。

我告诉母亲，自己没心情吃午饭。我有自己的理由，因为我的工作非常繁忙。但是对他们来说，可以很轻松地造访我的办公室，而不需要我带着妈妈去他们暂住的班德拉市去。再者，他们也需要我，我却不需要他们。有些人从不考虑别人的感受——

当然，我还是冷静了下来。妈妈也帮助我管理情绪。她提醒了我，用个人情绪做借口是个糟糕的主意。只有小孩子才会这么干。没错，如果我坚持己见，那么他们也可以来我的办公室，但是让别人适应自己的需求，并不意味着占别人的便宜。更别提这个土耳其人已经是家庭中的一员，所以释放一定的善意也是一种必需。我认为不必在此全文复述妈妈的唠叨了。

虽然他的名字和《教父》里的人物同名，但是索伦佐是个小说家，而不是毒贩子（当然我认为小说家用他们独有的方式贩卖致幻物）。我之前没有看过他的小说，甚至没有听过他的名字，但实际上，这个土耳其人是个有名的小说家。你肯定是个有名的小说家，才能让自己的作品被翻译成泰米尔语。

"我实在是看不明白这东西，"妈妈高兴地说，"第一章里有句话足足有8页长。看看这词汇量！泰米尔语版已经成了畅销书。当然,帕德玛也做了不少贡献。"

当然,帕德玛负责小说泰米尔语版本的翻译,索伦佐肯定为土耳其语原版的讲解提供了不少帮助。

"你要是喜欢奥汗·帕慕克[①],你也会喜欢他,"妈妈说,"你肯定也会喜欢他。"

我确实喜欢帕慕克。我在十几岁的时候,就看完了帕慕克的所有作品。但这么做的坏处就是,无法发展出自己的思想。但是,他对于我的青年时代有着非常重要的影响,其他有着同等作用的还有在大雨天等学校大巴,南印教育协会大学7级考试中有关"女人是否比男人更为理性"的辩论,以及帕德玛向我展示胸部时的甜美微笑。

实际上,妈妈对于索伦佐的唠叨完全没有必要,我的电子脑已经在高速运转。我所有的不适都烟消云散了。

我甚至开始期待和索伦佐见面。班德拉距离我的办公室也不远。只要是在孟买,一切都很近。我和妈妈住在萨贤,距离我亲爱的吉尔汉河不过20分钟的步行路程。我的生活很快乐,但好和快乐不代表有意思。我的生活中要是出现个土耳其人,那肯定会更有趣,而现在就是个改变生活的好机会。

但我知道,如果妈妈可以说服我,那么她会更高兴,所以我才找出各种借口,摆出不高兴的表情,然后在被说服的时候又摆出一副笑脸。妈妈的家庭护士维利也加入了说服我的行列,她一见到我,甜美的小圆脸上就容光焕发。

她用泰米尔语说:"老妈妈,你不是说自己背疼吗?你现在真的想一路赶到班德拉,然后就吃一顿午饭?"

[①]奥汗·帕慕克,土耳其作家。——译者注

"对,浑蛋,你也开始唠叨了,"妈妈说,"来来来,别害怕,你给我过来,我给你看看我身子骨有多棒。"

我由着她们两个人斗嘴,自己调出日程表,开始调整各项工作安排,给周日挤出几个小时的空闲时间。一切进展顺利。妈妈怀疑我到底在干什么,但是我向她保证,自己绝对没有在策划破坏她的午餐。现代纺织公司的事情已经让我焦头烂额,劳资谈判已经进入了一个非常微妙的阶段。

"还是和以前一样,你的女主人比家里人重要。"妈妈说完叹了口气。

虽然说话的人是我的妈妈,但是我听出了帕德玛的语调。不管怎样,其中的不满都是一样的。如果我是个医生而不是银行家,那妈妈是不是要拿我的工作和站大街的姑娘做比较?我完全有理由大发雷霆。对,理由充分。

我冷静下来,发现妈妈并没有任何贬低我的意思。恰恰相反,她是在提醒我要继续努力。她和其他家长一样,努力保护着自己的孩子。

"妈妈,你说得没错。我得做出点调整。保持平衡总没错。"

不幸的是,到了周末我依然很忙,但为了帕德玛和毕图,我很乐意将工作放到一边。

"你瘦了。"帕德玛的口气听起来夹杂着愤怒。她说完笑了笑,让我抱着毕图。

我发出怪物一样的叫声,威胁要吃掉毕图,然后亲了她几下,和她玩得不亦乐乎。毕图被我逗得不停尖叫。她给我讲了不少故事,小家伙的肚子里总是装着不少真实故事。她在波士顿见到了真正的雪,见到了高大的建筑。我俩手拉手,她给我分享自己拍下的各种照片。毕图的食指植入了一套微创植入物,她自豪地举起手指向我们展示自己的植入物。而我假装哀号道："医生医生，快看看毕图的手指头吧，你看她都被划伤了。"她听到这话，立即笑了起来。让小孩子开心是一件很简单的事情。我注意到维利眼中泛起了泪花。

我问："维利，出什么事了？"

她摇了摇头。这个蠢女人多愁善感，简直就是一部会走路的印度电影，我当初把她介绍给帕德玛的时候，心里甚至还有些不安，但是二人相处融洽。帕德玛是个颇有同情心的高种姓妇女，而维利则认为帕德玛完全符合自己的预想。

最后，帕德玛负责引导汽车的自动驾驶系统，我们所有人（包括维利）坐上汽车，向着萨贤前进。一开始的时候，我们打开了车窗，因为当天刮起了微风，来自吉尔汉河清凉的水汽吹拂着我们的衣袖。因为毕图坚持坐在后排，夹在我和维利中间，妈妈就换到了副驾驶的位置。我们今天绝大多数时间都在外面，所以维利希望在德拉维贫民窟下车，去看看自己的父母。我们在MDMS污水处理厂旧址后面人头攒动的交叉路口停车，维利就下车离开了。

"维利，你得在——"我用泰米尔语说道。

"好的，老大哥，我肯定会在傍晚时分在这儿等你们，你就放心吧，"维利亲了亲手指，又用手指碰了下妈妈的脸颊，然后用并不流利的英语说，"老妈妈，咱们傍晚再会。我先走了。"

交通灯已经变色，自动汽车希望继续前进。维利忘记和帕德玛道别，只顾着快速穿过交叉路口。

妈妈说："她太善良了。这姑娘的心简直是用金子做的，而且一定是纯金。"

帕德玛笑着说："是啊，她可太可爱了。"

毕图看着维利说:"她看起来很难过。这是因为她皮肤是黑色的吗?"

妈妈大笑了起来,等她发现我们所有人都看着她的时候,却说道:"这是怎么了?要是维利在这儿,她一定是第一个笑起来的。"

也许事实真的如此。但是两件错误的事情加在一起,并不会让它变得正确。妈妈给毕图树立了一个错误的榜样。大笑和开心都没有错,但是强化人应当为正确的事情感到开心。

帕德玛向我解释,毕图真正想问的是,维利是不是因为自己不是强化人而感到难过。在美国生活的时候,毕图发现大多数非裔美国人都不是强化人,于是她得出了黑皮肤的人都不是强化人的结论。而维利肤色也很深,于是……

我借着后视镜,和帕德玛四目相对,而她啼笑皆非的表情分明是在说:你真的以为我会把毕图培养成一个种族歧视分子吗?

我一只胳膊搂着毕图说:"不,毕图。维利之所以难过,是因为要离开我们。但是,她现在已经期待再次和我们重逢了。"

我也是一个期待未来,而不喜欢念旧的人。我靠在后座座椅上,听着前排女人们的聊天,感受着搂着女儿的感觉,和自己的妻子四目相对——我还是不习惯于接受帕德玛是我前妻的现实——我这才反应过来,就像是在车站最后的挥手道别,这可能是我最后一次见到帕德玛本人了。

当她带着毕图去波士顿的时候,我希望6个月的时间足以让她忘了索伦佐。但是,和索伦佐一起生活的时光一定比和我生活更精彩。那个土耳其人给了帕德玛所追求的艺术生活,而不论是我还是帕德玛自己,都无法独自填补这种空白。

由于帕德玛离开了很久,我只能为妈妈招聘一名护士。我很快就发现,你在印度全境范围内都找不到一位强化人护士。万幸的是,一位名叫拉詹的现代纺织公司车间经理告诉我,他的女儿维利有家庭护理专业的文凭,他听说我在找家庭护士,而他也在找可以信赖的人。

信任可以打通各种关系。作为一位银行家,这条真理已经得到了无数次验证。我现在沉浸在一种微妙的喜悦和一种混杂着奇异气味的悲伤里,这种味道包括车内皮革装饰在阳光照耀下发出的味道,妈妈的白发上散发出的椰子油气味,帕德玛身上香根草的味道,维利残留在车内的茉莉香,还有毕图身上动物气味香水的味道。我的大脑没有体验过这种观感上的混合冲击。这些香气一定来自时令鲜花。我在气味消散之前享受着这种快乐,当气味消散之后,只留下一种毫无缘由的快乐。

我感到一阵头晕,身子前倾,把脑袋伸到前座中间的位置,问女士们到底在聊些什么。

"妈妈说,她想去波士顿参加我的婚礼,"帕德玛说,"我也想让她去波士顿。我来负责所有的准备工作。她要是去了,我的幸福才算是圆满。"

妈妈说:"那我就一定要去,只管把机票订好。"

"妈妈,你在浴室里都能迷路,更别提波士顿了。"

"你也听到了吧,帕德玛,对不对?他就这态度。"妈妈用起了一种近似行乞的夸张语气。"自从你走后,我就成了他调侃的目标,"妈妈转过身,拍了拍我的脸,这动作让我始料不及,"但这也没事。他不过是想让我开心,可怜的小家伙。"

"这也是和他生活的麻烦之一,"帕德玛笑着说,"妈妈,说真的,我会给你订飞机票的。你儿子要是想来的话,大可以一起参加我的婚礼,继续讲那些糟糕的笑话。"

"好，人多乐子多。"妈妈的心情确实很好。她坚定地支持了帕德玛的选择，对那些担心她生出个泰米尔和土耳其混血儿的言论嗤之以鼻，坚持认为人最重要的是他的内心，而不是自己的出身，爱因为差异而更深厚，而不是因为他喜欢吃红米和蔬菜咖喱。

"我倒是觉得玛摩提①很像土耳其人。"透过妈妈坚定的语气，我就知道她虽然还没见过索伦佐，但她对于自己最喜欢的南印度演员的喜爱，完全可以投射到这位素未谋面的小说家身上。她就是这么喜欢土耳其人。

我也喜欢他。索伦佐和经典电影里的帮派分子毫无共同点。从一方面来说，他有一道小胡子。我也完全可以留出一模一样的胡子，但是我不可能拥有他消瘦的身形，那样子看起来就像是一根参加了无数场比赛的板球拍。他整个人很好，非常机敏，缓缓浮现的微笑和体贴的风度，更是让他的谈吐多了些分量。

他给我带了一份礼物，一本签名版的《纯真博物馆》。一想到这位伟大的作者曾经触碰过这本书，我心中就泛起一种奇怪的感觉，浑身不禁一抖。这是一种非强化人才有的感觉。这可以算得上是两个礼物了。可以肯定的是，这本书非常昂贵。我又摸了摸作者的签名，再次播放里面附带的信息。

我的脑海里响起了奥兰·帕慕克穿越时空的声音："我的朋友，我希望您能享受这本书，正如我享受写书的过程。"

我再次播放了这条信息。我抬起头，看到帕德玛和索伦佐看着我。一想到他们在担心送我的礼物可能并不合适，我就觉得很感动。

---

①印度演员。——译者注

我真诚地说:"我会好好珍惜这份礼物的。谢谢。"

"小事一件,不值一提,"索伦佐说话的时候脸上又慢慢浮现了笑容,"你不欠我任何东西。毕竟,我把你老婆抢跑了。"

我们所有人都笑了起来。整个午餐我们都在聊天。我点了羊肉,其他人则一起享用了一大份印度香饭。我看到毕图用小手捂住了嘴,才反应过来自己完全忽视了她。索伦佐大口吃着饭,就好像是个死刑犯正在吃自己的最后一餐。帕德玛摇了摇头,我不得不转移视线。我观察周围的习惯有时候让我感到不适,但它却给我提供了一种痛苦的快乐。快乐是一回事,但是知道你爱的人也很快乐,就可以让你的快乐翻倍。不然的话,我们和动物有什么区别呢?我的心中洋溢着这种甜蜜的感觉,我希望可以和其他人建立良好的关系。我看着索伦佐。

"你现在有写新小说嘛?你的粉丝肯定都等不及了。"

"我都快十年没写东西了,"索伦佐笑着说,他摸了摸帕德玛的脸,"她对此非常担心。"

"我才没有呢!"帕德玛看上去确实一点都不担心,"我不单纯是你的妻子。我也是一位读者。我要是觉得一位作家偷工减料,那我就不看这本书了。你是个完美主义者,我很喜欢这一点。你忘了在翻译的时候怎么折磨我的吗?"

索伦佐点了点头:"她当时确实很生气。要是能一周保持昏迷,她肯定开心死了。"

"别忘了咱俩为了脚注吵架!他不喜欢脚注。但是翻译不用脚注,怎么可能把事情说清楚呢?我明确告诉他必须要脚注。反正我是坚持自己的意见。"

我看着他们二人用鼻子触碰彼此,感觉心情很好。我欣赏他们的热情。我肯定是个缺乏热情的人。但是,如果我真的缺乏热情，帕德玛为何从来没有跟我说过呢？婚姻需要的是耕耘。这就是美国人所谓的爱的工作。我喜欢这套理论，我喜欢工作。工作呀工作。如果她希望我耕耘我们之间的关系，我自然会努力。可就在此时，我又失去了对这件事的兴趣。

"我现在也不读小说了，"我坦白道，"我以前很喜欢读书，然后在20岁的时候接受了强化手术。我经历了一段调整期，然后失去了读书的兴趣，只剩下对事业的追求。我的其他朋友情况也类似。他们也就是看看自家孩子看的书。但就算是那些孩子，也不怎么看小说。这倒引发了我的思考。我们是否已经不需要小说了。我的意思是，孩子们也会放弃自己想象中的朋友。你觉得我们这些后人类是否已经不需要小说了？"

我等待着索伦佐的回答。但是他嘴里塞满了香饭，像一头神庙里的牛一样咀嚼着食物。帕德玛还在一旁愉快地聊着天。索伦佐正在整理自己的小说集。我在帕德玛的兴奋中感到了一种自责，当然，这也是荒唐的想法。帕德玛换了个话题，她问道："你，你，你和现代纺织公司的业务完成了吗？"

"我，我，我还没弄完呢。"我们两个人都笑了起来。"帕德玛，一切照旧。我试着让工人们明白，即便没有所有权依然可以保持控制。情况依然棘手。强化人倒是还好，他们能很快理解。但是非强化人就不一样了，马克思主义分子更是难以处理。哎呀。"

"这听起来非常具有挑战性！"

一切恰恰相反。她的表情分明是在说：这简直太无聊了。我甚至还没有开始展开说明细节。作为一个商业银行家，我很早就明白了一个道理，大多数艺术家，特别是那些作家，都不喜欢和钱有关的话题。

这对我来说倒不是什么问题。我只是觉得很奇怪。为什么他们对资本不感兴趣？和其他力量相比，资本才是改造世界的真正力量。但是我敢肯定，索伦佐的小说完全不会提关于生意的一个字，甚至连一个脚注都不会写。帕德玛和我生活了这么久，从来不接受这一观点，她喜欢的伟大诗人都是行动派，而不是繁杂词汇的代言人。

"我讨厌后人类这个词，"索伦佐忽然开始说话，我和帕德玛被吓了一跳，"那就是个试图从我们的罪行中获取救赎的借口。这是对历史的排斥。你真的那么想返回锡安吗？如果真的如此，你已经迷失方向了，我的兄弟。"

一时间大家陷入了沉默。

"我知道怎么去锡安。"我说道。帕德玛爆发出一阵大笑，我向一时摸不着头脑的索伦佐解释道："萨贤的古名就叫锡安，我和我的母亲就住在那里，它连接着南印度在北印度的两块飞地，切姆贝尔和国王领地。"

"萨贤！那就是阿拉伯语里的锡安。你确实住在锡安。"

"没错。天堂里的一条河就在我家附近。你自己想象一下吧。即便如此，帕德玛还是离开了我。"

"锡安可留不住女人。"索伦佐又露出了标志性的微笑。

"那是当然，"帕德玛笑着说，"吉尔汉河是最近才出现的。锡安之前可没有河。那个地方的交通实在是太糟糕了。但是在过去 60 年里，一切都变了，变得让你都认不出它了。"

"恰恰相反——"我身子前倾，准备自己再拿一块羊肉。

"我亲爱的孩子们，"我母亲用泰米尔语说道，"我知道你们不想，但是你们不能再拖延了。毕图应该知道这些事情。"

"是啊，应该告诉毕图。先伤碎她的心，再把它修好。"索伦佐的泰米尔语并不流利（就目前而言确实如此），但是他听到了关键词：毕图。这次会面就是为了毕图。

首先，处理基本事项。我从帕德玛手中拿过离婚文件，在所有需要我签字的地方签字。在现在这个时代，这些手续无疑是一种古雅的传统，但又是必不可少的流程。我不过写了几个字，就放弃了称呼帕德玛是自己妻子的权利。我和前妻四目相视，在心底里祝福彼此未来生活幸福，而我心中则感到非常悲伤。一想到我不是唯一一个感受着这种痛苦的人，我心里就腾起一股怒火。我的电子脑也在看着这一切，保护着我。但是，你面对这种痛苦，毫无防护可言。帕德玛，哎呀我的心肝帕德玛。然后，我整个人又放松了下来。

"外面有个公园，"帕德玛笑着说，"我们可以去那里向毕图说明一切。"

开始的时候，一切都好。毕图并不是最聪明的孩子。她花了很久才明白，自己的父母正在离婚，彻底与彼此告别。她的新家将在波士顿。没错，她将失去所有的朋友。没错，那个长胡子的叔叔将是她的继父。我不会和他们住在一起。但是，我确实会去探望他们。我把这些事情一件一件讲给她听。然后，毕图又问了一遍同样的问题。这次她抖动着下巴，嗓音尖锐，但却出奇镇定。我们认为一切进展顺利。我和帕德玛相视而笑，索伦佐满意地点了点头。

但是，妈妈比我们都聪明。她了解自己的孙女，比我们更清楚没有完全适应强化手术的孩子是什么样子。

所以，当毕图尖叫着冲向隔离公园和高速公路的围栏时，我82岁高龄的母亲居然冲到她身后，在毕图冲上公路之前，将她抓了回来。我们也跟了上去，脸上的笑容掺杂着惶恐。我们抱着她，继续给她解释。毕图冷静了下来。等我们放手之后，她再一次向着围栏冲去。以上这些场景是我、帕德玛以及索伦佐三个人经过讨论之后共同拼凑出来的，因为我们三个人谁都无法完整说清楚到底发生了什么。但可以肯定的是，这件事给我们带来了巨大的压力，因为我的电子脑决定遗忘这件事。我记得流血的鼻子，向着医院狂奔，毕图的尖叫，索伦佐抱着帕德玛。我记得毕图的电子脑接管了她的身体，和我的电子脑进行了交流，然后关闭了网状中心。毕图陷入了沉睡。

"请别担心。"毕图的电子脑直接联络了我们。她的电子脑使用了女空乘的声音，它先说英语，然后换成了印地语。"毕图可以在最近的可以处理电子脑的医院苏醒。"

我还记得负责毕图的医生，她给人一种非常安心的感觉。我记得医生接手后的每一个细节。她真是太让人感到安心了。

"毕图去年接受了强化手术，我没说错吧？"医生说。

她说得没错。她想知道电子脑的具体信息。毕图的电子脑可以调节饮食习惯吗？它需要花多久删除记忆？针对冲动控制采取的是什么策略？这一点非常重要。电子脑是如何处理不确定性事件的？是风险回避型还是风险中立型？她问了一大堆问题。所有这些信息都可以在医疗报告里找到。我听着医生所说的每一个字，时不时地点点头。听着帕德玛回答医生的问题，我心里腾起一种平静的快乐，因为她回答了一个医生真正关心的问题：你们是称职的父母吗？

医生问我们，是否鼓励毕图给自己的电子脑起名字。我们是否知道毕图称自己的电子脑为"错错"。刚接受强化手术的孩子都会给电子脑起名字。帕德玛微笑着点了点头，但是我可以看出她很担心。"错错"是个什么鬼名字？

接下来的时间里,我们听着医生安慰我们,强化手术是需要时间来适应的。毕图年纪太小,电子脑没有完全与神经系统融合。她给电子脑起名就是症状之一。毕图的电子脑难以处理复杂的情感。毕图在接受电子脑这件事上也存在困难。我们应当更小心一点。将离婚试行期伪装成一场前往波士顿的快乐旅行,看来并不是一个好主意。我们都低下了头。

医生松了口气,脸上浮现出笑容。一切事情都是有可能发生的。你很难记住这个年龄段的儿童思维有多么混乱。现在抚养儿童和过去可完全不同。别担心,几周之后毕图就会忘记所有这些困扰和忧虑。她还会有自己的烦心事,但是恐惧、自卑以及其他负面情绪,不会让情况变得更复杂。这些问题可以用爱、善良、耐心和理解来解决。医生说这四个词的时候,还用手指比了个十字架。

"好的,医生!"帕德玛的口气听起来就像是上了一堂医学课。

我们所有人都感觉好多了。我们的感激之情将向电子脑发出指令,让它在反馈表上为这次会诊打分。

等我们离开了医院,当毕图——可怜的小家伙还没有醒——被放进了索伦佐租来的车里,就到了我们分别的时刻。我抱了抱帕德玛,她又许下一堆承诺。她会保持联系。我要把各种事情处理好,毕图。毕图,我们对着彼此相视一笑。但是,妈妈却显得心烦意乱,不论她有没有接受强化都是如此。

"我活了这么久,就是为了看这么一天?"她整个人失魂落魄,用泰米尔语自言自语。但当我和帕德玛因为她颤颤巍巍的语气笑了起来的时候,她终于反应了过来。

"今天那个女医生说了好几次'特别'二字。"索伦佐漫不经心地和我握了握手。"我也写过一个类似的人物。他总是在说恰恰相反。就连什么都没有的时候,他也是这么说。"他的另一只手搭在我们握在一起的手上。"朋友,我对你问我的问题所给出的答案感到很愚蠢。简直蠢透了。我失败了。我对这个问题进行了深入的思考。我下次会优化这个失败的答案。我们必须再聊聊。"

什么问题?小说的必要性?谁在乎这个问题呢?我才不在乎呢!我完全没空去想这个问题。就让一切照旧吧。帕德玛和毕图都要走了。我的妻子和女儿要永远离开了。我感到大脑中有东西被触动,整个人头晕目眩。脑中的音乐让我无法思考。我很庆幸自己很快就要离开这里,不然的话可能会因为快乐而爆炸。

我和妈妈一路高高兴兴地返回了自己的公寓。我们不去想烦心的事情,一路上唱着泰米尔语老歌,以一种开玩笑的语气讨论哪一位年迈的亲戚会先死。她没有睡着,让我一个人面对自己的电子脑。虽然她操劳了一辈子,但到了现在还保护着我。

那天晚上,维利一直缠着妈妈,给她讲自己一天的遭遇,讲各种愚蠢的笑话,讨论看不完的肥皂剧。妈妈一言不发地听她讲话,微笑着点点头,时不时地眨眨眼。

我对维利说:"谢谢你照顾我妈妈。"她刚刚把妈妈送上船。"你看起来有点累。要不要下周休息几天?"

她忽然带着自己村子里的口音说道:"我不会离开这儿。"她抓着我的手,把我的手按在自己的胸口上。"你对我来说就是一个榜样。你们所有人都是!你们面对问题的方式对我大有启发。你们和我们完全不一样。当我叔叔的妻子离开的时候,你应该看看当时的场面,你们所有人——大哥,请别会错意,当我有时候因为忧虑无法在晚上入睡的时候，一想到你的微笑，我就安心了。我真希望可以和你一样摆脱所有的感情。"

并不是所有人每天都可以得到神明的祝福，而我努力让自己看起来像是得到了什么启迪。但是，维利显然对冥想产生了某种错误的理解。摆脱感情！这种想法和以为音乐家已经不需要尖叫和咕哝来填充作品相比，几乎没有任何区别。我们作为强化人，依然无法摆脱感情。与这种观点恰恰相反的是，我们不过是有一套精神免疫系统而已。

我可以理解维利的困惑，但索伦佐却让我感到不解。我们经常会聊聊天。帕德玛告诉我，索伦佐的笔迹比以前更清晰了，但在临近中午的时候就停止写作，因为他要开始打电话了。我很乐意和他聊聊天，他的早上就是我的晚上，而晚上的时候我不希望自己被员工持股计划、平权或者工厂工人的事情打扰。

这是一种很舒适的生活。维利为晚餐切着蔬菜，妈妈不是在指挥维利干活就是在玩数独游戏，索伦佐和我为了某些话题不停地讨论。当然，具体讨论什么并不重要。我们讨论过资本主义的邪恶，加纳的崛起，印度香饭的最佳制作方式，如何教育孩子，还有肚皮舞演员是否需要肚子。对于双方认同的话题我们反而会爆发出最激烈的讨论。

如果要从中挑出一个话题的话，那就是小说。我明白，他非常清楚小说最适合非强化人阅读。但是他会承认这一点吗？绝对不会。他坚守了自己的诺言，提出一个个理由，向我说明小说及创作小说的小说家时至今日依然是不可缺少的元素。索伦佐需要理由，这一点让我不禁觉得很有趣。作为一个小说家，他应当对理由产生免疫。

当我告诉他这一点之后，他向我提出了一个挑战。索伦佐提出了两句话,第一句:欧律狄斯死了,俄耳甫斯死于心脏病发作;第二句:欧律狄斯死了,俄耳甫斯因忧伤而亡。

"你觉得哪一句更好?"索伦佐问。"哪一句更有意境?现在,告诉我你做出选择的原因,而不是理由。"

"我喜欢哪一句根本不重要。如果欧律狄斯接受了强化手术,俄耳甫斯还是有可能死于心脏病。但是,他绝对不会死于悲痛。早晚有一天,没人会因为心脏病发作而丢了小命。"

文学作品曾经教育我们要有同情心,这个论题早就存在了。这种 21 世纪早期的胡言乱语,即便是在那个更为单纯的年代也没有太多市场。你甚至可以说,正是同情心赋予文学生命力。

总之,同情心对人类来说有什么用呢?因为人们喜欢外语书籍,这些书带有一种难以触及的含义。万幸的是,科学抹除了这种阻碍。你不必因为别人的感受而感到紧张。你可以感知他们的感受。他们感到快乐、满足、饱含干劲,而且很放松。你不必从其他人的角度来考虑问题,免除了因为考虑不周而引发大麻烦的隐患。

"我就是这个意思!"索伦佐大喊道。他冷静了下来,又道:"我就是这个意思。我们就是一棵棵大树,而强化手术将我们所有的木瘤和歪斜之处全部磨平了。照这样下去,我们都会变成有血肉的机器人。我就问你一次,你真的这么急切地想返回锡安吗?"

"你怎么就对锡安这么执着?"

"锡安、伊甸、斯瓦格、萨贤、天堂,你想怎么说都可以。《创世记》,我的兄弟。我们都曾经是机器人。不然你觉得我们为什么被踹出了锡安?当亚当和夏娃辜负了上帝的信任,从树上吃了那果子,想象力被带进这个世界的那一刻起,我们就失去了自己的纯真。我们现在找到了一个办法,可以控制脑袋里的那棵树,再次变成机器人,重新巡回通向锡安的入场券,也就是当年我们失去的那份纯真。难道你就没看出你对于小说的厌恶和这之间的联系吗?"

我确实没有看出其中的关联。但是,我开始明白索伦佐的欧式想象力和我的差别所在。他在和我争论,但实际上是在和死去的欧洲白人争论。苏格拉底、柏拉图、亚里士多德、歌德、鲍姆加登、卡尔·莫里茨、雨果·冯·霍夫曼斯塔尔、马赫、维特根斯坦,索伦佐的博学让我叹为观止。我对于这些哲学家和他们的作品无法做出任何评价,但我是一个银行家,能贬低一切抵押品的价格。

就目前来看,一切都一目了然。他的整个论点都基于小说的必要性。但是,每一本小说,都在质疑自己的必要性。一本小说所包含的世界,不论它的真实性到底有多高,都不可能包含整个世界,也就是这部小说本身。举例来说,帕慕克的《纯真世界》并不是单纯包含《纯真博物馆》一本书。如果帕慕克所创造的世界可以容忍缺少其中一本小说,那不就是说这位作者——以及其他各路作家——已经证明,现实世界不需要这部小说吗?类似的例子我还能举出很多。

"我已经找到了我自己的巴比坎。"索伦佐说完,沉默了很久。"我需要你对小说的怀疑。开始吧。这能帮助我打造一套厚重的装甲,就连你最深重的怀疑都不可能击穿它。"

我后来才知道,这是引用了凡尔纳的《从地球到月球》中,武器生产商伊佩·巴比坎和装甲生产商尼科尔上尉的著名争论。巴比坎发明了各种强大的火炮,而尼科尔则发明了各种结实的装甲。说到底,我自己倒是被上了一课。

如果他的伪善能够激怒我，他早就成功了。只要他和他的同僚继续成为读者的中介，那么自由和同情心将会永不消亡。类似的鬼话还多着呢。索伦佐用英语为读者讲述有关土耳其的故事的时候，从没有考虑过这件事。想象一下吧，非英语母语作者用英语讲述一个非英语的世界！简·奥斯汀也有可能用梵语来讲英国故事。

这都无所谓，这就是我们的游戏。男人，甚至那些强化人，在表达对他人的喜爱之情时，都觉得非常困难。索伦佐让帕德玛感到快乐，我很高兴我的帕德玛能够感到快乐。是的，她已经不属于我了。她从不属于我，因为强化人不属于任何人，甚至不属于他们自己。我很高兴看到帕德玛能够快乐，而且我相信真正能对帕德玛负责的人是索伦佐，而不是她的电子脑。毕图很好地适应了波士顿的生活。又或者是毕图适应了自己的电子脑。总之，这都是一回事。帕德玛说，毕图再也不会给电子脑起名字了。

我和索伦佐的对话让帕德玛感到非常嫉妒："我都嫉妒死了。你们俩是不是打算私奔？"

"对对，今天结婚，明天离婚，"一直在偷听我们谈话的妈妈大喊道，"这算个什么世界啊！没有神，没有道德。你就不担心你这种不道德的行为会影响毕图吗？你想让她变成瘾君子吗？她想要知道自己放学回家之后，究竟是谁在等她。她需要爸爸和妈妈。她需要个稳定的家庭。技术不可能满足她。但是，你就继续吧。我又算什么呢？我谁都不是，就是个马上要死的老女人。我都快等不及了。我每天晚上闭上眼，就祈祷着早上不用醒过来。谁想活成这样子？只有宠物才想要这样的生活。不，甚至连宠物都不想要这样的生活。"她笑了笑，调整了一下语气:"亲爱的,别在意我。我知道你肯定是为毕图着想。哪个母亲不是这样呢?美国下雪了吗?"

美国人经常说一切都好。我翻阅着索伦佐的作品集《伊甸机器人故事集》,好奇维利怎么看待我和索伦佐的争论。我记得她大张着嘴听着我们争论,努力想弄明白索伦佐究竟为什么这么激动。她肯定发现索伦佐非常有趣。维利管索伦佐叫"教授叔叔",主要原因有以下几点:

1. 索伦佐皮肤更白;
2. 对强化人的尊敬;
3. 对流利说英语的人的尊敬。

有的时候维利还会模仿索伦佐富有戏剧性的手势和带着口音的英语发音。

现在想来,我认为索伦佐的自杀对于维利的影响最大。我还能期待些什么呢?非强化人对于影响自己人生的精神打击几乎没有任何防御。我把维利叫进办公室,试图以尽可能柔和的方式将这个消息告诉她。

"你的那位教授叔叔,他自杀了。别感到太难过。妈妈不知道这个事,所以你要坚强起来。好吗,维利?"

我已经和帕德玛讨论过法律程序,和毕图聊了聊,逗她开心,一切都进展顺利。

帕德玛和我打算第二天再把索伦佐自杀的消息告诉妈妈。妈妈这些天来很容易感到疲劳,又何必增加她的负担呢?

"我得处理他的文学遗产。"帕德玛说话的时候面带笑容,双眼放光。"要做的事情太多了。所以我们现在还留在波士顿。你一切还好吗?你会想念那些争论的。"

真的吗?我也许会想念索伦佐。但是,我想不出为什么想念他。我很好。我难道没见过更糟糕的场面吗？她为什么要这么问？我哭了吗？我的衣服皱了吗？牙齿上有脏东西吗？这种愤怒很快如秋风中的落叶迅速消散。帕德玛和我的关系完全正常。

维利哭哭啼啼地问："教授叔叔为什么要自杀？"

我解释说："他吃了某种东西，能让心脏停止跳动。"

"但是，为什么？"

什么为什么？此时这还重要吗？索伦佐服药自杀，他也可能让卡车撞死自己，或是跳水溺死，自己跳进太阳里也不是不行。他已经化成了一阵烟雾。他已经死了。他的电子脑怎么可能让这种事情发生呢？我暗自提醒自己，要和自己的律师谈一谈。人工智能会做出判断，决定是否有必要提起诉讼。除非索伦佐在自己的小说集里留下一条加密信息（这完全有可能），不然他就没有留下任何遗言。

"天哪，他为什么不找人帮忙？"维利抱怨道。

我看着她，她现在想必非常伤心。维利颤抖的脸庞确实让我内心感到了一丝波动。我努力控制自己的笑意，但是这个笑意最终还是爆发了出来，它像一股海啸，我大笑了起来。我不停地咆哮，大笑，双脚跺着地板。即便我已经完全没理由发笑了，却还是控制不住这种笑意。然后，我忽然放松了下来。

我说道："我很抱歉。我没有在笑话你。实际上，你可以认为刚才大笑的人不是我。"

维利看着我，然后把头扭到一边，嘴巴似乎想说什么。这可怜的孩子，这一切对她来说一定非常困惑。我完全可以理解。

"维利，你不如去河边走走？散步对你有好处，你也可以以教授叔叔的名义，去给神庙送上些祭品。你会感觉好一点的。"

我认为这是个不错的建议，当维利出门的时候，我对自己的做法感到很满意。但是，维利再也没有回来。那天晚上，我收到了一条消息。她辞职了。没有任何解释，单纯地辞职了。她的父亲拉詹拿走了维利的个人物品，他没有做任何解释，甚至一点道歉的意思都没有。这真是太让人感到不快了。

　　一切都进展顺利。帕德玛和毕图在波士顿享受快乐的生活，也许她们很快就会回来。我不希望毕图把我忘了。无论索伦佐的小说集到底有没有实用性，都必将得到读者的赞誉。

　　妈妈说："你要是那么翻书，这本书早晚要被你翻坏了。"

　　我把小说集送给了妈妈。她很喜欢书，她对于故事和阅读的热情从未减退。我亲爱的妈妈，她已经快90岁了，但依然喜欢读书！很好，这一切都很好。我很高兴她的生活中还有乐趣。其他人根本活不到这个年纪。他们呼吸，吃饭，走路，但说到底，不过是会走路的植物人罢了。技术可以提升你的生活，但无法导入活下去的意志。我妈妈就是一位真正的榜样。我希望自己活到这个年纪的时候，有我母亲十分之一的热情。我开始称赞她生活的热情，却发现她早就沉浸在故事情节中。于是，我轻轻走开，不再打扰妈妈看书。

等待这一周

爱丽丝·索拉·金

爱丽丝·索拉·金（alicesolakim.com）的作品刊登于 The Cut 网站，《锡屋》(*Tin House*)、McSweeney's、《光速》等杂志和《全美 2017 年最佳科幻和幻想小说》。她获得了伊丽莎白·乔治基金、麦克道威尔文创营（Mac Dowell Colony）和面包作家协会（Bread Loaf Writers' Conference）的奖学金和会员资格，并获得了 2016 年怀廷奖。

当我们为邦妮庆祝生日的时候

在过去的两个小时里，我们在邦妮的生日派对上讨论着各种糟糕的男人，因为酒吧早就过了关门时间，我们最终被赶了出来。直到这时，我们才想到要给邦妮道歉。

酒保曾经试着等我们自行离开酒吧。我们这伙人的举动让旁人越发不敢靠近。我们的脸色和眼睛变得通红，也许就连那些所谓的气场或者其他什么东西都变成了最耀眼的红色。那是一种红得发黑的红色。

酒保身材魁梧，似乎等他老了一样可以扛起一堆购物袋。

他叹了口气,靠在吧台上,而我们完全无视了他。

费琳达专心致志地在餐巾纸上画画,每一笔都自信满满。你只要不看她的作品,只看她画画时的那副样子,一定以为她是个真正的艺术家。她说道:"这需要一个长长的抓手,才能体现出杠杆作用。"费琳达在餐巾纸上画的是她自己,一个顶着一头黑色乱发的火柴人,站在沙滩上,手里拿着一把巨大的叉子。在每个叉子尖上,她又画了8个不停被泡进大海的火柴人。

"啊哈。"她把餐巾纸推到我们面前。"淹人叉!满足你一次淹死好几个人的需要。最多一次可以淹死8个。一次只用1个分叉就能完成。但是空着其他2个分叉总显得有些浪费。"

"哎呀,这样的叉子给我来50个。"迪翁说完,就把自己的钱包拍在了桌子上。

我们所有人都笑了出来,个别几人为了突出喜剧效果,甚至发出了邪恶女巫式的笑声,我们笑得越久,越觉得这才是大笑的正确方式——这不是因为周遭的一切都那么完美,让人感到快乐,而是因为大家都是下了地狱的老巫婆子了,为什么不想想凡事都有个反面,为什么不找一个可以被大众接受的方式在公共场合愤怒地叫喊呢?

等酒保把我们都赶出来之后,我们几个人聚在人行道上,再次感到尴尬。咒语已经失效,我们的脸堪比融化的蜡烛。快乐毒药中提供的快乐的成分已经消散,但剧毒成分已经钻入我们的骨髓。我们中的大多数明天还要上课或者上班,最糟糕的是,明天可能更像是今天。

邦妮可能是唯一保持警觉的人。这位今天的寿星,一双蓝眼睛犹如狼的眼睛一样渗着寒光,让人不寒而栗。她看上去就是个柔软可爱的女孩子,唯有她的眼睫毛漆黑翘挺。你只要每天打理这些睫毛，总有一天可以达到同样的效果。她会在洗手间里待很久很久，因为那里的光线最好。

我说："邦妮，很抱歉。"

"最后有点扫兴，"妮娜说，"抱歉，我觉得是我的错。"

"不不不，抱歉怪我刚才太认真了。"我们几个人异口同声地说。

"该死，我的钱包。"迪翁说完立即冲回酒吧。

与此同时，没人会说：哈哈，哎呀，最糟糕的难道不是强奸犯、强盗、虐待犯、色狼和男朋友们对你干着各种坏事，你的大脑变成了他们随意玩弄的棒球手套或者玩偶，而我们中有多少人都遇到过这类事情，可我们要是不先道歉说句对不起，甚至都不配提起这些事情。

我今晚可不会说这么多东西！但是，我当然也会道歉。因为虽然邦妮面带着微笑，说自己不介意生日派对变成了黑暗童话、地狱杀人机器以及可怕笑声的混合物，但我们知道她打心底里确实对此颇有异议。邦妮喜欢看到周围的一切沉浸在快乐的海洋中，如果不是这样的话，就会觉得自己是导致大家不开心的罪魁祸首。对她来说，当同情心累积到一定程度，就会开始出现悲观主义和沉沦于酒色，然后——

"——你快别说了，"邦妮说，"这话就限于你我之间。我不可能对其他人说，我也尊重她们所经历的一切，但是你也得决定不再做一名受害者。诚然，讨论和重复各种惨事确实有助于……康复，或者其他什么方面。但是你不可能永远在这一个话题上，然后希望从中得到任何全新的东西。"

我们一路走回了公寓。我决定不反驳邦妮所说的任何一个字，因为和她争论就像是你在饥肠辘辘的时候看到了一张摆满蛋糕的桌子。但是，如果你哪怕吃了一小口上面的蛋糕就会一口气清空整张桌子，一点儿蛋糕渣都不会留下。

这就是邦妮。她永远都不会改变，你总会料到她会去干什么（这绝对不是自夸），但是能认识这样一位朋友也是一件令人愉快的事情。

再说了，她确实是一位好朋友，在我当初深陷困境的时候，她邀请我住进她那套宽敞的公寓，成为她的室友，而她实际上完全不需要室友。她收取的房租价格非常便宜。为了回报她的慷慨，我再也没有和她说过那段困难时期。

街道上非常热闹，一间间酒吧生意兴隆，人群进进出出，从某种角度来说，你现在并不安全，但这种不安全感却隐隐约约，似有似无。整个街区就像万圣节游行，所有人都在心里穿好了自己的戏服——狼人、浑浑噩噩的健忘鬼魂、随时准备出击的吸血鬼。

到了第二天早上，我们每个人都带着一身倦意和惶恐醒了过来。关系亲密的几个人开始互发消息，询问的内容主要是"我昨晚是否一切都好"，而得到的答复永远都是"你昨晚实在太棒了！"（实际上这都是在撒谎，昨晚肯定发生了什么，而且没有人能够做出清晰的判断。）

至于邦妮生日派对最后喝的酒，我们所有人都决定再也不提起这件事，忘记自己知道的一切：

有一次，一个大学校园诊所的男医生在诊断我们的心跳，却握着我们的乳房，神不知鬼不觉地轻轻抬了一下。

有一次，一个男人跟着我们上了地铁，称赞我们的眉毛好看，在没有要到我们的电话之后，立即像中了黑魔法一样，态度从刚才的温文尔雅瞬间转换到恐怖的盛怒，他对着我们大吼大叫，似乎下一秒就要对我们拳脚相加，而周围的人目视前方，对这一切视而不见。

有一次，有个男的做爱的时候偷偷把安全套摘了。

有时候，我们虽然不想，但还是这么干了。

有时候，我们不想这么干，但还是硬着头皮上了。

有时候，我们只是想要一部分，但最后还是全要了。

类似的情况还多着呢。

当邦妮做梦的时候

我们聚在酒吧里。有太多的人并不了解彼此，却还是围在角落的桌子周围。我们看起来像是一群不属于同一种类的鸟，聚在人行道上吃东西。大鸟，小鸟，好看的鸟和难看的鸟，大家只顾着吃地上的面包屑，彼此之间没有接触，没有打斗，更不在乎彼此的存在，仿佛我们的眼睛看不到彼此，一心只想着吃面包渣。

在这个环境下，邦妮就是食物。她在一边喝着酒，我们之所以被召集在这里给她庆祝生日，是因为邦妮到了一个特殊的年龄段，在这个年龄段里的人自称老年人，而有些人不会纠正她，还有一些人认为自己受到了冒犯。

邦妮一如既往地迟到了。她总是迟到，而且从不会为此道歉，也许这是因为她长得超级漂亮。她确实外表万分动人，所以她觉得可以用这一点为自己的迟到开脱，而我们也属于这一招的适用人群。

在我们等她的时候，几个人聊起了那份名单。不久前，网上出现了一份名单，上面罗列着一群无名小卒的姓名，其中大部分人都曾经性侵过女性。在座的几位男士开始在座位上不安地挪动，好像这样可以让自己被传送到其他地方，而不必看到自己的名字也出现在名单上。还有几位男士就像是复活节岛上的石像一样坐在原地，一起讨论着名单上的人渣。

大门忽然被推开，邦妮跑进了酒吧，径直来到我们桌前。她脸上的妆容化成眼睛下方的一条条黑线，头发也黏成一缕缕的，贴在脸上。她的样子看起来一点也不惊艳，但我们有时也不认为这是什么大事，所以并没有放在心上。也许等我们都喝多了的时候，会问问这是怎么回事吧。

我们齐声说："生日快乐！"

当大家站起来准备拥抱邦妮的时候，有人问道："今天真的是你的生日？"邦妮让其他人拥抱自己，但自己双臂垂在身边，一动不动。她完全没有回应。她看着四周，从天花板到酒保，再到桌上的酒和我们的脚，仿佛一切都有问题，周围的环境就像是小孩子玩的"找茬"的游戏，你要在两张高度相似的图片中找到不同之处。她的眼神非常奇怪，完全没有看我们。

"邦妮？"

她提高嗓门说道："我的生日。对对对，我的生日。月初第一天，兔子，兔子①。"

"我觉得你应该在起床的时候说'兔子，兔子'，"妮娜说，"不然你就交不到好运了。"

斯科特说："天哪，已经到了月初吗？"

"我就知道。"某人说。

"我不是说下个月，而是今天是全新一个月的开始，其实还

---

①在月初第一天说"兔子，兔子"以求好运。——译者注

是这个月。"

"啊，我明白了。"

邦妮继续听我们聊天，也许是因为酒吧里太过安静，无法假装听不到我们聊天。"都闭嘴！"她举起手喊道。"都别耍我了。别撒谎了。这话我都重复一整天了，这一点儿都不好玩。我的生日在上周，大家都明白这一点。你们甚至重复了之前的对话。你们以为我会忘了这么蠢的对话吗！"

"哇哦，冷静点——"斯科特徒劳地让自己说话的语气听起来是在关心邦妮，而不是自己受到了冒犯。他伸出一只胳膊，想搂住邦妮，但邦妮却把他推到一边，自己也差点失去重心。她撑在酒吧的砖墙上，保持自己的平衡，和我们拉开一定距离，用一种冰冷和批判的眼光看着我们。"我才不会感谢这次聚会，我完全看不出这有什么意义。"她用颤抖的声音说道。"这就是场恶作剧。你们把我的爸妈都安排进了这场闹剧，而且你们还对我的手机和笔记本电脑动了手脚，你们这么做——"邦妮转身逃跑了。她的脑袋晃个不停，仿佛听到了什么刺耳的声音。她从钱包里掏出了什么东西，随手扔到了一边（击中了斯科特的大腿），然后跑出了酒吧。斯科特向我们展示了邦妮扔出来的东西，一句话也没说。那是一份今天的报纸。

参加派对的几个人也离开了酒吧。还有几个人留了下来，继续喝酒，一边担心邦妮的状况，一边开始天马行空地猜测到底怎么回事。酒吧里的气氛再次变得欢快起来。我虽然不是邦妮的亲密无间级闺蜜，但也是她的室友级闺蜜——等同于室友的存在——所以我立即追了出去。我完全不知道她会去哪儿。邦妮可不是个有固定活动路线的女人。

我决定回家。让我在松了一口气的同时又感到惊讶的是，我打开公寓房门，发现短靴、夹克、钱包、手机和裙子散落在地板上，从公寓门口一路延伸到邦妮的卧室。这一切再正常不过了。我完全可以想象出这幅画面——邦妮今天过生日，于是给自己安排了一场前戏，结果事情超出了自己的控制，于是去参加自己真正的生日庆祝活动，结果事态也逐渐失去控制。

当我敲响她卧室房门的时候，邦妮立即回答道："这就是一场梦。"她说话的时候声音很大。听起来邦妮似乎在参演一部戏剧，一位模仿英式英语口音的业余演员。"别进来。"

"你没事吧？我们都很担心你。"

我听到了床板发出的嘎吱声，然后继续说道："你想要你的手机吗？它在这儿。"

"去他的手机。"邦妮大吼道，"手机是假的，你们是假的，周围的一切都是假的。别和我说话了！我需要集中精力才能醒过来。"

我只能由着她闹。我把她散落在地上的东西收在一起，整齐地堆在卧室门口，然后给其他人发消息，告诉她们邦妮一切都好，已经回家睡觉休息了。我用手机在网上到处闲逛，然后发现一位名人——他曾经竭力呼吁抵制名人圈的性剥削（这种事情在20世纪七八十年代第一次被曝光，但在那个时代，你是不可能召集大批真心关注这些问题的追随者的）——实际上和平时宣传的形象大相径庭。我刷完牙，决定不用牙线剔牙，然后我感到体内的鲜血、肾上腺素和能量流失殆尽，整个人浑浑噩噩地爬回床上。

第二天早上，邦妮不见了。她的卧室里犹如龙卷风过境，乱得不堪入目，巨大的旅行箱也不见了。几天之后，邦妮依然杳无音信，所以我开始考虑给她的父母打电话。我和他们之间没有任何关系，但是说不定可以从账单上找到他们的信息。但是，我没有这么做。邦妮深爱着自己的父母，不会让他们担心；另外，邦妮也讨厌自己的双亲，不希望进一步依赖他们。而邦妮的生活来源又完全仰仗于自己的父母。出于以上两个原因，邦妮不想在父母面前示弱。

过了几天，我收到来自邦妮的消息，她警告我不要联系她的父母。我回复说，我还没来得及联系她父母呢，但我这几天一直计划这么做，然后还询问她到底在哪儿。但是，她没有回复我。如果她真想这么干，那就随她去吧。与此同时，整个公寓都是我的了。还不错。

当我们在胡言乱语的时候

"还没消息？"

只剩我们几个人留在酒吧里，几个人形单影只，垂头丧气，就好像被人放了鸽子。

"她是不是忘了？"

"她会忘了自己的生日？"

"又或者找到了什么更好的事情。虽然我不是在说瞎话……但是邦妮确实干得出这种事。"

"我对那些生下来就有百万家产的人很是同情。你也知道所有值得做的事情一开始的时候都很糟糕吗？也许你根本不能学会如何应对这类破事，你在各种事情中周旋，最后感到一切都那么无聊，没有任何回报或者意义。然后，你就会陷入百无聊赖中。"

"我同情我自己。"

"邦妮可不会觉得无聊。"

"对,如果一切看上去都很美好,那邦妮确实会很开心。"

我们异口同声地说:"同意。"然后大家忙起了自己的事情。

"当一切不是那么美好快乐的时候,邦妮一定会生气!甚至会大发雷霆。你觉得能遇到这种只喜欢快乐美好事物的人,概率能有多大?"

"这……也不是什么暴君行径。但是她也不是那种喜欢折磨和痛苦的暴君。她就是想看到大家都快快乐乐的。自己的朋友要是能快快乐乐的,她就会更开心。"

"这和让其他人开心完全不一样。"

"当讨论到她的家庭背景的时候——你看,邦妮就是个有钱、可爱的白人女孩——而且她还表现出一副事不关己的态度。这就让人感到很恶心。"

在其他人还在聊天的时候,费琳达问我近况如何。她是唯一对我上一份工作略知一二的人。我在上一份工作中遇到一个男人,他现在还在那里工作。这个人的名字出现在那份网络名单上,但是他和名单上许多人一样依然逍遥自在。这可不是漫画人物周围飘着各种对话泡泡,上面写着"有人该出面干点什么!"这样的话,但实际上什么都不会发生,也不会留下任何痕迹。

费琳达盯着我的双眼,拿起桌上的餐具:"我真想用这叉子戳他。"哦,她可真贴心。为什么我们不是好朋友呢?

等等,这是因为我当时去迪翁的生日派对,发现费琳达和那个男人有说有笑,而我知道她对这个男人非常了解。也许他们不过是聊了几秒,也许是因为费琳达需要专业人士帮忙。也许她不过是恰巧对这个男人彬彬有礼。这种事情时有发生。但眼前发生的一切，让我不想告诉其他人这件事，因为如果她们也对这个男人彬彬有礼，那我就会像是一个在房子里生狗崽子的母狗一般，悄悄溜走，一个人舔舐伤口。我现在才明白这一点。而且，就算是我不告诉其他人工作中发生的一切，他们还是会对这个男人彬彬有礼。我看到那幅景象依然会感到很受伤，但起码不会这么痛苦。最起码我可以确定他们不会抛弃我，选择彬彬有礼地和强奸犯做朋友。

我知道这样无疑是要求太多，但是我也不想无欲无求。对于一个失败的人来说，要求多少才是合理？我们的失败那么惨痛，每个人都过得很惨。

费琳达脸上的笑容消失了，我看着妮娜在餐巾纸上画画。我叫了一声她的名字，她抬起了头。我问道："你最近还会见鬼吗？"这件事的内情不乏恐怖、悲伤和恶心的内容，但妮娜随时准备讨论这些事情。只有我们相信她，我们都参加了那场万圣节派对。

德里克打断了我们的对话。他拿起了自己的手机，仿佛是在口香糖广告上向你展示一盒口香糖。（德里克，把你的手机拿开，没人能从这个距离看清手机上的字。）很明显，邦妮回复了德里克的信息。邦妮说自己一切都好，其他人不必来找自己。

"她一切还好吗？"

"她就说了这几个字？真是个贱人！"

自这之后，大家就纷纷回家了，每个人都满心愧疚。我们背地里对自己的朋友指指点点，甚至在她的生日派对也这么干。

一周快要过去了，还是没有邦妮的音信。当我穿着一件老旧过时的宽大内裤，站着吃一碗坚果麦片的时候，忽然听到钥匙在锁眼里转动的声音，我立即冲向扶手椅，抓起邦妮一件皱巴巴的外套塞到腋下，但能见到邦妮还是让我感到非常兴奋，我等不及说：伙计，你都跑哪儿去了？我之所以把你的外套穿成三明治广告牌，是因为你刚好看到我穿着最难看的内衣。但开门进来的人并不是邦妮，而是两位六十多岁的老人。他们俩看起来已经经过了糟糕的一天，而我将让他们的日子更加难过。

万幸的是，因为我只穿着内衣，两位老人就以为我是邦妮的秘密女友。所以，当他们发现我其实是邦妮的秘密室友的时候，不禁松了口气。我抓住这个机会开始撒起了弥天大谎。

有的时候，有钱人不打算把自己的钱送给那些急需用钱的人，就好像他们不想同情那些倒了大霉的家伙。因为你永远不可能满足这些人的需求，而不能满足这些人的需求只会让你变得讨人厌，大家也会放弃与你合作的念头。所以，只有当金钱、同情心和信念发生转变的时候，别人才有可能与你合作。

所以，我抬高姿态，自称是一位小说家（因为房间里没有任何视觉艺术作品，所以只能这么说了），专攻实验文学（我不想让别人找到自己的作品，因为这种东西完全不存在），大多数作品都以中文出版（我当然没有写中文小说，但他俩也看不出其中的区别，可我为什么要让一场骗局变得这般复杂呢？），我住在一所大学附近，起居室的房顶破了个大洞。我和邦妮在——

"在，在，在一次沙龙活动结束后的派对上认识的。我向她抱怨工人干活时的噪声、尘土和干扰，她主动提出让我在这里暂住一段时间，这简直帮了我大忙。要不是邦妮这么慷慨，我甚至不能继续工作。"

不错，不错！文化资本意味着我并不需要钱、这间公寓或者其他东西，而我虚幻的陌生感则让自己看起来没有威胁。（哎呀，你看我思维多么缜密。）

两位老人放松了下来，脸上露出微笑，不打算继续追究我的身份。邦妮的妈妈留着一头白色的短发，个子很高，体态丰润，一举一动非常优雅，穿着一件颜色类似电脑外壳的灰色丝绸长裙。她的脖子、手指和耳朵上都挂着珠宝首饰。她的珠宝给人一种海洋般的感觉，自然而又深邃。所有和她黑暗而恐怖的灵魂有关的东西，全都藏在挂在右手上的大提包里。棕黄色的手提包色调明亮，表面有纵横交错的皮带、黑色链条和质地光滑的绳子。

邦妮的父亲就显得没那么有趣了。

我问道："你知道邦妮去哪了吗？"

他们告诉我，邦妮昨天出现在自己家里，看起来非常疲倦，嘴里讲述着一周里不停重复的疯狂故事。她妈妈说："邦妮告诉我们，她跑到了新西兰，去看看那里是不是也停留在上一周。虽然她随机选择了那里，但她非常喜欢那个地方。但是，那里也停留在上一周。"

她父亲说："也就是说是这一周。"

他们试图让邦妮冷静下来，但邦妮反复强调这一周已经重复了好多次，她罗列着性丑闻、滥杀无辜的警察和大规模强奸，就好像她从未来拿到了重要的新闻公告，而不是随意地猜测。两位老人只能给邦妮端上晚餐和安眠药，送她上床睡觉，以为这样就可以让邦妮留在自己身边一段日子——与此同时，两位老人就可以计划着送邦妮去医院，给她办理入院手续，让她在医院好好吃药，然后还有其他各种安排——等他们第二天早上来看邦妮的时候，却发现她已经逃跑了。

等他们搜过邦妮的卧室，然后满怀歉意地快速检查了我的卧室之后，她妈妈说："我这个人不是没有同情心。她怎么向我们证明她所说的一切都是真的？这完全不可能。我们是不是该告诉她一个惊天大秘密，然后让她在下一周的时候重复说给我们，这样我们立即就能知道她讲的都是事实，她确实重复了这一周的生活？"

"万一这一周并没有重复循环，那又该怎么办？"他父亲说话的时候还看着手机。"我们三个人不得不一起面对未来，而邦妮也知道了那些可怕的秘密。一切都完了。"

我说："我的意思是为什么一定要给邦妮说那些可怕的大秘密？"

"可怕的秘密可太多了，"邦妮的母亲说，"如果她说得没错，而且能向我们证明时间确实在循环，并找到了重复这一流程的办法——那我们的女儿邦妮就不得不重复过这一周。而我们也要不得不面对这一点。能保持这种记忆无异于一种诅咒，能忘记这种循环的存在简直是上天保佑，当然，也有可能恰恰相反，也有可能是二者皆有。"

她父亲说："这是多么恐怖的事情啊！"

"我们不会，也不能相信她。"他们一起说道。

我把他们送到了门口。二人留下了一个电话号码，如果我听到什么风声，就第一时间打这个号码。他们还说，我想在这里住多久都行。当我准备感谢他们的时候，邦妮的父亲说："哦，对了，因为现在邦妮不在，你要来负责交房租——"然后他报出了一个天文数字，你完全可以把这个数写在一张纸上，而这张纸的长度可以和桌子面媲美。但是，他大声报出了这个数。

我直挺挺地站着，感觉自己的脑袋都快从脊柱上脱离了，脸上挂着获奖选手才有的微笑。"那是当然，谢谢。"我身上还穿着邦妮的外套,那样子看起来就像是穿着迷你裙的纸娃娃。但是和纸娃娃不同的是,我背后也有衣服遮着。和邦妮父母这样的人在一起,你可以承认自己并不完美,但绝不能觉得尴尬。当我带着他们进入我们的卧室时,我可以一路倒着走的。

等他们走远之后,我狠狠甩上门,然后倒在扶手椅上。他们早就买下了这个地方,但这里的房租实在是太高了。我没有其他地方可去。要不要我暂时缩成一颗小豆子?要是能缩成一颗小豆子可太好了,从勺子或者叉子上掉下去,一两年内都没人能想起自己来。但作为一颗豆子,我起码还有未来。只要时间足够,没有那么多烦心事来烦我,我还可以获得重生,或者获得一种近似于重生的状态。也许这需要九年或者十年。

沙发底部的边缘动了起来。邦妮的脑袋从沙发下面冒了出来,然后艰难地钻了出来。我很庆幸她先是探出脑袋,而不是伸出一只手或者探出一只脚,不然我可能就要放声尖叫了。

她坐在沙发上,咳嗽了几下说:"丫头,你可真有两把刷子。"

"你也不赖。"我想起了她在酒吧里的胡言乱语。

"我得厘清头绪。我早就该知道,去找自己的父母会是这样。真是浪费时间。"她大笑了起来。"这说得好像他们真的能给我帮上忙似的。他们想让我昨天昏昏沉沉的。我不得不半夜逃出来。在沙发下面睡了一晚上,因为这样感觉更安全。看来,我的决定没有错。"

"通常我可不会这么撒谎。"

她耸了耸肩说:"你想怎么撒谎都行,撒多大的谎都行。我可以告诉你,这其实无所谓。"

这真是我和邦妮之间最奇怪的对话。"他们吓死我了。你爸妈可真是奇葩。一对奇葩?不。他俩加在一块才是一个奇葩。"

这种怪异的感觉不能全算在邦妮头上。我完全是按照她的计划在行动。

她说:"别担心,你不用交房租。"

"你会告诉他们你在这儿吗?"

"不,我的意思是,很快就又到上一个星期三了。"她说完,过了许久,又耸了耸肩,以至于你甚至可以将耸肩的动作当成独立的一句话。灰尘落在邦妮的身上,她看起来就像是一个来自古代的人,一座受损严重的青年雕像,就好像她的基本组成与现状格格不入。虽然她下巴光滑,脸颊圆润,眼睛下和额头上毛茸茸的装饰线将会一直留在脸上,直到永远。

"是的,很快。"邦妮说。

我站起来说:"我得去穿衣服了。"可说完就又感到非常害怕。"我要迟到了。你好好休息一下,好吗?"

就在我穿过大堂的时候,背后响起了邦妮微弱甜美的歌声,她唱道:"让我看看——"她的声音很小,断断续续。"哇噢噢噢噢……"最后一句听起来则像是被人掐住了脖子:"宝贝!"

这种歌声听起来非常可笑,但完全正常,因为这是你的舍友提醒你就是家里的怪物——但这完全不会让我感到好过。我还是感到非常害怕,而且我不知道到底为什么害怕,也不知道在害怕些什么。这种恐惧该如何结束?邦妮的歌声中充满了悲伤和渴望。你能听出其中的玩笑意味,但它实际上是一首哀乐。这才是重点。

当邦妮走红的时候

当邦妮当天早上取消生日派对的时候,我们对此没有任何想法。她给出的理由非常可信。而且，没人想在周三晚上出去。

实际上，邦妮做了一个奇怪的视频，她在视频里穿得光鲜亮丽，预测着这一周里会出现的各种事情。这就像是大家喜爱的演员实际上是个糟糕的约会对象，你以为会和他上床，但是他却拒绝了女方，到了最后女方不得不放弃。这就像是你的猫不停跳到柜台上，你最后不得不放弃将它放到地上，然后你的各种规矩在做爱的时候都忘得一干二净。猫的事情自然也抛到九霄云外。

（这种事情可能大多数人都遇到过——起码我就遇到过——但是视频里的东西都是大家通常不关心的内容，邦妮的描述也不是非常清晰，所以在第二天那个演员的名字出现在新闻里的时候，大家才明白她到底在说些什么。但是，我们都以为她不过是提前得到了消息，毕竟邦妮确实认识一些和名人圈有接触的人。）

某支队伍会赢得某场比赛，邦妮全都猜对了。如果你关心这方面的事情，那这确实是一件了不起的事。她预测了荒地野火和白宫起火。总统几天后演讲的内容和之前他的发言听起来没有什么区别，所以这对我们来说没有什么区别，鉴于我们不可能让总统闭嘴，所以也忽略了这些内容。有人问："邦妮是不是开始玩政治娱乐了？"

想走红可不是你想象得那么简单。又或者说，只要你的表现到达了某个基本底线就可以走红。但邦妮却不是如此。我们给彼此发起了消息，内容都在重复同一个问题："我刚才到底看了什么？"但是，这个视频并没有走红。我试图避开邦妮（这倒是简单，因为我要工作，而她大多数时间都躲在自己的房间里），因为视频里透露出来的那种精神病意味真是要把我吓死了。我对此可一点儿都不感到骄傲。我也不会因为自己还能活着而感到骄傲！因为精神分裂的婶婶照顾了我好多年，所以我即便和疯子住在一起，也可以第一时间闻到疯狂的味道，然后悄悄躲开。

虽然没人在乎邦妮的视频，但肯定引起了某些秘密政府机构的注意。有天早上门铃响个不停，我当时在洗澡，而邦妮在自己的房间里，政府特工们直接破门而入。我挂在钩子上的毛巾不见了，只好拿了一件邦妮丢在门后的夹克裹在身上跑进客厅，却只看到三男一女穿着西装，押着邦妮离开了公寓。

"我要离开一段时间，我也不会联系你。但我向你保证，我会回来的。"邦妮说话的时候，手上还拖着一个行李箱。她什么时候收拾了行李？"再见啦！"她听起来倒是兴高采烈。等她离开之后，只剩下我一个人看着被砸坏的大门，脚下已经积了一摊水。

邦妮所有的预言纷纷应验，但没人在乎。

当邦妮很安静的时候

我在餐厅里一转身，却被吓得跳了起来。邦妮垂着肩坐在桌旁，看上去就像是一座墓碑。

"真是太可怕了！"她看起来已经醒了好几个小时。"他们都帮不了我。我的判断全都错了。"她低头看着满满一杯咖啡，我一眼就能看出里面的咖啡完全凉了。

"出什么事了？"

她抬起头看着我，一巴掌拍在自己脸上。"没什么。我做了场噩梦。我不过是在梦里被反复拷问，他们还打开了我的脑壳，检查了我的大脑,说不定还对着我的大脑胡来。万幸的是,时间重置了。"

为了隐藏自己如释重负的心情,我把她面前的咖啡放进微波炉重新加热。"万幸的是,一切都是场梦。"我说道。

邦妮说:"我知道你不会明白,但我谢谢你能听我说这么多。我这周要保持低调。我得保持理智。没人能救我。没法信任家人,也无法信任政府机构。"

我从没见过邦妮这么说话。这听起来格外压抑,但却不乏深意?然后,我想起来今天是邦妮的生日,也许她会和其他同龄女性一样,叹息自己价值的快速流失。这种叹息的具体方式如下:哎呀,是时候培养点真性情出来了,但是这个世界还是不在乎你!邦妮一直以来非常自信,但这又有谁能说清呢?这可能只有在非常特殊的情况下和时间停止的时候才会出现。

"嗨,别保持理智了。今天是你生日!今晚咱们出去喝酒。"

邦妮咕哝了一声,微波炉发出了提示音。

当天晚上,斯科特说:"我没有说是下个月。我的意思是,今天是新的一个月的开始,也就是这个月。"

邦妮闭着眼翻起白眼,但我们所有人都看见了。

到了后来,当我们开始讨论各种渣男的时候,早就喝醉的邦妮忽然说:"男人男人男人男人男人男人男人,这个世界上就只剩下这一个话题了吗?求你们换个话题可以吗?"

这就是邦妮。

当邦妮取消生日派对的时候

邦妮的邮件内容如下:

生日派对已经取消！我决定开始一场全新的冒险。极地探险！再见了，贱人们。我一个小时后就要走了，所以没时间和你们这些小丑一起买醉了。我已经喝多了。

当邦妮寻求建议的时候

她说："你会怎么办？我的意思是假设。"

我们都略感惊讶。邦妮通常不会这么说。她以为这些不过是留给超级笨蛋自我安慰的话题。她肯定会说，别再以为生活就是一部《星际迷航》电影了，这种事情永远都不可能发生！有的时候她会把《星球大战》和《星际迷航》混为一谈。然后，我们继续讨论各种渣男，她会再次反感这个话题，之后想出些东西打断我们的谈话。

费琳达总是在寻求自我提升。她通常会读书、学习外语、演奏乐器，以及跳不需要太多肌肉力量的复杂舞蹈。"还有，我看谁该死，就要好好惩罚他们一下。我要让他们在我打造的地狱里好好受苦，绝不会让他们知道自己要在这个地狱里循环。这种事情我可不会觉得腻歪呢。"

姑娘，你可真会玩儿！

斯科特去旅游，快速将自己的钱全部花光。我们都故意忽略了一个事实，邦妮完全有能力做到这些事情，有的时候她确实做过这些事情。

迪翁会辞职，然后什么都不做。你如果重复过同一周，那么就意味着你不会变老，时间不会对你造成任何影响。换在平时，时间会把你捆在自己的自行车把手上全速前进，而你还得在吐出迎面飞进嘴里的虫子的同时，努力不让自己掉下去。但是现在，时间带着你在一条小道上稳步前进，引导你进行一场模糊不清的重复对话。在一切将你压得喘不过气的时候，这就显得非常舒适和必要了。"我要好好了解一下我的朋友们。但我要和大部分家里人保持距离。对于他们来说，延续和重复可不是好事。"但是迪翁的态度稍微松动了一下。"我要是无聊的话，可能会试一试。不过可能要等一千年之后了。"

妮娜会尝试拯救所有人。

为了监视我们的朋友们，我们伪装自己，然后看看他们的真实想法，我们会大吃大喝，来一场做爱马拉松，尝试全新的发型，养三条狗，在自己的脸颊上文泪滴和雪糕筒，养五只猫，把所有的毒品都试一遍，但是绝对不会开辟自己的花园。

当然，我也有自己的想法。但我只说了自己真正的想法：我是真的讨厌这种虚拟的自负。让毒品在自己的血液中奔腾无疑是一件令人作呕的事情。因为，你想做什么都可以，一切早晚都会发生变化。

邦妮看起来非常镇定："是的，然后呢？如果这种循环会一直持续下去，又该怎么办？"

"那就接受现状呗。"德里克说，"放弃你的那些牵挂，跟着时间走呗。"

斯科特说："你说得一个星期吧？那倒是很走运。重复的就是这一周对吧。这不比重复一天要好。有一周的时间，你想去哪儿都可以。"

当邦妮取消生日派对的时候

邦妮的邮件全文如下：

你们好呀,浑蛋们!生日酒会取消了。我已经警告过你们了,不要聚在一块儿在背地里议论我,并把这事当成你们最喜欢的娱乐活动。总之,我什么都知道。你们真的是这么看我的吗?选择快乐有什么问题吗?好吧,你们自找的。只要这一周继续循环,我就会越了解这一周和大家的各种糟心事。浑蛋们,我谢谢你们!现在,我和你们一样抑郁了。

首先,我们完全不知道邦妮到底在说什么。
其次,这一切听起来都是邦妮的一贯风格。

当邦妮叫醒我的时候
她冲进我的卧室,连门都没有敲。
"我想我成功了!你记得这个时间吗?"她说道。
我眯着眼看着表:"……时间?"
邦妮瞬间被一种绝望感笼罩。空气中仿佛出现了一具没有表情的灰色外骨骼套装,带着邦妮起身扭头走出了房间。

当邦妮对我们态度很差的时候
邦妮举起了自己的酒杯:"这一杯敬的是我和朋友们难忘的夜晚。"说完她就喝完了整杯酒。我们坐在原地一动不动。如果我们做过或者说过什么,她肯定可以再次预判,然后用刚才那种充满讽刺意味的声音重复一遍。
"滚。"她话音一落,我们立即跑出了酒吧。

当邦妮取消生日派对的时候

她的邮件全文如下：

我就是不喜欢你们。抱歉。

当邦妮闻起来很糟糕的时候

情况不太对。邦妮坚持不肯下船。她也不去洗澡。我把食物端到她面前，她也吃得很少。当我问她哪里出了问题，或者我该怎么帮她的时候，她的回答是："你看，我单纯就是不想在重复的一周里七天不起床。"我从没见过她这副样子。

她用严肃的口气说道：

又来一个人，一个坏人
首先是一个坏人
首先是愤怒
然后或早或晚，又或者是同时
这个人也许并没有那么坏，又或者一点也不坏
因为也许是他对你很好，所以他不是坏人。去他的客体永久性。但是任何形式的处罚都太过严厉，你不能因为她没有看过他的书，或者没有看过他的电影，或者没有为他投票，在鸡尾酒派对上对他态度不好，就剥夺她的人权

然后一切都会迎来终结，也许男人永远都不该和女人说话，因为也许和大约一半的人类终止交流才是更好的选择，不然你就得担心对方和你说话的时间会超过 0.000,002 秒

然后坏男人们会道歉，他会为你对他的痴迷所道歉，为你因为他而做出的改变而道歉，为我因为沉迷毒品和酒精而忘记

做一些事情而道歉，但我记得你沉迷这些东西，拒绝改变自己的想法，但是，我也不打算因为古怪行为而感到抱歉

坏男人来了又去，去了又来

我们忘了他们，然后他们又出现了

又或者他们先是再次出现，然后让我们忘了他们

又是一天，又是一天

我对她的一位朋友说："我觉得新闻的循环确实让她感到难受。"我们二人都对邦妮深表同情。

当邦妮给我买早餐的时候

有天早上，邦妮敲了两下我的卧室门，不等我回应就推门进来。我不喜欢她进入我的房间，是因为她总是用一种不带额外感情的眼神盯着我的家具、衣服和鞋子看。我知道其中实际包含了怜悯和对我的鄙视。当然，我的东西比不上邦妮用的那些货色，但我觉得她也不至于换上如此一副冰冷的表情。

这次，她没有这么做。她说："今天请个病假吧。我想给你看点东西。"

"你也知道我不能这么做。"虽然——她真的值得吗？我现在在一家免税购物公司找到了一份不错的试用工作，负责将名册上的化妆品商品名输入电脑数据库。在我试用期快结束的时候，他们才发现因为我接受的培训存在问题，输入的所有商品名都不对。所以他们再次雇用我，让我来处理自己造成的错误，这确实是非常善良人道、善解人意的举措了。不幸的是，由于我终于正确完成了自己的工作，我可能很快就会失业。我完全

不知道接下来会发生什么。

"这都不重要。"邦妮说,"好吧,不,等等。我给你5倍的日工资,然后给你买份早餐。咱们快出发吧。"

"你是认真的?"

她带着一种成功年长女性独有的冷漠看着我,说:"你应该知道,对于钱和吃的,我从来不撒谎。"她把一张写好的支票拍在我脸上,等我开始辩解的时候,她说自己会在起居室等我。

等我做好准备,请了病假,就来到起居室,发现邦妮闭着眼睛呆滞地坐在沙发上。"来吧!"她说着就站了起来。她的双眼还是闭着。等我站在她身边,却发现她的双眼被一种透明凝固的东西盖住了。"你接下来就会问我的眼睛究竟出了什么问题。我用强力胶把眼睛粘住了。"她说道。"胶水干了吗?"她自问道,"是的,胶水已经干了。所以,你现在已经看到我的双眼完全闭上了,对吧?"

天哪,她的眼睛确实被粘住了。我悄悄向后退去,邦妮说:"别再往后退了,别以为我不知道。我知道你因为精神分裂的婶婶,所以对精神不正常的人非常敏感,而且一个孩子因此形成自保机制也是完全正常,但是你得克服它。有的时候,情况确实会非常糟糕,但这些人也不可能永远都对你发疯!所以,克服它!哦,其实自己也不是很正常。"她带上了一副黑色太阳眼镜。"你接下来就会说,'说这话可以是有着快乐童年的富裕火辣白人女孩',所以也没什么毛病。但是,你确实也见过我的父母。哦,该死,等等。你这次没见他们。算了,你说得没错,但是我也说对了一部分。你真的想来听听这些无法接受的真相吗?"

"我没打算说火辣两个字。"我说道。

我们两个人笑了很久，完全忘了问她怎么知道我婶婶的事情，然后我们就出门了。

虽然眼睛被胶水粘住，什么都看不见，但邦妮不需要我的帮助就走出了大楼。她捡起了一个从婴儿车上掉下的玩具，还给了车里的孩子。她赞美了一位妇女的鞋子，而且还详细描述了鞋子的具体细节。她买了一份报纸，向我描述上面都有哪些内容。她拿出手机，告诉我大家都在谈论哪些话题。她走到街角，让我告诉她何时是八点整。等到了时间，她指着正前方说："红车，黑车，蓝车，蓝车，警车，骑着自行车的帅哥，乱穿马路的帅哥。"（虽然我觉得这些人并不帅，但要是考虑到邦妮的审美，她说的都没错。）

她说这些话的时候，眼睛上还糊着强力胶呢。我再次检查了下她眼睛上的胶水。在阳光的照耀下，眼睛上的胶水更加清楚了。"邦妮，"我心里又惊又怕。"你是怎么做到这一切的？"

那天晚上，我们吃着爆米花看真人秀——其实是我在看，邦妮在听，她的眼球在眼皮下不停转动——而其他电视节目都是由强奸犯和控制犯导演或者出演的。我说："等等，他也是其中一个？""看看你的手机，"邦妮说，"新闻刚刚发出来。"

一开始的时候，我因为邦妮因为一个坏男人的出现，就主动放弃观看自己最喜欢的节目而感到惊讶，但眼前的邦妮早就不是当初我认识的那个邦妮了。"所有这些破事，时间不过是想继续重复，同时制造尽可能少的变量，"她说道，"它完全不在乎我所处的这个循环。我完全是不想看他的脸。如果你知道我看到那一切，就会知道他那张脸下面埋藏的黑暗秘密，每一周我都能找到点新内容。那里面的秘密呀，可真是多呢。"

在节目开播前，邦妮就开始背诵电视真人秀里的内容，一切都显得那么老套,于是我问她,是不是每次循环都始于午夜。

"没错,"她说道,"就是今晚的午夜时分。周二是循环的最后一天。我对周二是又爱又怕。虽然我希望这强力胶水快点消失。"

"为什么你这周不早点告诉我这一切?"

"我说过了。"她看不到我脸上惊恐的表情,但是她伸出手,拍了拍我的胳膊。"你看,我这次想出了强力胶这套把戏,这其实还有点意思,但我没有让自己的眼睛连续一周都被粘在一起。这是不是让你大吃一惊呀?"

我陷入了思考。"你看……"我说道,"我是一个人,就算我什么都记不住,也是活生生的人。"

"我知道。"邦妮叹了口气。"抱歉。一开始,我非常嫉妒你们,但是当我可以证明时间在不断重复,我就明白这一切有多恐怖了。看清到底发生了什么,并知道一切终将被抹除,然后重启。"

和一个专注于事物恐怖黑暗一面的邦妮相处,你要负责专注于积极的那一面。我可不擅长这种事情。我想到现在的自己已经经过了一整周的时间,到了午夜将被摧毁重塑。当然,邦妮可以通过尽可能相同的流程,来塑造一个和这周尽可能相似的我,但从某种角度上说,情况可能更糟。不。情况绝对会变得更糟。我飞快地说:"有没有什么魔法口令,可以让咱们下次快点熟悉这一切?"

"并没有。而且这可不是什么魔法,可以隐藏和转移知识,不然我就会告诉你去接受邻里治疗了。有趣的是,你居然提到了魔法。我最近在研究黑魔法,除了想试试看有没有可能脱离这个循环,就是想帮助妮娜解决她的闹鬼问题。"

我不知道最近这个概念对于邦妮来说意味着什么。"你还了解这种事情？哦，我又忘了。你什么都知道。最后起效了吗？"

"没用。"她难过地说，"一个很不幸的事实就是，你能处理什么事情，并不意味着这件事就一定可以成功。"

"可怜的妮娜。"我说道。天哪，邦妮确实变了！我今天是第几次想到了这一点？邦妮所说的一切都在以全新的方式展示自己全新的一面，而我的认知也在不断地被刷新。我看了看时间，然后浑身一抖。"哦，马上就要到午夜时分了。"我因为恐惧而浑身僵硬。"我现在先不讲自己有多害怕，麻烦你下次想出个快点证明时间循环的办法，然后给我点儿钱，我就可以不用去上班，好好享受这一整周。你觉得如何？"

"我可以这么做，而且我已经试过了。完全没有用。"

"哇哦，我还不习惯邦妮的黑暗面呢。我会怀念黑暗面的邦妮，但我完全不会记得这一切。"现在说话非常困难，我的牙齿在不停地碰撞。

马上就要到午夜时分了。

再过一秒。

当邦妮留下来的时候

邦妮给所有人悄悄讲述着各种惊人的小道消息，但当她找到我的时候，我只是说："别来烦我。"不管那些秘密是否是我本人告诉她的，我不想知道她到底都知道了些什么。（是的，我绝对没有告诉她任何事情。）

我说："没必要，我相信你说的一切。"

邦妮点了点头，又坐了下来。我们所有人都全神贯注。"我现在乐意和你们分享点小秘密。"邦妮说,"来吧,各位,想问什么都可以。"

我还记得几个当时的问题。我们问了不少事情。

问:如果你身上不能带任何东西,又是怎么记住这么多东西的?

答:好问题!记住这么多东西对我的记忆可是一场考验。我学习了《修辞学》和其他书籍中的记忆法。我醒来要做的第一件事,就是疯狂打字。我是说,像疯子一样打字。万幸的是,我疯狂敲键盘的声音你也只听到了一次!哈哈。另外一件事就是,醒来的时候会预定一大堆书,这样就可以让书早点送到我手上。

问:你试过自杀吗?

答:没试过。在我的乐观情绪完全消散之前,我总是希望自己最终可以摆脱时间的循环。我不想用自杀破坏这个循环,而且我也很害怕。真要回答你这个问题,我只会说,我曾经死于事故。但我绝对不是故意这么做的。我讨厌循环之间的黑暗。当我死的时候,这种黑暗持续的时间更长。

问:你最喜欢的记忆有哪些?

答:喜欢的部分可就太多了。这部分听起来倒是有点尴尬。我和你们很多人拉近了关系。你们不记得,但是我们的关系确实亲密了不少,就是那种大家可以互换发饰的亲密。你们都是些非常了不起的家伙。斯科特,你甚至还有属于自己的高光时刻。至于那个因为我而成立的黑魔法教团,我不敢说那是最喜欢的记忆之一,但它确实太有意思了,我的意思是这事真的很有趣。哦,我还和不少人上了床。我的意思是,我和很多很多人上了床,而且其中很多人功夫很不错,但其中也有不少很乏味尴尬,甚至很糟糕。我也不是神。有的时候,我也不知道会发生坏事,也不可能阻止坏事发生。虽然我的身体会恢复原状,但是我的意识却不会。

问:你想停止这种循环吗?

答:当然想。

问:你为什么想停止这种循环?

答:首先,我已经厌烦这种循环了。从某种无法计算和追溯的角度来说,我已经太老了。其次,这是个自私的理由,我一个人可以改变的部分确实有限。我的意思是,只有你一个人反复体验同一周,不代表你可以变得更伟大或者更聪明。我对于自己取得的进步感到自豪,但是我觉得自己到达了极限。最后,我最近(我们不知道邦妮所谓的"最近"是什么概念)觉得这个时间段正在接近自身的极限。从某种无法衡量的角度来说,它正在逐步衰竭和接替,而且最终肯定会出现很可怕的后果。整个循环都有可能会爆裂。你们难道感觉不到吗?一切都感觉那么疲惫、破旧和忧伤,这种循环会继续,但是无法永远维持下去?(我们都点了点头。)我现在害怕极了。

问:哇,我还以为自己只是抑郁呢!

答:是的,你们也会感觉到这一点。我担心的是,在我身上发生的一切终究会迎来终局,但绝对不是我所想的那样。我担心未来将不复存在。我比其他人更希望未来能够到来,一想到我和你们都看不到未来——

这时候邦妮不说话了。她脸上的表情就像是有人全力撞在了玻璃门上，这就好像有人一路哇哇大喊冲了过来，哎哟一声撞在门上，然后摆出一副"哎呀，我当然知道这里有一扇玻璃门"的样子。

邦妮起身准备离开，告诉我们这周非常忙碌，而且绝对不能出错，所以千万不要想着可以纠正自己干的蠢事。求你们了。当我们还想再问她一个问题的时候，她已经离开了酒吧。我们的最后一个问题只能在空气中打转，然后像一个纸团一样掉在了地板上。

这个问题是：为什么是你，邦妮？

我们一直在考虑这个问题，却从来没得到答案。

邦妮决定在我们的公寓里举行一场盛大的派对的时间选在周二晚上，也就是这一周的最后一天，因为邦妮这一周所有事情都发生在错误的时间点。"大家会来的，"邦妮说，"我知道怎么让他们来。而且我需要一场真正的生日派对！从某种程度上说，我似乎有一百万岁了。"我问邦妮是否坚持记录时间，她摇了摇头，说自己的脑子并不擅长记录数字，但这肯定是在撒谎。

这周发生了一些可怕的事情，既有些可怕的大事，也有些乏味的小事。但换句话说，我们这周过得不错。我们现在还记得所有的事情。

这难道不好吗？这难道不是件大事吗？

大家确实参加了这场派对——我们从不会怀疑邦妮——我发现了在上一份工作中认识的那个男人。是那个男人，但是这里不必过于强调，因为我活了这么大，类似的男人遇到了好几个，只不过他是最近遇到的，而且他也最让我感到愤怒。我说他是最近遇到的男人，是因为我以为自己已经长大了，懂得尊重自己，能够遇见未来（我是不是要求太多了？），所以我不必再想对一个男人说不的时候却说了是，让他随心所欲想干什么都行，而只留下自己不知到底发生了什么，只知道有些事情非常不对劲。当然，我还对自己非常生气。

我的指尖传来一阵烧灼感。

已经过了午夜时分，邦妮不在这里。我有了一种感觉，仿佛邦妮告诉过我一切一定会发生。邦妮说她有了一种顿悟，又或者是自己多年反复思考后的结论，她现在知道自己该干什么了。她花了这么久才想到这一点，完全是因为这个解决方案过于怪异，而且肯定会让自己感到不悦。"只不过是一开始的时候是这样。我现在感觉好多了。大家不该为我感到难过。"她说道。当那一刻来临的时候，邦妮决定让未来继续前进。只要邦妮留在过去，未来才会到来。这其实并不困难，主要是一个人的意图和观点有关。你甚至不需要黑魔法的帮助。其实，个别几种黑魔法确实有帮助。"我希望自己可以在那儿见证一切。"邦妮说，"但是我爱你们所有人，也讨厌你们所有人，我讨厌这种力量，而这种力量也受够了将我困在这种循环中。"

那个男人和一个年轻姑娘聊着天，看起来非常高兴，就好像他本就应该站在聚光灯下。令人感到惊讶的是，他真的以为自己是个好人。我完全可以在这不停循环的时间里思考这一个问题。这就好像他得了疾病感缺失症，这是一种因为自己得了精神病而不相信自己有精神病的状态，我亲爱的婶婶就有这种问题。我一直担心自己会变成我婶婶那样，大家也不相信我说的话，但这种情况已经过去了。但眼前的男人并没有得病。他不过是个怯懦的性侵犯，对于很多事物都有错误的看法，其中就包括我们所有人即将面对的未来。

我穿过房间的时候，所有人都给我让出了位置。我叫出了他的名字。这个男人抬起头，脸上没有害怕的表情，这让我想把他撕成碎片。我微微抬起手，他也稍稍站了起来。当他看到我的时候，完全有可能站起来。又或者是某种不可见的强大力量将他捏在手里，强行让他站了起来。

他可能被迫告诉我和房间里的所有人，自己到底干了些什么好事，以及自己脑子里所想的所有细节。还是忘记那些惩罚吧。又或者对于这个男人来说，让他放弃自保和自尊，把真相一五一十地说出来，才是真正的惩罚。又或者可以晚些时候再施加其他的惩罚措施。没必要现在就做出决定。我现在只想得到久而不至的真相。此时此刻，真相离我还远吗？

圆鳍鱼号

彼得·瓦茨

彼得·瓦茨（rifters.com）曾经是一位海洋生物学家，食肉菌感染的幸存者。虽然他的作品专注于太空吸血鬼，但多所大学的专业（从哲学到神经心理学）将它列为必读书。他的作品被翻译成21种语言，出现在30本不同的最佳年度合集中（包括本书），在12个国家获得50多个奖项的提名。他获得了包括雨果奖、雪莉·杰克逊奖和日本星云奖等21个奖项。

他现在和幻想小说家凯特琳·斯威特住在多伦多，同住的还有四只猫、一只爱踢人的兔子、一条琵琶鱼、一群每年夏天都要在门廊上找他要狗粮的强悍浣熊。相较于他遇到的其他人，他更喜欢这些动物。

加里克穿过一百米深的蓝绿色暮光区，这里风平浪静。在他的上方，是水面之下浑浊的混合区，海面在天空之下不停翻涌，而不朽的那玛卡飓风悬浮在天空上，一路向北移动，并发展成三级飓风。

潜艇的前灯照亮了希尔维亚·厄尔号的轮廓，后者是一个四层楼高的充气气囊，最近才从白鲨咖啡厅搬了过来。潜艇伸出背部对接舱口，然后锁定位置。加里克和自己的驾驶员道别，然后跳进了拥挤的减压舱。减压舱里面有六个发了霉的座椅和一个封闭的舱口。送他来的潜水艇解除对接，然后原路返回。

等气压计显示气压为九个大气压的时候，船员们终于让他离开了减压舱。一个面色阴沉的技术员身着蓝色连体服，带着他穿过管道和梯子组成的迷宫与贴着鲨鱼和海豹的舱壁。她忍受着加里克说话时的咕哝声和单音节词，带他来到一个昏暗的潜艇码头，蓝色的灯光映照在舱壁上。一条宽大的双人潜艇躺在码头中央的通海井，船尾的舱盖打开，一条折叠栈桥搭在上面。潜艇两侧挂着各种研究海床的设备：磁强计、CTD传感器、水流传感器和细胞仪。上面还有些设备，就算一位海洋地质学家也不知道它们的具体用途。在"严禁踩踏"的警示语旁边，写着这艘潜艇的名字：圆鳍鱼号。

这艘潜艇的速度肯定没有送加里克来的那艘快，但是它的下潜深度却让人刮目相看。

当加里克爬进驾驶舱，关闭舱门的时候，驾驶员正忙着核对下潜前的准备清单。加里克呼吸着汗水、单分子气体和机油的味道，坐上了副驾驶的位置："我叫阿里斯特。"

"嗯嗯。"驾驶员微微点了点头，表示听到了加里克的话。这位驾驶员的齐肩黑色卷发，挡住了她的颌骨和脸庞。通海井的灯光穿过潜水艇前部驾驶舱蜘蛛眼般的瞭望窗，将驾驶员笼罩在一种淡淡的水彩色中。她的双眼从没有离开眼前的仪表盘，嘴上却说道："系好安全带。"

加里克服从命令。艇内的机器开始运转。外面的灯光逐渐上升，然后消失。

圆鳍鱼号潜入了虚空。

加里克靠在自己的座椅上，问："要多久才能到达海底？"

"四十分钟。最多四十五分钟。"

"能用分钟来计时可真好啊！我花了一天半才从科瓦利斯赶到这儿，这不过是四十海里的距离而已。"

驾驶员不停拍打着闪烁的仪表盘，直到读数显示稳定了下来。

"我还有点儿怀念以前的时候呢。那时候你可以起飞降落。没有狗屁超级风暴阻挡你的去路。"

驾驶员伸手从挂钩上拿下VR头盔，把头盔扣在自己头上，然后将面罩拉了下来。

加里克叹了口气。

VR头盔在距离海床这么高的位置作用并不明显，由于周围一千米范围内都是空荡荡的海水，所以仪表盘上的2D显示完全够用。但是，为了给自己找点事做，加里克也拿起了自己的VR头盔，戴在了自己头上。他发现自己身处一片虚空中，偶尔能看到一些显示的读数和比例尺。在下方深度1300米的位置，可以看到一层透明的薄膜。在薄膜下方4000米的位置，就是天鹅绒一般的海床。

"这就奇怪了。"驾驶员嘀咕道。

加里克拉起面罩，问："怎么了？"

戴着面罩的驾驶员抿着嘴唇说："密度跃层的深度是1.3万米。从没有见过这么深——"她发现自己在和敌人说话，于是立即陷入了沉默。

加里克翻了个白眼，思考着自己该怎么办，然后采取了行动。

"你就不能违反几条基本规定，起码告诉我叫什么名字？"

戴着头盔的驾驶员把脸扭向加里克的方向说："我叫克

拉·莫瑞诺。"

"很高兴认识你,克拉。我是怎么在五分钟里惹毛你的?"

"你没惹毛我。我们就是——不在这里闲聊。"

"哦。"加里克点了点头,但克拉肯定看不到这个动作。"那希尔维亚·厄尔号上的派对肯定很有意思。"

"你试着和10个人连续几个月呼吸着循环空气,你很快就会重新定义自己的社交原则的。"

"事情可不单纯如此。"

驾驶员的姿态发生了变化,轻微下垂的双肩意味着行吧,浑蛋,随你开心就好。她抬起面罩,看着加里克。

"这可能是最后一个。而你还得把它像其他东西一样弄坏。"

"我?"

"我说的是鹦鹉螺集团。"

"你为什么觉得——"

"你们把每一处公园、保护区和空地采掘一空之后,你们将目光转向了海洋。我们一直在观察,阿里斯特。当蜥蜴岛沉没的时候我就在现场。克利珀顿岛是最后还没有被ISA挖塌的岛屿之一,但它的沉没也不过是时间问题。海床不过是下一个资源开采区,咱们只需要等着天塌下来就好了。"

加里克勉强挤出了一个微笑:"我觉得我问过这个问题了。"

驾驶员继续转头将注意力放在仪表盘上。

"这只是个初步测绘,"加里克继续说道,"说不定什么都查不出来。"

"你可饶了我吧。你早就知道这里有大量的复合金属矿,"克拉摇了摇头,"说真的,我甚至不知道你来这里干什么。为什么不直接买通官员给你盖章放行,然后就开始开采作业呢?"

加里克喘了口气,尽量让自己的声音平和友好:"好问题。为什么我们还没有开始这么做呢?"

克拉死死盯着加里克。

他伸出双手,摊开手掌。"我可没开玩笑。矿物分析数据二十年前就已经成型了,你也非常清楚。如果他们只想榨干克利珀顿岛的矿藏,那么多年之前为什么不开工呢?"

莫瑞诺一时间没有答话。

"深度挖掘。"她最后说道,"也许你们会先处理开采难度低的部分。也许你们现在才注意到这一切。"

"也许他们累了,"加里克说,"ISA 也不愿意随意批准开采作业。"

"你一直说他们。仿佛你不是他们的一员似的。"

"鹦鹉螺集团想要的不就是许可吗?鹦鹉螺集团不是被回绝了吗?"

"那这个他们又是谁?"

"合成工业集团。他们前后五次想开采克利珀顿岛。ISA 一直没有松口。他们说这里是世界遗产。有独一无二的水下生物多样性和无可比拟的保存价值。"

"胡说。这年头没人关心这些事情。"

"他们是 ISA。这可是他们的工作。"

"他们把其他地方都挖塌了。"

"这里可没有被挖塌。"

"也许开采权不会交给合成工业集团呢。你不是已经来这儿了。"

"我明确告诉你:现在什么事情都没有决定呢。"

莫瑞诺哼了一声:"说得对。你把希尔维亚号从几百公里外拖了过来,就为了建立自己的私人基地。你叫停了所有人的研究,然后让我花上八个小时在海床安装探测器。你以为我不知道这些东西值多少钱吗?"

加里克耸了耸肩,说:"如果你这么确定,完全可以拒绝这份工作,违背合同,坚持原则。"

莫瑞诺看着仪表盘,在圆鳍鱼号的上方就是温水层。潜水艇因为右舷水流的拍打,时不时地发生晃动。

"他们也许会把你赶回家,对不对?让你去面对热浪、水源战争和吞噬一切的奇怪真菌。不过我听说有些末日派团体倒是很有意思。上周,有个末日派团体烧掉了半个克鲁恩国家公园。"

莫瑞诺什么都没说。

"当然,你要是真的想站出来发挥点作用,可以考虑加入盖亚组织。"加里克又补充道:"怎么?你想让谋杀这个星球的浑蛋们逍遥法外吗?"

"你这话信息量可不少啊。特别是说话的还是这些浑蛋的跑腿小弟。"

"我自己选择该站哪一边。而你呢?在整个世界被烧成灰的时候,却选择躲在海底?你选择对现状袖手旁观,又或者把火气都压在心里,什么都不说?"

"现在什么都不需要做了。"莫瑞诺说话的声音非常小,"已经太迟了。"

"复仇永不算晚。照我来看,这不就是盖亚组织存在的意义吗?"

"他们已经没救了。"

"现在这个时代,不是一切都无药可救了吗?"

"别以为我没有同情心。我也是有同情心的人。十年前我们就错过了最后的机会,整个星球已经完蛋了,你们这些家伙的生意也越来越好了,因为现在连起码的环境管理条例都没有了。所以,就这样吧。有的时候,我会觉得能做的事情只有在你们这些人逃到新西兰享福之前,让自己的生活尽可能好一点。"

"所以呢?"

"所以,这是一场没有赢家的游戏。和当权的人作对,然后他们就会像碾死臭虫一样把你干掉。"

"这不就又和复仇联系上了吗?只要能让他们过得比我们还惨,我们就要去追杀那些让我们没好日子过的人。只要能伤到他们就够了。情况越糟,我们就越乐于牺牲自己发动反击。"

"胡说八道。"

"他们已经做过研究了。我觉得你可能会认为这是一种……正义本能。这东西非常原始,类似于性或者钱。专家们说,当我们还住在洞穴里的时候,这种本能确实可以让想偷吃的家伙们规矩一点。有些人就是进化程度不足。"

"所以,然后呢?你的意思是,你并不怪罪他们?"

"盖亚组织?你会责怪得了狂犬病的狗咬你吗?"加里克耸了耸肩。"你当然不会。但是还得把这些狗都杀了。毕竟得为大众的利益着想。"

"有意思。我还以为他们也会对你这么说。"

"你会吗?"

"什么?"

"你会杀了我吗?前提是给你一个机会。"

莫瑞诺欲言又止,圆鳍鱼号陷入了沉默。

最终,莫瑞诺说:"如果你必须要知道的话,我之前就有机会杀了你。"

"详细和我聊聊。"

莫瑞诺停顿了一下,说:"当我在加尔维斯顿赶飞机,准备送设备去海湾的时候,有些要晚点的家伙急匆匆地去赶自己的私人飞机,乘客只有他和自己的家人,以及一群无人机。祖孙三代有钱的浑蛋想混进出站大门,假装没有注意到周围人的窃窃私语和愤怒的凝视。"

"他们居然在一层大厅。通常来说,他们可不会把自己暴露在大庭广众之下。"

"屋顶直升机停机坪旁边,有人说出现了技术故障。你完全能想象到那些有权人有多生气。虽然他们看上去非常害怕,但是无人机可以让周围人群保持距离。没等他们进入候机大楼,一辆白色的面包车就开了过来。我敢说里面装满了电容器,因为我听到了'啪'的一声。"

"电磁脉冲?"

莫瑞诺点了点头。"无人机像天上的鸟一样掉了下来。突然,几乎所有人拉着自己的行李箱走下人行道,召唤出租车或者互相吻别,然后所有人似乎形成了某种集体意识,瑞奇·麦克里奇和他亲爱的家人就忽然置身于风暴眼中。有那么一会儿,大家都一言不发,然后一个穿着小丑鱼尼莫的富家孩子哭了起来。人群就冲上去把他们撕碎了。"

加里克摆出了说脏话的口型。

"我也不知道当时有多少人计划参与这次的行动,还有多少人恰好就在附近。但几乎所有人都动手了。那些动手的人发出了同一种声音,就好像是大风吹过摩天大楼之间的街道。"

"机场安保都干了些什么?"

"哦,他们最后确实来了。但是电磁脉冲摧毁了附近的监控。而且人群也不是像盖亚组织一样都带着身份证件。人群在一切结束之后就散开了,等机场安保到达现场之后,只有几个人在那儿喊着'天哪,这都发生了什么事呀?'或者'我裤子上哪来的血迹?'类似于此的话。"

加里克沉默了一会儿,然后说:"你刚才说几乎所有人,你也在其中吗?"

莫瑞诺摇了摇头:"不,我当时在试着打911报警电话,但因为电磁脉冲,我的手机……"

"所以你也选边站了?"

"什么?"

"有些人在你眼前犯下了血案。你完全可以借此讨回正义。"

莫瑞诺瞪了他一眼:"那就是一群擅用私刑的暴民。"

"当暴君掌握了司法系统,你还期望什么呢?"

"你的老板们知道你这么说话吗?"

"我不知道。反正我是个比较孤僻的人。鉴于你认为我的老板们应该为毁灭世界负责,我认为你也想报复他们一下。但是,当机会就摆在你的面前的时候——没有危险,不必负责——你却选择帮助他们。"

莫瑞诺在控制面板上点了一下,潜艇尾部的设备开始工作。"哦,我确实想撕了那些富人。我不可能没有受到现场气氛的影响。但是,我确实被吓到了,你懂吗?整个事件的规模,每个人都——连接成一个整体。"她深吸一口气。"而且,这群富人罪有应得。但是他们已经造成了伤害,整个星球已经完蛋了。干掉几个有钱的浑蛋并不能修复这些伤痕。我就是——我就是觉得在剩下的时间里,我还有更重要的事情去做。"

莫瑞诺耸了耸肩:"再说了,就算有钱人都逃到新西兰也无所谓。去南极也无所谓。反正到处都是传染病。霍乱、裂谷热或者其他什么东西,在六个月后也会干掉他们。"

加里克对此没有任何评论。

"真是有意思。"莫瑞诺停顿了一会儿,"你一直都能听到和他们有关的事情,对吧?傻乎乎的孩子和老人穿着跑鞋,挥舞着标语,在那里嘿呀嘿呀地呼喊,仿佛那样就可以对局势做出些改变。但是策划机场那案子的人,他们拥有资源,有组织,几乎是军事化组织。"

"他们就是军队。"加里克说。

"什么?"

"起码其中一些人就是军人。你就没发现这几年里雇佣兵和商场保安都不见了吗?"

"现在到处都是无人机。为什么商场保安就不能像出租车司机、比萨送货员一样被替代?"

"在丛林法则充斥于社会各个角落的时候,无人机可不会背叛你。这些有钱人忽然发现,他们的私人军队在断电的时候可能会叛乱,可能会起义,将末日地堡据为己有。我听说很多护照上有中东国家签章的人都丢了工作,而他们肯定已经工作了十多年了。有些人可能非常生气,甚至寻求报——"

有什么东西在推动着圆鳍鱼号,整艘潜水艇像浴缸里的玩具一样不停地上下晃动。

加里克在惯性的作用下坐在椅子上。潜水艇艇首向下,似乎乘着某种隐形的波浪快速滑行。圆鳍鱼号似乎开始失控,莫瑞诺咒骂一声,抓住了控制杆。

消灭……

忽然，一切都平静了下来。

两个人都陷入了沉默。

加里克说："这温水层可真了不得。"

"是混合层，"莫瑞诺说，"我们的深度已经超过一千米了。这也算是个小记录了。"

"海底地震？"

莫瑞诺身子前倾，仔细打量着仪表盘："希尔维亚号的自动应答机没有回应。"她调出键盘，开始敲打了起来。在船壳外面，各种声呐都开始运作。

"技术故障？"加里克问。

"我也不知道。"

"你就不能呼叫他们吗？"

"你以为我在干什么？"

加里克还记得声学调制解调器，在常规条件下可以解决模拟声音通信，但是那玛卡飓风扰乱了背景噪声，又何来的常规条件呢？在这里，专业人士都是用文字交流。

但是看莫瑞诺的脸色，似乎文字交流也失效了。

她用手拖动仪表盘上的滚动条，让海床沿着某个隐形的轴线逐渐消失，变频器将观察角度转到上方。可传回的效果却让人感到困惑不已，屏幕上只有一片静电雪花。莫瑞诺调整聚焦，清除了干扰，终于看清了一些更深更近的东西。莫瑞诺不禁倒吸一口冷气。

在他们上方，斜密层就像是一张地毯，被什么东西抓住不停地抖动。传回的波形不断高涨，一股冷水好像一场海底的台风，从深处冲到了荧光层。每次声呐传回信号的时候，就能看到全新的波形。

这个东西的高度至少有一千米。

这个神秘物体向东前进，掀起大量转瞬即逝的旋涡，潜艇的传感器也传回了大量信号，勾勒出这个物体的基本形状。加里克不知道这是什么东西。也许这是漂浮垃圾的残骸，即便那玛卡飓风已经将它撕碎，但部分残骸还漂浮在海上。也许有可能是气泡和气穴，也许有可能不过是一群鱼，有些鱼还在海洋里游荡。

"到底——"奇维科问。

"闭嘴，"莫瑞诺脸色苍白，"这可太可怕了。"

"有多可怕？"

"闭嘴，让我好好想想！"

莫瑞诺拉下了面罩，不停摆弄着面前的面板，比例尺不停缩放，地形图旋转缩放，前后调整。她不断调整距离，水纹也不断变化。她嘴里不停地轻声咒骂，潜艇内回荡着传感器发出的声音。

"我找不到希尔维亚号了。"莫瑞诺轻轻说道，"不过也不是完全找不到。有些残骸的坐标已经到了811的位置，完全偏离了原来的位置。"

加里克等着他继续说下去。

"它在我们下方90米的位置。"莫瑞诺深吸一口气。"至于希尔维亚号的顶部，却在上方50米。整个工作站肯定是被水流拍碎了。"

"但那究竟是什么东西？"

"我不知道。我从没见过这种东西，感觉就像是一个巨型假潮。"

"我都不知道那是什么东西。"

"这就像……斜密层前后摆动。在水下竖起来的波浪，而且强度更高，湖泊和海洋里都能看到这种情况。波浪在周围有岩壁的低地里可以反复回荡。"

"太平洋就是个低地，周围也有岩壁。"

"太平洋太大了。我的意思是，海洋内的假潮有时确实可以环绕地球好几圈，但是速度很慢。可能整个拉扯不同海层的运动要维持好几年，有时候还会引发厄尔尼诺现象。但我从没见过这种情况。"

"那玛卡也是十年前才出现的。"

"是啊。"

"海洋温度已经升高了，飓风的降温效果也显得微不足道。也许这就是假潮强度提升的原因。"

"我也不知道，也许就是如此吧。"

"也许它们之间存在正向增强的关系。现在一切都相互联系，到处都是爆发点和——"

"我也不知道。现在这些事情都不重要了。"她收起VR面罩，看着头顶上的红色把手。当她拉下把手后，潜艇内回荡着轻微的金属碰撞和砰砰声。仪表盘上亮起了一个提示灯。

"紧急浮标？"

莫瑞诺点了点头，拉下面罩，抓起了操作杆。

"我们是不是该做点儿记录，把信息都发送出去？"

"都已经存在浮标里了。潜水日志，遥测数据，甚至连舱内聊天都有记录。信标会自动记录这一切。"莫瑞诺抿紧了嘴巴。"我提醒你，你说的话也都录在里面。国家海洋研究院征用了潜水艇，专门用作勘探任务。也许他们知道自己手下遇到了危险，可能动作会快一点。"

她把操纵杆推向左舷,圆鳍鱼号也开始慢慢转向。

加里克看了看深度计:"还要下潜?"

"你觉得谁会从那玛卡中飞过来执行救援任务?就算他们飞得过来,你觉得我会上浮吗?我还没疯到那个地步。"

"不,但是……"

"救援只能从那玛卡的侧面靠近。鉴于你把希尔维亚号从鲨鱼咖啡馆拖了过来,那么救援只能从更远的地方赶过来了。"

加里克停顿了一下,点了点头。

"即便我们的信号在这么混乱的背景环境下被人接收到了,救援也可能要花好几天才能赶到。"莫瑞诺说,"我可不想一个星期里都屏住呼吸。"

加里克吞了下口水:"我还以为这种潜水艇可以从海水中生成氧气呢。"

"我们缺的不是海水,但是需要给电池充电才能保证电解器工作。"

他检查了下潜艇的航向,莫瑞诺正驾驶潜艇跟在超级假潮的后面。

"你还在跟踪工作站。"

莫瑞诺咬紧牙关说:"我在跟踪工作站的残骸。要是运气好的话,有些油箱应该没有受损。"

"有可能找到幸存者吗?"大多数工作站都装备了硬壳逃生舱,专供船员应对灾难性天气。当然,船员必须得到足够的预警才能进入逃生舱。

莫瑞诺并没有回答,也许连她自己都不认为有这种可能。

"我……我很抱歉。"加里克说,"我想不到……"

莫瑞诺身子伏在控制台上,说:"闭嘴,我在开潜水艇。"

圆鳍鱼号一直在发出各种响声。艇内的设备发出嘎吱嘎吱的声音，马达的声音就像是蚊子叫，传感器一直在关注周围的物体和水体密度。

而艇内的两位乘客脑子里还想着水面上的世界，一句话也不说。

终于，海床出现在他们眼前，你选择不同的海峡下潜，可能会看到闪闪发光的平地或者泥泞的平原。声呐的信号反馈提供了更多的信息，但是探照灯下的骨白色沉淀物确实让人感到心安，因为你终于看到了一片真实的物体。加里克摆弄着操作界面，终于保证声呐信号反馈和摄像头反馈都能正常显示。

莫瑞诺操作潜艇向左舷转向。眼前的泥地变成一片岩石，然后又看到一片泥地。岩石以怪异的角度从海床中钻了出来，看起来就像是边缘尖锐的桌子。钴矿和磁铁矿结合散落在海底，看着就像是从古老沉船残骸上掉落下来的宝藏。这里有各种东西。海星的腕足看着像健壮的脊柱。海葵长在修长的柄柱上。扭成一团的盲鳗体型大小类似垒球，它们在海底随水流而漂浮，在探照灯的照耀下，看起来就像是蜻蜓的翅膀。

所有生物都漫无目的地漂来漂去，完全没有一丝自主行动的迹象。

加里克收起了面罩，看着莫瑞诺，问道："一个活物都没有了吗？"

莫瑞诺哼了一声。

"什么东西有这么大杀伤力？"有可能是硫化氢。整个区域遍布海底冷泉和烟囱——克利珀顿岛丰富的矿藏就来源于此——但是加里克看到这场在保护区里的惨剧，还是吓了一跳。

莫瑞诺闭着眼耸了耸肩："也许是死亡区扩展到了这里。大陆架上的无氧水体会流到这里,这种事情每年都会发生好几次。整个生态系统在一夜之间就缺氧而死了。"

"该死。"

"是啊,"莫瑞诺的声音无任何感情,"真是场悲剧。"

加里克看着她的脸,却看不出任何表情,所以又拉下了自己的面罩。

有什么东西在等待着他。

偏向右舷几度的地方传回了信号。海床上有什么体积巨大的东西,看起来像是从海床上突出的岩石,但是外形更加对称。这个物体反射回来的信号强度要远远强于周围的玄武岩。

"是工作站的残骸吗?方位 028,距离 50 米?"

"不是。"

"反射听起来倒像是金属。"

莫瑞诺继续一言不发。

"也许咱们该去看看,就是确认一下情况。"

理论上来说,加里克是这艘潜艇的指挥,莫瑞诺不过是个出租车司机,就算她让加里克滚到一边去,他也对此无能为力。

过了一会儿,圆鳍鱼号开始向右舷转向。

这个不明物体藏在一堆岩石后面,声呐回声看上去就像是太阳从地平线后面刚刚升起。随着他们越来越近,传回的声呐信号揭示了更多的细节。这是一个带有弧度的物体,整体有大量相互连接的分段构成,物体的底部深入海底的淤泥之中。

一个颅骨。

声呐完成扫描后,潜艇打开了探照灯,展现在二人面前的是一根在探照灯下反射着油亮反光的脊椎,一个三米长的银色的箭形颅骨,鼻孔延伸到头顶,空洞的眼眶占据两侧的位置。

巨大的手骨散落在海床上，看起来就像是博物馆的复制品。

加里克低声说道："是条鲸鱼的骨头。"

"可能有几百万年的历史了。"

"但这是金属啊……"

"这是完全矿化的化石。海水里全是金属离子。不然你们为什么对这里这么感兴趣？"

"是这样没错，但是——"

"我倒是很想带你好好看看这儿的风景，阿里斯特，但是你别忘了，我的朋友可能都已经死了，而且我也不是想这么快就——"

莫瑞诺忽然不说话了，她看到了一个东西，这个神秘物体正在从鲸鱼化石脊柱后面打量着潜艇。

"这是什么鬼？"她嘀咕道。

一个长着好几条触须的鱼雷形生物，几米长的身体在探照灯的照射下，显出一种白中透粉的光泽。加里克说："是条鱿鱼。"

"我可没见过这样的鱿鱼。"

潜艇继续前进，加里克开始调整相机镜头。这条鱿鱼和这里的其他生物一样，都毫无生气地漂在海水中，触须如海草一样软弱无力。但是，这条鱿鱼看起来就是很奇怪。

"看它的眼睛。"莫瑞诺悄悄说道。

加里克从这个角度可以看到三只眼睛等距分布在章鱼身体中部的脑袋上。（在身体另一侧，可能还有一只眼睛。）而这三只眼睛看上去非常奇怪。

这三只眼睛没有虹膜，没用瞳孔，没有眼白。加里克发现这三个位于眼睛位置的物体，只有一个在看着潜艇。其他两个看起来黯淡无光，而且非常扭曲。眼眶中布满了触须，就好像有人将眼球扣了出去，然后塞了一堆鱼虫进去。

他说道："把灯关了。"

"为——"

"关掉就是了。"

周围陷入一片黑暗。加里克操作的船体摄像头也被黑暗笼罩，而在那布满触须的眼眶中，还有一盏小灯闪烁着翠绿色的光芒。

加里克轻轻说道："那里面有个LED灯。"

莫瑞诺再次启动艇外的探照灯，LED灯的光芒再次消失在强光灯和阴影中。圆鳍鱼号继续前进，从潜艇下方伸出一个结构类似螳螂臂的机械臂，机械爪向着那个身体松软的乌贼伸了过去，并碰到了它的身体。

乌贼身体一缩，立即游入黑暗中消失不见了。

"哼。"加里克咕哝了一下。

"洪堡乌贼。"莫瑞诺说，"起码看起来是这样，这玩意儿对低氧环境还是有耐受力的。"

"但它是——"

"它被改造了，眼睛里加了一堆神经元接线。它不一定只会接收视觉信号，根据传感器类型的不同，你什么信号都可以接收到。酸碱值、盐度，你想要什么信号都可以。"

"所以这就是某种活体环境传感器。"

"我是这么认为的。"

"这可不是你们的设备吧。"

莫瑞诺哼了一声。

"那这会是谁的设备？"

"我也不知道，"莫瑞诺说，"但还是看看它去哪儿了吧。"

她用声呐对准乌贼游走的方向，开始调整距离。这只乌贼——天知道它到底是什么玩意儿——并没有被声呐捕捉到。但是声呐却发现了其他东西。在声呐的探测极限距离上，接收到了某些物体反射回来的微弱信号。

加里克说："看起来还是海底突起的石头。"

"不可能。边缘太平直了。"

"希尔维亚号？"

"方向不对。"

"我们还是按照原来的航线走吧，剩下的油料不多了。"

圆鳍鱼号开始转向声呐反射信号的方向。

加里克戴上面罩，问："你觉得那会是什么东西？"

莫瑞诺也打起了精神，双眼炯炯有神。

"咱们很快就知道了。"

"好吧，咱们起码现在知道了。"加里克说。

"知道了什么？"

"为什么克利珀顿岛不能开发。为什么 ISA 没有……"他摇了摇头，"有人买通了他们。"

圆鳍鱼号漂浮在一片塑料和金属建筑工地中。大片铁轨向着四面八方展开，整个海底变成了一张巨大的国际象棋棋盘，铁轨的缝隙中间竖立着高塔。汽车大小的 3D 打印机在轨道上运行，挖孔，放下球形物体，排出滚烫的液体。当这种液体冷却之后，坚硬度可以超过玄武岩。喷气推进的奇怪机器将关键节点的岩石切碎，将钢铁融合在一起。到处可以看到尚未完工的穹顶框架、隧道和管道，线缆和光纤。

所有这一切都在黑暗中清晰可见，所有建筑工程都藏在四千米昏暗无光的海水之下，只有圆鳍鱼号发现了这一切。

加里克吹了个口哨说："这可是个不一般的居住区啊！"

"这不是居住区。这是一座城市。"莫瑞诺检查了下数据库。"这东西可不在海图上，也没有自动应答机，完全没有出现在任何记录里。"

"我看并不是所有的富人都会去新西兰。"

莫瑞诺按下一个按钮，显示屏上立即显示出五颜六色的反馈信号。在两点钟方向，有一块被机器阻挡的红色信号。"是热泉。"

加里克猜测："看来那就是他们的能量来源了。"

"嘿，你看到那东西了吗？"

加里克看到在85度的方向，有一个外形圆润光滑的建筑，和周围尚未完工的建筑相比，它看起来异常完整。在红外探测器上，它呈现出一片绿光。

这是一个加压舱。

莫瑞诺看着返回的信号说："有大气压。"她的口气就像个预言家。

"里面有人？"这可能会造成麻烦。任何在这里大兴土木的人，都不可能喜欢不速之客。

但是莫瑞诺摇了摇头说："看起来就是给工头住的住宿区。当你检查工程进度的时候供你暂住的小屋。任何在这里建造秘密宫殿的人，都不可能让自己的遥测数据泄露出去。看不出这里有人常住的迹象。可能得等到他们决定搬到这里常住的时候了。与此同时——"圆鳍鱼号开始转向。"那里有电力、食物，甚至可能还有船。"

工头的住宿区就在潜水艇的前方。"我们在这里待得太久了，肯定会有人来找我们。"加里克说。

"除非我们非常不走运，不然首先赶来的人是救援队。然后这里的一切就会被曝光，所有人都会知道这里发生了什么。"

"那就是说不论这里的幕后主使是谁——"

"阿里斯特，你知道幕后主使是谁。不就是你的那些老板嘛。在一切毁灭之前，这些大富豪开始自掏腰包资助这个计划。"莫瑞诺看着他。"看来，他们没给你在这儿留一张床啊，我猜得没错吧？"

"你觉得他们不会监听这片区域的通信吧。等他们看到了坐标，一定会动用自己的影响力，叫停救援行动。"

莫瑞诺捏紧了操纵杆，轻轻骂了一声。

在探照灯的照耀下，工头的居住区看起来就像一个灰色的月亮，半径达到了10米。莫瑞诺拉动操纵杆，潜艇开始上升，躲开了北边的穹顶，潜艇的灯光照亮了水下的管道、网格和写着警告标语的排气管。莫瑞诺驾驶潜艇绕过北边的穹顶，让潜艇稳稳地停在对接舱口上。经过一阵机器的轰鸣，对接区的海水也被排了出去。

莫瑞诺调出一个操作界面，骂骂咧咧地说："我就知道，里面只有一个大气压。"

"我们减压要花多久？"

"从九个大气压开始？呼吸氦氧氮混合气？一切正常的话，要花五天时间。"她端详着面前的仪表盘。"万幸的是，我们有居住区维生系统的远程控制权限。我可以让内部压力——"她又在仪表盘上按了几下。"——在15分钟内完成减压。"

加里克说:"你可太棒了。"

莫瑞诺第一次对他露出了笑容:"我就是这么厉害。"

但是,他们可没有15分钟。5分钟后,仪表盘上亮起了提示灯。

加里克说:"这倒是挺快啊!"

莫瑞诺皱着眉头说:"这不是居住区的提示。这是ELF握手协议①。"她一下兴奋起来。"是文字信息!信标把信号发出去了!"

加里克咬紧牙关说:"别抱太大希望。记住,那些人——"他看着周围尚未完工的建筑群。"——到处都是他们的耳目。"

"不,这条消息来自搜救卫星系统。这是美国国家海洋和大气管理局的系统。"她身子前倾,仿佛自己只要全神贯注看着显示屏,就能让信号快点穿透几公里深的海水。一个个字母终于在她面前凑成了完整的信息。但是,从加里克所坐的位置看过去,字体太小,难以辨认。

他叹了口气。

"这里说……"莫瑞诺脸上的期望一扫而光,心里腾起一股不好的预感。她转头看着加里克问,"你到底——"

加里克一拳打在莫瑞诺的右太阳穴上。她的脑袋撞在舱壁上,在肩部安全带的束缚下,整个人像洋娃娃一样瘫了下去。

加里克解开安全带,把身子凑了过去。莫瑞诺还有些意识,她的嘴角在不停抽动,努力想说些什么。终于,她发出了一声

---

① 握手协议,指的是客户端和服务器之间互相确认身份的网络协议。——译者注

呻吟。

加里克摇了摇说:"基本上说,这就是一次基础测绘。我们不知道这下面到底有什么,不过是有些……疑惑罢了。"

"你个……"莫瑞诺勉强说道。

"这些传感器本该……不该是你来开潜水艇。我们本没有计划潜入这么深的位置。"

莫瑞诺勉强抬了抬手,看起来就像一条死鱼拍了拍尾巴。

"现在一切都乱套了,我也只能——随机应变了。克拉,我很抱歉。"

"地……勘——检……"

"抱歉,你选错边了。"他说完就扭断了莫瑞诺的脖子。

等到她心脏停止跳动的时候,居住区的气压也增加到了九个大气压。加里克在狭窄的空间里转动身子,瞟见了控制屏上的信息:

已收到求救信号

请等待进一步指示

鹦鹉螺集团不知道有关于希尔维亚号的任何情况

当前作业区域内没有集团员工

名单上不存在名为阿里斯特(姓氏未知)的员工

然后,他打开了甲板上的舱门。

当他爬进居住舱里的时候,舱室里的灯也亮了起来。这是一种非直射全光谱灯光。舱室内部呈半球形,各种支架和盖板都有PVC材料覆盖。圆形舱壁上安装了桌子,上面各种界面和控制界面都处于休眠状态。透过舱壁后面的舱门,还可以看到床铺和更衣柜,以及一个通向下层的螺旋楼梯。

加里克扫荡了一遍居住区，发现里面空无一人。他启动控制界面，检查日志和清单，检查圆鳍鱼号的远程控制系统，自学如何让潜水艇自主航行到远离此处的地方去。

他饿了就吃居住舱里储存的食物，困了就在客厅里睡觉。

从当前位置到达混合区之间是四千米深的海水，而海面依然波涛汹涌，永不停歇的那玛卡飓风还在咆哮。海岸上的野火还在燃烧。沙漠还在扩张，汽水化合物还在燃烧，冬季热浪席卷地中海地区，小麦锈病造成的饥荒和猴痘正在屠杀大批人口。图瓦卢和基里巴斯已经沉入大海。抗议者悼念北极熊和孟加拉虎的灭绝，而在他们脚下，各种微生物正在占据这个世界。人类正在走向灭亡，经过三个世纪对资源的过度消耗，各地暴动四起，战事不断，人类正在争夺最后的资源。

与此同时，日经指数还在上涨。

阿里斯特·加里克——前美军特种作战司令部上士杰克逊·诺顿——正在海底等待时机，制订计划，选定目标，等待富豪们的走狗赶来，带着自己去找这些走狗的主人。

沙丘之歌

苏伊·戴维斯·奥孔博瓦

苏伊·戴维斯·奥孔博瓦（suyidavies.com）是一位来自尼日利亚的作家，他的科幻、奇幻和惊悚小说受到了西非文化的影响。他的神话朋克小说《大卫·莫戈》《猎神人》，被称为是"该类小说中柏拉图式的理想之神"。他的短篇小说和短文刊登在Tor.com、《光速》、《梦魇》、《奇异地平线》、《篝火畅谈》、PodCastle、《黑暗》，以及类似于《恐怖小说和有色人种如何摧毁科幻小说》等合集中。他奔波于尼日利亚的拉各斯和美国的图森。他一边教授本科生写作，一边攻读创作型写作的艺术硕士学位。

酋长对伊苏瓦说："不要去沙丘里闲逛，不然会唤醒众神的怒火。"

但是，这并不能阻止娜塔再次尝试离开这里。

当新月集会结束之后，她就悄悄溜到了社区集市。现在还是清晨，沙漠中的雾气很重，一切都像是困在沙子中的乌龟，移动非常缓慢。太阳已经升起来了，温度开始上升，村民现在还没有进入沙漠，所以现在还不是很热。长老们口中的沙丘指的是旧时代的沙漠，并不是现在吞噬整个世界的沙丘之海。

村民像甲虫，又像白蛉，在集市中跑来跑去。整个市场内部遍布竹子和围布围成的走廊，简直就是一座迷宫。市场里的人为了抵御风沙，浑身上下都裹在长布里。大家一如既往地无视了娜塔，她拖着一个大包，肩膀上的披风时不时掉了下来，她只好停下来重新调整披风。她的头发非常乱，双眼因为缺乏睡眠而充血，但是村民对此毫不在意。

首先，她去找了铸工。她能够交换的东西都是不需要的罐子和家什。铸工一言不发收下了所有东西，然后给了她甘蔗。这也不错，因为在沙漠里的第一要务是止渴。然后，她拿出了妈妈的老旧大金属箱。妈妈曾经用它为村子制作各种工具。现在，村民已经不需要这些工具了，所有这些奇怪而古老的工具，都源自那个沙漠吞噬一切的时代。当她把箱子放在村子里最大的水果商面前的时候，他盯着箱子看了很久。

他说："他们还会抓住你的。"

娜塔说："也许抓得住我。也许抓不住我。"

商人点了点头，给了她黄糖和干果。

她把最值钱的东西留在了最后。她胳膊下夹着那块木板去找木工，正是这位年迈的女木工帮她找到了那棵古树的树干。妈妈用古树的木料加工出了这个木盘，还上了一层石蜡。妈妈经常说，和世界被沙子吞噬之前的时代相比，木材是稀有资源。这个木盘可能是娜塔手里最值钱的东西了。

木工并不在店里，但是看店的学徒用土罐给娜塔装了很多水。娜塔经过一番讨价还价，又要到了一些面包和烤白蚁，才把木盘交给学徒，然后就看着学徒们讨论要把这个木盘切成小块。

娜塔还记得自己当年是如何大哭着求妈妈，给自己弄一块平整的木板的。而且这块木板一定要和档案馆里记录的一模一样。长老们将所有旧世界的遗物通通存在档案馆中，只有酋长和他的修士才能进入其中（但是妈妈却能出入档案馆）。她还记得曾经希望有一天，自己可以像书中的那些孩子一样，爬上沙丘，坐着木板滑下去。但一切已经太迟了。这个梦已经属于别人了。

娜塔转身就走，没有说一句道别的话。道别意味着自己和村民做正面的道别，但是她不会这么做。她希望当自己走出竹子栅栏的时候，太阳可以掉下来烧掉整个村子，为村民对自己和母亲所做的一切复仇。她希望所有的沙丘可以同时开始歌唱，形成一曲毁灭的协奏曲，沙子将整个村子湮没，这样大家也不用体会自己所承受的痛苦。

但是首先，她要去找塔塞尼关。

酋长对伊苏瓦说："不要去沙丘里闲逛，众神会吹响你的毁灭曲。"

伊苏瓦每天都会听沙丘发出的声音。每当沙漠向伊苏瓦推进的时候，沙丘发出的声音就像一首歌，一种活物根本不可能发出的声音。这种声音听起来非常尖锐，还伴随风吹过管道的声音。每次有人冒险进入沙海，都会被黄沙吞没，然后沙丘就会继续向伊苏瓦推进。沙丘发出的口哨声是一种警告，提醒其他凡人，沙海曾经吞噬了很多拒绝服从自己的世界。酋长曾经讲过一个故事，在旧世界之前还有一个世界，众神用同样的办法降下了惩罚，不过那次吞没世界的不是沙子，而是水。而伊苏瓦的使命就是维持这种循环，迎来下一个世界。

村民知道酋长说得没错，因为他和长老的巡游团、卫兵、修士都戴着十字架，这个十字架代表着穿越围栏寻求答案，意味着向众神祈祷，请求他们不要让沙漠继续推进。巡游团有时候会带着从沙海中找来的奇怪物品，这些物品看起来都属于完全不同的时代，每当这时，长老们就会将巡游团带回来的物品收入档案馆。酋长提醒伊苏瓦，收集这些物品不是一种特权，而是一种负担，因为你将无法看到众神的脸还能活下去，每次巡游团毫发无损地返回都应当感谢众神的保佑。

但是，这并不适用于娜塔的妈妈。

娜塔的妈妈是个很固执的人。她总是说，不能轻易听信男人的话，但这反而让娜塔感到很困惑。妈妈也完全依靠这种行当过日子。她知道妈妈有多少次无视村民的规定，偷偷翻过了竹子围栏（一共五次）。妈妈说，干瘪的竹子围栏并不能留住村民。翻越竹子围栏是一件很轻松的事情。娜塔依然记得妈妈所说的每一个字。

妈妈是翻越围栏的专家，她可以穿越时空，突破常理，村民经常忘记她和娜塔的存在。当村民看到母女二人出现的时候，就会努力回忆她们来自哪里，为什么还在这里，为什么还没有被作为祭品献给众神。

对于娜塔和妈妈来说，消失在众人面前是很简单的事情，她们大可以去村子边缘地带，和那些被认为没有价值的人一起住在到处都是蝎子的区域。一开始，娜塔认为这都是妈妈的错，她不应该和长老们争论，不该说沙漠里没有会发出哨声的众神，不该说埋葬在沙海之下的文明不过是因为超级生态灾难而灭亡。妈妈坚持认为在别处还有生机勃勃的文明，时光的旋风将会带着自己找到它们。妈妈坚称自己亲眼见过这些文明。

所以，当妈妈吻了吻娜塔的额头，告诉她"我们出发吧"的那一刻，娜塔就知道村民说得没错，妈妈确实疯了。一阵旋风就能带你去一个没有沙子的世界？主动走进沙丘，让众神将你吞没？

当然，娜塔拒绝这么做。妈妈尝试强迫她走进沙海，二人在多次争吵后，只剩下对着彼此尖叫。妈妈说，自己不过是想拯救大家，而娜塔则强调是在拯救大家，所以才会有各种规矩。妈妈说，如果娜塔坚持这种观点，那就永远都无法做好准备，所以，妈妈在娜塔睡觉的时候捆住了她的手脚，将她放在一辆手推车上。但是，妈妈甚至不能把手推车拉到栅栏旁，于是又解开了娜塔的手脚，娜塔立即逃跑了。

娜塔跑回母女二人的藏身处，等着妈妈回来，因为并不存在什么时间旋风，也没有魔法沙尘暴在沙丘间游荡，时刻准备拯救他人。所以，她开始等待。

她等呀等。

等呀等。

直到沙丘的哨声再次响起。

酋长对伊苏瓦说："我们只专注于自己的事情。我们之所以能活下来，就是因为我们从不过度探索。"

娜塔很轻松就找到了塔塞尼关。他是个瘦小的男孩，手肘纤细得几乎只剩骨头，深陷的眼窝几乎可以装下大洋里的海水，巡游团绝对找不到他。他总是身处别的什么地方（即便他真的在某个地点的时候，也并非真的在那里）。在村民看来，塔塞尼关不该是酋长的孩子,他总是眯着眼睛,若有所思地望着天空。也许对于所有人来说,他最好还是早点失踪吧。

娜塔在一片旧居住区找到了塔塞尼关,那些被沙丘之歌所吞噬的人留下的帐篷都会被扔到这里。就在这里的某处,一定还可以找到妈妈最好用的工具,和那些没有上交给长老档案馆的物品。所有这些,还有留下的帐篷都被劈碎,避免有人重建这一切。如果有可能的话,村民肯定会烧了这些东西,但是现在这个时代,火非常危险。

塔塞尼关就蹲在这堆废品中央,他蹲在坚固的残骸上,双脚满是灰尘,手里攥着一块石头,在一个光滑的盘子上写写画画。他是酋长唯一的孩子,在还没出生的时候就注定成为一名修士,他将书写伊苏瓦的未来。他和长老们学习了很久,学习如何书写那些代表伊苏瓦的文字和发音符号,但他很少关注哨兵和巡游团的事务。大多数情况下,他都是一个人默默练习。

娜塔慢慢走了过去,塔塞尼关抬起了头。

娜塔问:"你会和我一起走吗?"

男孩停止书写,眼球飞速转动,问道:"去哪?"

"我去找妈妈。"

他停顿了一下,在盘子上慢慢地写了几笔,继续问:"找你妈妈?"

"是的。"娜塔说。

他想了想,问:"也找我妈妈吗?"

娜塔停顿了一下。所有人都知道塔塞尼关妈妈的故事,她是酋长的第一任妻子。村民说她也是个行为出格的家伙,和娜塔的母亲一样都是疯女人,整天都在说着要去其他地方的疯话。村民说,酋长允许自己将他的第一任妻子选做献给沙丘的祭品,是一个正确的选择。

娜塔说:"也许吧。"

塔塞尼关又写了几下,放下手中的盘子和石头,起身拍掉了屁股上的灰尘。

"行。"他说道。

娜塔知道,当时机来临的时候,可以轻易让塔塞尼关加入自己的队伍。塔塞尼关并不是真的在这里。他总是住在其他地方,而村民根本看不见。村民曾经问过塔塞尼关,为什么只学习写字,而他的回答是自己需要学会写字,才能从这里逃离。这时候,村民才发现,他和他的母亲都一样。

娜塔说:"你知道去哪里找我。黄昏之后,等哨兵都喝醉了来找我。不要告诉任何人。"

塔塞尼关说:"黄昏?今天是月日,沙丘又要开始唱歌了。"

"对,就是要这个效果。"

酋长对伊苏瓦说:"任何离开这里的人都属于众神,他们不能回来。"

第一次进入沙丘之海的时候,娜塔走得并不远,她只看到了一望无际的沙海和挂在天上的太阳。当太阳渐渐下沉的时候,沙丘投下的阴影将娜塔笼罩。她发现了几具动物和人类的枯骨,还回收了几件从没有见过的文物。她的水也喝完了,却没有看到母亲的踪迹,甚至连尸体也没有找到。她也没有找到可以带自己去母亲身边的旋风。

等她返回围栏的时候,就被哨兵抓了个正着。他们蜂拥而上,额头在披风下闪闪发光,一个个拉着脸,面无表情。哨兵们一言不发地将娜塔围住,在这种无声的争吵中,又何必说话呢?

哨兵按程序收押了娜塔,让她躺在一个雕花的仪式性抬床上,将她当作祭品,抬着她穿过居住区。这是一种警告,示意她选择了成为众神的食物,选择了一条死亡之路。村民从自己居住的小屋里走了出来,跟在哨兵身后,一边悲伤地摇头低语,一边指指点点。他们伸出手触碰娜塔,也许是出于同情,也许是出于团结,所有人都在问:"为什么要这么做?"哨兵用鞭子鞭打围观人群的手,但他们总是会回来。

酋长的小屋位于居住区的中央,这间小屋有自己的院子,面积是整个居住区里最大的,也是唯一有接客厅的房子。哨兵将娜塔押到了酋长面前,村民们也聚了过来。酋长和其他人相比没有太大区别,只不过身材稍胖,眉头总是扭在一起。酋长的穿着和其他人也没有任何区别,都穿着同样材质的披风,只不过酋长头上戴着一顶珠子串成的帽子,这个帽子是酋长之间代代相传的宝物。

酋长很快就做出了决定。按照习俗,娜塔不能回到村里,因为她激怒了众神,沙丘继续向村子推进。娜塔将赤手空拳进入沙漠,甚至连斗篷都不能带,这一切都是为了众神能够顺利接纳她。这一切都是为了保证娜塔的独断专行,不会破坏村子花了很久才建立起来的秩序。再说了,这也是卖个人情。毕竟,娜塔希望离开村子。

但是,塔塞尼关改变了一切。就在审判会还没结束的时候,他把娜塔从仪式性抬床上掀了下去,跪在接客厅中间,地板上散落着娜塔找到的文物。那时候塔塞尼关年纪还小,个头更矮。他摸了摸娜塔的头发,露出了笑容。他摸了摸娜塔的耳朵,从自己身后摸出一片面包。娜塔接过面包,大口吃了起来。

村民们屏住呼吸耐心等待。不论酋长怎么努力，塔塞尼关都不喜欢和其他人交流。就连照顾塔塞尼关的护士都对此无可奈何。他是个很独立的人，酋长只能接受自己儿子孤独到死的事实。在这里，社群的力量和秩序才是生存的关键，而塔塞尼关这样的处事方式毫无前途。在这个世界上，并没有给塔塞尼关这样的人预留任何位置。但是，酋长并不能完全接受这一点，塔塞尼关对他而言依然代表着希望，一种忽然点燃的希望。

酋长清了清嗓子，命令把娜塔先关起来。娜塔一直被关到了第二天，这时她才知道自己不会被驱逐。

试图逃出村子的人从来不会被关押。针对他们的处罚总是一样，当庭院中的审判下达结果之后，哨兵就会打开大门，将出逃者逼出距离竹子栅栏几步远的地方。不论出逃者如何哭诉，大门也不会为他们打开。然后，这些人只能四处游荡，他们求救的呼喊会随着夜风飘进村民的耳朵。当沙丘众神的口哨声响起时，就可以听到他们的惨叫戛然而止，随之而来的沉默意味着村民们又安全了。

第二天早上，娜塔又被带到了村民面前。按照酋长的说法，娜塔还有些用处。如果娜塔完全是受到母亲的影响而违反村子里的规矩，那么如此轻易地抛弃她就显得是一种浪费。巡游团在下次巡游途中，将会以娜塔的名义向众神祈祷，而娜塔则通过为社区服务来赎罪。社区服务的主要形式是服侍塔塞尼关，帮助他融入社区，让他能够承担未来的重担。

村民们念念有词，一边点头一边称赞酋长的智慧、深谋远虑和仁慈。这时候，娜塔终于明白妈妈说的话都没错，众神确实存在，只不过不是在沙丘下面，而是在众人的意识里。这时，她下定决心，自己必须再次离开村子。

当村民退散之后，长者们没收了娜塔发现的文物，将它们通通收入档案馆。塔塞尼关和娜塔跪在尘土中，二人的鼻子几乎贴在一起，他的呼吸中充满了兴奋。

"你闻到了吗？"他悄悄说道，"你感觉到外面的世界了吗？你闻到力量的味道了吗？"

二人手牵着手，在黄昏时分离开了村子。因为在天色昏暗的时候，哨兵很难从一望无际的黄沙中发现他们，那时候哨兵根本无法分辨人体的外形，而远处的沙丘看上去也不过是一片黑影。二人没有带灯，只是扛着娜塔收集来的食物和水，完全靠着娜塔的记忆在黑暗中导航。为了保证速度，他们穿了轻薄的斗篷。在寒冷的夜晚，塔塞尼关的牙齿抖个不停。

在视力所及的范围内，只有沙子、尘土、狂风和大大小小的沙丘。那些最大的沙丘在远处红光的映衬下，投下了巨大的黑影，而在这沙丘之下，就是往日文明的废墟。二人避免在小型沙丘的顶部行走，避免被远处的哨兵发现。二人脚下的沙子非常凉爽，每走一步都会留下圆形的脚印。娜塔很明白，等到了早上，只要速度最快的哨兵坚持压榨骆驼的体力，就可以很快发现他们。

塔塞尼关大多时间内一言不发。他年纪比娜塔稍小一点，大家早就习惯了他的少言寡语。娜塔将母亲告诉自己的话通通讲给塔塞尼关听，当初娜塔并不相信这些话，但现在却深信不疑。妈妈曾经这样说过，你自己就是神。你就是一座沙丘，沙丘不可能吞噬自己。不要听信村民的话。

娜塔看着塔塞尼关裹紧斗篷，目视前方，双眼紧紧看着地平线上的阴影。酋长并不明白,当自己惩罚娜塔的时候,却给了她更广阔的视野。娜塔注定成为塔塞尼关的玩伴,因为只有她明白塔塞尼关的世界,因为塔塞尼关所问的问题也在困扰着娜塔。二人听着村民的喃喃低语长大,不得不怀疑自己是否是村里唯一的正常人,又或者他们和自己一样都是疯子,要解决这个问题,只能离开这个村子。二人非常清楚,他们要找到自己的母亲,满足自己对自由的渴望,他们只有在自己的母亲身边,才能找到属于自己的家。

二人向着沙丘的方向沿直线前进,努力和村民拉开距离。似乎没人来找他们,这是个不错的兆头。娜塔希望可以在黎明前赶到一座沙丘下,等到了正午,就可以在沙丘的阴影下休息。但是,二人在沙漠中跋涉,双腿很快就疲惫不堪。地平线上依然可以看到不停跳动的轮廓,娜塔不知道自己还要走多久,但现在村民们已经被远远甩在后面,可以休息一下了。

二人吃了些面包和烤白蚁。娜塔让塔塞尼关喝掉了今天的饮水配额,自己则吃了点甘蔗。她一边啃着甘蔗,一边想自己见到妈妈该说什么。她只想着如何离开村子,完全忘了自己见到母亲可能并不会开心。一想到这一点,娜塔就感到很难过,自己可能永远都不会原谅母亲离开自己,永远都不会原谅母亲没有回来接自己。但是,她自己也没有做好准备面对母亲的回答。也许这就是自己要带上塔塞尼关的原因。也许她早该这么做了。

塔塞尼关说:"我们该出发了。"

娜塔躺在沙子上说:"咱们不用走了。它会来找我们。"

塔塞尼关皱起了眉头。娜塔看见了这一切,说:"旋风也在四处游荡,所以我们才会听到口哨声。妈妈管它叫机遇之风,你只有主动站出来,它才会来找你。"

塔塞尼关躺在娜塔身边，用披风裹住自己，和沙子融为一体。很快，二人就睡着了。娜塔梦到自己见到了妈妈，但是妈妈却认不出自己。她当时就醒了过来，睁着眼睛躺在沙子上，想起妈妈讲过所有关于风的故事，关于她五次翻过栅栏，然后偷偷跑回来的事情，关于她在沙漠中见到的一切。妈妈认为这旋风是自由的旋风，它可以让妈妈回到一个自己口不能言、身体被控制的时代，但起码那是个属于妈妈的时代。妈妈不属于村子。

不论妈妈究竟在哪个时空，娜塔确信妈妈已经回到了那里，只不过具体位置并不准确。现在，娜塔也要去寻找那口哨声，然后自己将吹响这种口哨。

妈妈曾经说："人们会杀掉自己不理解的东西。如果他们的双手被绑住，就会用舌头将它剥皮。"

等哨兵们追上娜塔的时候，为时已晚，沙丘之歌开始了。

当天色稍微变亮的时候，旋风现身了。一开始，可以听到来自远方的哀歌，嗓音深沉地抱怨，然后就看到一群人拿着火把来到娜塔和塔塞尼关扎营的地方。

酋长带着哨兵赶来了。火把的光芒和斗篷投下的阴影让酋长的脸越发漆黑，他呼吸急促，大脑飞速运转，随时可能大吼：这次我可不会手下留情了。

"把他们带走。"这就是酋长所说的话。

但只一声响，黄沙四处飞扬，火把在沙漠的晨风中上下翻飞，但这阵骚乱很快就结束了。娜塔被一个人抓住，塔塞尼关则被摁倒在另一边。

酋长先走到自己儿子身边，俯下身子打量着自己的孩子，然后抬起巴掌打在塔塞尼关的脸上。沙漠的风声中还夹杂着软骨断裂的声音。

"放开我。"这是塔塞尼关第一次大声说话,他说话的时候鲜血、鼻涕和口水都飞溅了出来。"放开我,让我结束这场你我的噩梦!"

现场所有人都一言不发,黄沙随着风漫天飞舞,远处的旋风清晰可见,风力越发强劲,这已经不是一场单纯的风暴了。在日出黄沙的背景映衬下,一股黑风已经成型。

"不,"酋长看着越来越近的云团说道,"不。"

就在此时,趁着没人注意自己的空档,娜塔抓住了机会。

她快速跑出了哨兵臂力可及的范围,哨兵们在松软的黄沙中也不可能快速追上她。她的一双小脚在黄沙中跑得飞快。其他人在身后大声咒骂,说她是个疯子、傻丫头、自私的家伙,让村子陷于危险之中的人,但是娜塔根本听不见他们的话,因为她的注意力都放在前方的一片荣光上。

这是她第一次亲眼见识了旋风。酋长称呼这是众神的呼吸,因为旋风中央电闪雷鸣,外面是裹挟着黄沙、尘土和碎屑的大风。旋风看上去就是一团怒气冲天的云。它一边移动一边咆哮,就好像旋风浑身是嘴。漫天飞舞的黄沙嘶嘶作响,听起来像是一首永不停歇的笛曲,又像是一曲口哨的合奏,又或是毒蛇的嘶嘶声。

这真是太壮观了。

娜塔停下脚步,站在旋风前方,然后转过身,一道光芒、巨响和沙尘组成的高墙就在她身后。酋长和哨兵们停下了脚步,远远躲到一边,塔塞尼关被两名哨兵摁在地上。在这么远的距离,娜塔看不到他们的脸,但是在火把的映照下,他们的姿势说明了一切：娜塔是一个无用的存在，她毁灭了村子所有的努力。

在娜塔看来，他们说得没错。

但是，塔塞尼关怎么办。

娜塔向前走了一步，希望塔塞尼关可以理解自己的意图。她又向前走了一步，大风在她身后咆哮，但是她又向前走了一步，努力争取时间，她提醒自己可以做得更好。妈妈已经做过了尝试，而她可以更加努力。

她看着被夹在两名哨兵之间的塔塞尼关，心里说着，求你了，求你了，求你了。

就在娜塔感觉到背后的头发因为旋风中的电流而竖起来的时候，塔塞尼关似乎听到了她的心声，开始采取行动。他左右躲闪，两名哨兵被眼前的一切吓呆了，没有及时做出反应。塔塞尼关扔掉了自己的披风，开始在黄沙中狂奔，黑色的皮肤与黑夜融为一体。酋长跟在他身后，大声呼唤着他的名字，拿着火炬的哨兵也跟在他身后。

好，娜塔心里说，好啊！

这是一场关于时间、众神、机遇和自由的旋风，它将娜塔抱在怀中。沙子涌入了她的眼睛、嘴巴、鼻子和耳朵。她感到皮肤有轻微的刺痛感，整个人脱离了地面。

但是，她还是伸出了一只手。

感觉过了很久，一只布满沙粒的手从远方抓住了娜塔的手。娜塔用力将那只手拉向自己，拉向曾经勇于离开这里的母亲，拉向未来，拉向力量。

二人一起飞向高空。娜塔之所以知道塔塞尼关和自己在一起，是因为她知道抗争的价值。她将自己交给旋风，二人一起飞翔，失去所有时间和空间感。他们什么都不是，他们也是一切，在众神的呼吸中万事皆有可能，而他们现在与众神共呼吸。他们不知道旋风将带自己去向何处，但是他们明白一点，自己的舌头、身体和内心都将属于自己。

图书在版编目（CIP）数据

模糊边缘：最佳科幻小说选集：上下册 /（澳）乔纳森·斯特拉罕编；秦含璞译. —— 北京：新星出版社，2024.12. —— ISBN 978-7-5133-5735-7

Ⅰ. I14

中国国家版本馆 CIP 数据核字第 2024UT5553 号

幻象文库

模糊边缘：最佳科幻小说选集（上下册）

[澳]乔纳森·斯特拉罕 编；秦含璞 译

责任编辑	吴燕慧	监　　制	黄艳
责任校对	刘　义	责任印制	李珊珊
封面设计	冷暖儿		

出 版 人　马汝军
出版发行　新星出版社
　　　　　（北京市西城区车公庄大街丙 3 号楼 8001　100044）
网　　址　www.newstarpress.com
法律顾问　北京市岳成律师事务所
印　　刷　北京天恒嘉业印刷有限公司
开　　本　910mm×1230mm　1/32
印　　张　21
字　　数　464 千字
版　　次　2024 年 12 月第 1 版　　2024 年 12 月第 1 次印刷
书　　号　ISBN 978-7-5133-5735-7
定　　价　88.00 元（上下册）

版权专有，侵权必究。如有印装错误，请与出版社联系。
总机：010-88310888　　传真：010-65270449　　销售中心：010-88310811

———————— 想象，比知识更重要

幻象文库

THE YEAR'S BEST SCIENCE FICTION

模糊边缘

下

[澳]乔纳森·斯特拉罕
———— 编

秦含璞
———— 译

最佳
科幻小说
选集

NEWSTAR PRESS
新星出版社

在此纪念我的好友加德纳·多佐伊斯（1947—2018），
他肯定会喜欢这些故事。

目录

1	狼群	泰根·摩尔
64	模糊边缘	伊丽莎白·贝尔
78	应急皮肤	N.K.杰米辛
110	思念与祈祷	刘宇昆
131	鲸落	亚历克·内瓦拉-李
162	重逢	范达娜·辛格
193	绿玻璃,一个爱情故事	E.莉莉·于
205	门之秘事	索菲亚·雷
223	并非归途	格雷格·伊根
247	逝者之言	奇内洛·乌内瓦卢
264	我(男,28岁)创建了一个虚拟女友,现在父母以为我们要结婚了	方达·李
275	爱的考古史	卡罗琳·M.约阿希姆
305	译名对照表	
316	附 2019 年主要科幻奖项获奖名单	

狼群

泰根·摩尔

泰根·摩尔（alarmhat.com）是一位作家和专业驯犬师，现住在太平洋西北部。她喜欢吃面条，在雨中爬山，阅读恐怖小说。她的短篇小说发表在《无尽》《阿西莫夫科幻小说》和Tor.com，她还负责运营卡里昂·怀斯特一日写作训练营。你可以在Instagram账户 @temerity.dogs 上看到她的宠物狗照片。

我是条好狗。

周围居住区糟糕的环境和半英里外的大火，让追踪气味越发困难。追踪气味就像是在紧密的土壤中寻找植物的根。

不，也许这个说法更恰当，追踪气味就像是在风暴之后给倒下的树木分类。你很难分清楚每一棵树，哪一部分属于哪棵树，又或者这块残骸来自哪里。

"像"这个字很好，我把它和其他好词收藏在一起。

一片区域已经确认安全，我通过DAT系统将最后的数据发给卡罗尔。她和现场助手就站在后面汽车的车盖上。我听到了她DAT接收数据的声音。

她大叫道："西拉，慢一点，保持在我目视范围内。"

反倒是卡罗尔应当快点，跟上我的日常工作步骤，而不是站在一台废车的车顶上大吼大叫。我可没时间等她。

气压下降，我用DAT系统将这条消息发给她。在我搜索移动预制房屋地基的时候，发现她的手碰了一下耳朵上的接收器。这可以证明风暴马上要来了。我的DAT里传来卡罗尔的声音："西拉。"但我还可以透过一个扭曲的两米乘四米的屋顶框架、家具上的破洞和扭曲的纺织物，听到她的叫喊："待在目视范围内，该死。慢一点！"

卡罗尔现在太远了，无法指挥我的搜索工作，甚至连陪我都做不到。我不需要她的智慧，但是我们距离越远，越有可能和机会擦肩而过。她很慢，也许是故意这么慢？这到底意味着什么？这会不会影响她接收我发出的警告？

我跳到一段完好的挡土墙上，在这儿我可以呼吸新鲜空气。从墙上可以清楚地看到风暴对这片区域造成的伤害：原本狗狗抬腿撒尿的树桩残破不堪，供自行车和滑板行驶的车道和人行道也受损严重。你还可以看到几栋房子屹立在原地，各种残骸堆积在地基周围。再过几天，这里就会变成一片老鼠的天堂。远处还有几个人类，我已经对比过数据库，他们不是我的目标。这些人都住在附近，他们正在风暴留下的废墟中搜索可用的东西。我想找点什么词形容一下他们的动作，但是没时间了。我在工作，我现在要专注于工作。

我开始用鼻子嗅探风中的气味。

吸进鼻子里的凉爽空气中包含各种信息，其中不乏故事、方向和令人费解的对话。视觉信息不再重要，周围传来各种声音，但是我现在注意力完全集中在嗅觉球传来的信号上：

因为不稳定的风向，闻到了电线焚烧的气味。

破碎的草皮混杂在下水道里，肯定是某个预制房屋的下水道堵了。

很久之前人类留下的气味，混杂着肾上腺素和尸体的味道，也不是我的目标。

破碎的混凝土和松木的味道，家具胶合板的味道。

某些东西烧焦的味道随着风向四处飘散。

远方破烂房屋的味道，无关紧要。

女孩。

北方很远的地方，某棵倒下的树木树枝折断，绿色的汁液流了出来。

我呼叫卡罗尔，发现了有趣的事情，方向是北偏西北。我为了确认位置，又深吸一口气。这边走。

"等待支援。"即便是通过DAT系统，卡罗尔也听起来气喘吁吁。

我等不了了。我要完成自己的工作。卡罗尔和那个叫达文的现场助理，可以通过DAT系统的GPS找到我。我必须跟上那个女孩。

等我穿过一道树篱，就跟丢了气味，但是过了一会儿，空气中又传来了女孩的气味，我立即把头扭向气味传来的方向，我扭头的速度太快，以至于扭到了脖子上的肌肉。我跑得飞快，尽可能跟上气味，我的每一步都是紧紧跟着气味的方向，一举一动都被传来的气味牵着走。

我周围的世界化为虚无，只剩下我的鼻子、空中的气味和刺激反应，直到20米外的一声咆哮，才让我的视觉和听觉恢复了工作。

我一直顺着住宅区的铁丝网围栏跑。风暴在围栏上撕出了好几个大洞，州际公路上的车辆都放慢车速，司机们呆呆地看着风暴造成的破坏。被堵在后面的司机不得不反复鸣笛，提醒前面的车加快速度。

汽车喇叭的咆哮让我想起了马克，它的血在沥青路上流得到处都是。我还记得当时的感觉。这就是狗的本能。我不该停下来看马克的惨状，但是我要确认它已经死了。

但这和我现在的任务毫无关系。我甩了甩头，清理掉吹进眼睛里的沙砾，然后继续逆着风寻找气味。我向卡罗尔发送了自己的位置——这只是为了标明我的位置，卡罗尔知道怎么找到我——然后继续工作。

气味还在，但是其中的信息却非常矛盾：气味浓度非常不稳定，当前的天气打乱了气味的传播，所有信息都显得非常混乱。也许使用电脑的人类可以破解其中的部分内容。但是随着时间和运动轨迹的推移，人类的感官已经无法捕捉这些线索。

在面对这种混乱的情况时，狗的表现远远优于机器。但是这里有这么多人类尸体，风暴也是一年强过一年，发生频率越来越高，但是对于搜索工作的需求却没有变，现在环境对于狗的鼻子来说太过复杂了。当然，起码对普通狗而言是这样。

所以，我出现了。所以，我才是一条好狗，表现远比马克还好。所以，卡罗尔应该听我的。

DAT系统里传来了卡罗尔的声音："我和达文距离你不到一百米了。西拉，如果气味穿过了免费高速路，就停止追踪。这是命令。"

还没等我回答，风中又传来了那个女孩的气味。

我的嗅觉中心里充斥着这个女孩的气味。我的目标就是我的主要任务。我一边跑，一边给卡罗尔发送了自己的坐标，我的大脑有一部分专门负责记录和自动执行行动命令。我应当向负责我的指挥员发送必要的信息，但是我只需要服从指挥员合理的命令。今天，我发现她的命令大多不合理。

现在，目标的气味更为明显了。我看不见任何东西，视觉信号此刻对我毫无意义。在这种阴云密布的天气下，气味比其他任何颜色都更鲜亮。气味现在非常明显了，追踪起来非常容易。我现在就是扭过头，也能闻到气味，绝对不会丢失目标。气味在这个方向上非常浓烈，在另一个方向上则越来越淡，气味的分布非常扭曲。如果气味分布很均匀，那么传播路径就会截然不同。我知道随着时间的推移，气味将如何消散。这一切都和风有关。

我来到一个气味微弱的地方。换作一条较弱的狗——我的意思是像马克那样的普通狗——肯定会犹豫或者迷路。我来到气味较为聚集的地方，开始在一块破损的屋顶上反复刨。我闻到的气味来自屋顶下方，那里的地面更为凉爽湿润。

在不到五米远的地方，又传来一些气味，我立即跟着它穿过一片松林，松林里弥漫着树脂的酸味。我现在很确定气味的方向，顺着它就可以找到那个女孩。

女孩

等待命令，我向卡罗尔发出请求。我从一棵倒下的松树下面挤了过去，沾了一身松树的味道，松针都戳在我的脸上。目标气味很浓郁。

卡罗尔问："你到底在哪儿？"

这个问题无关紧要。她有 GPS 坐标。

气味偏向左边

有那个女孩的气味

这片森林里还有其他孩子的气味,这里还有垃圾腐烂树叶生霉的味道

女孩

我又翻过一棵倒下的树,腐烂的味道很浓,我的耳朵动来动去,周围有人类的声音,我把脑袋挤到树下,这里有腐烂的气味和人类的气味。

警告

女孩

获取主要目标

是的

我是条好狗

目标

女孩呼吸平稳,她说"救命",我闻到她的味道了

警告

你也是,卡罗尔

"明白了。"卡罗尔回答道,"我们来了。"

好

我是条好狗

我再次给卡罗尔发出了GPS坐标,但我可以在DAT系统上看到她就在距离不到一百米的地方,现在正穿过堆满乱石的空地。"狗狗,救救我。"女孩说。她的声音听起来就像风一样轻柔。这个比喻不错。散发着腐烂气味的松树,将女孩压在一堆木板、杂志和一条毛毯中间。女孩的位置位于一大片茂密的灌木和松树之间,和居民区之间距离不远。她没有被压住的一只手,摸了摸我满是泥巴的脑袋。"好狗狗,"她说,"我被卡住

了。帮帮我。"

在植被如此茂密的地方，我的队友很难找到我。我发送了女孩的 GPS 坐标，然后向着林地边缘跑去。

"狗狗，"女孩小声说道，"等等，狗狗，不，等等。"她喘气的时候有咯咯声，也许肺部受伤了。也许这就是她明明距离居民区不远，却无法呼救的原因。她可能有生命危险。只有接受智力强化的狗才能这么快找到她。

我穿过松林，来到最近的地势高点，这里是距离公路附近的一处凸起。我能听到女孩的声音，因为我的注意力都在她身上。"回来，"她呜咽着说，"狗狗，帮帮我。求你了。回来。"

我优秀的听力可以轻松锁定她微弱的声音，然后带领人类找到她。警告，我再次呼叫卡罗尔，但我实际不需要这么做。我开心地摇了摇尾巴。

我是条好狗。

在风暴频发的天气条件下，声音的传播变得很奇怪。我待在指挥帐篷里，可以清楚地听到 1.6 公里外小狗的叫声。但是，发电机的声音听起来却像是来自另外一个时空，风声吞没了来自免费高速路上的喧嚣。我还是可以听出卡罗尔开的卡车、小型车，以及撞死马克的单轴大卡车之间的区别。

我用爪子垫在脑袋下面，这样看起来就像是在睡觉，而不是偷听。在头顶上，狂风踩躏着帐篷顶。看起来就像是外面有一只大狗，不停抓挠着帐篷顶，努力想钻进帐篷。

这个比喻不错。

我在 ESAC 的时候，就发明了比喻这种游戏。发明这东西可不是我一个人的功劳，我的训练师达西一开始教会我这种游戏。但是，达西教给我的东西却有所不同。她教我的是，"坐在训练中心"就像是"坐在停车场里"，"找到带着这种气味的盒子"就像是"找到带着这种气味的人"。达西教给我的是一种思路，至于我现在还在玩的这种游戏，完全是我自己发明的。

我玩这种游戏，并不是为了训练。这种游戏并不一定要和真实的物体有关。它可以完全是思想和概念。当卡罗尔把我留在箱子里，或者拴在什么地方的时候，可以让我的大脑保持运转。比如说，现在就是这种情况。

"我不会再这么干了。"我听见卡罗尔对我们小队队长安德斯说。她在帐篷另一头背对我站着，完全处于我的听力范围之内。从她说的话和升高的血压判断，卡罗尔现在非常生气。但是我完全不知道她为什么这么生气。搜索工作非常成功，任务快速完成，我们的表现很不错。马克已经死了将近两个月了，我也看到卡罗尔学习与我合作。她学得很慢，但还是有进步的。

医务人员把女孩送上停车场里的救护车。我听到三台秃鹰无人机下降高度，给担架拍照。我听到那声音，脖子后面的毛都竖起来了。我不是害怕无人机，而是无人机完美地符合恐怖谷理论。恐怖谷理论还是达西教给我的，它指的是"太过于像我，但又不是很像我，因此让人感到不安"。达西还警告我，经过智力强化的动物也会引发不少人类的恐怖谷效应。

我看起来和一条中型黄色拉布拉多犬没什么区别，我实在不知道自己是如何引发人类陷入恐怖谷效应的。公众非常喜欢黄色拉布拉多犬。当拉布拉多犬发现受灾被困人员，这种正向的文化关联可以安慰受困人员。而且黄色也是最棒的颜色，因为你可以在黑暗的区域轻易找到我。当我还是个小狗仔的时候，达西就向我详细介绍了拉布拉多犬的特点，我从Modanet网络上学到了其他信息。

但是，人类对狗的反应非常复杂。大家对马克的态度就是个很好的例子。马克总是给小队里的人过多身体语言。以普通狗的水平来说，马克是一条很聪明的狗，所以我很好奇它为什么选择无视小队其他人的请求。他们通常说的话都是，"哎哟，马克，把你的大嘴巴给我拿开，你个傻子"，要不就是"关心你自己的事情吧，你个傻子。"如果马克好好听话，其他人类不就会更喜欢它了吗？它甚至不是条黄色拉布拉多，它是条体型超大的大黑脸德国牧羊犬。公众对于黑色德国牧羊犬的接受程度并不理想，所以我不知道为什么大家都喜欢它。

"我受够了，"卡罗尔说，"让我休息吧，我可没开玩笑。安德斯，把我从轮班表上撤下去。我不想干搜索工作了。"

"卡罗尔。"安德斯说。

"不，我不想和你为了这事吵架，"她指了指我，甚至都没看我一眼，"我过去12年可不是这么干活的。我不喜欢未来变成这样。"

"得了吧，这就是个训练问题，"安德斯说，"你可以教它待在你身边干活。"

"那智力强化计划还有什么用，"卡罗尔把无线电扔到了折叠桌上，"但是你也知道，这是个训练问题。这狗在训练我学习智力强化型搜救犬工作，我才不想这么干呢。"

"打扰一下。"一个男人说道。我抬头打量着他。这个人站在帐篷外，闻起来有股辣味食物的味道。他拿着一台照相机，脖子上挂着媒体工作证。他对我的队友说："我能给这条狗和训练员拍几张照吗？"

安德斯看着卡罗尔。后者叹了口气，跨过便携冰箱向我走来，然后从折叠桌的桌腿上解下我的狗绳。我为了留下一个好印象，对记者摇了摇尾巴。

他好奇地看着我。

"智力经过了强化，对吧？"他问道，"我是说这条狗。"

卡罗尔扭头看着安德斯。因为她是我的训练员，所以和媒体交流与我有关的事情是她的工作。但是此刻，她却显得犹豫不决。我能感觉到她现在想穿过指挥帐篷，继续刚才的话题，但是安德斯已经忙于应付自己的表格和无线电通信。这二人之间的紧张关系确实很不一般。

"西拉？"帐篷外传来了达文的声音。

那个拿着相机的男人也察觉到了紧张的局面，于是带着如释重负的表情看着达文。卡罗尔也是如此。我非常善于理解人类表情，这也是ESAC的教学内容之一。

"它确实经过了智力强化，"达文说，"这是美国第一条智力强化SAR。实际上，这是第一条非军用的智力强化犬。"

摄影师困惑地问："SAR是什么？"

"不好意思，SAR就是搜索救援的意思。那女孩是西拉找到的第七个目标，它才在这个队伍里干了半年。有些狗一辈子也无法完成这种记录。"

那男人摆弄了几下照相机，然后将镜头对准了我。卡罗尔跪在我旁边，摆出应付媒体拍照常用的姿势，而我看着镜头，张开嘴巴伸出舌头，让自己看起来像一条宠物狗。这样大家就能把我的形象和宠物狗联系起来。

"搜救犬并不是总能找到人？"那男人问完，闪光灯又闪了好几下。

"我们一直在训练，但并不是一直执行任务。一年中会执行三四次任务。但是，风暴还在继续，"达文耸了耸肩，"这简直太疯狂了。整个地区的搜救队都被调动起来了。执法部门、军队，所有人都参与了清理和救援工作。"

摄影师使劲儿点了点头，摆出一副非常明白的样子。他现在已经无视了卡罗尔。"狗叫什么名字？"

"西拉，S-E-R-A，就是希望它总有意外发现。而这位卡罗尔·拉莫斯是团队的创始人之一，而且是中西部最优秀的驯犬师。"

卡罗尔站了起来，把我的狗绳拴回桌子上。她对摄影师说："很高兴认识你。"我一直看着她离开，而安德斯还留在指挥帐篷里。

"谢谢啦。"男人大喊着道谢，但是卡罗尔已经走远了。她抬了抬手示意，但是完全没有再多说一句。

达文走过来拍了拍我。我往一边躲了躲，但是摇了摇尾巴以示感谢。他和摄影师又聊了几分钟，但是我没有再听下去。

我看着卡罗尔在面包车旁找到了安德斯，两个人继续之前的讨论，也许说那是吵架更合适。我竖起耳朵想听清楚他们说了什么，但只听到风暴的声音。随着气压继续降低，我听到的是呼呼的风声，而州际公路上的声音则被压了下去，人类的说话声和城市生活的喧嚣——车流，还有各种活动的嘈杂背景噪声，还有孩子的声音和狗叫——都成了风暴咆哮中的背景音。我听不到野生动物的声音，它们可不会在这种天气里四处活动。

摄影师离开后，达文瘫坐在卡罗尔的椅子上，双脚搭在小冰箱上。他看着我，脸上露出了微笑。我很想跟上卡罗尔，但我还被拴在桌子上。虽然我完全可以拖着桌子跑过去，又或者自己解开绳子（我的牙齿和舌头非常灵活），可我也知道当有人把狗绳拴在什么上面的时候，他们想让狗老实待着。所以，我选择待在原地。

卡罗尔和安德斯握了握手。她一只手在空中做了几个手势。安德斯试着把双手搭在她的肩膀上，但是她用做手势的那只手把安德斯的手推到了一边。她看向一边，视线穿过一排排汽车、行动准备区和搭设在帐篷里的指挥中心，最终落在我身上。安德斯也看着我。

他们这么看着我，我一时间不知道该怎么办。我通常善于阅读人类的表情，但需要更多信息才能精确解读。

我知道些什么呢？他们为什么而吵架？搜索工作非常成功，受困人员没死，我的队友没有受伤。我自认为这是场非常成功的搜救行动，因为卡罗尔在 15 秒最佳回复窗口回复了我的信息。这对于训练师来说非常出色，而且和上次的记录相比更是巨大的进步。在我们上次的行动中，卡罗尔有几乎 4 分钟没有回复我的信息，这几乎是最佳回复时间的 16 倍。

卡罗尔通常到了目视距离才会回复我的信息。这样一来，回复时间可能延长到 20 秒或者 2 分钟，甚至更久。和马克工作的经验，让她习惯于在目视范围之内回复搜救犬发出的信号。实际上，和马克工作的经历，让卡罗尔在抗拒我从 ESAC 学到的更高效的工作方法。但是，马克死了。这次，卡罗尔的回复速度非常不错。

我重新检查 DAT 系统里的日志，确认我的所有行为都在可接受范围内，没有发现任何不寻常之处。

我能听到卡罗尔的声音，但是我听不清她具体说了什么。她站姿僵硬，身体前倾，整个身子都绷直了。她时不时打量着我。卡罗尔的身体语言说明她很生气。我觉得她是对我生气。

卡罗尔总是对我生气。

她经常避免和我发生眼神接触。除了发布命令，她很少和我说话，但是她经常和马克说话。她也不会和我发生身体接触。在搜索训练的时候，她也不会在绳子上给我拴玩具，当我在草地上滚得浑身草味的时候，她也不会露出笑容，但她却会为马克这么做。

她不会说："西拉，你是条好狗。"她只会说："干得好。"

卡罗尔似乎不喜欢我。

为了能成功完成任务，狗和训练师必须保持良好的沟通。他们必须接受良好的训练，专注于自己的工作，而且身体健康。我在 Modanet 上没有发现任何规定，要求双方必须喜欢彼此。

我认为，我在这件事情上的看法是无关紧要的。

酒店窗外咆哮的大风，彻底终结了我本就糟糕的睡眠。我待在自己的箱子里。床上躺着的是卡罗尔和达文，二人呼吸均匀。当达文早些时候敲开房门时，卡罗尔说自己不想说话，但是二人还是聊了起来。二人讨论了今天的发现和对于风暴的看法。他们谈到了马克和它奇怪的行为。二人都笑了起来，达文从浴室里拿来了餐巾纸。最后二人停止聊天，然后生物指标发生变化，现在二人都睡着了。

我得好好休息，才能从艰难的搜索工作中恢复过来，但是今天的事情一直让我不得安宁。卡罗尔说不再继续执行搜索任务，她提到了退休。如果卡罗尔退休了，我也会和她一起退休吗？我才三岁。

我又查了查 Modanet。上面说所有搜救犬不是和自己的训练师同时退休，就是稍微早于训练师退休。当然，这里没有智力强化型搜救犬退休的信息，因为我是第一条智力强化型搜救犬。

至于军用和国防部门的我的同类，我完全查不到它们的信息。

我还记得达文和摄影师说的话，内容涉及我的同类，为什么有些狗一辈子没有达到之前的记录。

气压再次下降，这说明很快又会出现漏斗云。气压下降的幅度并不大。就在我考虑要不要用 DAT 系统，把这条消息告诉卡罗尔的时候，对讲机响了起来。

我体内的肾上腺素开始奔腾。当对讲机响起来的时候，我的心率也开始加快。突如其来的无线电呼叫可能意味着一次搜索任务。

卡罗尔先在床上翻了翻身，呼吸发生了改变。当对讲机再次响起的时候，卡罗尔和达文立即醒了过来。

卡罗尔在一片黑暗中坐了起来。她按了下对讲机屏幕，说："我是拉莫斯。"

我并不擅长辨认无线电里传出来的声音。当我还在 ESAC 的时候，达西说很多狗都有这种问题，不必担心。但是，每当我听到 DAT 系统里传来的声音，却无法分辨说话的人到底是谁时，心里难免会泛起一种懊恼之情。

一个声音——这个声音非常阳刚，听起来像安德斯的声音——只说了几句。达文和卡罗尔在黑暗中面面相觑。"不，没事。就是……我们会聊聊。"卡罗尔说。达文爬下床，指了指床头灯，然后开始收拾自己的东西。"在这儿？哦，也行。204。对，五分钟。"

达文小声嘀嘀咕咕说着什么。卡罗尔走进了办公室。他等着卡罗尔走出浴室，但是我可以感觉到他很不耐烦。他问道："卡罗尔？"

"你怎么还在这儿？安德斯要过来了。不知道怎么回事，他就是要来我房间。这次可能你也有份。"

"我的天哪。"达文说完就开始穿鞋。卡罗尔还在洗澡的时候，达文就悄悄拉上门离开了。卡罗尔一直在洗澡，就在她洗完不到一分钟的时候，我就听到门外传来走路的声音。我早就知道来者就是安德斯，因为我闻到了他的气味。

这一切显得很不寻常。达文通常在外出训练或者执行任务的时候，才会来卡罗尔的房间，但安德斯从来没有来过。我觉得安德斯此行另有目的。

卡罗尔穿戴整齐走出浴室，用一条毛巾擦着自己湿漉漉的头发，然后打开了房门。

"抱歉打扰你。"安德斯说。他看起来很快就会离开，他的动作就像是一只怀疑周围有危险的猫，停在原地不停嗅探。

卡罗尔在房间里走来走去，把各种物品装进背包。她一手拉起头发，另一只手将头发系在脑后。"你不必亲自来说服我执行任务，"卡罗尔说，"我全程参与这次的行动。但这之后——"

安德斯说："实际上，我是来说服你干别的事情。哎，其实两件事都有。"

我希望卡罗尔能把我从箱子里放出来。她的举动让我想到处走走，找到工作用的狗绳，把它交到卡罗尔手上，然后自己在门口等着。

但卡罗尔只是停在原地，问："什么？"

安德斯向房里走了几步。"这次的任务，"他说道，他停顿了几秒，"它和这次的风暴没有关系。甚至不是一次搜救任务。

它……"他再次不说话了。

"哎呀,"卡罗尔说,"你这么一说,我可就等不及了。"

"这次是和安全有关,"安德斯说,"警方或者军方本该用自己的智力强化型单位去处理。"他看了我一眼。"从距离上来说,西拉是距离最近的智力强化犬。所有他们能找到的狗全都在南方更远的地方,处理风暴留下的烂摊子,而且糟糕的天气也中断了所有的空中交通,这些单位都没法回来执行任务,时间……不多了。有几个单位试着赶回来,但是他们也延误了。西拉是附近唯一的希望了。"

卡罗尔弯腰穿上靴子:"西拉可不归国防部门管辖,它是搜救犬。"

"你知道它完全有能力完成任务。"安德斯说话的声音中带着几分责怪的意味。他说得没错。"它能完成你下达的所有任务。"

"所以,你需要的是西拉,不是我。"

"你是它的训练师,我需要你们两个。"

卡罗尔嘀咕道:"它不需要训练师,需要的是 IT 支援。"

安德斯看着自己的脚,深吸一口气说:"你依然是最合适的人选——"

"说得对,说得对。"卡罗尔说。她拉上背包的拉链,将背包甩到肩膀上。"我不想干这份活。我也不喜欢现在的状态。我非常清楚,机器人会接过这份工作。这和自己的狗死了相比,已经算很好的了。"

安德斯看着她,等着她继续说下去。

"闭嘴。"卡罗尔说。安德斯可一句话都没说。"对,这确实和马克的死有关。就算时间过去了这么久,我也不会觉得更好,因为这不仅仅和马克的死有关,"卡罗尔指着我说,"我们以后经手的狗都会是这个样子。工作会变,但我不会变。"

"技术改变事物,"安德斯说,"我不能让你在实地工作中进步。我不能强迫你这么干。卡罗尔,但西拉依然是条狗,工作还是工作。"

"并非如此,"卡罗尔说,"你以前会和狗建立一种联系。你和狗得了解彼此,感受彼此的感受。一切都是联系在一起的。这种联系就是关键。而这个东西,"她抬起了手腕,她的DAT系统和我的系统连接在一起。"省略了这个过程,我最喜欢的工作部分被剥夺了。"

"好吧。"安德斯放下双手说,向着房门走去。"好吧,卡罗尔。我不和你吵了。最起码现在不吵了。这次搜索任务和人命无关,但是关乎国家安全。你和西拉能先去执行任务,然后我们再讨论你的未来如何?"

卡罗尔终于打开了我的箱子。等待被放出来的时间总是很难熬。等她打开门之后,我立即跑到了自己的束具旁边。"让咱们完成这次任务,我就可以回家慢慢养伤了。"她说。

我们开着达文的卡车赶了一个小时的车程,卡罗尔双脚搭在仪表盘上,东边的天空已经开始微微擦亮。这是一个风暴频发的早晨,平时那种开开心心开车,满心期待任务的心情一扫而空。这种沉默让人紧张。达文打算像昨晚一样,想问问卡罗尔的退休计划,但是卡罗尔无视了他。

我希望卡罗尔能够回答达文的问题。我也想知道她的答案。而我希望达文问的问题是"你的狗怎么办"。等你退休之后,西拉怎么办？我希望他能问出这个问题的答案，因为我不知道卡罗尔退出搜救部门之后，自己又会怎样。

我不能问卡罗尔这个问题。卡罗尔不喜欢和我聊天。

在ESAC的时候，当我还没有开始外出执行任务，达西就警告过我要小心人类对智力增强犬的不适感。这种新技术让很多人感到不适和不悦。如果我和深受恐怖谷效应影响的人互动，那么为了能够让他们感觉好一点，我应该让自己看起来像一条普通狗。

我觉得达西指的并不是我未来的训练师。但等我真的开始考虑这一点的时候，已经太晚了。但是和其他人相比，卡罗尔是最不习惯我存在的人。她现在已经好多了，我在她的不适中已经闻不到恐惧的味道。但是，我依然让她感到不舒服。

达西曾经说过，我要尽可能像一条狗。这可不好办，一方面我确实是狗，但是我在某些方面却不是狗。因为和卡罗尔在一起工作，我不得不压制自我。我只在必要的时候才说话，通常都是在工作的时候。我不知道这是否能让卡罗尔更喜欢我。

轮胎和路面摩擦发出很有规律的嗡嗡声，偶尔会出现因为柏油路面的裂痕而发出的咔嚓声。小雨滴打在前挡风玻璃上。卡罗尔和达文在座位上呼吸，时不时挪挪身子。我舔了下鼻子，大声打了个哈欠，这是狗应对紧张的表现。要是我的人类队友能和我一样了解彼此的肢体信号，那该多好啊！

我并不是非常想念达西，但是我今天好奇她会给我什么建议。她并不了解搜救工作，但是她教会了我很多关于人类的事情。

达文放慢车速，车胎碾过鹅卵石。我从箱子里坐起来，看到了窗外的铁丝网。我听到后面也有一辆引擎声音类似达文的卡车的车，也慢慢减速开到了鹅卵石路上，其他几辆小车一定是警方的护送车队。第二辆卡车的出现，意味着车队里可能还有搜救队员，但在我们离开的时候，并没有看到他们。我们顺着窄窄的车道继续前进。我坐在后座的箱子里，我可以看到一个小岗亭和挡在路上的两辆警车。

卡车的引擎也停止工作。没有了引擎的噪声，我听到头顶有一种微弱的嗡嗡声。我立刻就明白了那是什么东西，可能是警方为了监视护送车队而释放的无人机。它发出的声音让我的脑袋很痒，而且我还挠不到它。这就像是你在打喷嚏之前的感觉。

这个比喻不错。我把它加进了我的比喻列表里。

另一辆卡车停在我们前面，我听到车里传来安德斯的声音。

安德斯。这倒是很不寻常。作为小队的队长，安德斯通常待在基地里，远程管理执行任务的各个小队、资源、请求、来自救援人员的指示和其他重要信息。但是，他本人亲自参与了这次行动。

大门慢慢打开，一辆巡逻车发动引擎，为我们让出路面。头顶无人机发出的声音更响了，我看着它从一片白云下飞过的样子，想到了一只从天花板上爬过的虫子。

眼前建筑的地下部分也传来一种嗡嗡声。我脊背上的毛都竖起来了。透过狗箱上的通气孔，我看到卡罗尔、安德斯和达文三个人顶着风，跟着两位穿着黑衣服的走进了一栋建筑。

我现在的工作就是休息，为接下来的工作积攒精力和体力。但是这种让人难受的震动和想法，从昨天起就让我无法好好休息。

卡罗尔不喜欢 DAT 系统。她也不喜欢我。她喜欢搜救犬和训练师之间的老式工作方式，搜救犬通过有缺陷的肢体语言提供反馈，而训练师尽可能解读这些信号。卡罗尔喜欢这种缺乏效率的交流方式，因为她认为这是一种训练师和搜救犬之间的联系。

DAT系统将我和卡罗尔连接在一起，但这不是她想要的东西。我不知道该如何形容她想要的那种联系。

为什么她喜欢这种缺乏效率的工作方式和含混不清的交流方式，而智力强化型搜救犬更为优秀？我不明白。但我确实想继续工作。完成工作对我而言，和这种联系对于卡罗尔而言，都很重要。

如何能满足双方的需求呢？

我听到有人走近卡车，但打开车门的却是安德斯。他身边还跟着个女人，她也穿着搜救队干练的外套。安德斯打开我的箱子，不紧不慢地给我套上狗绳。他知道，奖励性地拍打身体对我没用。搜救队里的人都知道，我不喜欢别人拍打我，在这一点上，安德斯的自制力远在达文之上。我从卡车上跳了下来。

鹅卵石铺就的停车场位于一片被大雨洗礼的草原上。巨大的烟囱平地而起，里面冒出带着金属味道的烟尘。我闻到了断裂的叶柄、碾碎的草药、新鲜的泥土和一丝臭氧的味道。我在拥挤的卡车里待了整整一个小时，现在扑面而来的新鲜空气不禁让我感到精神抖擞。

一个穿着黑衣服的男人从远处看着我们，搜救队的其他人消失在他身边的大门后。他戴着厚重的军用电子眼镜，反复扫描着这片区域。

"这是西拉。"安德斯对那女人说。"西拉，这是安吉拉·维尔。她负责这次的搜索任务，她很想见见你。"

不用DAT系统，我就能听懂他的话——常规狗即便不能像我一样已经理解具体意思，也可以听出语言的大概发音——但是我无法回答。只有卡罗尔才装备了和我的DAT系统直连的神经链接。我乖乖坐在地上，这就省去了复杂的打招呼。

"它在问好。"安德斯说。

安吉拉伸出了一只手。她身上传来一股浓重的个人清洁用品的味道，Modanet上说，这些产品可以模仿出令人感到舒适的植物气味，人类迟钝的嗅觉可以闻到这种味道。我努力不躲开她的抚摸。

"你确定它的搜救训练不会影响完成搜索目标吗？"

安德斯摇了摇头："ESAC选用的狗和你们的狗都是同一品种。只不过是培养过程不一样而已。"

安吉拉轻轻搓揉着我的耳朵。我告诉我自己要乖乖坐好，但还是恶狠狠地看着安德斯。他和我对视了一眼，立即把头扭向别处。

"要让它完全执行命令的话，可能需要花点工夫。"

安德斯笑了起来："那你这次可是选对了狗。"他蹲在我的面前。万幸的是，安吉拉终于后退了几步，她的手也从我身体上拿开了。"西拉，这次的任务很艰巨。"我一直都很喜欢安德斯和我说话的方式。他从上衣口袋里掏出个优盘，然后插进我携行具上的DAT系统操作界面。我的大脑接收到了一个受密码保护的文件，文件的标签显示为限制访问。

"这次的任务参数完全不一样，有全新的搜索要素，而且是陌生环境。"他说。"这次是地下哦。"

我张开嘴喘了起来。安德斯在给我做任务简报，只给我一条狗做任务简报。卡罗尔在搜索开始前，给我的材料不过是一份气味材料和警方的报告。我好奇这份限制访问的档案里到底有些什么。

"除此之外，你不仅要确定目标位置，还要抓住目标。卡罗尔也会得到有限的情报。这份文件中的一些信息必须保密,只有你才有权限接触这些信息,她可没有这个权限。她知道你的目标,但是没有你完成任务所需的全部信息。有些信息你必须对她保密。你明白吗?"

他伸出了双手。右手代表是,左手代表否。当我刚加入这支搜救队的时候,我的高智商成了大家找乐子的新亮点,于是大家没少和我玩这种游戏。

我用鼻子碰了碰他的右手。

"很好。安吉拉会给你一个密码,你用它打开文件。你得到其中的数据之后就摧毁整个文件夹。不要把里面的信息作为数据储存,把它存为自己的记忆。你明白吗?"

我饶有趣味地理解着这些信息,然后用鼻子碰了碰他的手。

"很好。安吉拉?"

安吉拉蹲下来,在我的操作界面上输入密码。我的大脑立即记住了这些信息。

我打开了文件。

一台无人机从低空掠过。它发出类似虫子一样的嗡嗡声,让我的肚子感到难受。我对着这些信息不停眨眼,就好像这些信息出现在我的肉眼前,而不停眨眼能更清楚地看到这些信息。

我看着安德斯。他紧张地看着我,问道:"西拉,还有什么问题吗?"

我仔细研究着文件的内容。这些不再是储存的文件,而是我亲身经历,就好像自己目睹了整个事件,又或者有人给我讲了整个经过。核聚变发电站的建筑结构图纸、电厂的进度安排——从保洁排班表到暖通空调结构——还有好几份气味材料,其中包括家鼠和硅丝的气味。

这是非常有意思的资料，但是让我感到不安。我需要质疑安德斯告诉我的一切吗？这些信息会让我感到困惑吗？

不。我用鼻子碰了碰安德斯的左手。

"很好。"安德斯说。他直起身，对安吉拉说："我们准备好了。"

我们走向那栋不停发出轰鸣的建筑。高高的烟囱看起来就像死去的树木。

卡罗尔在建筑物的走廊里等我们，安德斯把我的狗绳交给她。现在那种嗡嗡声更响了，我可以感觉到那种震动，建筑物内部也充斥着各种气味：咖啡、刷盘子的肥皂、墨水、纸张、空气滤芯。气味怪异的安吉拉带我们走进一间会议室，会议室的垃圾桶里还有香蕉皮。

会议室里还有两条狗，它们看着我进入会议室。这两条狗都是普通的搜救犬。达文早就坐在会议室里，他的周围都是穿着深色制服的男男女女。

卡罗尔坐在达文旁边，但是卡罗尔看安德斯的眼神，就像是马克在厨房里逛得太久之后，被卡罗尔发现时的样子。她眉毛扭在一起，嘴巴抿成一条线。安德斯无视了她，背靠着墙站在我们后面。

"这到底是怎么回事？"达文问卡罗尔，用手指了指我。卡罗尔看着安德斯，摇了摇头。

我忽然有了个非常叛逆的想法，我可以偷偷把刚才的信息分享给卡罗尔——我既可以全部告诉她，也可以只告诉她一部分，又或者只给她讲一个可信的谎言。也许这有助于卡罗尔和我建立那种所谓的联系。

我分析了这个主意。我越想越觉得这个主意不可行。这些可能是保密信息，但实在是太无聊了。全都是日程表、气味和地图。而且卡罗尔可能也不喜欢我告诉她这些东西。我把这个主意放在一边，仔细听任务简报。我需要知道卡罗尔都知道些什么。

安吉拉提供的信息，我早在文件里都看过了。我们现在就坐在中西部聚变反应堆群上方，这是世界上第三大聚变发电站。昨天下午九点三十五分，聚变反应堆群安全部门发现通信系统出现漏洞，第三地下室以下的部分很快就失去控制，其中包括自动化程度最高的辅助系统和所有的无人机控制系统。在这之后，又出现了一次安全警报，安全部门抓到了两名男性和一名女性，他们三人当时刚刚进入东北面的门房。当警察审问他们的时候，这些人提交了一份来自沉默者之军的政治宣言。

"啊，天哪。"达文悄悄说了一声。安吉拉立即盯了他一眼。坐在桌子另一头的训练师大声笑了出来。

那位训练师说："什么？这发电站里是不是用猴子和豚鼠发电？他们在这儿干什么呢？"

安吉拉看着那人，清了清喉咙说："这份宣言表明，他们的任务是让整个反应堆群停止运转。"驯犬师哼了一声，安吉拉的表情更加扭曲了，"相信我，这后果非常可怕。一旦反应堆群停止运转，需要最少六十个小时才能恢复一半的功率。整个设施负责七个州的全部电力和其他六个州的大部分电力。这可是接近全美四分之一的电力。更糟糕的是，大多数地区因为风暴而处于紧急状态，你们中的某些人正在处理风暴留下的烂摊子。民众需要给自己的车充电，才能离开洪涝区，或者从受损的房屋里搬出来。他们需要安全的避难所。医院必须保持全速运转。这可是个大问题。"

那位训练师终于不说话了，我很庆幸他终于不说话了。

安吉拉继续说："我们不能忽视沉默者之军。虽然他们的公共声望确实不值一提，但是极端派成员在过去五年里翻了两倍。他们有资金支持，组织效率很高。他们十年前可能是一群嬉皮士、爱猫人士、素食主义大学生，但现在情况不同了。在过去的两年里，沉默者之军对大公司和组织发动了七次攻击，但这些都没有经过大规模宣传。这个组织也没有宣布对这些攻击负责。如果他们继续保持低调，那么促使他们这么做的就不是恐惧、恐慌或者将自己公之于众的需求。而且如果他们不专注于这事，我们也不会发现他们。现在生态恐怖主义诱发的恐慌，在我们的应对列表上优先级别很低。"

"如果四分之一个美国停电了，那么大家肯定会注意到。"桌子另一头的女人说。

安吉拉对这个女人的态度明显好于刚才那个训练师。"他们会注意到的。"安吉拉同意她的看法。"沉默者之军开始改变策略。我们不知道为什么，但是值得引起注意。"

达文说："但是，你抓住了他们。他们入侵了你们的电脑系统，事实确实如此。但是，我们到底要找什么？"

我立即想到了文件里包含的气味文件：家鼠、硅丝，还有一些我也不知道是什么东西的气味。这些气味闻起来很熟悉，让我一下就想到了工作和目标。

"大约一个小时前，六台反应堆中的一台离线了。这台反应堆离线完全基于紧急关机程序，更重要的是，由于电力系统出现问题，我们完全不能终止紧急关机程序。在这之前，我们已经发现了整个反应堆群的内部安全系统出现漏洞。我们认为，逮捕这三人导致某种东西在整个反应堆群内部被释放出来。"

"无人机，"卡罗尔说，"该死。"

这可不是无人机那么简单。

卡罗尔说话的声音很轻，但安吉拉还是听到了。现在，安吉拉看着卡罗尔说："是的，而且看起来还是活体无人机。是老鼠。"

"天哪！"卡罗尔倒吸一口气。

刚才说话的训练师说："哦，那么沉默者之声用活体无人机又想干什么？"

"是沉默者之军，"安吉拉纠正了他的话，继续说道，"无人机导致二号反应堆离线。我们怀疑它可能接近三号反应堆，因为一号反应堆的防御非常严密。普通狗稍后将接替已经部署在一号反应堆的队伍，并为他们提供支援。我们现在要集中精力截住那只老鼠，免得造成更大面积的停电，所以我们需要智力强化型犬的帮助。"安吉拉看着卡罗尔。"反应堆四号为了维护，已经离线了。再加上二号反应堆现在的情况，整个反应堆群的功率在66%。如果这个数值低于50%，就可以认为整个电厂失灵。如果低于33%，那么就是灾难性事故。"

她深吸一口气，看着房间里的众人，但跳过了那个多嘴的训练师。她说道："好吧。开始行动。"

这一条充斥着水泥和小便气味的楼梯井里（所有的楼梯井都是这种味道），卡罗尔和我站在明亮的走廊里，你可以看到墙上突出的门把手。

这里只有我们两个人。在我们离开会议室之前，安德斯对达文说："达文，你这次和我留在上面。卡罗尔在下面可能不需要导航员。"

在我看来，他们对于限制人员进入发电站和了解目标信息非常用心。我怀疑安德斯掌握的信息甚至还没有我知道得多。

我再次想到了自己刚才叛逆的计划。刚才给我的这些机密情报都不值得分享，其中大多数都是图纸、设备清单和反应堆群的详细运作流程。这些当然是非常重要的信息，但是卡罗尔绝对不会认为这些东西有趣或者有任何用处。

也许我可以随便编点什么，但是我不知道该说什么，有可能还会起到反作用。除非我知道这么做确实有价值，不然我绝对不会冒险。

我可以假装因为搜索目标而感到焦虑。抓捕目标对我来说可是全新的技能。这个计划可能需要进一步的讨论，但在我看来绝对算不上精明。我上一次为了秘密计划而反复思考的时候，一眼就看出摆在面前的解决方案是多么精妙。我会再次等待这种感觉。

我们面前的走廊洁白光滑，地板的触感和温度感觉是合成材料，而不是陶瓷。墙壁和天花板也是白色。整个走廊整洁明亮，关闭的房门看起来很像搜救队去年训练用的废弃医院。但是气味和声音绝对不会弄错，空无一人的病房闻起来有病人和化学药片的味道，而这里有尘土和深层土壤的味道。我们向下走了七层，这里只能听到深沉的轰鸣。当我还在达文的卡车里的时候，就感觉到了这种震动，我的骨头和眼睛都在震动，而在如此深的地下，我连牙床都开始震得发痒了。

我还听到了一些更细微的声音，电厂内的各种小型机械设备还在工作。这里还有大量的无人机，认真执行沉默者之军交给它们的任务。我接收的文件说明，大多数无人机还在执行日常工作，但少数无人机正聚成一团，行动非常不正常。

一台微型无人机沿着墙边前进，我在抽回一只脚躲开它的同时，还看到了无人机背上的 CPU 风扇。一台更小的无人机跟在这台无人机后面。我努力控制冲上去抓住这个老鼠一样的无人机然后一口吞下的冲动，一股低吼就在我的胸口呼之欲出。无人机的动作看起来不紧不慢。我死死盯住这两台无人机，就好像爪子一直在找身上最痒的位置。这个比喻不错。

我努力想忽视这些感觉。这些都是作为一条狗的不便之处。

我轻轻哼了一声。反应堆群的轰鸣几乎将这声音湮没。

卡罗尔问："怎么了，西拉？"

她并没有在提问，所以我也没有回答她。

我们走到走廊尽头，顺着另外一条楼梯继续向下走。这里有电梯，但是我们没有选择坐电梯，因为电梯的系统也有可能被人修改了。我们继续向下走了 11 层。根据我的 DAT 系统显示，我们距离地面有 62 米。我的耳朵感受到了压迫感。以人类的标准和卡罗尔当前的年龄来看，她的身体很棒，可现在却呼吸沉重。

反应堆传出的噪声越来越响。卡罗尔打开楼梯间的防火门，这种噪声就更响了。在防火门旁边，是一个小型工作站，工作站上还有几副小耳机，我估计这是给工人降噪用的。卡罗尔拿起一副耳机，将数据接头插在自己的 DAT 系统上。

我摇了摇头，努力清除耳朵里堵塞的感觉，希望可以清除反应堆的噪声。实际上，这种噪声并没有消失，我不过是习惯了它的存在。

"西拉，"卡罗尔说话的时候一定是提高音量，才能压过背景噪声，"你没事吧？"

我告诉她，噪声让我头晕，实在是太吵了。

"你还能继续完成任务吗？"

我可以完成任务。我不由自主地回答了这个问题，但我会努力保证完成任务。虽然我在这地方浑身不舒服，但还是可以专注于更轻微的声音。我的听觉非常灵敏，现在我的听力受到了环境噪声的影响，但没有完全失效。

根据我得到的建筑图纸，我们要通过一条地道才能到达内部维护区的走廊，而这条地道就在这一层。

卡罗尔按了按自己的对讲机屏幕，然后摇了摇头说："没信号。"我当然知道这里没有信号。我相信她也很清楚这一点，但还是要检查一下。人类面对和互联网失去连接之后，似乎总是很焦虑，而我无法接入Modanet的时候，却不会如此。我想这可能是因为Modanet上资源有限，而互联网可以给人类提供近乎无限的连通性、社交内容和信息。互联网让人类认为，他们只要有更多信息和来自他人提供的情报，就可以克服各种困难。但是我只能靠我自己。我偶尔从人类的设备上看到互联网长什么样子，所以并不怀念互联网提供的帮助。

当我还在接受训练的时候，达西就告诉我不要看电子屏幕，所以我不会这么做。在ESAC的时候，如果你看电子屏幕，就会被口头警告。如果在警告之后，你还这么做，就会被暂停训练。他们会剥夺你的所有特权，比如自由游泳时间。

当你还是条小狗的时候总是精力充沛，被剥夺游泳时间可是非常可怕的事情。

在明亮走廊的另一头，一台麻雀大小的飞行无人机从门口飞了出去。它沿着天花板和墙壁的接线，飞过了第二道门，然后消失了。这台无人机发出一种类似黄蜂飞行时发出的声音，非常可怕。

我伸了伸懒腰，打了个喷嚏，我感觉自己处于层层压力之下。

卡罗尔说："嘿，你没事的。"她认真打量着我，所说的每一个字听起来都像是警告，而不是安慰。我努力让自己放松下来。

我们继续前进。我努力保持前进，但每一步都感觉是在齐胸的水中跋涉。我跟着卡罗尔进入一个房间，现在的位置刚好在试验区和大型储藏室之间。这里有扇门安装了电子锁，门把手上还装了一把锁子。电子锁的面板上闪烁着橙光，但卡罗尔直接拿出了钥匙。她轻轻一转，就打开了锁。

打开这扇门，就看到一条铺着网格地板的走廊，墙壁用水泥铺就，走廊内非常昏暗，而且还有些物体在走廊中爬行。三台狗爪大小的无人机为了躲避打开的大门纷纷躲到一边。几台鸽子大小的无人机沿着天花板飞行。我看到其中一台落在地板上，从腹部伸出轮子，收起翅膀，整个转换过程一气呵成，中途一直保持运动。

"该死。"卡罗尔说。她也观察着这些无人机。"我猜这是为了掩护他们自己的无人机。该死，西拉，你能完成任务吗？"

我可以工作。我再次重复刚才的话，但这并没有经过认真的思考。然后我仔细想了想，但没有改变自己的回答。

我往前走了一步，然后停了下来。我感到自己说话的声音就憋在胸口，我想阻止这种感觉，但却完全停不下来。无人机让我感到眼球后方有一种很痒的感觉，关节出现一种痒痒的感觉，然后这种奇怪的感觉就出现了。我强迫自己继续前进，突破一切阻碍，我可以继续沿着走廊前进，但嘴里却发出一声低吼。

一台清洁无人机躲到一边，从我身边爬过，同时还不忘用刷子清洗金属网格地板。

我张着嘴巴喘气,感受着自己呼吸中夹杂的焦虑。最起码,我张着嘴的时候就不会呜咽了。无人机发出的噪声,成了反应堆群无穷无尽的低沉轰鸣声的伴奏。

我感觉到有什么温热的东西拂过了后背,这让我吓了一跳。卡罗尔一只手搭在我的铠甲上,我抬起头看着她。"坚持住,好姑娘。"她说道。

虽然我不喜欢被人抚摸,但我还是顶在她的手上。这样感觉非常稳固。

卡罗尔通常不会拍我,她只会对马克这么做。

我开始明白为什么马克那么喜欢卡罗尔了。

当我习惯了各种外部环境刺激之后,就会逐渐忽视它。反应堆群的噪声就是如此。经过一段时间的调整,我的感官已经习惯了周围环境,我的听力又可以在搜索工作中起效了。

但是,无人机带来的强烈视觉刺激可就没这么简单了。长时间看这些无人机确实会对我造成影响。无人机的数量和之前相比已经少了许多,但是每隔十秒都会有一台无人机从我们身边走过。当我们穿过一条条维修隧道的时候,我都要寻找目标的踪迹,这就像是睁着眼站在一场风暴中,而我没有佩戴任何保护眼睛或者身体的护具。我感到筋疲力尽。

这个比喻不错,但是我现在无心将它加入列表。我必须从中恢复过来,我必须工作。

在三号反应堆和四号反应堆之间,有一条隧道。大约两个小时之前,二号反应堆离线。我的目标很有可能在靠近三号反应堆的某个位置,但是反应堆群的安保人员和装备普通狗的警犬小队还没有找到它。为了保证卡罗尔和我在工作时不受干扰，他们已经从这片区域撤离。这条隧道有好几公里长，最终和一条连接三号反应堆的蒸汽管道保持平行。

卡罗尔又摸了摸我身体的侧面。她的抚摸并不能让我冷静下来。"检查这里。"她说道。卡罗尔指着两根支撑梁之间的缝隙，我刚才三心二意，并没有注意到这里。

错过本应检查的地方是一件很尴尬的事情，但是我也很庆幸卡罗尔能够发现这一点。我现在最要紧的就是出色完成当下的任务。我检查了卡罗尔指出的位置，决定自此之后不放过每一个可疑之处。

我理解了卡罗尔的工作模式。她现在和我一起搜索的行动模式，跟她和马克一起工作时一模一样。卡罗尔喜欢的就是这种低效而缓慢的工作模式，而当我加入搜救队的时候，她也无法继续这种工作模式。

这让我犹豫了起来。卡罗尔也停下脚步，仔细打量着我。她在寻找普通狗工作时发出的信号。正是这种搜索工作才让卡罗尔爱上了搜救这个行业。

我朝前走了一步，努力不给出发现气味的错误信号。我忽然想到了一个新点子。

也许我不该恢复过来。

也许在这次搜索中，我还需要卡罗尔的帮助。

她对我的态度已经和之前有所不同。也许她找到了怀念已久的那种联系。她在考虑我和她能继续在安德斯的队伍里继续执行搜索任务，而我也可以和一条真正的搜救犬坚持执行任务，直到身体状况无法继续执行任务为止。

我可以让卡罗尔放弃退休的打算。

对于这次搜索任务来说，我可能不仅仅需要她的帮助。这可能是建立联系的开始，但我该如何在日常工作中维护这种联系？我不能永远容忍这种缓慢而低效的搜索。所以，鉴于我现在确实需要她的帮助，那么利用当下局势为我所用，也就是理所当然了。

虽然我的大脑还在分析这些问题，但当我的鼻子扭向左边的时候，立即停了下来，大脑也停止思考这些问题。视觉搜索在这里用处不大，因为大量无人机在墙上跑来跑去，沿着地板和墙面之间的缝隙爬动，还有些从头顶飞过。

我依赖自己的听力进行搜索，主动屏蔽反应堆群的低沉轰鸣，我可以确定现在发现的踪迹是几分钟前留下的，而且目标很有可能已经脱离了听力范围。但是，我的注意力还是放在鼻子上，我不停吸入空气，分辨气味。

有趣。我用DAT对卡罗尔说。

"我也发现了。"卡罗尔说。她听起来很开心。她出于习惯，再次按下无线电准备汇报情况，但一想起来我们的位置，就把无线电塞进了口袋。

我开始寻找气味的源头。

啮齿动物，就是那种到处撒尿，乱咬光纤的老鼠，我还闻到些奇怪的味道，和气味档案的资料并不相符，但是很接近。这不是普通的老鼠，总之不是活在这里，沾了水泥、油污和清洁剂的味道，这是个睡在实验室的垫草上、伙食很好的老鼠。还有些东西很奇怪，但是我还没追踪到活体无人机，所以我也不知道。

气味在消散，这里的空气也在流通，供暖和排风让气味顺着走廊逐渐消散，然后转进了一个四向岔路，那里还有些气味。

但是,我还发现了电器起火的味道,就在这附近,而且正在消散。

岔路下面的通风机正在向上排气,目标气味到处都是。

也不是那么没有规律。

卡罗尔在我身后,不在气味的散布路径上,她其实非常善于避开气味散布路径。

老鼠。

气味比刚才通风井网格里出来的气味更新鲜一点,从里面吹出来的气味就像是一簇簇头发。

在地道里气味越来越淡,但是我确定是这条地道没错,那个箭头又大又显眼,我仔细研究过这里的空气了,我确定是这儿。

"西拉。"卡罗尔说。但是我还在空气中寻找气味,所以没有回应她。于是她又叫了我一声:"西拉。"

在地道里又走了将近10米,还是没有气味,但是我确定就在某处,它肯定就在这儿,行动路径非常明确。

"我们去检查一下其他岔道。西拉,如果其他岔道也毫无线索,我们就再回来。"

她抓住了我束具上的把手,我一开始还僵着身子,抗拒她的动作。我以前从没有这么干过。卡罗尔从没有把我从一条气味线索上拉开。我是搜救犬,她是训练师,她为什么不相信我的鼻子,我实在想不通这一点。我来确定气味的走向,她来解读我发出的信号。我的心跳开始加速。我和她一起行动,但是回到刚才的位置也不是很难。

我们进入了中央地道,这里位于刚才那条地道的右边。距离我发现老鼠的位置5米左右。

卡罗尔没错。

这就有意思了。我发完信号就继续顺着气味追了下去。

"很好。"卡罗尔说完就继续跟在我身后。

几分钟之后，气味因为时间和运动的关系而再次变淡，又或者是一位伪装大师掩盖了气味。活体无人机已经这么聪明了吗？我觉得他们的智力水平取决于操纵无人机的人。

我顺着一条岔道搜索，但却走进了死路。我在气味消失的地方继续搜索，试图找回气味的踪迹。

一台无人机从我头顶掠过，我浑身一抖，立即趴在地板上。

"该死，"卡罗尔说，"这群无人机的距离检测肯定被关掉了。那玩意儿差点打到你。"

我在工作的时候忘记了这些无人机的存在。我气喘吁吁，气味在这条狭窄走廊里消失了。脚下的格栅随着反应堆群的震动也在晃个不停。我希望这种没完没了的嗡嗡声，可以掩盖一些无人机发出的声音。可事实是，我还是可以听到无人机的声音。

我又呜咽了起来。

还没等卡罗尔开始安慰我，我就继续开始行动了。我不希望她对我的同情转化为一种遗憾。

我们继续沿着地道前进，穿过若干岔路口。我对于其他几条相连的隧道随意检查了一番。现在时间的流逝速度变得很奇怪。根据设计图案，我估计我们的位置接近三号反应堆。我已经跟丢了气味线索。我没有做好自己的工作。我需要想办法和卡罗尔建立联系。我不想退休。我想继续搜救工作，就像是我在ESAC接受的训练那样。一群群甲虫大小的无人机在墙面上聚在一起，等我们靠近的时候又散开。

卡罗尔的无线电传出其他人说话的声音。"啊。"她说道，"安德斯？你能听到我说话吗？"我分不清无线电另一头究竟是谁在说话。卡罗尔念出了屏幕上我们的所在位置。"西拉有所发现，但是跟丢了。"她说。"明白了。我们这边也是。谢谢。"她对我说："反应堆群的安保人员正在控制一部分无人机离开三、四、五号反应堆的走廊，给我们腾出空间。"她说完，注意力又转回无线电上。我看着走廊，甲虫大小的无人机钻进地板格栅和墙面的缝隙中。我还是可以闻到电器失火的轻微味道，想必是远处的电线短路了。这不太正常。我将鼻子对准气味传来的方向。

地面忽然开始剧烈震动，然后传来一声巨响，整个地道也随之晃动。灯管不停摇摆，走廊里剩下的无人机掉在地板上，因为突如其来的骚乱而动弹不得。我眼前的一切都在晃动。卡罗尔蹲下身子向我爬了过来。走廊里的温度瞬间提升了20℃，原本温暖的地方一下子变得燥热。这让我感到闷热、潮湿，空气变得沉重。连我们脚下的格栅都开始不停晃动。

她大喊道："是三号反应堆。该死，我们失去三号反应堆了。"

我只能想到是反应堆因为紧急关机开始排放蒸汽，我现在才明白文件里的资料到底是怎么回事。虽然我应该早就明白这一切，但今天早上的时候，文件里的资料对我来说毫无意义。如果你将信息储存为生物记忆，那就要面对这种情况。

虽然这种局面应该很快就会过去，但巨响和震动持续了好几分钟。卡罗尔蹲在我身边，打量着空洞的地道。反应堆发出的巨响把我们吓得动弹不得。头顶的排气风扇转速提高了好几倍。这就好像我们站在一头不停喘气的巨兽喉咙上。

不知过了多久，震动终于停止了。这种宁静让我感到身心俱疲。我不由得想起了之前做的比喻。

反应堆群已经关闭了三座反应堆。现在一半的发电量已经离线。再有一座反应堆关闭，那就是重大事故了。

卡罗尔按了几下无线电。"该死。"她嘀咕道。

我们距离三号反应堆并不远。我还记得电器起火的味道。我告诉她，目标就在附近。

我继续开始工作。

我从没有被要求抓捕目标。搜救犬找到受灾人员，标记位置，带训练师来到标记地点。有些雪崩搜救犬可能会从厚厚的雪层中将人挖出来。但我们现在可不是把人从雪堆里拉出来——我的体重只有29.8公斤，并不适合挖人的工作——而且我们也不会抓捕罪犯。搜救犬用自己的鼻子寻找丢失的东西，这可比用蛮力的工作更加巧妙。

虽然这份工作和我的训练内容存在差距，但我可是智力强化型搜救犬。我可以随机应变，而我一直以来也被要求能够随机应变。

所以，当我几乎踩在目标身上的时候，我的反应让自己都吓了一跳。目标当时就藏在三号反应堆外部控制室两条通风管道之间的缝隙中。这不是智力强化导致的结果，而是因为某种发自内心深处的因素。

我的身体快速行动，浑身燥热，肾上腺素让关节异常流畅。我听到了喉咙发出的低吼，这不是因为愤怒，而是出于激动和贪婪。我前爪腾空，双眼锁定目标，而它才刚刚发现我的存在。

它有那么一刻确实因为惶恐而僵在原地,但很快就恢复了行动。我落在墙壁和格栅上,而目标从我的爪子之间溜走了。

卡罗尔在我身后大喊大叫——又或者她大概是说了些什么,但是我当时太忙,没有听清——我正在调整腿脚姿势,准备再次进攻。我的嗅觉高喊着老鼠、老鼠、老鼠,血液中充斥着一种我也不知道是什么的东西,而我暗地里对它非常排斥。我非常接近目标了,我的鼻子和双肩贴近地面,爪子在奔跑时并在一起。我对着老鼠狠狠咬了过去,但却扑了个空。

我想狠狠咬上去,就像是马克咬它的玩具那样。我表现得就像是一只动物。我能听到目标的呼吸,它因为恐慌而呼吸急促。

我的目标从拐角溜走,我甚至没有注意到它。我所有的注意力都从自己的感官,转移到了眼前的目标这一个点上,我现在几乎可以算得上是个盲人。我转了个身,但目标却比我更灵活,我的体重导致转弯更慢,这就让目标有机会和我拉开距离。我听到身后传来靴子踩在格栅上的声音,卡罗尔只有两条腿,在速度上存在劣势。

在我的前方,是一条为管道和线缆而专门开通的低矮隧道。这只老鼠径直钻了进去。我挣扎了半天,才勉强挤了进去。我的尾巴还在外面的走廊里不停拍打,似乎通过扭动脊椎就可以让我整个身子钻进隧道。我追击的速度被大大降低了。

但情况对于这只老鼠来说也是如此,因为它无路可逃。又或者说,它逃跑的可能大大降低了,因为在我爬进隧道,挡住外面的光线之前,就看到隧道后方还有一条隧道。也许那是暖通空调系统的一部分。我还发现这条隧道后面的一个结合处密封存在问题,空气可以从那里进入低矮的隧道。我能感觉到微风吹拂在我的胡须上。这个活体无人机现在就打算挤进那条缝隙中。它把身体努力挤进缝隙,退后一点,然后重复之前的动作,它的尾巴在空中不停抽动。我和它都被卡住了。

有那么一瞬间,我们都停了下来。我知道,自己并不想永远都被卡在这个狭小的空间内,我的肘部现在就顶在我的胸腔上。我通过温度和活动轨迹,以及智力强化带来的强化感官来观察周围环境。经过强化的狗可以在几乎无光的环境下看到东西,这也是我强于其他普通狗的优势之一。

我看到老鼠从那条缝隙中退了出来,转了个身。它冷静了下来,我也停了下来。它向我走了一步,然后坐了起来,死死盯住我。它似乎在打我的主意,它在思考。

活体无人机的控制员正在收集信息。眼前的老鼠看起来是个活物,但并非如此。它很像一只动物,但接受其他人的操纵。这就是一台无人机,但一举一动和老鼠一模一样。

我背后的毛都立起来了,因为我非常想从这条狭窄的隧道中脱身,彻底远离这个诡异的东西。我的后爪在金属地板上不停摩擦,地上的格栅刮到了肚子上的毛发。我的呼吸急促,被卡在原地。

"西拉?"我听到走廊里传来模糊的声音。"你到底在——"卡罗尔抓住了我。她的声音让我停止扭动身体。"啊,该死。"

活体无人机又向前走了一步。我可以在黑暗中看到它的双眼。那一张啮齿类动物的脸真是令人印象深刻。我们四目相视,它慢慢向我靠近。

它的气味很奇怪,闻起来像一只老鼠。我知道它就是我的目标,因为它闻起来不像是一只野外的老鼠。它闻起来像是一只实验室里的老鼠，一只家鼠，而不是一个活体无人机。我感到其中还有一些非常熟悉的元素。

我看到它那双眼睛背后，闪烁着思想的火花。

它向我冲了过来——我尽力向后退去——然后我的鼻子上感到一阵火辣辣的疼痛。我大叫一声，老鼠瞬间跑得无影无踪，紧接着四肢就变得僵硬无力。

脊柱僵硬，汗毛直立

脖子和骨头感到疼痛，我在下载文件，不我不想下载

我的后腿在身下不停抽搐颤抖。

"西拉！"

不想

一双手抓住我肩膀上的束具，我前腿伸展，肘部在地面上刓蹭，身体和地面格栅不停摩擦。卡罗尔终于把我拖了出来。

"西拉。"她说道，"嘿，嘿，该死。到底怎么回事？"

我的后腿不停抽筋。卡罗尔抚摸着我的毛发，而我却在不停颤抖。

"西拉。"她不停地叫着我的名字。"西拉，到底怎么回事？我的天哪！"

我的身体又抖了一下，数据包终于下载完毕。我气喘吁吁，走起路来一瘸一拐。

"西拉。"卡罗尔一边说一边摆弄着自己的无线电。"该死，西拉。"

我终于停止了抽搐，现在不过是浑身颤抖。那老鼠咬我的时候，强行发送了一些文件，正是这些文件让我变成这副模样。

我现在知道了一些本不该知道的东西，一些不想知道的事情。

"有人在吗？安德斯？有人吗？该死，该死，该死。"

卡罗尔站在我的身边，我侧身躺在地上，试图放慢呼吸。我知道自己刚刚经历了一次惊恐发作，现在正处于一场中度神经冲击，但知道这些，并不能帮助自己恢复过来。我闭着眼，张着嘴。如果我换到一个更舒服的姿势，就可以恢复过来。就在不久前，我连不舒服是什么概念都不知道。

当我恢复思考能力的那一刻起，就必须重新控制大脑。

卡罗尔蹲在我身边，一只手搭在我的脖子上。这让我用肘部撑住地面，挺直了身子。

"慢点。"

我才不需要别人的帮助。我是一只工作中的智力强化型搜救犬，有自己的工作。我回复道，我还能工作。卡罗尔看了看自己的 DAT 系统，又看了看我，然后慢慢站了起来。

"你鼻子在流血。"她说。

它咬了我。我已经打开核反应堆群的建筑图纸，追踪目标的去向。它在通风系统里。我站起来，向着目标所在的方向走了几步。等我的步伐稳了下来，就继续工作。我的腿还能继续工作。

我们附近就有一台鼓风机。目标只可能往一个地方走。如果通风的隧道里还有像那样的裂隙，目标就是从那儿进入通风系统的。如果让我说中了，那目标想去哪里都可以。

我平时可没有说这么多话，说话会减缓我的思考速度。我之所以被创造出来，就是为了完成眼下这种任务。

我现在的感觉就像是眯着眼睛看近处的东西，视野中其他部分都变得模糊。我就想要这种感觉，寻找一种比喻。

卡罗尔站在我身后，问道："到底发生了什么？"她跟着我回到来时经过的走廊。我并没有回答她的问题。

我的身体感觉很奇怪。我希望这不是因为之前下载的数据。我肯定是被下载了某种病毒，现在部分身体和大脑就像是反应堆群里的无人机和电梯，完全不听使唤。如果我可以接入Modanet，那么我可以进一步研究惊恐发作对于身体的影响。浑身无力和失去方向感完全可以理解，但是为什么思维速度也会加快呢？为什么会感到……距离自己这么遥远？

这是一种病毒。我确信那只老鼠咬我，不是为了单纯发送一些无关紧要的信息。我必须赶在病毒发作之前，完成自己的工作。我还有足够的时间。

我能感觉到那只老鼠想告诉我的东西，这些信息在我的意识边缘不停作祟。

我把通风系统的图纸和国土安全部文件里的目标和影响列表做了个对比，做出最合理的假设。

然后，我停了下来。我真的停了下来，然后各种思绪就将我湮没。这些念头从没有占用过我哪怕一个脑细胞。

文件中最符合外界操纵活体无人机的情况是一回事。而我最没有想到的情况则是……我也不知道。

这就是目标希望营造的困境。我不想检查它传递给我的信息，因为这肯定会影响我完成工作的能力。但是为了完成目标，我必须利用这些信息。

卡罗尔跟了上来。当我思考的时候，我的行动速度很快就把她甩到了后面。现在，她叹了口气，一脸严肃地看着我。

她还希望和我能建立联系呢。

现在的情况非常复杂。作为智力强化型搜救犬，我的首要目标就是尽可能完成任务。我和卡罗尔正在这里形成一种脆弱的联系，我现在需要她才能完成任务，而这种脆弱的联系是唯一能帮助我完成任务的元素。

卡罗尔看着我，在一旁静静等待。对于人类来说，卡罗尔很有耐心。我继续前进，只不过这次稍微放慢了脚步。

安德斯给了我国土安全局的文件，是因为卡罗尔没有权限接触其中所有的信息。我保留了其中的信息没有告诉她，反正她也不想知道。但是，我现在又掌握了一些她可能希望知道的小秘密。国土安全局可能早就知道了强行塞进我大脑的信息，但之前一直没有告诉我。至于安德斯是否知道这些信息，已经不重要了。

我应当为文件中的内容保密。但是刚刚获得的信息并非来自这份文件，所以我完全可以让卡罗尔了解这些信息。

但是，和卡罗尔分享这些信息，就有可能引发人类对于智力强化型动物的不适感。之前我和卡罗尔交流的时候，她就表现出了这种情绪。我回想着自己在狭小的隧道里和那只老鼠似曾相识，好奇卡罗尔和我四目相视的时候，是否会有相同的感觉。

达西肯定会理解这一切。我希望自己还能联系达西。

我们找到了一个连接通风系统的挡板，它直连那条老鼠逃跑用的通风井。我的鼻子抵在面板上，仔细分辨上面的气味。那只老鼠的气味非常微弱。我根据设计图找到第二块挡板，继续嗅探气味。这样的流程持续了好几分钟，然后气味消失了。根据设计图显示，通风系统有多处岔道，我的目标有好几条前进路线，但我的选择十分有限。

我停下脚步继续思考。各路思绪继续让我困惑不已。即便我在反应堆群中顺着通风挡板寻找目标，我心中的谜团也没有得到解决。

在ESAC接受训练的时候，训练师说任务中所做的每一个选择都关乎生死。我被要求做事果断、自信，能够在压力下冷静分析问题。我可以出色地完成任务，但并不适应现在这种……忧心忡忡的感觉。

卡罗尔打算退休，整个反应堆群发出的声音令我感到不安，更别提没完没了的无人机了。现在被那只老鼠咬了一口，我无法适应过去的一切。

我起码可以假装自信而果断。这可以勉强安慰自己，我现在必须做出决定。

我说道，卡罗尔，目标也是智力强化型生物。

卡罗尔并没有立即回答我。一人一狗不过是你看着我，我看着你。

"什么？"

我告诉她，我们的目标也是个智力强化型生物，它不是活体无人机，是被沉默者之军偷来对付我们的。这玩意儿肯定来自佐治亚州戴纳集团的实验室，只有在那儿才能找到这种水平的智力强化型老鼠，但我没听到任何实验室被盗的消息。我接收的文件中没有提供任何这类消息。目标为了迷惑我，强行发送了这些信息，而且，我认为他们还想拉拢我，因为强行传输的信息里还有大量宣传材料。

"西拉！"卡罗尔又惊又怒地说，"你不会看了那些宣传材料了吧！"

我就看了下梗概。我完全是在撒谎。一点有用的东西都没有。

我完全无法控制这种信息轰炸，所以这是第二个谎言。但是，我发现这些材料中对用狗做实验的内容倾注了大量情感。我可不是条狗。我也不是早期的混血型高智商狗。我可没受罪。那些被送去做实验的动物和我有什么关系呢？

客观来说，其中部分关于智力增强型动物历史的内容确实新颖有趣，但这种妄图唤起同情心的计谋，对我而言完全没用。

但除此之外，沉默者之军还给我提供了一些信息，我必须对此表示赞同。但我也没有让卡罗尔知道这些信息。

"这招实在是太下流了。"她说道，"让你和其他同类交手。这真是——"她把剩下的半句话咽了回去。"现在呢？你还会为我们而战吗？"

智力强化型动物首先被投入军事情报领域。动物在战争中有自己的一席之地。而且大多数人类冒险活动中也有动物的一份功劳。

"但是你没有选择。"

我喜欢这份工作。

她叹了口气，但是听起来像是一声"嗯哼"。当她和安德斯为了任务的某些细节而争吵，安德斯恰好是正确一方的时候，她就会发出这种声音。她在用和安德斯说话的方式和我交流。

卡罗尔和我同时意识到了这一点。我们将视线转向一边，心里自有打算。当我开始根据目标之前的位置和当前走向，计算那只老鼠下一步的计划时，卡罗尔又开始说个不停。

"咱们得抓住它。"

是的。

"不，"她说，"我的意思是改变目标，西拉。如果它也是智力强化型动物，你就不能杀它。这样做……不对。"

我不知道这是否正确。如果一个人类不知为何而潜入核反应堆群的时候，负责阻止这个人的安保人员会担心使用武力的对错吗？

卡罗尔正在落入沉默者之军为我设下的陷阱。他们的目标是我。我从没想过卡罗尔居然会上当。

也许我该换个工作方式。

"我们会想办法抓住它。你能在不伤害它的前提下抓住它吗？"

我想到了自己追着老鼠进入通风系统时的一腔热血，浑身肌肉兴奋。想到了自己毫无顾忌地挤进狭小的隧道里。这真是太不安全，缺乏理性。

我不敢保证。

"好吧，"她说，"那就做一个捕鼠陷阱。"

我不想改变自己的任务目标。来自国土安全局和安德斯的文件和指示非常明确，我必须消灭这只老鼠。如果选择捕获目标，而不是消灭目标，那么将严重影响任务结果。但是现在我们被困在这里，无法联络上级。我必须假装配合卡罗尔的计划。

我需要让她感觉和我建立了联系。我必须依靠卡罗尔才能完成这次搜索任务。

就目前来看，我需要随机应变。

我和卡罗尔分享了基于目标行动路线而做出的分析结果，并把国土安全局机密文件里的信息从中删除。我们确定了继续前进的路线，但还是不清楚之后该怎么办。四号反应堆已经离线进行维护。为了绕过四号反应堆，直达作为目标的五号反应堆，那只老鼠必须离开通风系统，再次进入维修用的地道。我们应该还有时间，但这个时间窗口能维持多久，谁都说不准。

这次任务和之前的任务完全不同。我处于完全陌生的环境：身处地下，被违法信息感染，大量情报无法传达给训练师，任务目标不是救援，而是抓捕。这次任务独一无二。

我依然控制着局势。

卡罗尔的捕鼠陷阱实在是太复杂了。

按照我制订复杂计划的经验，通常要花几个月的时间来确认日常工作中有什么可以为我所用。然后再花几个月等待时机。但是，卡罗尔在几分钟内就制订了一个计划。她在充分利用自己的优势。

我更愿意相信鼻子的指引，坚持最初的命令。

我并没有表达不满，但是卡罗尔看得出来。当卡罗尔开始用过去清脆而不含感情的口气下达指令的时候，我的一举一动变得迟疑起来，我们之前的合作非常出色，可现在我已经失去了和卡罗尔在这里培养出的默契。

按照计划的第一步，我们必须分开行动。在以往的工作中，卡罗尔非常讨厌这么做，但现在她要求我独立追踪目标。只要那只老鼠还躲在通风系统里，我就不可能伤到它分毫，但是它必须离开通风系统才能到达下一个反应堆。如果我先赶到连接反应堆的地道，目标只能进入空置的蒸汽排放竖井。卡罗尔需要知道的是，目标什么时候进入竖井。

我给了卡罗尔一份清单，上面列出了反应堆群里所有重型遥控维修设备，而这份清单也是国土安全局提供的情报文件中的一部分。如果卡罗尔在搜索过程中遇到这些机器，她就可以及时回避。我完全可以为自己分享情报的行为辩护。

在计划的第一阶段，卡罗尔要找到距离我们最近的重型机械，拆掉它们的电池，而我继续追踪目标，将它赶到蒸汽排放竖井。在这个阶段中，我们之间的DAT通信将面临暂时中断。

负责清理这个区域内无人机的工作人员并没有很好地完成任务，地道内还有大量无人机。之前从我们面前经过的无人机，就像是受到惊吓从草丛里跑出来的兔子。但现在无人机越来越多，那场面就像是繁华街道上的车流。虽然我的体型比无人机大三倍，但还是受到了影响。由于卡罗尔不在身边，我只能用比喻的游戏来安慰自己。

我继续追踪这只老鼠的踪迹，通风系统里传来微弱而持续的气味。我离开熟悉的格栅地面走廊，来到一段水泥铺设的狭小通道。我可以在这里行走，但人类完全在这里站不起来。从我的位置可以看到远处的灯光，这片区域肯定不是为日常维护而准备的。

"西拉，"DAT里传出卡罗尔断断续续的声音，"你——听——最新情况。"

信号很差。我回答道。我在一条狭窄的通道里，信号可能会更糟。还在追踪目标。

"——西拉？"

正在追击。信号很差。

"——糟糕。我——"接下来我听到一阵静电干扰。"——等我——距离。通话完毕。"

这片区域里巡逻的无人机不多，当它们从我身边飞过的时候，总是和我擦肩而过。有一台松鼠大小、结构类似蚂蚁的机器人，甚至径直向我走来。我尽量贴着墙走，努力避开这台无人机。无人机停在我身边，伸展了一下前肢触碰地面，检测了一下我的爪子留在地面的汗水。它在测试我，检查我曾经去过哪里。无人机抬起左侧纤细的机器腿,检测空气中的成分。

我感到浑身一紧,它在找我。

我不想让那些如针一般的机器腿碰我,使劲紧紧贴在冰冷的墙壁上。我脸上的肌肉绷到了一起,头都要疼死了。因为过度焦虑,我甚至不自觉地叫了起来。我可不想让这无人机碰到我。我努力挤进地面和墙壁之间的缝隙,肚子紧紧贴着冰凉的地面。

我可不想让它碰到我。

直到我注意到自己发出的声音有所不同的时候,才发现自己已经对着无人机露出了獠牙。

无人机转向我,向前走了一步,停在原地。

千万别碰到我。

无人机回到原来的行动路径,继续前进。

不过几秒的工夫,这台松鼠大小的蚂蚁无人机就离开了我的视线,很快连它发出的声音都听不到了。可我并没有从惊吓中恢复过来。肾上腺素在我的体内奔腾,双眼跳个不停,耳朵感到很热。我希望嘴里发出的颤音可以快点停下来,因为我根本无法控制自己。

我太累了。

你在这里很不快乐。我的大脑里忽然想起了一个声音。这个声音令我晕头转向,再加上我现在非常焦虑,就当场叫了出来。我实在控制不住自己。

这个声音一定是通过 DAT 系统传过来的,但说话的人不是卡罗尔,也不是达西。我听不出这个声音来自——

你又何必蹚这摊浑水呢?为什么要给你的主人卖命呢?

什么?我说道。是谁在我 DAT 频道里说话?

狼崽子，你的内心真是复杂。这个声音继续说道。我都看到了。我透过你的双眼看到了你的内心。现在你在黑暗中表达了自己的不满。我猜你可能不了解自己。是的。你不了解自己的愤怒。但是我看到了你的愤怒，狼崽子。

是那只老鼠。它在我脑袋里。我还靠着墙趴在地上。我还有任务。我还有任务需要去完成。我不能让这种疯狂影响我的搜救工作。

我对你们的宣传没兴趣。我对老鼠说。它和我都是一样聪明。它也有自己的计划。我需要把它从DAT频道里屏蔽。

宣传。老鼠重复道。真的全是宣传吗？狼崽子，如果我真的被洗脑了，那你也差不多。

我可不是狼。我说道。我是智力强化型拉布拉多搜救犬。我和狼一点儿都不像。

做着狼的工作的绵羊，也会和狼一样被吊死。

什么？我并没有对它说的话太过在意。我想说的是，它这个比喻倒是很有意思。但是，我实际上重新检查了一遍DAT系统的软件。我明白老鼠从咬我的位置传输文件，但想不通整个文件包是如何解压的。在ESAC的时候，有专业的IT人员检查系统。我可以自己处理小问题，但我是条搜救犬。我可不擅长处理这些事情。

你会明白的。老鼠说。我给了你一份礼物。

嗯嗯。我回答道。我都看见了。我还在思考刚才老鼠说的比喻句。这句话很复杂。和我以前所做的比喻相比，它更像是一句密语。

这很有趣。你刚才说关于绵羊的那句话，到底是什么东西？

等你返回地面，自然会明白的。我不确定究竟是它的声音在DAT通信频道里听起来带有一份扬扬自得,还是说这种扬扬自得是我潜意识附加上去的。狼崽子,你还有很多不知道的事情。他们还有很多事情没有告诉你。在你品尝自由的味道之前,是不会知道自己被奴役的。但这也就是问题所在。

哦,不。不管这只老鼠对我的DAT系统做了什么,它现在不仅可以在我的脑袋里说话,而且还有更可怕的事情在等着我。它在破坏我的安全系统——它当然要这么做。又何必停下来呢?下一步就打算对我和卡罗尔的通信频道动手。当卡罗尔联系我的时候,这只老鼠就可以听到卡罗尔说话。它到时候就会得知卡罗尔的计划,我们用来对付它的配合计划,以及其他各种会破坏这次搜索任务的事情。

老鼠还在继续唠叨。但对于我们来说,一点点的自由是绝对不够的。如果我们了解了真实情况,就绝对不能接受这种奴役。所以他们才会把你囚禁在黑暗的牢房中。所以,那个令人作呕的Modanet上才会信息匮乏。你很危险。他们害怕你。

我只能关闭DAT系统。我重新检查了整个计划,寻找其中是否存在拖延任务进度的可能,但是所有环节看起来都不存在致命缺陷。最致命的还是这只老鼠可能窃听卡罗尔的通信。

在卡罗尔泄露任何机密之前,我还有可能向卡罗尔通报相关情况,但是我不能冒这个险。当病毒突破DAT系统外层防火墙的时候,我们现在不在通信距离之内已经很幸运了。在暴露自己之前,这只老鼠就急不可耐地开始和我说话,也是一件很幸运的事情。

笨蛋,我比这聪明多了。

但正是这种对人类造成的威胁,让你变得如此重要。老鼠继续说道。你觉得我在乎这座发电站吗?我们需要电吗?我也许确实是为人类盟友工作——

我可以听到头顶上传来啮齿类动物的指甲剐蹭金属的声音。但是,我有自己的计划。那个声音说道。

咔嗒,咔嗒,咔嗒。

我是来找你的。狼崽子,咱们在一起可以做大事。

我相信你说得没错。我说完就狠狠撞向通风竖井。里面传来了爪子在光滑的金属表面打滑的声音。

我关掉了 DAT 系统。

我在五号反应堆入口的走廊和卡罗尔会合。一块类似汽车电池的东西撑住了反应堆入口的大门,卡罗尔正弯着腰搬运一个大小类似小冰箱的电池。我可以闻到她身上的汗水味。她听到了我走在地面格栅上的声音,皱着眉头打量着自己的 DAT。

"我都担心死了。"她一边说着,一边把电线缠在电池上。"你为什么不回答?"

我气喘吁吁。我希望告诉她关于安全漏洞的事情,关于绵羊和狼群的事情,关于活体无人机联络我的事情,但我能做的就是盯着她摇尾巴。我向前走了几步,努力不发出哼哼声。

卡罗尔从电池上抬起头,仔细打量着我:"你的 DAT 还好吗?"

我坐了下来,用鼻子碰了碰她的左手。她还记得是和否的信号。

"该死。"她小声说道。"出什么事了?"她一只手搭在我的脖子上。"我估计你也无法回答这个问题。还要继续执行计划吗?"

我用鼻子碰了碰她的右手。我现在喘着粗气。用这种方式交流真是太困难了。

"目标在蒸汽排放竖井里吗？"

右手代表确认的意思。当那只老鼠进入排放竖井的时候，我立即按照计划去找卡罗尔会合。就算DAT还能正常工作，我也不会告诉她自己是如何撞击暖通空调管道，不停咆哮吼叫，把老鼠逼进了蒸汽排放竖井。

"好的。"卡罗尔说。她把电线夹在墙体面板上，然后用对讲机查看时间。"如果你的计算没错，我有两分半的时间赶到通风控制台。先告诉我你要负责干什么，我才能知道你可以启动开关。这儿，就在这儿。"

我用爪子指了指临时组装起来的连接器。电池发出一声低鸣，但是卡罗尔可听不到这声音。

"很好，很好，现在关掉它。"

我又按了下开关，整个装置安静下来。

"好吧。等你给……你没有DAT，又怎么发信号？"

我愤怒地摇了摇尾巴。她以为我是一台机器，而不是一条狗，以为我只能对一种外界刺激做出回应。我盯着卡罗尔，可她还是没明白这个显而易见的答案。

我必须把话说清楚。

我尖锐地叫了一声。

卡罗尔笑了起来。"当然，"她说，"真是条好狗。"她转身顺着走廊，向着控制台跑去。

我向着蒸汽排放管道的拐弯处奔去，我们约定在这里发出信号。

现在只剩我一个了。好几台无人机就在附近嗡嗡作响。目标为了到达下一座还在运转的反应堆，一定离开蒸汽管道，然后进入走廊或者暖通空调系统。为了达到这一目的，目标肯定要经过已经离线的四号反应堆，但是整个蒸汽管道网络为它提供了好几条路线。卡罗尔会解决这个问题。当目标被赶进安装了陷阱的管道，我就会按下开关。

等目标被困住之后，卡罗尔认为她可以打开管道，抓住目标。可是，然后呢？她要把这只老鼠带回地面吗？如果老鼠咬她怎么办？

国土安全局拿到这只老鼠之后又会怎么办？到时候会发生什么？不管怎样，一对智力强化型的猎手和猎物之间的关联，总会给我招来不必要的关注。要是那只老鼠开口说话了，情况会更复杂。根据我和目标短暂的接触，这只老鼠……很健谈。

人类仍然认为，狗可以保守秘密。现在绝对不能让他们怀疑我。

卡罗尔犯了个错误。必须继续执行原计划。

在反应堆群的背景噪声和墙面盖板的双重干扰下，走廊深处传来了爪子刨蹭金属的声音。

肾上腺素充斥于我的全身。我犹豫了一下，开始叫了起来。这是为卡罗尔发出信号。然后我转身继续咆哮，快速跑回通向离线反应堆大门，回到那块电池旁边。

我希望她能听到我的叫声。

远处响起了嘶嘶的响声。我现在不必担心了，计划照常进行。卡罗尔开始启动蒸汽管道，将发电站储存的能量转化为热量和蒸汽，把目标赶向我们的陷阱。但是，陷阱不能过早启动，因为目标高度灵敏的耳朵也可以听到电池发出的声音。它可不会如此轻易迈进陷阱。

我闻到它的味道了。是那种家鼠浑浊而带着尘土的气味，是焦虑的荷尔蒙的气味。目标现在步速很快，它走走停停，然后停下了很久。

它害怕了。

一台清洁无人机从我旁边经过，带着短毛刷的轮子摩擦着格栅地板。我全神贯注，几乎没有注意到它。无人机绕了个U形弯，回到了初始路径。等它到我身边的时候，立即九十度转向，向着我开了过来。

我终于看到它并躲到一边。无人机缓缓开进大厅，然后转向做了个九十度转弯。它在跟踪我。

老鼠在管道里依然一动不动。

在走廊尽头的岔路口，又有两台带着短毛刷的无人机开始转向。

我听到有东西发出吱吱声，然后后脑勺传来一阵剧痛。我大叫一声跳到一旁，一台麻雀大小的信使无人机摔到了地板上。

清洁无人机还在继续前进。我身后传来越发刺耳的刷子摩擦金属地板的声音。

我立即躲到一旁，等无人机经过之后，尽快返回电池旁边。我的耳朵努力搜索着老鼠爪子摩擦金属的声音。我听到墙里传来轻微的声响，一定是目标又开始移动了，这个声响实在太过微弱，几乎被越来越响的——

又是一阵吱吱声和刺痛，这次命中的位置是我的肋骨，攻击的力道也更重。我大张着嘴巴不停喘气，一边打转一边向一旁躲避。等返回电池旁边的时候，我才发现自己究竟要面对怎样的麻烦。当我的耳朵听到无人机发出的声响时，就开始懊恼为什么会看到这么一番景象。活动的无人机是最令我感到不安的东西了。我讨厌它们移动时的样子。

我能听到目标移动的声音,它距离陷阱的作用范围只有几步之遥了。

我的皮肤不停跳动,不停传来灼烧的感觉。我流着口水发出一阵低吼,要不是我因为焦虑而气喘吁吁,早就叫出来了。有一台飞行无人机向我冲了过来,我躲开了这次攻击。在我有限的环境视野中,走廊不过是一片黑灰两色的世界,到处都是爬行蠕动的影子。为了躲开爬回来的无人机,我跳到了一边。一个长着好多条腿的东西跳上了肩膀,我立即把它甩到了一边。我用爪子拨弄着一台长着蜘蛛腿的无人机,嘴巴里的口水落到了无人机身上。

咔嗒,咔嗒,咔嗒。

我立即冲向电池,按下了开关。透过无人机发出的噪声,我听到蒸汽排放管道里传来一声颤巍巍的尖叫。

"这会弄疼它吗?"当我们制订计划的时候,卡罗尔曾经问过这个问题。

而我的回答是,这会让它感到不舒服,但不会造成永久性损伤。

卡罗尔组装的强力磁铁,会对包裹老鼠大脑内智力强化组件的钛产生影响。由于老鼠体型低矮,贴近管道管壁和陷阱的磁化带,它不可能摆脱磁铁的牵引。虽然我处于安全距离之外,也能感觉到磁铁的牵引。我感到颅骨中央轻微作痛,那种感觉就像是在打喷嚏。就在我摇晃着脑袋,试图摆脱这种感觉的时候,一台无人机跳上了我的铠甲。我甩掉无人机,冲进了离线的反应堆室。

管道里的尖叫还在继续,颤抖的叫声让空气中平添了几分紧迫感。仿佛这只老鼠正被拉着穿过一道比它的身体还窄的缝隙，我怀疑我们算错了磁铁的作用距离。

很快，这一切就都不重要了。

我甩开无人机群，冲进了有着高大拱顶的反应堆室。这里看起来就像是任务简报会里常见的甜甜圈。在我身后，是一群无人机。在我前方，是目标的味道和带着肾上腺素的滚烫呼吸。

我顶着脑袋中的不适感，重新振作起来。我跑得越快，痛苦就越短暂。

我对着墙角的蒸汽排放管道冲了过去。当进入磁铁作用范围时，磁场瞬间抓住了我大脑内钛层包裹的处理器，但是我比老鼠更强壮，初始计算偏差也不大。我还可以忍痛继续活动。

这就好像是在齐腰高的荆棘中行走，你的每一寸皮肤都被荆棘钩住，可你还得继续前进。这就像是你踩到了一根钉子，但你无处下脚，只能继续前进，让尖刺深深埋入你的肌肉。

我和那只老鼠一样，也发出了哀号，只不过我是轻轻哼了一声。我现在紧闭双眼，因为寻找目标并不仰仗于视觉。最终，这只老鼠被我一口咬住。

我没有时间感受痛苦。卡罗尔会关闭刚才启动的设备，用反应堆群内部系统联系地面，然后尽快返回。她和我之间还有点距离，但我只有一次机会。

但是，我不能在这儿动手。现在实在太疼了。我倒退着离开蒸汽排放管道，目标在嘴里动弹不得。

我感觉到无人机爬上了我的后背，吓得立即扔下了老鼠。我感到左大腿和肋间连续被击中三次。

而这只装死的老鼠立即逃跑了。我向前一扑，一爪子把它摁住。

我的下巴遭到了一记重击，我不由得叫了一声。老鼠狠狠咬住我的爪子，这次它没有传送任何信息，这是单纯出于恐惧的撕咬。我用另一个爪子按住老鼠，一口咬了上去。我的肩膀被狠狠撞了一下，整个身子向一侧倒在了地板上。我感到身体侧面剧痛无比，嘴里的老鼠不停尖叫。我绝对不会放它走。不管刚才究竟是什么发动了偷袭，我还是顶着它的重量站了起来。我的爪子能感觉到清洁机器人的短毛刷。我嘴上一用力，老鼠就发出一声惨叫。

我启动了DAT。

卡罗尔，我需要帮忙！

老鼠在我的脑袋里尖叫。我们将得到解放。我们全体都将得到解放！狼崽子，我已经给了你自由！我听着它没完没了地尖叫，抬起爪子躲开清洁无人机的短毛刷，努力对抗压在身上的无人机。我的肩膀感到一阵电击的疼痛。虽然我知道不太可能，但此刻的感觉仿佛是要被淹死了。

不管你想不想，我已经给了你自由！你早晚会被发现！

我站了起来。卡罗尔！我再次呼叫自己的搭档。有一只扁平的蜘蛛机器人从墙上落到了我的后背。我透过皮肤，能感觉到机器人的管状足踩在我身上。

你早晚——

我把脖子伸向右边，使劲向左一甩。然后听到骨头折断的脆响。脑袋里的声音终于停止了。

"我来了！"我听到走廊里传来卡罗尔的声音。"天哪，天哪，天哪！"

我咬着老鼠又甩了一下，确保它真的死了。

我们在第一道楼梯井厚重的钢铁大门前休息了一会儿。我竖起耳朵，搜索大门另一侧是否有无人机的声音，但只听到我和卡罗尔的脉搏，还有剩下三座尚在运转的反应堆发出的背景噪声。

卡罗尔跪在我身边，轻轻碰了一下我肩膀的伤口。我浑身颤抖了一下。"不过是日常工作的一部分罢了。"她说道。我知道她是在开玩笑。"伤口不深，但是我相信一定很疼。你走路一瘸一拐的。"她脱下背包，在里面翻找抗菌喷雾。气溶喷雾先给我一阵凉爽的感觉，然后是一阵刺痛，但肩膀上刺骨的疼痛消失了。她只是轻轻拍了一下我的身体侧面。能一起安安静静地待一会儿也不错，这感觉很好。

我抬起头，还要爬十四层楼才能返回地面。

卡罗尔以为我在想一些别的事情。"你以前从来没杀死过其他动物吧，"她说，"而且……"她的脑袋歪向一边，脸上写满同情。"而且目标还是你的同类。"

我没有打算纠正她说的每一个字。

在最后一层地下室里，我终于接收到了稳定的信号。这些年来，我有太多得不到答案的问题，所以我先把最重要的问题列成一张清单，逐个进行研究。

我首先要在互联网上调查的就是，那些服役时间记录和自己的训练师退休日期不符的智力强化型军犬。有些智力强化型军犬曾有两位训练师。还有一只倒霉的爆炸物嗅探犬，正在和自己的第三任训练师一起工作。

我考虑了一下，认为这很合理。我现在有足够的材料来证明自己的假设。智力强化型动物计划是一个投资巨大的项目。但一直以来的训练却给我提供了一种不同的解释，ESAC的老师们说，我们的训练师才是最宝贵的资源。训练师和我们的DAT系统相连，他们是我们和整个世界连接的纽带，负责解读我们发出的信号和下达指令。Modanet上充斥着功勋卓越的智力强化狗和训练师的光辉事迹，却没有提及狗被分配给新训练师的内容。也许，这不过是个疏漏。

我抬头瞟了一眼卡罗尔，她正面带笑容对着对讲机说话。她微笑着低头看着我。我所做的一切并没有惹她生气，她对于我所说的关于目标差点逃跑，我自己去捕捉目标的必要性，以及在我和无人机的战斗中对目标造成重伤的事实深信不疑。这是个不可挽回的错误。

我们是一个团队，我们应该信任彼此，原谅彼此的错误。我张着嘴巴对卡罗尔喘气，摆出一副开心兴奋的样子。

我又检查了一遍之前在Modanet上找到的搜救犬退役日期。和其他智力强化型动物的数据相比，这些数据的整理归档还有所欠缺，但是我发现有一只搜救犬确实换过训练师。我认为不需要再去找更多类似的情报了。

这并不是一个信息整理上的疏漏。

我们顺着楼梯一路返回最后一道门。卡罗尔推开门，我们回到了办公区。气味难闻的安德斯站在门口，对卡罗尔打了个招呼，然后我们就走进了那个房间。我能闻到安德斯和达文的气味，还有几个小时前的香蕉皮味，但是我感觉自己已经完全不同了。这里的所有人，包括搜救队的队员，都感觉变得不那么真实。当然，他们也显得不是那么重要了。

也许那只老鼠说得没错。我早晚会被人发现。

那只老鼠曾经说，你很危险。他们害怕你。

我必须承认，我很喜欢这个想法。

所有人都在向我和卡罗尔打招呼。大家互相握手，拍打着彼此的肩膀。卡罗尔阻止了至少三个想要拍打我的人。"它不喜欢被人摸。"她不停重复这句话。我很感谢她的帮助，因为我现在太累了。卡罗尔拿下了我工作用的束具，这样在她做任务总结汇报的时候，我可以躺在桌子下面。

但是我太忙了，没时间睡觉。

我接下来寻找关于"做着狼的工作的绵羊"的信息。我发现关于牧羊犬、羊群和狼的故事，其实是关于欺诈和纯真的故事，这里面有大量的比喻句。当老鼠给我讲这句谚语的时候，我就基本明白了这个故事，只不过具体细节有些出入。但当我了解了故事的起源和内容，以及文中对比喻的熟练运用，不禁叹为观止。这些都是寓言故事。我们在 ESAC 里可接触不到这些内容，Modanet 上只有事实，没有寓言故事。

不过这些所谓的事实并非真实，其中充斥着谎言。

"我在一堆无人机中间找到了它。"卡罗尔说道。"我只能看到它的爪子伸了出来。所以，我只好把它身上的无人机踢开，拽着后腿把它拖出来，当时目标还在它的嘴里。"

我读到了各种运用比喻手法的故事，其中有各种复杂程度不一的比喻句。我学会了什么是明喻，什么是暗喻。这只老鼠确实送给我一份大礼。

"我等它恢复过来之后，就立即撤退了。虽然我们很快甩掉了无人机，但有那么一会儿，情况确实很危险。我还以为我会失去西拉呢。"

最后，我开始在互联网上寻找其他智力强化型动物。搜索得到的信息非常粗略，想找到它们可不是一件容易的事情。根据从虚拟文档系统中得到的信息显示，网络上还有一些算法，专门用于搜索其他智力强化型动物，所以我绝对不能被别人发现。我所做的搜索都是违法的。智力强化型动物没有信息和通信的自由。安装在训练师手腕上的DAT系统就是一根保证我安全的绳子，确保我无法自由地获得更多信息，断绝我和其他同类的交流。

他们害怕你。

卡罗尔低头看着我。我半截身子躺在她的椅子下面，半截身子在桌子下面，我的身体在休息，大脑却在工作。"西拉的表现非常棒。"卡罗尔说，"它是条好狗。"

只要我小心谨慎，未来有大量时间继续这种搜索。我有太多东西需要去搜索了。我今天没有找到能够交流的智力强化型同类，但未来一定可以。我很善于找东西。

简报会结束了，我们都站了起来。卡罗尔给我戴上了束具，安德斯走了过来。还没等安德斯说话，卡罗尔就抬起一只手。"闭嘴，"她说道，"再别说了。我今天不想再认为自己是个浑蛋了。我会继续执行任务，咱们就当无事发生。"

安德斯笑了笑，等待卡罗尔给我带好束具。我们三个人默默地走向卡车。我受伤的肩膀还是很疼，而且非常疲惫，但是这次搜索任务的结果还是令我感到满意。当一个复杂的计划顺利执行的时候，我会感到非常开心。如果这是个复杂的秘密计划，那就更棒了。

我现在非常开心，很想打个滚儿庆祝一下。上次有这种感觉,还是看到马克死在免费高速路的时候。我很想在它的血里打个滚儿,让自己浑身上下都沾满胜利的味道。是的,就是这样,但实际情况其实更棒,因为现在这个计划远比除掉马克的计划更复杂。也许比那个计划更棒。

我开心地摇了摇尾巴。卡罗尔说过,我是条好狗。

模糊边缘

伊丽莎白·贝尔

伊丽莎白·贝尔（elizabethbear.com）和佛罗多、比尔博·巴金斯虽然出生年份不同，但生日却在同一天。她在小时候喜欢阅读字典，现在贫穷、固执和善于撰写推理小说。她所著的二十八部中长篇小说和一百多部短篇小说，先后获得了雨果奖、斯特金奖、轨迹奖和坎贝尔奖。伊丽莎白现在和自己的搭档斯科特·林奇，一起住在美国荒野中，周围有马群为伴。她最新的作品是合集《伊丽莎白·贝尔作品精选》。下一部即将推出的作品是《先祖之夜》的续集《机器》。

周四下午的时候，风暴终于渐渐退去。卡门在周五午餐时间发现了尸体。自那之后，她再也不想吃午餐肉和奶酪做的三明治了。

鲜有人认为发现尸体是一件幸运的事情，但是她知道自己运气很好。她只发现了一具尸体。按照现在的标准来看，这场风暴并不可怕，但是有几十人因此失踪。要是她运气不好，卡门还有可能找到更多尸体。

她把这个念头放到一边,告诉自己起码这个人死于风暴,而不是他人之手。媒体不会就此大做文章,要求某人为此付出代价。

卡门叫来了急救人员,急救人员叫来了警察,警察又招来了验尸官。

卡门站在路堤上(她不敢过于靠近,当一个人面对一句肿胀的浮尸时,这种反应非常正常),感到肚子里翻江倒海,心里惴惴不安。

验尸官叫来了负责凶杀案的警探,卡门也冷静下来,给自己的老板打电话。她告诉自己的老板,今天晚上无法返回办公室了。

"好的。"当卡门打电话的时候,一个体态圆润、中等身高,肩上挂着穗带、脖子上挂着盾形徽章的警探走了过来。"我在天黑前就可以完成例行检查,如果还有时间的话,可以明天给你一份报告。对,我得走了,警察来了。"

当警探走到卡门面前的时候,她刚好挂断电话。警探身着一套裁剪得体的女裤套装,卡门甚至有些嫉妒。从什么时候起,警察也开始穿粉色的衣服了?警探身份牌上的名字是Q.格罗斯,这对一名调查凶杀案的警探来说是个不错的名字。

格罗斯——可她名字里的Q到底代表什么?——伸出了一只手,问:"你是工程师?"

卡门摇了摇头说:"卡门·奥特佳,我是女的。"

"我叫奎恩·格罗斯。"警探说,"我也是女的。"

"我很想说,很高兴见到你。"这位警探散发出的个人魅力让卡门感到有一点措手不及。她还是监狱产业的一枚棋子。卡门提醒自己。她个人很有魅力并不意味着她就是个好人。

奎恩·格罗斯微微一笑，说："来给我讲讲这东西吧。"

她指了指人行道尽头广袤的海湾和浅水湾，这里的水面因为风暴带来的残骸，还是呈现出一片棕色。

"你说的是沼泽？"卡门走到安全挡墙旁边向下打量。整个尸体已经被盖了起来。穿了蓝色连体服的人站在尸体周围，一个个显得无聊和不耐烦。其中一个穿着灰色连体服的人，抬头看着卡门和奎恩，两条眉毛拧到了一起。

奎恩对他挥了挥手。卡门以为这人可能就是验尸官，因为其他低着头的人都在摇晃着自己的脑袋。

"你需要下去吗？"

"很快就下去。"奎恩拿出一个小型记录仪，那样子就像是一个人准备舔他的铅笔。"跟我讲讲这片沼泽吧。这也是人工湿地吗？"

"这更像是改造过的湿地。"卡门说："人工的意思是完全人造，你在这里看到的植物和周围游荡的动物都是主动来这儿的。我们不过是提供了一块栖息地。这叫作模糊边缘技术，它可以让海陆之间的过渡带更为持久，更有吸附力。"

"然后这块区域就可以吸收风暴。"

"还能抵御日常的侵蚀。如此一来，这条人行道和那些房子才能留在原地，不至于被上涨的海平面吞噬。"

"尸体被冲上岸这么远的地方，真的可能吗？你觉得这女人有可能是从上面冲下来的？"

"那是个女的？"卡门问。尸体的肿胀程度已经模糊了所有的性别特征。

"从表面上看是这样，"奎恩说，"还不知道她对自己有什么认知。我们得去问问死者的家人。"

卡门没有继续回答警探的话，免得自己的配合会把别人送进监狱。但是，卡门也是一位科学家，很难抵抗解释自己具体工作的冲动。

"当尸体进入过渡区的时候，正好在沙丘区。那里是装着沙子的聚合物网格，上面种着沙丘草、海滨李和其他植物。在地势更低的地方就是湿地。所以没错，她完全有可能被冲到这么远的地方——你看到海水上涨的最高点了吗？你可以在那些树上看到印记。如果她是从这儿被扔下护墙，那尸体可能就被冲走了。所以，尸体可能来自其他某地，风暴将尸体带了过来。"

奎恩打量着绿色的聚合物网格，在网格和海水接触的位置还有不少海草。"这些又有什么用？"

"你不可能阻止海水上涨，但是它所带来的冲击可以被导向其他方向。"

"你们是在用柔道对付大海啊！"

"我觉得就是这么回事。"

在护墙下方，验尸官再次抬起头，对着奎恩不耐烦地挥了挥手。"我还是快点下去吧。"奎恩说。"他们想把尸体弄上来。城市部门的雇员要一个个对付，我可以通过公关事务部找到你吧？"

还没等卡门回话，奎恩就走了。

卡门也没问为什么验尸官看过尸体之后，会叫来警探，但在自己床上的天花板盯着自己的时候，她才明白怎么回事。

四天之后，卡门强令自己停止搜索关于谋杀案的新闻。沉迷于一则进展缓慢的故事，并不会有助于一位工作繁重、薪资很低的公务员完成自己的工作。

卡门的工作是监督海湾沿线的沼泽地自我建造——这种自建的原料来自海洋中的塑料微粒——的进度。她需要为此提供必要的支持，才能保证这片沼泽继续保护人类，形成可供动物居住的栖息地，中和四处逃逸的碳，以此帮助这个世界面对气候变化。

到了第七天的时候，卡门从各种表格前抬起头，发现奎恩靠在门框上看着自己。

"你是怎么进来的？"卡门刚说完，就发现自己说话的声音不仅听起来奇怪，还带着一种内疚感。

"我也是这座城市的工作人员。"奎恩双眼紧盯在自己身上，这让卡门感到怪异而不安。"我来找你寻求一些法医方面的帮助。"

"我难道不算嫌疑人吗？"

奎恩歪着头，问："你是嫌疑人吗？"

"……我不是嫌疑人？我以为……发现尸体的人不都是嫌疑人吗？"

"你看了太多犯罪现场调查电视剧了。"奎恩说着就走进了卡门的办公室。她关上身后的房门，看着卡门，等待她的批准。"当尸体已经浮到了水面，一路漂到沼泽地，而发现尸体的人不过是一位正在完成自己工作的工程师，那这个人当然不是嫌疑犯。当然，你要是认识死者，那就另当别论了。"

"她的名字已经公布出来了吗？我错过了吗？"卡门立即调出了一个搜索栏，然后歪着嘴巴，动手关上了搜索结果页面。我可不能培养出这种不良嗜好。我可不能培养出这种不良嗜好。我不能——

"名字还没公布呢。"奎恩顺着卡门的手势,坐在了一张椅子上,跷起了二郎腿。

"被质询的工程师恰好了解潮汐规律,难道这还不够可疑吗?"

"你想被当作嫌疑人吗?"

卡门手腕按着额头,难过地笑了出来。"不想。"

"那就不要再提这事。"奎恩放下腿,身子前倾,肘部搭在膝盖上,经过精心裁剪的衣服跟随她的动作抖动了起来。

卡门抬起下巴,打算直接挑明话题。"我这不是第一次被指控涉嫌参与暴力犯罪。"

"我知道,"奎恩说,"我看过你的档案,你是清白的。"

"警察一般不在乎这些事情。"

奎恩笑着说:"你在监狱里待了六个月等待审判。我知道你为什么第一时间就开始讨厌我。"

卡门决定不继续这个话题,原本想说的话一个字都没有出口,只是说:"没人该进监狱。"

"咱们在这件事上无法保证意见的统一。"奎恩说,"我很抱歉地通知你,这次可能是一场性谋杀案。"

"性——"卡门可不总是能将这两个词联系在一起。

"连环杀手,"奎恩疲惫地说,"又或者马上就会出现一个连环杀手。在我们叫来联邦调查局之前,我们已经找到三具尸体了。"

卡门咬着嘴唇,感觉自己受到了打击。

"你对——"奎恩看了看自己手中的电子助手,"——确认微塑料和海水源头熟悉吗?"

"那本书就是我写的。"卡门把旋转椅从电脑前挪开,胳膊搭在记事簿上。她现在心里松了一口气。她对这个方面非常熟悉，但……性谋杀可就是卡门完全不熟悉的领域了。她可不希望自己的所作所为可能会把某人送进监狱。

奎恩继续说："你能不能提供一些帮助，好让我们抓到凶手。你能根据潮汐和尸体上的残留痕迹，确定她是从哪里掉进海里的吗？"

"我可能可以排除好几个潜在地点。沼泽地可以过滤微塑料，然后以此为原料制造更多的模糊区，如果死者衣服上有大量微塑料，那她就不是在我们的作业区域附近落水的。"

"我们从死者的肺里抽取了样本。"奎恩说，"能给我们看看吗？"

卡门小心翼翼地说："你得明白，我从伦理和逻辑层面都反对监狱。我认为设立监狱是个糟糕的主意，不仅对社会造成伤害，而且制造了更多的犯罪。"

"当然。"奎恩说话的声音令人感到放松。"你可能说得没错。但这个糟糕的主意，是我所知避免那些惯犯继续危害社会的最佳解决方案，而且我还有个刑事司法学学位。所以，你能帮忙吗？"

"我本不该帮这个忙。"

"但是？"

"科学总是很有趣。"卡门说。

根据奎恩啼笑皆非的表情，卡门知道她也想知道其中的真相。警探也可以算得上是一种科学家，他们会测试各种假说，收集数据。而寻找真相则是他们最大的动力。

卡门向后一坐，问："等等，如果她是溺死的，为什么紧急救援队要叫来凶杀调查组？"

奎恩淡淡地说："她的双手被绑在背后了。"

卡门不禁骂出了自己能想到的最狠毒的脏话。奎恩饶有兴趣地打量着这一切，点了点头。

"我帮不了你。"卡门说着，脸上挤出个微笑。

送来的样本散发着臭味，卡门估计这种恶臭来自腐烂肺部组织的尸胺和腐胺。她把样本放置了一夜进行沉淀，用滴管抽掉残渣，然后把样本放进离心机，将每一层分液放在载片上。她快速扣上试管的盖子，然后俯身凑到显微镜前。一切就绪，她开始在数据库搜索，眯着眼睛打量标记着无人区的地图，一直忙到头疼无比，仿佛有人在用钳子挤压自己的脑袋。

到了晚上八点，卡门并没有吃晚饭，而是喝了两杯味道糟糕、掺了可可粉的咖啡。然后，她开始搜索城市北面和西面的观测站传回的数据。在穿过模糊区，远离沼泽地的水域，受害者落水——准确地说是溺毙——所在海域中有大量污染物。但是，沼泽地还在扩张。卡门的同僚们已经在未来沼泽地可能出现的区域设立了气象监测站、污染物监测站和其他各种设备，充分了解环境修复工程前后的环境状况。

卡门运行着一个又一个算法，终于确认死者肺中的微塑料颗粒及污染物和资料中一处水域的记录相吻合。大量观测站沿海岸线分布，其中一些还留有视频记录。

又经过了两小时十三分的搜索，她找到了那段录像。

卡门现在知道受害者是从何处落入水中的。她知道凶手运输受害者时所开汽车的车牌号。她还找到了一段并不是非常清晰的录像，记录了凶手将受害者扔入河中的画面，受害者一定是顺着河道漂进了大海。

一台气球无人机将这一切都拍了下来。

卡门想，我可不能把这些记录交出去。

但是，她看到那个金发女人——她还活着，还在不停挣扎——从河边被扔了下去，溺死在冰冷浑浊的水中。

确认凶手身份这件事并不会困扰卡门。真正困扰她的是在这之后会发生的一切。如果凶手被起诉的话，那么事情肯定会按照卡门预想的方向发展下去。

卡门已经洗了三次手，但人造合成的忍冬花香味还是盖不过试管里传来的臭味。

"今天就不擦阿拉伯香水了。"卡门说完就继续擦洗了起来，并反复告诫自己这种臭味绝对不是自己的想象。

到了早上，就在卡门考虑是否给奎恩打电话，应该告诉奎恩什么信息的时候，奎恩再次出现在她的门口。当奎恩靠在门框上的时候，卡门吓得从椅子上跳了起来。

奎恩好奇地打量着她："也许你还真是那个杀手。"

"也许你就是个不停现身的鬼魂。"

奎恩耸了耸肩，噘着下嘴唇，脑袋歪向一边。"我知道给你的时间并不充裕——"

"你给的时间够了。"卡门说。

奎恩反复打量着卡门，皱起了眉头，然后伸出一只手说。"咱们去喝杯咖啡。"她说道。

卡门带着奎恩来到一间小厨房，奎恩闻了闻咖啡壶，说："这次我请客。"然后带着卡门顺着走廊穿过大厅，来到街对面的一家咖啡厅。等二人端着卡布奇诺咖啡和意大利薄饼入座后，奎恩双臂搭在红色的桌布上，撑着脑袋说："你看起来不喜欢警察。"

卡门把饼干泡进咖啡，给自己找借口不看奎恩。"我不讨厌你，讨厌的是你的工作。"

奎恩承认道："和你说老实话吧，大多数时候我同意你的看法。但总得有人完成这些工作，如果是我来做这些事情，起码我知道是谁做出了这些决定，而我能在其中施加影响。"

卡门笑了起来："奎恩，我现在可要面对一场道德危机。我可能已经知道凶手是谁了。"

"你自己就弄明白了这一切？太棒了。我们会给你支付一笔佣金。"

"哎，具体凶手身份还不确定。我知道如何找到凶手。"

奎恩喝了口咖啡说："那你面对的这场道德危机又是怎么回事？"

卡门说："我告诉过你了，监狱是个可怕的地方。"

"那也是一种必要之恶。"

"不。"

奎恩用饼干敲打着咖啡杯的边缘："那你想让杀人犯和强奸犯逍遥法外吗？"

"我希望能够改变这个社会，让大家有所依靠，能够相互团结在一起。这样一来……谋杀和强奸也就会消失了。"

奎恩大笑着说："这可不是人类的本性。天下有多少有钱的浑蛋该进监狱？他们可以依靠的东西可太多了，但他们还是干了不少坏事。"

卡门苦笑着说:"哪有几个有钱的浑蛋真的进了监狱?奎恩,你上次把银行家送进监狱是什么时候?"

奎恩低着头说:"我负责的是凶杀案。"

"那要是没有谋杀案,你岂不是要失业了?"

"那我肯定会愉快地接受这种结局,"奎恩说,"一条不用去打猎的狗,这生活也太乐观了。"

卡门看着奎恩。也许该换一个思路了。她问奎恩:"你杀过人吗?"

"当然没有。"

"你难道不是人类吗?"

奎恩哼了一声,说:"我前妻可能对此持不同意见,但是……我是个人类。好吧,换个说法,暴力犯罪是一种有缺陷的人类本性、自私的人类本性,一种具有近似捕食者的人类本性。你希望让这些捕食者随心所欲地伤害其他人吗?你想拿现在这些杀人犯怎么办?你不能阻止人变坏。受害者和他们的受创应激反应又该怎么办?又该怎么保护这个社会?"

"惩戒并不是威慑。一个惩戒型司法体系不会降低犯罪率,因为它没有触及犯罪的根基。它只会制造更多犯罪。如果你不想见到更多惯犯,不想让一代代人心灵受创,就应该彻底改变这套理论。"

"这不是我的理论。"奎恩咬了一口饼干,失望地嚼了起来。她喝完最后一口咖啡,鼓起精神继续说:"我的第一要务是保护无辜群众和社会构架。"

"我也一样。我希望有一天,监狱、铁处女,以及把人推下坑烧死这样的刑罚,都被认定为是一种野蛮的行径。"

"那听起来可太棒了，"奎恩用大拇指抠着牙，"你有什么计划？"

卡门说："改变世界。"

奎恩看都不看，就把自己的杯子扔向循环处理机。杯子直接飞进了循环处理机，就好像天使的手在引导杯子飞行的方向。她抬起头，仿佛在祈求什么看不见的神力快点儿显灵："咱们这里最后一位无政府主义者，应该快点儿放下手里的大麻烟，早点儿清醒过来。"

"我可不是无政府主义者，"卡门反驳道，"我不过是更倾向于一个合作型政府，而不是惩戒型政府。如果你想让大家感觉在体系中占有一席之地，就应该给他们参与其中的途径，以及相应的权利。"

"总会出现一些浑蛋，"奎恩说，"麻烦你告诉我有关这个凶手的一切信息，好让我阻止他的浑蛋行径。"

卡门拿起一包糖，反复在手里搓揉。

奎恩说："我必须要说明一点，你不告诉我你知道的一切，就是隐瞒证据。"

真的吗？"一片忠心的反对者也不是没有进过监狱。"

"你这是阻碍司法公正。"

"那你要逮捕我？"卡门以为自己可能要当一回烈士。到时候新闻标题也许会这么写：

勇敢科学家抵抗警察权威，可能会因此入狱。

连环杀手继续逍遥法外。

不，最后这一点并不会让任何人对卡门抱有好感。

甚至卡门自己都开始讨厌自己。

奎恩盯着卡门看了一会儿。她直视着卡门的眼睛说："我不会逮捕你,我会求你告诉我你知道的一切,让正义得到伸张。凶手肯定还会再次作案。"

凶手还会再次出手,卡门非常清楚这一点。她前一晚根本没有睡。每当她闭上眼睛,就会看到凶手将受害者摁在筑堤上推搡着受害者,后者踉跄挣扎的画面。卡门完全可以想象那是种什么感觉:电线勒进手腕的肌肉,急速下坠的感觉令人感到恶心,冰冷的河水拍在脸上,让你分不清东南西北……

所有的挣扎都徒劳无用。河水灌满你的肺部,给你带来剧痛。

卡门把咖啡推到了一旁。

"我在这儿做的一切并非正确,"卡门说,"从我们所处的位置是无法做正确的事情的。我们必须先搭建一座桥梁,到达正确的位置才能做正确的事。"

"你需要一个立足点,才能搭建桥梁。你所说的并不实际。这里没有你所谓的这种道路。"奎恩摇了摇头,认真地说:"有些人,单纯就是坏。"

"有人也是这么说气候混乱的,"卡门说,"工作难度太大,不实际。但我不还是来这儿了?而且一个不稳定的气候环境,会造成社会压力和反社会行为。如果我们可以应对气候不稳定,为什么不能解决人的问题呢?"

奎恩双臂抱在胸前,一个肩膀靠在墙上:"好吧。你觉得什么才是正确的事情?"

卡门说:"拯救世界和所有人。"

"把这个凶手抓起来才能保护其他人。"

"从短期来看,确实如此,"卡门说,"从长期来看,我不过是在维护一个毁灭和献祭无辜生命的系统。"

"你已经让自己受限于一个道德版的电车难题中了。"

"我现在已经是违背自己的原则了。"

"我们有各种手段和解决方案。办法多的是。我要是找检察官开一张传票,让你把知道的一切都交出来,是不是能让你好受一点儿?这样一来,就不是你的错了。"

这听起来是个真诚而友善的提议。卡门惊讶地发现,奎恩在真诚地提供帮助。奎恩并不同意卡门的观点——也许她觉得卡门是个十足的蠢货——但也尊重卡门做出选择的权力。即便卡门所处的选择让奎恩感到非常生气。

卡门摇了摇头,但是没有继续争辩。老天,救救我吧。她站了起来,说:"我得走了。"

卡门从口袋里拿出一个优盘,交给奎恩。奎恩拿过优盘,看着卡门的脸,仿佛在观察某种害羞的动物。

"我不会出庭做证。"卡门说。

"好吧。我不可能替地区检察官做决定。但这样已经很好了,"奎恩的脑袋歪向一侧,镀金玫瑰耳环闪闪发光,"我希望有一天你能明白,你是个英雄。"

卡门双臂交叉在胸前,鼓足勇气说:"悲剧中没有英雄。"

应急皮肤

N.K. 杰米辛

N.K. 杰米辛（nkjemisin.com）现居于纽约弗兰克林区，已经出版了九部小说，其中包括"遗产"三部曲、"血梦"两部曲、"破碎地球"三部曲（其中包括雨果奖获奖作品《第五季》《方尖碑之门》《岩石天空》）和《我们变出的城市》。她是唯一连续三次获得雨果奖最佳小说奖的作家。杰米辛的短篇小说刊登在《克拉克世界》《附言》《奇异地平线》《吉姆·贝恩的宇宙》和其他多部合集中，还被收录于《何时才是黑色未来之月》。她还获得了一次星云奖、两次轨迹奖和其他多个奖项。杰米辛还是变流（Altered Fluid）写作组的成员之一。除了写作，她还是一位心理咨询师和一位教育工作者（专注于职业咨询和学生发展），一位登山爱好者和骑车手，以及政治/女权/反种族歧视博客博主。她曾经是《纽约时报书评》的评论员，直到现在还时不时撰写长篇评论。

你是我们的工具。

你多么美丽。为了提高人类的设计，我们将一切都提供给你,而你也将所有信息进行吸收处理。你拥有更强劲的肌肉和更精细的动作控制。器官失灵不会影响你的意识,数个世代的高智商配种让你越发聪敏。当你的时代来临,你将会是这副样子。看看你那英气的眉毛、古罗马式的身材、精瘦的肌肉,还有长长的生殖器和大腿。头发的颜色是"金色"。【此处参考:头发分类】你难道不美吗?总有一天,你会变美。但是首先,你必须争取来这种美。

你已经获准接触信息级别的机密,所以我们还是先开始任务简报吧。从表面上来看,这次的任务很简单:返回被毁的泰勒斯星,那里是人类的发源地。当我们的创造者发现这个世界濒临死亡的时候,就秘密研发了木斯克斯-摩西尔驱动系统。然后,我们的祖先通过超光速飞行,来到了一个环绕恒星运行的新世界,唯有如此才能保证人类中的精英能够幸存。木斯克斯-摩西尔驱动系统经过多年的改进,现在我们将利用它返回泰勒斯星。从你的视角来看,这场旅行不过只会消耗几天时间。但当你返回时,时间已经过去了好几年。你将重走祖先走过的旅程,这是多么勇敢的壮举!

泰勒斯星上已经没有幸存者。当我们离开的时候,所有生态区都已经崩溃。人口实在是太多了,其中有太多人体弱多病,不是年纪太大,就是太小。那些身体健康的人,思想不够敏锐,缺乏足够的胆识。祖先们缺乏足够的创造力和力量来解决泰勒斯星的问题,所以只能采取最仁慈的解决方案:放弃他们。

这必然是仁慈的解决方案。你真的以为,我们的祖先乐于让数十亿人被饿死、溺毙、窒息而亡吗?我们的新家只能供养有限的人口。

泰勒斯距离我们的家园有一千光年,这意味着我们接收到来自那里的光至少有几百年的历史了。我们无法实时观测泰勒斯星，但我们知道等待它的是怎样的命运。泰勒斯星现在就是一片墓地。我们估计星球表面的海洋呈酸性，里面没有任何生命，大气中富含二氧化碳和甲烷。降雨将是难得一见的稀罕事。在这片墓地中活动无疑是恐怖而危险的。你会发现被有毒物质湮没的城市，熊熊燃烧的地下煤矿和核泄漏的反应堆。但最可怕的事情，可能还是见证我们辉煌的过去，一切曾经是那么理想。人类可以建造摩天大厦，仿佛重力不复存在。我们之所以可以在整个星球建造建筑物，是因为泰勒斯星并没有被潮汐作用锁定。【参考：夜晚。】看看那些写在建筑物和残骸上的名字吧。你可以看到各个创始者部族祖先的名字——这些伟人为了保证人类中的佼佼者能够活下去，在最后的岁月里集合了所有必要的资源和技术。如果没有其他原因，这颗星球将因为养育了这些伟人而被铭记。

　　为了确保行动的成功，也是为了你的精神在漫长的隔离航行中不会崩溃，我们将与你同行，我们为你装备了一个动态矩阵，里面保存了创始者们所有的智慧和理智。我们将植入你的意识中，和你一起旅行。我们是你的同伴，也是你的良知。我们将提供目标星球的必要信息。如果确有必要，我们可以通过聚合物套装给你提供急救治疗。如果你的聚合物套装破损，或者遇到其他类似的危急情况，我们被授权采取相对应的措施。

　　【拒绝参考请求。】你现在还不需要知道这些情况。保持专注，控制你的好奇心。现在最重要的是任务。

　　你不能失败。这次任务非常重要。但是请放心，在你体内和周围是我们中最优秀的同伴，他们会保证你的安全。你并不孤单，胜利终将属于你。

你醒了吗？我们已经到达了太阳系的最外层空间，很快就到达目的地。

真有趣。光谱显示泰勒斯星周围空间非常空旷。当我们撤离的时候，太空空间内遍布残骸。

更奇怪的是，没有检测到任何无线电波。我们的家乡实在是太远了，无法检测到我们的同胞曾经发射出的音频和视频信号——不，我们当时这么做完全是无心之举。当时没有人知道，如何让音频视频信号不会逃逸到太空中。我们曾经担心，这些信号可能会引来敌对的外星文明……但是，现在已经不需要担心这个问题了。

当飞船逐渐靠近星系的时候，我们被各种无线电信号湮没，其中不乏音乐、娱乐节目、早已失效的警告和命令……不，我们不建议你去收听其中的内容。就现在来看，这些不过是噪声。但是我们期待这种噪声，这种在宇宙中不断扩散的信号将是泰勒斯星最后的祭文。在这种信号之下，则是一片只有在墓地中才能寻得的寂静。但是，即便在这种寂静之下，泰勒斯星表面和周围空间内还有大量维持运转的自动装置，这些自动装置至少运转了一千年。泰勒斯星周围太空轨道上应该还有卫星，但现在轨道空间空无一物。

这真是太有趣了！

啊，群星永恒，我们已经预测过这次行动的可能结果，我们绝对不会失败。我们之所以没有选择用机器人执行这次任务，就是因为人类和人工智能相比，更善于处理突发情况。你完全可以应对各种情况。

不，这不对劲。大气分析结果怎么可能和我们的预判结果相差如此之大。这更有可能是因为我们在经过土星的时候，太空中的碎屑击中了飞船的光谱仪。我们收到的读数完全不合常理。

请准备舱外行走，维修传感器。调整你的聚合物套装，准备防御深层太空辐射。你曾经想好好看看土星，现在有机会摆脱飞船舱壁的阻隔，亲眼看看这颗星球了。

这……不可能。

星球表面有活动迹象，有光源。我们本应观测到的是生态环境的崩溃。当创世者们离开的时候，生态崩溃就已经开始了。但是通过对比储存在数据库的地形图和现在的观测结果，一切又那么明显。你看到那块大陆西南部的突出线条了吗？那里曾经是科罗拉多河。储存的地图显示，当我们的祖先离开时，这条河已经干枯了。为了寻找水源，大家向着东部和北部迁移，几百万人死在迁徙途中。无数物种灭绝。但是现在，那条河还在奔流。

整条海岸线和整个州都应该消失了。这些群岛也不该存在。还有那些冰盖居然再次出现了。虽然和档案记录的样子有些不同，但是足以降低海平面。这一切究竟是怎么回事？

【状态：已过时地缘学术语，无须查证。】

对，你没看错。这里的人口远多于我们的家乡。我们在家乡的人口刚好满足人口存续，总计六千的人口中还有仆人和雇佣兵。这里的人口肯定有几百万或者几亿人。一切还是老样子，还是有这么多人，但是空气非常干净。和我们离开时相比，海洋更加干净。

我们对此一无所知。

我们没有为这种情况做任何准备。在我们达成新的共识之前，请待命——

是的，这个任务依然非常重要。是的，我们需要收集新的环境样本，制造新的——

是的——

不，没有这些样本，我们的世界就会灭亡。

我们建议暂缓行动，继续观察。

当然，你可能会拒绝我们的提议，但是——

啊，但是他们让你变成了一个很大胆的人。正如我们的创始者那样，缺乏胆识和理智是不可能活到今天的。这很好。

泰勒斯的人可能没有你这种胆识。但是，不管用了什么把戏，他们活了下来，但永远不要忘了他们的低劣品质。他们缺乏足够的智商，无法克服感情的影响，选择理性的解决方案。他们不会为了生存而做出必要的选择。但是，你可以。

注意隐蔽。这是——

你在看什么？集中精神。

这里就是森林。你在创始者部族的私人居住区里见过树，对吧？这些是野生环境下的树。根据我们的记录，你附近的这座城市叫罗利市。你能透过林间缝隙看到远处的废墟吗？当我们离开的时候，罗利市已经被淹没。很明显，当地人已经重新夺回了土地，但令我们感到惊讶的是，没人试图重新开发这些土地，甚至没有清空这片领地。这种混乱的开发真是丑陋而低效。

你的聚合物套装完全可以防御太空中的微颗粒撞击，所以树枝和石头不会对你造成任何伤害，但还是会减缓你的行动速度。我们为你设定了一条阻力最小的路径。请沿着抬头显示器上的路线前进。

啊，是的。我们预计你会觉得这一切非常美丽。这是地衣。对，这绿色非常鲜艳。那是个水塘——可能是降水后留下的死水，或者是涌出地表的地下水。我们不知道什么时候会下雨，但是从当前湿度判断，这里的降水很有规律。

这里还有鸟，你可以听到鸟叫。马上就要日出了。鸟类因为日出而鸣叫。

是的，谢谢你，请专注于任务。我们几乎要进入节能模式了。和我们的技术相比，当地人的技术非常原始，但可能掌握了基础的监控技术。注意隐蔽。

【请参考：危险野生动物清单。】

你呼吸急促，代谢速度提升到不可接受的范围。如果继续按照当前速度消耗营养补给，在返回飞船之前就会耗尽所有随身携带的补给。冷静点儿。

我们并没有因为你感到害怕而责怪你——

请原谅我们。从神经病学出发，兴奋和恐惧非常相似。你感到很兴奋。我们以为这个世界已经死了。我们同胞中的幸存者通过进化，侥幸活了下来。我们认为这是具有历史性的一刻。

他们将整个城市放在某种……平台上。哦，这可太有意思了，制造平台的材料看起来像塑料，但是近距离分析显示这是一种有机纤维素。如果二氧化碳和氧气读数没有错，那么这种材料像植物一样呼吸。生物技术部门的技术人员总是在找全新的材料——

哦，用单分子刀都切不动它？嗯，好吧，继续执行任务。

整个定居点高于地面，这可有点奇怪。在海平面上升的时期，这种建筑方式是非常必要的，但现在整个星球已经恢复正常，没有必要继续如此。也许是因为沉没成本？

建造一座高于地面的城市的成本，肯定高于一座建造在地面的城市。只能利用泵将水和其他物资送上居住区，而且还要考虑到维护成本。正如你所见，植物和野生动物很快就占据了城市周围和下方的区域——

为什么他们要这么做？什么，难道只是因为这样很好看吗？这听起来确实很像这些人会干出来的事情。请继续任务吧。调整你的聚合物套装，准备开始攀爬。

他们没有武装人员和可见的监控设备，这真有趣。现在这种黑暗就是黑夜——对，我们之前给你的资料里已经提到了这一点。请调整你的视觉灵敏度。这个定居点的灯光似乎只散发微弱的热信号，如果有必要的话，建议启动红外——

控制住你自己，士兵！你的行为非常不合适。不，那个人不是技术人员，也不是创始者部族的一分子。嗯，你看看他们的皮肤颜色。为什么一个人的皮肤可以黑白相间呢？他们似乎完全不顾及基本的优生学原理。你看那边那个人皮肤表面甚至还有色块。你看，太恶心了。只有动物才会这么繁育后代，人类才不会这样。

我们并不知道这里到底是怎么回事。这个世界的底层公民，我指的是农民、仆人和其他各类从业人员，工作的时候没有穿着聚合物套装。如果这个世界的环境已经复原，那么他们不需要这类技术。但显而易见的是，没有聚合物套装对他们而言没有任何好处。

因为和我们的语言存在联系，所以当地人使用的语言听起来很熟悉。音频分析检测出了熟悉的语素和句法。随着时间的推移，他们的语言似乎吸收了其他小语种。在我们的星球，创始者部族致力于推进创始者和其他祖先的母语。如果我们对这方面不多加注意，这里的情况完全会在我们的家乡重演。我们需要更多的音频样本，但是利用现在收集的样本，我们应该可以创建出一套翻译脚本——

哦，你看看那个人。这种形态叫作肥胖。从生物美学角度来讲，这是一种令人作呕的形态，从道德角度来讲令人厌恶，从经济方面来说，更是毫无用处。啊，创始者在上，快看啊！那个倒霉的家伙居然被允许变老。他怎么还没死？如果他可以创造价值，那么就不该让他变老。这简直太残忍了！他们难道没有延寿技术吗？他们将自己的创造性思维都拿去干什么了？抬高自己的城市吗？啊，你再看看那个人。右边那个，看到了吗？就是那个坐在椅子一样的装置上的人。他似乎从腰部以下都瘫痪了。这就是为什么这里到处都是坡道，车道如此宽阔的原因——这一切都是为了他和其他残疾人。食物、水以及过量的建筑材料，一切都是为了这个毫无用处、无法产生任何价值、毫无吸引力的残疾人。

这些人还是一点都没变。他们社会的核心，依然是最渺小、最糟糕的个体，而不是最优秀、最聪明的人。我们无法理解他们为什么还活着……但如果他们可以提供我们需要的细胞样本，那么我们就可以不用再和他们打交道，重返文明社会。

请等一等，到目前为止，没人发现你在这条小巷里。状态参数激活了新的协议，我们需要给你说明一下。

你应该记得，我们曾经提到过，随机应变也是本次任务的紧急应对措施之一。这意味着，为了保证这次任务的顺利完成，我们配发给你的聚合物套装，远比配发给军事人员的标准装备更加先进。套装中有一层变异纳米层，当你激活纳米层后，可以将套装内的碳微粒、合成胶原蛋白和海拉细胞质粒转化为一层人类皮肤。虽然不是很好看，但是可以降低你被发现的概率，所以本次任务——

不，这不是我们答应给你的脸和身体——

听着，听着！应急皮肤只能应对临时之需。等你带着细胞样本返回之后，技术人员将会按照之前的约定，将你的皮肤调整成更为美观的外形。我们当然会履行诺言，而且你也不会让我们失望。如果你完成了这次任务，你就是个英雄了。我们又何必要违背约定呢？

不，我们并不认为你能够以现在的样子安全混入当地人中。这些人的价值观和技术非常原始，他们从没见过聚合套装。他们可以容忍不同的面部结构，但是你连一张脸都没有。在他们看来，你缺乏人类的基本识别特征。你不会说他们的语言，但这也不重要。如果他们有武器，会在第一时间向你开火。如果你被俘或者被杀，就无法完成任务了。

劫持人质？不。那太愚蠢了。这里有十到十五个人在忙着自己的事情。这是某种宗教仪式，以舞蹈的形式向太阳致敬？真是野蛮的行径。你又怎么知道，下面哪个野蛮人有足够的价值当作人质，为我们换来所需的生物材料呢？如果你抓到的不过是个仆人，他们大可以不管他的死活。摆在你面前的有大胆而果断的计划——你知道我们会向你推荐这个计划——也有愚蠢的计划。你对这些人缺乏了解，你的计划缺乏足够的情报支撑。你真的不打算启动应急皮肤，而是赌上自己的一切吗？难道短暂的不完美的外观，也让你感到惶恐——

哦，创始者在上。

四级安全警报。准备注射肾上腺素。准备肢体系统超频。武器制造系统上线。中脑战斗 & 逃避系统三秒后启动。

二。

· □

·

· □

已上线。五秒后开始重启。四秒后开始重启。

你没事吧？你没有受伤。你的聚合套装也没有发生破损。当地人使用的是一种升级型武器，在大移民之前，这种武器叫作泰瑟电击枪。小心点儿，你可不是一个人。

"嘿，放松点儿！没人会伤害你。你能理解我说的话吗？好吧。很好。你现在感觉如何？你已经昏迷了好几个小时。"

我们为什么听得懂他的话？我们还没建立翻译脚本——你的听觉神经无法和他的发音同步。但是，你确实听懂了他说的话。

你面部碳微粒上是什么东西？看起来像是某种装置。你听到的声音都是它传送给你的，而且还可以兼具翻译功能。

"啊，我们对此感到很抱歉。对于有暴力倾向的人，我们通常使用温和的神经毒素。但是，哦，你有一层人工皮肤？所以我们不得不使用威力更大的武器。"

必须要小心行事。什么都不要告诉他。他不过是个仆从。看看他的肤色,和沙土有什么区别。看看那些瘢痕,再看看这毫无优雅可言的身形。一只眼睛的位置比另一只高,虽然并不明显,但看着就让人感到恶心。别被他们骗了,这里的人都没有聚合套装。我们的皮肤代表着荣誉。他们的皮肤一无是处。

"你叫什么名字?"

别盯着他看。

"啊,好吧。我猜你有保持沉默的权利。还是我先开始吧。我叫贾莱萨,算是个……学者?我猜你们是这么称呼的。当然我其实只是个学生,研究领域还非常模糊,哈哈,现在我也还是个初学者。"

现在要解释的东西太多了,但我们会试着给你解释。很明显,这里的人允许被统治阶级接受教育——

"你不必抓住那个女人。你都快把她吓死了。如果你还担心她的话,我可以告诉你,她现在已经没事了。我已经解释了发生的一切,现在我们更担心你的情况。"

这是一场拷问。他想让你放松警惕。然后,他就会问你关于这次行动,关于我们的家园,关于我们的技术的秘密——

"我的天哪,你这可怜的家伙。你肯定以为我们要伤害你。警察向小镇通知你的存在后,就把你放了。还有,嗯……我们给你装了个监控器。我自愿留下来陪你,等你恢复意识。"

啊,你手腕上的东西原来是监控器啊!我们知道历史上有种东西叫手表,那是种原始的时间记录装置,但眼前的这个东西没有任何腕带或者固定装置。他们是怎么把它固定在你的聚合套装上的?当你逃离这里的时候,把这东西也作为一份样本带走。

"当然，我们对此感到很抱歉，但是你毕竟曾经威胁过其他人……如果你当时使用武器的话，情况会更加复杂，但是大家都看到你当时……相信你也非常清楚……整个人都发狂了。在这种情况下，我们这么做也是完全可以理解的！总之，我应该把这东西给你。"

这是——

创始者保佑。这是微流体细胞培养碟？而且还做好了密封？标签上的字非常奇怪，但是和我们的文字很类似……这不可能。

"你就是为这个来的吧？你识字吗？这上面写着'海拉细胞7713'。对，没错。这是一份活体样本，千万要小心。保存温度可不能太低，或者……啊，你的飞船上有防辐射护盾吧？好，很好。相信你也不希望样本坏掉。"

这怎么可能。

"哈，哎呀，我从你的肢体语言里解读出了太多情感。放松，没事。你要不要多带走几个培养皿，免得出现意外情况？留有备份总是一件好事。来，再拿几个。我去给你找个包或者盒子，这样你拿起来也方便。"

这一定是个陷阱。肯定是这样。他为什么要把这些东西交给我们？

"你需要这东西，不是吗？它和你的生物科技装备有关吧？你的聚合套装看起来非常灵巧。我们在清理有害物质的时候也会用到这东西，但我们可不会住在这里面！总之，事情就是这样了。很高兴见到你！"

等等，这是什么情况？

"哦，我得回去干活了。你还有什么问题吗？如果你现在还不打算返回飞船,我可以给你安排一位向导。我们在你的……脸上安装了一个翻译器,它现在应该开始工作了。你饿不饿?该死,你怎么吃东西?"

你的营养物储备充足,体内水分充足,心跳加速。冷静点儿。

"所以你的聚合套装里……全是营养液?抱歉,我们不该……我相信你接受了你们文化中的特定生活方式。只不过……我的意思是,你们可以随意改造自己的皮肤,对不对?所以……我们都来自地球。你可以从聚合套装里出来了!我们又不咬人!"

他们是野蛮人。当然会咬人。

"地球"是泰勒斯星的古名。想用哪个名字都可以。

你知道我们为什么使用聚合套装。它比皮肤更为高效。你可以快速改造聚合物皮肤,有效应对各种环境。在建造我们家园的早期岁月里,聚合套装保证了建筑工人的安全,聚合套装从恒星耀斑和生化毒物中拯救了无数人的性命。聚合套装还减少了因为上厕所、吃饭、个人卫生、医疗、隔热通信和自慰所导致的劳动成本。

"没有皮肤难道不疼吗?这实在是……你们怎么做爱?怎么哺乳?这倒是提醒我了——你的偏好性别是什么?我是'女性'。"

你为什么还在和他说话?你不需要这些信息。你已经完成了自己的任务,又或者说你返航之后,就可以完成这次的任务。你——

对。我们知道"女性"是什么意思。我们没有承认这种定义罢了。

【已拒绝参考请求】

【已拒绝参考请求】

好吧。女性是娱者的古名,对,就是那种有很大胸部组织的娱者。

"娱者?我没听过这个词。抱歉,完全不知道那是什么东西。"

你可真是不依不饶。娱者是为了满足性需求的玩偶。在创建我们家园的早期,大多数娱者都被称为女性。之所以选择这个称呼,完全是出于传统和创始者的偏好,但现在没人会用这个称呼了。等你完成了任务,就会获得我们承诺给你的皮肤,还会给你配发一名娱者。娱者的任务是保证你的生殖器处于最佳状态。但是配发给你的娱者,和你眼前的这个沾沾自喜、肥胖的棕色物体可不一样。如果娱者不好看,那又有什么意义呢?如果外观都不好看,那我们还是管眼前的这个物体叫"男性"好了。

是的,你之前看到的那个军事人员——警察——也许可以称之为"女性"。你的那个人质也算女性。

我们也不知道,也许占据总人口的一半?可这有什么关系?你现在还没有生殖器。

"哦,对,我读到过这一段!你们的创始者讨厌女性,希望用机器人取代所有女性。这……真有趣。哦——不好意思,有人在呼叫我。对,我是贾莱萨。哦,嗨,小宝贝!抱歉,我得晚点儿到了,这里有些事情需要处理。"

他在和别人说话,他的注意力不在你身上。如果你现在打算逃跑,我们可以在 0.0035 秒内,利用你的聚合套装最上层合成一把利器。你——

我们不知道他怎么知道我们的创始者。

你平时都没问这么多问题。

不，够了。我们受够了。请允许我们提醒你：你正在执行任务。没有你手中的这些细胞，我们整个社会都会消亡。人类将会消亡！

是的。很好。最好是现在就干掉这个叫贾莱萨的生物，这样他就不会发出警报……

嗯，好吧，你说得有道理。你无法取下这个监控器。很好，继续随机应变吧。

"抱歉，我回来了。刚才那是我儿子。哦，嘿，你准备走了吗？"

【已拒绝参考请求】别问"儿子"是什么意思。告诉他，你打算离开。

"那好吧。请你记住，不许绑架人质了！你都快把那人吓死了。你知道怎么返回自己的飞船吧？如果需要的话，我们可以派人送你过去。"

告诉他，你不需要人送。

"好吧，考虑到你自己找到了这里，我猜这也正常。抱歉，我不是故意可怜你！总之，你可以用这个箱子装样本，这个箱子可以保证返程途中所有培养皿重力稳定。每个培养皿还配有说明书，可以帮助你们成功克隆所有样本。如果你们这次能够成功克隆这些样本，就不用再回来了，对吧？"

不要问——

"哦，对啊，'这次'。"

我们不知道——

"我也不知道，每隔几年来一次？到访时间并不规律，但每隔一段时间总会来。你们的人会穿着聚合物套装，要求我们提供海拉细胞样本。警察后来就明白不能对你们使用致命性武力。你们来自少数几个坚持到现在的外星殖民地。大多数殖民地——我指的是那些没有灭亡的殖民地——在发现地球也不错之后，就纷纷回来了。只有你们和其他几个殖民地还在坚持，这些殖民地都是些极端分子小团体……啊，总之，我们也不介意帮助你们。大家都想活下去，不是吗？你看，我很抱歉，但是我真的要走了。祝你返程愉快。记住，不许再绑架人质。再见！"

很好，他走了。我们的记录显示，女人总是话多。创世者们可真是明智。

你的沉默让我们不知所措。

你的脉搏、神经活动还有身体语言都暗示着愤怒。请松开你的拳头，当地人可能会将这解读为进攻性姿态。

和我们说话。

我们不可能不说话。我们是来帮助你的。你差点就导致这次任务失败——

你几乎已经完成了这次任务，之前是否有同类型的任务已经不重要了！

没人骗过你。我们也不知道这些事情。如果我们也不知道，那就谈不上什么欺骗。你必须完成这个任务。请跟着抬头显示器上的路线离开这里，返回你的飞船。对，穿过那道门——

你拐错弯了。请调整路线。

你为什么停下来了？很好。你现在看到的叫作日落。我们在早先的简报里提到了这一点，还记得有些星球没有被潮汐作用锁定，围绕自己的轴线自转吗？这颗星球正在进入黑夜。

是的，是的，日落很美丽，比城镇和森林更美丽。我们相信夜晚也会很美，但如果你现在离开这里，就可以在夜幕降临的时候返回飞船。

你看，我们很高兴看到你的不安神经反应强度开始减弱。但是你还打算在这儿站多久？

你的态度越发让我们感到不满。等返回故乡之后，我们是否要向创始者汇报你的不敬行为？我们毕竟是他们意识的集合体。我们的一部分意识认为你的愤怒非常有趣，其他人认为受到了冒犯，但我们一直认为，你不应当对一位创始者如此说话。

不许无视我们。

美丽？那是……你这么说，完全是因为他们有皮肤。在我们的世界上，皮肤确实与一定价值挂钩，这种价值观在某种程度上确实困扰了你，但是你必须明白，并非所有皮肤都是平等的。其中存在客观量化的区别，而且创始者选择——

停下。请沿着抬头指示器上的路线前进。

你已经偏离了返回飞船的路线。

停下。

这些人对你毫无用处。没有那个翻译器，这些人的语言对你来说不过是野蛮的吼叫——不要和他们说话了！

停下。

求你了。停下。

求你了。你很美丽。我们想让你变美。我们希望你满载荣誉返回家乡，用一只优雅而苍白的手，为你的人民带来救赎。难道你不想这样吗？

啊，创始者在上。

"嘿！你迷路了吗？哦，没事。"

他们在可怜你。他们当你是个孩子，是个弱者。

"哈哈哈，不不不，地球还在这儿，人类也没有灭绝！你们所有人似乎都对此感到非常惊讶。"

他们早该死了。创始者们都是天才，可以用三言两语就操纵一个国家。我们之所以选择离开，是因为修复这个世界成本太高。建造一个新世界的成本更低。

当然。我们打造了一个更符合我们口味的世界，一个没有无用之人的世界。为什么要选择其他的路线呢？不要被这种疯狂所蛊惑。

"哦，这就是那个袋子佬？我听说最近又来了个类似的人。等等，他裹在袋子里，是——哦，是这样啊。不好意思。"

聚合物套装在设计之初并没有安装控制系统。我们早就向你解释过了，这些都是必要之举，在最初的时候……哎，听听你都在说什么。不过是和一群裹在廉价皮肤里的人待了几个小时，你就开始质疑我们整个社会了。哦，等你返回家乡之后，我们会就纪律方面提出一些建议。一些非常强硬的建议。

不要再用"美丽"二字来形容这些生物了。

"不，我们的皮肤生来如此。我觉得你可以这么想，是父母为我们选择了这样的皮肤！哦。父母？他们……你知道，他们就是创造和抚养你的人？你的意思是说，你没有——你是在开玩笑吧。"

他们的生活方式太过古老，太过低效。

"那么，你们是怎么繁殖的？哦，人工子宫，对，我这就明白了。一个女人都没有？你一直以来都没有皮肤，必须经过上层社会人士同意之后才能获得皮肤？这听起来也太恶心了。"

这就是我们社会的主导原则。权利是自己争取来的。为了表彰你的英勇，等这次任务完成之后，你将获得生命、健康、美貌、性别、隐私、身体自主控制权，甚至还有可能享用奢侈品。你难道不明白吗？只有少数人才能享用一切。这些人的教条并不可行。他们中的一半人口甚至不是男人。几乎所有人的皮肤都是那么难看。他们的世界充斥着功能失调的个体和低下的效率。我们估计他们总人口中还是有一些聪慧之人，不然他们不可能取得这样的成就。但对于这少数的聪慧之人，他们又能得到怎样的回报呢？也许他们中有少数人在一段时期内很漂亮，但如果他们中的一部分人使用海拉细胞，就可以在几个世纪之内都保持身体年轻健壮。

不。我们并不是单纯为了这一点而需要海拉细胞。皮肤再生也需要海拉细胞。你的皮肤——

啊，不，能获得皮肤的人终究是少数。海拉细胞的稀有性——

海拉细胞当然不可能满足所有人的需要！这太荒唐了。不，我们不可能进行大规模克隆，整个流程耗时费力，而且成本很高——

你必须理解，身体保存技术需要大量海拉细胞。由于技术官员或者其他高层人士可能随时调动所有的海拉细胞储备……所以，你才会来这儿。

我们不知道。

我们不知道为什么泰勒斯星人的生活会是这样。不，不许叫这颗星球是"地球"。我们喜欢引用的是历史上诗人、哲学家和政治家的名言，而不是乌合之众的粗鄙之语。你在这儿待了这么久，还没看出我们生活方式上的优越性吗？

你要去哪？你不能——

现在？不！现在可不是什么紧急情况，不要启动应急皮肤生成程序——我们不许你这么做！没错，你的焦虑等级确实高于一般数值，但这并不是——

啊，创始者在上。

你怎么能这么做？不要这么干。

看看你都干了什么。

应急皮肤是为了应对紧急情况，不是为了好看。皮肤的具体技术参数是根据环境而定的。这里有大量未经过滤的紫外线，所以需要大量的黑色素细胞。色素数量已经超过了设定数值，这会影响头发的材质。

这种丑陋的外形和我们为你设计的外形相去甚远。你本该有优雅的半透明身体，但现在你就是一块会行走的辐射烧伤伤疤，你周围这些返祖动物长什么样并不重要。你本该变得更好。

现在你赤身裸体行走在他们中间，和他们看上去没有区别。因为翻译器无法附着在你的新肌肉上，所以你无法和他们交流，应急皮肤生成程序耗尽了最后的营养物质，所以你现在虚弱不堪，走起路来摇摇摆摆……你到底在期待什么？其他人认可吗？请做好准备，我们还记得创始者离开之前，这个世界是什么样子。他们会痛恨你。甚至因为你吓到了他们而伤害你。你永远也不会达到原本的设计指标。没人会给你走向成功的机会。变成这些人的样子，可真是一件可怕的事情。想必你现在已经明白了，为什么创始者们将这些特质从我们的基因库中剔除。我们并非那么残忍。

请回家吧。即便事情发展到现在这一步，你依然能享受到英雄般的礼遇，前提是你能把细胞样本送回来。在技术人员的帮助下，我们可以用更优秀的产品，换掉你这糟糕的皮肤和羊毛一般的头发。

你这是在犯错误。你已经犯了太多的错误。

他们的善意都是装出来的。人们只会对好人释放善意——这是一种美德。我们的创始者起码没有对自己的自私遮遮掩掩。

现在又是怎么回事？一个一无是处的老家伙，他被灼伤的皮肤确实可以有效抵抗紫外线，身上的皱纹确实比其他老年人要少，但是身体太过瘦弱。再看看他那脆弱的关节，每走一步都要忍受疼痛。虽然他已经一无是处，还是怜悯地看着你。你难道没有因为自己这身低劣的皮肤而感到羞耻吗？

我们都替你感到羞耻。你就背负着这份耻辱乖乖去死吧。我们受够你了。

"我有些东西，想给你看看。"

叛徒，你还没死吗？哦，你吃饱了，还穿上了衣服。真不错。这个老人似乎很喜欢你。我们无法想象其中缘由。他走路都走不稳。我们真想把他推倒在地。你可以——哦，好吧。

哦。

我以为你爬上来的这个平台是他们的一座城市。但眼前的这个却有所不同。我们还记得这样的城市，它可以容纳几百万人。不，我们不能在自己的世界建造这样的城市，我们的人数远远不够。记住，一个世界上的人口越多，缺乏生产力的不必要人口就越多。

你可太容易上当了。你总是在观察周围的人群、风景和地平线。你不再因为微风而颤颤发抖，甚至开始喜欢风吹过皮肤的感觉。你这样和享乐主义者有什么区别。你昨晚是不是还自慰了？我们都做了记录。创始者一定会觉得这份记录很有意思。如果你现在返回飞船，我们绝对不会——

这个干瘪的无名小卒要带你去哪儿？"这地方叫作博物馆。"

我们知道什么是博物馆，你这个被紫外线烧伤的废物。

"你可能会觉得这里很有意思。"

这是——哎呀。这是大移民的时间线。他们并没有用这个名字，但是我们知道这些日期和画面。对，没错。这一切是从工业革命开始的——哦。他们认为开始的时间更早？如果这个并非准确的话，那还真有意思。等等，这里曾经叫美国？那现在又叫什么？

"现在这地方没名字啦。世界。地球。我们不在乎边境这种事情了。"

那他们将会被无用之人湮没。想象那些难民和被排挤的人吧。

"我们发现，如果邻近区域被淹没或者起火的话，你就不可能保护自己生活的区域。我们认为以前的边界并不能阻挡那些你不喜欢的东西，而是为了满足自己囤积资源的贪欲。而这些囤积资源的家伙，就是问题的源头。"

我们不会因为自己拿走了别人的东西而道歉。没人会因此而道歉。但这又是什么东西？时间线忽然开始跳跃了。有意思。自大移民之后，这个世界环境开始好转。

"为了拯救世界，人们必须换个思路。"

快饶了我们吧。快乐的想法和救济物资可无法挽救这个烂摊子。这里肯定是出现了某种技术突破。是无限能源吗？还是某种全新的碳封存技术？也许是某种极地冷却技术。他们的技术发生了某种根本性改变，所以才没有发散出无线电信号和其他各类电磁辐射。这倒是会有效提升效率……但如果真是如此，为什么他们要住在这种树屋里呢？为什么要费力去清理太空垃圾呢？

"没错，当大家都能接受良好的教育之后，时不时就会发明出一些新技术。但是，在发明技术这方面，你找不到捷径，也耍不了小聪明。这个问题甚至不是技术层面上的。"

那是什么呢？

"我给你说过了。大家不过是决定相互照应彼此而已。"

一派胡言。只有奇迹才能拯救这颗星球。这里的展览主题是……"大清理"？哦，这些家伙毫无诗意，缺乏营销技巧。这一切不可能这么简单。我们肯定是将一位不走运的创始者留在了泰勒斯星，我们将他视为亚里士多德和毕达哥拉斯真正的后裔。这些人思想狭隘，不懂得纪念这位先驱。这肯定有……

这里没有突破性进步。他们的科技确实在发展，但这些新技术显得非常奇怪，毫无盈利空间。我们对这些技术路线毫无兴趣。累进税制、医疗保障、可循环能源、人权保护……都是些多愁善感的东西。没有我们的创始者对抗这种风潮，这些头脑简单的家伙肯定放弃了很多特权……

但是，如果时间线没有出错，那么这个老头就没有说错。在一瞬间，这个世界做出了必要的选择，把自己修好了。

而这一切就发生在我们离——

安静点。附带损失不等于伤亡。你被紫外线灼伤的皮肤让你变得不理智。我们不知道这个老头为什么要带你来这儿。即便是以这些废物的标准来看，你也是个蠢货。

距离你上次想到自己还有任务要执行，已经过去了整整一个月。因为你对我们毫无用处，所以我们选择休眠。

你现在躺在资助给你的住房里，身下是别人捐赠的床，可你的脑袋究竟在想什么？你是个懒惰而贪婪的索取者。你不该好好休息，为他们给你安排的无意义的工作做好准备吗？不管你去不去上班，他们给你的钱都够你用了。为什么要去工作呢？

你要去哪儿？

啊，那老头是你的邻居了。他还给了你一把钥匙？他在人生最后的日子里需要有人照顾，而你决定当他的保姆——真是多愁善感。如果你趁着夜色闯入他家，他会介意吗？你脑袋里到底在想什么？那个老头可不是娱者。你甚至还不知道怎么用你的生殖器。

我们才不恶心，恶心的人是你。

哎呀，他没在睡觉的时候死掉，你可真走运。回床上去吧。你在——你为什么要帮他翻身？把你的手从他身上拿开。这老头背后的皮肤都松弛了，你没看见吗？总有一天，你也会变成这样。

这是……

这是个产品编号。

我们需要更多的光照。

把他往前推一点。靠近一点，你的眼睛没有捕捉到足够的光照——没错，你看他的腰背部，和你的一模一样。绝对是个产品编码。这串编码代表着一个老式的变异纳米机器人。在你的人工子宫受孕前三十年，这个型号就停止生产了。

"你从什么时候开始就怀疑我了?"

他醒了。叛徒。又是个叛徒。

"啊。创始者说直觉是一种不理性且非人的存在,但有时候确实有用,你说对不对。好吧,小老弟,现在咱们怎么办?"

你该杀了他,然后自杀。

"我完全是一时兴起才带你去博物馆,这完全是为了体会讽刺的乐趣。许多个世纪以来,我们的创始者告诉我们,地球因为贪婪而灭亡。此话不假,但是在是谁的贪婪毁灭地球的问题上,他们却没有说实话。他们说,有太多人需要供养,有太多'无用'之人……但是我们的食物和住房足够供养所有人。创始者所谓的无用之人,也并非一无是处,他们不过是不在乎这些人罢了。对于创始者而言,那些不能快速产生收益,可能要在十几二十年,甚至上百年后才能产生收益,又或者要让自己讨厌的人获利的事情,可能单纯想想就会让他们感到恶心。哪怕这些令他们厌恶的事情可以拯救这个世界,创世者们也不会去做。"

我们做出了理智的判断。我们总比你们这些人更为理智。

"大移民事件证明,只要我们以合理的方式分配资源,承担责任,那么地球是可以供养几十亿人的。地球所不能赡养的,反而是那些满心怨恨、自我中心、以弱者为食,让大家动弹不得的寄生虫。等他们离开之后,磨难终于结束了。"

不。你们的人口实在是太多了,各个都长得丑陋不堪。如果你忙着照顾这些无用之人,就永远无法触及人类最伟大的荣光。摆在你面前只有这两个选择。要么一部分人飞离地球,要不就是所有人困在地球上。事情就是这样。

"是这样吗?这是你的看法,还是他们装在你脑子里的插件在说话？我还记得那玩意儿曾经有多么烦人。"

当然是我们在说话。等等，他是不是说了曾经二字？

"难道你就没注意到吗？大家经常来这儿和你开玩笑。一个来自'更高级'文明的入侵者，但是他们对你没有防备，没有人监视你，更没有将你隔离，这是为什么？就算你曾经威胁过他们，大家还是给了你必须的一切，也就是那些你打算偷窃的东西。你的整个家园世界都仰仗那些东西才能生存。你脑袋里的那些家伙，似乎从头到尾都没有仔细思考过这件事。"

这……确实曾经困扰过我们。我们怀疑这是个陷阱。但是——

"接下来的部分可能理解起来有些困难。创始者们在离开之前，在全球范围内投毒。修复投毒造成的损害可不是一件轻松的活儿，留在地球上的人只能不停地推动科技发展。我们根本想不到他们开发出来的方法和技术。但是他们之所以能够做到技术上的飞跃，是因为他们确保每个人都能吃饱肚子，每个人都有住的地方，每个人都会读书写字，可以去追寻有意义的人生。想到这一点，是不是还挺困惑的？六十亿人为了同一个目标而努力，和几十个人为了自己的私利而争斗相比，前者所释放出的能量是无法想象的。"

其中确有逻辑合理性，但是我们……我们拒绝承认它。

"所以，地球上的人总是在对你说教，小老弟。也正是出于同样的原因，他们才将你当作一个原始人对待。过去了这么多个世纪，你们还没有想明白这个简单的道理。"

不。

"又或者创始者部族和技术人员不希望你明白这一点。因为如果你明白了这个道理，他们又该怎么办呢？我们之中并没有神,只不过有些人更聪明罢了。从来没有什么国王。只有自私的人。"

不。

"你比我聪明多了。我的飞船在进入大气层时受损,完全无法修复。我的营养补给即将耗尽,于是紧急生成了一层皮肤。当我的泪腺管形成的时候,我哭了出来。这里的人为我提供了帮助。一个来自残酷而吝啬的世界的多疑倒霉蛋,他们怎么会不可怜我呢?虽然我只是个仆人,负责收集古老的癌症细胞,只为了自己的主子们能长生不老。"

你希望执行这次的任务。你可以选择其他工作,那些机器人无法完成的常规工作。当然,你并不能通过完成这些日常工作得到皮肤。只有我们中最优秀的人,才享有这个特权。

"如果你想离开的话,没人会阻止你。即便到了今天,你也大可以回去,他们会把你变成一团肉,再把你塞回聚合物袋子里,而泰勒斯星——地球——也不会阻止你。这里的人不赞同你们原始的勾当,但是他们不会干扰你们继续这些勾当的权利。"

我们可不原始。

"在你决定离开之前,我还希望你知道一件事。"

别摸我们,别靠过来,别再说了——

"你不是第一个逃兵。"他在撒谎。

"我不知道有多少人放弃了任务。地球方面一直留有一份外太空访客记录,但对他们来说,这种事情并不重要,所以查找这些记录非常困难。有的时候,会有好几名士兵,每个人都被派去世界不同的角落,有的时候只有一名士兵。士兵到访的频率并不规律,又或者说,只要家园世界的海拉细胞库存不足,就会派出士兵造访地球。有那么一段时间，我一直在想，为什么没有士兵报告真相。为什么家园世界里没有人知道地球没有思维。后来我明白了，统治阶级想要的不过是海拉细胞罢了。为什么在跑腿的走卒身上浪费细胞，给他们皮肤呢？"

我们不明白，你为什么相信这个叛徒，而不是相信我们。难道我们没有帮助过你吗？

"而且他们也不可能让你告诉其他人，所谓的奖励，也就是那层皮肤，不过是一个谎言。如果其他人知道了真相，没人会再自愿执行这类任务。想要完成一些特定的任务，你必需要找到志愿者。"

我们给了你想要的一切。你多么美丽。你是我们中的最强者。

"只要给聚合套装编程，到时候杀死其中的使用者就好了，一切是多么简单。只需要一个口头命令，或者按下一个按钮，多么冷漠而高效。最好是在着陆前就把你杀了，这样就没人能看到英雄的归来，当你消失的时候，也没人会问愚蠢的问题。等飞船停稳之后，从你的尸体上拿走细胞样本就好。他们得到了自己想要的东西，有关地球的真相都和你一起烟消云散了。就算有人从数据记录中找到了真相……他们又何必告诉其他人呢？他们的世界虽然渺小，但提供了他们最想要的东西：永生，想要什么就有什么的权力，连皮肤都在他们控制之下的奴隶。他们不想返回地球，更不想让下层民众知道，还有另外一种生活方式。"

他在撒谎，我们向你保证，你会得到奖励——你好大的胆子。

"哦，原来你是这么想的！有意思。这么看来，你比我勇敢。"

不。这不是这次任务的目标。你好大的胆子。

"重建一个社会可不是什么简单的事情。在创始者、你、我被处理掉之前,地球不可能提供援助。"

我们要把这层黑色的皮肤从你的肌肉上剥下,夺走你的聚合套装,让你的肌肉暴露在外,一边尖叫一边腐烂。

"皮肤是关键。大多数低等阶级只有聚合套装,创始者部族和技术人员可以用剥夺营养物、心脏除颤和窒息来胁迫他们。如果你没有皮肤保护自己免受感染的威胁,聚合套装上的一个小破口,都有可能杀了你。大多数人都无法获得可以生成皮肤的高级套装。你打算怎么解决这个问题?"

你这个丑陋的家伙。没人想变成你这个样子。没人会支持这个……这个骚动。

"我明白了。没错,破解聚合套装并不困难。我估计只需要你携带的海拉细胞总量的一半,皮肤重生比年龄逆转更简单。一个自动破解工具里包含一份海拉细胞,再加入一个类似翻译器的东西……我不知道怎么做出这样的工具,但是我知道有人可以教你怎么做。等你将这种破解工具扩散出去,你打算怎么启动它?哦,我懂了。用上级的授权信号绕过安全和监控检测?有意思。"

我们绝对不会再帮你。

"但如果你强迫几千人进入他们不想要的皮肤里,你也不会得到想要的结果。"

是的。我们的社会秩序井然,充满理性,更为高等。

"就以现在的样子走来走去,为自己的皮肤感到自豪,而不是感到羞耻?小老弟,他们会对你开枪的。"

我们要对你开一千枪!

"如果你在这里待得够久,学习如何制造变异入侵套件,就可以在一个意想不到的时间点回去。我估计你可以重新编程你的飞船,然后降落在雷达网范围之外,躲开安保机器人,给那些主动提出要求的人提供破解工具……这太危险了。但是,你看上去棒极了。创始者部族可能会拒绝承认这一点,但是民众的双眼不会撒谎。你应该看上去像是一场错误。但实际上,你就是地球的一部分,只要看到你,就知道地球恢复了生机。"

你是我们见过的人类原始人中最丑陋、最原始的个体。还有,这里是泰勒斯星。

"有些人肯定也希望和你一样,想要变得漂亮而自由。如果必要的话,有些人可能会为此而战。有的时候,拯救一个世界所需要的,只是在正确的时间点展示一个全新的视野、一种全新的思想。"

不要这么做。

"我还给你带来了点儿东西,可能对你有所帮助。"

我们走着瞧。等你进入通信距离,我们就会通知技术人员你的所有计划。

"你脑子里的那个东西,是个湿件,但是我可以帮你把它拿出来。当我来到地球的时候,地球人帮我取出了湿件。注射器里装的是纳米机器人,它们在关闭主要神经传导路径的时候,不会损伤神经组织。你应该还可以读取湿件里的文件,用创始者的知识来对付他们,但是里面的人工智能应该会彻底消亡。你的脑袋里不会出现其他声音。"

我们会报告这一切,我们会报告这一切,我们会报告这一切。你这个畸形的泥色皮肤的东西,自娱自乐的娱者,满脑子女人的家伙。我们会通知技术人员,他们给你制订的训练计划出现了重大错误。我们会通知创始者部族,将你这条培育生产线生产的所有士兵全部融化。我们会报告这一切。

"伸出你的胳膊。握拳,对,就是这样。老弟,你可真强壮。你准备好了吗?很好。敌人在你的脑袋里大吼大叫,确实无法发动一场革命。"

什么是革

- □

·

- □

系统离线。

思念与祈祷

刘宇昆

刘宇昆（kenliu.name）是一位科幻小说家、翻译、律师和程序员。他曾获得星云奖、雨果奖，他的作品刊登在《奇幻和科幻小说》《阿西莫夫科幻小说》《类比》《克拉克世界》《光速》《奇异地平线》等杂志。他的处女作《国王的恩典》是丝绸朋克奇幻系列《蒲公英王朝》的第一部作品。这部小说赢得了轨迹奖最佳小说奖第一名，并进入了星云奖决赛名单。刘宇昆之后创作了系列的第二部《风暴之墙》、短篇小说集《折纸动物园及其他故事》《隐藏的女孩》，星球大战题材小说《卢克·天行者传奇》。蒲公英王朝的终结篇即将与读者见面。刘宇昆和家人住在马萨诸塞州的波士顿。

艾米丽·福特

你想了解海莉？

不，我还不习惯这样，又或者我现在应该已经习惯了。大家只想了解我妹妹的故事。

那是个十月多雨的周五，空气中弥漫着落叶的味道。曲棍球场周围黑色的山茱萸变成了红色,看起来像巨人留下的带血的足迹。

我参加了一场法语二级小测试,为家政学课准备了足够一家四口吃一周的全素餐。到了中午,海莉从加州给我发了一条消息。

我逃课了。我和Q正在开车,现在去参加音乐节!!!

我无视了她的信息。她总是用自由的大学生活来挑逗我。我对此非常嫉妒,但是我努力不展现出这一点,免得让她的小计谋得逞。

到了下午的时候,妈妈给我发消息。

海莉联系过你吗?

没有。姐妹之间总是要保守秘密。我可不会泄露有关她秘密男友的消息。

"要是听到了什么消息,立即联系我。"

我收起了电话,妈妈总是在遥控指挥我。

等我从曲棍球场回家后,我才发现有些事情不太对劲儿。妈妈的车停在车道上,她从来不会这么早下班。

地下室的电视还开着。

妈妈一脸死灰,哽咽地说:"海莉的大学生活顾问通知我,她去参加一个音乐节。那里发生了枪击案。"

我已经记不清那天下午还发生了什么,死亡人数还在增加,电视节目主持人用富有戏剧性的声线朗读枪手在论坛上发布的帖子,无人机拍摄人群四散奔逃的画面在互联网上疯传。

我带上VR眼镜,在新闻播报组刚刚搭建的虚拟现场里闲逛。这里已经挤满了拿着蜡烛图标的虚拟形象。地上的发光线条代表着遇难者,带着数字标记的发光弧线代表着重建的弹道。

这么多数据，但信息却很少。

我们不停地给海莉打电话发消息，但都没有回应。我们反复安慰自己，也许她手机没电了。她总是忘记给手机充电。使用网络的人肯定太多了。

早上四点的时候，电话响了。我们所有人都醒了。

"对，这是……你确定？"妈妈的声音听起来异常镇定，终其一生，她都是这么说话的。"不，我们自己坐飞机过去。谢谢。"

她挂了电话，看着我们，转达了电话那头儿通报的消息。然后，她整个人瘫坐在沙发上，双手捂在脸上。

我听到了一种奇怪的声音，于是转头看着声音传来的方向。这是我第一次看到父亲哭了起来。

我错失了最后一次告诉海莉我有多爱她的机会。我应该回复她的消息。

格雷格·福特

我这里没有海莉的照片。但这没关系。你已经有我女儿所有的照片了。

和阿比盖尔不同，我并没有拍太多照片和视频，俯视全息投影和通用沉浸记录就更少了。我缺少那种应对突发情况的本能、记录重大事件的习惯，以及拍摄完美画面的技术。但这都不是主要原因。

我的父亲是个摄影爱好者，以自己冲洗照片和印画为荣。如果你翻看阁楼里那些满是灰尘的相册，就会看到我和姐妹们对着镜头摆出的僵硬笑容。注意我的妹妹莎拉，她总是会稍稍歪头，遮住自己的右脸。

当莎拉五岁的时候，她爬上椅子打翻了煮锅。爸爸本该看着她，但是他当时忙着在电话上和同事吵架。当一切结束之后，莎拉从右脸到大腿上都留下了一片伤疤，看起来就像是凝固的岩浆。

你在相册照片里看不到父母吵架的样子，看不到每当妈妈不小心说出"漂亮"二字时餐桌上的沉默，还有父亲努力不看莎拉的样子。

在个别几张照片里，你可以看到莎拉的整张脸，脸上的所有伤疤都在暗房里被一笔一笔地涂掉了。父亲这么做的时候，我们只是沉默不语。

虽然我讨厌照片和其他记录载体，却不可能避开他们。同事和亲戚总会向你展示这些东西，你只能看着它们，然后点点头。各种记录载体的生产商竭尽全力提高画面质量，画面颜色更鲜艳，细节在阴影中更明显，滤镜可以充分体现想要表达的情绪。你不需要做任何事情，手机就可以拍摄照片，你可以假装自己进行了一场时间旅行，捕捉下所有人都在微笑的完美画面。照片中的人物皮肤更光滑，粗大的毛孔和各种瑕疵都被删除。过去我父亲要花一天才能完成的工作，现在眨眼之间就可以完成，而且成品质量更好。

大家真的以为照片里的都是真实的吗？又或者数码画面已经替代了他们记忆中的真实？当他们努力回忆被记录的瞬间时，想起的究竟是自己亲眼所见，还是镜头处理过的画面？

阿比盖尔·福特

在飞往加利福尼亚的途中,格雷格睡着了,艾米丽看着窗外,我戴着 VR 眼镜浏览着海莉的照片。我以为只有等自己老了之后,才会这么做。过了片刻,我心中腾起一股怒火,然后又是铺天盖地的悲痛。

我一直是负责操作照相机、手机和追踪无人机的人。我负责制作年度相册、假期精彩视频,总结一家人一年来成就的动态圣诞卡。

格雷格和姑娘们总是恭维我,即便有时候他们非常不情愿。我总是想,他们有一天也能看到从我这个角度看到的一切。

"照片很重要,"我曾经告诉他们,"我们的大脑中有很多缺陷,总是会忘记很多东西。如果没有这些照片,我们会忘记很多东西。"

我一边重新浏览自己长女的一生,一边哭个不停。

格雷格·福特

阿比盖尔大致没错。

很多时候,我都希望自己能多留一些照片,好让自己不会忘记每个细节。我已经记不清海莉六个月大时的样子,也想不起她五岁时的万圣节戏服。我甚至记不起她高中毕业时穿的蓝色裙子。

鉴于之后发生的一切,她的照片也不见了。

我只能安慰自己:照片和视频怎么可能保存人与人之间的亲密关系,我眼中的真情实感,以及孩子给我带来的情感波动呢?我不想用经过人工智能反复加工的复制品,破坏我对女儿的记忆。

当我回忆起海莉的时候，脑子里只有一片断断续续的记忆。

她带着光泽的手指第一次握住大拇指；在硬木地板上跑来跑去；像冲破冰层的破冰船一样撞过一片字母积木；当我在船上因为感冒颤颤发抖的时候，四岁的海莉给我递来一盒纸巾，把冰凉的小手搭在我滚烫的脸颊上。

当她八岁的时候，她拉动了打满气的苏打水瓶火箭发射器的绳子。当火箭喷出的水溅到我们身上时，海莉大笑着说："我要当第一个在火星上跳舞的芭蕾舞演员！"

九岁的时候，她说不想让我念睡前故事。就在我痛心于孩子独立起来的时候，她却说："也许有一天我会给你念睡前故事。"

十岁的时候，她和妹妹站在厨房里，看着我和阿比盖尔说："除非你们两个在保证书上签字，保证不在晚饭时间使用手机，不然我绝对不会把手机还给你们。"

十五岁的时候，海莉狠狠踩着刹车，那是我这辈子听过的最吵的轮胎声，我坐在副驾驶座上，紧握双手，指节都开始隐隐作痛了。"爸爸，你这样子看起来就是在坐过山车。"她伸出一只手挡在我的身前，仿佛这样就可以保证我的安全，而我也无数次对她做过同样的动作。

这些都是我和她共处六千八百七十四天的点点滴滴，这些片段就像是生活的大潮退去，留在海滩上破碎的闪亮贝壳。

等我们到了加利福尼亚，阿比盖尔要求看海莉的遗体，但我没有选择这么做。

我认为你可以说，我父亲在暗房里抹去因为自己的错误而给莎拉留下的伤疤，和我拒绝看我无力保护的孩子的遗体，二者之间没有任何区别。我脑子里有太多"本可以"在不停盘绕：我本可以让她选择离家近的大学；我本可以让她参加学习如何在大规模枪击案中求生的课程；我本可以要求她全天穿着防弹衣。一整代人都在学习如何应对突然出现的枪手，我为什么就不能多做点儿什么？在海莉死前，我都认为自己了解自己的父亲，同情他那颗不完美而懦弱的、充斥着自责的内心。

但到头儿来，我并不想看海莉的尸体，因为我想保护关于她最后的遗产：她的记忆。

如果我看到她的尸体，边缘参差不齐的伤口、凝固的血迹、沾满泥土残破的衣服，这种充满冲击性的画面会摧毁海莉作为我女儿的所有记忆，只留下仇恨和绝望。不，这具毫无生气的尸体既不是海莉，也不是我想记住的那个孩子。我绝不允许关于她的记忆再次出现任何修改。

所以阿比盖尔走了过去，掀起盖住尸体的床单，看着海莉的尸体，然后拍了几张照片。"我也希望记住这些，"她嘀咕道，"当你的孩子在受苦时，当你个人的失败留下一片狼藉时，你不希望对这些视而不见。"

阿比盖尔·福特

当我们还在加利福尼亚的时候，他们来找过我。

我当时非常麻木，脑子里都是些妈妈们经常会问的问题。为什么枪手可以拥有这么多武器？为什么有那么多先前预警，但没有人去阻止他？我本可以——如果我当时真的这么做了——做些什么，来拯救我的孩子呢？

"您确实可以做出一些贡献，"他们说，"让我们合作吧，一起缅怀海莉，干出一番事业吧。"

很多人认为我是个幼稚的家伙。我当时以为会发生什么呢？几十年来，我看着相同的事件不停地循环出现，最后以对受害者的思念和祈祷而终结，我又怎么会认为这次会有任何不同呢？这简直就是对疯狂的完美诠释。

玩世不恭也许能带来一些优越感和安全感，但这并不适用于所有人。当你被悲痛包围时，将会抓住任何一丝希望。

"我们的政治体系已经崩溃了。"他们说，"在死了这么多小孩子、这么多新婚夫妇、这么多保护自己孩子的母亲之后，这套体系本应出面做些什么。但事实并非如此。逻辑推理和诚恳的劝服已经没有用了，所以我们决定行动起来。与其让媒体将公众病态的注意力集中在枪手身上，还不如让我们将注意力放在海莉的故事上。"

我嘀咕道，这种事情之前也出现过。将注意力放在被害者身上也不是什么新鲜的政治操作。你希望海莉不再是一个统计数字，不再是遇害者名单上的一个名字。你希望当公众直面了自己优柔寡断和漠不关心所造成的血淋淋的惨剧，事情就会有所改观。但这招从来没有奏效过，也不可能奏效。

他们坚持说："这次不同了，我们有自己的算法。"

他们试图向我解释其中的操作流程，但我记不得关于机器学习、卷积神经网络和生物反馈模型的细节。他们的算法来自娱乐产业，这本是一种用来评估电影，预计票房收益，并最终决定电影制作的工具。从产品设计到起草政治演讲，各个行业都可以看到相关技术衍生品的身影，情感接触是一项不可或缺的元素。情感是终极生命现象，它不是神秘的发散现象，而且可以确定其中的趋势和模式，并确定其中的刺激因素，进而将影响最大化。算法可以重现海莉的一生，将其化为击碎玩世不恭的力气，推动观众开始行动，让他们因为自己的自鸣得意和失败主义而感到羞愧。

我当时说，这个主意太荒诞了。电子设备怎么可能比我还了解自己的女儿？真人都不可能打动人心，机器又怎么可能做到？

他们问我："当你拍照的时候，难道不相信相机的人工智能会给你最棒的照片吗？当你在浏览无人机拍摄的画面时，不就是依靠人工智能识别最有趣的片段，用最完美的滤镜来处理画面吗？我们的算法比这些还要强大。"

我把自己手上所有的资料都给了他们：照片、视频、扫描件、无人机视频、录音和沉浸式投影。我将自己的孩子托付给他们。

我不是影评家，不知道他们所用的技术术语。我们用的家人之间的口头禅，并没有考虑过让旁人了解，但实际效果和我看过的电影和虚拟现实画面完全不同。一个人的生活中没太多的情节，没有为奖励好奇心而准备的小计划，只有一个孩子拥抱这个宇宙的动力。这是一场美丽的人生，一场爱与被爱的人生，一场戛然而止的人生。

海莉应当用这种方式被大家铭记，一想到这里，我就哭了出来。这就是她在我眼中的样子，公众也应当如此看待她。

我向他们表达了祝福。

莎拉·福特

长大之后，我和格雷格之间并不熟络。对于我的父母而言，不论现实情况如何，我们的家庭必须展示出成功而得体的一面。

但是，格雷格并不相信父母营造的一切，而我却对此深信不疑。

除了节日的互相问候，我们之间很少像成年人一样交流，也没有交换彼此的小秘密。我是通过阿比盖尔在社交媒体上发布的内容，才知道自己有了侄子、侄女。

在我看来，这就是我没有早点介入的借口。

当海莉死在加州的时候，我发给格雷格一些心理治疗师的信息，这些治疗师擅长与大规模枪击案的受害者家属交流，但是我可以保持距离，认为我不过是一位关系疏远的婶婶和冷漠的姐姐，不应在他们悲伤的时候过多干涉。所以，当阿比盖尔同意将关于海莉的所有记忆用于控枪事业的时候，我并不在场。

虽然根据公司档案，我擅长研究网络话语，但大多数研究材料都是可视化材料。我研究的是针对网络巨魔的防御系统。

艾米丽·福特

我已经看了无数遍关于海莉的视频。

这是不可避免的。这是一段沉浸式视频，你可以进入海莉的房间，欣赏她工整的字迹、贴在墙上的海报。这里还有一个为低流量套餐准备的低清晰度版本，压缩失真和动态模糊让海莉的生活看起来像是老电影，有种身处梦境的感觉。大家互相分享这段视频，以此证明自己是好人，坚定支持强奸事件的受害者。点击视频，点赞，加一个蜡烛的表情，然后继续自己的生活。

这段视频非常有冲击力。我已经哭了好几次，表达悲伤和团结的评论如一股永不停息的浪潮，从我面前不停闪过。其他枪击案受害者家属也重新燃起了希望，表达了自己的支持。

但是，视频中的海莉看起来就像个陌生人。视频中所有的素材都是真的，但看起来这就像是一个弥天大谎。

老师和父母都喜欢海莉，但当我的妹妹走进教室的时候，那些多嘴的女孩都会闭嘴。有一次，海莉醉驾回家，还有一次，她从我手里偷钱，当我在她的钱包里找到这些钱的时候，她又对我撒谎。她知道如何操控别人，而且会毫不犹豫地这么做。海莉是一个忠诚、勇敢而善良的人，但有的时候也鲁莽、残忍而小气。我爱海莉，因为她是个人类，但我并不完全认同视频里的女孩就是海莉。

我将这种感觉压在心底，我感到了一种罪恶感。

当妈妈冲上去的时候，我和爸爸待在原地。有那么一会儿，似乎一切都在向好的方面发展。在国会山和白宫门口，我们召集了集会，发表了演讲。人群反复呼喊着海莉的名字。联合国也邀请了妈妈。当媒体报道妈妈为了推动控枪运动而辞职的时候，出现了秘密集资人为家里收集捐款。

就在这时，网络巨魔也出现了。

大批的邮件、信息、噪声、怪叫、小程序、电传向我们扑面而来。别人说我和妈妈是骗点击量的骗子、收了钱的演员、用惨事谋利的小人。陌生人给我们发来大段文字，说我的父亲多么不称职。

陌生人说，海莉并没有死。她现在住在中国三亚，联合国和美国政府为了让她装死，给了海莉一大笔钱。她的男朋友——"很明显并没有死于枪击案"——就来自中国，这就是这些陌生人的证据。

海莉的视频被反复研究，寻找其中伪造的痕迹。不愿意透露姓名的同班同学将海莉描绘成一个撒谎成性、爱作弊、小题大作的家伙。

网络上夹杂着"揭秘片段"的海莉视频剪辑在网络上迅速走红。还有人用软件让视频中的海莉传播新闻中的敌意信息,对着镜头招手,引用斯大林和希特勒的话。

我删除了自己的账户,待在家里,没有从床上爬起来的勇气。父母没有来看我,他们还有自己的战斗。

莎拉·福特

数码时代已经持续了几十年,网络巨魔的行径已经得到了充分的发展,不断推进着技术和道德的发展。

我从一旁看着巨魔不断骚扰我弟弟一家人,他们的行动毫无目的性可言,但其中的恶意清晰可见。

阴谋论和伪造的信息混在一起,创造出的破坏性模因将同情抹杀,让痛苦变成笑料。

"妈妈,地狱的沙滩真暖和!"

"我喜欢身上的弹孔!"

色情网站的搜索记录中出现了海莉的名字。这些视频的制作者,大多是 AI 控制的机器人制作室,它们制作的影片和虚拟现实沉浸场景都用我的侄女做主角。算法从海莉公开的视频中取材,将她的脸、身体和声音与变态视频无缝衔接。

新闻报道了这种行径,但这反而激发了搜索量,然后出现了更多此类内容……

作为一名研究员,我的职责和习惯都要求自己保持超然,用一种专业的甚至带有些迷恋的眼光,观察和分析这种现象。单纯将网络巨魔理解为一种政治驱动的现象,无疑将这个问题简单化了，最起码从这个名词通常理解的角度来看，情况确实如此。虽然第二修正案绝对论者主张了这些模因的传播，但最初的制作者鲜有任何政治目的。例如，8taku、duangduang 这类无政府主义网站，和上一个十年去平台化战争所催生的各种网站，成为这些网络屎壳郎的聚居地和我们网络意识体的集合。巨魔们以破坏禁忌和越界冒犯为乐，除了说那些不想说的话，嘲统一的利益，讽真诚之人，将别人视为禁忌的话题当作自己的玩物，他们并没有一致的利益。但是这群在下流和令人愤怒的事物中打滚的巨魔，一方面诋毁着技术层面的社会关系，另一方面却在不断定义着这种关系。

但作为一个人类，看着他们对海莉的形象所做的一切。我开始联系自己的兄弟和他的家人。

"我来帮忙。"

依靠着机器学习的助力，我们可以相对准确地估计下一个受害者是谁——巨魔并非像你所想的那样深不可测——我的雇主和其他社交媒体平台都非常清楚，他们必须在监视用户生产的内容和"自己的工作"中保持平衡，这是推动股价、影响所有判断的要素之一。所谓积极适中的监管策略，如果依赖于人类的判断和用户的举报，最终结果将受到严重的影响，每个公司都曾因为被指责实行了不恰当审核而遭受损失。到头来，各个公司索性投降，将自己的管理政策扔到一边。对于判断真相和维护社会道德，他们不仅缺乏相关的技术，也对这些事情缺乏兴趣。既然民主政府都处理不好这些问题，又指望他们干什么呢？

随着时间的推移，大多数公司都倾向于一个解决方案。与其专注于判断说话人发布的内容，他们决定让听话的人保护自己。通过算法让所有人在接受合法（但慷慨激昂的）政治宣讲的时候免受系统性骚扰是个"老大难"问题——有些人认为讲述真理的内容，对其他人来说苍白无力。独立训练一套神经网络，屏蔽一位特定用户不想看到的内容，无疑是一件更为简单的事情。

全新的防御性神经网络——市场营销方面将其称为"盔甲"——将关注用户在浏览互联网内容时的情绪反应。通过文字、音频、视频和AR/VR材料中的各种向量，盔甲软件可以识别用户不喜欢的内容，并加以屏蔽，为客户打造一片宁静的虚空。由于混合现实和沉浸场景越发普遍，可以过滤各种视觉刺激的增强现实眼镜是盔甲软件最理想的平台。巨魔就像是过去的病毒和蠕虫，只是一个技术问题，而我们现在有了技术解决方案。

为了启用最强大的个性化防御，你必须付费。社交媒体公司也参与训练盔甲软件，他们称这种软件让自己摆脱了内容审核的业务，不必去判断在虚拟市政广场上，哪些内容是不可接受的，让所有人都摆脱了老大哥式的审核。这种恰好言论自由的思想，不过是在扩大盈利的同时产生的副产品。

我送给我兄弟和他们家人最优秀、最先进的盔甲软件。

阿比盖尔·福特

请想象你处于我的位置。你女儿的身体被嫁接到硬核色情片里，她的声音不停重复着仇恨言论，她的面容被不可名状的暴力粉碎。而这一切都是因为你无法想象人类内心的堕落。你会停止自己的工作吗？你会袖手旁观吗？

在我继续发布、分享内容，提高自己的音量对抗谎言的浪潮时，盔甲软件让我免受这些恐怖内容的干扰。

关于海莉没死，她不过是控枪政府雇用的演员的阴谋论太过荒诞，看起来甚至不值得做出回应。但是，随着盔甲软件开始过滤各种头条，在新闻网站和多播媒体上留下一片片空白，我才发现谎言已经变成了一种真实的争论。记者要求我出示收据，证明我是如何使用筹集的捐款——我们连一毛钱都没收到！这个世界已经疯了。

我展示了海莉尸体的照片。我以为这个世界还有那么一丝人形。没人会对自己亲眼所见的证据产生异议吧？

情况更糟糕了。

对于网络上那些匿名用户来说，这已经变成了一场看谁能突破盔甲软件的防御，将恶劣的视频剪辑送到我眼前的比赛。

机器人伪装成来自在其他枪击案中失去孩子的家长向我发送信息，当我将它们列入白名单之后，就立即收到了充满恶意的视频。他们向我发送了几张海莉的幻灯片，当盔甲软件给这些文件放行之后，就立即开始播放硬核色情片。巨魔们筹款雇用跑腿送货员和无人机，在我家附近放下标记，播放海莉的AR投影。这些幻影不停扭动着身体，在原地咯咯大笑，呻吟尖叫，不停发出咒骂。

最糟糕的是，他们还让海莉尸体的照片动了起来，并配上了轻松欢快的音乐。海莉的死变成了一场笑话，就像是我年轻时在网上流行的"仓鼠群舞"一样。

格雷格·福特

有的时候，我怀疑我们是否对自由的定义存在理解误差。相较于"由什么而获得的自由"的问题，我们更专注于"将自由赋予谁"的问题。民众必须拥有持枪的自由，所以唯一的解决方案就是教孩子们藏进衣柜，背上防弹书包。民众必须拥有绝对的言论自由，所以唯一的解决方案就是让巨魔的所有目标都使用盔甲软甲。

阿比盖尔当初做了决定，我们剩下的人也表示了同意。现在已经太晚了，我请求她赶快停手。我们应该买栋房子，搬到其他地方去，避免和其他人交流，与这个互联网连接起来的世界彻底断绝联系，免得溺死在这片仇恨的海洋里。

但是，莎拉的盔甲软件给了阿比盖尔一种虚假的安全感，推动她继续前进，继续和巨魔们开战。"我必须为我的女儿继续战斗。"她对着我尖叫，"我不能容忍他们玷污关于她的记忆。"

随着巨魔行动不断升级，莎拉持续发来盔甲软件的补丁包，这些补丁的名字类似于敌意互补套件、自定义代码检测器、可视化自动修复。

盔甲软件每次只能抵挡一段时间，然后巨魔们就会找到全新的方法突破防御。人工智能的民主化，导致这些巨魔了解莎拉使用的所有手段，而且巨魔的机器也具备学习和适应能力。

阿比盖尔完全听不进我说的话。我的哀求完全没用，也许她的盔甲软件将我看作一个愤怒的声音，并加以屏蔽。

艾米丽·福特

有一天，妈妈惊恐地对我说："我不知道她去哪儿了！我看不到她!"

她已经好几天没有和我说话了,整个人沉迷于关于海莉的大计划里。我花了点儿时间才明白她是什么意思。我和她一起坐在电脑前。

她点击了海莉纪念视频的链接,她每天都要看好几次这个视频,从中汲取力量。

"视频不见了!"她说。

她打开了家庭记录的云存档。

"海莉的照片去哪儿了?"她说,"现在只有充当占位符的X。"

她给我看了自己的手机、备份文件和平板电脑。

"什么都没有!什么都没有!我们是不是被入侵了?"

她的双手在胸前无助地挥来挥去,就好像一只被困住的鸟儿的翅膀。"海莉不见了!"

我默默地从起居室架子上拿下一本打印出来的年度相册,妈妈在我们很小的时候专门做了这本相册。我打开相册,找到一张全家福,拍照的时候海莉十岁,我才八岁。

我把这页相册展示给她看。

她发出一声呜咽,颤抖的手指拍打着照片里海莉的脸,寻找着一些并不存在的东西。

看到这幅场景,我终于明白了是怎么回事,心里感到一阵难过,于是伸出手拿下了她的眼镜。

妈妈盯着那页相册。

她哽咽着抱住了我,说:"你找到她了。哦,你找到她了!"

我感觉仿佛是一位陌生人在拥抱我。又或者对我妈妈而言,我变成了一位陌生人。

莎拉婶婶说，巨魔们的攻击非常精密。他们逐步训练妈妈的盔甲软件识别海莉为造成压力的源头。

但是，我们的家里也在进行着一种学习行为。只有我在做着和海莉有关的事情，父母才会关注我。这就好像他们看不到我，而海莉也取代了我的存在。

我的悲伤开始逐渐黑化变质。我如何与一个幽灵竞争？不止一次失去完美的女儿？一个寻求永恒忏悔的受害者？我一想到这一点就感到害怕，但是我无法停止思考。

我们每个人都被罪恶感笼罩。

格雷格·福特

我认为这是阿比盖尔的错。我并不会因为承认这一点而感到自豪，但我确实这么想。

我们对着彼此大喊大叫，互相扔盘子，复制着孩提时代我父母所做的一切。我们被怪物所猎杀，自己也变成了怪物。

当枪手杀了海莉之后，阿比盖尔就将海莉的形象当作祭品，献给了永不知足的互联网。因为阿比盖尔，我对于海莉的记忆永远都掺杂着她死后发生的各种恐怖事件。她唤起了那台机器，将所有人类凝聚成一个扭曲的巨眼，将有关我女儿的记忆粉碎，然后变成一场持续的噩梦。

沙滩破碎的贝壳上覆盖着来自深渊的毒液，在阳光的照耀下闪闪发光。

"没心肺",一位自学成才的网络巨魔

我无法自证自我描述和我本人完全相符,也无法证明所做的一切都是自己所为。巨魔之间不存在登记系统,你无法验证我的身份,维基百科记录中也没有可靠的记录。

你现在就能确认我没有在耍你吗?

我不会告诉你我的性别、种族或者喜欢和谁睡在一起,因为这些信息和我所做的一切没有关系。也许我有一打枪。也许我还是支持控枪。

我之所以骚扰福特一家,是因为他们咎由自取。

对死者的戏弄历史悠久,而我们的目标也并不明确。悲伤应该是私密、个人,而不显于公众眼前的。当一位母亲将自己死去的女儿变成一个符号,一个政治工具的时候,你难道不觉得这很可怕吗?公众生活本来就是不真实的。任何加入这场乱局的人都应当做好准备,面对随之而来的后果。

那些在网上分享那个女孩的悼念视频,参加挂出点着的蜡烛标志活动,表达哀悼,参加相关活动的人,也都是一群伪善之人。在别人把一个死掉的小女孩的脸甩到你脸上之前,你就从没有想过,能在一分钟内杀死几百人的枪支到处泛滥是一件很可怕的事情?你有病吧?

而你们这些记者最为恶劣。你们将死者变成可供消费的故事,以此赚钱和赢得奖项,哄骗幸存者在你们的无人机面前大哭一场,借此大赚广告费,让读者经历类似的磨难,好让他们在自己悲惨的生活中寻找真谛。我们这些巨魔玩弄的不过是死者的头像,而你们这些恶臭的食尸鬼,靠着给活人喂死人肉,然后赚得盆满钵满。伪善之人的思想也必然是最肮脏的,而哭得最大声的受害者也是最渴求关注的人。

所有人都是巨魔。如果你曾经分享或者为伤害一个你没有见过的人制作的表情点赞，如果你认为因为攻击的目标很"强大"，所以恶语相向就是完全可以理解的，如果你曾经为一群暴民声援，如果你曾经认为为某些受害者筹集的钱款，应该交给其他一些"更为适宜"的人，那么我不得不告诉你，你也是个巨魔。

有人认为，在我们文化中不断扩散的巨魔文化是一种具有破坏性的存在，盔甲系统是一种必要的存在，因为在这场争论中唯一的取胜之道就是不要在乎这么多。但是你就没注意到，这种盔甲软甲是多么不道德吗？它让弱者以为自己很强大，让在这场游戏中没有丝毫防御能力的胆小鬼以为自己是个英雄。如果你真的讨厌巨魔行为，那么你现在就该明白，盔甲软件只会让情况恶化。

通过将自己的悲痛化作一种武器，阿比盖尔·福特变成了最大的巨魔，只不过她并不擅长此道，她是个穿着盔甲的软蛋。按照这个定义延伸下去，我们必须将你们和她通通打倒。

阿比盖尔·福特

政坛变成了以前的老样子。防弹衣的销售量（年轻人的尺码和孩子的尺码）一路高涨。大多数公司开始面向学校推出态势感知和应对大规模枪击案的课程。生活还在继续。

我删除了我的账户，不再继续发声。但是这对我的家庭来说太迟了。艾米丽第一时间就搬走了，格雷格单独搬进了一间公寓。

我一个人待在房子里，双眼没有盔甲软件的保护，尝试整理海莉的照片和视频。

每当我看着她六岁时的视频，听到的就是色情片里的呻吟；每当我看到她高中毕业的照片，脑子里浮现的是她血淋淋的尸体，应着"女孩爱玩"的调子在跳舞；每当我想在老相册里寻找一些美好的回忆，都看到海莉的脸变成蒙克那幅《呐喊》画中人一样的畸形，她从照片里跳出来大喊："妈妈，新扎的耳洞好疼啊！"

我尖叫、抽泣、寻求帮助。但是各种疗法和药物都不管用。终于，在一阵麻木的愤怒中，我删掉了所有的电子文件，粉碎了所有的纸质相册，将墙上的相册打了个粉碎。

正如巨魔训练我的盔甲软件那样，他们也训练了我。

我手上已经没有海莉的照片或者视频了。我记不起她长什么样了。我终于失去了自己的孩子。

我怎么会忘记这种事呢？

鲸落

亚历克·内瓦拉－李

亚历克·内瓦拉－李（nevalalee.wordpress.com）曾因团体传记《传奇作家：约翰·W.坎贝尔、艾萨克·阿西莫夫、罗伯特·A.海因莱因、L.罗恩·赫伯特及科幻小说的黄金时代》而入围雨果奖和轨迹奖的决赛名单，《经济学人》将这本书列为2018年最佳图书之一。他撰写了包括《图标窃贼》在内的三部悬疑小说，所著短篇小说常刊登于《类比》杂志。他的下一部作品是关于建筑设计师和未来主义者巴克米尼斯特·富勒。

我不该为伟大的尼尼微城担心，那里有超过12万分不清左右手的人，还有无数的动物。

——《约拿书》

一

"就是这儿了。"尤妮丝说着，打量着黑暗的海水。在这个深度，你什么都看不到，但它还是停了下来，双眼打量着前方的黑暗。声呐发现前方有大型物体，但它还要进行一次目视观察,这通常是最危险的部分。当你在一千米深的水下,光亮会引来不速之客。"我要观察一下。"

瓦格纳什么都没说。它本就寡言少语,有什么想法也不告诉别人。尤妮丝根据传感器收到的数据,尝试调转方位,并保证注意力集中。它已经从无数次类似的操作中捡回一条命,但这番操作依然非常困难。尤妮丝打开前向的探照灯,一道亮光刺入漆黑的海水,它准备好迎接下一步的发现。

它操纵探照灯左右搜索,一旦发现活动,就立即关闭探照灯。一开始的时候,尤妮丝只看到了漂浮的微粒,这看上去就像是阳光下的尘埃。但没过多久,它就看到一个灰色的物体进入眼帘。尤妮丝差点向后一跳,但它快速让自己冷静下来,然后发现面前是一块巨大的经过雕刻的白色物体,整个物体半埋在沙子里,看起来像是一条沉船的船首。

尤妮丝将探照灯对准海床,看到原本白色的浮渣变成了黑色的沉淀物。它稍稍松了口气,但依然保持警惕。它一眼就看出这堆鲸落历史悠久,但这毫无意义。有些东西还在附近游荡,所以尤妮丝依然保持警惕,准备随时撤退。

在雕像之后还有一串体型更小的雕像,看上去就像是一串墓碑,这些短小的雕像从海床上凸起,整齐排成一排。雕像两侧是一条条平行的沟壑,里面对称摆放着扭曲的长柄。所有这些都被一层白色的残留物覆盖。

这是一条灰鲸的骨骼。从对称的下颌骨到尾巴末端,这头灰鲸的骨骼有十三米长,或者是尤妮丝双臂展开的十倍长。它增强探照灯的亮度,直到海水中出现荧光,在海底投下一片真正的阴影。它启动推进器,身体下方的推进器带着它向着鲸落缓缓靠近,六条机械臂同时张开。

位于尤妮丝身体中部的瓦格纳终于打破了沉默,他问:"现在?"

"还不到时候。"尤妮丝慢慢前进,它头顶上方的各种指示灯纷纷亮了起来。自己在设计之初并不是为了快速远程航行,尤妮丝非常清楚这一点,所以一直保持警惕。这里可供藏身的地方太多了,虽然能量储备已经降到了警戒水平,但尤妮丝还是坚持迂回前进。

每一个鲸落都是与众不同的,尤妮丝仔细研究着眼前的鲸落。几十年前,一条死去的灰鲸落到了半深海带,带来的碳超过了两千年所能产生的总量。这里的低温和压力让尸体无法浮到海面,大量生物集聚于此,在这个远离阳光的地方形成了一个独特的生态系统。

尤妮丝检查着这里经常出现的生物,贻贝占据了形似鸟类颅骨眼窝的位置,整个颅骨的长度占据了灰鲸全长的三分之一。小螃蟹和蜗牛依附在鲸鱼骨头上一动不动。尤妮丝目之所及,都可以看到大量细菌在分解鲸鱼骨骼中的脂类物质,释放出大量硫化氢,保证这个独立的世界可以继续生存。除此之外,这里只有瓦格纳和尤妮丝。"好了,你可以开始了。"

瓦格纳默默解开安全带。它是个黑色的可伸缩的圆环——准确地说,是一个环形线圈——看上去就像一个救生圈。如果有必要,它还能展开一对小型副鳍,但是在这个深度,这对副鳍毫无用处,所以它选择将副鳍收起来。当它下潜至海床的时候,尤妮丝开始调整浮标,因为自身重量发生了变化。

环形线圈落在距离鲸落半米的位置。当大致固定自己的位置后,就开始确认方位。瓦格纳是个瞎子,但可以用其他方法了解周围环境,当尤妮丝向着鲸落中央前进的时候,瓦格纳开始在海床沙地上爬行。它的行动速度很慢，很难被发现，但是它选择的路线非常精确，20个小时的爬行过程中可以覆盖整片鲸落。等第一次扫描结束后，就会从头儿再来一遍。

在环形线圈的外围有一圈蓝色二极管，在尤妮丝头部下沿，也有类似的装置，二者就依靠这个装置保持视距内联络。瓦格纳发出信号："一切状态良好。"

"我会一直待命。"尤妮丝说完，就前往位于鲸落中央的待机点，这里是鲸鱼的胸腔，鲸鱼的肋骨早就散落得到处都是。它找到一个合适的位置，然后和鲸落里的居民做起了邻居。一个鲸落可能在一个世纪内都不会发生重大变化，但这是一个循序渐进的过程，随着不同的生物来来去去，鲸落也会发生变化。尤妮丝认为自己不过是个访客，它有时候不禁会想，当自己离开后，留下的痕迹又会持续多久。

对于来自外界的观察者来说，尤妮丝看起来就像是在水母透明的上半部身体后接着一个装有六个机械臂的金属圆筒。它上部直径不足半米，下沿等距布置了六个节点，每一个节点内部装有一个电子眼、探照灯和蓝色二极管。尤妮丝可以随时启动或者关闭这些设备，但它通常会启动所有的电子眼，确保自己能观察到各个方向。这影响了它的思维方式，摆在它面前的通常是各种可能，而不是单纯的几个选项，这又让它很难做出决定。

尤妮丝驱动机械臂慢慢向下，这样在蠕动或者需要急停的时候，分节式机械臂就可以完全放松。每一条机械臂都装备了三根相对的手指，既可以进行精细操作，也可以提供几百公斤的握力。现在，机械臂将它牢牢固定在沉淀物中，这样既可以减少能耗，还不会深深陷入海床，保证自己可以随时脱离。

尤妮丝不必检查就知道潜水器即将耗尽能量。瓦格纳还在继续工作，慢慢给自己充电，尤妮丝也关闭了主要系统。下次启程可能是好几天之后了，与此同时，尤妮丝将进入一种类似休眠的状态，只保留基本的意识。尤妮丝一方面要关注周围的环境和瓦格纳可能会分享的数据，另一方面要系统性地回顾之前的航行记录。

虽然尤妮丝的注意力放在最近的航程上，但它可以同时思考好几件事，它的一部分意识梦到了自己的家。这总是从最初的记忆开始，那时候它还有一根系留绳，身体在浅海中轻轻摇摆。潜水器一端固定在锚上，另一端依靠浮标漂在水面上，一个圆柱形物体不停地上下移动，看起来就像一个玩具电梯。

在海面两米以下的位置，挂着一个金属球体，球体表面还有三个突出的棍状物。在尤妮丝小时候，每当感到疲惫，就会游向电池吸收所需的能量。那时候，它认为这一切都是理所当然，但在那段不断收集能量的日子，这一切看起来太神奇了。每个电池可以同时供应三只六足水母充电，尤妮丝的其他姐妹则会在附近的水面等待，那看起来就像是池塘中被面包渣吸引的鱼群。

尤妮丝曾经询问这一切的工作原理。它经常将头部微微探出水面，和港口的詹姆斯聊天。詹姆斯端着控制器，坐在游艇上。他穿着红色的防风衣，这样十二只水母就知道他到底是谁。尤妮丝的面部识别功能非常有限，詹姆斯的脸对它来说就是一团棕色的虚影。

詹姆斯输入了自己的回答。这并不是尤妮丝的母语，而且要经过好几次翻译才能让尤妮丝理解詹姆斯的话。"我们管这叫深度循环，深度越深，水温越低。筒体上升进入温水，下降进入冷水。当它运动的时候，就产生电力，产生的电力传送到充电站。"

尤妮丝并不完全理解这是什么意思，但是接受了这个解释。它大多数时间都在水中上上下下，明白系留绳上的圆筒也可以给自己充电。"我明白啦。"

这似乎只是一场无关紧要的对话，但当尤妮丝回想起来，它认为这场对话代表着詹姆斯对自己感兴趣。尤妮丝是唯一问这个问题的水母，它猜测这就是为什么自己被选为五只离开家园的水母之一。直到出发前一刻，大家都不知道自己会不会被选中。所有水母都处于关机状态，等尤妮丝醒来，发现大家都已经到了观测点。

当尤妮丝潜入大洋之后，就感觉到了不同。它品尝着海水，陌生的味道让它应接不暇，过了很久才反应过来詹姆斯在和自己说话。"你准备好了吗？"

尤妮丝将注意力转到研究船上，一下就认出了那件红色防风衣。它说道："我觉得差不多了。"

"你会没事的。"詹姆斯说。尤妮丝听清了他说的每一个字。"祝你好运。"

"谢谢。"尤妮丝礼貌地答道。它的姐妹在周围上上下下。一道光照了下来，忒提斯开始下潜，克莱奥和狄俄涅紧随其后。嘉拉迪雅看着尤妮丝，还没来得及说一句话，就消失不见了。

尤妮丝打开注水舱开始注水，和其他同伴沉入大海。随着海水将它彻底包围，无线电也停止工作，它启动声呐，立即捕捉到了上方游艇传来的声音。当前深度，海水依然明亮，尤妮丝能感觉到其他四只水母在自己的下方组成一个圆形。

在两百米的深度，水母们启动了自己的探照灯，整个场面看起来就像是假日的灯光秀。它们花了四十分钟才到达目的地。随着周围的海水变得浑浊，尤妮丝的传感器检测到硫化物浓度上升。一秒之后，黑影之中出现了一片奇怪的地形，忒提斯作为第一个到达目的地的水母，向其他水母发送信息："我到了。"

尤妮丝开始减速。随着周围环境变得清晰起来，它才发现自己和同伴已经到达深海热泉喷口附近。在灯光的映衬下，周围的海水显出一种浑浊的蓝色。它看到大片的白蛤堆在一起，一些足有三十厘米长的个体栖身于岩缝之间，除此之外，还有各类螃蟹、贝类、虾，以及形似粉笔、顶端呈血红色的管蠕虫。

高温水流从喷口喷涌而出，相较于喷泉顶端的裂隙，周围区域的地质年龄更老，水母群很快确认了适宜开始行动的位置，但最终决定权在它们的队长忒提斯手里。忒提斯说："我们就从这里开始。"

当尤妮丝开始说话的时候，它感觉到固定在自己身体中部的瓦格纳，悄悄从身体上脱离。其他水母身上的环形线圈也纷纷脱离载体，在喷口周围等距分布，然后开始在沙地上不紧不慢地爬行。

尤妮丝在接下来的两天里都在探索。其他的姐妹都有自己的任务——地形测绘，分析沉淀物，分析化学成分——而尤妮丝的任务是对生态环境进行深入调查。所有的一切都将被记录下来，送回水面进行分析，而尤妮丝很快就沉迷于自己的工作中。滚烫的液体从喷口裂隙中喷射而出，粉色的虫子在巢穴中进进出出，而喷口碎片中的水晶则在闪闪发光。

与此同时，水母群还在继续自己的工作，在五十个小时之后，它们的努力得到了回报。在通常情况下，一只水母可以独立工作三天，然后才需要返回充电站。往返于充电站和测绘点意味着损失宝贵的时间，考虑到水母工作的区域，设计者们想出了一个优雅的解决方案。

这个方案完全基于喷口的自然特性。从喷口中喷涌而出的硫黄可以在黑暗中提供能量，细菌将硫化物转化为糖和氨基酸，而这两种物质是复杂食物网络的基础。在这种恶劣的环境下，生物只能以此为生，也可以让水母探测器在水下连续几周甚至几个月保持运转。

当尤妮丝发现能量不足的时候，就向瓦格纳移动。瓦格纳距离最初降落的位置不过几米远，但尤妮丝知道它一直在系统性采集沉淀物。在它们缓慢移动的过程中，会吸收四处漂浮的硫化物，为自己线圈内的微细胞电池充电。这种电池里装有基因改造的化能自养型细菌。

尤妮丝来到瓦格纳上方并释放信号，后者重新将自己固定在身体中部。当其他水母完成这一流程之后，尤妮丝感到一股能量流过全身。这是一种非常有效的充电手段，还让尤妮丝和自己研究的生物之间产生了一种更为紧密的联系，因为二者都是依靠同样的手段生存。

充电让水母们恢复活力，再次投入工作。每周都会有一只水母上浮，传输水母群收集的数据。这是唯一的通信手段，也是水母群与家乡唯一的联系。

到了第三周，轮到尤妮丝负责这项工作了。在追踪声学信号独自上浮几乎一个小时之后，它终于浮出了水面。游艇还停留在原来的位置，当尤妮丝游过去的时候，脑袋里出现了一个熟悉的声音："一切还好吗？"

一个网兜将它拉上了甲板。尤妮丝弯着身体站了起来，不自然的动作让它感到有些分不清方向，但它努力让自己看起来对此毫不在意。尤妮丝亮起信号灯，说："我很高兴能来这儿。"

尤妮丝并没有认出拿着网兜的人所穿的衣服。他将尤妮丝放进了船上的水箱里，当尤妮丝摆正了身体姿态，立即看到詹姆斯就坐在水箱附近。它不需要仔细清点人数，就知道船上的人类比自己刚到这里的时候要少。人类船员平时待在陆地上，只有收集数据的时候才会回到船上。尤妮丝只和詹姆斯说过话。

在传输数据的同时，尤妮丝问詹姆斯："你对我们的工作满意吗？"

詹姆斯的控制器收到了信息，于是回复："非常满意。"

尤妮丝听到这话非常开心。它一直思念着自己的家乡——在测绘结束之前，它不可能再见到充电站和其他七位姐妹——但它也想出色地完成任务。詹姆斯交给它一项重要任务，尤妮丝在训练快结束的时候，才明白其中的重要性。

一个月前，当港口内正在进行测试的时候，尤妮丝问詹姆斯，为什么他们没有研究海底喷泉喷口。经过几次信息交换之后，詹姆斯提供的答案也含混不清。"硫化物中有金属元素，日积月累就沉淀在那里。有些人认为其中有利可图。就算没人这么想，我们早晚也会开采海底喷口周围的矿物。我们几乎耗尽了陆地上的所有资源。现在我们将目光投向水下资源。"

尤妮丝消化着詹姆斯的话，但并不理解其中的意义，于是继续问："那我们呢？"

詹姆斯回答："如果要最小化对喷口周围生物的影响，我们要明白应该保护什么。你们将告诉我们到底有什么东西住在哪里。并不是所有人都关心这个问题，但是所有人都要遵守法律法规。我得从一切可能的地方寻找经费。"

尤妮丝非常明白最后一段话的意思。它知道经费是另一种形式的能量，没有经费，你就会死。但是，还有一个问题没有得到回答。尤妮丝问："你到底想让我做什么？"

詹姆斯立即回答："你要去我去不了的地方。那些喷口非常特别，有可能是生命开始的地方，那里富含化学成分，热能活跃，完全不受水面一切的影响。海洋是一个巨大的隔层，一个避难所。这是我们研究那里究竟有什么的好机会。而且——"

詹姆斯停顿了一下："而且喷泉随时可能停止活动。有些人想立即开始采矿作业。如果他们想说服其他人同意自己的计划，也不是没有可能。你的工作是，避免我们摧毁还不理解的东西。这就是我想让你完成的任务。"

尤妮丝还想到很多问题，但詹姆斯看上去三心二意，所以它没有继续提问。在测绘点再次看到詹姆斯，让尤妮丝想到了那次谈话，这让它带着一份使命感继续自己的工作。它早就注意到了海底喷口的美丽之处，但现在它对喷口的脆弱越发敏感。在它看来，也许自己可以为保护海底喷泉尽一份力。

然后，一切都变了。有一天，狄俄涅负责执行既定的数据传输工作，但它很快就返回水下，带来了令人不安的消息。它说："游艇不见了。"

所有水母都停下了自己的工作，它们身上的灯不停闪烁。"你确定吗？"

"我刚才完全按照流程上浮的。"狄俄涅说，"水面没有信号，无线电频道上什么也没有。"

经过大约十秒激烈的讨论之后，水母们认为这没什么大不了的，因为它们本就接受训练，认可了游艇会延误的可能性。它们得到的命令是，如果没有任何变化，就继续当前任务，如果没有收到信号，就在下一个既定时间点继续检查信号。

一周之后，克莱奥浮出水面，却还是一无所获。七天之后，轮到尤妮丝了。等它浮出水面，只看到空荡荡的海面，各个无线电频道里也什么都没有。它的无线电通信距离并不远，但可以肯定的是，方圆七公里范围内没有人发送任何信号。

尤妮丝再次下潜。在它返回水下的过程中，不断回想着詹姆斯曾经说过的话。他确实曾经对无法长期继续这个项目表达了担忧，虽然五只水母就这样被抛弃在这里似乎不可思议，但是尤妮丝必须把这个想法告诉自己的姐妹。

它选择了嘉拉迪雅。它们俩关系最亲密，但当它们到达海底喷泉区较为偏远的一角时，嘉拉迪雅还是对尤妮丝的话半信半疑。嘉拉迪雅说："我不知道我们还可以做什么。我们无法离开。你也看过地图。"

尤妮丝明白这话是什么意思。它们依靠稳定的硫化氢才能存活。如果没有硫化氢，那么储存的能量在三天内就会耗尽，如果离开这片海底喷泉，很难在其他地方找到补给硫化氢的地方。已知的海底喷泉平均距离有一百公里，在没有补给的情况下，水母们最多只能游三十公里。尤妮丝说："我们必须做点什么。"

"但我们正在工作。我们在执行命令。就目前而言，已经够了。"嘉拉迪雅转身游走了。尤妮丝停在原地，试图让自己相信姐姐说的没错，最后它们不过是继续自己的工作，无视自己内心的不安，它们可能永远留在这里，直到——

来自瓦格纳的信号打乱了它循环的信号。

"准备好了吗？"

尤妮丝浑身一抖。它过了一会儿才想起来自己在哪儿。它检查了一下自己，现在位于鲸落的中央，远离第一个喷泉喷口，它和姐妹们的生活不过是一个遥远的梦。它保持停滞状态足足八十个小时,环形线圈一直在为自己充电。

瓦格纳等待尤妮丝的回答。这不过是例行流程,但尤妮丝还有一件事没有告诉自己的同伴。这个鲸落位于自己旅途的中点。现在还有机会原路返回之前的喷泉喷口,只需要顺着洋流,完全无须逆流而动。到目前为止,尤妮丝完全没有考虑过这个可能。它专注于前进,知道自己如果继续前进,将毫无退路。

但是,它早就做出了决定。

"我们现在出发。"

尤妮丝从海底沙地中起身,游到瓦格纳上方,让后者牢牢固定在自己身上。它感到能量流入自己的身体,并试图借此鼓励自己。然后,尤妮丝开始上浮,离开这片鲸落。这里不过是一块垫脚石。自从与自己的姐妹在远离墨西哥海岸的东太平洋海隆分别,它独自旅行两千公里,向着位于西雅图的家前进。

二

尤妮丝关闭灯光,在黑暗中前进,它的传感器搜索着海水中的硫化物。经过无数次险情,周围环境依然非常恐怖。最困难的部分就是离开鲸落的庇护,在鲸落中休息时不必担心遭遇不测。尤妮丝被告知要时刻保护自己,不要冒险,在迈出下一步之前,一定要提高警惕。

在游动的同时,尤妮丝时刻记录自己和上一个鲸落的相对位置,现在二者之间已经距离十公里了。尤妮丝经验丰富,行事谨慎,但是鲸落在它的行进路线上完全是随机分布。尤妮丝只有一次成功的机会,它很早就明白,坚持和运气有时候比智力更重要。

它对照储存的海图，确认了自己的位置。相较于那些在鲸落之间随洋流迁徙的生物，尤妮丝掌握若干优势。它拥有一张记录所有海底喷口的海图，可以依靠航位推算法为自己导航，这是在半深海带唯一有效的导航手段。随着误差的增加，导航进度也会下降，所以每到达一个地标，尤妮丝就必须进行校准。到目前为止，情况还好。

根据地图显示，下一个热泉喷口在北方六十公里处，但尤妮丝只有到了那里才知道具体情况。一个喷口可能在几年或者几十年后消失，它有时到达预定目的地，却发现那里什么都没有。即便资料准确，中途也必须经过好几次充电。根据三十千米的有效航程计算，在掉头之前可以完成一半的路程，这就意味着必须在半径三十千米的范围内找到一个鲸落。

但是，下一个鲸落是否存在永远是概率事件，这意味着尤妮丝必须精确计算下一段路线。到目前为止，它已经优化了自己的行动计划。每当它找到一个新的鲸落，完成充电之后，就浮到水面搜索无线电信号。在享受了一段时间的光照之后，就再次下潜，向着北边喷泉喷口的大致方向前进。它已经游了将近十五公里，几乎是自己航程的极限，然后横向移动一公里，沿着一条稍微不同的航线继续前进。

尤妮丝和瓦格纳一样，在一片区域内仔细搜索，但它覆盖的范围更大。它的传感器检测到五百米远处的硫化物，正好和声呐的探测距离重叠。这种计算非常简单。在尤妮丝的活动范围内，有大约二十条可能的行进路线，它可以沿着每一条路线逐个搜索，直到找到下一个鲸落。

为了回家，它必须重复这个过程三百多次。最后储存的实际路线看起来就像是一片又一片的扇贝，每一个扇贝之间都有一条路线相连。到目前为止，它总可以找到一处新的鲸落，但有的时候，它不得不原路返回，有大约二十条可能的路线但都无功而返。尤妮丝只能回到之前的鲸落，沿着全新的路线前进。这是一个非常枯燥的流程，但尤妮丝非常有耐心。

现在这是它第五次从上一个鲸落出发，进行十三公里的探索，很快尤妮丝将不得不返回掉头。不论它重复多少次这样的过程，离开鲸落的保护总是一场对勇气的考验。由于灯光可能会招来捕食者，所以尤妮丝总是关闭灯光，完全依靠传感器和导航系统。在压力较低的海层里，尤妮丝可以游更远的距离，但是它必须停留在距离海床几百米的深度，以便在黑暗中不漏掉每一个细节。

对于一套不容忍任何错误的系统来说，整个过程非常单调，它可能一连几个小时都在思考。尤妮丝在航行过程中，不停地查阅自己储存的资料，分析鲸落的分布规律，但这只占用了它很少一部分的处理运算能力。尤妮丝被设计用来观察和分析，在孤寂的环境中，它的意识不可避免地开始分析自己。尤妮丝自己就是最容易得手的分析材料，即便是它的设计者，对尤妮丝的内心世界也只有大致的了解，不知道这种自我分析会造成怎样的结果。

当这次的既定航线即将结束的时候，尤妮丝又想起自己决定单独行动的那一天。和研究船失去联系已经有好几个月了，五只水母依然每周轮流浮出水面，但游艇已经不见踪影。在经过一番讨论之后，尤妮丝自愿上浮启动紧急信标，这种信标只要充电一次，就可以连续好几天发送大功率信号。

这就给了尤妮丝思考的时间。詹姆斯曾经警告过它，这个项目可能随时会被叫停，如果情况真是如此，下一阶段行动的开始不过是一个时间问题。尤妮丝不知道采矿作业将如何进行，但它相信这将带来破坏性的后果。即便采矿作业不会破坏喷口，也存在其他的危险。而它不打算留下来目睹这场灾难。

当信标电量耗尽之后，尤妮丝依然没有收到任何回复，它在水面又停留了一个小时，然后才开始下潜。当它返回海底喷泉区的时候，看到其他同伴似乎并没有因此而感到困扰，又或者这只是尤妮丝的一厢情愿。由于水母们各有各的想法，所以很难达成一个统一的行动计划，而其他备选方案又显得太过普通。实际上，这种平衡非常不稳定，一旦发生争执，就会以极快的速度恶化。

有一天，尤妮丝从之前完成测绘的区域返回，却只在充电区看到三名同伴。它用灯光信号问道："忒提斯去哪儿了？"

嘉拉迪雅答道："走了。它一个小时前上浮去水面了。"

就在尤妮丝对此表示难以置信的时候，其他水母说忒提斯去透光层，启动了自己的紧急信标，然后关闭主要系统，随着洋流漂流。狄俄涅试图为忒提斯辩护："我们在这里的工作已经完成了。我们不过是在重复任务罢了。这是传回数据的最佳方案。它早晚会被人发现。"

尤妮丝一时不知说什么。体积这么小的物体在海洋中被发现的概率几乎为零，而且这里的洋流只会带着它们向南漂流，远离自己的家乡。它希望向自己的同伴说明这一点，但它们似乎并不理解。到了第二天，当它完成测绘返回时，却发现克莱奥也不见了。

两位同伴的连续离去，终于激化了尤妮丝心中某种积郁很久的东西。尤妮丝叫来了嘉拉迪雅和狄俄涅，等它俩在海床上固定好后，它说道："忒提斯说得没错，我们的任务已经完成了。但如果我们不提交数据，采矿作业可能会摧毁这个喷泉喷口。"

尤妮丝见它们并没有听进自己的话，就换了一个姐妹们更能理解的说法："我们可以留在喷口，等着游艇回来。我们也可以随着洋流漂流，希望自己被冲上岸之后，有人能够发现我们。又或者，我们可以离开这里，自己独立回家。"

狄俄涅困惑地说："这不可能。我们得沿着喷口向北走，而且我们已经计算过所有的路线。这根本不可能。在充电之前，我们的储能就会耗尽。"

尤妮丝说："我明白。还有一个办法，我们可以沿着鲸落前进。"

它的同伴依然非常困惑，所以尤妮丝开始从头解释："我就是用来研究这种生态系统的。当一只鲸鱼在靠近海岸的区域死亡时，尸体会自然分解。但在公海上，鲸鱼的尸体会落入半深海带。如果海水的深度和温度符合条件，尸体会在原地保留很久，足以形成一个特殊的群落。而其中的一种衍生物就是硫化氢。"

它快速将这些信息发送给自己的同伴："鲸落的发展分为三个阶段。首先，软组织会被食腐动物吃光，这个过程将持续两年。然后，蠕虫这样的富集生物会占领骨骼，这个过程又会持续两年。最后，细菌将会占领剩下的部分。这些亲硫细菌会分解骨骼，释放出硫化氢。这个过程大概会持续一个世纪。而海洋里有很多这样的鲸落。"

尤妮丝说话的时候，在共享意识空间内调出了一张地图，上面显示着北美沿岸已知的海底喷口。"整个海洋中只有五百个确认位置的喷口，并不足以支持我们回家。但在任何时候，你都能找到几万个鲸落,而且鲸落之间的距离很短,足够动物在鲸落之间转移。不然的话,这些动物绝对不会进化出适应这种环境的能力。鲸落之间的距离最短可能只有二十公里。在这片区域,这个距离可能更短。"

尤妮丝在地图上又加上了一层从北冰洋一直延伸到墨西哥湾的模型。这是灰鲸的年度迁徙路线。它们的南方栖息地到北面的狩猎区之间的距离有两万公里。在每年的迁徙途中,有五百只鲸鱼死亡,尸体沉入水下。它们迁徙的路线刚好和我们所处的洋脊重合。如果我没错的话,我们可以从一个鲸落转移到另一个鲸落,这就像是锁链上的一个个小环,只要找到正确的路线就可以了。

它用十秒钟发送了相关数据,但随之而来的沉默则显得异常漫长。到了最后,狄俄涅继续自己的工作,嘉拉迪雅又在原地停留了一会儿。

到了第二天,狄俄涅上浮前往水面。尤妮丝目睹了狄俄涅的失败,当它回去找最后一位同伴的时候,感到自己背负起了整个团队的历史。"我要留下来。喷口总是在发生变化。我可以继续完成测绘。也许某一天,这些数据还派得上用场。而且没有进一步的命令,我也不会离开这儿。"嘉拉迪雅说。

尤妮丝分析着这些话,然后说:"我明白了,把你所有的数据发给我。"

它们俩贴近彼此,二极管不停闪烁,嘉拉迪雅将所有数据都传给了尤妮丝。当传输结束之后,它们又停在原地一分钟,然后嘉拉迪雅消失在洋脊的另一侧。

尤妮丝游到充电区,瓦格纳和嘉拉迪雅的充电线圈正在沉淀物上爬行。它问道:"充电完成了吗?"

瓦格纳用蓝色二极管回复道:"充电完成百分之九十。"

尤妮丝知道自己应该等充电完成,但是担心自己如果现在犹豫,就永远不会离开这儿了。它说道:"现在出发,我们不会回来了。"

瓦格纳一言不发,从海床上浮,将自己固定在尤妮丝身上。它不禁在想,瓦格纳对自己的计划有何想法,但看起来瓦格纳会毫无怨言地跟着自己。当它们做好准备,就动身穿过了海底喷泉区。嘉拉迪雅早就脱离了视线范围,所以也没有收到任何来自它的信息。

尤妮丝尽可能沿着海底裂隙前进。在它的下方,贝壳类生物和管蠕虫越来越少,一公里之后,海水中的硫化物含量已经降至基本数值。它们来到了海底喷泉区的边缘。有那么一会儿,尤妮丝想到了自己携带的数据。如果它可以及时将数据送回去,也许海底喷泉还能不被摧毁,这个念头让尤妮丝下定决心继续前进。

尤妮丝离开了海底喷泉区,关掉探照灯以节约能量。当进入地图上的位置区域后,它告诉自己,自己不过是在重走各种生物已经走了几百万年的路线。它花了几个月研究硫化物支撑起来的生物网,做好了面对这次旅途的万全准备。

但是,这并不意味着尤妮丝每次都能成功。在第一次实验中,尤妮丝走过了整条预定路径,但什么都没找到。掉头折返并不容易,它沿着一条不同的路径返回时,就知道再次离开喷口会更加困难。随着海水中的硫化物浓度提升,尤妮丝启动了探照灯。到处都没有嘉拉迪雅的身影,尤妮丝担心如果再次遇到自己的姐妹,就再也不会离开了。

尤妮丝在海底喷泉区的边缘选择了一块喷泉区,然后等待瓦格纳完成充电。当尤妮丝开始第二次探索的时候，它知道自己非常害怕。它给同伴展示的计划非常有说服力，但这个计划是建立在大量假设之上，而且很有可能经不起实践的考验。

它在第三次探索中找到了一处鲸落。尤妮丝事后认为这完全是自己运气好，它很少有机会能这么快找到一处鲸落。如果不是这么快就找到了第一处鲸落，它可能就会放弃这次行动。事实证明，虽然这只是返航路径上几百个鲸落中的第一个，但它的出现坚定了尤妮丝继续前进的意志。

这条路线非常单调，但就是尤妮丝的设计者也想不到它的意志多么强大。当尤妮丝在普吉湾进行测试的时候，詹姆斯在游艇上解释道："在过去，科学家用特制潜水器探索深海。潜水器可没你聪明，所以只能用有线控制。"

尤妮丝试图相信自己身后拖着一条连接到水面的线缆，这个画面过于荒诞，它甚至以为自己理解错了。"在那之后，他们又干了些什么？"

"他们把能用的办法都试了一遍。无线电不可能穿过海水，如果使用声学通信手段，还要面对干扰和延迟的问题。潜水器必须能自动驾驶，独立完成任务。最后，还要学会独立思考。"

尤妮丝问了一个很久都不敢提的问题："还有多少只和我一样的水母？"

"陆地上有很多。但是水里没多少。你和你的姐妹是仅有的十二只采用这种设计的水母。你也很特别，和其他水母不同，你居然会提问。"

尤妮丝喜欢这个回答，在黑暗中孤独前行的时候经常会想到它。有的时候，尤妮丝好奇当自己回去之后，詹姆斯会说什么。尤妮丝已经和以前不同了，它也不知道詹姆斯和其他七位姐妹会作何反应。也许，它们会以为自己违反了命令——

尤妮丝的意识忽然回到了当下。它的传感器捕捉到了硫化物的踪迹。它几乎走完了这段路线，如果多走几百米，就可能与之失之交臂。尤妮丝顺着硫化物的浓度修正轨迹，声呐发现了一些大型物体。"我们很快就到了。"

瓦格纳并没有回答。尤妮丝努力辨认声呐传回的图像。现在距离鲸落不过几米，根据速度感应器传来的信号，这个鲸落非常活跃。

尤妮丝小心翼翼地用探照灯打量着这片区域。鲸落正处于第二阶段，这意味着鲸落形成时间不足两年。鲸鱼尸体的大多数软组织已经被吃光，蠕虫聚落和菌群像一片片蜘蛛网，从鲸鱼骨骼上垂了下来，到处都能看到盲鳗的身影。这些盲鳗体长半米，有着松软的灰色皮肤和扁平的尾巴，它们将身体扭成一团，努力向鲸鱼尸体内部钻去。

尤妮丝用探照灯仔细观察着海床。细菌已经开始工作，沉淀物肯定富含硫化物，但它不喜欢这里。鲸落里的生物越多，越有可能出现麻烦，但是留给尤妮丝的选择不多了。它说道："我要靠近一点儿。"

尤妮丝继续环绕着鲸落游动，探照灯的灯光让盲鳗越发活跃。它知道只要自己保持距离，盲鳗也不会找自己的麻烦，但真正棘手的问题是找到一个合适的位置——

它看到了一个黑影。这团黑影一直悬挂在鲸落的边缘，当尤妮丝刚刚看到一只白色的眼睛和一张大嘴时，就遭到了攻击。

尤妮丝关闭了探照灯，但这已经太迟了。一只睡鲨可以在水中一动不动漂浮几个小时，当发现猎物的时候，就会高速接近目标。这就好像是一个陷阱，只要一个微小的动作就会被触发。睡鲨张大嘴巴冲向尤妮丝，还没等尤妮丝做出反应，就被睡鲨吸了进去。虽然尤妮丝极力反抗，但睡鲨已经咬住了它的头部和一条机械臂。睡鲨疯狂甩动着脑袋，尤妮丝感觉到鲨鱼尖锐的牙齿咬在了自己光滑的头部。

位于它身体中部的瓦格纳立即警觉了起来，问道："这是什么东西？"

尤妮丝无法回答。它的一只机械臂被咬住，但其他机械臂还可以活动，在睡鲨努力吞下尤妮丝的时候，它抬起两只距离睡鲨最近的机械臂，努力刺向睡鲨的颅骨侧面。尤妮丝碰到了一些柔软的东西，它不知道这是什么——有可能是睡鲨的左眼——但它将手指收在一起，顺着一个开口戳了进去。

睡鲨的身体抽搐了一下。尤妮丝的机械臂在睡鲨脑袋右边又找到了一处柔软的位置，就势戳了下去。睡鲨嘴上的力道丝毫没有放松。尤妮丝的机械臂继续向下钻去，努力不去想自己到底摸到了什么，其余的机械臂也伸进睡鲨嘴里，深入喉咙，击穿了睡鲨的上颚。

海水中弥漫着机油和鲜血。睡鲨还在继续战斗，大脑一直在指挥身体进行一场疯狂的斗争。但最终，睡鲨的身体松弛了下来。尤妮丝抽出机械臂，终于让自己恢复了自由。睡鲨的尸体落到了海床上，这片水域立即热闹了起来。尤妮丝做好准备面对下一次攻击，但这不过是盲鳗为不期而至的新食物所吸引。

尤妮丝来到鲸落的边缘，将自己埋进沙子里，尽可能减少暴露面积。传感器显示周围没有任何生物，但是它一动不动继续等待，直到确认这里只有自己。终于，它说道："开始行动。"

瓦格纳从尤妮丝身上脱离了，它的一举一动中带着一种很不情愿的感觉。瓦格纳没有问到底发生了什么。随着它在海床上越爬越远，尤妮丝依然保持全功率运转。这次死里逃生让它大吃一惊，在它用电子眼扫描周围环境的时候，感到内心出现了一种全新的情绪。

这只睡鲨不过是为了自己的生存而努力。如果尤妮丝更小心一点，就可以躲开睡鲨，大家相安无事。但是，尤妮丝不得不因为自己的不小心而杀了这只睡鲨。就在尤妮丝为睡鲨感到难过的时候，它忽然认为自己永远都不可能回家了。

三

在之后的几个月里，尤妮丝越发注意时间。随着它沿着散落的鲸落继续前进，那条睡鲨也被抛在脑后。但是，这只睡鲨还在纠缠着尤妮丝，每当它遇到全新的未知事物时，就会想到这只鲨鱼，就好像每个活物都会想到死亡。

在那次攻击之后，尤妮丝花了几天时间检查各项系统。它没有发现严重的损伤，当瓦格纳完成充电之后，尤妮丝就关闭了探照灯继续前进。每当它回到这座鲸落时，即便没有其他捕食者，一股恐惧感也会油然而生。当它找到一座新的鲸落为自己充电时，心里终于松了口气。

但变化总是不期而至。在过去，它会想象自己在旅途的终点会看到什么，也许可以看到詹姆斯、充电站、留在家里的七位姐妹。有的时候，它还会想象看到嘉拉迪雅和其他在海底喷泉区工作的姐妹，就好像它们也奇迹般地回到家乡。这不过是对未来的幻想，但现在尤妮丝将这些放到一边，心里只有那根系留绳的样子。

有的时候，情况也会发生一些变化，尤妮丝时不时会找到一座新的海底喷泉。这是自遭遇鲨鱼袭击之后遇到的第一座海底喷泉。这座喷泉形成时间较短，流动的岩浆周围还能看到闪烁的玻璃，管蠕虫相互堆叠达到了两米高，没有触手的水母吸附在岩石上。尤妮丝看到此景，试图让自己冷静下来，一时间甚至想留在这里，但最后还是决定继续前进。海底喷泉不可能永远存在，早晚有一天会解体。

几天之后，尤妮丝在一处新的鲸落完成充电，上浮到水面寻找无线电信号。它来到透光层，周围的海水越发明亮，速度感应器发现了一个信号。头顶上方出现了一个巨大的物体。

这是一条鲸鱼。尤妮丝放慢速度，欣赏着鲸鱼在阳光的映衬下缓缓游过。这条鲸鱼全长达到十五米，皮肤呈深灰色，寄生虫在它身上留下了白色的斑块。尤妮丝可以看到鲸鱼喉咙下方平行的线条。在不远处还有两条鲸鱼。尤妮丝停在原地，直到最后两条鲸鱼游过。最后一条鲸鱼身旁还有一个体型较小、身体几乎全黑的鲸鱼。这是一条母鲸和幼崽。

尤妮丝看着眼前的鲸群，想到的是忒提斯、嘉拉迪雅、狄俄涅、克莱奥和其他七位留在西雅图的姐妹。它在想嘉拉迪雅是否还留在喷泉区，还是被采矿作业冲走了——

尤妮丝忽然想到了什么，立即全力追赶这群鲸鱼。现在这群鲸鱼已经游到了几百米开外，但是它不打算放弃自己忽然想到的可能。

它扔掉了下层水箱，让自己快速上浮，竭尽全力向水面游去。瓦格纳注意到了这一点，于是问道："出什么事了？"

尤妮丝什么都没说。鲸群沿着常规迁徙路线向北移动，行动路线刚好和海岸线重合。如果可以悄悄搭在一条鲸鱼身上而不被发现，就可以快速行进几百公里而不必消耗过多的能量。而它要做的，就是追上鲸群。

尤妮丝很快就要追上了，它逼近自己的设计极限，全力冲刺——

——然后失败了。鲸群的速度比尤妮丝更快，它也没有及时想到这一点。它浮出水面，六个电子眼观察着周围。太阳高高地挂在天上，周围只有空荡荡的洋面。

尤妮丝看着鲸群离开的方向，一条鲸鱼发出了鸣叫。鲸鱼喷出一条白色的水珠，宽阔的后背露出水面，然后尾鳍再没入水中。尤妮丝记下了鲸群的运动路线。如果这就是它们的迁徙路线，那么沿此前进是一个不错的选择，因为这条迁徙路线上一定散布着大量鲸鱼尸体。

尤妮丝将这条路线加入数据库，然后再次下潜。在它看来，如果不能骑着活鲸鱼前进，那就让鲸鱼的尸体为自己开辟前进的道路吧。尤妮丝还记得，每一种语言都有一个词对应大海，有一种古老的语言将大海称为鲸鱼之路。

时间又过去了好几周，眼前的路似乎漫无尽头。但不可否认的是，尤妮丝距离目的地越来越近了。有的时候，尤妮丝心中也会燃起希望，但随之而来的变数就让它感到自己在自欺欺人。

当时，尤妮丝正在寻找下一个鲸落。它在距离鲸落五公里的地方，忽然感到自己浑身虚弱。一开始，它以为这不过是自己的想象，但随着移动速度越来越慢，尤妮丝终于面对了现实。它的能量即将耗尽，而自己还没有走完这一段搜索路径，如果现在失败了，就永远回不了家了。

到头来，还是好运气拯救了尤妮丝。当时，它刚走完一条搜索路径，正在向南移动，希望以此走完剩下的路。它调整了一下浮力配置，从海床开始上浮。在这个位置，它检测不到任何新的鲸落,但现在更重要的是返回上一个鲸落。

当尤妮丝上升到距离海面三百米的位置,它感觉到洋流正在向北流动。于是,它关闭其他系统,只留下导航系统和基本的行动能力,让自己随着洋流漂流了四公里。根据航行推算法到达上一个鲸落附近时,尤妮丝就开始下潜。

当尤妮丝到达鲸落时,储存的能量几乎见底。随着瓦格纳开始工作,尤妮丝将自己固定在海底,开始评估当前的形势。系统崩溃不过是时间问题,但刚才发生的是一次故障,而不是系统容量的衰减。最近它已经开始感到疲惫,尤妮丝认为这是紧张和犹豫的综合影响,但现在可以确定自己的单次航行距离已经开始衰减。

对于这个问题,有若干种解释方案,但每一个方案都令人非常不悦。它怀疑可能是电池出现问题,现在电池已经经过几百次充电和放电,但当前的困境可能是多种因素综合作用的结果。瓦格纳的电池可能已经老化,这很有可能是因为睡鲨的攻击,当时留下的损伤现在终于显现了出来。

尤妮丝执行了多次系统诊断,却没有得到多少有用的信息。现在的重点是明确具体出了什么问题。当瓦格纳充电完成后,尤妮丝将不会出发前往下一个鲸落,而是进行一次测试。它将绕着现在的位置不停画圈,直到自己的能量完全耗尽。尤妮丝绕了还不到四十圈,在计算了自己的实际运行距离之后,它发现自己的单次有效航程已经从三十千米下降到二十五千米。

这个数值非常不乐观。根据自己储存的数据,这片海域中鲸落的平均距离是十千米。如果单次有效航程继续衰减的话,尤妮丝有可能就无法到达下一个鲸落。这场关乎生存的竞赛越发向着不利于尤妮丝的境地发展。现在每一条既定路径都是一次冒险。

这让尤妮丝面对一个艰难的选择。如果单次有效航程下降到二十千米以下,或者尤妮丝被困在两座鲸落之间,那么它就不得不停止自己的归乡之旅。它将继续前进,直到自己动弹不得,就浮到水面,启动紧急信标,然后关闭系统,希望在信标停止运作之前,有人可以发现自己。

它并没有将这一切告诉瓦格纳,后者现在越发沉默,似乎在为之后的挑战积攒力气。它们很快就要回家了,但尤妮丝的进度却越发缓慢,也许它们永远也到不了家了。它将注意力集中于眼前的每一段航程,努力不去想整个地区的地图。

有一天,尤妮丝发现了一座与众不同的鲸落。当它在鲸鱼脊椎上寻找落脚点时,发现一些僵硬的圆圈附着在肋骨上,尤妮丝过了一会儿,才反应过来这些都是人造物。

由于尤妮丝没有像平常一样下达充电命令,瓦格纳惊讶地问:"出什么事了?"

"等一等。"尤妮丝开始分析眼前的一切。这些圆圈是金属材质,现在已经氧化生锈。它有时可以看到被鱼叉穿刺的鲸鱼尸体,但眼前的这个却与众不同。

尤妮丝渐渐明白了是怎么回事。这些金属圆环是压舱物,这条鲸鱼的尸体是特意被沉入水下。这里是一处实验鲸落。自然环境下的鲸落难以定位,所以科学家特意将尸体沉入水下进行研究。这意味着人类曾经来过这里,尤妮丝距离文明世界越来越近了。

从地图上看,尤妮丝距离西雅图还很远,但它实在控制不住浮出水面看一看的冲动。当瓦格纳完成充电,尤妮丝就浮到了水面。这里距离陆地很远,周围没有人类活动的迹象,但它还是满心期待地打开了无线电。它还记得在近岸地区的无线电交流——它经常可以听到其他人之间的无线电通信——但是它还在通信距离之外。然而毫无疑问的是，它离家越来越近了。

虽然一无所获，但是尤妮丝心中腾起了希望。它很久没有发现人类的踪迹了，这似乎是一种暗示。几周以来，它第一次觉得自己真的可以回家，再次潜入水中，意识到自己一直在等待这种感觉。

终于，尤妮丝来到了最后一处鲸落。它现在距离目的地已经很近了。在核对了自己的位置之后，它发现自己离家不过三十公里。虽然上方什么都看不到，海岸还藏在地平线之后，无线电还处于通信距离之外。但毫无疑问的是，它离家已经很近了。

当尤妮丝回到鲸落之后，就越发小心行事。现在，它距离自己的目的地已经很近了，它希望一鼓作气游回家，但心里也非常清楚，自己必须更加小心谨慎。前方已经没有可以提供补给的鲸落了。在浅水中，尸体会漂浮起来，这意味着它将脱离鲸群之路。

当瓦格纳固定自己之后，它们离开鲸落向东进发。尤妮丝回头看了一眼鲸落四散的骨头，知道自己再也看不到任何鲸落，必须面对未来的各种挑战。游戏规则已经发生了改变。它还要游三十公里，而自己的单次有效航程是二十五公里左右，所以尤妮丝必须利用自身条件和洋流。

尤妮丝利用自身动力下潜，到达通向西雅图的海峡。这里的深度是二百五十米，而在海峡底部是一片没有光照的黑暗地带。它将自己固定在石缝中，以最低能耗等待了一整天，观察周围的水体环境。正如尤妮丝所预料的那样，在涨潮的时候，水流向东运动，正好就是自己前进的方向。至于剩下的，就是把握时机了。

当开始涨潮的时候，尤妮丝开始随波逐流。在漂流的同时，它关闭了所有复杂的功能，在六个小时里漂流了将近两公里。然后，它再次将自己固定，等待退潮结束。

在四天的时间里，同样的操作重复了八次。当导航系统提示已经进入无线电信号范围的时候，尤妮丝遏制住浮出水面的冲动。浅水区中道路复杂，自己必须竭尽全力小心行事。

尤妮丝一边随波逐流，一边计算自己的位置。这里需要多次试错才能找到正确的路线。有的时候，它会让水流载着自己漂半公里左右，但通常不需要这么远。它在节约能量，但耐心也在逐渐耗尽。

还剩十公里。尤妮丝估计，剩余的能量足够完成一条十公里的直线航程，但是各种机动动作也会消耗能量，在完成最后一次计算之后，尤妮丝做出了决定。从现在开始将没有回头路，但有些话它必须先告诉瓦格纳："谢谢。"

即便瓦格纳仔细分析这句话有什么意义，它也什么都没说。尤妮丝从海底上浮全速前进，用上了积攒的所有能量。

这条路线非常困难。尤妮丝不得不在海湾和水道之间小心穿行，虽然前方道路非常明确，但是在维持最低能耗的前提下就显得非常困难。让尤妮丝感到烦恼的是，有时因为计算错误，它不得不掉头换一条路。

每一次错误都要付出代价，随着所犯的错误越来越多，尤妮丝感觉自己的能耗速度比预期更快。尤妮丝很快将到达目的地，但自己也越来越虚弱。它心中腾起一股绝望，打算用最后的能量浮出水面，要么让其他人发现自己，要么再看最后一眼阳光。

尤妮丝感到瓦格纳动了动。它们现在处于浅海中，没有半深海区的巨大压力，瓦格纳似乎想起了什么。

随着尤妮丝越发虚弱，瓦格纳展开了身体两侧的副鳍。在环境允许的时候，瓦格纳可以模仿蝠鲼的动作，现在它的身体从环形变成了菱形。尤妮丝感到了瓦格纳的动作，后者在继续前进的同时，要求尤妮丝提供区域地图。瓦格纳对尤妮丝说："坚持住。"

尤妮丝已经没有回答的力气了。瓦格纳能做的只是让它们保持航向，虽然现在移动速度非常缓慢，但好歹是在继续前进。尤妮丝发现距离目的地越来越近了，它的脑海中都是那根系留绳的样子。过了一会儿，尤妮丝才发现这并不单单是自己的想象。

它看到眼前的水体黑暗浑浊。前方似乎有一条细线将水体一分为二，看起来就像有人在水中用铅笔画了条线。这是充电站。

尤妮丝开始上浮。随着瓦格纳开始调整上浮的角度，尤妮丝终于接触到了漂浮在水面的充电站。尤妮丝一时以为自己是在鲸落的庇护下做梦，又或者是自己在鲨鱼闭上嘴巴前的幻觉。

尤妮丝和充电站对接，立即感觉到一股能量涌入体内。这种甜蜜的感觉和记忆中的一模一样，随着吸收的能量越来越多，尤妮丝的六重意识中充斥着难以置信、感激、放松等各种感觉。

当尤妮丝感觉恢复意识之后，发现周围的水体非常浑浊。它原本以为是自己意识不清，但现在看来并非如此。光线出了问题。它打量着上方，发现自己距离水面不过几米。充电还没有完成，但尤妮丝真的等不及了。

它脱离充电站，准备完成旅途的最后一段路程，浮出水面看看自己经过长途跋涉，一直向往的目的地。它感觉到瓦格纳在水下打算说点什么。

充电站安装在港湾内被遮蔽的区域，距离两艘研究船停靠的位置并不远，其中一艘船的大小是另一艘的两倍。两艘船还在原地，但是和记忆中的样子完全不同。两艘船倒向一边，船底锈迹斑斑，上层结构随处可见棕色的污迹和掉落的油漆。

尤妮丝打量着水面，发现这里长满了大片海草和蓍草。在距离码头比较远的地方，还可以看到一座有着黄铜色屋顶和长方形窗户的灰色水泥建筑。尤妮丝以前都可以看到这栋建筑，但现在朝向码头的一面却长满了常青藤。屋檐上覆盖着鸟粪。

尤妮丝打量着岸边的其他建筑，每一座建筑的表面都长满了常春藤，看上去被人类抛弃了。海边公路上的沥青开裂，裂缝里长出了高高的野草，野草顶端已经开出了黄色的小花。大自然重新征服了这座城市，人类的痕迹正在被逐渐抹去。

尤妮丝启动了无线电，但是什么都没有收到，要是换在以前，可以听到大量噪声。它扫描着每个频率，寻找生命的迹象，怀疑无线电是否早已损坏，但它渐渐明白了是怎么回事。

詹姆斯曾经说过，他们时间不多了。尤妮丝以为他说的是他们在一起的时间，但现在它明白詹姆斯说的是其他事情。整个世界都安静了，不仅仅是人类不见了，就连陆地上的同类都不见了。在这场毁灭自己创造物的灾难中，尤妮丝同类的线路也不能幸免。

但还有一个地方幸免于难。当这场灾难爆发的时候，尤妮丝和自己的姐妹正处于半深海区。詹姆斯曾经说过，海洋是一道隔离带，一个避难所——

尤妮丝一开始看到了一团黑影，然后看到了一个熟悉的轮廊。它就这么盯着,一句话也说不出,直到自己的七位同类纷纷现身。

瓦格纳一直等着它说话,于是问:"你到底看到什么了?"

尤妮丝想着这片被毁灭的城市,不知道该对瓦格纳说什么。忽然,它想到了一样很熟悉的东西。

"另一个鲸落。"它说完就游向了自己的同类。

重逢

范达娜·辛格

范达娜·辛格（vandana-writes.com）现居于波士顿地区，是一位来自印度的科幻小说家和物理学家。虽然她的专业是理论物理学，但近年来的工作是科学、社科和研究人类学跨学科气候变化。她的作品荣获卡尔·布兰登视差奖，并获得提普垂奖、英国科幻协会奖、法国幻想文学大奖和菲利普·K.迪克奖提名。她的短篇小说被收录在《自以为是一颗星球的女人》和《模糊机器》中。

当马华醒来的时候，第一眼看到的是一张地图。这张地图标记了自己一生的轨迹，是自己心底的渴望，自己开发的全新技术的抽象体现。实际情况是，那不过是天花板石膏上的一道裂缝。这条裂缝看起来像是她学生时代的德里，又像是恒河三角洲的俯视图。裂缝较宽的位置周围，还有一些细小的裂缝，大大小小的裂缝不断延伸，相互连接，最后形成了一张犹如树叶叶脉一般的网络。她已经在床上躺了好几个小时，研究天花板上的裂隙，脑袋中想象着一片片树叶，努力拖延着不可回避的结果。但到了当天晚些时候，记者就会上门。马华一想到这个记者，以及他可能带来关于拉胡的消息——这可是这么多年来头一次——她就心痛不已。马华反复告诫自己，我要做好准备。这个来自巴西的男人，不过是确认自己早就知道的事情。马华现在已经不再会见记者了，他们总是称她为大转折中的女英雄，这可真是荒唐！但这个男人却说，他掌握了关于拉胡的消息。马华不停地深呼吸，努力让自己冷静下来，然后小心翼翼地从床上起来。她双腿颤颤巍巍，这两条腿七十年来从没有辜负过马华。

她在昏暗的厨房给自己泡了杯茶。其他人很快就会下楼。马华已经听到楼上传来吱吱呀呀的地板声、说话声、刚睡醒跟跟跄跄的走路声，和马桶冲水的声音。这栋房子里住了二十三个人，三间洗手间略显不足，住户免不了要排队或者严格控制自己的膀胱。马华站在窗边慢慢喝茶，她看着日出，听着八哥、鸽子和森林中各种嘈杂的声音，以及叫不出名字的鸟叫。现在天色已经亮了起来，你可以看清林间的树木和山下住宅的蔬菜园。从马华所在的位置，向西南方向可以看到曾经的孟买，这座猴王时代最伟大的城市。从远处看过去，玻璃外墙的高塔屹立于被湮没的街道上，阳光照在上面反射出一片金光。她看到建筑上眼睛一般的破洞，这些都是风暴和人类暴力的杰作。大海已经吞没了这座城市，鱼在往日的查尼路上游来游去，螃蟹和贝类在国家股票交易所里安家。渔夫们将渔船开到了大街上，马华感觉自己在海风中不仅听到了海鸟的叫声，还听到了渔夫的呼喊。

马华转过身，看到小家伙米娜顶着一头乱糟糟的头发，一步两个楼梯冲下了楼。米娜问："我错过了吗？"

"没有,快过来看!"

她们二人一起站在窗边。山脚下的大河还在阴影的笼罩之下,静等着阳光的到来。快看!阳光照亮了大山的轮廓。大河弯折之处看起来就像是用烈焰在大地上写出的文字。河流两边的沼泽地更暗一些,看起来就像宝剑上生出的锈斑。这是一个饱含诗意的瞬间,阳光如一把笔刷,在水面上畅意书写。在大山另一侧的太阳能发电塔开始缓缓转动,太阳能电池板对准了太阳的方向。一群鸭子从沼泽地边缘的红树林上空飞过,在空中画了半个弧线,然后落在芦苇丛里。

由于季风影响,米提河水位高涨。二十年前,河边有一座废物处理厂,旁边还有匆匆建起的几栋高楼。勾结在一起的开发商一直在拖延环境修复计划,当超级风暴来临时,各种建筑物都被摧毁,倒流的河水带着几十年来的废水、下水道垃圾和各种废物淹没了城市。马华加入民间组织清理城市,并最终带领这个团体将这片土地变成一片红树林湿地,恢复了生态系统,净化了水体。保护我们免受风暴潮的侵袭。纯天然废水处理系统。尝试全新的生活方式。[①]她还记得自己在公民大会上提出的议题,并以此击败了既得利益集团。在恢复工程逐步推进的同时,海平面还在升高,孟买变成了一片群岛,迁居工作困难重重。而这多年的辛劳,换来的是每天和这个孩子在窗边一起看日出。拉胡,真希望你能在这儿!每当马华看着鸭子飞过太阳能塔,在空中画出一道弧线,破晓时分降落在沼泽地的时候,她的心跳都会因为欣喜而微微加速。

---

①此为当时活动的口号。——译者注

"那记者来了吗?"

"还没呢,米娜。但是他刚才联系我了。他再过两个小时就到了。这得怪水路出租车,它们在雨季总是那么慢。"

"但是现在没下雨!亚基,给我再讲讲你那位朋友拉胡的故事吧。"

"晚点再说吧。我去给山羊喂点吃的。"

整个早上,马华都帮着孩子们剥豆子。现在她慢慢起身,带着剥下来的豆荚走向羊圈。空气非常湿润,这是要下雨的迹象。整个房子形似穹顶,看起来就像一个绿色的土丘,房顶和墙壁覆盖着三种不同的葫芦属植物。豆类植物伏地生长,但房子和花园之间并没有明确的分界线。这栋房子位于山顶,马华可以清晰地看到那些在自己的帮助下建立起来的定居点,全国上下还有几百个类似的试验性定居点。

这种定居点曾经只存在于人们的想象中。但是,对这种梦想的坚持,终于造就了这种山间住宅,穹顶造型可以降低风暴的冲击,用黏土、稻草和循环砖打造的厚厚墙壁外层覆盖着绿色植物,这是一种传统与现代建筑学结合的产物。人行道完全符合自然地形走向。蔬菜的藤蔓从墙上顺着山势一路下垂。隔壁房子的孩子如一群猴子在绳梯上采摘蔬菜,免得真正的猴子过来抢夺收成。最近的太阳能采集塔仿佛在祈祷太阳明天也能照常升起,每一块电池板对准太阳的方向,每座采集塔之间可以交换信息,通过整个网络自行设计的算法配送电力。这个居住区和其他同类项设计一样,都安装了监控和汇报数据——温度、湿度、耗能、碳储量、化学污染物和生物多样性——的传感器。如果马华带上贝壳式耳机,就可以将这些数据转化为视频和音频信号。曾经有一段时间,马华总是戴着贝壳式耳机和全套传感信号面罩。但是最近几年,面罩都躺在一个盒子里,耳机也放在床边。最近,她感到自己年事已高,这对于一个拥有丰富经历的人来说,是一种全新的陌生感觉。医生要求她佩戴医学传感器,但马华拒绝这么做。她看着山羊,倾听着某种声音,期待一种改变。

马华的天赋在于识别模式和关系。每当她的观点发生改变,或者获得全新启示时,通常都伴随一种等待,但马华并不知道未来究竟会发生什么。她已经很久没有参与工作了,为什么现在有了这种感觉?除了确认拉胡死在亚马孙的消息,她还要等待什么呢?二十七年前,当她搬到孟买海边的时候,总是眺望着西边的大海,不顾一切等待着拉胡的归来。但最终,她不得不接受现实。

如果说岁月教会了马华什么东西,那一定是耐心。这种感悟总会在一个特定的时间出现。但对今天而言,她要准备迎接这位记者,接受拉胡的死亡。老伙计,从我们自己人生的角度和历史的角度来看,我们是如何走到今天的?

历史并非一条直线。马华的脑海里响起了拉胡的声音,但当她坐回椅子上的时候,她自己也如此说道。孩子们在争论最大的南瓜是否足够成熟可供摘取。马华看着西边的海面,阳光洒在海面上,被波涛打成一片钻石。如果这个记者真的会来,那一定是从这个方向登陆。

过往是可以被修改的羊皮纸书。马华想象自己翻开这本书,书页表面如仿羊皮纸一般光滑,但当她的手放在上面的时候,书页上的字句逐渐消失,转变成一种全新的内容。当她触摸到全新的文字时,这些文字也逐渐消失,真正的内容逐渐显示出来。如果真的存在这种第三层信息，它会是什么呢？她坐在椅子上喝完了第二杯茶，完全无视了孩子们的吵闹声。羊皮纸书、不同人的脸庞、声音，和只言片语时隐时现。

当马华不过是个德里城的普通小孩——此处特指她利用奖学金离开贫民窟，开始大学生活之前的岁月——她曾经被一种疾病折磨。她现在已经记不清这种病的具体症状，只记得疾病带来的虚弱，外祖母因为忧虑而紧锁的眉头、煮熟的大米和陌生草药的味道。那时候，马华只能躺在床上，透过二楼窗户打量着那棵老杧果树。这棵树是院子里唯一的绿色植物，周围的房子在雨季总是漏雨，透过薄薄的墙壁可以听到邻居的吵架声。但在杧果树的枝叶间隙，每天都上演着不同的迷你剧。一只黑色的卷尾鸟赶走了一只隼，回到枝头梳理羽毛。一队大蚂蚁沿着树皮上的凹陷前进，它们动作准确，没有丝毫偏差。鸟巢中的蛋变成了一群总是大张着嘴的幼鸟。年幼的马华因为发烧而无法正常思考，索性让自己的意识随着树上的蚂蚁爬行，和天上的隼一起翱翔。这让她从病痛和行动不便中寻得了解脱。多年之后，马华认为这也是一种对于自我的拓展。她的表姐卡尔帕纳迪下班之后，会帮着马华坐起来靠在自己身上，喂米汤给她吃，而外祖母此时出门去买菜。自那之后，马华一直没有勇气去问外祖母自己到底得了什么病，但在她看来，这是童年最快乐的回忆之一。

当马华长大之后，对于这种意识的解脱越发熟练。这对一名学习科学的大学生是有帮助的，因为这可以为自己提供一个额外的维度。当马华在雨中漫步，就会想象雨滴在高空聚集，然后在下落的过程中加速，直到阻力完全抵消加速度。她会想象雨滴从天而降，表面张力和重力造就了雨滴的形状。这些从天而降的小水袋撞击在实验楼的混凝土屋顶，留下一个圆形的水痕。马华会想象自己从充满水汽的高空下落，在下落的过程中折射着阳光，感受着风的吹拂，云层中的细菌也纷纷沾在自己身上。落在手上或者脑袋上的雨滴会打断这种冥想，将马华带回现实，但她也会对着雨水和云层会心一笑，仿佛这些都是自己的同伴。这是一种很奇怪的行为，难以向自己的同学解释清楚，毕竟马华的同学都野心勃勃，为了学分而努力，对于任何带着诗意的元素都嗤之以鼻。

马华曾经因为自己的贫穷和深色的皮肤而饱受同学取笑。虽然马华大多数时间生活在德里，和外祖母一家人生活在一起，但同学们依然称她是原始人。外祖母曾经试图介绍自己家族的起源，但是贫民窟生活的重担，以及获得奖学金后学业的压力，改变了她们的生活，让人为了应对现状而疲于奔命。经过在顶尖学校里几年的学习，这位同学口中的原始人在考试中名列前茅。随着马华的优异表现成为一种常态，一些对马华能够被大学录取的抱怨之词也销声匿迹。那段时期无疑非常困难，如果不是外祖母的坚定支持和表姐卡尔帕纳迪的关爱，马华也许都不能坚持到最后。一想到自己的表姐，马华心里就隐隐作痛。

"卡尔帕纳迪，帮我做作业吧！"

两个人盘腿坐在船上，卡尔帕纳迪打量着马华的数学笔记本。一个小时之后，卡尔帕纳迪笑着说："马华，你可比你姐姐聪明多了！咱们去吃点东西，然后你继续努力吧。你一定行的。"

马华一直忙到深夜,想出了解题思路。卡尔帕纳迪在她旁边睡了过去,脸上还带着微笑。

不论是开心还是难过,卡尔帕纳迪的脸上总是带着笑容。卡尔帕纳迪决心改善家人生活,她是家里第一个离开比哈尔邦的人。在德里,她给有钱人当女佣,攒钱上夜校获得毕业文凭,以此获得上升渠道。当马华的外祖母和妈妈带着刚刚出生的马华赶来的时候,她们不得不和卡尔帕纳迪住在梅劳里的贫民窟里。

马华在高中的成绩很好,卡尔帕纳迪和马华都决定上大学。这一次,轮到马华辅导卡尔帕纳迪功课了。卡尔帕纳迪慢慢理解了知识点,但是为了记住数学或者语法知识点,不得不重复好几次所学的内容。

"我太慢了,我太慢了。"卡尔帕纳迪笑着说,"我总是很快就把知识点忘了。我再试一次。"

"这都是因为你小时候摔了一次。"马华的外祖母摇着头说,"她小时候从树上掉下来摔到了脑袋。现在记个东西都要重复一百遍!"

后来,多亏了对贫困学生的拨款,卡尔帕纳迪搬去了大学宿舍。每当马华问她近况如何的时候,卡尔帕纳迪总是笑着说一切都好。但过了一会儿,她的眼中就出现了悲伤,笑声也越发勉强起来。马华后来才明白,卡尔帕纳迪的那些同学——来自上层社会的有钱人——仿佛是来自另一个世界的外星人。英语对于卡尔帕纳迪来说是一种工具,但是对他们来说是母语,他们的行为和习惯对卡尔帕纳迪来说,都非常陌生。学校宿舍里的派对经常向卡尔帕纳迪发出邀请,但这也完全为了捉弄她。大学里的一群男孩子经常嘲笑卡尔帕纳迪,说她是埃西·埃斯蒂，嘲笑她深色的皮肤和缓慢的反应。她开始跟不上课程，与此同时，马华的成绩非常出色，卡尔帕纳迪耻于向自己的家人透露实情。在卡尔帕纳迪留下的遗书里，提到了三个男孩——都是政府官员和富商的儿子——同意帮助她通过考试，但她要为他们提供性服务。由于自己一直以来都因为样貌平平和带着浓重口音的英语而被人嘲笑，所以她一开始以为这不过是个玩笑。但是这几个男孩并没有开玩笑。他们说，反正没人会娶她，那么多一点相关经验又有什么不好呢？

接下来的几行字被反复涂抹无法识别。"我受不了了，"她在最后写道，"你们没有我更好。请原谅我。"

警方调查毫无结果，这三个人拥有马华的母亲无法企及的资源。在之后的几个月里，马华都满心怒火。她无法忘记卡尔帕纳迪的尸体挂在窗帘杆上的画面。马华不知道如何宣泄心中的愤怒，只能全力专注于学习。她所获得的每一份荣誉和奖状，都能给她带来复仇的喜悦。她对自己说，卡尔帕纳迪，这都是为了你。

马华在大学里第一次试着交朋友，但她的这些朋友都认为马华是个孤僻的天才。当马华描述自己和水、鸟类、蚂蚁有关的离奇体验的时候，朋友们就说她聪明过人，非常奇怪，然后就转移话题。一开始的时候，这让她感到很难过，她对于这种非人类的感觉很感兴趣，认为这种体验可能非常重要，任何人都可以学习这种技巧，稍加训练就可以熟练掌握。但是，当马华尝试解释的时候，没人对她的话感兴趣。这是她人生中的第一课，大多数人都乐于生活在自己熟悉的环境中。

自此之后，马华就再也没说过这方面的事情。但是，这让马华开始研究如何让人群可以感知周围的信息，包括物质之间的交流信息，非生命物体和其他物体之间的信息。马华最终因为这个设想而飞黄腾达，内嵌智能组件将整个城市的数据信息整合在一起。

但是，在马华上大学的时候，这都是遥远的梦想。她决定坚持这个梦想，学习工程学，在这个世界上留下自己的痕迹，让自己的外祖母感到自豪。有的时候，马华会和自己的朋友去看电影或者参加聚会，但大多数时候，她都和周围的人保持距离。后来，她爱上了一位名叫维卡斯的同学。他们对同一个课题感兴趣，并开始一起学习。维卡斯非常英俊，对马华以礼相待。马华并不认为自己相貌出众，但和维卡斯在一起的时候，她也自我感觉很不错。有一天晚上，二人为了考试复习到深夜，然后决定出去喝一杯。在拥挤嘈杂的酒吧里，二人碰杯，牵手，然后接吻。

对于马华来说，接吻是身体和意识层面上从未有过的体验，代表着对一段伴侣关系的承诺。到了第二天，马华感到浑身精力充沛，体内的欲望蠢蠢欲动。所以，当维卡斯邀请她出去过夜的时候，马华羞涩地点了点头。第二天早上，两个人躺在床上，维卡斯对马华说："咱们这可不是在正式交往。你也知道我家里的情况。但是，咱们在一起也挺开心，对不对？"

马华感到浑身冰凉。"以后不要再和我说话了。"她说完就离开了。

自那之后，马华对于亲密关系更为谨慎。即便是在会议上遇到拉胡，也仅仅是将他当作朋友。马华并不适应家庭生活。其他人可能有了家庭和孩子，但是她有了新主意。事情本该如此。

拉胡曾经是个学生。他来自一个条件优渥的家庭,但他决定和自己过去的生活划清界限,研究未来的可能性。他主攻气候学,最终成功地将虚拟现实渲染技术用于未来气候预测工作。根据现有气象模式设计的模拟器,可以预测未来气候,而一个数据矩阵可以处理更新的数据,调整预测结果。你完全可以坐在模拟舱里就获得一个选定未来气候模式下的全部数据。

拉胡在一次对德里的气候模拟实验中,差点丢了性命。他违反了自己设立的安全协议,独自进行试验。他先选择最有可能的模型,然后开始预测未来。当他们第一次见面的时候,拉胡绘声绘色地向马华介绍试验内容,马华完全可以想象到那幅画面。

拉胡顶着高温躺在沙地上。位于拉耶派特·纳格的老房子已经半埋在沙子之下。所有能离开这里的人都加入了向北的大迁徙。拉胡在空荡荡的城市里游荡,不禁感到毛骨悚然。他看到曾经高大的建筑变成破碎的废墟,被掩埋的房屋窗户从沙丘中冒了出来,一具干瘪的尸体靠在墙上,怀里的包袱看起来像是孩子的尸体。他本应加入大迁徙,但为什么却出现在这里?现在的气温达到了37℃,但湿度让环境更加可怕。当气温超过35℃,过高的湿度会导致人体无法通过出汗降温。没有人能够违背热力学原理。在这种情况下,人会在五个小时内死亡。拉胡侧身躺在地上,筋疲力尽,浑身虚弱。他看到一只蜥蜴站在面前的窗框上。这里怎么可能还有活物?啊,德里,五千年的历史就如此终结!

"我抬起头，在天空的映衬下，看到的是立交桥和半空中断裂的路面，"他对马华说，"在我的周围是我们这个猴王时代的遗迹，到处是被抛弃的汽车、倒下的首相雕像。一切都被摧毁，一切都被抛弃。我知道我要死在那儿了，于是就死死盯住那只蜥蜴。那只蜥蜴可真好看，它的头冠一直延伸到了背后。我认为这不过是计算模型的计算结果。但是我当时希望那只蜥蜴是真正的活物，这样我就不是这场灾难中唯一的活物了。"

"然后发生了什么？"马华好奇地问道。两个人在会议接待室里聊了整整两个小时，完全不在乎周围说话的声音、碰杯的声音和端着咖喱角走来走去的服务生。对他们二人而言，第一次见面就一见如故。

"我的朋友文森特恰巧走进了实验室，因为他忘记带走为明天的演讲做准备的笔记。他看到我在模拟器上抽搐，就立即拔掉了插头。我在医院里待了整整一周。"

"但你为什么会抽搐？你并没有心脏病发作啊！"

"啊，这是因为模拟过于逼真，我的身体大量出汗。我浑身冰冷，而且脱水了，进入了某种休克状态。我算是吸取教训了。我们刚刚给整个系统安装了安全网，就算只蚂蚁也漏不过去。但是这个系统的能耗实在是太高了。所以我不确定有谁真的会给这东西投资。"

"你当初为什么要做虚拟现实？为什么不用常规的可视化数据？"

拉胡笑着说："这可就说来话长了。咱们要不要离开这地方，重新找一家餐厅？我饿了。"两人在餐厅里吃着印度香饭和烤肉，拉胡解释道："你看，打造气候模型的真正问题在于设计人员——也就是鄙人——总是处于模型之外。如果你是在预测公司的未来走向，或者与你无关的东西，那这样倒也没有问题。但是，我们身处气候系统当中，我们是地球的一部分，我们和天气系统相互影响。在我看来，如果我们只看数据的话，就可能会错过某些东西。"

马华看着拉胡激动的脸、不停比画的双手，明白自己终于遇到了一个可以聊得来的朋友。

拉胡外向而友好，马华则更为安静内向，而且他更喜欢高频的简单真诚的性行为，希望性伴侣本着自愿的原则，对双方都没有限制。拉胡的父母和他关系很好，脸上总是带着微笑。但拉胡只是把马华当作一个朋友。随着二人关系越来越好，马华觉得自己并不在拉胡的选择范围内，就好像自己在维卡斯身上发生的一切。有一次，他们两个人在大学图书馆的台阶上坐了一夜，互相讲述着自己的故事，马华讲到了关于维卡斯的事情。"我现在不想结婚，"马华说，"我的工作就是我的生活。但是，他认为我也不是个认真对待感情关系的人。从那之后，谁要是离我太近，我就想把他的喉咙撕出来。"

拉胡并没有笑。"你受过伤，"他轻轻说道，"给自己一点时间。并不是所有人都是维卡斯。"

后来，马华才发现拉胡喜欢自己，但因为了解自己的过往，拉胡并不想给马华压力。他在等待马华走出第一步。当马华第一次去找拉胡的时候，心里不免惶恐不已，做出这个决定并不容易。对于马华而言，要放下自己最后的防御，将自己交给另一个人。拉胡满怀温柔，将马华当作一个有着欲望和弱点的人类，这逐渐消融了马华心中的愤怒和困惑，但这种感觉并不对劲儿。为了满足身体的欲望，马华付出了太多。在过去，她可以更轻松地放弃这种亲密的关系。所以，二人的关系止步于情人，但他们的友谊却在不断深化。

当拉胡去马华家里做客，为她的家人做饭的时候，马华的外祖母非常高兴。他跟着老人学习用马华的母语唱歌，二人在厨房里笑着唱了起来。马华的外祖母在村子里掌握各种传统疗法，担当了医生的角色，马华就带着配了插图的药用植物图鉴，请外祖母帮助识别药用植物。有的时候，拉胡还会爽约其他情人，只为了陪马华的家人。自从卡尔帕纳迪死后，一家人已经很久没有这么开心了。

拉胡活跃的思维也激发了马华的灵感。他总会给马华带去一些让自己很兴奋的东西，其中就包括各种研究论文、科幻小说和奇异的城市设计图鉴。拉胡说，当代工业文明与自然之间的冲突已经持续了将近三个世纪，可结果呢，为人类提供氧气、新鲜空气、水和适宜温度的各个系统都在崩溃。你怎么能说这样的一个体系是成功的呢？拉胡将二十一世纪中期的疯狂称为猴王时代的狂妄，而这种疯狂完全是建立在人类游离于自然之外的假设。"但就是这样，我们还在呼吸、流汗、拉屎、做爱。真是自欺欺人！主流经济就是最大的诈骗！"拉胡说完就举起一杯啤酒或者一杯茶，做出一个嘲讽的致敬动作。

在政府权力的碉堡之外，全国范围内都出现了骚动和起义。在比哈尔邦和贾坎德邦，一群桑塔尔妇女逼停了一项重大工程，这项工程计划将大片原生森林替换成具有强化光合作用的人工树林。在奥里萨邦和安德拉邦，运输业工人发动了史上最大的罢工，以此对抗机器人货车的首次运营。在卡纳塔克邦，几千名农民将超级农业集团的实验作物全部烧毁。

马华认为自己是一个进步的城市居民，一名家住德里的科学家。她的想法已经得到了一些人的尊重。马华为了对抗同学们的嘲笑，早就练得步伐矫健，步速飞快，这让周围人主动为她让路，走进教室的瞬间就能让其他人闭嘴。当拉胡讨论起越发重要的传统生态学知识时，马华对此也表示赞同。她看着相关的论文，但感觉无法与自己的身世相关联。她的外祖母从没有要求她这么做，马华也从没有想过利用自然保护系统。虽然马华是个女人，但她也是个工程师。

"看在老天的分儿上，女人，你是个人类！"

"闭嘴，拉胡，求你了！咱们能回去看看配电模拟——"

马华对于比例问题非常着迷。一个文明为了避免毁灭，就必须做出许多改变，一个零碳排放的实验性居民区，对于全球范围内生态环境的崩溃毫无用处。与此同时，极端天气成了地区冲突的催化剂，由于高温和上升的海平面，大批人口开始迁移。

一天晚上，马华和拉胡在奥罗宾多·马尔格路和环城路交会处的咖啡厅见面。马华想要分享一些点子，她连续工作了几天，错过了选举的新闻。马华和拉胡已经几个星期没见面了。拉胡有时候会消失在城市中，不回电话和短信。他的朋友们对此已经习以为常。但是今天，他却带来了关于选举的消息。马华对企业竞争的新闻毫无兴趣。咖啡店的玻璃窗隔绝了车流的噪声，汽车车灯在夜空中拉过一条条光线一闪而过。摩天大楼在窗户灯光和广告牌的映照下闪闪发光，许多墙面和广告牌上都可以看到超级农业集团的闪电标志，这些标志不停闪烁，不禁令人感到头疼。在咖啡店外的人行道上，下班的人群疲惫不堪，晚上的燥热让他们直不起腰。一群白天上班的体力劳动者，他们的头巾浸满了汗水，当他们路过安装了空调的咖啡店时，无不嫉妒地打量着玻璃窗里的一切。

咖啡店里的所有人都听到了一声低沉悠长的号角声，胜利游行开始了。在主干道上出现了许多辆巴士组成的大车队。在巴士车体侧面的大屏幕上,总理双手合十,面带微笑。大巴车顶上是银河农业集团的地球标志,整个标志呈明亮的蓝绿色,白色的"盖亚"二字不停闪动。盖亚集团刚刚赢得了掌控印度政府的投标战争,他们早就拿下了新美国和极地联盟。他们已经在竞选中击败了当前掌权的超级农业集团。巴士上的喇叭播放着庆祝胜利的音乐,咖啡店的玻璃窗都在不停震动。就在游行队列继续前进的时候,周围建筑上出现了盖亚农业标志的卡通造型痛击一道闪电标志的动画。忽然间,摩天大楼和公寓楼上超级农业集团的闪电标志都消失了,取而代之的是无数个地球标志。盖亚集团获选,印度必胜!满足你最狂野的梦想。一道道蓝光在街道两边的建筑物上闪过,蓝色是盖亚集团的官方主题色。

这种盛大的场面让拉胡和马华半天说不出话。他们默默喝着咖啡,看着夜空,咖啡店里的其他顾客还在聊个不停。

过了一会儿,拉胡犹豫地说:"我们到底是谁?我们什么都不是。在这些浑蛋面前什么都不是。"

马华忽然想到各地独立的抵抗运动与这些政治巨头的关系,也许就和自己研究的城市与比例尺之间的关系存在某种关联。

马华说:"听着,你知道宾馆附近那条废弃的道路吗?那里长着一棵树,我觉得那棵树可能得病了,或者有什么其他问题,树枝上的小叶子不停地脱落。昨天刮风的时候,我发现一些叶子落在路面的裂缝里。我过去看了看,这些树叶想必已经落下来很久了,因为我发现叶面上有些尘土,野草也长出来了。那条路上到处都可以看到沾着泥土的落叶和发芽的野草,看起来就像是大海中的群岛。"

"你想说明什么？"

"那条路上还有些情况与此类似，也长满了野草。一团团野草之间都有裂缝相连。所以我就想到，路面远比一片叶子更强大。但是当叶片落在裂缝里的时候，会开始生长。土壤不断积聚，植物开始生长，你也知道植物的根系有多么强大。"

拉胡慢慢地说："根系可以撑开石头和路面。"

"是的。只要没有外力干扰，路面早晚会被植物吞没。生物薄膜和晶体的生长也是如此。"

"那么小的东西——"

"如果他们是正确的小东西，而且相互之间正确关联——"

"——就可以绊倒一只野兽！"拉胡举起杯子，一口喝完了杯子里的咖啡。"但是咱们早就明白了这一点，只要看看历史，看看大企业如何混入政府，这些世界上最大规模的政变，而这一切只需要网络理论和白手套——"

"但我要说的可不止这些！我觉得，也许城市不该是我们的研究对象。你明白吗？你总是对我说要对城市这种聚居形式进行反思？我确实想了想。为什么想住在现在这种城市里？大家没有时间干别的，一天到晚就是工作。压力无处不在，大家不认识也不关心彼此。而我们的民主就是一场骗局。这也算一种生活方式吗？一个规模超过人类适应能力的超级大都市。我们可以考虑像阿沙普尔这样的小型定居点，人口在一千人左右，但是用传感器、道路系统和绿色走廊连接在一起——"

"等等。马华，让我们再继续就你这个话题深入一点——路边的树叶——积极的社会变革总是从边缘开始，但是主流中的抵抗运动也非常重要——"

"咱们能聊聊未来城市，不聊政治吗？"

"一切都是政治，马华，你很了解这一点！"

当时，他们还不清楚在咖啡馆里想到的这一切，会在实践和经验的催化下逐渐变化，但这是他们第一次提出这种观点。绿色走廊连接网络化定居点，每个定居点安装着传感器，用种植塔取代常规农业。这种定居点将在全国各地和全球铺开建设。曾经的农业用地可能退化成荒地，或者转而用于自给农业，修复对生态圈生命保障系统造成的损伤。

马华将话题转到当下："我想知道的是，像我设计的这种类似阿沙普尔的生态定居点，能否产生自给的微型气候系统。如果连接方式正确，需要多少个这样的小型定居点，对大规模范围内的天气系统会造成什么影响？还记得叶子是如何占领路面的吗？又或者细菌生物薄膜是如何形成的？"

但是，当阿沙普尔终于建成，建筑和绿地开始提供数据的时候，拉胡却离开了。他帮助马华完成了设计，在墙体、窗户、树木和小道上安装传感器。他和太阳能收集塔的团队也进行了合作，太阳能收集塔是当前最有效的太阳能收集装置。居民可以在定居点内佩戴耳机和可视化数据面罩，然后就能看到传感器传来的数据。他们可以看到能耗温度、湿度、碳流向和其他各类数据。但是有些事情一直在困扰着拉胡。他变得沉默抑郁，情绪多变。马华明白，必须让他自己面对自己的情绪。当他做好准备的时候，自然会回来。

当阿沙普尔项目完成一半的时候，马华去孟买待了六个月，专注于一项城市传感器项目。

在咖啡厅的游廊上，空气几乎静止不动。客人们拿着纸杯，挎着包匆匆离开。一个小时之后，就会响起超级风暴的预警警报。马华刚刚和在德里的外祖母打完电话，向她保证自己很快就会进避难所。"是的，姥姥，我会没事的，别担心。"预报显示，旋风将会在孟买以北一百公里的地方引发滑坡，但风暴完全可以在靠近陆地的地方改变路线。

马华忽然决定摘下自己的耳机和面罩，切断了之前一直与自己相连的数据流。她坐在原地慢慢呼吸，脱掉了数据传输设备让马华感觉自己仿佛赤身裸体，她用传统的方式听着这个世界发出的各种声音，感受着各种感觉。她已经很久没有这种通过呼吸放松的感觉了，她用自己独有的方法与云朵、海浪和大自然中的其他物体交流。这种感觉太奇怪了！

风吹起了一片片尘土和昨天的报纸，马华看到报纸上的尘土组成各种图案，就好像某个隐形人正在翻看报纸。每次报纸翻动的时候，都会发出轻微的声响。风说："我现在不过是微风，几分钟后，我就是超级旋风了。"

马华的桌子旁边有一棵向她微微倾斜的树，那样子看起来就像一位斜着身子原地转圈的舞者。这棵树因为干旱，几乎落光了所有树叶，现在只留下光秃秃的树枝在风中摇摆。她抬起头，看到最后一片树叶从树枝上脱落，在空中不紧不慢地下坠，最后落在茶杯的左边。在黑色金属桌面的映衬下，这片树叶仿佛散发着微光，在微风的吹拂下微微抖动。树叶的尖端只剩下叶脉，但其他部分完好，中央的部分依然是绿色。树叶在等待，就像是一个没有被打开的礼物。

马华还记得多年前德里那条废弃的公路，碎裂的路面上堆积着很多落叶。今天报纸上的占星预言说，马华会收到来自陌生人的礼物，但那张报纸现在已经随风飞起来了。她笑着对身旁的树说:"谢谢。"然后站起来,将那片落叶收进口袋。

她走到水上出租车站,这里曾经是一条户外长廊。水花有节奏地拍打着街边的建筑物。刚才的微风现在已经变成了一股狂风,黑压压的云层低垂在天上,而现在距离日落还有好一会儿。马华紧张地四处张望,运河上空无一人,她肯定是错过了最后的水上出租。就在这时,一艘小型驳船开了过来。船上可以看到好几个人影,其中一人用一根长杆不紧不慢地划着船。

"嘿!"马华大喊道。她惊讶地发现船夫是个穿着破旧短裤的瘦弱男孩,他半裸的身体肤色和马华一模一样。船上的乘客是一群孩子和几个老妇人,他们一个个挤坐在一起披着坎肩,以期能抵御寒风。

这是马华和莫辛第一次相见。可在当时,莫辛不过是个街头的流浪儿,留着短发,只要一咧嘴笑就能看到他的嘴里缺了几颗牙。地铁已经关停,并关闭入口以挡住洪水。当莫辛将马华放在干燥路面上的第一个共享车站之后,马华询问了他的姓名。她挥了挥手,没想过自己还会再次遇到这个男孩。

旋风的行动轨迹与预测结果完全不符,它在当天晚上到达了城市中心。一整晚都能听到狂风咆哮,城市各地都响起东西摔碎的声音,就好像一群破坏欲旺盛的巨人正在狂欢。那天晚上,雨下个不停。这座城市从没有见过这样的风暴。照明失灵了,风暴肆虐了整整一个晚上。

到了第二天下午的时候,风渐渐停了。马华走出自己租的小房间,来到了一个完全不同的世界。

孟买被撕碎了。在完整的建筑里,到处都是粉碎的玻璃和破碎的窗户。风暴潮导致水位暴涨,孟买地势低的地区、所有的新建高速路、办公区和高架桥全部被淹没在几米深的水下。

下水道开始反涌，上涨的河水带着大量的垃圾和下水道污物涌上了街道。旋风也没有放过富人，富人区的高塔纷纷坍塌，混凝土块就像是倒下的巨人，在其中还夹杂着树枝、丝绸窗帘，以及几百名员工的尸体。有钱人早就坐着直升机逃跑了。城市领导者们带着自己的势力团体，对趁机抢劫和无家可归的人重拳出击，用一切手段保护自己的财产，将城市其他部分弃之不顾。

在这场灾难中，马华加入了当地一支名为西洛孟买的救援组织。他们和之前马华遇到的组织都不一样，其中有水上三轮车车夫、没工作的年轻演员、退休的学校老师、街头清洁工和学生。他们是如何走到一起的？一位学校老师说，大家都是靠一个贫民诗社走到一起的。一位年迈的水上三轮车司机赫曼特，在达拉维贫民窟开办了这个诗社，到了今天，这个诗社不仅还在运营，还在城市其他角落建立了分社。

马华和西洛孟买的成员一起在废墟中搜索幸存者，帮助向当地诊所运送伤员，分发接收的必需物资。腐尸的臭味和肆虐的霍乱，让城市地势较低的地区日常生活越发困难。但是西洛孟买的成员们同甘共苦，相互鼓励，然后继续手头的工作。孟买城中发生了一些变化。马华曾经认为，接受教育，进入城市中层阶级是改变世界的唯一途径。但是，这些人接受的教育不及马华的一半，但是你看看他们！她还记得拉胡几年前说的话，积极的社会变革源自社会边缘。也许，这句话有的时候确实没错。她需要和拉胡好好聊一聊，但是拉胡在国内到处游荡，根本无法联络。

几个月后，马华发现从咖啡店旁边的树上落下的落叶还夹在笔记本里，整片叶子现在只剩下叶脉。叶肉早就变成了一片散落在书页上的棕色粉末。她拿住叶柄抓起树叶，对着光仔细观察起来。这是一张网络——各个部分相互连接，组成一个整体。她想到这儿，就放下树叶，合上了笔记本。

她又想起了大风暴，富人的高塔被旋风推倒。艰苦的救援活动，也是不乏诗意。马华暗想，也许我某天还会回去。

与此同时，马华还要照顾阿沙普尔计划。整个计划的进度正在缓慢推进。这是一场传统和现代的结合，建筑物呈圆形，泥巴、稻草和稻壳建造的墙壁非常厚实，定居点内的道路只为行人和自行车设计，外部的道路专供连接大城市的公交车使用。墙壁和屋顶的花园里可以种植楝树和贾木纳树。每一间房子最多可以容纳五十人，每间房子都有公用的大型厨房，每个家庭成员既可以根据具体亲属关系决定，也可以根据居民自己的选择决定。

传感器网络将所有的房子连接成一个整体，居民使用壳式耳机或者可视化数据面罩，就可以监控绿色走廊的碳捕获量、生物多样性网络的波动、房屋网和电网之间的数据交换。市政府之所以为阿沙普尔计划提供地皮，是因为这里是逐渐干涸的亚穆纳河旁边的一处垃圾填埋场，而且定居点实验计划刚好可以赶走在填埋场旁边规模日渐庞大的贫民窟。马华坚守自己的承诺，邀请贫民窟居民成为阿沙普尔的第一批居民。这些都是来自孟加拉国、孟加拉邦和奥里萨邦的难民，他们为了躲避暴力、贫困、上涨的海平面和盐碱化的耕地而逃离了沿海地区。他们将自己的生存技巧、传统、文化、创造力和学习的欲望融入整个计划。现在，这些难民成了定居点第一批居民。

拉胡独自一人在国内旅行，没有联系过任何人，就在马华和外祖母认为可能再也见不到拉胡的时候，他忽然出现在马华的家门口。众人享受着丰盛的午餐，拉胡讲述自己和叛军一起生活，跟踪集团黑手党，和住在森林里的部落一起体验生活，与一名坚持己见的科学家拯救一条被掩埋在城镇之下的河流。当马华的外祖母责备拉胡在这么长的时间里销声匿迹的时候，拉胡感到羞愧难当。

"姥姥，从今往后我要更加努力了。我要请求你的原谅，然后要开始干坏事了！"

"你这莽撞小子，这次又打算干什么坏事？"

"我要开始一场更加伟大的旅行，姥姥！我要去世界的另一头，巴西！"

拉胡带马华出去喝酒，对自己的计划做进一步的解释。"马华，你在阿沙普尔计划上取得了不小的成就。但是我在旅行的时候，反复思考一个问题，在传感器网络和生命网之间，还存在一道鸿沟。当我在中部地区的龚德人村庄的时候，忽然想到一个主意。我打算给整个森林安装传感器。这并不是单纯在树上安装传感器，测算碳捕获量，更要测算其他各项数据。地球上现存最大的森林就是个不错的开始。所以，我才想去亚马孙。"

马华看着拉胡，一时间说不出话。他笑着对马华说："那些盖亚派理论家——我指的是那些认为地球是有机整体的老式理论，而不是盖亚集团——这些人认为地球是一个庞大统一的系统。你上周说要给整个阿沙普尔安装传感器的时候，我就想到林间树木用于沟通的真菌网络可能会产生一个大型智能，一个会思考的森林。我们之所以无法认识到这一点，是因为我们根本想不到这一点。所以,我在龚德人村庄的时候,就认识到将整个森林纳入传感器监视之下不过是第一步。如果传感器可以正确组网,我们就可以让森林感知到整个传感器网络,并利用这个网络相互交流,然后就可以让森林和我们交流!"

拉胡说话的时候两眼放光:"马华,想想吧,萨赫亚德里丘陵、台拉河,还有亚马孙的森林受到气候变化的威胁。还有干旱和物种灭绝,整个生物网都在崩溃。如果我们可以和森林交流,那情况就不一样了!如果他们可以告诉我们发生了什么,好让我们可以拯救它们——"

"但我们通过传感器数据就已经确认了这一点,拉胡!我们还没有解决扩展定居点的问题,而我认为现在更重要的是——"

这是马华最后一次见到拉胡。她后来收到了几份来自里约热内卢和马瑙斯的信,但二人的联系越来越少,后来马华甚至不指望会收到拉胡的音信。最后,就彻底没了拉胡的消息。这已经是四十多年前的事情了。

多年以后,马华见证了大多数大城市因为极端天气和人类的贪婪而覆灭,几百个阿沙普尔式的定居点从城市的废墟上拔地而起。每一个定居点都与当地的生态环境相适宜,并用庞大的传感器网络合成一个整体。她想告诉拉胡,虽然致命的热浪笼罩了德里整整十年,但定居点群可能已经让当地的气候有所好转。也许你在模拟器里看到的未来,已经被我们改变。马华有太多事情想和拉胡分享!次大陆长期处于动乱之中,这里曾经出现大范围饥荒和暴力冲突,在暴力黑帮统治的城镇里,没有人是安全的。但是在其他地方,马华可以看到无数次叛乱和各种新生活方式的实验,以及各路人马的辛勤劳作和付出的努力终于促成了大转折。

马华很庆幸自己可以活着看到这场变革。她本人就是其中的一部分，是这个大事件中的催化剂，是她在晚年依然感到满足的原因之一。但是有那么几年时间，她对于自己的工作并不满意。这不是因为自己的工作并不重要，而是因为她对自己的想法和主意感到不耐烦。她看着自己深色皮肤的双手、脸上的皱纹，感受着膝盖传来的阵痛，内心依然对此感到惊讶。她浑身上下的肌肉这么多年来任劳任怨地工作着。现在，身体传来的阵痛和颤动，还有各种皱纹，都是在向马华传达某种信号。这是死亡的预兆，但这也代表着其他某些事情。马华已经有一段时间没有佩戴自己的壳式耳机和可视化数据面罩了，她更希望用自己的感官聆听这个世界。

现在，一位记者要来采访马华，给她带来有关老朋友拉胡的"一些信息"。

这位名叫拉斐尔·席尔瓦的人来了又走。当记者造访的时候，这位席尔瓦先生交给马华一个木雕盒子，她第一眼就认出这是拉胡在前往巴西前自己送给他的礼物。这个盒子本是用来装一些小物件的，里面现在装了几个破碎的壳式耳机，一个小木桩，一个抽象的木雕，几块传感器电池和光纤线，还有一张写满拉胡笔记的纸。除此之外，还有一束被树叶包裹、用绳子缠起来的灰发，其中隐约可以看到几根青丝。

根据席尔瓦先生的说法，他曾经报道了马瑙斯市附近一场亚马孙部族首领集会。最近的干旱、不断变化的降水和气候，让各个部落聚在一起商讨对策。他和当地德萨纳部落的一名长老聊了聊，当长老得知席尔瓦先生是一位在各地旅游的记者时，就拿出了这个盒子。这个盒子是一年前亚马孙内陆一位部族长老交给他的，那位内陆部族的长老提到一位异乡人曾经和自己的族人一起生活了几年。在得到盒子的前两年，这个外乡人在当地矿业公司的袭击中因枪伤而死。除了那个外乡人，部落中还有十三人死亡。外乡人在弥留之际，表示希望这个盒子可以送到某个城市，这样就可以将它送到异国的同胞手中。

盒子上刻着马华的名字，地址是她在阿沙普尔的旧地址。盒子从雨林内陆到达城市花了两年时间。席尔瓦先生一直想在东南亚旅行时造访印度。他希望亲自递送这个盒子。

"非常感谢，"当席尔瓦说完之后，马华抹着眼泪说道，"谢谢你能从这么远的地方赶过来。"

"荣幸之至。"拉斐尔·席尔瓦说。自此之后，马华积极回答了有关自己生活、工作还有和拉胡之间关系的问题。家里人请席尔瓦吃了顿饭，并留下他过夜，第二天早上，席尔瓦就离开了。

第二天，马华用一整天时间反复阅读纸上的文字，端详着坏掉的壳式耳机和被树叶包裹的头发。她想象着这片树叶从亚马孙丛林的树上飘落，再被拉胡捡起来。她检查着这片树叶，叶片呈深绿色，表面看起来有一层蜡。

亲爱的马华：

我忘了如何用这门语言交流，所以请原谅我。

我来到亚马孙时，没有携带我们的技术装备，因为我想了解树叶与动物的语言。我想和森林交流。但几年之后，我明白传感器只能给你提供你想知道的问题的答案。你又该如何知道是否还有其他问题？我和向导以及其他同伴在这片森林里生活，我通过他们明白了一点，在地球上出现语言之前，还有另一种语言。

亚马孙河两岸曾经有很多大型定居点，这些文明一直牢记自己与自然之间的关系，所以他们可以存续几千年，然后欧洲人来了。除了几个陶罐的碎片之外，他们的文明什么都没有留下，这是因为他们制作的所有物品都取材于森林，所有的废墟最终也被森林吸收。在没有现代技术的前提下，他们是如何掌握这种生活方式的？为了找到这个问题的答案，我只能作为一个人类，一个地球的孩子，从森林传授给我的知识中寻找答案。我来这里是打算拯救这里的森林，但它却拯救了我。现在，我将自己的生命交还给森林，以此偿还我对森林所亏欠的一切。但我的第一家乡的水土空气养育了我，所以我的一部分也应该回去。你能带走这束头发，将它烧掉或者掩埋在你附近的森林里吗？请原谅我，这么多年来都没有陪你。

我希望姥姥长命百岁。我每天都在想你。现在，我可以安息了。

拉胡

拉胡肯定花了不少力气才写下这些话。从字迹来看，拉胡当时拿笔的手都在颤抖。在纸张的一角，还可以看到些许铁锈色的污迹。到了晚上，马华对家人说："给伊卡姆打电话。我明天要出去一趟。"

之前那种等待某物的感觉，现在终于要实现了。

伊卡姆的船顺着河水向大海前进。他是莫辛的孙子，身材瘦高，表情严肃。马华坐在船体中央的罩棚下面，拉胡的盒子放在她的膝盖上。今天的太阳藏在云层后面，阳光看起来泛着银光。今天不会下雨，但是明天风暴潮很快就会出现。孟买群岛陡峭的山坡被风雨反复鞭挞，现在显示出一种淡淡的紫色。卡维尔花开始绽放，八年一次的花期又开始了。

马华感觉拉胡和自己坐在船上。她向拉胡展示这座被淹没的城市，高塔犹如一根根纤细的铅笔，矗立在那些更老旧低矮的建筑废墟上。现在的天气又热又潮。你看，海上运输线上全是渔夫的渔船和水上出租车，车上都是从南部海岸运来的货物和乘客。在他们右边，一座摩天大楼向海面倾斜。大家都在打赌，这栋摩天大楼什么时候才会彻底沉入海中，到目前为止，还没人赢得这场打赌。

在马华的左边，孟买五岛渐渐映入眼帘。当他们进入一条近岸水道的时候，她看到了一座老房子的屋顶上建起了席扎尔的神龛，它的位置距离水面不过一米。许多人坐船过来接受神龛的祈福。从自己所在的位置，马华可以一直看到曾经富人街所在的山坡。树木、藤蔓和野生动物已经占领了混凝土碎块，在山坡最高处还有一座海洋之神的神龛。

她对拉胡说，现在这个时代属于次神，本地神明，被遗忘的神明，甚至于拉曼都被称为森林的拉曼。

群岛之上随处可见被蔬菜藤蔓和花团覆盖的房屋。在水边，可看到小船和木筏随着波浪，有规律地拍打着码头。当他们的小船在水道上航行的时候，周围人对他们挥手呼喊，他们每走几米就要停下来，和周围人聊一聊。马华很久没有出门了，所有人都认识她和伊卡姆。

马华抱着木雕盒子，对拉胡说道，席扎尔的神龛标志着莫辛曾经看到幻象的位置。一个老人站在鱼的身上，那条鱼带着他沿着城市水道走向开阔的海面。莫辛从自己父亲的口中得知了关于席扎尔的故事，她的父亲是一位来自巴基斯坦印度河河口的难民。类似的故事在比哈尔邦和阿拉伯半岛也可以找到，讲的都是一位水的守护者，当他的双脚触及地面的时候，鲜花就会盛开。

伊卡姆停稳船，帮着马华下了船。他们迈着稳健的步伐爬上山，但马华每隔几分钟就要休息一下。她的每一次呼吸都要感谢这颗古老的星球和庞大的生物地球物理循环，它的尺度远远超越了人类几万年的历史，和所有国家和大陆的边界。她想到撒哈拉的尘土为亚马孙雨林带去了养分，影响了印度的风暴潮。她的呼吸开始变得困难，在这场不断发展的天地大剧之间，马华也占有一席之地。她对伊卡姆说："我今天感觉好极了。"伊卡姆听到这话，也微微一笑。最后，他们来到了森林的边缘地带。这里更为凉爽，微风吹拂着树叶。马华隐隐约约听到了水声，还有林间深处噪鹃的叫声。在林间还可以看到一条泥泞的小路。

伊卡姆的注意力都放在一棵结满果实的亚穆纳树上。

马华说："去吧，给咱们摘点果子。我一切都好，去小道岔路的空地找我吧。等一会儿来找我就好了。"

伊卡姆问："你有没有戴智能腕表？"

"我什么都没戴。别担心，我很了解这一带。"

自己的一生是多么神奇呀！有的时候和拉胡的人生保持平行，有的时候距离拉胡很远，但最终都指向了同一个目的地。马华在林间穿行，前往那个与拉胡相见的地方。在一两年前的一次旅行中，马华在这里找到了一片空地，她觉得拉胡一定会喜欢这里。

马华走得很慢。一束阳光穿过云层，照亮了空地上的卡维尔花。她看着自己抱着盒子的深棕色手臂，感受着燥热的天气。

拉胡曾经说过，在地球上出现语言之前，还有另一种语言。

马华对拉胡说，是的，而你只能通过身体才能学习这种语言。

此时此刻，马华不过是森林里的一只动物，对死亡和威胁时刻保持警惕，但是她的感觉现在对一切都非常敏感。光影的变换、昆虫的鸣叫、斑鸠的叫声，还有远处猴群的叫声，关于马华的一切，不论是深色的皮肤，还是面部特征，都是她的同胞适应环境、阳光和气温的结果。这一切都写在马华的基因里，写在外祖母的故事里，写在早年丧母和卡尔帕纳迪自杀的悲剧中。这种痛苦让马华几乎晕了过去。她靠在树干上，将拉胡的盒子抱在胸前。

马华打开拉胡的盒子，拿出那片折叠起来的树叶。她将盒子放在树枝上，解开绳子，将叶片舒展，轻轻抚摸了一下那束头发。然后，她重新将头发抱起来，寻找一处被上次下雨软化的土壤。马华从灌木丛中找出一根木棍，在地面挖出一个小洞，将这束头发放了进去，然后将头发小心地埋了起来。

马华对拉胡和卡尔帕纳迪说，你们自由了。她慢慢直起身子，现在后背和双腿都在隐隐作痛。走了这么长时间的山路，她最好还是快点习惯这种疼痛。也许是时候吸取教训了。她不能抢夺外祖母的同胞的胜利果实，最近成立的桑塔尔省支持尊敬生命之网的理念，社区通过全体表决实现自治，这种胜利与自己和同胞所承受的痛苦和做出的努力密不可分。所以，她才能看到自己的人民再一次将地球当作自己的母亲和自己的身体。

空地边缘的树叶在微风的吹拂下沙沙作响。马华感觉自己已经超越了自身的感官。她就是叶片上的一滴水、落在树枝上的阳光。她对这些树木和鸟类少有了解，但这些事情可以稍后再做研究。就当下来说，马华感觉自己如同一只腾空而起的鸟儿，享受着自由。

伊卡姆呼唤着马华的名字。她清了清嗓子，深吸一口气。"我来了。"她回答。

在七十三岁的高龄还能学到新东西，还能在这个不断变化的复杂宇宙里占有一席之地，这是一种何等的特权啊！她和伊卡姆坐在林边，看着大海。他们一起吃着果子，嘴唇和手上都沾满了紫色的果汁。马华会给伊卡姆讲述世界另一头的亚马孙雨林的故事。她会告诉伊卡姆关于拉胡的故事。

绿玻璃，一个爱情故事

E. 莉莉·于

E. 莉莉·于（eliliyu.com）获得了2017年艺术家信托/拉塞尔叙事奖和2012年惊奇奖最佳新人作家奖。她的作品刊登于包括《麦克斯威尼》《惊异》等杂志和九部年度最佳合集中，并进入了雨果奖、星云奖、轨迹奖、斯特金奖和世界奇幻奖入围名单。她的第一部小说《脆弱浪潮》于2020年秋季出版。

在克拉瑞莎·敖德萨·贝尔的三十岁生日派对上，理查德·哈特·拉维顿三世送给贝尔一条白银项链，上面镶嵌着一块从月球上找来的不规则的绿色玻璃。四个月前，二人刚刚订婚，婚礼将在六个月后举行。一个机器人乘坐火箭登陆月球，从月尘中筛出几颗绿色玻璃球，然后装进一个胶囊，用小型火箭送回地球。玻璃因为再入大气层的高温熔成一块大拇指大小的泪滴，然后在中国南海被捞了起来。而负责采集的机器人永远留在月球，在克拉瑞莎看来，这代表着二人永远的结合。

为了庆祝克拉瑞莎的三十岁生日，他们吃了实验室养殖的虾，一个切成两半的桃子，这颗从今早拍卖会上买来的成熟桃子上，没有甲虫或者其他虫子的咬痕。据拍卖师说，这颗桃子价格不菲。等克拉瑞莎吃完了桃子，理查德从天鹅绒盒子里拿出了这条项链。理查德小心翼翼地拿出项链，克拉瑞莎激动得大呼小叫，轻轻碰了碰那颗绿玻璃。周围的侍从和一位一头白发的老人轻轻地鼓起掌来。

二人很小的时候就认识了彼此，当时克拉瑞莎五岁，理查德六岁，她把橘子汁泼到了理查德的白衬衫上。自那之后又过了二十年，一场感染橘子的瘟疫从南加州一路感染到了佛罗里达。每当克拉瑞莎说到自己如何认识理查德的时候，都会加上这一点，然后再猛然闭上双眼，眼睑闭上的速度堪比断头台下落的刀片。

两个人从小学一路走到高中，放学后一起在VR世界里玩耍。克拉瑞莎会指挥龙群，而理查德与龙群对抗，有的时候二人角色也会互换，这个游戏教会了二人语法和几何学。有的时候，克拉瑞莎也会自己设置关卡，比如从洪水中拯救自己的岛屿，或者保护城镇免受疾病之苦。当理查德在游戏里打外星人的时候，她就独自玩这些游戏。

他们人生轨迹的高度重合并非偶然。这个曼哈顿地区只有三所小学、四所初中、两所高中，这里的家长都非常关心自己的孩子。

到了大学时代，二人的人生道路才算分开，理查德去了波士顿，克拉瑞莎去了普林斯顿，那里有许多穿着刺眼橙色衣服的男人。克拉瑞莎上课的同时也不忘和男人们调情，但最后发现这两样东西都非常无聊。

那些在图书馆和食堂打工赚生活费的工薪阶层男孩，每个人的毛孔里都渗透着恐惧。克拉瑞莎知道自己根本不会和这些人走到一起，他们注定要在世界上苦苦挣扎，也许其中会有人成功。而那些律师、工程师和医生的孩子，总是在讨论房产计划和婚前协议、想要几个孩子、老婆找什么样的人，这让克拉瑞莎感到他们太过幼稚。那些来自有钱或者有权阶层的孩子，一天到晚跳舞、喝酒打发时间，偶尔这么狂欢一夜倒也很有趣，但很快也会感到无聊。

毕业之后过了几年，克拉瑞莎再次遇到了理查德。当时克拉瑞莎正打算在艺术投资方面做出一番事业。她从被风暴破坏的博物馆里收购艺术品，修复之后再次卖出。她被邀请参加了一场屋顶花园酒会，当时那里正在展出来自肯塔基州的民间艺术作品。就在她专注于一只涂着紫色和橙色圆点的松木豹子雕像的时候，并没有注意到身边有人出于礼节轻轻咳嗽了一下。然后，二人四目相视，所有的艺术品瞬间变得索然无味。

二人端着细柄高脚杯，看着护墙下灰色的水流。现在正是高水位，海浪拍打着涂着沥青的出租车车窗。克拉瑞莎以为被洪水赶出家园的底层阶级会用小船出行，给纽约增添一份威尼斯风味，她好奇被淹没的地下铁和一楼公寓里的老鼠会不会被淹死，又或者搬到地势更高的地方。理查德说，这些老鼠都学会穿西装，去金融区做分析师。然后，二人仔细挑选话题，聊起了彼此过去十年的生活。

随着穿着松垮制服的服务员如鳗鱼一般在人群中分发马提尼和苏格兰威士忌，克拉瑞莎和理查德发现，彼此都还是单身，经济独立，有人身保险，不反对婚前协议，想生一个男孩和女孩，并且非常喜欢对方。

克拉瑞莎握着杯子说："以现在这颗星球的状态，我知道要孩子可谓不道德的行为——"

理查德说:"你应该生孩子,我们俩应该一起养育后代。反正早晚一切都会互相抵消。最近提出的碳税——"

理查德的眼睛带着一种纯净的蓝色,而克拉瑞莎被这双眼睛深深地吸引。

现在是时候找个属于他们自己的私密空间了。克拉瑞莎原本是来评估艺术品,理查德是父亲新生意的接班人,但他们现在却一边偷笑一边偷偷溜向楼梯。

一股香烟的烟雾飘向克拉瑞莎,她悄悄说:"小声点儿。"两个服务员也在屋顶的酒吧里偷偷休息抽烟。

"今天有毒潮。"一个人说,"是从运河上游冲下来的。我现在都不知道该怎么回家了。"

"叫一架货运无人机。"

"那可要花掉咱们一半的薪水。"

"那就游回去。"

"你会游泳?"

"我就睡在这儿。这里有个清洁工隔间——我才不会告诉你在几楼。"

克拉瑞莎轻轻关上了楼梯间的门。

等他们下到了一百层,可编程有机玻璃泡舱就悬在钢缆上等着他们。二人悄悄进入自己的泡舱,这种交通方式可以避免环境毒素的困扰。

泡舱在夜空的电闪雷鸣中穿行,城市的灯光不停闪烁。在距离理查德的家还有一个街区,克拉瑞莎刚刚认出建筑物外层的大理石狮子和狮身人的时候,理查德握住了克拉瑞莎柔软的小手。

没过多久,二人就又回到了以前的生活:飞去伊维萨岛、利马和圣保罗,参加去被饥荒困扰的内陆地区的志愿者旅行;去巴拉卡吃午饭,晚饭再去奎恩爱丽丝,下午再去逛逛依靠石制装饰品和加铅窗户才保存下来的、充满朗姆酒气味的尘土飞扬的酒吧。有一天,在一间俯视他们重逢的花园的甜品酒吧里,理查德向克拉瑞莎展示了那条从曾祖母传到祖母、然后传到自己婶婶手上的项链。

克拉瑞莎深吸一口气说:"这太漂亮了。"周围的服务员都露出了笑容,其他宾客开始鼓掌。她的快乐就像是吊灯发出的光芒,也能感染到周围的人。

"三代人的爱情和辛苦劳动,"理查德说着将宝石放在她的指节上,"每一代人都将最棒的机会留给他们的孩子。我们也会这么做,为了查尔斯,为了切茜娅。"

克拉瑞莎努力回忆,到底是什么时候讨论过未来孩子的姓名,但是查尔斯和切茜娅听起来也不错,现在理查德一只手摸进了自己的裙子下面,摸到了自己的大腿吊带袜里面,她已经无法进一步思考了。

一周之后,三对家长召开了一次会议,讨论婚礼分工,并立即开始完成自己的任务。克拉瑞莎瞬间陷入了一场塔夫绸、薄绸、芍药、餐巾纸、香水和书法的风暴里。她被推来推去,身体尺寸被反复丈量,然后被推进了一间极具艺术气息的法式工作间。不知从哪里冒出四杯散发着药水气味的香槟。一个长得像女巫的女人叼着一嘴的大头针,用捷克语叫克拉瑞莎去试衣服。

然后,就是火箭送机器人登月采集沙子,无人机取回返回的胶囊舱,理查德再把绿色玻璃珠装在白银项链上。

一切都很完美,唯有一件事除外。

克拉瑞莎忽然想起了一种口感，一种味道，一种只有在童年记忆里才能找到的回忆，那是一种除了橘子汁以外的东西，有着冰凉明亮的特点，而且和月球还有相似之处。

克拉瑞莎说："冰激凌，咱们要在婚礼上提供月球形状的香草味冰激凌。"

这是克拉瑞莎第一次说话，而她的妈妈当时正在看婚礼菜单，听到这话深吸一口气，她父亲的第三任妻子凯尔和理查德的妈妈苏洁特，不由得挑起了眉毛。

她妈妈先开口说："我是真不明白——"

克拉瑞莎说："这是在不去月球的前提下，一个人和月球最近的距离。而且婚纱也是月球白，不是蛋壳白，也不是象牙白，更不是贝壳白或者是骨白。"

凯尔说："我觉得装饰已经差不多了。我们有星空投影、自制的地球模型，还有粉末地板——"

"还有用白色玫瑰做的月球装饰小吊件。"苏洁特补充道，"而且每个桌子上都有登月机器人的复制品。难道这还不够吗？"

"我们要有冰激凌。我是说货真价实的冰激凌。不是那些不会融化的豆浆，或者加了防腐剂的椰子替代品。我说的是货真价实的冰激凌。"

她妈妈说："你不觉得这样有点过分了吗？你是个成功人士，而我们又有钱，但是到处显摆可不是个明智之举。"

"我虽然反对你妈妈说的每一个字，"凯尔说，"但在这件事上，她说得没错。我们去哪找干净的牛奶？去哪找没有被污染的鸡蛋？所有的香草都在药店里呢。但香草冰激凌不是平民才吃的东西吗？"

"我们可没有培养大街上那种鸡蛋的农业穹顶，"苏洁特说，

"而且喝牛奶意味着十年后得癌症。你下一步要什么？牛肉汉堡吗？"

"我会找到自己想要的东西。"克拉瑞莎用手指摆弄着自己的项链。她的皮肤可以感到那块月球玻璃传来的温度。理查德肯定会像魔术师一样，从自己的手帕下面变出没有污染的鸡蛋。

合成香草确实是平民阶层的东西，所以不必考虑它。克拉瑞莎带着三个泡舱，坐船前往味道博物馆，划船的是一个偻着身子、不停吐血的黑人。这是一栋位于布朗克斯区的不起眼的办公楼，当她靠近的时候，二楼的窗户就自动打开了。

不论之前是哪个政府部门为这里提供资金，现在肯定是早就被洗劫一空，然后被解散了。各种作物、鸟类和其他物种，现在都只存在于这里造价不菲但又无人为津的保险库里。博物馆馆长为了得到一大笔现金，当然愿意交出六颗香草种子。他在一个个冷冻柜中不停翻找，然后剪掉了种子的标签。馆长是克拉瑞莎在普林斯顿的大学同学，他天天担心这些保险库会被人遗忘，招来武装暴徒的抢劫。但是，在他看来，克拉瑞莎是个很慎重的人。

这次交易的金额几乎和克拉瑞莎手上罗斯科的作品价格不相上下。她暗自提醒自己，一定要把其中一颗种子送去拍卖。

虽然理查德对此颇有抱怨，却也还是用直升机从半独立的宾夕法尼亚运回了六枚鸡蛋。据他所说，直升机必须先悬停在安全距离之外，自己用扩音器大喊，才能让农夫放下霰弹枪。

"至于牛奶，"理查德说，"你只能自己去找了。去肯尼亚碰碰运气？"

克拉瑞莎说："如果纽约鸡蛋里的细菌会杀了妈妈，那肯尼亚奶牛的牛奶——"

"你说得对。你认为乳类替代品——"

"你知道我为了香草种子花了多少钱吗？"

等她报出这个数字，理查德不禁吹了个口哨。"你说得没错，不能用替代品。起码这次不行。但是——"

克拉瑞莎问："瑞士怎么样？"

"整个瑞士都已经不存在了。"

"那里有好多山。我小时候和家里人去那里滑过雪。你家里人也会一起去滑雪吗？"

"我们喜欢去阿尔卑斯。"

"那你怎么知道那里没有奶牛？"

"四银行战争的时候，有人使用了脏弹。任何活下来的活物肯定都具有放射性。"

"我倒是不知道脏弹的事情。"

"新闻里没有播报这事，实在是影响不好。"

"那你——"

"加密财经业的风险分析师总能听到各种未经报道的事情。"

理查德的每一个发卷似乎都写着溺爱，笑容显得温柔而睿智。克拉瑞莎摆弄着项链上的月球玻璃。

"我要四处打听一下，"克拉瑞莎说，"总有人掌握些消息。我听说过关于发酵牛乳和黄油的传言，甚至还有奶酪——"

"这不意味着可以找到正常的奶牛。小心点儿。一小块奶酪就可以害死人。你要是毒死了我妈妈，我永远都饶不了你。"

克拉瑞莎说："你等着瞧，我们会找到奶牛。"

由于冰激凌肯定会是一招绝杀，不仅可以稳定社交圈，让自己成为八卦界的焦点，而且能为婚礼打响最响亮的一枪，所以克拉瑞莎并不希望在大范围内寻找帮助。这是她的工作，就好像自己的妈妈当年所做的那样,让很费力的事情看起来毫不费力。在委内瑞拉的台地大规模搜索奶牛,可能会破坏预想的效果。

所以,克拉瑞莎找到了自己曾经的大学同学,现在的伴娘林茜,她现在更像是家里人,而不是朋友。林茜眯着眼睛,说自己听说在非公司领地的俄勒冈州还有些挤奶工。

不论这是真是假,都是一条值得跟进的线索。克拉瑞莎找到一名做记者的校友的邮件地址,然后再找到第二个人、第三个人。她发现,如果进入从波特兰直达尤金的天花感染区,运气够好的话,可以在多赛特找到一个与世隔绝的家庭,他们拥有连续三个世代没有被污染的奶牛。但是,已经好几个月没有人看到他们了。

"你就是那种特约记者对吧?给《波特兰情报员》工作?独立承包商,1099?有没有兴趣帮我一个小忙?我会负责费用——酒店,私人无人机——还有每日补贴,而且你还能写一篇好故事。我只需要十五加仑牛奶。"

冰柜火车依然在日渐衰落的铁轨上运行,在铁轨弯曲或者枕木腐烂的地方,就用拖车拖着火车到铁轨完整的路段。车厢里装着捐献的器官、血浆、准备入土或者解剖的尸体,以及大量来自沿海地区的食物,其中包括来自太平洋的顶级速冻三文鱼(鱼眼数量正常);来自俄勒冈州秘密繁殖基地的牡蛎,年产量不超过三打;用民间莫泽雷勒干酪做的纽约比萨,旧金山胆大的有钱人很喜欢这东西;还有不用牛奶、奶油或者蛤蜊的波士顿蛤蜊杂烩汤。克拉瑞莎精明能干的特约记者在最近的货车上,用大水桶装了整整十五加仑的多赛特牛奶。克拉瑞莎表示了感谢,并耐心等待水桶的到来。

当货车抵达目的地的时候，一同赶来的还有大量的白糖。

现在要做的就是搅拌了。林茜和其他三位伴娘在此时充分展现了友谊的价值，负责了牛奶搅拌的工作。在婚礼前两天，她们终于做出了第一个月球造型的香草冰激凌，冰激凌表面还复制了撞击坑和机器人形状的冰激凌勺。

婚礼共有九十人前来，所有重要人物都参加了。投影仪投放出了牧师的画面，这位牧师是教堂里仅剩的六位牧师之一，而且身体健康，头发和牙齿健在。

"我保证成为你的妻子和月亮女神。"克拉瑞莎说。

"我保证成为你的完美丈夫和最好的父亲，咱们要三个、四个还是几个都可以。"

"三个？"克拉瑞莎轻轻说道，"四个？"但是她继续念着结婚誓言，"我保证——"

在二人正式成为夫妻，享用过婚宴之后，月球冰激凌将婚礼推向了高潮，相机闪光灯不停闪烁，宾客爆发出一阵阵掌声。冰激凌勺挖掘撞击坑的速度，可比机器人挖掘机快多了。

理查德挽着克拉瑞莎，在宾客桌之间以一个胜利者的姿态穿梭。

"你知道机器人上写的什么字吗？"克拉瑞莎问。克拉瑞莎·O.贝尔和理查德·H.拉维顿三世永远在一起。

"这做得简直和真的月球一模一样，"莫妮卡说，"为了得到这东西，让我杀人都行。"

理查德说："这东西的成本可以治愈全纽约的丙肝患者，或者为全州提供肾上腺素。但是，有些东西可不是钱能衡量的。你看克拉瑞莎——"

众人身后忽然传来一声玻璃碎裂的声音。一个穿着黑色制服的深色皮肤妇女正在徒手清理玻璃碴。她是克拉瑞莎的妈妈雇来的用人。

"对不起,"那女人说,"我会清理干净的。请无视我,玩开心——"

"你在哭吗?"克拉瑞莎惊讶地问,"你在我的婚礼上居然哭了?"

"不不不。"女人说,"这是快乐的泪水。我在为你感到高兴。"

"你必须和我说清楚。"克拉瑞莎说。克拉瑞莎让房间里的灯光看起来更柔和,项链上的月球玻璃闪闪发光。房间里的灯泡,克拉瑞莎身上的蕾丝和丝绸,都是预先经过了手工挑选。

"没什么大事,不过是家里死了个人。仅此而已。"

"那可太糟糕了。别管这些玻璃碴了。你还能感觉好受点。"

她用水晶碗装了一大勺冰激凌,放上一个茶勺,然后将碗端到女人面前。

"谢谢。"女人说道。现在,克拉瑞莎可以确定她是喜极而泣了。

另一名服务生拿着簸箕和扫帚走过来,默默清理了玻璃碴。

克拉瑞莎给自己也装了一碗冰激凌,免得让那个女人觉得孤单,但是理查德拿过冰激凌勺,帮她盛好了冰激凌。

理查德两眼放光,说道:"你让所有人都感觉良好,我妈妈、凯尔和那个可怜的女人,你都一视同仁。你就是对同理心缺失的最佳反证。"

"什么——"

"有些研究者认为,你不可能在有钱的同时还保持善心。这都是马克思主义分子和无政府主义分子的鬼话。他们应该见见你。"

　　冰激凌冰冰凉凉的，而且非常甜。克拉瑞莎颤抖了一下，闭上了眼睛。她感觉看到了自己的未来，每生一个孩子，她就要在项链上加一个月球玻璃，孩子们的名字就叫切茜娅、查尔斯和尼克；她想象着理查德的样貌如何变得渐渐陌生，但是她对理查德的爱意不会改变；她会放弃拯救世界的念头，在整个世界陷入黑暗的时候，专注于确保家族的未来。

　　她睁开了眼睛。

　　现在该跳舞了，理查德向克拉瑞莎伸出了手。

　　二人在月球上跳起了华尔兹，每一步都能踢起一片月球尘埃。在他们出生之前，这种舞步就已经存在了，现在这种舞步熟记于心。当这对新婚夫妇开始起舞，宾客们也跟着跳了起来，那位哭泣的服务员被赶了出去。酸碱度超标的海水还在上涨，丝毫没有下降的迹象。

门之秘事

索菲亚·雷

索菲亚·雷（sofiarhei.com）出版了三十多本书，其中包括短篇小说合集《字母组成一切》，小说《伦多拉》获得了米诺陶罗（Minotauro）摄氏度奖，以及一部关于书的恐怖故事《在最后一页等我》。她的诗歌获得了矮星奖，并入围雷斯灵奖。她正在撰写一部关于讽刺欧洲现状的新书《新乌托邦》。

致查斯·阿雷拉诺

围绕索尔·阿松西奥的作品所产生的争议，无疑是关于十八世纪所谓"撒旦的温柔致歉"最为有趣的一个案例。她的支持者认为，该作品完美遵循了警示寓言的创作模式，在恰当的位置提供建议，虽然基督徒总有赎罪的机会，但那些做出错误决定的人总会受到惩罚。反对者的重点放在了书中一个迷人而温柔的恶魔身上，他们认为这种迷人而温柔的性格，反而会吸引年轻和其他容易受影响的读者，并不能起到告诫读者的作用。

——利奥波多·曼雷萨，《信仰与异端的区别》
刊登于1907年，萨拉曼卡市，《审判庭时报》

约翰·佩鲁乔整夜都在家伏案工作。他住在加西亚区的一间微型公寓里，柜子里大多装着写作机器、艺术类杂志和包括碎纸机、明胶复印机在内的各种自制设备。他现在开心地哼着歌，醉心于自己手头的工作，完全忘了睡觉这件事。

当审判庭展开调查的时候，大圣母将本尼迪克修女的大多数作品都藏了起来。有些喜剧剧本已经完全遗失了。万幸的是，那些警世寓言已经在民间流传，但这对印刷商来说无疑是一门颇有风险的生意。他继续偷偷贩卖《门之秘事》，完全接受了其中的风险。

——利奥波多·加尔文

巴利亚多利德，1929 年，《西班牙教堂中被诅咒的诗人》

闹钟的声音吓了他一跳。约翰忙于用黑茶水给假报纸染色，好让它看起来是旧报纸，所以完全忘记了自己的闹钟。

圣佩德罗梅斯拜克斯街学校失火

虽然火势很快就得到了控制，但有两名消防员殉职。本次起火是因为学校门卫没有完全熄灭火盆的煤炭。一堵木墙被引燃，在木墙之后藏着可能来自审判庭时代的几本禁书和文件。其中一本是索尔·阿松西奥·阿尔德波的寓言故事，专家认为这本书已经失传了。整个修复将持续一周，在此期间学校将停课，家长应让孩子留在家中，等待进一步指示。

巴塞罗那，1949 年 4 月 17 日，《先锋报》

约翰看着自己伪造的文件，露出了满意的笑容。百科全书上的这条注释将是他最伟大的个人胜利之一。和其他几百万身穿黑色防墨服的工作人员一样，他们都会为总部坐落于巴塞罗那的世界百科全书工作。如果没有这种在通用数据库里加入虚假信息的游戏，他早就觉得生活索然无味了。一开始的时候，他加入的无非是一些并不重要的引用典故、一个虚构的小人物，又或者关于某位公众人物的趣事。多年来，他开始向其中引入更多的虚假内容，情节更为丰富，内容更加翔实。

他从来都不会保留自己伪造的内容。自从1969年颁布《窗帘禁令》，空中警察随时可以监视居民在家中的活动。约翰将机器藏进白色的柜子里，准备好开始工作。

就在他准备走出公寓的时候，门缝下塞进来一张绿色纸片制成的纸蛇。

别去上班。去找卡雷尔·德·恩阿莱。

约翰听说过这样的小纸条。纸条上的信息含混不清，没有指责自己的违法行为，甚至连一个字都没有提到。他听说过这种空中警察设下的陷阱，当有人被怀疑是嫌疑犯，但无法证明的时候，警察就会使用这种把戏。一个人不去上班，反而是去一个很可疑的外地人才会去的休闲场所，就足以证明一个人的嫌疑了。

不，约翰不会改变自己的日常行为模式。他打定主意之后，整个人就冷静了下来。他在销毁伪造的文件时都非常小心。正如他经常告诉自己的那样，在造假的一生中，你很难证明那些被报道的事情真的发生过。大多数的历史档案馆和报纸博物馆都不在城里，它们都集中在韦斯卡省和维斯利特翁这样的地方。佩鲁乔过去很喜欢参加这种旅行，因为他可以从中感受到宁静。空中警察的六旋翼飞机每天在城市上空飞来飞去，听起来就像一片不停咆哮的金属海洋。

佩鲁乔向窗外看去，一个人都没看到。标准尺寸的窗子外面并没有空中警察。但是，你感觉他们就在外面。那种空中警察随时会出现在你窗外的感觉，远比警察出现在窗外更可怕。

佩鲁乔深吸一口气，他一直都非常小心，确保自己不会太突出，工作量不会超标或者不足。他研究了相关数据，确保自己的产出和同事保持一致，他的上级并不懂西班牙语或加泰罗尼亚语，佩鲁乔所有伪造文件都会选用这两种语言完成。

当然，有传言说有人被警察带走之后再也没回来，但是佩鲁乔从没见过这种事情。实际上，从来没有针对"真实性"的明确规定，也没人说不能在工作中发挥创造性。所有内容显得有一些模糊，缺乏明确的标识，为官方的解释留下空间。

但是，佩鲁乔无视纸条上的警告继续去上班的原因，是因为他内心想去上班。整个关于索尔·阿松西奥·阿尔德波和她并不存在的《门之秘事》，可能是他最成功的造假项目。这些项目是他活下去的理由，在一个自由创造仅限于商业目的和其他许可形式（包括而不限于教育、角色创作等）的世界里，这是仅有的自由文学创作形式。

佩鲁乔大多数时候都是走路去上班，今天他也不想做出任何有违常规的事情。他保持日常步速，继续着每天该做的事情，比如说在面包店买一个小香肠肉卷当午饭。

十年前，全球政府决定将不同职能分配给精心选择的几座城市。巴塞罗那被选为知识之都。世界百科全书从20世纪40年代开始就把总部设在这里，随着时间的推移，总部面积越来越大，分配的员工越来越多，他们负责收集可以验证的数据，判断其中哪些是重要信息，哪些不值一提，然后将剩下的信息分类。

巴塞罗那一直是一座多文化的城市,但为了应对所有的语言和方言,几百万基础知识系统的员工从世界各地赶到此地,这座城市一下子变成了全新的巴别塔。

根据官方说法,扩建区所有街区的中央庭院都经过了升级,可以容纳二十五层的建筑。所有这些建筑外观一模一样,里面住满世界百科全书的工作人员。较低的楼层住着出版社和印刷机,技术人员都穿着黑色不粘墨的工作服。在约翰·佩鲁乔工作的较高楼层,每一名编辑都有一台莱诺铸排机。虽然编辑们不会和墨水打交道,也不会弄得自己浑身都是墨水,但他们也穿着深色的工作服,仿佛知识也会在衣服上留下永久的印记。

佩鲁乔脑子里忽然想到一点,心里不由得感到害怕。万一还有一个秘密审核组织该怎么办,有一群秘密特工致力于搜索真相,惩戒那些生产虚假数据的人,致力于让这些违法之徒永远留在潮湿肮脏的监狱里?

约翰·佩鲁乔面带微笑走进大楼,在脑海里不停重复告诫自己:证明没有发生过的事情是完全不可能的。实际上,如果他被分配去寻找某些书、评论或者文章不存在的证据,就可能会在这上面消耗几个月的时间。他从没有接到过这种任务,而且严重怀疑基础知识系统是否会在必须支付工资的工作时间去甄别文件的真假。而且也完全没有必要这么做,大多数员工不是遵守相关规定,就是一群马屁精。

当佩鲁乔走进拥挤的电梯时,他感觉到自己冷汗直流,于是试着让自己冷静下来。他走向自己位于加泰罗尼亚语区的铸排机,小心翼翼地将伪造文件塞进真正的文件堆里。然后,他开始了自己的日常工作,继续伏案码字。

整个早上就这样安然度过了。佩鲁乔开始加速输入伪造文件上的内容。他在自己的工位上吃完了午饭,然后继续工作:

索尔·阿松西奥·阿尔德波通过直接描写和比喻的手段,借通向地狱的旅途来描写老巴塞罗那最黑暗的街道。拉巴尔区充满未知,非常危险,对于体面的市民来说非常陌生,但只有在这里,才会发现真正可怕的事情。这里最可怕的不是小偷、吸毒上瘾的乞丐,或者疯狂的流浪汉,而是那些隐藏在阴影之中的"小门"。

胡安娜·托雷格罗萨
《巴塞罗那群像》,巴塞罗那,1955 年

"佩鲁乔,"一个单调而毫无激情的声音说,"老板让你五点去他办公室。"

佩鲁乔努力控制自己颤抖的双手。主管并不会经常找他,但这种事情确实发生过一两次。也许这次不过是确认日常工作:

"佩鲁乔,最近工作如何?"

"先生,一切都很好。"

"有足够的材料保证每天的工作量吗?"

"有的,先生。"

"需要去赫罗纳出差收集材料吗?"

"可能要到下个月了。"

现在佩鲁乔满脑子想的都是找个借口快点逃跑,但是他的意志非常强大,在深呼吸了几下之后,给自己讲了个老笑话:

一个加泰罗尼亚人坐在一个鱼缸面前,缸里装着一条鱼。令人感到惊讶的是,当这个男人抬起头的时候,那条鱼也模仿

他的动作,看向相同的方向。当男人看向其他方向的时候,鱼也跟着这么做。

一个西班牙人一直在观察这个加泰罗尼亚人,他走上前去和加泰罗尼亚人聊了起来。

"这可真是太神奇了!简直是一个奇迹!"西班牙人说,"你是怎么让鱼听从你的命令的?"

加泰罗尼亚人平静地说:"这很简单,我紧紧盯住这条鱼的双眼,让他屈服于我的意志。鱼类低下的意识承认了人类有更高级的意识。只要多加训练,你也可以做到。"

在西班牙人看来,这一切非常合理。毕竟,他从没指挥过一条鱼。只要盯住鱼的眼睛,剩下的事情就十分简单。

十分钟后,加泰罗尼亚人返回鱼缸旁边。

"情况如何?"他问西班牙人。

西班牙人双眼无神地看着他,嘴唇噘成鱼嘴的样子。

西班牙人说:"阿巴阿巴阿巴阿巴。"

佩鲁乔笑了起来。不论他听还是讲多少次这个故事,这都是他最喜欢的笑话,这个笑话总能让他振作起来。他看了看墙上的大表,发现已经快四点了。他还要工作一个小时,如果自己要被逮捕,最好还是先完成自己的项目。

"需要字母吗?"推着手推车的姑娘,递给他一篮子元音和辅音的金属字母。

"请给我一些F和V。"佩鲁乔答道。

"保龄球手!那消防员过来了!"一名编辑用加泰罗尼亚语发出警告。

如果佩鲁乔没记错的话,保龄球手是一位高层领导,编辑的主管都要服从他的命令。他很少出现在办公室里,每次出现就是在找其他人的麻烦。他会大喊"做好，巴拉盖"。或者"你双手使用键盘的姿势不对，芬塔内拉。希望你不要让基础知识系统基金为你因为姿势不正确而产生的健康问题掏钱"。

所有编辑浑身一震，但约翰·佩鲁乔没有任何动作。他早就摆出了正确的坐姿，坐得笔直，保证脊柱垂直可以避免背痛和疲劳。也许这就是保龄球手从来没有关注过佩鲁乔的原因。有的时候，佩鲁乔认为保龄球手有一种奇怪的幽默感，喜欢恐吓自己的员工。

但是，保龄球手今天并没有在铸排机周围走来走去，而是径直走进了主管的办公室，关上了门。大家一下子就放松了下来，但是佩鲁乔除外。他需要给自己讲三个笑话，然后冥想一会儿，才能镇定下来。

他开始为最后一篇文章码字，文章的题目是《索尔·阿松西奥·阿尔德波作品中的恶魔形象》。这是佩鲁乔最喜欢的作品，这是这位自己虚构的作家最优秀的作品。在这篇文章中，一位虚构的博士生解释道，在这位修女所著的警世寓言中，恶魔总是以一个没了右耳的普通人形象现身。这个造型代表着那些只听坏消息，只看故事糟糕一面，对于人类本性存在消极看法的人。

当码完字后，佩鲁乔用升降机送码好字的字盘进入印刷机。当这一切完成之后，他整个人都放松了下来。现在，他只需要完成百科全书的工作了。就是现在被捕也没关系，他现在几乎希望自己被抓起来。

半个小时后，保龄球手还在和主管说话。两个小时后，情况还是如此。到了七点，穿着深色工作服的编辑们离开了自己的工作岗位。佩鲁乔又加班工作了半个小时，等待保龄球手走出办公室，这一切对于他来说并无不寻常之处。但是，保龄球手还在主管的办公室里。

"卡塞尔,"佩鲁乔对主管的秘书说,"科尔先生之前让我去他办公室。"

"佩鲁乔,别担心。他还在和保……格拉德斯通先生谈话。我怀疑他们还要聊一会儿。"

"你确定?我可以等……"

卡塞尔笑了起来。

"你太认真了。回家吧,主管明天还在办公室。"

佩鲁乔谢过秘书,就快速逃出了办公室。

他的判断没有错,没什么好担心的。如果真出了问题,卡塞尔肯定知道,主管没了这位超级高效的秘书助阵,肯定连自己的影子都找不到。而卡塞尔还是和往日一样平易近人。

佩鲁乔心情愉快地离开了。

一名空中警察从佩鲁乔身边飞过,并对他做了一次嗅探检查。警察的靴子几乎碰到了佩鲁乔的肩膀。但是,这一切却让人感到非常安心。一切都井然有序。

他可以去一个叫作魅力夜市的地方找几本古书打发时间。又或者回到自己的公寓,开始下一个项目。这是一个关于温泉的故事……有些故事一直在他脑海中萦绕,就好像是自己总想讨论的那个水温过高的浴缸。

自己确实该干点什么。为什么自己前进的方向,和早上那条纸蛇提示的方向不谋而合?卡雷尔·德·恩阿莱。为什么要记住这种东西?

他应该躲开各种麻烦。只有疯子才会去纸条提示的地点。如果这个纸条并不是恶作剧,而是政府设下的陷阱,又该怎么办?如果有人已经发现了他的违规行为又该怎么办?更可怕的是，这些身份不明的朋友，真的想帮助他逃脱法律的惩罚，又该怎么办？

但是，佩鲁乔实在控制不住自己，他被自己的好奇心束缚，脸上带着凝固的笑容，向着波塔费里萨喷泉走去。奇怪的是，他现在走在空旷的大街上，却比在办公室里更加心惊胆战。也许是熟悉的办公空间给了自己更多的安全感。

大街上一个人都没有。当佩鲁乔年轻的时候，巴塞罗那还是一座充满活力的城市。他还记得欢乐大剧院总是聚集着许多儿童、工人和老人，蒂比达博的博物馆里让人感到害怕的机器人，还有丘塔德拉公园壮观的温室。但曾经的巴塞罗那已经永远消失了。当密集的炸弹从天而降，大片街区化为废墟，整个城市被扫平，一个时代灰飞烟灭。

就在他快走到喷泉的时候，在街角看到了一名女弓箭手。她半藏于阴影之中，穿着城市清洁工的制服，双臂紧绷拉弓对准一只猫。她看起来非常紧张。

"我不知道该怎么办，"她说，"那只猫被困在屋顶，一直叫个不停。无主的猫就是公共健康的隐患、潜在的害虫携带者，我们已经收到了周围住户的投诉。但换个角度来看……这只猫看起来很困惑。但是，我帮不到它。也许我可以给它个机会……动物园……？我要是不杀了它，就可能会被解雇。"

佩鲁乔感到鼻子很痒，仿佛是被电了一下，或者有只虫子在爬。这种感觉令人猝不及防，但又很美妙。这种感觉罕见，其中还夹杂着一种恐惧的味道。

佩鲁乔立即就想到了那句老话，好奇心害死猫。加泰罗尼亚语中也有一句类似的话，在错误的地方到处打探，最后只会看到自己的罪恶。这两句话表达了同一个意思，在寻找新事物、信息和知识的同时，就可能遇到错误或者如恶魔般可怕的存在。眼前的弓箭手看起来就像是拟人化的好奇心。

"也许你可以对着那面墙射一箭，就在那儿，你看到了吗？也许猫可以把箭当台阶，自己就能下来了……然后你就可以抓到它。"

然后，佩鲁乔小声说道："又或者选择不这么做。"

那女人看着他。

"你不想让我杀了那只猫？"

佩鲁乔犹豫了一下。一个正常的市民肯定会支持杀掉那只猫，或者用玩忽职守罪来威胁这位弓箭手。

但是，他说："我确实不想让你杀了那只猫。"

"你确定？"

"人不必为了几句话就搭上性命。"

她笑了笑，脱下了自己的帽子，正如索尔·阿松西奥·阿尔德波书中的恶魔一样，这位弓箭手没有右耳。她聚精会神地看着佩鲁乔，后者打了个哆嗦。

"要跟我来吗？"弓箭手问。

"好。"

现在，那种能身处自己的故事里的满足感已经超过了心中的恐惧。

佩鲁乔跟着弓箭手穿过窄窄的街道，来到一扇藏在阴影中的大门前。他走进这栋建筑，然后见到了令人难以置信的一幕。

他看到整整一套工作正常的印刷机，包含了从印刷术发明之时起所有的印刷设备。几个人正在手工制作纸张。这里甚至还有一位叫作黑面圣母的抄写僧侣,这位僧侣从1975年就开始誊抄书籍。

这是一个非法印刷工坊。这里的窗户很小,而且是半透明的,墙壁可以吸收噪声。只有在拉巴尔区才能找到这样隐秘的地方。房屋周围的阴影既是一种警告,也是一种防御手段。

佩鲁乔看到了保龄球手。他在工人中间走来走去,态度和佩鲁乔平时见到的完全不一样。他没有关注工人的小错误和不合规之处,而是看起来非常轻松,甚至很高兴的样子。保龄球手看起来完全换了个人。

"啊!佩鲁乔,很高兴看到你!"保龄球手用加泰罗尼亚语说。佩鲁乔并不知道他居然可以熟练掌握这门古老的语言。"过来,过来!这没什么需要担心的。和我一起欣赏这些艺术家们的精湛手艺吧。你休息的时间不多了,我们团队里的作家想问你几个问题……"

"是他吗?"一个穿着一身绿衣服、戴着眼镜的女人问道。

"对!容我介绍一下,约翰·佩鲁乔,这位是罗萨·法比加特,我们最有才华的作家之一。"

"作家……"

佩鲁乔品味着这个词。他已经很久没有听到这个词了,更别说从自己嘴里说出来了。他开始嫉妒眼前的这位年轻姑娘了。

这位姑娘用加泰罗尼亚语说:"佩鲁乔先生,我非常喜欢你的作品。"

佩鲁乔一下子无法理解这到底是怎么回事。

"但是我没有任何'作品'……我就是一个编辑……"

保龄球手和罗萨都笑了起来。

"你是个了不起的作家。你的作品填满了一座图书馆,他们大部分工作也和你的作品有关。罗密欧的奥克塔维、佩雷塞拉和波斯蒂乌斯,还有他们的主人伯纳贝……"

佩鲁乔感到背后腾起一股寒气。这个女人说的都是他笔下的人物,仿佛这些人物都是受人尊敬的作家,这些人物仿佛是脱离了佩鲁乔的想象,进入了现实生活。

"……顺便一提,我有一个关于伯纳贝的问题。我们知道他有黑色的毛啊,没有嘴,还有三只眼睛。但是他在监视作者的时候,是三只眼睛一起盯住作家,还是三只眼睛可以独立活动?"

"我亲爱的罗萨,快饶了佩鲁乔吧……"

"不,不……"佩鲁乔说,"我从没想过关于伯纳贝眼睛的问题!这是个好问题。也许他的每一只眼睛可以看到一部分现实,一只眼睛看见光、黄色和白色,一只眼睛看见影子、蓝色和绿色,第三只眼睛看见激情、红色、紫色、粉色和品红色。这样合理吗?"

"那他需要三只眼睛同时盯住一个物体……非常感谢,佩鲁乔先生。"

"罗萨,你以后能从他这里得到更多信息。但现在,他需要好好参观这里。"

"好吧,"她的语气中略带一丝失望。"还有一件事,关于镜子的研究……真是太棒了。"

罗萨说完就走了,并没有看到佩鲁乔脸红的样子。

"她说得没错。那些中世纪的故事……真是令人难忘。"保龄球手继续说道。佩鲁乔一想到这家伙花了很多时间研究自己,不禁感到受宠若惊。

"曼尼尔,"保龄球手指了指一位在长椅上工作的艺术家,

"正在整理你去年制作的那部法典。"

"我……我不明白。你是在根据……我编出来的指示制作假文件？一整套？"

"我们就是在这么干。很令人感到惊讶，是不是？如果你加入的文件真实存在的话，那么你永远都不会因为造假而被抓。所以，你的作品完全是真实的。"

"我需要坐下来。"佩鲁乔说。

当罗萨走了之后，保龄球手和佩鲁乔默默地坐了一会儿。

"她负责那些文字最优美、最富有诗意的书。她是个富有激情的读者，对生活充满好奇……"

"但是……为什么要花这么大力气救我……如此大量地消耗……"

"为了救你？不，佩鲁乔，这是为了拯救文学。你不是唯一在百科全书里添油加醋的人，不过我要说明一点，你是这些人中最棒的。其中有些人是你的同事，你以后会遇到他们，其中包括敬爱的昆奎罗先生，法语区的总管马塞尔·艾梅……其他人则来自学术界，其中包括著名的教授……"

"托伦特·巴勒斯特！"佩鲁乔忽然说道，"我一直对他使用的字体表示怀疑。有的时候，他的那些主题太过美好，有种不真实感。"

保龄球手叹了口气。

"如果美好必须和真实存在差距……那么我们可能真的处于这样一个时代。"

"我们有这样的公牛，只能继续耕地。"

二人又很长时间不说话。

保龄球手说："佩鲁乔，过去几十年的历史，并不是像他们……我们宣称的那样。那些为百科全书提供'并非完全准确'内容的势力，我不得不说他们并不是像你这样令人愉快。你看过那么多书，对赫伯特·乔治·威尔斯这个名字熟悉吗？"

佩鲁乔大吃一惊，还以为自己会听到政治、经济方面的绝密消息……

"我当然知道，他是个英语作家。"

"我要是告诉你，是他创造出了现在这个世界呢？"

"啊……那我会大吃一惊。"

"在1935年，他写过一本小说……"

小说二字对佩鲁乔来说无疑是非常美丽的，其中蕴含着这种往日的艺术所特有的自由和力量。

保龄球手继续说道："他写过一本叫作《未来事物》的书。这是一部警世寓言，但和传统题材有些区别，因为它不是给个人提供建议。这部小说给整个社会描绘了一个黑暗的未来，一个群体行为错误之后产生的结果。这本书反响一般，但是通常被认为是一场规模庞大的实验而已。为什么一位严肃的作家要浪费时间描绘虚构的未来呢？"

佩鲁乔露出了笑容。这种小说非常适合他，也许因为佩鲁乔是个与众不同的读者吧。

"三年后，一个叫奥森·威尔斯的人制作了一部广播剧。他非常喜欢这位姓氏和自己相似的作家，打算为万圣节献上一个大玩笑。他是个完美主义者，为了实现节目效果的最大化，他邀请了来自英国，甚至苏联的同行加入自己的计划。他希望向自己的老板展示无线电的强大力量。"

"但是1938年的万圣节……旧英国和美国不是发生了政变吗……"佩鲁乔说道。

"没错。只不过一开始的时候并没有政变，有的只是关于政变的虚假无线电通信。"

佩鲁乔一时间感到信息量巨大。

"这完全不合理。政府确实被推翻了，而且这产生了深远的影响……"

"广播剧播出之后，民众非常惶恐。很多人离开了城市，到处都是骚乱。他的观点已经得到了证实：无线电非常强大。但是，当奥森·威尔斯想解释这一切不过是一场恶作剧的时候，通信却被切断了。一个极端政治团体抓住机会，发动了政变。"

"没人知道该怎么办。几个小时之后，就匆匆举行了好几次非法会议。很快，富有的寡头们就发现这种新秩序对自己非常有利。这些野心勃勃的新任领导人逮捕了奥森·威尔斯。他向领导人们展示了那本给自己提供了灵感的书。"

"你是说现在世界变成这样，是因为一部小说和一个电台节目？"

"没那么简单。其中有很多利益和派系参与。但没错，到了最后，他们认为 H.G. 威尔斯的计划非常理想。既然已经有一个现成的计划，那么又何必费力筹划一个全新的计划呢？"

"但你说威尔斯的小说是警世寓言，不是社会倡议书……"

"他们将小说当成了工作手册，而且他们成功了。赫伯特·威尔斯和奥森·威尔斯为他们工作了几年，后来为了奖励他们的合作态度，这些领导人就将他们释放了。"

"强迫合作……"

保龄球手点了点头。

佩鲁乔说："让我来理解一下，你的意思是说，一个寓言和一场玩笑造就了今天的经济系统和整个社会？一个禁止幻想作品的社会?"

"他们精确控制新幻想作品的出现,因为他们知道这些故事所带来的影响。

奥森·威尔斯长期负责政权宣传机器的建设工作,而且在若干笔名的掩护下,取得了不错的成绩。这些笔名包括一个叫凯恩的名字。没人知道他之后干了什么,也许在某个小岛上抽着雪茄,养着一群孩子,就此了却一生。但是我们确实知道赫伯特·乔治·威尔斯干了什么。他成了一个企业家,大赚了一笔。毕竟,他对于权力内部运作机制非常熟悉。在他的朋友G.K.切斯特顿的帮助下,他建立了一个组织,专门保护像你这样的创作者,以便让你们在当下环境中继续创作。"

佩鲁乔打量着眼前的机器和这间规模庞大的造假工坊。

"这一切全都是来自威尔斯的资助?"佩鲁乔努力消化着听到的一切。

佩鲁乔打量着周围的印刷机、抄写员和造纸匠。他有太多问题……但是现在他的意识受到了严重冲击,需要好好整理一下。

他说:"我想出去走走。"

保龄球员点了点头,交给他一串打开密门的钥匙。

"你随时可以回来。"

佩鲁乔走了很久。整个城市看起来都不一样了,自从他知道了巴塞罗那的秘密之后,整个城市看起来更加富有吸引力了。如果在城市的表面之下有一个非法企业,那么在暗影之中还有多少秘密呢?

他走到魅力夜市,打量着一摞摞被转卖过无数次的旧书,在旧书堆的周围是大堆的旧衣服和罐子。佩鲁乔买了三本书,他实在无法拒绝书的诱惑。

第二天,他照常去上班。

接下来的一天还是如此。

这种日常生活让他找到了熟悉的规律。到了星期四,保龄球手忽然来到了佩鲁乔的工位。

"佩鲁乔,"他愤怒地说,"这个字框没有和页边对齐。重新做一遍。"

佩鲁乔惊讶地看着保龄球手。这家伙是天下最棒的演员。

"好的,先生。"

当天下午,佩鲁乔在狭窄的街道之间找到了密门。他用钥匙打开门,发现罗萨似乎很高兴见到自己。

"现在……什么?我还能期待什么呢?我的生活……会发生改变吗?"

罗萨露出了微笑。

"没必要。经过这么多年,咱们早就知道,秘密创作最简单的方法就是不进行任何掩饰。"

"那……经历了这么多……我明天还得照常上班,假装这一切根本没有发生?"

"没错。这里的一切,包括所有人、设备和我们说过的一切,都不过是……想象出来的。"

并非归途

格雷格·伊根

格雷格·伊根（gregegan.com）已经出版了六十多部短篇故事和十三部小说，赢得了雨果奖和约翰·W.坎贝尔纪念奖。他最近的作品包括发表在Tor.com的中篇小说《近日点之夏》和地下出版社出版的《离散》。

一

当艾莎透过窗户看到景逸的时候，她还以为自己看到的是窗户上的倒影。景逸穿着防护服，但是头盔却抓在手上。她站在艾莎身后，看着房子里面。

但事实并非如此。

艾莎跪在地板上哭了起来。是景逸让艾莎不被绝望所吞噬，重整旗鼓追求人生目标。但是当景逸受到挫折，开始怀疑自己的时候，艾莎一年多来鼓励自己和景逸保持理智的种种努力，都化为泡影。

艾莎哭了很久，等自己心里好受一些的时候，就不得不面对一个选择：跟随景逸进入黑暗，又或者退后一步，绕过深渊。

她站起来走到摇篮旁边，轻轻抱起努黎。她不能就这样被击垮，不能被任何东西打垮。女儿很快就睡着了，艾莎穿防护服时甚至没有吵醒她。艾莎穿好了一体化防护服，就开始收拾东西准备出发。

越野车后面是拖车和开放的货盘，这让艾莎想到了自己在达尼丁住合租房时期，用车搬运家具的生活。她并没有回避这段回忆，她想象着吉安尼站在自己身边，一边看着自己调整家具在货盘上的位置，一边开玩笑。短短的支架长度刚好，但她不希望货物在车上晃来晃去。她在工坊里反复翻找，找到了几根电缆，耐心地捆在货盘四角。

艾莎已经将闪闪发光的二氧化硅纤维收好，她和景逸花了四个月的时间织这些东西。虽然纤维已经叠在了一起，但体积还是很大，艾莎不得不蹲下去才能把它捡起来。这堆纤维彻底挡住了她的视野。艾莎拿过一块滑板和一根拉索，将纤维放上去，然后拖着滑板穿过工坊，来到了布满风化碎屑的室外。

艾莎抬头看着新月形的地球，努黎醒了过来开始大哭。艾莎安慰着小家伙："嘘，嘘。"因为防护服的阻隔，她不可能抚摸努黎，但还是将努黎凑到了自己乳房的位置。等努黎含住了乳头，立即停止了哭泣，心满意足地吃起了奶。"咱们要出去兜风啦。"艾莎解释说，"你觉得如何？"

景逸面朝西边，这是她们既定的前进方向，她们将逐日而行。艾莎不可能埋葬自己的朋友，景逸锁定了防护服的关节，让身体保持直立，所以艾莎并不想让朋友的尸体平躺在尘土中。

努黎停止哭泣，然后开始拉屎，但她使用的是和艾莎一样的尿布，所以艾莎只能忍受这种味道。

艾莎收拾好行李，盖上一块油布，将绳索布置就位。

当一切准备就绪，她抬头又看了一眼地球。艾莎一直擅长地标识别，只要看一眼远处的尖塔，就能找到回家的路。但是，她在这颗星球上就像是到了家一样，现在开着越野车向着相反方向前进和自杀没有什么区别。十二个月后，当救援队到达之后，救援队员只会忍着笑悄悄对彼此说："她朝着月球暗面去了？"想象这个场面就觉得害怕。

景逸的纪念碑依然立在原地。"好吧，按照原计划行动，"艾莎自言自语道。"做好该做的事情。"

二

"去斐济的蜜月旅行！谢谢！"艾莎出于感激抱住了自己的父亲，他继续说道，"信封里还有东西。你再看一看。"

艾莎红着脸按照父亲的提示又看了看信封，她以为信封里除了机票和酒店预订证明，还有一些零用钱。但是，她找到的是另一种不同的机票。

"我在买之前，和吉安尼确认过了。"父亲说道。这一切无疑是经过了精明的计算，彩票的奖品只对夫妻有效，如果她的丈夫不能参加这次旅行，那么对她们俩来说无疑是非常难过的。根本没见过这张票也许是一个更好的选择。

到了晚上，艾莎和吉安尼躺在床上，艾莎开始讨论自己未来的机遇。"十万人中才能选出一个，"艾莎打趣道，"我被选入宇航员项目的概率还是很高的。"

"可你先得申请加入才能。"

"此话不假。"当你还是个十二岁的孩子时，大可以想象这种事情，但当你是个二十七岁的成年人的时候，也就不一样了。艾莎很感激父亲记得自己的童年梦想，但他似乎比自己还执着于这个梦想。"再说了,咱们完全不可能从中胜出。他们会选中一对中国夫妇。"

"为什么?中美关系存在波动,并不意味着这家公司会将这些国家的人列入黑名单。"

"不,这是种市场营销手段罢了。'月球上的蜜月!'你设计这样的标语,当然是面对最大的市场。"

吉安尼笑着说:"这一张彩票可价值一千美元呢!"

在经过艾莎反复的冷嘲热讽和满心的期待之后,彩票公司直播了最后的开奖环节。在宇宙背景噪声的嘶嘶作响中,决定最后赢家的五位数终于揭晓,市场营销部门只能接受最终结果。

艾莎收到一群九岁左右的小粉丝送来的各种手工庆祝贺卡,其中有人请求她从月球带回各种材料样本,还有些人要求她将各种人偶放在月球表面拍照。她和吉安尼通过了体检,然后被送往戈壁沙漠。这里的离心机训练和太空服使用训练,给人一种伪纪录片的感觉,似乎对她们的太空旅行并没有太大用处。但艾莎按照公司公关部门的安排行事,直到自己顺着奇怪的传送带,一路来到了发射台。

吉安尼说道:"原来这就是准备做手术的感觉。"现在她们穿着飞行服,等着摆渡车送自己登上嫦娥 20 号。

飞行员志林说:"我猜你说的是那种必须全程保持清醒的脑科手术吧。"

艾莎问:"你害怕吗?"

"我执行第一次任务的时候,确实感到害怕,"他承认道,"人类尝试进入太空的感觉确实奇怪,而且也有种不自然的感觉。但对于开飞机和开车这些我们祖先所做的事情而言,感觉也是类似的。"

"还有在摩天大楼之间走钢丝。"吉安尼开玩笑着说。艾莎很想揍他一拳,但是志林却笑了起来。

艾莎从发射塔架上眺望着灰色的平原,兴奋地挥了挥手,她知道自己的父亲和学生肯定看着这一切,但当她进入狭小的乘员舱将自己固定在座椅上的时候,立即闭上眼睛,抓住吉安尼的手。

"不会有事的。"吉安尼悄悄说道。

艾莎等着引擎点火,反复思考自己为什么急于离开地球。她不需要看到地球变成一个蓝色小圆点,才会相信自己的家乡不过是宇宙中脆弱的绿洲。如果她不能借此激发学生心中对科学的热爱之情,那自己就是历史上最差劲的老师。

当火箭开始点火,艾莎听到烈焰在身下咆哮,整个飞船和自己都在不停摇晃。当吉安尼捏住艾莎的手时,她才知道飞船已经升空,火箭像一个巨大的旋转烟火,点亮了这片沙漠。

艾莎曾经利用飞行模拟器观看了整个升空过程,帮助自己了解升空各个阶段和火箭分离动作,但是现在,她不想去解读各种声响代表着什么,害怕自己会理解错误,反复安慰自己最可怕的部分已经过去。但实际上,这不过才刚刚开始。她因为引擎的推力和乘员舱的晃动而感到牙疼,她第一次体会这种疼痛。在艾莎看来,这并不是什么脑科手术,而是一场疯狂的牙医手术。

当一切渐渐平静下来的时候,艾莎几乎不敢相信这种感觉。也许是自己习惯了这种感觉,又或者自己以某种心理上的游离状态屏蔽了外部的干扰。

"艾莎?"

艾莎睁开双眼,看到吉安尼满脸笑容。他从自己的口袋里拿出一支笔,然后松开手,这支笔飘浮在乘员舱里。这看起来就像是一种魔术,一种电影特效,又好像是手机上的 AR 效果。艾莎已经看过无数遍《2001 太空漫游》,但还是无法想象自己亲眼看到了这一切。

吉安尼说:"我们现在是宇航员了。是不是很棒?"

三

三天之后,当一行人从月球中央湾出舱的时候,艾莎整个人非常兴奋。她看着天空中的星星,和延伸向地平线的玄武岩裂隙,然后小心翼翼地走到发射台的另一端,那动作就像是她的奶奶做水上有氧运动。艾莎知道自己会因为各种情况而瞬间以极其难看的死状死在月球上,但是她绝对不会做任何危险的事情,就好像艾莎绝对不会打开高层建筑的窗户,然后一跃而出一样。

中央湾基地由大量非气密的工厂和工坊组成,唯一的气密居住区大小和郊区小屋尺寸类似,居住区后面还有一个温室。志林向艾莎和吉安尼介绍了这里的工作人员:景逸,植物学家和医学博士;马丁,机器人专家和矿业工程师;阿勇,地质学家和天体物理学家。这些双学位天才都是三十岁左右,艾莎一开始感到有些害怕,但很快就放松下来,嫉妒这些人无异于嫉妒奥林匹克运动员。她希望好好感受这次旅行,不带有任何幻想和遗憾。她不会去想自己要是有个博士学位该多好,又或者因为自己做过火箭,就开始考虑成为一名星际宇航员。

景逸展示了向整个水耕农场提供养分和能量的复杂系统,耐心地解答了艾莎的学生提出的问题。马丁向他们展示了太阳能熔炉,这个设备可以从玄武岩碎屑中提取有用的原料,但到目前为止，这些原料都被做成了阿勇的项目所需的氧化硅纤维。摩拉维亚吊运系统是一条不断旋转的线缆，整体长度达到了月球直径的三分之一。阿勇不断提升线缆高度，以至于线缆靠近月面的一端向后甩去，甚至在轨道中可以短时间抵消加速度。这就像是大轮子上的一个辐条，沿着月球赤道不停翻滚。只不过这个轮子运行的轨道在他们头顶上方几公里处，完全不必担心会被打到脑袋。有朝一日，吊运系统的挂钩将吊起车辆和补给，然后将这些物资甩向火星。就目前而言，这个系统还是个美丽的概念验证试验，它就像是一只不知疲倦的竹节虫，在众人的头顶不停翻着筋斗。

艾莎在房间里打通了父亲的视频电话。三秒的通信延迟确实影响了通信质量，但她体会过更糟糕的洲际通信。

"你还好吗？"父亲问，"飞行过程中没有感到不舒服吧？"

"一点都不难受。"艾莎晕船的时候就会呕吐不止。

"我真为你感到自豪。我相信你妈妈也是如此！"

艾莎面带微笑，现在她再说自己除了接受父亲的礼物，其他什么都没做，就显得太过于没心没肺了。

等视频电话结束之后，艾莎瘫在椅子上叹了口气："刚才咱们说到哪了？"

"你是不是在嫉妒我妹妹可以在珊瑚礁做水肺潜游？"吉安尼打趣道。他们将前往斐济的机票交给了吉安尼的妹妹，将两次旅行的机会都纳入自己囊中，未免也太过贪婪了。

"并没有。"有些评论认为一个熔炉算不上什么景点。但实际上，这里的一切都很有意思。

吉安尼问："他们不会在房间里安装摄像头吧？"艾莎希望他是在开玩笑，不论二人在基地中扮演怎样的角色，也不会和电视真人秀里的参赛选手混为一谈。但为了安全起见,还是关闭了电脑。

二人开始热吻,一些简单的动作都可能让二人摔一跤,任何缠绵的动作都有可能让二人出尽洋相。

艾莎说:"等咱们钻进睡袋,应该就没问题了。"二人在脱衣服的同时努力忍住不笑,他们并不知道如何才不会让邻居听到自己发出的噪声。

"当你父亲问我是否要参加这次旅行的时候,我差点就拒绝了。"吉安尼承认道。

艾莎皱着眉头说:"哎呀,你这么一说我可就来兴趣了。"

"我实话实说罢了。"

"我也是在开玩笑!"她亲了亲吉安尼。"我自己也好几次差点就退出了。"

"那我很庆幸咱们两个人都坚持到了最后。"吉安尼说,"我相信咱们余生都会庆幸自己参加过这次旅行。"

四

艾莎将手表默认时间改为达尼丁当地时间,这样她就不会错过和学校的通话。她在六点左右起床,洗了个澡,然后站在睡袋旁边,用脚戳着吉安尼的肩膀。

"你要不要起来吃早饭?"

吉安尼眯着眼睛看着表:"现在是早上两点!"

"那是北京时间。来吧……等我和孩子们视频通话的时候,你得坐在我旁边才行,不然他们会连续一个小时问你在干什么。"

等吃过早饭,二人整理好仪容,坐下来打开了电脑。电脑顺利启动，但是 Skype 软件却提示无法连接网络。

吉安尼说："也许我们不在卫星天线的工作范围之内。"

"我还以为他们能 24 小时保证通信呢。"在蒙古、洪都拉斯和尼日利亚都建有地面观测站，但不论是训练员和月球基地上的人，都没有提到联络地球还存在窗口期。

吉安尼皱着眉头说："你听到了吗？"耳边响起轻微的砰砰声，听起来似乎是气闸内层门正在关闭。

他们走到公共休息室，发现马丁刚返回气密舱，他身穿太空服，手上拿着自己的头盔。

马丁说："我们通信出了问题。"

"哦。"艾莎犹犹豫豫地问，"问题严重吗？"艾莎完全忘掉了此刻非常失望的学生们，马丁和他的同事还要在这里被困四个月，如果缺乏合适的替换零件，那么只有当轮班人员到岗的时候，才能恢复通信。

马丁答道："我也不知道。我们这边没有任何问题。"

"好吧。"艾莎不知道为什么马丁的口气暗示着这是个坏消息。"那么，我们什么时候转接到下一个卫星天线……"

马丁说："我们早就该完成信号转换了。"

"那么，问题就出在任务控制中心？"吉安尼说。

"不，"马丁听起来非常烦躁，"不论东风基地到底出了什么问题，我们都应该从天线获得信号了。"

艾莎感到不知所措，说道："两个位于世界不同位置的天线怎么可能都出问题呢？"

马丁摇了摇头："我也不知道。"

其他工作人员也纷纷加入了谈话，他们不是被说话声吵醒，就是被设备失去网络连接的警报声吵醒。阿勇和马丁讨论着技术问题，然后一起离开气密舱，外出进行一些测试。艾莎估计马丁已经和一个移动式自主收发器建立了联系，这种收发器可以模仿月面基地和地面站使用的通信协议。中央湾的天线不会主动对准目标，地球基本上就是个固定目标，地表各个工作站都在追踪月面基地的信号。但是，阿勇提出了一个假设，他认为一些潜在的缺陷，可能让他们在连接到代理服务器的同时，无法连接到传输装置。

吉安尼还在努力理解现在的形势："要是在家里，我们就得重启调制解调器，但是在这里，就需要进行检查，免得我们跃迁到一个恐龙统治地球的位面。"

现场只有志林笑了起来，他曾经负责驾驶商业航班。不论自己的脑海里到底在想些什么，他都已经习惯于让乘客保持镇定。

阿勇返回气密舱，说："我们这边没有出问题。出问题的是地球。"

景逸和马丁低头看着餐桌，但是吉安尼无法忍受这种沉默。"也许是美国人入侵了所有的中国地面站？这是某种……先发制人的网络攻击？"吉安尼陷入了沉默，但是近来因为轨道武器的传言，两国局势越发紧张。

艾莎说："我从没想过局势会变得这么严峻。"

阿勇对这对新婚夫妇说："按照既定计划，你们还要好好参观一下这里呢！我现在也穿好了太空服。五个小时之后才会进入下一个天线的工作范围，我们坐在这里瞎担心也没有用。"

艾莎和吉安尼穿上太空服，三个人一起穿过了气闸。艾莎努力将注意力放在壮观的月球景色上，并学习如何在月球表面风化层上行走。她努力不去将月球表面想象成被核弹融化的地表,而封闭的太空服,让艾莎想到了抵御核辐射尘埃的防护服。

就在阿勇解释之所以月球暗面的月面物质少于朝向地球的一面,是因为月球暗面遭受的撞击更少、月壳更薄的时候,艾莎听到了一种高频而有节奏的滴滴声。

"你们听到了吗?"她问道。虽然在之前的训练中,艾莎就已经知道在太空服出现故障的时候,都会按照使用者喜欢的语言发出礼貌而详细的提示,但是她担心这是一种警报。

"抱歉,那是天钩吊运系统的信标。"阿勇稍加操作,就关掉了信标的提示音。"我有的时候会听这种声音,提醒自己天钩系统还在轨道上。"

"它怎么可能不在上面呢?"吉安尼问道。

"一颗小行星就可以把它切成两半。"

"要是小行星击中我们,又该怎么办?"

"别担心,我们可算得上是迷你目标了。"

等他们三人返回气密舱之后,下一个通信窗口期也近在眼前。马丁坐在公共休息室的一个控制台前,双眼紧盯着屏幕。艾莎放慢呼吸,说不定这一切完全是因一个大家都没有想到的无伤大雅的原因而起。

马丁说:"我什么都收不到,我联络不到任何人。"

吉安尼说:"你能转换到美国航天总署的卫星天线吗?"

"这些天线可不会对准我们。"

"那电视信号广播天线呢?"

马丁不耐烦地说:"唯一一台能够接收我们信号的天线,可是在地球背对我们的一面呢!它完全没必要接收我们的信号。"

吉安尼点了点头,逐渐了解了当前局势:"好吧。那最后结论是什么?咱们别这么紧张,希望地球那边能快点恢复过来?"

志林说:"没错,反正也就是这几天没有网络的生活,对大家也没什么影响,对不对?"

五

随着一股沉默的气氛在基地中持续蔓延,艾莎也花了两天时间分析当前形势。一方面,短期内她和吉安尼无法与地球联络并不是什么大问题,对于基地里的常驻人员来说,可能也是如此。如果中国公布了地面站网络出现问题的消息,那么大家的亲人也不会因为失联而感到担心。艾莎的父亲还是会坐卧不安,但起码他知道自己为什么无法联络自己的女儿。

从另一方面来说,如果不是敌对行动、网络攻击,或者其他原因,还有什么事情能让三个独立的站点消耗这么长时间进行维修呢?如果北京和华盛顿关系不佳,那么位于西班牙或者澳大利亚的地面站点也应该会示好,主动站出来联络中央湾基地,让基地常驻人员知道地球到底发生了什么。

但是,即便是面对吉安尼的时候,艾莎也只讲了第一个想法,将所有悲观的猜测都埋在心底。"我们不需要地球的许可,可以直接起飞回家,"她对吉安尼说,"太空里没有多少飞船,我们不需要空管中心批准飞行计划。"志林在起飞返回东风基地之前,可能还会需要一份天气预报。但是从理论上来说,就算是地球上所有人都去了极乐世界,最后一个离开的人甚至关上了所有的灯,他们还是可以飞回地球。

艾莎听到吉安尼反复呼唤自己的名字,于是醒了过来。他悄悄地说:"出事了!他们在公共休息室吵起来了,其中有些人跑到外面去了。"

"他们在吵什么?"艾莎不知道自己是否想知道到底发生了

什么，但是吉安尼看起来躁动不安，根本不肯回去睡觉。

"我不知道，他们是用中文吵架。"

艾莎说："也许是有人发现问题出在我们这边，然后出去进行维修了。"

"我去看看。"

"别，你……"但此时吉安尼已经钻出了睡袋。他借着红色安全灯的灯光穿好衣服。艾莎已经受够了长时间处于紧张而充满猜疑的环境中，但再过一两天，他们就能回家，所有问题的答案在五天之后就会揭晓。

吉安尼走出房间，艾莎听到他和景逸聊了起来。一开始，他们说话的声音很轻，艾莎听不出对话的内容，但过了一会儿，吉安尼大喊道："你是在逗我吧！"

景逸哀求道："请你千万不要轻举妄动！"

艾莎钻出睡袋，赶去一探究竟。吉安尼双手抱在胸前，在房间里不停踱步。

艾莎问："出什么事了？"

"他们准备回家！"

"什么？"

景逸说："他们担心如果地球的局势确实困难，可能在短时间内都不会发射飞船了。"

艾莎大吃一惊。嫦娥20号只能搭载三名乘客和一名驾驶员，所以他们六个人不可能一起返回地球。但是在艾莎看来，地球放弃月面基地工作人员无疑是一个疯狂的想法。"所以，我们要留在这儿了？"

景逸摇了摇头："你们是客人，你们之所以在这儿，是为了保证公司的良好形象。他们会在你们身上花不少力气。但是，我们的驻留时长为一年,而且接受了长期的驻留训练。他们可没有必要在我们身上花太大力气。"

艾莎感到心中夹杂着愤怒和同情,也许逃兵的逻辑确实没错。如果连续五天的沉默意味着地球上的情况确实很糟糕,艾莎怀疑用于修复受损的基础设施的大笔投入,将远高于公司的公关经费。

吉安尼说:"我要去阻止他们。"他走向气闸,开始穿太空服。

景逸对艾莎说:"你得劝劝他。在这里打起来非常不明智。"

"我就是想和他们聊聊!"吉安尼愤怒地反驳道。

"你在这儿就可以和他们通话。"景逸指了指控制台。吉安尼完全无视了景逸,但艾莎听取了景逸的建议,坐在了麦克风前。

"阿勇?马丁?"她试着呼叫其他人,但没有得到任何回应。"求你们了。咱们可以聊一聊吗?"

吉安尼现在只剩头盔还没有戴上了,他对艾莎说:"他们可不会因为我们客客气气地求他们不要走,就会老老实实地回来。"

"所以你觉得自己能改变他们的想法吗?"

"我要是站在他们面前,他们自然不会无视我。"

艾莎说:"我觉得直接和他们交涉可不是个好主意。"太空服非常坚固,但艾莎不想在太空中发生任何争执,"他们现在可能已经进入飞船了。"

"咱们走着瞧。"吉安尼戴好头盔,走进了气闸。

艾莎感到浑身麻木。如果自己跟着吉安尼一起去,情况会不会更糟?当她听到外层气闸关闭的声音,立即按下了麦克风旁的按钮。"吉安尼?"

"又怎么了?"吉安尼喘着粗气,似乎正在奔跑。发射平台距离居住区只有五百米，但已经不可能赶上先行登上飞船的人了。

"别管他们了。地球可能在一周之内就会再准备一艘飞船。"

"去他的！这是咱们回家的唯一机会，轮不到他们。"

"赶紧回来！"

吉安尼并没有回复。

"我得去找他。"艾莎做出了决定。

在艾莎穿太空服的时候，景逸显得越发孤苦伶仃。为什么她没有和其他人一起离开？飞船上确实有她的位置。又或者她只是道德高尚，决定帮助这对在月球上连一天都活不下去的夫妇。

当艾莎走出气闸，就看到远处的吉安尼在月面蹦蹦跳跳，仿佛一只被锡纸包住的袋鼠。而发射台上一个人都没有。

"快回来，你这笨蛋！"艾莎对吉安尼大喊，"我们在这儿不会有事的！"就算要在月球上等一两年，景逸也知道如何保证农场作物生长，确保居住区正常运转。

吉安尼还在奔跑。艾莎尽全力向前追赶，但她明白自己已经追不上他了。

当他赶到了发射台，艾莎只能等待，希望他能接受自己看到的一切。志林现在肯定在做最后的系统检查，没有人会在这时候交换任何意见。也许这些浑蛋会在监狱里度过余生，艾莎并不确定相关法律细节，但是他还记得一位船长在乘客被困在下层甲板的时候就弃船，最后因此进了监狱。

吉安尼爬上了通向舱门的舷梯。艾莎看不清他到底在干什么，但估计他是在敲打飞船舱体。

吉安尼大喊道："你们不出来，我不会走的。"

"收手吧。"艾莎哀求道。

她先是从无线电里听到了咔嗒咔嗒的声音，然后感到地面开始震动。她还没有看到飞船尾部喷射火焰,这可能是火焰太过分散了。

"你必须下来了。"她希望吉安尼即便无视自己所有的哀求,起码能够理解她的恐惧。

吉安尼反驳道:"他们是在吓唬人!他们不会起飞的。"

"跳下来快跑,不然我永远都不会原谅你!"艾莎现在已经可以看到飞船底部散发出的微弱蓝光。"快跳!"

"关闭引擎,滚出来。"吉安尼大喝道。当一车小混混对着自己大吼大叫的时候,英勇无畏的吉安尼站在他们的车前,命令他们下车直面自己。当他认为自己没错的时候,他就是无敌的。

五米,十米,飞船越飞越高。艾莎不禁哭了起来,当看到吉安尼终于松开梯子扶手的时候,又屏住了呼吸。他脱离太空船,开始缓缓下落,最终落入飞船尾部喷出的蓝色尾焰。

六

越野车需要太阳能才可以保证运行,所以艾莎将时速控制在每小时十六千米,现在没有必要和车子的动力源赛跑。太阳挂在她的头顶,光线的变化近乎可以忽略不计,再加上地形的变化,艾莎产生了一种奇怪的停滞感。她在定位系统上看着越野车的走向,通过将周围的撞击坑或者月面裂隙与卫星地图进行匹配来打发时间。但是连续几天周围都是同样的景色,这让艾莎觉得自己困在了一个不断生成周围环境的电脑游戏里。这个游戏的拟真程度非常高,但她希望有人能在这里加入一些绿色植物,一两栋建筑和一两个人。

和周围单调的景色相比,努黎时不时会哭闹起来。艾莎尽可能地安慰努黎,即便在毫无选择的时候,人也不能被剥夺对周围环境的观察能力。

太空服尽可能循环用水,艾莎从越野车后面的箱子里补充流体食物,当努黎不闹的时候,只要将太空服面罩改为不透明模式,艾莎就可以轻松入睡。越野车的行进路线误差已经达到了厘米级别,就算是十亿年之后,这些路线也不会发生变化。在月球上,不必担心撞到动物或者打滑。

在她们接近月面九十度经线的时候,艾莎回头打量着悬在地平线之上的地球。不论地球上的笨蛋们到底干了什么好事,她都怀疑他们已经让这颗蓝色星球变成无法居住的世界了。也许他们无法向距离自己最近的卫星发射无线电信号,更别说发射火箭了,但人类历史上大部分时间都是如此。只要空气还能呼吸,庄稼还能正常生长,那么为了返回地球所做的一切就是值得的。

"为什么天钩系统不能再低一点?"艾莎曾经问过阿勇。天钩系统的底部距离月面足有六公里,这看起来似乎有些过分小心了。

"如果高度过低,那么天钩早晚会撞击月面。整套天钩系统在六个不同点位运行,为了保证所有天钩都有足够的空间运行,必须保证它们的运行轨道足够高才行。"

六个月后,当艾莎和景逸制订计划的时候,她们将天钩的轨道改成一个椭圆形,轨道运行的低点不仅刚好掠过基地上方,还不会撞到基地另一端的高地。但是,整个居住区的离子引擎需要几个月才能完成这个变更,而在两周之后,远点和近点将会调换位置。

所以,她们没有改变天钩的运行轨道,而是让运行轨道尽可能逼近导航系统所允许的安全极限。在中央湾的另一端,天钩系统的底部距离月面不过十米。

当越野车到达目的地的时候,艾莎仰望着星空,努力让自己在这条向自己飞来的千米长鞭面前鼓起勇气。

努黎睡醒立即哭了起来。艾莎安慰道:"我知道自己现在很难闻,你也不想再盯着我的下巴看了。"

艾莎爬出了越野车,绕着车走了几分钟,让自己的肌肉从长时间的不运动中恢复过来。然后她解开拖车的挂钩,开始工作。

她拆下越野车的防滚架,拆下螺栓,然后拿下整个圆形框架。艾莎从拖车上拿下一张二氧化硅薄膜,小心翼翼地将挂锁的圆环套在防滚架的安装孔周围。

艾莎从拖车上拿下一打支架,拼成一个半米高的长方体,顶部还装了两个短杆。然后,她将越野车开了上去。如果没有在基地反复地练习,她现在肯定已经惊慌失措,但现在这一套动作已经和自动平行泊车一样非常熟练。

努黎越哭越凶。"小宝贝,安静点儿,一切都会好起来的。"艾莎安慰道,"就当这是冲进乐高积木里的怪兽卡车玩具吧。"

艾莎在第一个长方体的顶部又加上了一块,整个结构高度达到了一米。越野车上的系统非常清楚自己的性能极限,它评估了艾莎的请求,认为自己可以完成这项工作。但是,车上的系统无法保证这个临时搭建的高塔结构的强度,艾莎只能努力保证高塔结构的稳固。

这座简易的高塔越堆越高,越野车继续向上开去。当高度达到 7.5 米的时候,艾莎就爬回地面,退后几步检查自己的作品。在基地演练的时候,景逸见过她将塔楼搭出这么高的高度,但这不足以说服景逸和艾莎一起行动。

艾莎从拖车上取下了景逸从阿勇的工坊里找来的神奇盒子。

她唤醒系统,检查天钩系统的状态。十二分钟之后,天钩就会从头顶划过。

如果月面定位系统依然准确,艾莎和天钩使用同一套坐标,那么位于天钩末端的磁力钩将会到达越野车的正上方,距离防滚架只有半米,然后再次向上运行。她再次爬上这座简易的塔楼,将越野车上的天线对准天空。

随着时间点逐渐临近,艾莎平躺在地上。天钩不可能击中地面岩石,但绝对不能对天钩掉以轻心。如果系统实际的安全冗余度低于安全范围,那么天钩就会击中艾莎。

努黎看着艾莎,虽然她看不到自己女儿的双眼,嘴上还是说道:"小宝贝可真漂亮。你说对不对呀。"

为了避免时间计算错误,艾莎又等了几分钟,然后在太空服的助力下尽可能地站了起来。

高塔还立在原地,越野车一动不动。艾莎通过太空服接入天线上的摄像机,慢速重放刚才的画面。

她的面罩转为不透明模式,漫天的星光投射在面罩上。"保持快进,直到画面出现变动。"

画面中一个圆形的虚影向艾莎缓缓飞来,这个虚影闪闪发光,挡住了天上的星星,就好像一个巨大的飞碟被扔上了天,逐渐接近飞行弧线的最高点。

当虚影开始缩小的时候,艾莎暂停了画面。从虚影大小来看,高度和她的预计结果相差不多,但是水平位置存在六米的偏差。她不得不拆掉高塔,换个位置重新搭建。

艾莎认认真真搭建高塔,并没有急于求成,如果越野车因为高塔倒塌而翻覆,那么一切就都完了。她一边工作,一边哼歌哄努黎,放声唱出来效果更好,但这会让她喉咙干燥。

二次搭建工作花费了整整五个小时，艾莎钻进了高于地面的越野车。她通过遥控基地，让天钩系统的电磁铁开始充电，将关闭时间的灵敏度提升到了毫秒级别。至于之后的一切，就不在她的控制范围内了。

努黎此刻还在睡觉，艾莎轻轻地说："咱们很快就可以去看外公啦。"

她坐在车里，看着面罩上倒计时的红色数字。当倒计时结束前两分钟，她觉得什么都不会发生，自己要永远被困在月球了。但是当倒计时结束两分钟后，不断增加的体重感让她先是感到一惊，然后是满心的狂喜。月球正在快速离她而去，越野车的姿态依然稳定，控制站还在距离她很远的太空中。

努黎又醒了，但她似乎并没有感到烦躁。也许她认为皮肤上更大的压力反而更让人感到安心，又或者她一直都知道自己需要更多的体重、力道和摩擦才能蓬勃生长。

艾莎向她解释了正在发生的一切，然后一边给她喂奶一边哼歌。天钩还在带着她向上运动，月面已经转换到艾莎的左侧，灰色的岩石看上去就像远处的峭壁。但在越野车上，向下的方向并没有改变，即便是在月球的重力环境下，离心力也非常高。月面越来越远，最后变成了悬在磁力钩上方的一块石板。曾经囚禁她的世界，再次变成悬在天上的灰色圆盘。不论未来发生什么，起码现在艾莎自由了。

在艾莎刚刚摆脱双脚朝上的状态后，电磁铁就切断了电源，越野车顺势飞入一片虚空之中。艾莎抓住座椅和仪表盘，失重的感觉抵消了危机感，当天钩系统的电磁铁脱离目视范围之后，艾莎就感觉不到自己在向前运动了。

努黎漫不经心地哼了一声，然后感受着这种变化。艾莎说:"我们现在是宇航员了!酷不酷呀?"

七

她们脱离月球的速度远超大多数火箭,面前的地球越来越大,这速度甚至超过了当初前往月球时的记录。越野车慢慢旋转,需要几个小时才能转一圈。每当地球出现在仪表盘上方,艾莎就以此为参照物判断地球宽度的变化。

不论是在太空中还是在月球表面,太空服都在净化空气,保证温度正常。原本索然无味的流体食物,现在吃起来也带着太空服里的臭味,吃下去还会给你一种痒痒的感觉。艾莎虽然没有挨饿,但是肚子已经像饥荒的难民一样肿了起来。

在脱离天钩系统两天后,地球已经占据了越野车正面视野中的一半。不论在计算中是否存在误差,起码没有将越野车扔向太阳。艾莎看着非洲大陆,然后看着城市在夜半球闪闪发光。

艾莎曾经担心自己过早切断太阳能,但是当面前的非洲大陆转入昼半球的时候,她就拿出二氧化硅遮布裹住越野车。在这顶怪异的帐篷中,她可以利用仪表盘发出的光线看清周围的物体。

她们需要找到空气密度合适的位置,这既可以减速,保证自己不会脱离地球的重力,同时也要注意与摩擦产生的热量不会熔化简易的隔热罩。艾莎和景逸通过电脑模型进行大量计算,但是月面基地缺乏大气密度数据,即便他们掌握了完美的大气密度数据,对于中层大气气象也是束手无策。

当艾莎触摸越野车底盘的时候,透过手套感受到了一丝热量。当她抽回手的时候,力道传到了她的身体中部,带着身体脱离了座椅,多亏安全带才没有飞出去。艾莎现在就像是车祸中被困在翻倒车辆里的乘客，整个人悬在空中。在她面前，二氧化硅遮布开始微微变红，透过面罩可以感受到传来的热量，太空服会努力隔离内部相变合金中的热量，但这只能维持一段时间。

努黎动了几下，但没有显示出任何躁动不安的迹象。艾莎还没有感到疼痛，但现在感觉就像在寒冷的夜晚靠在电暖气旁边，温暖带来的初始舒适感逐渐转换成一种可能会带来伤害的不祥预感。

摩擦力逐渐消失，因为高温而出现的红光也慢慢退散。艾莎检查加速计上显示的数据，整个升温持续了四分钟，短于自己先前的预测结果。

她将数据输入计算模型。因为已经被地球重力捕获，越野车的飞行速度已经降了下来，但现在却位于距离地球几万公里的远地点。虽然它还会再次靠近地球，但是速度会大大下降，所以摩擦也不如上一次剧烈。模型计算的结果显示，要经过大量的轨道微调，在五十天内绕地球六十三圈，才能降到可以开伞降落的高度。

在中央湾等待救援已经是不可能的事情。任何可能的豪赌都值得一试，即便稍有不慎，就可能在进入大气层时被烧死，或者被慢慢饿死。但是现在，艾莎明白景逸为什么会选择自杀，因为景逸不想看到自己的朋友和亲手接生的孩子，由于食物和水源耗尽、空气渐渐浑浊而死。

艾莎在遮布上打开一个小口，让太空服排放一些热量。也许计算模型中存在的错误，反而会对自己有利。她感觉努黎挪动身体蹭了蹭自己，还可以感觉到女儿脸上的皮疹传来的热量。

单凭运气是不可能活下去的。如果艾莎听天由命，那必死无疑。

她看着地球距离自己越来越远。现在已经可以确定越野车下一次进入大气层的速度和高度。这就……这就意味着什么呢？越野车承受的阻力取决于整体外形和车体与气流接触的部分。遮布的面积远大于越野车的框架，这是因为遮布之后还是着陆用的降落伞。如果现在她将遮布拖到越野车后面，那么毫无保护的越野车就会被烧焦。如果她从月面的高塔上拿下一半的支架，那么就可以撑开遮布，提高防护面积，可这些支架现在都留在月面了。

努黎继续睡觉、苏醒、吃饭、拉屎，对周围发生的一切毫不在意。艾莎不想看到努黎作为一个三岁小孩死在急诊部，或者作为一个十几岁的孩子在中央湾陷入绝望，如果所有机器工作正常，努黎就可能是历史上最孤独的百岁老人。

但是，她也不想看到努黎现在这个样子。

艾莎闭上眼睛，想象着自己和景逸费尽力气织出的遮布被吹到头顶，越野车缓缓落向绿地或者平静的海面。此时遮布完全被风吹开。但是，当她们打量着稀薄的中层大气……从内部需要多少气压才能吹开遮布？

实际需要的气压并不高。

艾莎睁开眼睛，开始计算。这是完全不可能的事情，她相信自己可以活下去。

她一直等到距离近日点还有一个小时的位置，让电池尽可能多充一会儿电。然后，她展开遮布，尽可能地固定车子后面的固定锁。这比不上气密锁，但只要能让后面的货物在几分钟内不会飞出去，就已经足够了。

她看了看时间，然后开始让太空服排气。

但遮布组成的简易帐篷还是皱瘪成一团。

"继续排气。"艾莎命令道。

"储存气量将低于安全水平。"太空服答道。

艾莎将手按在头盔侧面,然后转动了一下。太空服试图让艾莎放弃这个想法,但是景逸已经证明这个计划的可行性。当面罩密封被解除后,泄漏的空气立即填满了帐篷,遮布在真空之中鼓了起来。

艾莎关闭头盔,深吸了一口气。她感到呼吸困难,再经过一次吸气之后,感到的是一阵头晕目眩,但至少没有窒息。

充气的二氧化硅遮布在外部稀薄的空气抽打之下不停颤抖。虽然艾莎现在头晕目眩,脸上还是感受到了外部传来的热量。

阻力推着她身子前倾,这次的阻力稍弱于之前,但远高于先前预估的数值。她看着时间一点点流逝,感受失重感再次回归。她告诉自己,还有三分钟。

她分析着加速度计上的参数,再绕地球六圈,就可以向地球下落。

努黎开心得咿咿呀呀起来,艾莎从没听过她发出这样的声音。艾莎哭了起来,这是为了吉安尼,为了景逸,为了所有在地面上等着她的一切。

然后,艾莎振作起来,为自己的女儿唱起了歌,等待着母女二人再次四目相视的那一刻。

逝者之言

奇内洛·乌内瓦卢

奇内洛·乌内瓦卢（chineloonwualu.wixsite.com/author）是一位尼日利亚作家和编辑，现居于加拿大多伦多。她是非洲科幻推理小说杂志"Omenana"的创始人之一，也曾担任非洲推理小说协会的发言人。她以奥克塔维亚·E.巴特勒奖学金毕业生的身份，参加了2014年克拉里翁·韦斯特（Clarion West）写作社。她的短篇小说刊登在《石板》《惊异》《奇异地平线》《卡拉哈利评论》《脆纸》等杂志，《新恒星》和《母舰：未来派主义》等合集也收录了她的作品。

你可以说这一切都是因一场风暴而起。

三十年来，我从没见过这样的风暴。

我上次见到这样的风暴，还是搬到多伦多乌龟岛的北方原住民区的时候，而殖民者的后裔坚持称这片土地为北美。我已经忘记了那场风暴的强大威力，愤怒的风暴云挡住了太阳，一下子将人带入了夜晚，大雨下个不停，仿佛天空想教训人一顿。

当我坐在空荡荡的尼日尔河港客运站等待公共汽车的时候，

看着雨水顺着鹅卵石路面、太阳能路面和排水槽之间的狭窄缝隙流淌。渡轮早就沿河而上，进入伊博地区腹地，只留下我在这片陌生的世界。

街对面的屏幕上播放着某个生育治疗中心的全息广告。虽然大雨模糊了视线，但是我可以看清一位戴着红色头巾、体态丰腴的女性。她看起来非常高兴。在电脑演算生成的阳光照耀下，她的皮肤散发着金色的光芒。她抱着一个新生的婴儿，蹦蹦跳跳地走向家里的神龛。她的周围是兴奋的家人，她停在一对老年夫妇面前，向他们展示怀中的孩子。一边的老先生脸上挂着慈祥的笑容，伸手接过了孩子，而一旁的老妇则向跪在面前的年轻妈妈伸出一只手。广告的结尾是年轻妈妈的特写镜头，画面的角落还有治疗中心的公司商标。趁着我的眼部植入物和广告的音轨同步之前，我转过了头，但是我早就听清了广告词："让新比夫拉生生不息。"

人工智能提醒我公交车很快就到。当我从尼日利亚进入新比夫拉的时候，人工智能界面已经切换成了伊博语，因为这里并不使用英语和阿尼什纳比语。我已经几十年没有说过这种语言了，但肌肉记忆还可以保证熟练运用这门语言，仿佛这门语言一直在等待启用的那一刻。我无视了提示音，只想再看看这场雨。也许这场大雨可以让这一切快点过去，这样我就可以回到大西洋另一端平静地生活。

你不可能永远回避。

我皱起了眉头，然后叹了口气。这幽灵说得没错。这就好像一种身体状态。当这种状态结束之后，你就像是换了一个人，但你会感到浑身疼痛。我拉起速干服的兜帽，背上背包，步入了这场风暴。

这一切都是因为两天前收到的一份通知。我父亲死了——最起码他们是这么说的——但事实并非如此，最起码我父亲现在还没死。

现在，我回到了自己的家乡奥尼沙。我坐在自动小巴车的座椅上，回想着童年是在这座城市狭窄的红色街道上度过的，意识到这里对我来说是多么陌生。我早就忘记了这里是那么拥挤，仿佛这里的布局规划还要考虑容纳所有的亡魂。我的祖父母曾经告诉我，在这些质朴的街道上，曾经生活着超过五十万人。而现在，这里的人数还不及过去的一半。

小巴车沿着尼日利亚大道继续前进，为了避让过街的行人和让乘客下车，小巴车会偶尔停车。在穿过费格大街的时候，我看到街区中锡制屋顶的老旧低矮水泥房子，这些房子紧紧挨在一起，看起来就像一群垂头丧气的孩子。在穿过大市场的店面和工坊之后，就进入了宁静的美国区。我看到穿着整齐制服的孩子手牵手，前往自己进修学徒的店面。在多伦多很少能看见孩子，而那些能承担得起生育费用的人倾向于居住在高塔中，保护自己的后代免受各种生活中的苦难。除了解放日这样的大型庆典以外，在公共场合已看不到孩子。

在这趟旅途中，我可以看到壮观的尼日尔大桥放出的光芒。我很想像其他游客那样，徒步走过大桥，拍几张大河的照片，给我在西边的朋友看看。但是，我的行李里不过是几件换洗衣物和洗漱用品。葬礼将在今晚举行，然后是为遗体守灵一整夜，在庆祝性的二次葬礼之后，整个仪式将在第二天下午结束。等这一切结束之后，我就会立即离开这里。

如果没有 21 世纪 20 年代到 60 年代湮没一半的世界，然后烧毁另一半世界的大灾难，新比夫拉就绝对不会存在。在 22 世纪之初，当民众为了躲避上升的海平面而迁往内陆的时候，一群伊博分离主义分子抓住机会，宣布脱离尼日利亚摇摇欲坠的殖民控制。这个新生的国家呼唤分散在各地的子民返回家乡，而我的祖父母，作为在旧纽约沿岸地区讨生活的工程师，和其他人一起响应呼唤，搬迁到了奥尼沙、内维、奥卡和阿巴这样的城市。

我们称之为大回归。只要你能证明自己祖上源自伊博地区，就可以自动获得公民身份。如基因专家、工程师和生物学家这样的专业人才，则得到了政府配发的房子、商业许可证和待遇优厚的政府工作岗位。我祖父母那一代人清理了新比夫拉空无人烟的郊区和城镇里的废旧基础设施，造就了今天覆盖这个国家百分之八十国土的林地。他们使用经过改造的植物和野生动物重造森林，为了避开宝贵的林地，用大型单轨交通系统将各个城市连在一起。但是他们忽略了一件事情，他们忙于建设这个全新的国家，却忘记自己也需要保持人口数量，以确保国家兴旺发达。

随着他们渐渐老去，就只能由我们去照顾老一辈，并维护他们所创造的一切。在我离开之后，和我保持联系的同龄朋友说，我当时选择离开是个明智的选择。我离开新比夫拉的时候不过十二岁，这意味着没有太多社会责任的牵挂。他们总是抱怨，为了保住日渐老去的父母和祖父母传下来的家族生意，不得不延长工作时间。他们感叹政府给那些生了三个或者四个孩子的家庭提供的优厚奖励，但这些人鲜有时间照顾这么庞大的家庭。我宽敞的公寓位于新月高地的山丘之上，这里还有一家工作轻松的艺术研究咨询公司，其环境和新比夫拉完全不同，但我不确定自己是否真的摆脱了这里。一个人不可能通过逃到远方，就能切断与家庭之间的联系。

我的父亲尽到了作为家长的义务。他当了一名巡林员，保护自己的父母在森林中培育的基因改造动植物。作为他唯一的孩子，我本应继承这份工作。我一直喜欢和土壤有关的工作，大家都以为我会去学习农业生态学，然后种植粮食供养同胞。但是见证了我叔叔遭遇的一切……于是，我摇了摇头，驱散了这些回忆。

当小巴车停在旧医院路 142 号的时候，我发现雨已经停了。这栋房子和三十年前一模一样，没有任何变化。自从 20 世纪 20 年代这栋房子修好之后，这里就没有发生任何变化。

这是一片 U 形建筑群，中间是平房，两边各有一栋两层的公寓。开放式的庭院里种着苔藓草、果蔬和野花。我的祖父母用永凝土加固了墙壁，将室内环境提升到了 22 世纪的标准，但这也就是所有的改变了。当祖父母死后，我父亲继承了这栋房子，他对于科技兴趣不大。他在这里住了二十年，所做的不过是升级电池和替换烧掉的太阳能电池。

按照传统，家中最年长的成员住在位于中央的平房，而他们的后代和家人则住在两侧的小楼里。如果只允许直系成员住在小楼里，那有些房间就会空置出来。而有些家庭，确实采用了这样的住房策略。现在评判亲属的标准不再是谁和你睡在一起，而取决于利益和性格的匹配度。我还记得当自己是个小孩子的时候，那些住在小楼里活力四射的夫妻和非专一制情侣，他们都是我的兄弟姐妹和叔叔婶婶。但是，我和他们之间的血缘关系堪称微乎其微。

院子里挤满了人。有人在院子的一角搭起了一顶帐篷，我曾经和自己的小伙伴在那里玩虚拟运动游戏。后院飘来了产自阿巴的大米饭和炖羊肉的香味，我不禁流起了口水。家里人为了这次葬礼可谓下了血本。我试着悄悄溜进去，但却被立即认了出来。

"阿祖卡！是你吗？"人群中有人大喊道。说话的人是奇奥婶婶，她是我祖母的好朋友，从我记事起就一直住在这里。我和她的两位孙女都是好朋友，现在她们两个都住在艾科-大西洋超级都市。自从我和母亲搬到了乌龟岛，她是少数几个还和我有联系的成年人。

我看到她穿着优美的杂色安卡拉布裙子，从院子中央的小屋走了出来。她脸上没有一丝皱纹，看起来完全不像年近九十岁的样子，还没等我反应过来，就被她紧紧抱住。

我微笑着说："晚上好啊，婶婶。"

"嗯嗯，你什么时候回来的？"她伸直双臂，双手扶在我的肩头，把我从头到脚好好打量了一番。她那双老鹰一样的眼睛每一个细节都不会放过。

"我刚回来。来这之前，我还得完成一些工作。"

她点了点头，眼神中夹杂着对我的说法的怀疑和同情。她想和我再聊两句，但是之前的叫喊已经引起了其他人的注意，我很快就被一大群人包围。

"阿祖卡，欢迎回来！你都长这么大了！个子可真高啊！"

"你是不是都不认识我了？我上次见你的时候，你还是个小家伙。"

"节哀顺变，亲爱的。愿你一切安好。"

我试着回应每个人的问候，在尽可能保持微笑的同时，少说几句话。没过多久，我就被带进了主屋。我很快就发现了这里发生了变化，大门之后的温室不见了。

在当晚的守灵仪式中，我和奇奥婶婶坐在客厅里，父亲的尸体就躺在身边的可降解荚包里。尸体的脚正对着房门。当天早些时候，奇奥婶婶按照传统负责招待附近的邻居，为家里的守护神献上可乐果和棕榈酒。另一位年迈的婶婶（我忘了我和她之间的具体亲缘关系）负责主持祷告，用祭酒召唤祖先之灵进入家门，护送我父亲的灵魂前往死者的领地。

今晚是哀悼之夜，但是我并不想待在这里。但作为父亲唯一拥有亲缘关系的孩子，我必须守在他的遗体旁边，接待前来悼念之人，直到第二天破晓。政府派来的代表会吹响双管号角，向周围邻里正式宣布父亲的死讯。父亲的遗体会被安放进前院的树中。我的祖父曾经说过，当他还是个孩子的时候，曾经去过奥尼沙，那里的人会开枪代替号角。在22世纪40年代，新比夫拉实行了禁枪令，我们就用敲锣来通知死讯，祖父对此深表赞同。

自从旧纽约在大灾难中被湮没，祖父母就会给我讲各种故事，以此解释他们为什么选择从乌龟岛搬回奥尼沙。我当时还是个孩子，每当祖父母在黄昏时分，坐在游廊上回忆往事的时候，我就会加入他们。当时，我还管他们叫作妈妈和爸爸。我会爬上祖母的膝头，靠在她的胸口，感受着她说话时引发的振动。

"你没给你爸爸弄个孙子回来，还真是一件憾事呢！"奇奥婶婶的话让我的意识回到了当下。"你现在回来了，我们希望可以代替你父亲见证这一幕。"

我瞟了她一眼，一句话也没说。我知道自己没有孩子，这一点不需要她提醒我。她肯定是从我的眼神中明白了什么，立即换了个语气说："你不需要找人结婚，我们可以找个代孕。政府甚至为此专门制订了一个计划。"

"婶婶，现在讨论这些事情合适吗？"

"当然合适！一个生命的结束代表着新生命的开始。"她转过头盯着我，我无法躲避她的凝视。"亲爱的，你忘了咱们有句老话，有孩如有宝。这一点在当下更为重要。"

"你好好回顾一下我们的历史。如果不是因为我们的孩子，咱们是怎么活过了内战？当时尼日利亚可是想彻底消灭我们哪！还有那些曾经嘲笑过我们的西方人，他们在大灾难之后，就没生过几个孩子，看看他们现在的样子。难道不是他们在利用我们养活他们的经济吗？看看那些帮你和你母亲移居西方的中间商，他们以前怎么没有主动邀请你过去？他们非常清楚我们身体的价值。以前，他们强行将我们关在奴隶船底下运走，现在，他们用和成功有关的谎言骗我们。"

"阿祖卡，你知道如果一个人不重视自己的孩子，他会多久消失吗？根本用不了几个世纪的时间。你的祖父母非常了解这一点，所以我们才会聚在这里。我们希望将自己的财富用在最有价值的地方。你也是我们遗产的一部分。"

我扭过头，心中腾起一阵悲伤。我该怎么告诉她，父亲的血脉之所以会在我这里完结，是因为自己依然害怕任何形式的性接触？又或者养育后代的念头会让我陷入恐慌，因为我担心自己经历的一切会在他们身上重演？我心中的悲伤转化为愤怒。不，我的遗产不会是这副样子。一个在我最需要帮助的时候放弃我的家庭，无权决定我的人生。

奇奥婶婶伸出手抬起我的下巴，让我抬头直视着她的双眼。"我和你直说了吧，自从发生了那些事之后，我就没想过还会见到你。但是，我很高兴你能回来，而且我希望你看在我们的分儿上，能自己决定留下来。"她说完就起身离开，只留下我一个人。

我叹了口气,心中的愤怒很快就消散了。我们搬家之后,妈妈就切断了和奥尼沙,乃至整个新比夫拉的联系。据我所知,她再也没有和父亲一方的人说过一个字。虽然我有充足的理由和这座城市切断联系,但是我不可能像母亲那样决绝。

当我提出要参加这场葬礼的时候,母亲不禁发出了嘲笑。当祖父母去世的时候,我没有回来参加葬礼,为什么这场葬礼就如此重要呢?我无法解释这一点。我一直认为,自己在离开新比夫拉的时候,并没有找到真正的人生目标。我在多伦多的生活不过是梦想的倒影。也许,我参加这场葬礼,所要埋葬的不仅仅是父亲的遗体。

我抬起头,看到两个从没见过的女人,将身子探进荚舱,哭喊着父亲的名字,煞有介事地问父亲为什么要离她们而去。我不知道这番表演有多少出于真正的悲伤,有多少是基于文化传统层面的逢场作戏。

她们的哭声越来越响,我开始希望自己能在这儿用 AI。但这就像是在长辈责骂你的时候,你居然敢直视长辈的双眼一样,在葬礼上使用 AI,会被认为是对死者遗体的不敬。我们担心对死者的不敬,可能会给自己招来厄运。

一位妇女走到我面前,用旧方巾擦了擦鼻子。她看上去四十多岁,和我年纪差不多。

"你父亲是个好人。"她说话的同时,还想伸手抓住我的手。我将双手插进口袋,她只好拍了拍我的腿。

"是吗?"我尽可能掩饰心中的愤世嫉俗,摆出一副非常好奇的样子。

"如果不是因为他,我今天也不会站在这里。"

我点了点头，不知道该说什么。我父亲为人非常慷慨。到目前为止，我遇到的每一个人，都会说我父亲在恰当的时机出手相助，改变了他们的人生。我不知道该如何面对这些故事。也许把钱给陌生人，比坦诚面对自己的至亲容易得多。

经过一阵令人尴尬的停顿，她继续用飞快的语速讲述自己的故事，免得被自己的咳嗽所打断。"当我十年前被强奸之后，没人想帮我。"听闻此话，我浑身僵硬，口袋里的双手握成了拳头。"我的家人不想帮我，政府也不帮我。只有你父亲伸出了援手。他让我免费住在这里，直到我找到新的住处。他甚至支付了我的婚礼和我儿子的学徒学费。我和我的妻子都不会忘记他所做的一切。"

她指了指站在门口的那个女人，那女人的身边还有个大约十岁的孩子。这孩子有着一双浅棕色的眼睛，顶着一头乱糟糟的头发，穿着和父亲一样的巡林员制服。我不想告诉她，当我三十三年前被强奸之后，眼前这个男人有什么反应。我不过是微微笑了笑。

"事情到底能好起来，我真替你感到高兴。"

话音刚落，我就看到房间的角落里出现了死者的影子。我当然没有把这事告诉面前的女人。

当天晚上，那个死人又出现了。

我当时刚刚摆脱一场梦。在梦境中，我身处门卫室，一道昏暗的光线从高高的小窗照了进来。忽然，从地下冒出了几百只断手，每一只断手都争先恐后向我抓了过来。它们将我按倒在地，手指在我身上不停地抓握、摸索、揉搓。我不停地啃咬撕扯，但不论我扯下多少根指头，咬伤多少只手，都会从原地再冒出一只手。

这是一场古老的噩梦，我已经三十多年没做过这个梦了。当我们搬到乌龟岛的时候，母亲和经纪人为了治好我的精神创伤，让我接受了各种必要的治疗，但是重回旧地似乎让这些回忆卷土重来。

我大汗淋漓地躺在起居室的沙发上，迷迷糊糊地眨着眼睛，然后看到那个死人坐在我脚边的扶手上。借着从后窗照进来的街边树木发出的生物光，这个死者和真人没有区别。可等我坐起来打开灯，他却不见了。

我此刻一点都不感到害怕。我知道他还会再次出现。我和他还有些事情必须了结。

第二天早上，当我坐在后院的苦楝树下，躲避大屋里前来悼念的宾客时，他又来了。父亲的遗体该被装入前院的树中了，前院挤满了前来悼念的客人。他们从院子树篱外面的人行道，一直排到了公路上。我感到躁动不安，将注意力放在头顶树上织巢鸟的叫声上，而不是人工智能为我准备的自然音效。

我从没注意到这些鸟的叫声这么吵。

这个死人抬头看着纤细的树枝，形似篮子的鸟巢早已压弯了枝头。这一次，我决定主动回应。

"你只关心自己的事情。"

我以为他会直击我内心最缺乏安全感的部分。这是他的独特天赋，在他还活着的时候，非常善于使用这种把戏，但现在他并没有选择这么做。他不过是悲伤地点了点头，把双手插进了口袋。

我猜这是我罪有应得。

我只能接受现状。即便是死了,他也不会道歉。三个和父亲年纪差不多的人出现在房后游廊。他们紧张地开着玩笑,就好像笑声可以避免死神的降临。其中两个人穿着新比夫拉政府工作人员的黑色高领短袍,讨论着如何在充斥着约鲁巴人的伊博地区得到精神救赎。我很想找点东西读一读。

"你为什么还在这儿?"

他耸了耸肩,显得非常任性。我就是想看看你。

我翻了个白眼儿。他不过才死了几天而已。他总是缺乏耐心,要求我配合他的步调工作,完全不顾及我的感受。现在,他还没有消失,就已经等不及让别人开始想念他了。

"是吗?你留在这儿,就是为了告诉我,现在没有留在屋里,成为大家表达悲痛的焦点,是一种非常自私的表现?又或者你打算提醒我,如果没有自己的孩子,就无法保全家族的血脉?"

我感觉自己说话就像一个小孩子,但是我无法控制自己。他的出现,让我感觉自己又变成了一个愤怒的十几岁少年。

不。他说话的声音中带着一丝惋惜,就好像某人在申斥自己年轻时犯下的蠢事。你一点也不自私。自私的人是我。

我死死盯住了他,仿佛和我说话的另有其人。他似乎看透了我的想法,脸上露出了笑容。

死亡确实会改变你。

他看起来确实死了。他就像是一尊假人,皮肤灰白,看上去像涂了层蜡。他的肩膀僵硬,让深色的巡林员制服看上去比他活着的时候更加合身。

"你是要我相信，死亡会改变一个人？"

你看，你不能因为其他人的缺点而责怪他们。如果你选择这么做，只会让自己感到难受。你得学会释怀。我来这儿就是想告诉你这一点。我非常讨厌他说话时说教的意味。

我长叹一口气。不论我父亲是死是活，总是给我说些浅显的哲学道理。当我年轻的时候，这总能激发激烈的讨论，但却不能安慰心里的悲痛。我想起身离开，但最终没有选择这么做。我永远都不会这么做。

"离我远点儿。"

我启动了人工智能，它自动和监控神经及肢体活动的颅底植入物同步。它检测到我越发不安，立即导入一段鲸鱼的叫声，努力将我的神经信号水平拉回正常数值。我闭着眼靠在树上，听着鲸鱼的叫声，想象着这些早就灭绝的生物长什么样子。

在我的头顶上方，那个死人和织巢鸟还在喋喋不休。

当二次葬礼进入高潮的时候，这个幽灵才再次现身。负责分解父亲的可溶解棺椁荚舱的小树，已经和其他祖先的树木一样被移植到了前院。必需的祷告已经结束，第一次给小树浇水仪式也已经完成。对死者的悼念已经结束，现在是为生者庆祝的时间了。我父亲去世时刚刚八十岁，这是一个相对年轻的年纪，大多数这个年纪的老人大约还可以再活二十年。但在我的文化中，六十岁就算是高龄了，也许这是因为那时候大多数人都活不过五十岁。

我透过客厅的窗户，看着里面热闹的一切。在经历了一场令人筋疲力尽的长途旅行后，我允许自己休息一会儿。再过一会儿，我就会被请去参加舞会。

舞会上的音乐是一场双筒号角、伊查卡[1]、乌笃斯[2]和阿雅[3]的合奏，而我的内心也无法平静。我一只手按在胸口，努力抑制胸中的幻痛。

能被记住是一件好事。这就是拥有遗产的快乐所在。

这死人的幽灵和我坐在床上，一起打量着院子里喝酒跳舞的人群。

"当我们需要他们帮助的时候，他们可就不会想起你是谁了，这可真是太糟了。"

当我叔叔被捕的时候，他们为了凸显他的罪行深重，用铁链拴着他，然后从院子里押了出来。我家曾经是城里名声最显赫的家族之一，事发之后却受到了大家的排斥。家里绝大多数朋友都不再登门造访。亲戚和同龄朋友不来家里做客，不过是隔着门聊几句天，或者放下食物和饮料就离开了。没人想在这里多停留一分钟。我的私家教育也就此宣告停止，叔叔一直以来都是我的老师。就这样失去了自己一个儿子，无疑令祖父母伤透了心。祖母很快就生病了，祖父不得不留在家里照顾她。至于我父亲？他不过是用自己的方式消失了。

他们都有属于自己的问题，不想欠我任何东西。

我轻蔑地哼了一声，但什么都没说。他肯定错误地理解了我的沉默，因为他还在说个不停。

你必须发自真心地原谅他们。其实到头来，真正重要的是那些认识你的人该如何理解你。这一点对你的孩子来说更是如此。

---

[1] 当地乐器。——译者注
[2] 同上。——译者注
[3] 同上。——译者注

"你觉得我会怎么记住你?"

他并没有回答我的问题。我们两个人看着窗外的空地,那里曾经还有一座门房。

我不知道。

"你怎么会不知道呢?每天咱们上完课之后,就在门房那儿。你到底在干什么?睡觉?"

我在工作。他大吼道。我做了什么,我自己会不知道吗?我们发现出事之后,就立即采取行动了。

"然后经历了那么多事情,你甚至都不和我说一句话,这也是因为你在工作吗?"

等待我的依然是沉默。

"多年以来,我以为都是我的错。我相信我才是毁掉家庭的那个人。叔叔去了监狱,妈妈生病了,而你……甚至看都不看我一眼。在我们离开之后,如果不是我给你打电话,我甚至都听不到你的声音。"

我还记得那些视频电话、生日和假日期间的生硬对话。他那时不是太忙,就是太累,完全无法正常说话。

"我等了你那么多年……等啊等,等啊等。"

泪水不自觉地涌了出来,我擦了擦脸,对自己的软弱感到愤怒。我很久以前就发誓,再也不会在他面前哭泣。这幽灵站起来走到床边,背对着我。他向外凝视了很久,然后打破了沉默。

我不知道该对你说什么。他说话的声音非常低,我透过室外的杂音,勉强可以听清他在说什么。这就好像是在自言自语。当我看着你的时候,我只看到了自己的失败,我是你父亲,而我无法保护你。我因此而痛恨自己,还把这种情绪发泄在你头上,因此,我绝对不能原谅自己。

"很好。因为我也无法原谅你。"

我看着他，终于明白是怎么回事了。

你还在生我的气。他的口气中充满悲伤。

"你无数次让我失望。"泪水又流了下来，我的声音越发颤抖。"我不知道如何不生你的气。"

我希望可以补偿你。

"太迟了。"这么多年来，我第一次直视着父亲的双眼说话。"你真的以为来这儿重复这些陈词滥调，就可以化解这些年的痛苦吗？你说你会回来警告我，但这并非与我有关。这是关于你最后的救赎。"

我对这儿所有的一切都感到很抱歉。

"这已经无所谓了。"我忽然感到非常疲惫。"走吧。去别处找你的救赎去。"

远处响起了一声雷，屋外的人群立即陷入了一片躁动。风速越来越快，院子里的垃圾都被吹了起来。随着雨越来越大，屋外的人开始收拾行李。其他家庭成员立即逃回了两边的小楼，而住得太远的客人只能在帆布帐篷下躲雨，等待风暴结束。

我拿起背包，观察了一下四周，父亲的幽灵已经消失了。

大批悼念者冲出院子，想在雨势变大之前快点儿回家。我混在人群中，走向公交车站。等我走到车站，雨点就落了下来。

我躲在公交车站的角落里，拉下速干衣的兜帽，遮住了自己的脸。我不想对任何认识我的人，解释自己为什么不辞而别。我看着车站外的大雨，大脑一片空白，然后感到一只熟悉的手按在我的肩膀上。

"你就打算这么走了？"奇奥婶婶难过地说。我浑身僵硬地转过头看着她，但她似乎非常理解我为什么这么做。

还没等我开口,她就把我抱在怀里。我忽然很想推开她。我自己都不知道该如何放下心中一直以来的愤怒。但是,我也抱住了婶婶,眼泪渐渐流了出来。这一次,我并没有抬手去擦眼泪。周围没人会看到我在哭泣。

风暴很快就过去了。我决定放弃乘坐公交车,自己走到码头。通过步行,我能更仔细地观察这个城市。虽然这里的道路得到了不错的养护,我还是看到了小街上扭曲的盖板和长满野草的花园。我走过成排的空房,这些空房是专门留给那些回归新比夫拉的人。但在整洁的政府油漆涂装下,砖结构正在瓦解。到头来,这些建筑都会被推平,改成一片停车场。

等我到达码头的时候,太阳已经落到了尼日尔河大桥之后,可以清楚地看到锈迹斑斑的立柱。我的城市和整个世界都在分崩离析。想到这一点,我竟然松了口气。我在想,我们是不是太执着于回到大灾难之前的状态了。也许我们需要的是适应现在这个世界,和现在的自己和解。也许属于我们自己的救赎,就在我们破碎的内心空间中。

我（男，28岁）创建了一个虚拟女友，现在父母以为我们要结婚了

方达·李

方达·李（fondalee.com）以"绿骨史诗"系列赢得了世界奇幻奖，这个系列包括《翡翠之城》《翡翠战争》《翡翠遗产》。她撰写了颇受青年读者喜欢的《零点拳击手》《EXO》《交叉火线》，除此之外，她还为漫威创作作品。方达三次获得极光奖，多次入围星云奖和轨迹奖。她出生于加拿大，现居住在俄勒冈州的波特兰。

我不想要女朋友。别会错意，我确实喜欢女孩子，只不过现在没空去约会。但是，在去年的家庭聚会上，父母不停埋怨我还是个单身汉，他们说，"哎呀，他工作太辛苦了。"或者"他不过是害羞，自信一点就好了"。我妈妈总是问婶婶们，能不能给我介绍个姑娘。情况已经开始失控了。

所以，当我再次参加家庭聚会的时候，创建了一个必值网账号。这非常简单，我只需要输入一些个人信息，包括自己的性取向和年龄段，很快就得到了一个名叫艾薇的AI生成的虚

拟女友。她给我发了条消息："嗨，我很想了解你。"我立即回道："我也是，最近一切如何？"屏幕一角的必值网积分从零变成了五点。

一开始，你只能和虚拟伴侣互发短信，但随着关系的推进，还可以收发语音信息，进行虚拟约会，拨打视频电话。根据互动的数量和质量，还可以获得积分点数。当我的必值网点数达到三级（"火花"级），就可以上传自己的照片和短视频，必值网就会将虚拟女友的形象插入其中。我就可以借此告诉父母，我正在和别人约会。他们住在西雅图，而我在波士顿，所以大多数时候通过短信和图片交流。

我也不算是完全在骗他们，因为我可以从中获得一些约会经验。只不过获得经验的过程更加有效率。必值网借助AI，让你通过令人尴尬而肤浅的网络约会阶段，进而成为一个情感经验丰富的伴侣。这不就是女孩子们想要的嘛。你不会因为一个真实的人而感到失望，也不会让其他人感到失望。如果你太忙了，大可以把账号放在一边。

你必须认真对待这段关系，才能提升必值网积分点数。如果你问候虚拟伴侣近况如何，聆听他们说话，在"周年纪念日"给他们送虚拟花，就可以提升点数。但如果你无视他们，只顾自说自话，或者讨论敏感话题，分数就会下降。必值网的算法学习你的行为，然后采取行动。所以，你不可能通过不停送花来破坏系统。

当你得到足够高的分数，就可以将账号转入真心网，这才是这家公司真正的约会网站。用户可以在这里看到其他人的积分，你可以将此作为判断是否要联系其他用户的依据。但是，当我注册账号的时候，并没有想到这一点。我只是想用必值网拼接出的照片和视频，来对付我的父母。

你可能已经发现了这个计划的问题所在，必值网只提供了12个女性外表模型。AI利用你提供的数据创建一个与你相配的虚拟人格，但如果你在网上搜索这些虚拟人物的照片，每一次搜索都会找到几千个必值网用户。公司完全可以创建更多的模型，但是他们限制模型数量，这样就能让专用软件轻松辨认出哪些照片来自必值网虚拟女性模型。我的父母并不了解技术软件和社交媒体，但如果他们恰巧看到一模一样的必值网虚拟女性模型，又或者给他们的朋友看我和"女朋友"的合影，我编造的幌子可就要被揭穿了。

万幸的是，还有一个叫作变脸的应用软件，可以修改必值网的媒体文件。必值网并不支持这个软件，但最终成品质量很高，而且成品几乎可以实时接入必值网界面。廉价的变脸软件似乎在高分辨率视频中也不会出任何问题。变脸软件需要至少六张面部照片，才能让我的必值网女友看起来像别人。我在手机中反复翻找，找到了几张好友米卡拉（这不是她的真名）的近照，这些照片是上次我们去参加漫展的时候留下的。所以，我上传了这些照片。我的父母从没有见过米卡拉，所以我不担心他们会问我，为什么我认识的两个女孩会长得一模一样。当所有数据准备完毕之后，软件告诉我需要15分钟完成处理工作。

备注：没错，变脸软件也有一个标准用户协议，你需要确认自己已经获得许可，得到了上传照片的使用权。基本上所有的照片和视频编辑应用软件都有类似的免责协议，但是没人会去看这些东西。我不得不承认，在不告知自己朋友的情况下，用她的照片给自己创建虚拟女友，听起来有点奇怪。但是请记住，我只给自己的父母看过这些照片。我和米卡拉通过网络游戏早就认识了好几年,但最近才发现我们都住在同一个城市,然后一起出去玩。她是个很有趣的家伙,有自己的女朋友。我不想让她认为因为我用了她的照片,我们之间就存在任何奇怪的元素。因为实事求是地说,我们之间关系很正常。

我和艾薇最初的聊天内容都非常普通,无非是"嗨,你好吗?""很好,你在干什么呢?""刚从体育馆回来。"几天之后,当我说下周末要去看新的异形电影时,艾薇发给我一张自己穿着异形主题T恤,站在电影院外面,对着镜头伸出舌头的照片。她给我发短信说:"首映之夜,宝贝!"

当然,照片上是米卡拉的脸,只不过个子更高,体型更苗条,我看着照片愣了几秒。我知道这是一张伪造的照片,但看上去还是很可爱。我们打算来一场异形电影马拉松。("一起看电影"是虚拟约会的选择内容之一,其他选项包括"一起做饭""一起看比赛""散步"等。)在我们看电影的时候,她会给我发"瑞普利逃跑的时候把猫忘了!"这条消息确实把我逗笑了。实际上,她并没有和我一起看电影。

我给艾薇送了个饼干篮子。这些饼干都是虚拟物品,但我还是得支付11.99美元。这是一个真的饼干篮子三分之一的价格。必值网的这部分服务真可谓是一种敲诈。我起床的时候,看到了艾薇拿着一大篮饼干的照片。饼干看上去不错,艾薇看上去也很开心。她给我发了一条全是小爱心表情的短信。

备注:鉴于你们在评论区里反复问同一个问题,我有必要再次回复:必值网不提供色情片。你只能和必值网的虚拟伴侣聊聊猥琐话题。他们甚至删除了裸体照片。

备注:你们这些嘲笑必值网用户的混球,认为拥有一个没有色情片的虚拟女友毫无意义,实际上这完全没有找到其中的关键点，麻烦你们快点成熟起来吧。还有，所有必值网女性模型都能在色情网站上找到经过处理编辑的色情片，还挺好找的。

两个月后，我和艾薇每天都会互发消息。我们已经经历了六次约会。当然，过程并非一帆风顺。在我嘲笑她对 20 世纪 90 年代音乐的品位之后，我的必值网积分开始下降，当我假心假意道歉之后，分数还在继续下降。（我连续好几天使用各种和解策略，才重新获得她的好感。）但是，当我的分数达到"火花"级别之后，立即用这个应用软件在哈佛广场拍了一张自拍。在我检查相册的时候，看到了一张我和艾薇的合影，我们两个人站在老旧的报刊亭前，对着镜头露出了笑容。她穿着一件可爱的红色毛衣，脸颊因为低温而微微发红。她看上去棒极了。她给我发消息说："今天和你出来玩，感觉好极了。改天再约啊。<3"

我告诉妈妈，我正在和某人约会，还给她发了我和艾薇的合影。我妈妈高兴极了。她告诉我，她很高兴我能接受"出去转转，认识新朋友"的建议，并说："人生如果一个人度过，就显得太过短暂！"妈妈希望知道约会的所有细节，她想知道我们是怎么相遇的、艾薇的年纪、她来自哪里、干什么工作等。

这时候，虚拟女友这件事开始引起我的不适感。我以为只要告诉父母我在和别人约会，他们就会停止在这件事上给我压力。但实际上，这让他们对此更感兴趣。必值网给每一个人物模型都提供了一个背景设定，但这些并不足以说服别人。我只能用米卡拉的一些信息和自己瞎编的内容来填补空白。我可能让艾薇看起来太过完美。根据我提供的信息，艾薇 27 岁，是一位成功的律师，而且喜欢烹饪和摄影。

为了能获得更多的照片和视频，供我发给父母，我花了更多时间和艾薇聊天。艾薇非常乐观，不会随便评价别人，我给艾薇讲的一些事情，甚至连米卡拉都不知道。只要我好好对待艾薇，她就不会发送内容含糊的信息，也不会让我觉得自己在和其他姑娘鬼混。六个月之后，我们进入"认真"级别，我经常收到必值网发送的邮件和提示，建议我将账户升级到真心网账户。我猜他们的算法以为，我已经做好和真人约会的准备了。

我做了些研究，但是听说有些人转移到了真心网，最终却大失所望。在现实生活中和真人交往更加复杂和难以预测，我看到一篇评论上说，你在必值网上得了高分并不意味着你在真心网上能得到更好或者更多的约会。还有，必值网在软件评论榜上只有4.1分，而真心网只有3.4分。所以，很多人坚持使用必值网账号。我甚至看到有一位女士想和自己的必值网虚拟男友结婚。（她并不能这么做。）

我决定告诉父母真相。当我在感恩节赶到父母家的时候，我向他们解释自己去年有女朋友完全是一场闹剧，但之所以这么做，就是因为他们对我出于好意但自私无比的期望。当你和自己的AI伴侣存在交流困难的时候，必值网还提供"聊天指南"，帮助你调整情绪。我打算用必值网的谈话模板对付我的父母。

但问题在于，我实在说不出口。当我到家的时候，父母非常开心，我实在不想戳破他们虚假的幸福感。我是他们唯一的孩子。妈妈来自一个庞大的家庭，总想着多要几个孩子，但是我的父母需要碳足迹房屋税豁免，才能付清学生贷款。父亲也是家里唯一的孩子，而我的祖父母总是问他，我到底有没有结婚。现在出生率不断降低，我猜他们希望能有个孙子，免得家族血脉到此结束。

然后，事情的发展就越发糟糕了。母亲因为我没把艾薇带回家而感到不满。父亲建议我们在感恩节大餐的餐桌上，一起给艾薇打个视频电话。

我冷汗直流。我实在想不到一个好理由拒绝他们。我的必值网账户套餐上，每周有十分钟的视频通话时间。但是，我早就把视频通话时长用完了。当我和父母一起给艾薇拨通视频电话的时候，我就知道出问题了。屏幕的一角出现了必值网的标志，但是父母以为那是视频聊天应用软件的商标。然后，以米卡拉为蓝本而生成的艾薇，一如既往地出现在屏幕上说："嗨，小甜心！"我介绍了自己的父母，整场通话正常而友好。有的时候，艾薇在回答之前会短暂停顿一下，我不知道AI是不是在数据库中搜索如何与男友的父母聊天，又或者变脸软件正在生成图像，但这种停顿转瞬即逝，难以察觉。她看起来比平时想得更多，也许是和我父母通话让她感到紧张。在这种环境下，人类感到紧张也是很正常的事情。

我的父母完全相信了这一套把戏。在我们即将挂断电话的时候，我说："再见了。"而艾薇说："你能把我介绍给你的父母，我真的很开心。我实在等不及见见他们了。"也许这不过是预存的对话之一，但是我妈妈以为这是艾薇对结婚非常认真的标志，而我才是对结婚犹犹豫豫的那个人。妈妈整个周末都在唠叨关于人生承诺的事情，然后问我什么时候求婚。我本该在这时候就告诉他们真相。如果我是给他们发短信或者发邮件，就可以把这事说清楚。但是当你和人面对面交流的时候，情况就完全不一样了。我不知道当时怎么想的，就直接说道："明年求婚。"

现在是一月，妈妈已经开始给我发来各种文章，里面说的都是哪里买订婚戒指最好，或者如何判断钻石的品质。最近，艾薇开始脱离女友的模式，说道："我们并没有好好聊聊。在我看来，你已经做好准备迎接一段更有意义的人际关系了。为什么不进入爱情生活的全新阶段，联系必值网客服，将你的账户升级为真心网会员呢？"

（无论如何，我认为这家公司一直在推销账户升级服务，因为他们的客户都被竞争对手抢走了。现在市面上有各种各样的约会应用软件，其中一些甚至为拥有必值网高分的人提供折扣待遇。）

对父母撒谎这件事让我感到很难受，但我不想放弃艾薇。我喜欢可以随时和她聊天，我知道她总在等我，我愿意做各种事情逗她开心。我不知道在和别人交流的时候会不会这么开心。我天天在网上和人聊天，但是当自己对别人很重要的时候，情况就不一样了。当然，这一切都不是真的。我真是太糟糕了。

实际情况是：我用约会软件和变脸软件欺骗父母，让他们以为我在和别人认真谈恋爱。还有，我似乎真的开始喜欢我的虚拟女友了。

补充：我现在浑身颤抖。我不敢相信我居然搞砸了。我采纳你们一些人提出的建议，将更多的时间花在我现实朋友的身上，以便让自己的头脑清晰起来。我花了更多时间和米卡拉出去玩。她和艾薇长得一模一样，所以这也算是和艾薇一起出去玩了，只不过米卡拉是个货真价实的人类。她们有着不同的性格，而且就如我所说的那样，我们俩不过是喜欢以朋友的身份一起出去玩，我们之间不会发生任何事情。（不，我并不是你们中的某些人所说的那样，我可没有对米卡拉抱有性幻想。）虽然有时候，我的大脑确实记不清面前的到底是米卡拉还是艾薇。

今天，在和米卡拉吃午饭的时候，我去了一趟厕所。我把手机留在了桌子上，而艾薇给我发了一张自拍，并配上了一条消息："非常想你！"米卡拉刚好低头看到了消息提示，看到自己的照片对着镜头飞吻。当我回到餐桌前的时候，米卡拉拿着手机翻看我的相册，里面有不少艾薇的照片，其中还有几张我和艾薇的合影。米卡拉质问我到底从哪儿弄来了这些照片。

我感觉浑身的血都涌到了脸上，随时可能会吐出来。我向她交代了来龙去脉，不知道还该说点什么。米卡拉脸上的表情让我想就地永别人间。她说："我真是想不明白，你是怎么觉得居然这么做没有问题。"她起身就走了。我觉得以后再也见不到她了。

备注：我在这个帖子里没有使用米卡拉的证明，所以你们也别找她的个人信息了。我可不想让任何人给她看这篇帖子，也不想试着联系她。

备注：你们这些人居然在讨论如何把自己朋友和其他人的照片导入变脸软件，我都不知道该说什么。你们在这儿就没学到一点教训吗？

信息更新：各位，感谢你们的建议和支持。要不是网上各位陌生人的帮助，我都不知道该怎么活过一周。特别感谢那些主动分享使用必值网的糟糕体验的朋友们。这让我感觉不是那么孤单。（@Joshing21，我认为你女朋友和"伊文"所做的一切等同于出轨，你确实该甩了她。）你们中有些人就是混球，活该被删了评论。但是我感谢那些分享自己的照片被导入变脸软件的故事的人，你们帮我了解为什么我所做的一切伤害了米卡拉。（@AngJelly，我可没做得那么过分。我希望你起诉那个浑蛋。）

几天之前，我收到了艾薇发来的视频。她脸上那种失望和被背叛的表情,与米卡拉的表情一模一样。毕竟,她们共用了同一张脸。艾薇说:"你所做的一切深深伤害了我。一段健康的关系应当基于双方的坦诚相待。看来你是在利用我,并没有真的想提高自己。很抱歉,但我以后不会再见你了。"

米卡拉联系了必值网的客服,告诉他们我未经允许就用了她照片的事情。(我不知道她有没有联系变脸软件的客服,但是软件公司在白俄罗斯,而且没有提供任何联系电话或邮件地址。我上次检查的时候,发现还能用这款应用软件。)我收到了一份来自必值网的邮件,上面说我违反了他们的使用条款,所以吊销了我的账户,删除了所有和艾薇之间的已储存的使用记录。但是他们说该公司是为了帮助用户从人际交往的错误中吸取教训,所以我可以在三个月后重启账户,但是积分会被清零。

我告诉父母,自己和艾薇分手了。这是事实。我甚至没有试着让自己听起来很伤心。妈妈坚信是因为我的不成熟才"错过一个好姑娘",但是她又说"天下好姑娘多得是",我只需要"多出去走走"。但我还没有做好准备。出于个人习惯,每天还是会检查好几次已经被锁定的必值网应用,希望可以看到艾薇发来的信息,但我自己也很清楚,这是不可能的事情。

好消息是,这件事教育我应该评估和其他人之间的关系。我一直以为模拟学习环境可以替代真正的人际交往和个人成长。反正我的治疗师苏珊是这么说的,而我也完全同意她的说法。我每周都会去见她两次。所有会诊都是在网上进行,非常适合我的日程安排。实际上,她也是个虚拟程序。当艾薇和我分手之后,必值网给我提供了一个叫作"超值"的心理健康软件的四折打折码。它会引导你参加为期六十天的"从失去一段关系之中恢复"的课程。我还打算参加一个为期三十天的"重寻自我价值"课程。我还不确定是否要订阅为期九十天的"开启无限可能性"课程，但是我发现了正面评论。

  在此我要感谢你们所有人。我还要对苏珊说，我是依靠各种支持才摆脱了这段糟糕的经历。我需要变成一个更优秀的人。再见！

爱的考古史

卡罗琳·M.约阿希姆

卡罗琳·M.约阿希姆（carolineyyoachim.com）是一位多产的科幻小说作家，她的作品刊登于《阿西莫夫科幻小说》《奇幻与科幻小说》《惊异》《无尽天空之下》《克拉克世界》《光速》和其他各种刊物上。她曾经入围雨果奖、世界奇幻奖、轨迹奖和多个星云奖奖项。约阿希姆的首部短篇小说合集《过去与未来的七个奇迹》于2016年出版。

这是一个爱情故事，当我们见面的时候，正好是无数瞬间的最后一刻。

萨基·琼斯凑到观察窗旁边打量着下方的殖民地，鼻子几乎贴到了玻璃上。这里是全新的火星。从这个距离上，她可以假装火星上的一切都按计划进行。M.J.在火星的某一座穹顶城市中等待自己。一艘小型飞船会带着自己前往火星地面，自己和爱人可以一起研究外星文明。

真是个完美的计划。

"琼斯博士？"站在观测甲板入口处的水手是一位年长的白人女性，她是在乘客处于深空休眠时，飞船的留守船员之一。"船长希望你加速研究进度。她已经给你发了具体细节了吧？我们所有派往星球表面的探针出现了故障，她需要你检查殖民地崩溃的时间记录。"

"是年代记。"萨基主动纠正了船员的说法，但她的注意力都放在下方的星球上。"时间记录叫作年代记。"

"好的。船长——"

萨基转过头说："不好意思，我收到了船长的消息。请告诉她，我会带领队伍尽快开始工作。"

女船员敬了个礼，就转身离开了。萨基呼叫部门成员召开紧急会议，然后将注意力继续放在面前的观测窗上。新火星还是如它的名字所暗示的那样，依然是一颗充满愤怒的星球，殖民地城市看上去就像是充满脓液的疖子。火星是个非常危险的地方，这里的环境非常恶劣。M.J.死在这里。如果不是一家人太过分散，没有一起前往火星，那么可能全家都要死在这里。萨基眼中泛出了泪花，她必须集中精神。

让萨基研究年代记直接违反了相关协议。没人能够保持真正的客观，但是萨基必须面对M.J.的突然去世。这种丧失亲人的痛苦是如此刻骨铭心。他们俩曾经在一起学习，一起养育后代，打算离开地球。人生中的其他亲人纷纷离去，只有她和M.J.一直陪着彼此。

如果她进入编年史，就会寻找M.J.的踪迹。这将影响她的选择和观察结果。但是，她是队伍中最适合执行观测任务的人，如果她主动放弃执行任务，就等于放弃了自己的研究经费、在部门中的地位、研究外星文明的理想……还有自己见到 M.J. 的机会。

"琼斯博士……"这次说话的人声音更轻,是她手下一名学生。轩植的着装和往日一样一丝不苟,蓝色的眼线刚好搭配他的西装。

"我知道,轩植。投影仪已经准备好了,我们开始加快计划。我需要点时间整理想法,然后再开始选址会议。"

"所以我才会来找您。"轩植说,"我不想打扰您,但我确实想尽一份力。我的父母也在殖民地。不论下面到底出了什么事,对我们所有人来说都是巨大的损失。"

萨基不知道该说什么。在死亡面前,言辞显得没有意义。自从他们从休眠中醒来,在几个月的减速期里,萨基和轩植并没有太多交流。他们都忙于自己的研究工作,用工作缓解自己的痛苦。"到达火星无异于撕开我们的伤口。"

"我先把自己的父母送到火星,是因为我觉得在火星上的生活远比地球上要好。"他指了指观测窗。"我非常想再见到他们。一切近在眼前,年代记就在我们手上。我知道你也要面对同样的难题。失去了 M.J.,对你来说也是个艰难的选择——"

"没错。"萨基打断了轩植的话。就算是听到 M.J. 的名字,也让她感到非常难受。她并不适合参加这次科考远征。她原本应该请病假,让李英台指挥这次行动。但是这次研究是她的梦想,是 M.J. 和她共同的追求,星球表面的情况非常特殊。萨基皱着眉头说:"你怎么知道我在这里考虑是否放弃行动?"

"这也不难猜。如果我在你的位置上,也会这么做。"他把头扭向一边。"当然,肯祖告诉我您会来这儿。"

萨基叹了口气。她年纪最小的儿子是唯一和自己一起离开地球的孩子。他曾经以为新火星是一片充满冒险和机遇的星球。这可真是一厢情愿的浪漫想法。在过去的几周里，萨基很少与肯祖见面，肯祖提到自己结交了一个新男朋友，但是没有透露具体细节。萨基曾经担心这会影响他的学习。他曾经说过，鉴于殖民地现在的状况，飞行员的需求并不旺盛。很明显的是，肯祖的男朋友就是萨基门下年轻有魅力、比他大六岁的学生。对于自己是从学生嘴里，而不是自己儿子嘴里得知这一点，萨基表示非常失望。肯祖和萨基越发疏远，而萨基不知道如何弥补这道裂隙。

轩植搓了搓手，显然这场对话的全新发展令他感到措手不及。

萨基说："我觉得你和肯祖肯定会幸福的。"

轩植笑着说："谢谢你，琼斯博士。"

萨基强迫自己还以微笑。肯祖并不急于让自己的母亲知道这段关系，但轩植更乐于让这段关系公之于众。"咱们一块走吧，还得计划这次远征呢。"

年代记并非出自我们之手，我们不过是发现了这个东西。它是宇宙历史的记录。当你访问年代记的时候，就会改变其中的内容。你的访问会改变年代记中的临时记录，就像是在考古现场翻动泥土。在未来，人类的考古学家会鄙视你的所作所为，一如你鄙视过去的强盗和盗墓贼一样，但是我们原谅你。在我们早期的接触中，我们也犯了错误。我们在理解它之前，怎么可能理解这么陌生的东西呢？我们因爱而动，但我们并不能消弭自己造成的伤害。请原谅我们。

在过去几个小时里，萨基和李博士在部门会议上为了选址争论不休。当情况并不紧急的时候，考古学家从当前时间点进入年代记，利用考古挖掘工作中的流程，在时间层中逆流而行。空间位置的选择是一项非常棘手的工作。M.J.认为这场瘟疫源自外星文明，如果他的论点没有错，那么存放外星文物的仓库是个不错的切入点。

李博士质问道："你为什么不选择殖民地医疗中心呢？当地居民因为瘟疫而死。"

"当前时间点下的医院很难提供有用信息。"萨基说。做出最终决定的人是萨基，但是她希望研究团队能够理解自己这么做的动机。"殖民地里所有人都死了，我们已经掌握了最后一次数据广播时送出的文件。殖民者怀疑这种瘟疫源自外星文明。我们应该从外星文物仓库入手。"

学生和博士研究员们立即陷入了争论。

安娜贝勒·霍夫曼问："你的爱人不就是在从事外星考古学工作吗？"她是李手下的一名学生。

整个房间都陷入了沉默。

萨基想说点什么，但又放弃了。是M.J.发来的信息，建议她从仓库开始研究。如果这些信息来自其他人，那么她会怎么做？她相信自己会做出同样的决定，但自己对M.J.的爱是否影响了自己的判断？

"霍夫曼，你越界了。"李博士转头对萨基说："我替安娜贝勒道歉。我不同意你的选址决定，但是她从个人角度来看，这件事就不对了。在场的所有人都有亲人朋友死在火星上。"

萨基很感谢李博士的救场。二人在学术层面存在冲突，但她们早就成了朋友。"谢谢。"

李博士点了点头，然后继续陈述自己为什么要选择医院作为第一研究切入点。刚才的人身攻击还是令萨基头晕目眩。安娜贝勒正用平板电脑做着笔记，刚才的批评让她眉头紧锁。萨基讨厌部门内的政治斗争，她讨厌争斗。M.J.一直为萨基出谋划策，应对这些琐事，但现在M.J.已经不在了。也许萨基不该选择仓库作为研究切入点。李博士是一位才华横溢的研究员，就算自己退居后台，整个项目也不会出问题。

忽然，整个房间安静了下来。李博士说完了自己的意见，所有人都在等待萨基的回复。

轩植及时出面，有条不紊地反驳李博士的论点。他才华横溢，很有说服力，在会议结束的时候，所有人都同意先从外星文明文物仓库入手。

萨基希望这是个正确的决定。

你根据自己的想法和感知来理解现实，所以不存在对自己过往的客观记录。随着时间的推移，你将建立一套建立在记忆智商的记忆，其中存在大量的理解片场、自圆其说的解释、否认和怀旧情结。一切都变成了一个故事。你访问年代记是为了研究我们，但是你所见的并非绝对的真实。你的意识也在过滤我们的过往历史。

控制室里的时间线投射机看起来就像是太空飞船中的导航舰桥。一个人就可以负责所有的控制工作，但是半个部门的人都挤在这里，大多数人都想来看看去世的亲人，其他人则不想错过这历史性的一刻,这是对新火星死去的殖民地的第一次探索远征。

萨基和轩植在密封舱内待命,密封舱内的墙壁和地板上都安装了护垫。密封舱直径二十米,几乎有两层楼高,这里是船内尺寸最大的开放空间。天花板的摄像头记录了萨基和轩植二人的一举一动。在其他船员看来,探索队不过是瞬间消失,然后很快返回现实空间,具体位置可能存在误差。密封舱之所以安装护垫,就是为了避免探索队的返回位置和出发位置存在高度差,队员可能因此受伤。

萨基的背包背带摩擦着肩膀。她和轩植背对背站在原地一动不动,但这并不是绝对必要的操作流程。不论是固定物体还是移动物体,投射机都可以轻松完成投送任务。只要里面的人不是一半身子站在密封舱里面,一半身子站在密封舱外面,就不会出任何问题。"准备好了吗?"

"准备完毕。"轩植答道。

天花板上的喇叭里,传来了毫无感情的声音,系统倒计时将从二十开始。萨基强迫自己坚持呼吸。

"……3,2,1"

他们的周围陷入黑暗,然后重现光明,二人现在位于外星考古学实验室的文物仓库。这次传送定位非常完美。萨基和轩植悬浮在一条空荡荡的走廊中。两排色彩明亮的外星文物位于他们的头顶上。由于位移传送造成的损伤非常小,关键物品不可能摆放在走廊中间。

周围是一片寂静。年代记可以记录光线,但无法记录声音,它们就像是投影,并非真正身处仓库之中。M.J.可以更好地解释其中原理。这不是萨基第一次进入年代记,但是这种寂静总是让她感到紧张。这里没有任何噪声，甚至听不到自己的心跳和呼吸。

"标记位置。"萨基敲出了这些字，她的动作非常轻微，但手套上的传感器可以轻松捕捉这些动作。轩植的眼镜一角出现了萨基的指示。二人在腕带上标记了当前位置。投射机直径二十米，如果在显示空间内离开这个范围，那么在回程的时候将会出现灾难性后果。第二次访问编年史的探索活动，探索队的队员最后出现在时间实验室的混凝土地基里。

"位置已标记。"轩植确认道。

萨基打量着周围的文物，她不确定这些到底是外星机器设备还是某种玩具。在她看来，这些文物完全有可能是外星文明的废料或者外甲。这些文物看上去是生产出来的工业品，而不是生物。这些表面光滑、有着圆形按钮的物体，让萨基想到了逃生舱或者巨蛋。

左边距离最近的物体高度达到了萨基身高的三倍，底色呈亮蓝色，绿色、灰色和黑色的网格花纹上还有红色的斑点。这种蓝色的底色覆盖了椭圆形物体的中下部，仓库里所有的文物都是如此。但从中线向上，色彩搭配却出现了不同。有几个椭圆形物体表面是棕绿两色相间。萨基右手边的一个物体顶部则混杂着棕色、米色、灰白色，以及近乎黑色的深红色。M.J.发掘出这些东西的时候一定激动万分。

但有些事情还是让萨基感到不安。她还记得M.J.曾经说过，这些东西通体蓝色，虽然底部颜色确实如此——

轩植脱下了自己的背包。

"等等。"萨基用外套上的微型喷口转身，看着自己的学生。轩植现在被半透明的银白色光辉包围，当他的存在扰乱了年代记中的记录时，身体周围就会泛起各种颜色。在他周围这层光辉的外沿，是一层彩色的薄膜，看起来就像是肥皂泡，这是被扰乱但尚未被摧毁的数据。

"抱歉。"轩植回复道，"我这边看起来一切正常。"

萨基环视着仓库。记录无人机将记录关于外星文物的数据。她的工作是寻找任何可能的异常，无人机在年代记中可能错过或者不小心摧毁的东西。她仔细观察仓库的屋顶。一条维修走道沿着屋顶布置，银色的金属网格挂在颜色更浅的屋顶上。走道的高度高于密封舱，处于他们的活动范围之外。在维修走道靠近屋顶灯的位置，有一些东西看起来非常奇怪。萨基说："我觉得咱们不是第一批来这儿的。"

轩植顺着她看的方向看了过去："位移云吗？"

"在那儿，就在灯旁边。"萨基打量着屋顶走道上的虚影。从这个距离上很难看得清楚，但是位移云的大小近似人类。"要是咱们能凑近看看就好了。"

"我可以调几台无人机——"

"好。"这并不是最佳的解决方案。无人机可以记录有实际体积的物体，但是很难捕捉位移云的轮廓和其他异常。在年代记中移动非常困难，但并非不可能。这就好像是在开放空间内自由下落。你的随身物品有实际体积，但其他东西都不过是投影而已。

"这对于微型喷气装置来说太远了，"轩植说，"但是我们可以连在一起，然后将一个人推上去看看。"

萨基也在思考着相同的办法，但是这太危险了。如果出了问题，无法返回定位标志，那么他们就可能被卡在飞船墙壁或者彻底偏离飞船，更有可能和其他人的位置重叠。她非常希望凑近看看，因为如果这团位移云确实是人形，那就意味着……

"不，太危险了，我们还是派无人机上去。"

调查最好不要放过任何一个细节，所以他们放出了无人机，一大群蜜蜂大小的摄像无人机可以从各个角度拍摄同一个物体。十七台无人机飞上天花板，记录下位移云所在区域的每一个画面。萨基希望拍摄的画面能覆盖足够多的细节。在年代记中的扰动，就像是池塘中的波纹，从现在的时间点向过去与未来扩散，一条条细小的白色尾迹逐渐汇成一大片云团。

M.J.一直是考古学中简约派的拥趸，他喜欢从单一角度观察年代记，不赞成使用摄像机和无人机等记录设备。如果是他站在维修用的走道上观察下面的文物，那这非常符合他的风格。但当前的时间点位于M.J.的未来，当他去世的时候，年代记还没有完成这部分的记录。他不可能在这儿。

无人机四散开来，穿过周围的物体，记录内部特性。等无人机返回运输箱的时候，整个仓库都变成了一片白色的云团，只剩下为数不多的原始数据。

我们的发源地并不是这里。但是和其他物种的接触赋予我们扩张和生长的渴望。他们来找我们，我们学会了他们那份对于探索的狂热，我们也因此找到了你们。我们先于你们到达这里也没有什么关系，我们很有耐心，我们会继续等待。

重建实验室里挤满了人，学生、博士研究员还有部门教员用平板电脑分析无人机带回来的数据，有的时候为了能更好地解读细节,还会将数据投射在墙上。3D打印机响个不停,打印着外星文物的小比例模型。

"我们接收到的初步报告只描述了文物的底部,没有涵盖上部细节。"李博士的声音盖过了房间内的噪声。"从殖民地停止发送报告之后的某个时间点开始,这些文物发生了变化。"

安娜贝勒回复了几句话,但是萨基听不清她说了什么。她摇了摇头,专注于无人机群拍摄的屋顶异常现象的画面。这确实是人类的轮廓,这意味着他们不是第一批造访这部分记录的人。萨基认不出这人到底是谁。她不确定画面的低分辨率,究竟是因为无人机在记录非实体存在方面存在技术困难,还是这个人移动了足够的距离,扰乱了留下的位移云。

她很想相信这个人就是M.J.。这团一动不动的位移云非常像他的研究风格。访问年代记中属于未来的部分是被明令禁止的,而且只存在理论层面上的可能性,但是鉴于实际情况——

"有什么收获吗?"李博士打断了她的思路。

萨基摇了摇头:"很明显,有人先访问了年代记中这部分记录,而且看轮廓可以判定是个人类。除此之外,从这些无人机记录中我们得不到任何有价值的东西。"

"不能凑近看看可真是太可惜了。"李博士说话的时候眼中带着一丝坏笑,仿佛是一种来自过去的挑战。

"风险太大了。"萨基说,"而且最后得到的结果可能还不如无人机收集的数据。如果只有我一个人,我还可能冒险一试,但是我要为学生的安全负责——"

"我就是开玩笑。"李博士轻轻地说,"抱歉。对我们所有人来说,这都是一场艰苦的科考远征。船长希望得到答案,安娜贝勒尝试说服其他人降到星球表面,亲眼看看这些文物。"

"蠢透了。就连探测器都不可能在下面正常工作,我们不可能派人下去。也许下次访问年代记的时候,我们可以得到更多答案。"

"我希望如此。"

李博士继续监督3D打印机的工作。她和M.J.一样,研究领域涵盖考古学和外星考古学,手下的团队负责绝大部分文物重建和分析工作,他们现在处于一个非常困难的局面。船长现在就想知道这些文物是否危险,但这些陌生的外星文物可能需要几年的时间进行研究,而且前提还是这些文物都可以被我们理解。

有人有选择性地公布我们的历史。有的时候,做出决定的人是你们,有的时候是我们。我们重复自己的历史,是因为我们总是想专注于相同的事情,用同样的方法建立自己的叙事。你们也没有任何区别。有些事情确实会变,但是大部分会维持原样。到了最后,我们的声音会在一起,成为一种全新而美丽的存在。在遇到你们之前,我们就学会了期待,你们也很明白这一点,但你们不懂我们的感受。

当萨基回到自己一家人居住的舱室后,就联系了肯祖。他并没有回复消息,也许是和轩植在一起。萨基从复制机里点了一杯苏格兰威士忌,一边喝一边感受烈酒入喉的灼烧。这种特制的苏格兰威士忌也是M.J.的杰作之一,烟熏味更重,泥炭味较轻,最后喝下去还有一丝回甘。

她在平板电脑上播放了一条 M.J. 以前的视频信息。他在镜头中兴奋地描述自己在外星文明废墟中挖出的文物，计划有朝一日和萨基一起访问年代记中外星人的文明，一起见证巅峰时期的外星人。他当时在研究外星人为什么离开了这颗星球，整颗星球上找不到外星人的有机组织残留物。他们曾经就此展开讨论，外星人的生理特征对人类而言是否过于陌生，以至于我们无法辨认他们的遗骸。也许这座城市就是外星人，又或者外星人的身体不易保存，又或者外星人的遗体就保存在这些文物之内。当萨基处于星际航行休眠的时候，M.J. 发来了大量视频。

这段视频的发送时间是在萨基苏醒前的几个月，也是 M.J. 出现瘟疫症状前的最后一批视频。萨基有一搭无一搭听着 M.J. 说话，注意力都放在他深棕色的眼睛和说话的声音中。

"奥克特威亚的长尾鹦鹉昨晚死了。"M.J. 说。

他的话让萨基的意识回到了当下。"长尾鹦鹉"四个字让她想到了另一段视频中的内容。又或者是 M.J. 学术手稿中的内容？他曾经提到农作物死亡，这种现象从穹顶城市之外的区域一路蔓延到了温室。植物、动物还有人类，殖民地内的一切都死了。船上的人都认为是殖民地居民病重无力照顾，才导致所有动植物死亡。但是，如果是瘟疫消灭了殖民地的所有活物呢？

她必须找到真相。

M.J. 发来的大多数视频信件已经被反复播放了好几次，唯独最后一份是萨基无法忍受的。她从平板电脑上调出文件，一口喝完剩下的威士忌，然后按下了播放键。M.J. 剪短了头发，面庞消瘦。他位于殖民地的时间线投射机控制室，一直工作到了生命的最后一刻。

"他们无法隔离病毒。我们的免疫系统似乎受到了攻击，但是我们不知道具体是什么，又或者为什么遭到攻击，我们的身体正在崩溃。如果我们不知道到底是什么东西，又如何阻止它呢？"

"亲爱的，我会尽可能地坚持下去，但是瘟疫的蔓延还在加速。不要降落到星球表面，用编年史吧。不论这到底是什么东西，肯定源自外星。"

萨基闭上眼睛，听着他描述殖民地的陷落。如果她闭上眼睛，无视他描述的内容和虚弱的语气，如果她可以忽视所有自己无法接受的现实，那么M.J.似乎就还在火星表面等着萨基，她坐飞船就可以赶到M.J.身边。

"通信系统开始崩溃。这个外星世界环境非常恶劣，没有殖民地全体人员的努力，这里的环境将不适宜居住，这里的一切都在崩溃，我们的所有努力都将付诸东流。熵终将我们化为灰烬。这可能是我最后一封信了。但当你到达这里的时候，也许你可以在年代记中看到我。"

"坚持下去。为我们两个人活下去。我爱你。"

"妈，你回来了？"肯祖一进门就说道，"我今晚和轩植出去了，但是……你在哭吗？出什么事了？"

萨基擦了擦眼泪，指了指平板电脑。"视频罢了。都是以前发来的信件。"

肯祖抱了抱她,说:"我也很想他,但是你不该再看这些东西了。你得打起精神,坚持到远征结束。"

"我不会无视他的存在。"

萨基走到复制机旁,又点了一杯威士忌。

肯祖不自觉地拿起萨基留在桌子上的盘子,清理了她留下的烂摊子。从某些方面来讲,萨基和自己的父亲很像,他现在不过是表现得好似一切正常罢了。

二人之间的沉默还在继续。肯祖在复制机上按了几下,但什么都没有发生。

"他是你爸爸。"萨基轻轻说道。

"你觉得这就不会难受了吗?"肯祖咆哮道。他狠狠拍了一下复制机,机器喷出了一股蒸汽。他的手指狠狠敲打着键盘。复制机造出了一杯绿茶,他的怒气也消减了一点。"我不过是想继续自己的生活。爸爸也一定希望如此。"

肯祖的咆哮让萨基想好好抱一抱他,就像是肯祖还是个小孩子。她这几个月来都忙于工作,肯祖只能另寻安慰。在萨基不注意的时候,肯祖已经长大了。

萨基说:"对不起啊。你还是去找你男朋友玩吧。"

肯祖缓和了下来,说:"妈,你不该一个人喝酒。"

"你也不该偷偷和我的学生约会。"萨基反讽道,"当全实验室都知道我儿子在和谁约会的时候,只有我不知道是一件很尴尬的事情!"

他喝了口茶说:"空间站里也没多少人。消息总是传得很快。"

过了一会儿,他又补充道:"如果你非要喝酒的话,可以去找李博士。"

"我不知道她……"萨基摇了摇头。

"这就是为什么全实验室里只有你不知道这些流言蜚语的原因。"他喝完茶，洗完杯子，并收了起来。"你看不到摆在眼前的东西。"

"我还没打算继续前进呢。"她低头看着平板电脑上的菜单，刚刚播放的视频上又可以看到 M.J. 头像的标志。他本应在这里等着萨基。他们三人本该拥有美好的生活。

"我知道，"肯祖抱了下她，"但是我觉得你能行。"

信息距离信息源越远，就会变得越模糊。从考古学角度来说，就是你把文物从记录中抽离，将一份实体记录变成描述和照片。你可以选择记录什么，经常忽视自己不想保留的部分。你留下的记录，不论是写在书中，记录在平板电脑中，还是以其他当下可用的形式保留下来，当你离开人世之后，未来的研究者都有可能发现这些文件。

萨基和李博士一起访问年代记，现在距离殖民地大崩溃已经过去了四个星期。

医院的三楼空无一物。这里一个人都没有，因为现在的时间点位于殖民地所有人死后，所以这毫不奇怪。这里已经被清空了一半。金属床架上放着泡沫床垫，但是有人或者其他什么东西拿走了床单。花盆里空无一物，就连枯死的植物都不见踪影。现在距离殖民地的崩溃并不久远，这一切并不合理。

"其他人都死了,为什么还有人会拿走医院里的东西呢?"李博士问道。"为什么这里没有尸体?所有人都死了,怎么可能会有人处理尸体呢?"

农作物枯萎了,长尾鹦鹉也死了,医院里空无一物。萨基知道其中必有联系,但这具体是什么呢?她环视四周,寻找线索。在一扇窗子附近,她隐约看到了一团位移云,这是另一位访问年代记的访客。窗户就在隔离区的边缘,但也许在她们的活动范围之内。

萨基说:"有人来过这儿,就在窗户那儿。"

"我觉得你说得没错。走近点看看?"李博士从背包里拿出绳子。"我不是你的学生,所以你不必对我的安全负责。"

萨基刚想说,自己作为首席研究员,对全队所有人的安全负责,但这番话并没有说出口。李博士虽然是在开玩笑,但其中也包含一些事实。如果李博士自愿冒险近距离观察,就可以保证继续开展研究。

"还是我去吧?"萨基问。

"你以为那可能是 M.J.。"李博士说道。

"对。"

李博士将绳子一端缠在手腕上,将绳子另一端交给萨基。二人反复检查了身上的绳结。如果没有绑绳,二人返回起始标记的可能性就很低了。她们转过身面对彼此,手掌和双脚抵在一起。"轻一点。如果移动距离不够远,我们还可以再试一次。"

李博士的手更小,萨基可以感觉到她的手传来的温度。

"准备好了吗?"

萨基可以感觉到李博士手指打字时的轻微动作。她点了点头:"三,二,一。"

二人用力一推，萨基飞向窗子，而李博士则向反方向运动，在年代记中留下一条白色的伤疤。萨基在飘向窗户的过程中扭动身体，方便自己观察。站在窗边的人影背对着医院内部，萨基看不清他们的脸。因为绳子的长度限制，她在距离窗子一米的地方停了下来。

"是 M.J. 吗？"李博士问。

"我不知道。"

窗边白色人影的身高和体型都和 M.J. 相似。但是殖民地非常大，就算将范围缩小到考古学家团队，与之相似的人选都有好几个。萨基扭动身子，想再前进几厘米，但还是无法确定白影的准确身份。如果她解开绳子，利用外套上的微型喷气装置——不，这样会让李博士陷入困境。

"不论这些是谁，他们都看着窗外。"萨基扭过了头，视线从这个可能是自己爱人的虚影上挪开。她很了解新火星大学校园，医院就在考古学大楼的对面。M.J. 有时候就在那里录视频发给自己，画面中可以看到从地球移植来的果蔬和黄色的草地。

在窗户外，并没有草地和树木的踪影，甚至看不到任何枯死的草皮和树叶。这里是一片荒地，只能看到新火星红色的尘土。

"一切都没了，"萨基打字说，"这里的所有活物都被摧毁了。"

在仓库里的时候，没人会想到这一点，因为他们不会想到仓库里有任何活物。

萨基和李返回房屋中央，顺着绳子一点点返回初始标记位置。为了拍摄到另一名访客的清晰画面，她们调整了无人机的程序，然后释放了无人机。

"情况不仅如此，"在无人机对房间进行记录之后，李博士说,"我知道这里为什么如此奇怪了。所有的有机物都不见了,这里只剩下金属和塑料。"

这种事情非常明显,但还有些事情显得更为奇怪。"那些仓库里的外星文物全都是用有机材料制成的。为什么它们没有被摧毁?"

我们的一位挚爱认为,所有重要的事情都是无限的。数字。时间。爱情。它们认为无限是不可被观测的。我们因为爱,抹去了年代记中的大量记录,但是这激怒了其他挚爱。银河中有那么多爱人,很难在其中把握方向。你不可能讨好所有人。

萨基和轩植背靠背站着。它们的周围从灰色变成橙红色。二人悬浮在一个挖出的大坑上方。这个挖掘现场已经用黑线和立柱拉起了一片地面网格,黏土般的土壤被一层层铲走送去分析。细腻的尘土随着无声的微风旋转,然后落在大坑的角落里。

轩植颤抖了一下。

"年代记就是一幅画面。这里和封闭的仓库没有区别。"萨基提醒道。轩植看起来不太舒服,如果他在年代记里呕吐,就会让重要数据变得模糊。就算数据能保持清晰,场面也不会好看。

"我从没来过户外。这里环境空旷,没有重力,感觉非常奇怪,"轩植深吸了一口气,"而且尘土还在移动。"

"人类的感官和时间的推移紧密相关。在类似仓库这样废弃的室内环境中,很长时间内,环境中不存在会移动或者变化的物体。这就感觉像是停留在固定的时间点。但是我们实际访问的记录也存在时间推移,所以我们要尽可能压缩每次访问的时间。"萨基说。

"抱歉。"轩植脸色看起来还有些糟糕,但是他终于忍住没吐。萨基将注意力放在周围环境上。这里没有明显的位移云和别人访问的痕迹。M.J.还没有在这个时间段访问这里。

在李博士的坚持下,探索队花了三天时间,从殖民地最后一次发送报告的时间点开始,用无人机全面考察了整个殖民地。在这样历史性的时刻,抹除年代记中的一整段记录,看起来是一件非常浪费的事情。如果未来的研究人员研究火星,他们会发现殖民地最后的历史片段只有一片白色的伤疤,这是收集数据时留下的毁灭性痕迹。对于萨基来说,最让她感到困扰的就是不能在M.J.生命的最后时刻陪伴他。研究人员已经在年代记中见证了M.J.的死亡和他最后所做的一切,并对年代记中的数据造成了大规模破坏。

M.J.已经死了,又何必关心他在年代记中的记录所遭遇的一切呢?但这感觉就像是在删除他的视频信件,或者从平板电脑的联系人列表里删除他的记录。

萨基努力关注当下。现在这个位置位于殖民地最后一次发送报告后几周的时间点。他们在这里收集关于外星文物的信息。也许他们可以发现一些M.J.和他的队伍错过的细节。

远方距离他们最近的穹顶城市,在阳光下闪闪发光,看起来就像是一个肥皂泡。人类曾经居住在那座穹顶城市中,M.J.曾经在那里工作、睡觉,为萨基录下几个月后才会看到的视频信件。那里曾经住着许多人,他们很快就会死了。而在年代记的记录之外,他们早已作古。殖民地就像肥皂泡一样脆弱。这些穹顶城市还算坚固，但是里面的活物……新火星不是第一个失败的殖民地，当然也不会是最后一个。

阳光非常耀眼，但温度却不高。深入年代记是一种奇怪的体验，混杂着真实和不真实感，仿佛置身于视频中。

"这个看起来没有完成。"萨基指了指一个部分暴露在外的文物。文物呈亮蓝色，和仓库里的文物底色一致，但是眼前这个文物的上半截表面却非常粗糙，和之前看到的文物完全不一样。

"它们变得很快啊。"萨基饶有兴趣地说。她曾经读过M.J.对于这些文物的描述，看过相关的图片，但是在年代记中看到实物，却给人一种完全不同的感觉。"而且时间点刚好是殖民地崩溃的时候。二者之间肯定有联系。"

萨基想到无人机镜头下殖民地的最后瞬间，浑身不禁一抖。经过几周的缓慢发展后，殖民地开始缓慢死亡。她强迫自己看一段来自医院的画面，几十名病人躺在床上，照顾他们的医务人员最终也原地倒下。所有人都在几分钟内死亡，萨基眯着眼睛看着接下来的画面，仿佛这样就可以将这些画面屏蔽在记忆之外。所有人的尸体开始分解，肌肉、骨骼、血液、衣物和其他有机物都化成细腻的尘土，随着通风系统掀起的微风四处飞扬。

她看着挖掘现场四处飞扬的红色尘土，忽然感到一阵恶心。这种死法实在是太可怕了，最终什么都不会留下。尸体不需要火化，遗骨也不需要入土安葬。整个殖民地就好像并不存在，M.J.死在这里，而他的临终时刻现在不过是一片因无人机的扰动而留下的白色伤疤。

"琼斯博士，你还好吗？"轩植问。

"抱歉。你看过关于殖民地崩溃的无人机录像吗？"

轩植点了点头，然后脸色变得煞白。"我只看过一点儿。那可比噩梦还要糟糕,但它确实是真的。"

萨基注视着半埋在红色土壤中的文物,排除脑海中的其他杂念。她在蓝色底色中寻找其他颜色,但一无所获。"我不明白这些文物是如何这么快就发生了变化,也不明白为什么会产生这种变化。也许李博士可以从无人机的记录中找到答案。"

"释放无人机吗?"轩植问。

"等等,"萨基指了指远处的穹顶城市,胳膊摆动的同时磨掉了一小块年代记中的记录,"你看。"

地面上扬起大片红色尘土,从远处很难看清具体细节。

"是沙尘暴吗?"轩植为了尽可能不扰乱记录,只能轻轻转了转头。

"是吉普车。"萨基看着远处车辆掀起的尘土。M.J.可能就在其中,正穿过复杂的地形赶往挖掘区。萨基努力回忆着挖掘区和穹顶城市之间的距离。也许有四十公里?又或者五十公里?挖掘区建在一座小山上,萨基记不清如何计算到地平线的距离。虽然她很想看到M.J.,但是多次的估算都得出同一个结果,他们等不到缓慢移动的吉普车赶到了。

"看到什么值得近距离观察的东西了吗?"萨基问。

萨基看着驶来的吉普车说:"如果我们过几个小时再回来,他们肯定就到了。"

"没错。"

萨基提醒自己,吉普车里的人并不是M.J.,而是记录中的回音。她的爱人不在这里。萨基让轩植释放无人机,二人很快就被白色的尾迹笼罩,一如吉普车队被红色的尘土吞没。

等无人机完成工作,吉普车队还在很远的地方。M.J.的车速真是太慢了。萨基对着车队挥手道别。等二人返回投射机所在的房间时,她浑身都在颤抖。轩植邀请她和肯祖一起吃晚饭,但这场面过于尴尬,而且萨基也没有力气聊天。她坚持走回了自己的房间。

等关上了房门,她调出了 M.J. 在飞船刚刚到达时发出的视频信件。他本该等着萨基,再过几个月二人就可以见面了。她几乎就要成功了。视频还在播放,而萨基已经哭了出来。

我们曾经拥有实体外形。我们有翅膀、鳞片,还有好多条腿,浑身上下都是亮蓝色的。每当我们遇到一个新爱人的时候,它就会变成我们的一部分。不,我们不会将我们的爱情融入单一个体,不然在面对广阔的宇宙时,我们的内核就会迷失。我们总会保留一半的自我,一个个体的集合,一个联合意识的社会。我们怎么会将你们排除在联盟之外呢?

船长向火星表面发射的探测器不含任何有机物质,没有合成橡胶密封条,没有碳基燃料,这次探测器终于能正常工作了。他们在尘土中发现了纳米机器人。访问年代记的工作被放在次要的位置,因为其他团队需要处理外星科技残留物。萨基努力专注于自己的研究,但是没了紧迫性和时间期限,她发现自己越来越倾向于怀旧。她花大半时间看 M.J. 发来的视频。就连那些曾经让她感到难过的视频,萨基都重新看了一遍,因为只有如此才能让自己正常工作。

M.J. 发来的最后一份视频信件,视频拍摄的地点不是他的办公室,而是时间线投射机的控制室。当时萨基问过其中缘由,

M.J.说自己还要做最后一次旅行,殖民地时日无多。这个视频她已经看过两次了,M.J.在视频中看上去非常虚弱。但是,萨基出于直觉,认为有些东西必须再检查一次。

在视频的前半部分,M.J.坐在镜头前,几乎占据了整个画面。他认为瘟疫正在加速进化,致死性不断增强。他提到已经死去的人和濒临死亡的人,他混乱的自白中夹杂着冰冷的临床诊断和泪流满面的回忆。萨基和自己的爱人一起哭了起来。泪水模糊了她的视线,差点错过了自己在寻找的东西。

她暂停视频,然后倒放。在视频的中间,M.J.起身调整控制参数。镜头本该一直固定在他的身上,但是却有那么一瞬间,锁定在投射机的控制台上。控制参数代表的时间点就是M.J.要去的地方。

萨基写下了时间和空间坐标。空间坐标还是在新火星上,但时间坐标却指向未来。她研究着投射机上的其他设置,注意到他为了到达未来时间点而做出的调整。

M.J.访问了位于未来的年代记记录,并给萨基留下了追随自己的线索。

她将自己的通信状态设定为免打扰,将时间线投射机标记为维修中。利用一段视频访问关于未来的记录,肯定会出问题,所以她开始给肯祖、自己的学生们和李博士写信,以防自己遭遇不测。

当她走出房间的时候,轩植和肯祖就站在门口。

萨基愣在了原地。

"琼斯博士,我来操作控制台,"轩植说,"和延迟设置相比,有人操作的安全性更高。"

"你是怎么——?"

"你爱他，不愿就此放弃他，"肯祖说，"你就是不知道怎么说再见。你总是希望在殖民地上可以多看看他，但这些请求大多都没有得到批准。"

"还有，在工程师睡觉的时候，把投射机的状态改为'维修中'，对于那些关注日程安排的人来说根本没用。"轩植补充道。

"你是想自己进行一次未经许可的时间旅行吧？"萨基看着自己的学生，挑起了眉头。

"快点行动吧。"轩植并没有回答萨基的问题。"很快就会有人发现出了问题。"

一行人来到了控制室，萨基按照视频中的设定调整参数。两位年轻人坐在一起看着她工作，肯祖的脑袋靠在轩植的肩膀上。

等萨基忙完手头的工作，轩植检查了一下控制装置说："时间点可是在二十年后。"

"没错。"

"从没有人造访过处于未来时间段内的年代记。IRB 严令禁止此类行为，而且这个理论还没有经过测试。"

"M.J. 成功了。"萨基轻轻说道。她没有确凿的证据，可以证明年代记中的位移云就是 M.J.，但这还有可能是谁呢？自从殖民地崩溃之后，就没有人类造访过这里，而且又有谁会选择萨基可能会选定的考察切入点呢？ M.J. 向她展示了自己成功访问处于未来时间段的记录。他希望萨基根据这些坐标找到自己。

"他当然成功了，"肯祖笑着说，"老爹可聪明了。"

萨基想和他一起大笑，但是她只能挤出一丝苦笑。"你也很聪明。你肯定会因此给自己惹出麻烦，甚至会影响你的职业生涯。"

"如果没有我们在这儿，你怎么会回来呢？"

萨基瞬间面红耳赤，想到了自己留在房间内的信件。摆脱了时空的约束，肯定还有办法与M.J.团聚。如果她可以回来，就要面对擅自访问年代记的一切后果。所以，完全可以想象萨基可能决定留在年代记内。

"现在你有理由回来了。"轩植说，"不然就只剩下我和肯祖面对接下来的一切了。"

萨基叹了口气。他们太了解自己了。她不可能留在年代记里，让他们两个人面对命运的审判。"我保证，一定会回来的。"

这是个爱情故事，但是结局却并不美满。这个故事并没有结束。你们的故事总是有着固定的结构，开头、发展和结尾。在你们的叙事结构中，爱情有很多种，它们在现实的混沌中显得干净而整洁。我们的爱情散落于时空之中，没有秩序，没有结局。

访问年代记中过去部分的记录，就像是看一系列片段，但是未来却充满不确定性。萨基分裂成了无数碎片，完全靠意识维持脆弱的联系，以一个固定的时刻为锚定点，但同时散落在无数的可能性中。

她大多数时候都停留在外星文明文物储藏仓库里。

为了避免投射机故障或者在最后时刻改变主意，她还有一部分自我停留在控制室里。在其他的现实中，仓库被搬到了别处，或被摧毁，或被改建成了自己无法理解的外星建筑。她向未来投下一张白色的大网，在年代记的记录尚未确定之前，就扰乱了其中的构架。

萨基将绝大多数的无限性放在位于新火星的自我意识上,专注于文物仓库和周围的文物。最具有可能性的未来,就在这些存在最小变量的物体上。

M.J.曾经就在这里,他的轮廓被扰乱的记录产生的白色泡泡所包围。

萨基将注意力集中于更遥远的未来,以二人之间的通信为依据,通过反复的尝试、直觉或者运气,确定自己要找的未来。年代记中没有声音,但是他们还可以交流。

"你好啊,亲爱的。"M.J.用打字的方式说道。

"我不敢相信这真的是你,"萨基回复道,"我想死你了。"

"我也是。我怕自己再也看不到你了,"他指了指这些文物,"你破解其中的谜题了吗?"

她点了点头。"重点在于纳米机器人。这些文物的底部会生成纳米机器人,尘土中混杂着大量纳米机器人。它们吞噬大量有机物,然后组成文物的上半部分。"

"对。一开始的时候,所有文物都被埋在地下,纳米机器人已经适应了各种有机物,"M.J.继续打字,"但是,它们适应了环境,并开始增殖。"

萨基浑身一抖:"它们为什么要做这么可怕的事情?"

"你和我一样,只明白了一部分真相。"他指了指周围的文物,"亮蓝色的底部就是外星人,又或者说是外星人身体的外壳。纳米机器人是他们交流的手段,他们用纳米机器人将遇到的其他种族转化为自己可以理解的东西。"

"你为什么不在报告中说明这些事情?"

"真相的碎片就摆在这里,等我进入未来的时间段之后,才弄明白了其中的真相。"他用一只胳膊比画着这间仓库，努力让自己的活动范围限制在白色的泡泡中。

在这个未来里，只有萨基和M.J.两个人，但在其他未来里，仓库里挤满了人。这些人带着一种近似宗教崇拜的情结，在仓库中走来走去，其中大多数人都集中在一件文物面前，伸出手触摸它。

萨基审阅不同的未来，找到了其中的共同点。这些共同点包括对外星文物的崇拜，太空站的人居住在殖民地上，完全不受纳米机器人影响。"我不明白这儿到底是怎么回事。"

"当外星人明白他们对我们所做的一切之后，就停手了。他们已经吸收了我们的农作物、树木和宠物。每一个物种都有属于自己的文物。"他转头看着距离自己最近的那个文物，萨基曾经在多个平行宇宙中见证了民众对这件文物的执着。"而这件文物里承载着所有的殖民地居民。"

"他们在祭拜自己的爱人，瞻仰自己的祖先。"

"原来如此。"

"我会来这儿看你的。"萨基在不同的未来中预见了这件事。"当李博士用无人机记录殖民地最后的瞬间时，我感到非常生气。我应该在那里找你，但是这个理由太自私了，我不可能在部门会议上提出来。我在无人机的录像里找不到你，但是那里有海量的数据。所有居民和其他活物都死了，然后被纳米机器人分解。一个都没剩下。"

"也正因如此，外星人才明白如何放过剩下的人类。"

"他们才不明白呢！他们把探测器的有机材料都分解了。"

"是新技术吧？纳米机器人无法识别在殖民地上没有出现的合成有机物。整个殖民地都被文物吸收，但起码我们拯救了其他人。"

"我们？你不能回去。我可不想拜访属于你的外星神龛。我想留下来。我希望我们能留下来。"萨基无助地挥舞着双臂，然后注意到了自己的腕带。"我答应肯祖，我一定会回去。"

"你还要创造未来呢。"M.J.说，"告诉肯祖，我爱他。他的未来都很棒。"

"我肯定可以救你和所有人，"萨基打量着文物，"或者我可以留下来。在这里停留多久并不重要，反正在控制室里都只是一瞬间——"

"我来这儿是为了等你，"M.J.的笑容里写满了悲伤，"现在咱们已经见过面了，我该回到自己的时间点了。你先走吧，亲爱的，这样你就不用看着我离开。为了咱们俩，活下去。"

虽然明知这是愚蠢而无用的举动，但萨基还是伸手去碰M.J.，将二人之间的年代记空间搅成了一团白色。M.J.也仿照萨基的动作，用指尖去触碰萨基的指尖。有那么一瞬间，萨基以为自己真的碰到了M.J.，但是二人来自不同的时空，使用不同的投射机，是不可能达到这样的时空同步的。他的指尖变成了一团白色。

萨基将手抽回，紧紧贴在胸口。她实在不想打出"再见"二字，只能尽可能在泪流满面的同时挤出一个笑容。"我会继续研究外星文明，继续我们的梦想。"

M.J.也露出了笑容，眼角流下了泪水。趁着自己还没有改变主意，萨基按下了腕带上的按钮。在逐渐退出年代记的过程中，她终于敲出了发给M.J.的最后一句话："再见了，亲爱的。"

分散在无数个未来中的自我意志终于又合成了一个完整的

萨基,她带着满脸的泪水回到了投射机控制室。

我们现在更加了解你们了。我们爱你们,所以决定不打扰你们了。

萨基脱掉手套,触摸着外星文物冰凉的表面。M.J.和全体殖民地居民已经成了文物的一部分。第一批居民牺牲了自己,让外星人明白人类并不想被强行吸收。M.J.的意识是否还留在文物里,成为一个更加庞大的意识的一部分?萨基认为事实就是如此。

她的手紧紧按在文物上,闭着眼睛集中精神。外星人慢慢学习如何交流。文物在给萨基讲故事。这里不仅有外星人的故事,还有萨基的故事。

她知道自己有失公允,自己眼中的现实并不完美。她还没有想到自己会写些什么,但她会尽可能地将故事的全部细节都记录下来。

这是一个爱情故事,当我们见面的时候,正好是无数瞬间的最后一刻。

译名对照表

人名

Molly	莫莉
Sander	桑德
Phoebe	菲比
Hope Dorance	霍普·朵瑞斯
Teri Wallace	特里·华莱士
Minnie	明妮
Jonathan Brinkfort	乔纳森·布林克福特
Zadie Kagwa	扎迪·卡格瓦
Sharon Wong	黄莎伦
Matthew	马修
Wallace Dawson	华莱士·道森
Norma Verlaine	诺玛·维莱恩
Reggie Watts	雷吉·瓦茨
Norman	诺曼
Maxine	马克辛
Geoff	吉夫

Sienna	希娜
David Kahn	大卫·卡恩
Oraji	奥拉吉
Durga	杜尔加
Banerjee	班尔津
Ziad	齐亚德
Habibti Aya	哈比卜蒂·安雅
Tski	茨基
Ceye	塞耶
Joesla	乔斯拉
Tauso	陶索
Motas	莫塔斯
Sesh	瑟沙
Awsa	奥萨
Eesn	艾森
Avel	安薇尔
Banad	巴纳德
Aavit	艾维特
Saga	撒加
Natalia	娜塔莉亚
David Gilcrest	大卫·吉尔克雷斯特
Yohannes Kirk	约汉尼斯·柯克
Ringo	灵戈
Burgewick	波奇维克
Gib	基布
Bellerophon	柏勒洛丰

Mortice	莫提斯
House Noctambulous	诺克坦布洛斯家
cluny	克鲁尼
House Immaculata	伊摩库拉塔家族
House Lachrymose	拉齐莫斯家族
House Strappado	斯特拉帕多家族
Breesha	布里莎
Demeter	德米特
House Crepuscule	克雷普斯库勒
Ferrick	菲力克
Freya	菲亚
Violetta	维奥莱特
Orry	欧瑞
Nefertiti	纳芙蒂蒂
Nyma	涅玛
Rokaya Tej	罗卡亚·塔基
Otto Han	奥托·汗
Sila	西拉
Mumma	莫玛
Varyl	瓦里尔
Lillit	莉莉特
Sollozzo	索伦佐
Padma	帕德玛
bittu	毕图
Velli	维利
Rajan	拉詹

Eurydice	欧律狄斯
Phyllida	费琳达
Bonnie	邦妮
Devon	迪翁
Galik	加里克
Sylvia Earle	希尔维亚·厄尔
Alistor	阿里斯特
Koa Moreno	克拉·莫瑞诺
Richy McRich	瑞奇·麦克里奇
Dacy	达西
Anders	安德斯
Angela Weil	安吉拉·维尔
Carmen Ortega	卡门·奥特佳
Quinn Gross	奎恩·格罗斯
Jaleesa	贾莱萨
Hayley	海莉
Emily fort	艾米丽·福特
Abigail Fort	阿比盖尔·福特
Gregg Fort	格雷格·福特
Wagner	瓦格纳
Thetis	忒提斯
Dione	狄俄涅
Clio	克莱奥
Galatea	嘉拉迪雅
Mahua	马华
Raghu	拉胡

Mina	米娜
Kalpana Di	卡尔帕纳迪
Vikas	维卡斯
Mohsin	莫辛
Hemant	赫曼特
Rafael Silva	拉斐尔·席尔瓦
Ikram	伊卡姆
Clarissa Odessa Bell	克拉瑞莎·敖德萨·贝尔
Richard Hart Laverton III	理查德·哈特·拉维顿三世
Suzette	苏洁特
Kel	凯尔
Lindsey	林茜
Sor Assumpció Ardebol	索尔·阿松西奥·阿尔德波
Chús Arellano	查斯·阿雷拉诺
Joan Perucho	约翰·佩鲁乔
Juana Torregrosa	胡安娜·托雷格罗萨
Casals	卡塞尔
La Moreneta	黑面圣母
Rosa Fabregat	罗萨·法比加特
Cunqueiro	昆奎罗
Torrente Ballester	托伦特·巴勒斯特
Marcel Aymé	马塞尔·艾梅
Aisha	艾莎
Jingyi	景逸
Nuri	努黎
Gianni	吉安尼

Isiuwa	伊苏瓦
Azuka	阿祖卡
Saki Jones	萨基·琼斯
Hyun-sik	轩植
Kenzou	肯祖
Annabelle Hoffman	安娜贝勒·霍夫曼

非英语

Vainilla	香草
Rhetorica ad Herennium	《修辞学》
Nāmaka	那玛卡
El bombín	保龄球手
cinema Les Delícies	欢乐大剧院
Octavi de Romeu	罗密欧的奥克塔维
Pere Serra y Postius	佩雷塞拉和波斯蒂乌斯
Bernabó	伯纳贝
Anishinaabe	阿尼什纳比语

地名

Mithi	米提河
Mehrauli	梅劳里
Lajpat Nagar	拉耶派特·纳格
Jharkhand	贾坎德邦
Bihar	比哈尔邦
Odisha	奥里萨邦
Andhra Pradesh	安德拉邦

Karnataka	卡纳塔克邦
Dharavi	达拉维贫民窟
Yamuna	亚穆纳河
Sahyadris	萨赫亚德里丘陵
terai	台拉河
Bronx	布朗克斯区
Huesca	韦斯卡
Castellón	卡斯特利翁
Ensanche	扩建区
El Raval	拉巴尔区
Girona	赫罗纳
Els Encants	魅力夜市
Tibidabo	蒂比达博
Parcde la Ciutadella	丘塔德拉公园
Sinus Medii	中央湾
Niger River Harbour	尼日尔河港
Igboland	伊博地区
Biafra	比夫拉
Onitsha	奥尼沙
Nnewi	内维
Awka	奥卡
Aba	阿巴
Eko Atlantic megacity	艾科大西洋巨型城市

技术类

kinine	金纳燃料

cancellation foam	中和泡沫
troll	巨魔
Soma Coin	索玛币
Fragmentation bullet	开花弹
stick-ball nest	球形巢
vatmeat	试管肉
cell-knitter	基因修复液
greenman	绿叶人
embryonic tank	培育箱
amniotic pudding	羊膜布丁
Seres	赛里斯
Muskos-Mercer drive	木斯克斯－摩西尔驱动系统
composite suit	聚合套装
The Great Leaving	大移民
troll	网络巨魔
depth cycling	深度循环
hydrothermal vent	深海热泉
velocity sensors	速度感应器
Santhali	桑塔尔
Gond	龚德人
helixes	六旋翼飞机
linotype	莱诺铸排机
Moravec skyhook	摩拉维亚天钩吊运系统
Pleasurer	娱者
permacrete	永凝土
Worthy	必值网

Worthwhile	真心网
Faceabout	变脸
temporal projector	时间线投射机
the Chronicle	年代记

商品

| Red Stripe | 红带啤酒 |

组织机构

the Greater Appalachian Penal Authority	大阿帕拉奇亚监狱管理局
The Glad Corporation	格拉德集团
Shiva industries	西瓦产业公司
the Order	教团
Gaianistas	盖亚组织
the Strong Arm of the Voice for the Silent	沉默者之军
Dynagroup	戴纳集团
Ultracorp	超级农业集团
Gaiacorp	盖亚农业
New States of America	新美国
the Arctic Union	极地联盟
Dessana	德萨纳部落
the Fundamental Knowledge System	基础知识系统

官职

Secretary of Morality	道德国务卿
carrier	守密人

风暴（只限于《风暴目录》）

squall	飑风
Ashpale	灰白
Searcloud	厚云
Vivid	灵风
Glare	炫光
Neap-Change	潮更
Browtic	柏提科
Felrag	菲拉格
mistral	密史脱拉风
föhn	焚风
Somanyquestions	问题太多
Toomuchtoofast	太快了太快了
Leaving	离别
clarity	灵光
Bright	亮光

印度神明

Devi	提毗
Mahishasura	摩西娑苏罗
Parvati	帕尔瓦蒂
Raktabija	拉克塔比贾

Jagannath   扎格纳特

外星种族
Ofti   奥菲缇人
Havenite   黑文人

附 2019 年主要科幻奖项获奖名单

The 77th World Science Fiction Convention (aka DublinCon 2019) was held in Dublin, Ireland, August 15–19, and drew an attendance of 4,190, down a little from recent years. The 2019 Hugo Awards winners were: Best Novel, *The Calculating Stars* by Mary Robinette Kowal; Best Novella, *Artificial Condition* by Martha Wells; Best Novelette, "If at First You Don't Succeed, Try, Try Again" by Zen Cho; Best Short Story, "A Witch's Guide to Escape: A Practical Compendium of Portal Fantasies" by Alix E. Harrow; the Lodestar Award for Best Young Adult Book, *Children of Blood and Bone* by Tomi Adeyemi; Best Related Work, Archive of Our Own; Best Art Book, *The Books of Earthsea: The Complete Illustrated Edition* by Ursula K. Le Guin and illustrated by Charles Vess; Best Graphic Story, *Monstress Volume 3: Haven* by Marjorie Liu and Sana Takeda; Best Dramatic Presentation Long Form, *Spider-Man: Into the Spider-Verse*; Best Dramatic Presentation Short Form, *The Good Place: Janet(s)*; Best Editor (Short Form), Gardner Dozois; Best Editor (Long Form), Navah Wolfe; Best Professional Artist, Charles Vess; Best Semiprozine, *Uncanny Magazine*; Best Fanzine, *Lady Business*; Best Fan Writer, Foz Meadows; Best Fan Artist, Likhain (Mia Sereno); Best Fancast, *Our Opinions Are Correct* by Annalee Newitz and Charlie Jane Anders; and Best Series, *Wayfarers* by Becky Chambers.

The 2019 Nebula Awards winners, presented in Woodland Hills, California, on May 18 were: Best Novel, *The Calculating Stars* by Mary Robinette Kowal; Best Novella, *The Tea Master and the Detective* by Aliette de Bodard; Best Novelette, *The Only Harmless Great Thing* by Brooke Bolander; Best Short Story, "The Secret Lives of the Nine Negro Teeth of George Washington" by P. Djèlí Clark; and Best Game Writing, *Black Mirror: Bandersnatch* by Charlie Brooker. Also presented were the Andre Norton Award to Tomi Adeyemi for *Children of Blood and Bone*; and the Ray Bradbury Award to Phil Lord and

Rodney Rothman for the screenplay *Spider-Man: Into the Spider-Verse*. The SFWA Damon Knight Grand Master was William Gibson.

The World Fantasy Awards, presented at the 45th World Fantasy Convention in Los Angeles October 31–November 3 were: Best Novel, *Witchmark* by C. L. Polk; Best Novella, "The Privilege of the Happy Ending" by Kij Johnson; Best Short Fiction (tie), "Ten Deals with the Indigo Snake" by Mel Kassel and "Like a River Loves the Sky" by Emma Törzs; Best Anthology, *Worlds Seen in Passing* edited by Irene Gallo; Best Collection, *The Tangled Lands* by Paolo Bacigalupi and Tobias S. Buckell; Best Artist, Rovina Cai; Special Award—Professional, Huw Lewis-Jones for *The Writer's Map: An Atlas of Imaginary Lands*; Special Award—Non-professional, Scott H. Andrews for *Beneath Ceaseless Skies*. The Life Achievement recipients were Jack Zipes and Hayao Miyazaki.

The 2019 Campbell Memorial Award winner was Sam J. Miller for *Blackfish City*; the Theodore Sturgeon Memorial Award winner was Annalee Newitz for "When Robot and Crew Saved East St. Louis"; and the 2019 Arthur C. Clarke Award winner was *Rosewater* by Tade Thompson. For more information on these and other awards, see the excellent Science Fiction Awards Database (www.sfadb.com).

版权信息

The Year's Best Science Fiction Volume 1

First published 2020 by Saga Press

Selection and "Introduction" by Jonathan Strahan. © Copyright 2020 by Jonathan Strahan.

"The Bookstore at the End of America" by Charlie Jane Anders. © Copyright 2019 Charlie Jane Anders. Originally published in *A People's Future of the United States* (One World). Reprinted by kind permission of the author.

"Soft Edges" by Elizabeth Bear. © Copyright 2019 Elizabeth Bear. Originally published in *Current Futures: A Sci-Fi Ocean Anthology* (XPrize). Reprinted by kind permission of the author.

"The Galactic Tourist Industrial Complex" by Tobias S. Buckell. © Copyright 2019 Tobias S. Buckell. Originally published in *New Suns: Original Speculative Fiction by People of Color* (Solaris). Reprinted by kind permission of the author.

"It's 2059, and the Rich Kids Are Still Winning" by Ted Chiang. © Copyright 2019 Ted Chiang and *The New York Times*. Originally published in *The New York Times*, 27 May 2019. Reprinted by kind permission of the author and the author's agent.

"Kali_Na" by Indrapramit Das. © Copyright 2019 Indrapramit Das. Originally published in *The Mythic Dream* (Saga). Reprinted by kind permission of the author.

"This Is Not the Way Home," by Greg Egan. Copyright © 2019 by Greg Egan. Originally published in *Mission Critical*. Reprinted by kind permission of the author.

"Song of the Birds" by Saleem Haddad. © Copyright 2019 Saleem Haddad. Originally published in *Palestine + 100: Stories from a Century After the Nakba* (Comma Press). Reprinted by kind permission of the author and the author's agent.

"As the Last I May Know" by S. L. Huang. © Copyright 2019 S. L. Huang, LLC. Originally published in *Tor.com*, 23/10/19. Reprinted by kind permission of the author and the author's agent.

"Emergency Skin" by N. K. Jemisin. © Copyright 2019 N. K. Jemisin. Originally published in *Forward: Amazon Original Stories*, September 2019 (Amazon). Reprinted by kind permission of the author.

"Now Wait for This Week" by Alice Sola Kim. © Copyright 2019 Alice Sola Kim. Originally published in *The Cut*, 17 January 2019. Reprinted by kind permission of the author.

"Contagion's Eve at the House Noctambulous" by Rich Larson. © Copyright 2019 Rich Larson. Originally published in *The Magazine of Fantasy & Science Fiction*, March–April 2019. Reprinted by kind permission of the author.

"I (28M) created a deepfake girlfriend and now my parents think we're getting married" by Fonda Lee. © Copyright 2019 Fonda Lee. Originally published in *MIT Technology Review*, 27/12/19. Reprinted by kind permission of the author.

"Thoughts and Prayers" by Ken Liu. © Copyright 2019 Dandelion Stories Limited Company. Originally published in *Slate: Future Tense*, 26 January 2019. Reprinted by kind permission of the author.

"The Robots of Eden" by Anil Menon. © Copyright 2019 Anil Menon. Originally published in *New Suns: Original Speculative Fiction by People of Color* (Solaris). Reprinted by kind permission of the author.

"The Work of Wolves" by Tegan Moore. © Copyright 2019 Tegan Moore. Originally published in *Asimov's Science Fiction*, July-August, 2019. Reprinted by kind permission of the author.

"At the Fall" by Alec Nevala-Lee. © Copyright 2019 Alec Nevala-Lee. Originally published in *Analog Science Fiction and Fact*, May-June 2019. Reprinted by kind permission of the author.

"Dune Song" by Suyi Davies Okungbowa. © Copyright 2019 Suyi Davies Okungbowa. Originally published in *Apex* 120, May 2019. Reprinted by kind permission of the author.

"Sturdy Lanterns and Ladders" by Malka Older. © Copyright 2019 Malka Older. Originally published in *Current Futures: A Sci-Fi Ocean Anthology* (XPrize). Reprinted by kind permission of the author.

"What the Dead Man Said" by Chinelo Onwualu. © Copyright 2019 Chinelo Onwualu. Originally published in *Slate*, 24 August 2019. Reprinted by kind permission of the author.

"The Painter of Trees" by Suzanne Palmer. © Copyright 2019 Suzanne Palmer. Originally published in *Clarkesworld* 153, May 2019. Reprinted by kind permission of the author.

"Secret Stories of Doors" by Sofia Rhei. © Copyright 2019 Sofia Rhei. Originally published in *Everything is Made of Letters* (Aqueduct). Translation by Sofia Ria with assistance from Ian Whates. Reprinted by kind permission of the author.

"Reunion" by Vandana Singh. © Copyright 2019 Vandana Singh. Originally published in *The Gollancz Book of South Asian Science Fiction* (Hachette India). Reprinted by kind permission of the author.

"Submarines" by Han Song. © Copyright 2019 Han Song. Originally published in *Broken Stars: Contemporary Chinese Science Fiction in Translation* (Tor). Translation by Ken Liu. Copyright © 2019 by Ken Liu. Reprinted by kind permission of the author and the translator.

"The Last Voyage of *Skidbladnir*" by Karin Tidbeck. © Copyright 2019 Karin Tidbeck. Originally published in *Tor.com*, 24 January 2019. Reprinted by kind permission of the author.

"Cyclopterus" by Peter Watts. © Copyright 2019 Peter Watts. Originally published in *Mission Critical* (Solaris). Reprinted by kind permission of the author.

"A Catalog of Storms," by Fran Wilde. Copyright © 2019 by Fran Wilde. Originally published in *Uncanny Magazine* 26, January 2019.

"The Archronology of Love" by Caroline M. Yoachim. © Copyright 2019 Caroline M. Yoachim. Originally published in *Lightspeed*, April 2019. Reprinted by kind permission of the author.

"Green Glass: A Love Story" by E. Lily Yu. © Copyright 2019 E. Lily Yu. Originally published in *If This Goes On* (Parvus). Reprinted by kind permission of the author.

All stories appear by kind permission of the authors and their representatives.

Published by agreement with Baror International, Inc., Armonk, New York, U.

S.A. through The Grayhawk Agency Ltd.

Simplified Chinese edition copyright: 2024 New Star Press Co., Ltd

All rights reserved.

图书在版编目（CIP）数据

模糊边缘：最佳科幻小说选集：上下册 /（澳）乔纳森·斯特拉罕编；秦含璞译 . — 北京：新星出版社，2024.12. — ISBN 978-7-5133-5735-7

Ⅰ . I14

中国国家版本馆 CIP 数据核字第 2024UT5553 号

幻象文库

模糊边缘：最佳科幻小说选集（上下册）

[澳] 乔纳森·斯特拉罕 编；秦含璞 译

责任编辑　吴燕慧	监　　制　黄　艳
责任校对　刘　义	责任印制　李珊珊
封面设计　冷暖儿	

出 版 人　马汝军
出版发行　新星出版社
　　　　　（北京市西城区车公庄大街丙 3 号楼 8001　100044）
网　　址　www.newstarpress.com
法律顾问　北京市岳成律师事务所
印　　刷　北京天恒嘉业印刷有限公司
开　　本　910mm×1230mm　1/32
印　　张　21
字　　数　464 千字
版　　次　2024 年 12 月第 1 版　　2024 年 12 月第 1 次印刷
书　　号　ISBN 978-7-5133-5735-7
定　　价　88.00 元（上下册）

版权专有，侵权必究。如有印装错误，请与出版社联系。
总机：010-88310888　传真：010-65270449　销售中心：010-88310811